2016
中国年度作品
中篇小说

王 干 主编

中国出版集团

现代出版社

图书在版编目（CIP）数据

2016中国年度作品. 中篇小说 / 王干主编. —北京：现代出版社，2017.1
ISBN 978-7-5143-5438-6

Ⅰ.①2…　Ⅱ.①王…　Ⅲ.①中篇小说—小说集—中国—当代
Ⅳ.①I217.1

中国版本图书馆CIP数据核字（2016）第295663号

2016中国年度作品. 中篇小说

主　　编：王　干
策划编辑：庞俭克
责任编辑：申　晶
出版发行：现代出版社
通讯地址：北京市安定门外安华里504号
邮政编码：100011
电　　话：010-64267325　64245264（传真）
网　　址：www.1980xd.com
电子邮箱：xiandai@vip.sina.com
印　　刷：三河市宏盛印务有限公司

开　　本：710mm×1000mm　1/16　　印　　张：27.25
版　　次：2017年1月第1版　　　　印　　次：2017年1月第1次印刷
书　　号：ISBN 978-7-5143-5438-6
定　　价：55.00元

目　　录

把灯光调亮

张抗抗[①]

1

好几个月过去了，卢娜总觉得这个人出现得有些蹊跷。

所谓蹊跷，只是一个说法。让卢娜郁闷的是，这人走后好多天，自己竟会常常想起他来。

这人是书店的一个陌生顾客。讲一口还算标准的普通话，面生，一听一看，就知道不是本地人。本城常来的买书人，卢娜差不多都认识。顾客顾客，是店家的客，光顾之后走人。在本地方言里，"过客"和"顾客"，是同一个发音，意思也差不多了。

他进门时，朝卢娜客气地点了点头，算是打过招呼。此后无话，独自一人站在书架前一排排看过去，他蹲下去又站起来，一本本看得仔细，拿出来又小心地放回去，有时还把书翻开，在版权页来回查看，让卢娜疑心是否"打黄扫非"部门来暗中探访？他下午四点多钟进店门，在书店里站了大半个钟头。其实每排书架的角上，都有带弧度的低木沿，专门给那些来蹭书看的学生坐

---

① **张抗抗** 女，1950年出生于杭州市，代表作有长篇小说《情爱画廊》《作女》等，曾获全国优秀短篇小说奖、全国优秀中篇小说奖、庄重文文学奖、鲁迅文学奖、蒲松龄短篇小说奖、冰心散文奖，以及全国各类报纸、杂志的奖项。作品被翻译成英、法、德、日、俄文，在海外出版。

的。卢娜很想和他打个招呼：你要看书，爽性坐下来嘛。想了想，又忍住。这种"书痴"，时髦的叫法是"书虫"，卢娜以前也见过几个，随他。

那天下午，到了五点多钟，他的购书筐已经满了，又回身去抱了几本，一起放在收银台上。卢娜一眼看过去，算出有二十多本。等着卢娜清点的辰光，他踱到店门口外去，抬头朝着门楣上的招牌看，然后一字一顿念道：明光书店！

又自言自语：明光书店，这个名字，蛮好！

明光——卢娜心里忽然被狠狠地剐了一下。明光？自己有多久没喊这个名字了？

就这一声唤，像招魂一样，另一个人在刹那间就回来了。那个人站在卢娜面前，使她一时乱了方寸。卢娜用手指敲打计算机，一次次敲错，重来，还是错。有人招魂，有人就失魂落魄了。

他站在一边耐心看着卢娜结账，当她拿起那本精装的《宽容》扫码时，他开口问：

明光书店开业有几年了？这本书，你店里前后卖过多少种版本？

卢娜的手指嗒嗒响，闷头答道：我的书店开了有十多年了，这本《宽容》，除了三联的老版本，起码还有过七八个版本，有中英文双语版、摄影艺术版，还有房龙文集呢，你买下的这一种，是三联去年新版的精装，前面的序言你有空看看，里面都写得蛮清楚……

这人有一刻没说话，卢娜能感觉到他惊讶的目光。然后，他伸出手把这本书抽了出来，把书翻到扉页，摊开在她面前：

请问明光书店有书章吗？就是，那种藏书用的书章，很多书店里都有的。你能不能帮我盖一个？我到这个县城好几天了，就想寻一家像样点的社科书店，我说的不是新华书店，是明光这样的民营书店，还真被我寻到了。我第一次到这里，也算留个纪念。

她摇头：没有，对不起哦。

他显然感到意外，抬眼环顾书店，又说：明光书店，这么好的名字。读书就是给人带来亮光，你为啥不刻个章呢？有些书店，收银台上放一排书章，读者自己就可以盖……

卢娜有些愣神。明光书店开业十几年，她为啥一直没有刻个书章？她问自己。这些年，书店生意越来越难做，为了让那些爱读书的老顾客满意，她去省城进货的频率越来越高，事先还要上网做功课，反复选择图书书目，以便在第一时间让"性价比"最高的图书在"明光"上架。不过，忙不是理由，以前就是再忙，每逢端午，她都会亲自到小商品市场去挑选面料，蜡染、丝绸、蕾丝花边，做成各式各样的香袋，散发出好闻的香料气味，就像一只小巧玲珑的五彩小粽子，送给书友和老顾客，作为明光书店的谢礼。还有中秋节，哪怕是自己设计的一张小小月亮卡片，也代表了"明光"的心意。但这两年，实际上她并不算太忙，甚至可以说越来越不忙了，顾客正在一天天少下去，那些她千挑万选购入的新书，常常被冷落在那里，封面上连个手指印都没留下。

她当然不会告诉这位顾客，她不刻书章，是因为她从一开始就没想过刻书章。她不想让"明光"这个名字，被人盖在书页上，跟着别人走了，然后住在别人的家里，被别人的手指触摸……

不过，这位陌生客人的建议，让卢娜在那个临近黄昏的时刻，不得不面对着另一个人。他不会晓得，明光是一个人的名字，一个很久以前的人，确切地说，是她童年的伙伴，消失在她高考落榜那一年。这个陌生顾客身上好似发出了一种超能电波，把那个被她假装忘掉的人，一下子吸出来，像一幅一人高的图书封面广告，竖立在她面前。

这个轮廓清瘦、眉眼细长的中年人来过以后，他的身影常常无端从她眼前闪过，渐渐和另一张年轻的面孔叠在一起，难分彼此。卢娜忽然明白，她想的、等的那个人，其实不是面前这个买书人，而是那个当年的小男生。尽管"明光"每天都悬在店门的匾额上，漠然望着出出进进的顾客，卢娜却已经和那个"明光"生分了。是这个素不相识的人，把那个走远的人牵回来了？

那天傍晚，面对这个一下子买了二十多本书的人，卢娜拿不出一枚书章给他盖，觉得有点对不住，只好略带歉意地对他说：那我给你办一张优惠卡吧，今天就可以打九折。这几本，都是旧书，封面都被人看脏了，我按七折给你……

他笑着说不用不用，开书店不容易的。我在这里大概要住好几个月，假如不走，下次来，你再打折好了。

卢娜没有遇见过不肯打折的顾客，觉得这人有点好笑。转念一想，办卡是要填写他的名字和手机号的，他大概是不想让人家知道他的名字吧。下次再来？也就是说说罢了，他一下子买这么多书，要看上好几个月呢。真想问问他，为啥不去主街上的新华书店买书，他是从哪里听说明光书店的呢？

话到嘴边，又咽回去。卢娜心里其实还有更多问号，比如，他是做什么工作的？为什么买的都是社科类的书？《李光耀论世界与中国》、秦晖的《南非的启示》、徐贲的《明亮的对话》都是前两年进的货，封面早已被人摸得脏兮兮，每种只剩下了最后一本，她却一直舍不得退货，倒好像是专门给他留的。王蒙的《中国天机》、托克维尔的《法国大革命与旧制度》，早几年也都流行过了。他好像偏爱老书？大概平时没有很多时间看书吧？卢娜有点感激这个人，他好像特地来给明光书店"清仓"呢。县城还有几家小书店，从来不进这种素封面的讲道理书。所以本城的老顾客都有数，要买这种书，只能到明光书店里淘。这样一想，卢娜心里有点高兴，可见明光书店的牌子和名气早已传得很远了。卢娜用眼睛的余光扫他一眼，她卖了十几年书，眼光很刁，你只要看看他买什么样的书，就晓得他是个什么样的人，由此判断此人的学历和职业，十有八九是不会错的。不过，眼前这位顾客，让卢娜有点拿不定主意。县城附近有驻军，那里的军官士官都是书店的常客。可是这个人呢？一副文弱书生的面相，既不像穿便服的军官，更不像医生，也不像工程师，那么，他只能是一位大学教授了？当然是文科教授，理工男一般不读《巨流河》《没有宽恕就没有未来》这种书的。他买的都是历史人文类，连一本小说都没有，可见他也不是文学教授，而且是不会操作网购的那种老派教授？否则，卢娜倒有好几种最近大受欢迎的小说推荐给他：英国作家鲁西迪的长篇《午夜之子》、波兰小说家布鲁诺·舒尔茨的《沙漏做招牌的疗养院》，还有中国科幻作家刘慈欣的《三体》，年轻人都很喜欢。现在县城里大学毕业生研究生多的是，北上广刚开始流行什么好书，这里的读者就来电话催问了……

这么啰唆的问题，面对的又是一个陌生人，卢娜自然不好意思开口。她心想，卢娜你现在真是闲得要死了啊，这个人跟你半点不搭界，管他是教授还是工程师呢？

卢娜没开口，他却开了口。他抽出那本巨厚的《耶路撒冷三千年》，好奇地问她：这部书去年刚上市，你这里怎么能进到货？县城的读者，不容易买到经典书吧？我听说，《耶路撒冷三千年》连县城的新华书店都进不到几本，不要说民营书店了……

卢娜看他一眼，笑着说：卖书人总有办法的，不要小看了县城书店，这本《耶路撒冷三千年》，本店已经卖出去好几十本了……

她不想告诉他，为了让明光书店第一时间进到最新最抢手的书，她曾经动过很多脑筋。有个本城书友的女儿在北大读书，离五道口的"万圣书园"很近。那个女孩春节回来探亲，卢娜一次次叫她来吃饭，亲手做了梅干菜烧肉、鱼头炖火腿，就像亲生女儿回来了一样。惹得邻居说闲话：小娜你儿子高中还没毕业呢！那女孩回北京后，每礼拜都会去一趟"万圣"，把"万圣"的权威推荐"每周书榜"用手机拍了照，微信给她。卢娜再按图索骥直接去出版社进货，快捷度自然超高。按常规，民营书店只能从省城的博库书城及县新华书店进货，这一条，也被她七拐八弯地钻空子破了戒……书店书店，有了好书，才会有好顾客！是她的回头客支撑了书店，这个他总应该懂的吧？

在他惊诧的目光里，她亲自为他把书捆好，再套上了一只大号的塑料袋，这样拎起来就稳当了，不会把书角折皱。现在人工越来越贵，很多琐杂的事情，她常常都是自己做的。书店员工是体力劳动，拆包搬书上架，文弱小姑娘做不动；肯吃苦出力的年轻人，多半是从乡下出来打工的，连书名都记不牢，她哪里敢要呢？她见过网上一张图片，一家书店招聘员工的告示，只写了五个字——要求：女汉子。书店员工的工资低，很难招到合适的人，明光书店目前总算留住了两名职高毕业生，早上九点到夜里九点，两个人轮流倒班，样样要现教现学，她这个老板当得格外吃力。

他拎起那袋书，说了声谢谢，却不走，犹豫了一会儿，又说：我还想麻烦你一点小事，有一本《我们需要什么样的文化繁荣》，是社会科学文献出版社出版的，作者叫王京生。有人推荐给我，我在省城没买到，刚才找了一会儿，也没有。但我蛮想看这本书，你能不能想办法帮我代购一下？

卢娜有点犹豫。她和省里博库书城批销部门很熟，再冷门的书都找得到。问题是……这种书一旦进了来，本城没有人会看这种书的，他如果不来买，书就压在她手里了……

他好像看出了她的难处，解释说：这次他从省城来这个县城，是出长差，有一个大项目要完成，大概要蛮长时间。他平时喜欢看书，如今独自一人在外，只要晚上不加班，就可以把拖了好几年没看的书，一本本都补上。他指指书袋，又说：你看这几本老书，我以前早就看过了，还想再看一遍……

她记得他好像提了一句新区。她晓得县城往东的一片沙洲上，正在建一座新的小镇，听说平整土地的基础工程都已经做完了，卢娜还没有抽出时间去看新鲜。老县城三面环山一面临水，像一条狭长的船，搁浅在岸边。不想办法劈山填滩，再不会生出一寸空地。对于一座山区县城，政府举债发展是硬道理，不欠账发展就没有出路。这些消息都是店里买书的老顾客带来的。

卢娜不晓得说什么好，再说就是不相信人家了。一般情况下，她都愿意相信人家的。为了证明自己不是那种一心挣钱的人，她好心建议说：其实呀，你也可以到网上去寻，当当网、亚马逊，网上的图书，品种多，速度快……她奇怪自己怎么突然变成了电商推销员。

他想了想，认真地回答说：我不在网上买书，我一向都在书店里买书。我，想让书店活下去。

卢娜心里一震，一股电流从头顶瞬间传到脚底。我想让书店活下去——除了那几位明光书店的铁杆书友，隔三岔五给她发几条暖心的微信，鼓励她坚持下去，这句话从一个陌生人口里说出来，不由让卢娜一下子对这位顾客增添了几分好感。他到底是个什么人呢？卢娜有点好奇。

书店里暗下来，已经快要六点钟了。卢娜走过去开灯，啪嗒啪嗒，店里所有的灯都亮起来。不过，这几年，为了省电，她早已把所有的灯泡都换成了低瓦的节能灯。

他走到门口，回头看了看天花板，转过身，像是无心地随口说一句：书店的灯光好像暗了点，夜里来买书的人，看不清书名。你看，能不能，把灯光调亮一点？

卢娜心里咯噔一声，好像有个暗角忽然被照亮了。对呀，自己怎么没想到这一层呢？等了他那么多年，挂了一块"明光书店"的牌子，不就是希望他哪一天回老家来探亲扫墓，路过这条小街，一眼就看见了自己的名字，然后，也就看见了她……书店的灯光那么暗，假如他偏偏天黑时经过这里，连个招牌都看不见，她不就全都白费心思了吗？说白费心思也不对，她又不是为他开的书店，而是为自己！她没考上大学，不等于没文化，她只不过是借他的名字给自己一点气力罢了……

等卢娜回过味醒过神，眼前还没亮灯的昏暗小街上，这个人已经走远了。

这是不是卢娜后来一直在等他再来的原因呢？卢娜不知道。

第二天，卢娜把墙上的壁灯、天花板上的筒灯，全都换了灯泡，书店好像一下子睁大了眼睛。

2

好几个月过去，每天每天，上午下午，像往常一样，店里客人很少。

不是没人，而是没有卢娜的顾客。街上的行人多的是，男人女人老人小人，一个一个，从她的店门口急匆匆路过。看上去，个个都像是赶长途汽车赶火车的人，急得一刻都不能耽误。当然，闲人也有，慢悠悠的脚步，就从她的店门口，走过来又走过去。眼睛在额头下骨碌碌转圈，看东看西，看天看地，看着街对面的一家家店铺，服装店美容店足浴店手机店烟酒店小吃店，只要看到一家店，一个个的眼睛就像灯泡一样亮起来，只可惜，一线亮光都不肯落在"明光书店"那四个字上。

他们难道都不识字吗？官方统计数字公布说，中国的文盲还剩下总人口的百分之八左右……但卢娜知道还有一个数字：中国的人均阅读量，在全世界排在倒数十几名……

那些路人，难道真的看不见"明光书店"的招牌吗？卢娜不相信。门楣上浅褐色的匾额，"明光书店"金黄色的大字，清清爽爽明明白白。只要一抬眼就看得见。那四个字，当年她专门去省城，请美院一位书法家写的，十几年前，三千块的润笔费，可以买一只立式空调了。"明光书店"在县城的这条小街上，老字号不敢当，也算是有年头的"资深书店"了。七八年前，来店里买书看书的人，挤得转不开身，都说这书店好是好，就是小了点。如今，顾客一天天少下去，这个一层九十平方米的店铺显得空落落的，倒像是扩建了面积一样。

这些人，为啥就不肯多迈一步，走进书店来看看呢？哪怕不买书，翻一翻书也是好的呀。

记得书友会有个老书友说过：中国人虽有"耕读传家"的传统，但古人读书多半是为了"取仕"。今人谋官另有门道，不再读书取仕，人们也就不肯读书了。此话也许有一点道理？

那天下午，明光书店的老板卢娜，坐在书店临街的一小角窗边，望着街上的行人发呆。她在等什么呢？卢娜当然是在等顾客，就像一个蹲在水边等鱼上钩的垂钓者。这样说也不对，鱼竿是那个陌生的买书人亲手递给她的——他应承过还会来的，他应该知道卢娜在等他拿书。他要的那本《我们需要什么样的文化繁荣》，早就给他准备好了，是特地请人从省城快递来的。

也不一定是等他。卢娜心里知道，自己是在等一个永远不会到来的人。

书架书铺上的书，早已整理了一遍又一遍，没人动过，就没什么可整理的了。以前忙的时候，几个钟头一刹过去，书架又被人翻乱了。那是以前的事了，辰光总归往前走，回是回不来的。卢娜是爱看书的人，如今清闲下来，按说应该把那只看了开头、最多看了一半的书，都接着读下去。那本获得诺贝尔奖的白俄罗斯女作家维特兰娜·阿列克谢耶维奇的《我是女兵，也是女人》，就放在侧身的窗台上，露出一角书签。卢娜很喜欢这个女作家，她的文字背后都是血迹，却又不那么悲伤，而有一种力量。但此时卢娜却不想伸手把书打开。不想看书，是因为没有心思，没有心思，是因为有别的心事。心思和心事是不一样的。她撇开心事问自己：就连开书店的人，都不想看书，还能指望谁看书呢？县城不比省城和首都，喜欢看书买书的人，都是有数的。虽然明光书店办了书友会，每个会员都有打折的购书卡，可是，就这百十个固定的老顾客，如今也来得越来越少了，偶尔来了，也不一定买书。二楼有个茶吧，两圈围拢的小沙发。晚餐前，看书的孩子们都散了，晚饭后来的老顾客，多半是带朋友来这里谈事情的，她多少能挣一点茶水钱，只当补了书店的图书损耗。

卢娜此时没有心情看书，但也不想看手机。她把手机调到振动状态，任凭它在柜台上发出一阵吱吱的颤动声。手机这个小东西，如今变得越来越聪明了：导航、购物、打车、挂号、订票、查询……只要你想让它做的事情，它没有办不到的，像一个忠实的仆人，以最快的速度，为你搞定所有的事情。卢娜每天用手机微信处理所有的书店杂务，包括查询新书信息、订购添货付款、与省城及邻县的书店同行们交换图书信息……使用微信的成本，低廉到几乎可以忽略不计，比聘用一个四体不勤的大学生划算多了，所以，若是从经济的角度看，购买手机的投入，与它的产出相比，实在超值。

但卢娜仍然和手机保持着一定的距离。她与这个服务周到的"贴身秘书"，始终无法建立起亲密无间的友谊。看它二十四小时躲在你的身边，像一个鬼精灵、一个影子一般跟着你，从办公室餐桌厨房卧室一直跟到洗手间，在暗中窥视你的所作所为，无处不在无所不知，简直可以说居心叵测。它看似乖巧驯服顺从，样样事情与你配合默契。然而，你在这个世界上做过的一切，都会在它那里留下痕迹与记录。你点击点击再点击你打开打开再打开你转发转发再转发……你与它朝夕相处形影不离难舍难分生死与共，它就这样渐渐控制了你，让你分分钟记挂它想念它，离开它一会儿工夫，就像离开了心爱的人，魂灵都没有了……自从有了智能手机之后，她觉得自己的智商开始直线下降，一有不明白，随时随地去问度娘。度娘姓百，长年累月住在手机里值班值夜，随叫随到百问不厌。从此，天下好像没有卢娜不知道的事情，她再也不需要去动脑筋想事情、记事情。手机像一只平面的卡通小老鼠，鬼头鬼脑尖牙利齿，成天贴着你的耳朵甜言蜜语，或是挡住你的眼睛，只许你看着它盯着它抚摸它，一个个旧日老友看似近在眼前，却又被它阻挡在千里之外。它一寸寸咬噬着你的时间，把你一点点咬成粉末啃成碎屑，然后被它不知不觉地一口口吞进微小的芯片里。卢娜已经感觉到了，好像不是手机在为自己服务，而是自己在为手机服务。不是手机在侍候她，而是她在侍候手机，接电话回短信转发点赞充电交费响铃静音……不敢有一丝怠慢，生怕侍候不周错过了一个可有可无的消息。记得去年报纸上曾经有一场讨论：我们的时间都到哪里去了？问得好蠢，时间都到手机里去了！手机里有娱乐新闻明星结婚离婚出轨生孩子股票房市涨落楼盘开业养生保健新产品环球豪华游轮红海死海地中海冰岛巴尔干半岛巴厘岛济州岛欧洲足球联赛美国竞选伊拉克难民南美七胞胎婴儿……你只要抱着手机不放，就可以在第一时间获悉世界上每时每刻发生的事情。只要拥有一台4G，你即刻变成无所不知无所不能的先知。

然而，卢娜对此始终很疑惑：一个人，真的有必要知道世界上那么多不相干的信息吗？一生如此宝贵有限的生命，难道就这样交付给一台只会发布新闻、查询信息的手机了吗？如果一个人终身与手机为伴、患上了手机依赖症，岂不是会变得越来越傻越来越笨、变成一个根本不会用脑子的人？

所以，卢娜除了书店业务联系的朋友圈和书友微信群，通常不去看手机里的其他信息。若是有一点闲空，她还是喜欢泡一杯清茶，在窗边的阳光下抱一本书看。手机屏幕在亮光下通常会有反光，而书籍恰好相反，书页喜欢让阳光照亮，一行行黑字像是在白云间飞翔起伏的大雁……坐在窗前，微风拂过书页，纸面上散发出一种干草的气息；指尖摩挲书页，指肚能感觉到纸张的润泽与温度。卢娜对这种感觉太熟悉，她就是在无数次摩挲书页的感觉中长大的。记得她十二岁那年，母亲不知道从哪里捡来一本《爱丽丝漫游奇境》，书的封面有点破旧，爱丽丝的裙子皱巴巴的，裙带上盖着一个椭圆形的图书馆蓝印。卢娜不知道母亲那时候已经生病了，母亲想让这个名叫爱丽丝的女孩来陪她。后来母亲去世了，父亲很快有了新的女人，就把卢娜送到了外婆家。过了几年，外婆也生病了，卢娜从十四五岁开始，就独自照顾瘫痪的外婆。下课回家、冬夏长夜、星期天、寒暑假，她一个人守着外婆，端茶送水服药喂粥，不敢走远。亲戚们很少来看望外婆，只有那个可爱聪明的爱丽丝，一直留在她家里，和她一起陪伴外婆。每天夜里，爱丽丝就会跑出来，带卢娜去神奇的兔子洞里玩耍，那里有一只会咧嘴微笑的神出鬼没的猫，一只长着鼻子眼睛的鸡蛋，一只伤心流泪的甲鱼，一条抽着东方水烟管的毛毛虫，还有一个凶狠的红心王后……

他就是在卢娜最孤单无助的日子里，像一本新书，出现在卢娜的家门口。卢娜守着煤炉给外婆煎药，被那只会讲干巴故事的老鼠逗得笑个不停，忽然，书页上的阳光，被一条细细的小黑影挡住了。她抬头，看见他伸手递过来半只剥开的橘子：喏，和你换！把这本书给我看看！

　　后来，他和她常常一起头挨着头，坐在门槛上看同一本书，爱丽丝的奇幻树洞，成了她和他共同的秘密。他曾用大人的口气对她说：小娜，不要怕那个红心王后，她只不过是一副扑克牌……

　　再后来，他给她带来新的书：《班主任》《青春万岁》《撒哈拉的故事》《心有千千结》……再再后来，是《人生》《古船》《呼啸山庄》《复活》……自从有了书本以后，卢娜再也不感到孤单了。从那时开始，卢娜知道书本是一个有呼吸有生命的伴侣，假如世界上所有人都抛弃了你，只有书本不会离开你。那些读过的书，会走进你的心里脑子里，和你成为同一个人。从他那里，卢娜知道了天下有那么多好书，可以去学校图书馆、县城文化馆借书，也可以省下自己的零用钱去书店买书。二十世纪八十年代九十年代那辰光，外国书中国书，多得像大湖里的鱼一样。高中三年，她差不多把所有中国当代作家写的书都看过了，结果离高考分数线差了三分。那年夏末，他收到了北京一所大学八年硕博连读的录取通知书，在他家楼下喜庆的鞭炮声和烟雾气里，卢娜躲在楼上笑一会儿哭一会儿，当然是为他高兴为自己悲叹，手绢一连湿了好几块。她想，他若不来寻她，她是再也不会和他见面了。临走前他来向她道别，说开学后一定会给她写信，给她寄最新的新书……第二年，他们全家都搬离了这座县城，他和他的家人，从此消失在那些从未降临的新书里。

　　很长一段时间，卢娜痴痴等待着远方的来信，没有心情翻开他曾经送给她的那些旧书。但卢娜不得不去参加工作养活自己啊，商场邮局电影院好几个岗位招人，她却还是和书有缘，偏偏被县新华书店选上了。新华书店那栋二层楼的老房子，开在城中心最热闹的主街上，房产是国有的，每年卖教材吃饱到肚胀，每月奖金比合资企业都多。卢娜走进新华书店去上班，她忽然发现，没有他的世界里，依然到处有书。她随手拿起一本书，书上说：书可以把人带到任何地方，人也可以把书带到任何地方。她想：书能够到达的那些地方，人却不一定能够到达。她当然是要去书能够到达的那些地方！当她从童书架上一眼看见了那本新出版的《爱丽丝漫游奇境》，她觉得自己一下子就"复活"了。封面上的爱丽丝，穿上了崭新的漂亮裙子，那是一个新的爱丽丝，爱丽丝重新回来陪伴她，她从此再不寂寞了。

　　卢娜在新华书店当了四年营业员，后来结婚生孩子。老公是县城对面大湖景区旅游公司的轮船机械师，专管维修游轮船舱里的机器。当初书店的同事介绍卢娜和他认识，见过几次后，卢娜一口答应了这门婚事。原因说起来也好笑，第一次见面，卢娜试探着想和他谈谈小说，这个男人倒是实诚，他说除了技术书科技书，从来没有工夫读闲书的。卢娜心中暗喜：假如未来的老公像她一样喜欢看小说，家里的事情谁管呢？如果没人管家务，有了孩子以后，她肯定就读不成书了。于是她对这个男人提了一个条件：他不喜欢看闲书不要紧，但不许妨碍她看闲书。老公竟然痛快应承了。老公在一座新建的小区买了一套单元房，把卢娜婚前住的一楼一底的街面房出租了，那是"文革"后退赔给卢娜娘家的私产，外婆临终前，念着卢娜独自照顾她七八年，就把房子留给了卢娜，遗嘱都公证过的。等到卢娜的儿子满月后，老公说他打算把那份陪嫁的店面老房子，用来给卢娜开一家美容店，平时也方便照顾家里和孩子。

　　老公说到开美容店后的一天晚上，卢娜给老公说了爱丽丝的故事。她说自己十二岁那年，爱丽丝就住进了这间老房子，爱丽丝比老公先到了十年，所以，她要用老房子开一家书店，让爱丽丝回来，在这里长住……老公惊诧地张大嘴巴看着卢娜，好像她变成了另一个人。那一刻，卢娜的老公才明白，这个女人不仅喜欢看书，原来她心里是有梦的。他晓得这个已经晚了，爱丽丝说来就真的来了。

　　等到老公下个月放假回来，书店已经注册下来了。再下个月，老租客已经搬走，清空的房屋，等着他帮她去装修。老公替她忙里忙外买建材，过了两个月，书店开业那天，老公亲自给她在"明光书店"的招牌下放鞭炮。卢娜每天走进书店，心里欢喜得就像走进爱丽丝的那个兔子洞，有多少奇迹在等着她发现呢！所以卢娜至今喜欢纸本书，因为书本早已和她的生命连在一起了。

　　说起来，那都是十几年前的事情了。卢娜有过几年卖书的经验，明光书店很快上路。虽说比起在新华书店当营业员，辛苦操心了好多倍，但是店小船小好调头，自己一个人说了算，还是开心的辰光多。书店附近有个小学，她就专门为学龄儿童办了个寄托班，小孩下午放学后，家里没大人的，都到书店来。二楼小书屋的小人儿，在窗下排排齐坐一圈免费看童话书，小红帽美人鱼皮皮鲁西西，中国外国一样不缺，还兼卖些酸奶饼干小零食，小孩们来了书店就不肯回家，除非父母把童书买下了带回去看。没过半年，附近居民都成了她的顾客。也是赶上了图书销售的好年头，新书来了就走，很少压货。那时店里请了四个员工，除去工资水电，又不用交房租，一年下来，最好的月份，书店的纯利有好几万。顶要紧的是，卢娜的儿子放学后，就来书店做作业，其他地方从来都不去的。她在后墙的屋檐下搭了煤气灶，让员工小姑娘搭把手，煮饭蒸鱼炖肉炒菜烧汤，解决了大家的晚饭，顺便把自家儿子的教育也一起管了。

　　那辰光，每天晚上，儿子就乖乖伏在二楼做功课。老公专门为儿子在天花板上凿洞穿线，加了一盏伸缩灯，用的时候拉下来，不用的时候升上去。金黄色的灯光铺满了小桌子，墙上映出个小人儿的影子，躬身低头，像个专心念经的小沙弥。到了九点，书店打烊关门，卢娜牵着儿子的小手一起回家。四五月间，窗外的广玉兰开花了，藏在浓绿的阔叶里，圆月的晴夜，灼亮的月光洒在硕大的花朵上，树丛里好像挂起了一盏盏小灯，为读书人照亮……月色下，老远望见巷口老公的身影，来接她们母子，然后一手牵一个，三个人脸上的笑容，都像月亮一样亮晃晃……

那些年，卢娜觉得自己是天下最称心如意的女人和妈妈。她心想，自己兴许就是为了儿子才开了这家书店？让儿子从小就欢喜读书，长大了考上北大清华。总有一天，那个日日悬在头顶上的"明光"会晓得，不是只有他才能考上博士，她的儿子一定比他更有出息，不像他那样读了大学读了博士就从此没有音信，儿子将来肯定会记得年年回老家来看看。卢娜卖书一直卖到去年，才读到那本美国人写的《岛上的书店》。当她一眼看到书里那句话：一个小孩，你把他放在什么地方，他就会成为什么样的人。她惊诧得差点叫出声来：哎呀卢娜你好眼光，十几年前你就晓得把儿子放在书店里长大，那个岛上的美国人，难道听你讲过故事？

书店二楼东窗外的天井里，有一棵广玉兰树，高过房顶，宽大的叶片绿得乌亮，像一把把小扇子。广玉兰的叶片肥厚，小扇子看起来就有点重，春风秋风，风来了，满树的小扇子笨笨地摇起来，没有声响。县城的大街小巷，汽车喇叭摩托车自行车大屏幕广告理发店里震耳的音响餐馆门前长声的吆喝……没有一个地方不在发出各种响声。明光书店缩在小街的一个拐角上，就连窗外的广玉兰，都是规规矩矩的。书店书店，除了书店，世界上还有什么地方，会这样安静呢？所以，到书店里来喝茶的人，欢喜的是书店楼上的清静，即使不买书，卢娜也欢迎。她听说北京的锣鼓巷里，有一家砖墙石阶的朴道书堂，后院有个"阅读空间"，要买门票才能进去，那个空间里没有宽带没有 WiFi，一点声响都没有，那才是读书人待的地方。

然而，明光书店的好时光一去不复返了，差不多从七八年前开始，书店的销售额就开始下降，像秋分以后的气温，一天天往下落。北京上海广州还有各个省城，时不时传来民营书店倒闭的坏消息。北大校门口曾经很有名的"风入松"书店，当年和"国林风"等几家书店一起被称为"四大天王"，据说"风入松"明明前一天晚上还亮着灯，第二天就人去楼空了，真好像应了南宋文人吴文英填的那首《风入松》："听风听雨过清明……"骤然间"幽阶一夜苫生"，听说北大学生还给"风入松"开了追悼会。还有北京的"第三极""光合作用"……上千平方米的大书店，说关门就关门了。书店关张，不是因为经营不善，而是因为房租和员工工资一年年上涨，营业额一年年下降，连续亏本经营，哪个老板吃得消呢？这几年明光书店的资金周转不灵，常常拆东墙补西墙，老公交到她手里的月工资，转眼让她垫付了员工的工资。书店一直苦挨到前年，上头总算下了红头文件，对全国所有书店实行了税收优惠政策，明光书店算是柳暗花明了大半年。可惜减税仍然敌不过顾客锐减。从前年开始，书店利润扣除了店员工资和水电开销便所剩无几，去年开始亏损。到了今年下半年，说不定她连倒贴的私房钱都拿不出来，那就真的山穷水尽了。

　　每年春秋的旅游季节，老公在湖区忙得回不了家，等到放假回来，见她一副愁眉苦脸的样子，只好陪她一同叹气：小娜小娜，书店刚刚开门那辰光，你说书店里看书的人，多得挤坐在瓷砖地上，坐得屁股冰凉都不肯走。前年我帮你装了地板木楼梯，如今冬天不冷了暖，怎么反倒没人来了？书又不是鸡蛋西瓜猪肉，价格上涨跌落，书还是那个书吗，不会坏掉不会过期，怎么说卖不动就卖不动了呢？幸亏明光书店不交房租，要不然就连你也一道赔进去了。书店书店，命里注定，恐怕只输不赢了……

　　卢娜苦笑。除了书，书还能叫什么呢？书院书吧书楼，不都是读一个"输"字的音吗？若是写成"素"，没有油水；写成"黍"，是杂粮；写成"舒"，也不对，读书那么舒服？为啥现今那些贪图舒服的人，都不肯读书呢！开书店当然只输不赢了。前一段时间，她听人说新华书店的日子也不好过了，书店电脑设备坏了都没钱更新，员工的福利越减越少。卢娜心里有数，新华书店退休员工多，生老病死都要钱，书店也像人走长路，一副担子越挑越重。何况书店的书越卖越少，只出不进，好比胃肠出血的人，输进去的血不及流失的血，血管瘪掉了，命就没了……

　　老公埋怨归埋怨，却是从来没有逼她关门。卢娜心想，只要老公能容下书，她就能容下他。

　　卢娜挥了挥手，幅度很大地撩开眼前的一只小飞虫，像在驱赶那些烦心事。还好儿子争气，高中两年下来，考试成绩一直在全年级前三名。可惜县中的教学质量总不如省城，明年要想考上重点大学，还要拼一把。她和老公商量过，万一儿子考得不理想，就让他申请去国外自费读大学。全家拼拼凑凑，头一年的二三十万还是拿得出来。再往后呢，就不好说了。读到博士毕业，学费加生活费，没有百十万恐怕下不来……想起儿子明年读大学的事情，卢娜心里有点纠结。

街上人来人往，仍然没有人走进书店里来。前几天倒是曾经来过一家三口，男女都穿得时髦，女的拎一只香奈尔包，男的戴一串手指粗的金项链。那个八九岁左右的小孩，一进门直奔童书架去，捧起一本最近刚刚出版的童话《不平凡的约克先生》，坐在楼梯上就看起来。这套书一封五本，卢娜拆成单本，方便孩子们在店里看。那女的走到"家庭实用类"专柜，拿起一本营养食谱翻了翻，顶多三分钟，脖子转过去，大声催小孩快点。小孩说，妈你让我看一会儿，这本书真好看，我看一小会儿。女的不耐烦起来，说你蹲坑拉屎呀？不是说好买一本就回家吗？孩子噘嘴站起来，拿起那本《伟大的约克先生》，又拿起《傻傻的约克先生》，两本都抱在怀里，空出一只手，又去拿《森林里的约克先生》，小手抱不住，哗啦一下全掉地上了。卢娜走过去帮他捡书，轻声说：这套书一共五本，你想要哪一本呢？小孩吞吞吐吐说：五本我都想要！那男的大步走过来，勾起食指，在小孩脑袋顶上敲了一记，呵斥道：五本？你想要五本？当饭吃啊？你看你看，封面上是一只小猪嘛，小猪有啥好看？越看越笨了嗼！他抓起小孩的胳膊就往外拉，女的抓起小孩的另一只胳膊。小孩用求救的眼神看卢娜，卢娜刚开口说一句：童话书都很薄的，加起来也就是大人一本书的价……女的抬头狠狠瞪了卢娜一眼：一只小猪猡要写五本书，你当是动物电视连续剧啊？小孩被拽出门外，手里一本书都没有了，哭喊声从书店门外传来，伴随着小轿车重重关门的声音。卢娜被震得心里一阵疼痛，眼泪都涌上来。其实，这种人她见多了，衣着光鲜珠光宝气，看上去家里一点都不缺钱，可就是不肯花钱买书，好像买了一本书，衣裳就会少一只角；买了一本书，身上就会掉一块肉。他们舍得花钱买进口水果进高档饭店，就是舍不得买书，几十块钱呀，不就是一盒高档烟、一份麦当劳的价钱……可他们只晓得问这个物事有啥用场？只关心划算不划算？卢娜每次遇见这种人，有一本书的题目就会自动跳出来：《你无法叫醒一个装睡的人》，哦，看这个书名起得多聪明！不想花钱买书的人，就是那种赖床的人，床头一排闹钟震天响，假装听不见。这种人，恐怕一辈子都不肯为买书掏腰包。

偶尔，也会有相反的情况。上个月，店里来过一个女人，黑瘦，头发花白。她从一只环保布口袋里，摸出一张皱巴巴的纸片递给卢娜，一边小心问：还没有过期吧？是我女儿给我的优惠券，一张券买几本打折书呢？我骑车从城西赶到城东，路上大半个钟头，今天多买几本，你再打点折给我好不好？卢娜接过优惠券看一眼，是那种不含店家赠送金额的打折券。为了这一张券的优惠价，她跑那么远的路专门来一趟？每次遇上这样的顾客，卢娜也一阵心痛。

那位妇女直奔《红楼梦》去，说自己想买一套精装本，想了好几年。原来的那部书太旧了，字都看不清了。把《红楼梦》买下后，又寻出了一本白岩松的新书《白说》，说是要给女儿……卢娜给她结账时，手一哆嗦，打了个七折。那女人又在店里来回走了一圈，又拿了一本冯骥才的《俗世奇人》，那本书很薄，她坚决不让卢娜打折了……

可惜，像她这样钱包拮据，却喜欢看书的顾客，总是有数的。假如每一位过路客，都像几个月前来过的那个人，一口气买二十多本还不要她打折，明光书店的日子就好过了。卢娜转念到那个人身上，心里有点烦，他要的那本什么"文化繁荣"，已经过了三个月，再不来取，就很难退货，等于死在她手里了。这种书，就算白送给县委宣传部门，人家也不见得识货。政府的人买书，零售也好团购也好，都像钱塘江涨潮一样来得凶猛。前些年，宣传部突然来问有没有《万历十五年》？再有一年，县政府的官员忽然得了什么消息，一窝蜂到新华书店去买《旧制度与法国大革命》。其实，这本书那年刚上市，就有书友来通报卢娜，说它在北京很走俏，让明光书店赶紧进几本。卢娜心想，大革命与小县城有什么相干呢？心里不托底，先试试进了五本，没几天就被抢光了，又赶紧去添货。等到县政府那些官员十万火急寻这本书又到处寻不到的时候，终于想起了明光书店，寻到她这里，竟然还有几本存货。宣传部门就在明光书店一口气订购了一百本，县委县政府全体科级干部人手一册。书店老板当然喜欢单位团购，生意做得爽快。没想到那段时间，这本书热得在博库书城都脱销了。好像万历皇帝和路易十五马上要从棺材里爬起来，到本县来检查工作。

卢娜的图书信息灵通，除了业内的朋友推荐，主要还是靠她自己勤看勤记勤查。每天上午到了书店，先扫一遍京东网北发网博库网云中书城当当榜单开卷榜单，书店开门之前，她早已在网上浏览过一大圈了。所有的图书销售排行榜，动一动她都有数。各大出版社新书上市，凡是业绩好的，第一时间下订单，先买三五本试，卖好了再进，快进快出。所以，不要小看县城的民营书店，信息时代，谁拥有信息谁就拥有读者和顾客。她还订《中国图书出版传媒商报》《中华读书报》《博览群书》这些和图书有关的报纸杂志，只要有时间，短书评也是要浏览一番的。多年来，明光书店在读者里有个好口碑，都是她一本书一本书做出来的。哪怕有一个顾客订购一本薄书，只要说得出书名或是作者，卢娜都会千方百计去帮他寻来。她从不拖欠出版社和经销商的回款，哪怕把自家的钱垫进去。所以，批发商手里凡有好书，总愿意先发货给她。她开书店十几年，该做的、能做的，都做到了。可为什么，书店的营业额还在直线往下落？每天晚上九点，卢娜打烊关门，一盏盏顶灯壁灯筒灯，啪嗒啪嗒全都灭了，最后漆黑一片。书店消失在黑暗的街角，像一艘冰海沉船……

假如有一天，明光书店夜里关了门，第二天上午再也不开门了，那会怎么样呢？卢娜被自己的想法吓了一跳。其实，这个想法已经在她脑子里闪过好几次了，每次她都有一种被撕裂被剜剐的感觉，就像她前些年做过一次人工流产，活生生的一块肉，被搅成一摊肉泥从身体深处吸出来……

卢娜曾经看过一本新书《我们这个时代的怕和爱》，她知道自己爱什么，却不明白自己到底怕什么，越是怕的事情越是会来，谁知道明光书店还能坚持到哪一天？

3

这个平常的下午，书店依然没有什么客人。街上的行人对"明光书店"不肯多看一眼，更不愿多走一步踏进书店来，卢娜对此已经见怪不怪。一般要等到周六周日下午和晚上，书店才会多一点人气、生气与活气。渐渐地，卢娜觉得眼皮发涩，两只眼睛都睁不开了。她靠在收银台的桌面上眯了一会儿，梦见了电影里的泰坦尼克号，船头竖起来，立在冰冷的海水里，有人把她推到了一条小舢板上，小船在海浪中一晃一颠，眼看就要靠岸了，又被一个浪头弹开去……

忽然，她听见了轻微的响动，好像是窸窸窣窣的脚步声，警醒地抬起头，见门口进来了几个年轻人。他们在书店里轻手轻脚像影子一样移来移去，总算挑了几本书，然后拿出手机，眼睛一边往她这厢溜，一边速速拍下了书的封面，动作快得像做贼一样。卢娜迅速做出了判断：这几个人虽然不是偷书的，也和偷书差不多。他们在书店选好自己喜欢的书，用手机拍下封面，然后转身回家上网去买。网上买书的价格，比书店差不多便宜了一半，现在的年轻人都把实体书店当成了一个不付费的图书展示店。网上买书不用出门，给你寄到家里，还只需付一半书款，真叫人想不通。这些年实体书店的销售量急速下降，书店一家家难以为继，就是因为最具购买力的年轻读者，大多转向了网购图书。卢娜到省城去参加民营书店协会的交流会，所有的书店老板都叫苦连天，就连新华书店的老总，在质疑网购图书这一点上，也和民营书店迅速结下了临时同盟，成了同一条战壕的战友。

但卢娜是识时务的人，她知道淘宝网购是大趋势，那个托夫勒应该去写一本《第五次浪潮》。卢娜并不是绝对反对网购，她自己的手机上，也装了支付宝，收银台的角落里，就有一堆从网上买的铁皮书立，价格比文具店便宜一半。只不过，她认为网购也该有个规矩、有个法规条款的约束，不可以任意叫价的，尤其是图书。书价就印在书上，是出版社按照图书成本和利润计算出来的，实打实没有一点水分。网上和网下，用行话说，就是"地面店"和"空中店"，天上地下，卖的书，都是一模一样的（不像网购的衣物日用品，常有以次充好的冒牌货）。可为什么同书不同价呢？书还是那个书，网上打那么低的折扣，和实体书店的实价相差那么大，还有多少人愿意去书店买书呢？这样的商业竞争，实在太不公平了！

卢娜硬压着火，把脸扭过去，一边在心里安慰自己：这几个学生来"买书"，买的总归还是纸本书，是有油墨书香味道的纸书，不是手机和电脑屏幕上的电子书。学生去网上买书，为了省钱，省了钱就能再多买几本书。这样总比那些不读书的人好许多啊。网购图书折扣低，有利于低收入消费者，她能理解。卢娜之所以默许这些年轻人拿书拍封面，眼开眼闭不计较，为的也是这一点。她最怕年轻人捧着手机和 iPad 看书，那种光不是自然的亮光也不是灯光，而是蓝幽幽的电子光，X 光射线一般，从字面背后透出来，会把人的眼睛灼伤。再说，电子书摸上去冷冰冰硬邦邦的，哪里像纸本读物摸上去那么温暖那么柔软？在她看来，那根本不能称作书，只能说是机器，机器里装的并不是正儿八经的学问，而是玄幻穿越一类的畅销流行的娱乐性读物，就像麦当劳肯德基，偶然吃一顿，或充饥或尝尝无妨，若是顿顿麦当劳，肯定会营养不良。四十岁出头的卢娜，对机器有着本能的排斥，对纸本书怀有一种偏执的热爱。儿子上了高中后，央求她给买一台 iPad，她回答说：你考上大学之前，我宁可给你买一辆上万块的山地车，也不会给你买平板电脑，你死心吧！儿子委屈地咬住嘴唇，终于还是忍不住：妈，你真是老土了哦！还用英语说了一声：out！这个英语词，店里的年轻人喜欢挂在嘴上，卢娜听得懂。out——没想到如今在儿子眼里，她也该出局淘汰了？

她的年纪还轻呢，就老土落伍了？如今人人都在拼命赶潮头，只怕自己赶不上。不过，卢娜却不这样认为：说不定哪天钱塘江的潮头退了，落在最后的那条船，转身一掉头，最先驶入东海也说不定。书友会那些消息灵通的朋友，曾经对她说过，不要绝对排斥平板电脑，现在的电脑都可以下载经典文学作品，有一种叫作"掌阅"的手机阅读器，可以装上几千万字的图书，文史哲经样样都可以输入，出门旅行，再不用带那些又重又厚的纸本书，又便宜又方便的。卢娜点头又摇头。她相信，世界上只要还有造纸厂，就会有纸本书。只要世上还有纸本书，就会有人去书店买书，书店的书，看得见摸得到。一家书店，就像一座城池的瞭望塔，走进书店就是登上塔顶，望得见远处的来路和去路。

去年冬天一个下雪的日子，她独自守着冷清清的书店，望着窗外飘飞的雪片，觉得那一片片白雪就像撕碎的书页，被一双巨手抛甩出去，纷纷扬扬落在湖里河里，雪花淹没在浪花里，不见踪影。天刚擦黑，她就把书店的灯全都打开了，忽然听见有人在门口跺脚，门推开了，有人走进来，身上冒着一股湿重的寒气。那人揭下头上的绒线帽，原来是一位头发花白的老书友，大概有六十多岁了，羽绒服的肩膀后背都湿了一大片。他的手冻得红肿，掏出一块手帕揩去脸上的雪水，然后从塑料袋里拿出一本书，她隐约想起来，这本《民国清流》，好像是不久前他刚从明光书店买去的。

老人把书翻开，书里夹着一张对折的三十二开宣纸。他打开宣纸，点着上面竖写的一行毛笔字说：就要过年了，我给你写了一句话，今天刚好路过这里，拿来送给明光书店。

卢娜看清了那行工整的小楷：是谁在黄昏里亮起一盏灯——祝明光书店新春吉祥。

她晓得这是台湾诗人痖弦多年前的一句诗，黄昏里那一盏灯，是书店。

卢娜的眼泪涌上来，喉咙里被一股热气堵塞了，说不出一个谢字。老人走后，她看着地面上两个拖泥带水的湿鞋印，像两只风雨飘摇的小舢板，航行在茫茫书海里……她的泪水落在水迹上，分不清是雪水还是泪水。她心想，自己之所以能够撑到现在，多半是为了这些爱书的读者吧。

她想起前几年，有一位常来买书的中年女子，好像是做室内设计的，面容姣好，衣着的款式色调搭配都很讲究。但她买书很挑剔，装帧封面的品相哪怕有一点瑕疵，她也是坚持要换一本的。她不是书友会的人，卢娜不知道她的名字。有一天晚上她来买书，书店这一线的店家，忽然跳闸了。她耐心等着卢娜点亮了蜡烛，一边安慰卢娜说：不要着急，等一下就会来电的，只要线路没有坏掉就不要紧……后来有一段日子，那女人没来店里，过了大半年又忽然出现了，卢娜差点没认出她，人瘦得脱了形，扶着门框，一条粉红色的长纱巾，把头顶到后脑都裹起来……卢娜不敢问她是不是病了，倒是她自己对卢娜说：

我做了手术，正在养病，有很多时间可以看书。但我没有力气寻书了，你帮我推荐几本新出的小说，品相要好，故事不要太悲情……卢娜叫道：你为什么不打电话来？我可以把书给你送到家里去的呀！后来，卢娜常常去给她送书；再后来，那个女人去了省城的大医院；再后来，有一天卢娜收到一只小纸盒，打开了，里面是几本新书，一张印着玫瑰花的粉红色信笺飘下来，上面写着几行娟秀的小字：这些新书，我来不及看完了，寄还给你，也许还有别的人可以看。人生在世，读书是一件多么美好的事情……谢谢明光书店。

　　这几本书，都是她以前从明光书店买去的，封面还像新的一样。卢娜把她的信笺用一只白色的镜框镶起来，挂在书店一角的墙上。读书是一件多么美好的事情。是的，卢娜每天抬头看到这句话的时候，心里总是会微微一颤。即便就是为了她的顾客和书友，明光书店也没有理由不硬撑下去的，至少，她要撑到实在撑不下去为止……

　　所以，几个月前，那个省城的陌生人来买书那天，临走时对卢娜说：最好把灯光调亮一点。当时她下意识地环顾四周，微弱的亮光下，飘过了那个女人粉红色的纱巾……把灯光调亮，说得没有错，但谁能保证电路不出毛病呢？不过，省城陌生人那句话，和那位女顾客留给她的话一样，毕竟是暖热的。也许就是因为这句话，她一直在等待他再来……

　　卢娜还记得，大概在半年前，她接过一个电话，是县里一家柑橘贸易公司的老板，也是她老公的一位远亲。老板一开口就是二十万块的订单，凡是古今中外的名著、历史地理经济军事，统统要豪华包装的精装本，书越厚越贵越好，他见过一套一套带锦缎盒子的那种，一盒就要好几万……卢娜一听就明白，老板是要买书当春节礼品。如今上头查得严，给官员送礼收礼是行贿受贿，只剩下送书不违规，这点小心意，既风雅又安全……面对这笔即将到手的大生意，卢娜却并不领情，心想图书是用来读的，怎么变成装样子的摆设了？不过，老板又补了一句：卢娜，这个订单数目不小，你有得赚了。你卖了那么多年书，晓得什么样的书拿得出手，买什么书，都由你说了算，我十万个放心。但我有一个条件，你听好了：书价嘛，你要按网上进货的价格，加一成给我。如果我让人到网上去买，肯定便宜很多。我把这个单给你做，是为了照顾你的生意，你老公关照过的……卢娜被他噎在那里，半天才缓过一口气。她想告诉他，网上卖的那些书，从出版社进价的折扣，都在三折左右，网上书店没有店面房租压力，按五折的价格卖出去，还有盈利空间。何况很多网站也是为了打广告赚人气，常常低价倒赔卖书，属于恶性竞争。而她这样的实体店，一般进货的图书折扣都在六折以上，即使全价卖出去，书店租金、物业管理、图书损耗，加起来占到成本的50%，再加20%的人工成本，一本书的纯利，只剩下一折左右了……她拿着话筒，一时不知该和他怎么说。图书当然是商品，但这个商品的精神价值，恐怕比封底的书价，要高出多少倍呢，算不出来的！她虽然是卖书的，但卖书和卖柑橘，不是同一个生意经。

卢娜想了想，客客气气回答说：你还是到网上去直接进货的好，网上品种齐全，你想要什么都有的……她刚要挂断电话，话筒那边大声喊道：哎哎，好说好说，只要你去帮我买来，价钱好商量，你叫我到网上去买？我又不懂书……卢娜好气又好笑，心里舍不得错过这笔生意，又有老公的情面在里头，便顺势落台，和他讨价还价了一番，柑橘老板知趣地让了价，最后是卢娜五折从网上帮他进货，六折卖给他。礼品书到货，彼此皆大欢喜，这是卢娜去年做成的最大一笔生意了。

春节过后，恰好省城的出版发行业协会举办一个"让城市留住书店"的研讨会，也邀请卢娜去参加。那天细雨霏霏雾气弥漫，从城区和邻县来了几十个书店老板，大家的衣服都是潮乎乎的，寒气阵阵袭来，一个个身子都缩了起来。轮到卢娜发言，她就把柑橘老板买书的事情讲给大家听了，她说没想到如今电商兼了批发商，看样子以后实体店要去网上进货，直接和电商合作算了。

有人打断她说，目前国内电商和实体店的价格竞争，已经危害到整个书业的健康发展，你还说去和电商合作？据说很多发达国家，对实体书店都有严格的价格保护措施，比如说，一本新书上市，半年一年之内，网上买书不可以打折，就像电影院公映大片，三个月内不允许发行影碟一样……众人纷纷点头，议论说这么好的法规，可惜中国怎么就没有呢？政府有责任保护图书的价格稳定，市场经济也是要讲规矩的，不晓得中国以后会不会出台这个政策？

"纯真年代"书吧的经理盛绣接话：书店书吧书屋，统统姓"书"，凡是姓书的，都是一家人，但现在民营书店好像是被领养的，不是亲生儿子一样……有人附和：书店等于体验店、图书馆，老板花钱开店，读者免费阅读；网上各路神仙打架，网下凡人小民受苦！有人叹气说：现在实体书店不开咖啡吧就活不成，简餐文具，都成了实体店的标配，其实都以非图书的行为在养活书店。这样搞下去，将来书店就快变成美容健身房台球屋棋牌室儿童乐园的"跨界"创意产业了……图书图书，宏伟蓝图变成唯利是图！

省里报刊发行部门的人说：现在社会的整体阅读生态环境不好，这几年城市道路一整改，就把书报亭撤掉。据说书刊的零售额下降了50%，书报亭也赔钱，街上那些报亭一个个都不见了，下班路上想买一份晚报都不晓得到哪里去买……

牢骚话说了一箩筐，大家心里越发惶然。

后来晓风书屋的褚经理发言。他们夫妻搭档经营的晓风书屋，已在全省开了十几家连锁店，每一家都是不同类型的主题书店。晓风在城区有一家分店，兼顾定制手工烘烤的小饼干，读书人与不读书的人，都是欢喜的。小褚慢悠悠地说：我觉得实体书店正站在一个十字路口，大家都在摸索方向。政府的职责、书店的经营模式、读者的阅读习惯，这三者缺一个环节，都是水桶的那块短板。政府应当有长远眼光，对图书资源进行整体合理配置，用购买公共服务的方式，来扶持实体书店。年年开"两会"，代表委员年年呼吁建议政府设立"全民阅读日"，阅读方面的具体建议，已经提了很多，我就不重复了。我想说的是书店自身的问题，我倒是不担心没人读书，我想得最多的，是他们到底在读什么？如今书太多，普通读者一走进书店就头晕，不晓得哪一种书买了回去，正是自己需要的。我们卖书人要做的，就是把真正的好书送到读者手里。今后书业的发展趋势，不仅仅看流通效益，还要看书店的文化品位。书店怎么选书？怎样让读者知道什么是好书？我们书店自身的服务方式也要改进，提高书店从业人员对图书的鉴赏能力，假如顾客寻书，售货员一问三不知，读者掉头就走了，以后就会对买书产生排斥心理。我建议政府有关部门，能不能拿出一点资金，定期开办专业训练培训班呢？到了大学生的寒暑假，我们也可以主动招募、选择那些爱书的人，来书店做义工，做图书导购……

卢娜听得心里一阵阵发热，小褚的句句话都和她想到一起去了。晓风书屋进书的门槛高，对每一种书都要设立预期的"目标读者"，新书进货之前，提前做好功课，一本都不含糊，就像打靶射箭，不敢奢望命中十环九环，也不至于飞到靶外去。卢娜一向很佩服小褚的，自己什么时候能够做到晓风其中一家分店那么好，她就心满意足了。

最后新华书店的老板发言说：我同意小褚的意见，如今实体店确实是在垂死挣扎，但我们自己也要想办法转型自救，创造更多新的销售模式。比方说，可以用图书馆加书店的模式，为大企业、金融界、电子业的高收入员工，提供图书专项服务；零售书店也可以和新华书店合作，新华书店的品种齐全，小书店网点分布广、经营灵活，双方取其所长，加快流转率，把库存全部盘活……有人打断他，说新华书店当惯了老大，民营书店被"收编"，假如不按照新华书店的路数走，新华动不动就"断粮"，民营书店等于自投罗网，这个办法行不通……又有人抱怨，说一千道一万，归根结底还是房屋租金。依靠书店的自有资金，租不起好地段的街面房，只好搬到房租便宜的背街区位去，买书的人寻不到店面，客源越发减少，书店利润更少，变成恶性循环。有人提议，应该去找一位政协委员，为书店写个提案，建议设立一个全国性的实体书店基金会，政府拨款加民间募集资金，每年对城镇的大小实体书店，统一进行行业绩综合评估。那些信誉好的书店，应当给予减免房租作为奖励。各地闲置的军产房、文化系统内部的空房、商业性楼盘的尾房，都可以想办法调剂出来给书店使用，也可以均衡社区的图书网点分布……

大家又七七八八说了很多，说来说去，除了网店电商的书价之外，大家最关心的话题，又回到书店的房租上头。有人说：房租房租，必将成为压垮实体书店的最后一根稻草！危言耸听啊，卢娜的明光书店虽然是私产，但她也赞成这个说法。

窗外的小雨一直不停，天空像大家的心情一样灰暗。会议结束前，省出版物发行业协会的秘书长，给大家简单介绍了去年年底深圳市人大刚刚通过的阅读立法。卢娜觉得新鲜，阅读立法？难道不读书就是违法吗？往下细听，才渐渐明白，这个立法其实就是"全民阅读促进条例"，是为了规范政府行为，也就是说，政府必须为公众提供阅读服务的人才资金以及基本场馆设施，保障市民的文化公共权利，否则就是"不作为"……卢娜早就听说，深圳的读书活动搞得特别好，2013年被联合国教科文组织评为"全球全民阅读典范城市"。她在网上查阅过，深圳市有一座设备先进的中心书城，每个区有区一级书城，所有的街道都配备了功能齐全的书吧。全城的图书馆自动借阅系统，已经覆盖了所有的机关企业大专院校……深圳每年都有"读书月"，延续整整一个月时间，举办百十种读书活动，图书不夜城、名家讲座、年度好书颁奖活动，最让卢娜感兴趣的是，深圳读书月活动，其中竟然还设了一个"领读者奖"，专门奖给那些优秀的图书推荐者、书评家，以及民间自发的各种"读书会"……

卢娜觉得眼前渐渐亮起来，天空好像转晴了，一线橘色的夕阳，穿过厚厚的云层，投射到会议室的窗户上，大家都在兴奋地交头接耳，有人提议，出版发行协会应该组织大家去深圳亲眼看一看，差旅费由各个书店自己承担好了。一时间，弥漫在会场上的愁云惨雾，渐渐飘散开去。

希望，亮光！——卢娜在笔记本上潦草地写。又写：坚持！高贵的坚持！自己呆呆地看了一会儿，却又飞快地涂掉了。

那天散会后，卢娜本想赶时间开车到城西去一趟，她听说，省城有一位作家用自己的工作室，开了一家叫作"理想谷"的书吧，免费为读者提供读书场所。"理想谷"一间大屋，三面墙壁，一格格图书一直顶到天花板上，中间是瀑布一样垂挂的青藤（也许是绿萝）楼梯呀地板呀，到处都是可以坐下来读书的地方，一伸手就能拿到书。每天都有人从很远的地方专门到"理想谷"来看书，一块钱一杯咖啡，可以坐一天……只要想一想那个场景，就让卢娜激动又感动。她早就打算去一趟，感受一下那里的氛围。但她刚出门，就被晓风书屋的小褚经理叫住了。

褚经理笑吟吟的，好像有什么开心的事情。果然，小褚给她透露了一个消息：刚才大家提的建议里，其中有一项，本省的有关部门已经领先开始了，专门设立了一项文化建设工程，拨出了一笔专款，给书店作为补贴和奖励，民营书店也有少量名额。本省是沿海经济发达地区，才能拿出这一大笔钱。不过，这个补贴是有条件的，书店的固定资产必须要在一百万以上、连续多年信誉良好，还有营业额呀纳税状况呀，有关部门都要对书店一一进行资产评估……卢娜的明光书店，房产是自主产权，县城的中心地段，一楼一底一百多平方米的房子，起码值个七八十万，加上流动资产，差不多就够百万了，其他条件都应该符合标准的……

面对这个突如其来的好消息，卢娜有点发蒙，好像寒冬腊月里，天上掉下一件厚厚的羽绒大衣，把她暖暖地罩在里头。她结结巴巴地对小褚说：我不够的不够的，比我做得好的民营书店有的是，你看盛绣的宝石山"纯真年代"书吧，城市名片、文化客厅，好口碑好业绩好风景人人都欢喜，她的名气大、影响大，要评就应该评她……

小褚轻叹一声："纯真年代"是好，但她的书吧房产租期五年，当年装修书吧，她家的积蓄都用光了，平时书吧的收入，也就够维持日常开销而已，哪里来的百万固定资产呢？好多民营书店，都被卡在这一条上了，我不晓得这种规定是个什么道理。如果书店自己有百万资产，政府补贴也就不算是雪中送炭了。不说了不说了，我看你还是回去算算账，有个思想准备，尽量争取争取……

卢娜倒抽一口冷气。想不到她当年用自家房屋开书店，房产所有权在某一天能救她于水火。也是呢，那些租房开书店的小老板，等于月月在替房东打工。明光书店不用交房租，才算苟活到现在。假如明光书店既要交房租又要养员工，恐怕早两年就关门大吉了。感谢外婆！感谢老公啊！

等她回到县城后不久，县文化局果然有人到店里来"视察"了一番，向她简单介绍了情况，还让她填了好几份表格，书友会的人给她写了读者评议，她还去银行开了纳税证明，等等。如此折腾一番之后，不仅没有"好消息"传来，连什么消息都没有了。好像云雾里的那件羽绒服，塘边刚刚才开始养鸭子。一春一夏，即使等到鸭子长大，一寸寸绒毛填进大衣壳里，做成了羽绒服，又哪里就刚好披裹在自己身上呢？卢娜每天发愁操心的事情太多，过了一两个月，就把这个"好消息"，连同开会的热闹都忘在脑后了。在江南这个地方，一年四季，阴天下雨的日子，总归比晴天要多的。

这天下午，她望着那几个年轻人匆匆逃出书店的背影，真想对他们喊一声：要拍封面尽管来啊，说不定再过一年半载，明光书店关门了，你们连拍书的地方都没有了呢！

学生们走了以后，书店又冷清下来。卢娜坐在窗口，望着街上来来往往的行人发呆。她等的那个陌生的取书人，也许不会来了，过几天，她要记得把那本"文化繁荣"的书退掉。她等的那个老同学，也是永远不会回来了。她究竟还能撑多久呢？说不定哪一天，卢娜会到马路对面的那家装修公司去借一部梯子，亲自爬到书店门上，把"明光书店"那块木匾，从屋檐下摘掉。当他有一天终于想起回乡扫墓的辰光，这里是一扇紧闭的门，他再也寻不见她了。

4

这天下午，老公从湖区放假回家，亲自烧了几样小菜：春笋烧肉、油爆虾、雪菜蚕豆、清蒸鳊鱼，样样都是卢娜喜欢的。儿子临近高考，天天在县中晚自修很迟才回。但卢娜却没有胃口，吃了几口就放了筷子。她晓得老公是想同自己谈天，至少是问问，书店这个月又亏进去多少？但老公见她不想说话，独自喝了几杯闷酒，什么也没说，早早就睡下了。

晚上卢娜翻来覆去睡不着，到了半夜，她一伸手，触到了老公的后背，顺手摸上去，出手很重地摇晃他的肩膀。黑暗中，她的声音听上去恶狠狠的：嗳嗳，我已经想好了，这样硬撑，越撑亏得越多，儿子要上大学了，家里等着用钱，书店还是早点关门算了！此话既出，她觉得自己的决心已经下定。这话不能让老公说，要由她自己说出来。这一回不说，等他下次回来，又是一两个月拖过去了。

老公睡得死，翻了一个身，好像还没醒，蒙眬中嘟哝一声：开店是你，关店也是你……

　　卢娜撒娇地蹬了他一脚：你到底管不管嘛？

　　总算醒了一半，口齿含糊不清：你再想想办法嘛，办法总有的……

　　卢娜赌气翻身，用脊背顶着他。他又不是不晓得，所有她能想的办法，不但早已想过，而且做过多少次了：节日促销、新书推介、作家讲座对话、签名售书……到了如今，招数用完底牌出尽，已是黔驴技穷。在这个县城，就数明光书店的新书周转最快，一般图书上架几周后，假如一本卖不出就退货。只是，从县城到省城，毕竟相隔近百十公里，高速公路的图书运费，都要书店自己承担，进货退货的费用都打入成本，常年来回折腾也是吃不消的。亏得卢娜人缘好，几年来，书友们晓得书店生意清淡，一听书店进了好书，常常故意多买几本拿去送人。有一个中年人，好像是个中学语文老师，一到寒暑假就来买书，后来卢娜终于忍不住好奇问他：寒暑假人家老师都在忙着做家教，你倒有闲工夫看书啊？他这才说了实话：其实我也看不了那么多书，买回去都叠床架屋摞起来，家里堆满了，老婆有意见，我对她说：藏书可以保值升值啊，你看宁波的天一阁，以后传给子孙……他一边说着，一边笑起来：我也不全是为了帮你，家有书香，孩子也受熏陶的……

　　卢娜晓得，多年的老书友们，都在暗中帮她。但以人情来维持书店，总归不是长远之计。如今的书店，所剩无几的优势，大概也就是人们对纸本书的旧日感情了。老公毕竟不是这个行当的人，他不知道那些大城市的书店，也是各有各的难处。听说只有北京的"万圣书园"，只赚不赔生意笃定。那个老板自己就是个博学的读书人，凡有新书出版，他都要自己一本本先看过。万圣书园的咖啡吧赚的钱，还不如卖书的利润高，那是因为万圣就在北大清华附近，书店里进进出出的人，都是正儿八经的学者教授。全国有几个北大清华呢？万圣是个唯一，学也学不来的。就说北京的三联书店，半个世纪多的老牌书店，首创了"二十四小时营业"制，留住了读者和顾客，赚足了人气。然而，通宵长明的电费，还有夜夜加班的员工工资，算算账，要增加多少经营成本？若没有三联那样殷实的家底，绝对做不下来。又听说贵阳有个"西西弗"书店，在广州遵义等地开了十几家连锁，每一家都是同豪华大商城合作的，空间宽敞、装潢精美、分类精细……像卢娜这样的小书店，想都不敢想。再比如北京的"字里行间"书店，开张七八年，已经陆续开了十几家连锁。省出版发行协会有人去北京，见过"字里行间"的老板。说"字里行间"采用年度会员制，为会员提供高端阅读服务，所以它有充足的财力，把每一家分店都设计得各具特色：这一家主打书法字画，那一家主题是童书玩具，再一家主营陶瓷工艺，家家都是个性化的书店风格，开在京城最好的黄金地段。这种精品书店模式，特别适合大都市的白领金领阶层。"字里行间"多年来和一家资金雄厚的书业集团联手做出版，出书与发行配套，内循环加外循环，与"西西弗"是不同的路数，真可谓是"八仙过海，各显神通"了。其中一家"字里行间"，外墙是弧形的大玻璃墙面，内墙隔出一大圈书架，靠窗是雅致精美的文房四宝茶艺茶道，就好像一步踏进了高级会馆，进去就不想出来了。书店的中央空间，摆一张张小方桌，铺着豆绿色的餐布，经营纯正素餐，闻不到一丝油烟气味，正合书店的品位。来买书的人，想品尝素餐；专门来就餐的人，也会顺便买了书带回去……真是各得其所。据说市政府有规定，豪华商圈必须配备文化产业设施，所以那座商贸大厦，给予"字里行间"这种品牌书店的房租价格，显然相当优惠……

可是明光呢？百十平方米的一家民营小书店，简陋寒碜，无依无靠，靠的是卢娜十几年的死缠烂打不离不弃，她还能有什么绝路逢生的好办法？县城小书店的书，和那些大城市书店的书，除了书店规模不一样，但所有的书和读者，都是一样的啊！为什么卢娜救不了自己的书店，只能眼睁睁看着它在冰海中慢慢沉下去，自生自灭？前几天她看到一条网上留言：这个喜新厌旧、崇尚更新换代的年月，一家老书店倒下去，还有千百家新书店会站起来……看得卢娜从头到脚透心凉。

老公又睡着了，耳边是汽笛一般的呼噜声。卢娜在黑暗中睁大了眼睛，周围看不到一丝亮光。黑沉沉的海面上，风暴骤起，吞没了原来那一线微弱的航标灯。

卢娜没敢告诉老公，今天她的心情特别沮丧，是因为下午书店里，来过一个人。

此人不是那个陌生的买书人，当然更不是她等了多年的那个老同学，而是明光书友会的老会员，下班经过书店，给卢娜带来了一个新消息。老县城的居民，或许对这个消息会有一点兴奋，但是对于卢娜，却如灭顶之灾雪上加霜，她好像跌落在一潭冰水里，浑身瞬间冻僵，只有脑子被冷水刺激得异常清醒：县城东边的那个新区扩建规划中，政府将要把很多大单位搬迁过去，比如县中心医院、县中、农科所、文化局、县人大、政协办公楼、广播电视台、长途汽车站……总之，原先条件不好的那些部门，全都要陆陆续续搬进新区新楼去，新区将逐渐发展成未来的县城中心……

这个消息千真万确，县人大昨天刚刚通过的……说不定明天就登报上电视呢！

卢娜差一点就要哭出来了：医院？学校？政府机关？电视台？这些单位都是目前支撑着明光书店最主要的客源。一旦搬走，等于釜底抽薪人气散尽，没有了稳定的老客户，书店还怎么开得下去？新区建成之后，老县城必然会逐渐萎缩、凋敝，那么，明光书店还有什么前景可言？

那人又说：新区大发展，老城肯定人心惶惶，我看你还是早做打算的好……

那人走后，卢娜半天没缓过神，在椅子上傻坐了一会儿，心里焦灼如焚。她飞快地算了一笔账：假如这个消息是真的，最晚挨到明年，新区落定之后，书店的老顾客就将走得差不多了，书店亏空肯定越来越多，但亏损还是小数目，要命的是，新区投入使用之后，老县城的房价就会快速下跌，那么，自家这座老房子，那时再想出手转让，恐怕都卖不出好价钱了……

眼看已是山穷水尽，前头死路一条，她再也没有什么锦囊妙计了。将来县城老房子跌了价，弄不好连儿子出国留学的保底钱都搭进去——这才是促使卢娜今天突然下决心关闭书店的真正原因。

夜那么长那么黑，窗外连一丝月光都没有。卢娜翻过身，把脸贴在老公热烘烘的脊背上，绝望地抓住了他的手，那只手软绵绵松松垮垮，她觉得自己无奈又无助，想哭却哭不出来。

第二天卢娜早早起床，没有心思做早餐，到街上去给老公和儿子买了两杯豆浆四根油条，放在餐桌上，便早早离家去了书店。她想让自己一个人静一静，仔细再仔细地盘点一番：店里现有的库存书，以及书柜书架沙发桌椅灯具电脑等所有的家当，总共能折算多少钱？上半年流水收入总共是多少？还要支付多少即将到货的新书款？她必须抓紧时间，趁着老城的人都还不知底细，尽快把书店的房产转让脱手，越早越好，然后速把明光书店的"后事"料理完毕。书店关张后，她的工作不用发愁，新华书店那边早有人三番五次来探过虚实，明光一旦关门，新华欢迎她回去当部门主管，她肯不肯去还难说呢……

辰光还早，她开锁进店，觉得光线有点暗，顺手开了灯，一时灯光亮得晃眼。她抬头，看见了天花板上前些天刚刚新换的灯泡，心里突然一阵刺痛：把灯光调亮？——把灯光调亮，不是愈加费电了吗？她气呼呼地顺手把灯关掉了，省点电吧，能省一点是一点。这家昏暗的书店里，只剩下她的心里，还有一朵小火苗，那么小，那么弱，忽闪忽闪，飘摇不定，而今，这朵风里雨里挣扎太久的小火苗，也终于快要熄灭了……不怪我不怪我，她对自己说，我实在是已经尽力了哦……

　　就在这时，卢娜听见了手机铃声在响，她走到窗口去拿包取手机，发现原来书店东窗的窗帘还拉着，怪不得书店这么暗。她用手指划开屏幕的接听键，然后把窗帘唰地拉开了。

　　顷刻间，书店里洒满了亮晃晃的阳光，一格格在书架上跳跃，把书店染得一片金黄。还是太阳好啊，她对自己说。把灯光调亮，就算再亮，也是夜里。她自嘲地笑了笑。

　　清晨的阳光下，手机里传来一个爽快的声音。电话是文化局的人打来的，就是上次让她填申请表的那个干部，让她赶紧到局里去一趟，要办手续——什么手续？——你来了就晓得了——你还是说一下吧，我店里忙，走不开呢！——是好事情，你中了头彩了，恭喜恭喜——对不起我从来不买彩票的，不要拿我开心哦——哎呀，你真当拎不清，就是省政府的那笔书店奖励基金，明光书店评上了！——我哪里评得上？你骗我——是真的，不是个小数目，你变百万富翁了，快点过来，上头还要核实几个数据呢……

　　卢娜终于听清楚听明白了，她的手抖了一抖，手机从掌心滑出去，落在一堆高高码起的书上。她站在窗口一动不动，整个人都好像傻了，然后肩膀轻轻地抖动起来，身子开始战栗。她伸出双手捂住了自己的脸，手心很热很烫，忽然又变得凉湿，泪水透过指缝，从脸颊上哗哗淌下来。她似乎意识到什么，往前挪移了一步。是的，她想躲开那堆书，怕自己的泪水把书弄湿了……她终于哭出了声，惊喜的啜泣，在晴天的阳光里，如急骤的阵雨一样砸下来……

　　天上云间飘荡的那件羽绒服，在寒风中落下来，终于披在了她的身上？一百万是多大的一笔钱啊？这么说，明光书店就要起死回生了？可以把这几年累计的债务亏空都补上了，早就想添置的新书柜，也有了着落。老公的工资不用再贴补书店了，积攒起来给儿子上大学交学费。退一万步说，假若书店继续赔钱，一年赔几万块，这笔补贴的钱，也够她再亏损十几年了……她一直想着能把隔壁老房子那个闲置的晒台买下来，和自家书店打通，在二楼的咖啡吧旁边，再扩建一个儿童书屋，就叫"爱丽丝奇境"，墙上都是爱丽丝那本童话的插图，天花板上全是爱丽丝那个奇幻王国的花草和小动物，孩子们放学了，尽管可以到这里来读书嬉戏做梦……卢娜已经完全忘记了老县城和新区的事情，思绪纷乱，忽喜忽忧，她仍然不敢相信，这样的好运气会降临到她头上。也不知道过了多久，她听见有人推门的声音，是员工来上班了。她赶紧用纸巾揩净泪水，换了一副喜气洋洋的笑脸，对员工简单吩咐了几句，顶着阳光去了文化局。

卢娜从文化局回到店里，已近中午。她在街上的灯具店里，顺便又买了一盒 40 瓦的飞利浦灯泡——把灯光再调亮一点！她要让明光书店的老顾客们，老远就看到书店的灯光，无论夏夜冬晚，每天每天，天刚刚黑下来，明光书店的灯光就唰地亮了。如果她的资金宽裕，最好把书店临街的窗户也扩大一倍，宽敞明亮的一长排玻璃，等到夜幕降临，玻璃窗内的灯光雪亮雪亮，明光书店就像一座透明的水晶宫，所有的书都在闪闪发光……总有一天，他回老家来看看，一眼就会看到明光书店。如果有那么一天，卢娜会告诉他：当年你说过，只有知识才能改变命运，是的，你做到了。你苦学的知识，改变了你的命运。但我不是。这么多年，书本没有改变我的命运，但改变了我。我办了明光书店，我的书店给人送去知识，知识可以帮别人改变命运……

这么一想，卢娜的眼泪又流下来了——不对！不是知识改变命运，是文化！不对，文化也不一定能改变命运，但可以改变人！我不再是那个高考落榜的自卑女孩，我活得对人有用，我充实、我知足……我一点都不比你差！

傍晚时分，卢娜和员工简单用过晚餐，正抬头欣赏着白天刚换上的新灯泡，她觉得明光书店从来没有这么亮堂这么美妙，灯光简直可以用"璀璨"这个词来形容。她看过很多国外书店的图片，高低错落的书架、精致素雅的装潢，再配上明暗适度的灯光，那种弥漫着书卷气息的宁静氛围，充满了世界上所有其他场所都没有的神奇魅力。

就在这天晚上，明亮的灯光下，出现了一个人影。卢娜眯起眼，打量这个有点面熟的生客，忽然想起他就是几个月前那个要盖书章、要她代购《我们需要什么样的文化繁荣》那本书的省城顾客。他快步朝她走过来，身后还跟着另一个人。他抬起头环顾天花板的灯池，笑容满面地说：嗬，灯光调过了？书店亮了许多哦！我老远就看见了。

他终于想起来取书了？他会不会再一口气买二十多本书呢？

接下来的事情，完全出乎卢娜的意料。好像所有奇怪的新鲜的事情，都集中到今天来发生了？这个人对卢娜说了很多话，后来，同他一起来的那个人，也对卢娜说了很多话。卢娜的头脑不够用了，一时反应不过来，几乎无法判断这究竟是好事情还是坏事情。她好像听见他说，县城新区的整体规划中，需要有一家书店，中等规模的书店。但是老县城的新华书店，由于种种原因，暂时无法搬迁。他想到了明光书店，他推荐了明光书店，明光书店的信誉度和知名度，开在新区再恰当不过了。新区将为书店预留五百平方米门面房，作为公益书店，房租优惠到可以忽略不计。他今天就是和有关部门的人先来征求意见，也算考察调研，事情一旦列入规划，就按正规程序进行……

他还提到了城市发展战略，提到了公民的文化权利，提到了热爱、尊重、介入什么的，卢娜的脑子嗡嗡响，下意识嗯嗯地点头。只觉得他的话音一声声落下，头顶的灯光一盏盏变得闪闪发光。卢娜忽然莫名其妙地觉得有点紧张，假如一旦停电，眼前的一切是否会重新陷入黑暗中去？

卢娜渐渐冷静下来，望着灯光下地板上人与书堆的一条条暗影，心里有了些许疑惑。她暗自思忖：假如明光书店真的搬到新区去，那么县城书店的老顾客怎么办呢？新区那么远，总不能让那些书迷书虫书痴，为买一本书专门跑到新区去……再说，开了新书店，老书店还开不开呢？让她同时打理两家书店，哪来那么多人力和精力？开张一家五百平方米的新书店，装修就需要一大笔钱。这笔费用怎么出？政府有没有补贴？新区建成后，一年半载的，顾客肯定不会太多，书店十有八九会亏损，这笔亏空她背得起背不起呢？假如亏损都要她自己承担，她是不敢应承下来的。这个新区未来的新书店，就像那笔天上掉下来的补贴一样，把她刚刚想好的老书店发展计划，全都打乱了……

再说了，面前这个人，晓得不晓得卢娜很快就要领到一百万补助的事情呢？他不会是和文化局串通一气的吧？因为卢娜得到了政府的奖励，他们才会选中明光去开新店？她心里一点底也没有。

卢娜定了定神，故意把话题岔开去，对那个人说：对了，你要的那本《我们需要什么样的文化繁荣》，我早就帮你买来了，你还要不要？

那人连连谢过卢娜，摸出钱包，用现金把书买下了。他说：你先考虑考虑吧，文化建设的事情，急不来，一个好项目，从创意到最后完成，需要反复论证，我们还要继续沟通的。又有几分抱歉地加了一句：上次买的那些书，还没看完，今天就不买书了。你把好书给我留着，过些天我们再来。

临走前，他给卢娜留下了一沓表格，请卢娜有时间填写一下。

又是表格，卢娜看了一眼，接过来，又飞速地看了一眼那个人。他到底是做什么的呢？看样子，他不是教授，而是个文化官员？至少是主管新城的规划师？现在的人，身份都比较复杂，不像从前那么一目了然。她在心里懊恼自己的眼光不灵，上次他连个跟班都没带，卢娜到底还是看走眼了。像他这样喜欢读书的"规划师"，莫非就是书友们闲谈中提到过的那种"体制内的清流"吗？卢娜吃不准。

那天晚上，卢娜回到家，和老公一五一十地说了今天书店里发生的一连串怪事。说了天上掉下来的大额补贴，说了那个神秘的顾客，又说了新区未来的书店，说来说去，说得她自己也绕进去了。卢娜索性摊开了两只手，上下颠着手掌说：喏，给你简单打个比方吧，假如去新区再开一家明光分店，就好比我一只手拿进了一百万补贴，又从另一只手里赔出去了。

老公闷声不响。卢娜又说：这一进一出，不是等于还同原来一样吗？

卢娜大声说：你听见没有啊？我昨天夜里和你说过的那些话，你听清爽了吗？

听见了，不过没听清爽。老公说，我当你是在说梦话。

卢娜有点恼，嗔怪地提高了声音：我想来想去，明光书店还是关门的好。老店没开好，再去开新店，找死啊！那笔补贴，我给他们退回去！我不去新区开店，我要和老书店同归于尽！

老公嘿嘿笑起来，笑得卢娜心里发慌。结婚二十多年，老公从来不和她吵嘴。他是一块牛皮糖，咬起来蛮吃力，经咬。

老公开口说：好了好了，我听懂了。反正你每天不是说梦话，就是说气话。卢娜，我晓得你开书店十多年，没一天好日子过。但是，假如你从此不开书店，恐怕就活不成了。

卢娜心里一紧。那个叫明光的博士，就算此刻站在她面前，也说不出这句话来。

命总比钞票要紧，你年纪还轻呢，我要你活着！

卢娜鼻子一酸，眼圈就红了。心里那朵奄奄一息的小火苗，呼地一下蹿上来，燃成了一蓬金红色的火焰。

那么，到底要不要去新区开分店呢？

我反正不欢喜看闲书的。老公慢吞吞地说。你的书店，你自家做主！我只晓得，秦始皇焚书，后世的骂名都留在书里。嬴政也没赢过书去，他是输在书里头的，最后还是书赢了……

卢娜慢慢伸出双臂，环住了老公的腰，把脸贴在老公的胸前。他胸口散着热气，像一件厚厚的羽绒服，把她包裹起来。能坚持到哪天算哪天吧，她劝慰自己。心里那朵小火苗微微颤了颤，"噗"地蹿起了一团火焰。

隔着一条街，隔着几道墙，卢娜看见"明光书店"四个字，在夜空里通体透亮。

水电火电风电核电，只要线路没有坏掉，灯光总归会重新亮起来的吧？

从前有座庙

陈　仓[①]

1

半早不早，陈元才懒洋洋地下了床，一边套上自己的僧袍，一边推开小旅馆的百叶窗。

往日推开窗子的时候，对面理发店里的打工妹小月，必定会笑吟吟地朝着小阁楼上招招手说，下来吧，理个发吧。陈元会双手合十地笑一笑，似乎告诉小月，一个和尚，不必了吧？小月便会笑着说，和尚才应该多理发呀。陈元明白，此是小月开玩笑的，算是招呼的一种方式，类似于"早上好"的意思。

如今呢？窗外这条石板街，清冷而空虚了下来，卖汤团与生煎的贩子们，已经撤了早点摊子。唯有那家理发店，显得有些热闹，传来邓丽君的一首老歌《夜来香》，把半条街的耳根子全拽了过去。连几只麻雀也欢喜地落下来，一边跳跃着一边左顾右盼地听着。不过这份热闹，也是自己营造出来的，并没有一个半个客人，理发店里三五个理发师都不见了，唯有那个二十来岁的小月，独自一个人对着镜子，像隔夜的花儿似的蔫着，一会儿给自己吹发，一会儿给

① 陈　仓　20世纪70年代生，陕西丹凤县人，供职于上海某报社。出版有八卷本"陈仓进城"系列小说集。作品多次被《小说选刊》《新华文摘》等转载，中篇小说《女儿进城》被改编成电影。曾参加诗刊社第28届青春诗会。中国作家协会会员，鲁迅文学院第27届高研班学员。

自己涂涂口红。涂完了口红，便似和谁生气了一般，把一支口红狠命地一扔，就扔出了门外，一直滚到了石板路边。

晚秋的风从窗口灌了进来，陈元眯着眼睛望了望天空。天空是蓝色的，一朵朵棉花云堆在高处。陈元由棉花云想到了自己的头发。他摸了摸自己的这颗光头，有些扎手了，似乎应该刮一刮了。若是再不刮一刮的话，便不像一个出家人了。

陈元在这家小旅馆已经住了半月有余。他看上去是个和尚，却是没有寺庙的，没有寺庙的和尚，便不能称为和尚了。他老家是陕西秦岭那边的，在那边犯事之后，逃走时路过一家破庙，他就钻了进去，披了别个和尚的僧袍逃出来了。他并没有目的，而是直朝着一个方向走，中间还搭了几趟车，整整跑了六天六夜，终于跑到了上海西南角的七宝镇。他起初并不明白这是上海的七宝镇，只觉得这里小桥流水，九曲回廊，石板路，甚是好看。加上还有一座寺庙，关键是感觉没有人再追着他撵着他了，便在七宝寺旁边，找了一家小旅馆，暂且住了下来。

陈元早就想到上海了，没有犯事前想到上海打工。如今是逃到上海的，觉得唯有当和尚是安全的，住到寺庙里更是双保险的了。在这个世上没有什么伪装，能比当和尚更让人安心。许多人怀疑过他，盘问过他的身份，尤其是在住店的时候，小旅馆要他出示身份证，又问他是哪里人，还问他从哪里来到哪里去。陈元什么也不回答，只是双手合十，统统地说上一句，阿弥陀佛。然后抬起头，远远地望一眼七宝寺的尖顶。人家以为他是到七宝寺朝圣来的，最后也就不问什么了。

陈元在这里住下后，是第一次想理发了。他出了小旅馆，走在石板路上，有些犹豫和彷徨。这家理发店确实挂了一个理发店的牌子，明地里确实也在帮人家理发，有时候也洗头，刮胡子，掏耳朵。但是暗地里呢？陈元不明白暗地里这家理发店，还会不会干点别的什么。若是人家明地里是理发，背地里再做些风月场的营生，那他穿着这样一身僧袍进去，不仅败坏了佛门的名声，而且会不会让人看穿他是一个假和尚呢？

小月隔着玻璃幕墙，对着外边大吼一声：那是我的，别动我的口红。

陈元打眼一望，是一个蓬头垢面的疯子，把小月扔到门外的口红捡了起来，捧在手中嘿嘿地笑着，他像是捧着一条蛇一般，恐惧地抖动着，又不忍心扔掉。小月指了指陈元说，麻烦你，给我送过来好吗？陈元双手合十，从疯子手中接过了口红，名正言顺地走进了理发店。

　　小月拿了口红，又朝着自己的嘴唇涂了涂。她那有些开裂的嘴唇，原来是粉红色的，一下子被涂得有些湿润，而且呈现出暗红色。小月不仅涂了嘴唇，还把口红涂到了脸上，然后又一跺脚，一生气，把口红再次扔到了门外。这一次，门外的疯子捡了口红，不再停留，捧着它，乐呵呵地走开了。

　　陈元说，你会理发吗？小月说，不会。陈元说，那会剃光头吗？小月说，更不会。陈元说，那小姐会做什么？小月说，你不是说了吗？我是小姐，我会卖身！陈元双手合十地说了一句，阿弥陀佛。正准备抽身时，小月拉过来一把椅子说，坐下吧。

　　小月放倒了椅子，拿来一把剃头刀，按着陈元的一颗光头，认真地剃了起来。小月剃得十分仔细，从额前，到脑后，再到鬓角。她剃一遍，用手摸一摸，又重头再剃一遍。似乎不想放过任何一根头发。陈元能够感觉到，她搭在自己肩膀上的手腕，在微微地颤抖着。小月说，我是第一次。陈元笑了笑，并不言语。小月说，半年前我也有过第一次。

　　陈元不明白她指什么？是第一次剃头呢？还是第一次理发？小月似乎意识到他的不明白，于是说，第一次和那个臭男人，真是倒霉透了。陈元还是不明白她说的，是和哪个男人第一次了，还是第一次和男人那个了。

　　小月终究是个新手，还是弄破了陈元的头，鲜红的血流了出来。小月说，我把你弄破了。陈元说，没有关系。小月说，我故意的。陈元说，为什么？小月说，我想看看和尚的血是不是红色的。陈元说，你以为是什么颜色的？小月说，是绿色的，原以为和尚的血都是绿色的，和一根草一棵树一般，一根草一棵树的血都是绿色的，唯有绿色的血才是干净的。

　　陈元说，为什么这样想？

　　小月说，因为草木无情又无义。

　　陈元感觉，又有一条条蚯蚓，在自己的头顶上爬来爬去。他以为小月弄破了他更多的地儿，但是他仰头一看，从头顶爬向背心的，不是自己的血，而是小月的眼泪。小月一边给陈元剃头，一边在默默地流眼泪。她哭得那么凄楚，那么动人。陈元有一丝丝冲动，是怜悯的冲动。他从椅子上爬了起来，想安慰一下小月，比如给她拭去眼泪，甚至上去抱抱她，拍拍她的肩膀。但是他还是躺下了，因为他明白他是一个和尚，虽是一个假和尚，只要自己的心不是假的，那么他就得坚守住自己。

　　小月把陈元的头，剃得十分光亮。从外边照进来的阳光打在他的额头上，像是又一颗小太阳似的。陈元从镜子里看到自己的光头，一时又自信了许多。

他站起身，准备走出理发店的时候。小月说，你是和尚吗？陈元说，是的。小月说，在哪座寺庙？陈元说，四海为家。小月说，我怎么没有看到你的戒疤？陈元正要踏出理发店的脚，一下子收了回来。他不明白怎么回答小月，也顾不得回答小月。

透过理发店的玻璃幕墙，陈元看到一辆警车闪烁着，停在了小旅馆的楼下，有两名警察走了进去，在小旅馆里比画着什么。陈元不安地又坐了下来，对着镜子说，还有两根头发被你漏掉了。小月按住陈元的头，剃掉了那两根头发，然后捧在手心说，你看看，你多大个年纪呀，我看也就三十左右，竟有白头发了。这不能怪我吧，这两根不是黑色的，而是白色的，所以很容易漏掉的。

陈元说，不怪你，哪能怪你呢。警察开着车走掉了，陈元才起了身，递了一百块钱给小月。小月说，这钱哪里来的？陈元没有言语。小月说，你是和尚，趁着老板不在，我就给你免费吧。陈元说，为什么呢？小月说，你在念佛的时候，叫菩萨保佑他一下吧。小月说着的时候，摸了摸自己的腹部，换了一副心肠一般，又笑吟吟的了。陈元把一百块放在桌子上。小月要找陈元零钱，陈元双手合十，说了句"阿弥陀佛"，便径自出门了。

陈元明白，这个理发店里的打工妹小月怀孕了。

2

过了午饭时辰，陈元出了理发店，没有直接回小旅馆，而是朝着七宝寺的方向走去。

往日他也常来七宝寺，到寺庙里帮忙洒扫一下院子。他想感动七宝寺里的方丈把他收了。一旦把他收进了寺庙里，他便可以安安心心地礼佛，安安心心地待在黄色的高墙内，一辈子不出来也是可以的。陈元有时候琢磨，自己犯的那档子事儿，若是真被抓住了的话，也不明白需关个多少年，许是也要关上一辈子的。他宁愿一辈子被关在寺庙里，也不愿意关在监狱里。关在监狱里，除了高墙和铁丝网，里边应该什么都没有了，而在寺庙里是不一般的，寺庙里有佛，自己可以整天烧香拜佛，寺庙外有苍生，力所能及地做些善事儿，照样是可以洗刷自己罪恶的。犯完那档子事之后，他是没有后悔的，他不相信自己会是一个犯事的人，他有时候恍惚间以为犯事的人不是自己。

陈元每天都要去七宝寺，说是洒扫院子也是不对的。他其实连七宝寺的大门还没有进去过呢。每天他到七宝寺的时候，都被人家挡在了外边，理由是他没有文牒。陈元说，我云游到此，只想进去烧炷香而已。人家似乎已经明白，他进去不是烧香的，而是想要在这里出家的。七宝寺是收费的，门票不过十块钱罢了。陈元却觉得买票进门，似乎有些不妥，哪有和尚买票进寺庙的呢？于是每次被拦住后，他也不争，也不吵，就在院子外边，帮忙干点活儿。秋天的时候，院子外边落叶纷飞，陈元就和信众们一起扫落叶。如今已是晚秋了，落叶是没有多少的，便开始顺着院子拔草。几天时间便把草给拔得干干净净的了，似乎连根也被除掉了。寺庙一下子显得十分精神，像一只天鹅被拔掉了脖子上的羽毛。

这一日，陈元绕着七宝寺转了一圈，把四周的几片垃圾拾了拾，然后在旁边的素食店吃了碗面条。陈元在黄昏时分，回到了七宝寺正门，一下子跪在了大门外边。此时七宝寺已经关门，陈元从门缝里，望着里边的佛像，然后拜了三拜，塞进去十块钱。见有人从门缝塞钱，小和尚便开了门，对陈元招招手说，进来吧，进来吧。陈元笑了笑说，不必。便起身回小旅馆去了。

陈元回到了小旅馆，天已经将黑未黑。将黑未黑的时候，是最为安心的时候，此时人的面目尽是模糊的，人与人，人与树，人与动物，差别都不是很明显的了。陈元上楼的时候，小旅馆的前台从背后喊住了陈元，师父，你们出家人应该也有身份证吧？陈元一愣，并没有言语，也没有回头，径自上楼去了。陈元回到楼上，就响起了敲门声，是前台追过来了。

前台说，还是身份证，你来住店时，是不是没有登记身份证啊？公安来人了，说这几天发生了几起意外，所以对身份不明的人，让我们格外要注意。陈元说，我身份不明吗？前台说，你得证明自己才行。陈元说，我这身僧袍，不就证明了吗？前台说，这恐怕过不了关，公安还说了，看到不明身份的人，必须向他们报告，不报告就要处罚我们，明天还会来检查的。

陈元说，这不是草木皆兵吗？前台就把房间里的电视打开了，电视台果然正在播出两宗凶杀案，一宗为情，一宗为义。听得陈元心里发虚，只顾着跪在一张蒲团上。蒲团前边的桌子上，放着一个小小的观音菩萨。他在观音菩萨前点了三炷香，整个房间里顿时弥漫了檀香的味儿。陈元闭着眼睛，嘴里咕咕叨叨地念念有词，念的是《八十八佛大忏悔文》，是从一本经文汇编上背诵的。不论前台说了什么，问了什么，他都是不言语的，似乎已经不在了尘世。

前台万般无奈地出了房门。陈元听到脚步声下楼而去，赶紧朝着面前的观音菩萨，又深深地磕了三个头，这一次他磕头的力气很大，每次都把头贴到了地面上，甚至还磕出了响声。三炷香正好已经烧完，陈元把火灰扫入手心，张口吞咽了下去。火灰还是烫的，中间还夹杂着一根香尾巴，陈元照样一起吞咽了下去。感觉这些香火，还在自己腹内燃烧着一般。

他一边吞咽，眼泪一边大颗大颗地朝下落。自从穿上这一身僧袍之后，他每天晚上上床之前，都会给面前的这尊观音菩萨敬香，敬完香他还觉得不踏实，把火灰也悉数地吞咽掉。他吞咽火灰的时候，总觉得这是一味药，一味镇定药，吃下这味药，他才会镇定下来。陈元吃完了火灰，然后爬起身子，收拾了几本经书。他准备离开了。

陈元推开了百叶窗，窗外已经黑透了，对面的理发店还在开着，是已经亮了灯的，和早上完全不一样了。早上它还是素面朝天，如今已经浓妆艳抹。客人也进进出出，有东倒西歪喝高了的，有神色诡异遮遮掩掩的。倒是那首歌，依旧放的是邓丽君的《夜来香》。陈元始终没有看到小月。他双手合十，对着楼下的这条石板街说了句"阿弥陀佛"。这算是对这条街的告别，也算是对小月腹中孩子的祝福。

陈元已经走出了小旅馆，走过了理发店的门口，他还是回过头返了回去。他走得匆忙，忘记自己在小旅馆里的账，不仅欠了两天的房钱，还打碎了人家一只茶杯，这些都是应当结清的。前台说，我们也是没有法子的。陈元说，本应该走了。前台说，这么晚的，去哪儿？明天一大早再走也不迟吧？陈元说，出家人，哪分什么夜晚还是白天？这一次，陈元轻松地笑了笑，没有双手合十，而是挥了挥手，说了一句"谢谢侬"。

陈元茫然地走过七宝寺。寺庙里已经漆黑一片，唯有大殿上还亮着灯，有些昏暗而阴森的了。远远望去，偌大个寺院像伏在地上的一只猛虎，那点着灯的大殿就是它的胃，消化了人世的灾灾难难和恩恩怨怨，尽显了疲态和无奈。接着是七宝老街的入口，一个牌坊上写了一行字，能清晰地看见是赵孟頫的笔迹，老街尽是青石板铺就的，被踩得十分油滑，灯光打在上边便有了倒影。感觉这些石板，似是发光的一般。整个老街入夜后，人烟便稀少了。

陈元喜欢这样的老街，喜欢这样的石板街，更喜欢这样的清静，这与他在陕西秦岭老家的小镇一般，他曾经带着她——一个小月一般的姑娘，半夜三更就在这样的石板街上走动，有时候来来回回地走下去，一直走到血红的太阳升上了天空。他犯事儿的时候，她的腹中也有那么一个还未临盆的孩子。

恐怕哪里又出事了，有一辆辆警车闪烁着，伴随着几辆消防车，朝着一个方向呼啸而去。随后就听到了呼救声和喧哗声。望见一个地铁入口，陈元匆匆地钻了进去，原本以为到了地下，这些属于逝者的安息处，应该是更加黑暗的了，不承想这地下比起地上，人更多了，更加亮堂了。一辆辆地铁，载满了形色各异的人，无声地开来又无声地开走，全部去了一个不为人知的地儿。

陈元是用不着方向的，所以他错过两趟之后，就随着人流涌上了车厢。陈元找了个位子坐下了，有一段凄凉的二胡声，是瞎子阿炳的《二泉映月》，由远及近地传了过来。拉二胡的是一名瞎子，被一位女子扶着。女子背着个孩子，孩子正叼着奶瓶，似醒非醒地睡着。女子手中端着一只碗，算是乞讨的器物。当他们从陈元身边经过的时候，旁边有个黄毛小青年，朝着陈元说，这都是假的。陈元笑了笑，从挎包里摸出五块钱，仍旧放进了碗里。黄毛小青年说，你这和尚不信是吗？

他便从碗里拿走五块钱，伸到了瞎子的面前，对着瞎子说，认得吗？若是你认得这张钞票，我就给你一百块，若是你不认得，这些钱我就没收了。瞎子只顾着拉二胡，并不吱声。黄毛小青年嘿嘿一笑，就把五块钱装进了上衣口袋。陈元也不言语，便从挎包里摸出十块钱来，放进了那只碗中。黄毛小青年说，你这和尚真是假慈悲，怕你这钱都是人家捐的，就不心疼了吧？

他又从碗里拿走了那十块钱，再次装进了上衣口袋。那女子忍不住，欲上前去夺，被陈元给制止了。陈元还是没有言语，只从挎包里摸了摸，摸出了一张二十块，放入碗中。这时，地铁正好停了下来，陈元双手合十，对着各方说了句"阿弥陀佛"，然后就下车了。

瞎子在那女子的扶持下，也在这一站下车了。陈元对身处何地自然是不清楚的。那女子跟上来，感激地说，谢谢师父，请问师父你这是去哪里呀。陈元四下环顾了一周，迷茫地笑了笑说，附近可有寺庙？女子说，有倒是有，近有真如寺，远有玉佛寺，好几座呢，怕是已经关门了吧。师父若是不嫌弃，就到我们那里将就一夜吧。

出了地铁，回到地面上，除了车流和一扇扇窗户，四处又是一片幽暗。陈元才明白，这么多人，要么被装在车里，要么被装在屋子里，要么就在地下了。像被囚禁于一个个法器中的小怪物，是不由自主的，或者是着魔了一般。陈元随着瞎子夫妇一起，拐来拐去，就拐进一片树林，实际是一个绿化带式的公园，显得十分僻静。围着一棵大树，搭着一个小木屋。小木屋里不但有张床，还有一个小电视。

女子名叫小兰。小兰把孩子哄睡后，开始在小木屋外边生火做饭。她拿出一口锅，铲了一锅泥巴。小兰说，我不会用泥巴招待你的，你们出家人是吃素的，我们平时炒个肉炸个鸡，沾染了太多的腥荤，用泥巴把锅涮涮，就干净了。

陈元笑了笑说，用泥巴待客也不错的。陈元心想，自己烧完香，咽下去的火灰，不就是泥巴吗？何况前段时间是装着要吃素的，看到那些大鱼大肉还是馋得要命，如今已经习惯了，闻到腥荤味儿，还有点恶心了。

小兰指着电视说，出家人看电视吗？你不要误会啊，他真是一个瞎子，连影儿都是看不见的。那年有个流氓欺负我，他为了护着我，被人家给打了。这个电视是我看的，他喜欢听秦腔，所以我看画面，他听声音。陈元说，你们爱听秦腔，应是陕西人吧？小兰说，对啊，我们是陕西蓝田的，早些年是出玉器的。他被人家捅坏双眼后，那流氓被判刑入狱了，流氓的老婆天天跑到瞎子家，像个疯子一般，把粮食和值钱的东西拿走了，这些东西拿走也就算了，那个小寡妇，还有特殊要求呢。

小兰转过身，对着瞎子说，你当着菩萨说句真心话，你有没有把人给睡了？瞎子苦笑了笑，说过一百回了，哪有啊，当时我心里唯有你，哪容得下别人？

小兰说，量你也不敢对菩萨说谎的，这回我就信你了。小兰又回过身对陈元说，那个小寡妇，隔三岔五地跑到瞎子家，说是男人在监狱里，她一个人寂寞了，非得让瞎子把她给睡了。有一天晚上，都后半夜了，那女人踹开了瞎子家的门，不管三七二十一，噼里啪啦地脱了个一干二净，就钻进瞎子的被窝里了。

小兰又转身对瞎子说，你没有睡她，你老实交代，看到那个妖精赤条条的身子，你心里是怎么想的？瞎子苦笑了笑说，能有什么想法？乌漆麻黑的什么也看不见啊，而且我那时不是已经成瞎子了吗？小兰说，那你碰到她身子了吧？是什么感觉？是不是特别想？瞎子说，你在外人面前问这些干什么呀。小兰说，这是外人吗？人家是菩萨呢，菩萨能是外人吗？

小兰又回身对陈元说，那时候瞎子还是光棍，就这样我们一起跑掉了，我就嫁给瞎子了。瞎子你说说吧，如今你后悔吗？你青的蓝的，什么都看不见了，会不会后悔啊？瞎子说，我不是还能看见你吗。小兰说，你看见我什么了？你是不是说胡话呢？瞎子说，我看到的你，还与以前一般年轻漂亮呀。

陈元心想，如今他形只影单的，与瞎子相比还是幸运一些的。自己披着一件僧袍，还是受人敬仰的。走在大街上，不时有人对自己点个头，弯个腰，拜一拜，不管遇到什么人，人家看在菩萨的面子上，也不太为难他。瞎子呢？

不仅什么景儿也看不见了，出门在外还常常遇到人家的刁难。如此一比，陈元对自己所犯的事儿更是不后悔的了，何况后悔与罪恶还不是一码子事儿。

陈元说，我是陕西丹凤的，与你们蓝田就隔着个秦岭。小兰十分激动，说我们是老乡呀，今晚电视里有秦腔《十五贯》呢，你也一起听听吧。说着，就打开了小电视。电视画面并不清晰，声音还是相当清楚的。小兰炒了一个土豆丝，一盘子西红柿，一盘子烧豆腐，还有一盆子青菜汤。没有放葱，也没有放辣椒，都是没有腥荤的。三个人坐在小木屋外边，瞎子一边随着电视哼着："伸手要摘天边月，可恨足下不生云。"一边从草丛里提出一壶酒，摸索着倒了一杯递给陈元。陈元说，我不沾酒的。瞎子说，上海这边潮湿阴冷，喝几杯暖暖身子。小兰说，人家出家人，这是犯戒的。

瞎子嘿嘿一笑说，要我说呀，这出家和瞎子也无什么区分。不管你是僧人还是俗人，在我们面前都是一般的，我们是认不出来的。所以你喝了酒吃了肉，若是没有人看得见，也就算不得什么了。陈元说，但是出家讲的，不是别人怎么看，而是自己心里怎么想，既已出家还是守着的好，这守的不是佛门清规，而是守着自己的心。

陈元本来是披着僧袍想掩人耳目而已，却不承想披上它之后，整个的心肠就变了。他不明白，是想为犯的事儿赎罪才变的，还是因为不想污了僧人的名声或是要把这个角色演得更像一点而变的。反正他内心每每升起邪念时，他都会想到那桩子事儿，都会想到自己配不配身上穿着的这身衣服。瞎子说，哎呀呀，你修行不浅啊。陈元说，什么修行，不过是戴罪之身罢了。陈元差点就把自己犯的事儿说出来了，这事儿除了对观音菩萨诉说过之外，这么久了一直是在心里憋着的。

陈元还是改口了说，你恐怕还不晓得吧，今天是个十五，天上是有一轮明月的，还是听听你的二胡吧。

于是一首《二泉映月》就响了起来，如泣如诉地从树林子间传出去，传遍了周边的夜空，一直把太阳给呼唤了上来。

3

小兰扶着瞎子、背上孩子，还未休息，就直接出门了。陈元说，用不着这么早吧？小兰说，早上人多，况且乞丐的名声坏了，要讨几个钱挺费力气的。孩子又大了，马上要念书了，得积点学费。陈元说，原本以为你们这个营生，只是伸伸手的事儿，不承想这般辛苦。小兰说，如今做什么都不容易。出家不辛苦吗？要念经要吃斋，也是一般的吧？你只管在这里休息片刻，走时把门给掩上就是了。陈元茫然地说，我也得上路了。

　　陈元离开小木屋之后，又摸出了一百块钱，反身从门缝里塞了进去。陈元没有再进地铁，也没有走大路，而是顺着这条路边公园，茫然地朝前走着。这条路边公园很宽，很长，植满了玉兰树与香樟树，还有成片的竹子。晚秋时分，还是一片绿色，却尽显了肃杀的气氛。有一条石板小径，在林子中间蜿蜒着，老头老太立在林子间，打太极，舞剑。陈元走了约莫一两里，遇见了一个水塘，上边长满了芦苇。陈元感觉有些昏沉，恐怕是一夜未眠的缘故。他看此地十分清幽，又避风，就钻进了芦苇中，找了一条长椅子，躺在上边迷迷糊糊地睡了。

　　陈元做梦了。梦里的情景与自己所犯的事儿是一模一样的，这让陈元把那种痛又前前后后地经历了一番。只是在梦的末尾，陈元被抓了。想到自己被抓，生的希望破灭了，他就十分恐惧。梦里的痛，梦里的绝望，还有梦里的恐惧，都是未经任何遮掩和伪装的，所以比起醒着的时候更加厉害。他是活脱脱被恐惧给惊醒的，以至于惊醒之后，他误以为自己不是头一次犯的事儿，而是第二次又犯了事儿。

　　陈元睁开眼睛，在芦苇的摇晃中，看到了两个身影，从眼前虚晃而过。他立马坐了起来，拨开了芦苇打眼一望，一名女子如此熟悉，长发，小巧，走起路来扭来扭去，有如古时候的三寸金莲。在她身后，尾随着一名男子，不远也不近地跟着，有些急切而又不怀好意。陈元一时清醒了，分明自己不在梦中。陈元对此也不陌生，他犯事之时便是这样的情景了，只不过那是一个晚上，而这是光天化日之下罢了。那男子尾随着那女子，陈元没有一丝的犹豫，便远远地尾随着那男子。

　　晨练的老人们都散了，路边公园有些清静。那女子十分慌张，一会儿溜进一片草丛，一会儿溜进一片树林，一会儿溜进一堵围墙背后，像一只急着下蛋的老母鸡。那男子就追随着那女子，拐来拐去地跑了半里地儿，有些按捺不住了，左瞅瞅，右看看。当那女子拐进一个小凉亭时，那男子就扑了上去，把那女子顶在一根柱子上，上手就要剥那女子的衣服。

　　陈元一阵小跑，追上前去，从背后揪住那男子的衣领，轻轻一掼，就把他给掼倒在草地上了。那男子滚在草地上，有些蒙，见是一个和尚瞪着眼睛立着，那女子在旁边嘻嘻地笑着，就十分羞怒了。那男子爬起来扭头就走，一边走一边叨咕着说，在这荒野公园里，竟碰到了个和尚，是不是见鬼了。女子拦住那男子伸出手，仍旧笑吟吟地说，钱呢？那男子说，事儿没有办呢。女子说，但衣服被你撕坏了，况且你碰到了我的身子，女人家的身子是随便好碰的吗？然后回头看了看陈元，接着说，他是我老公，你能脱身吗？那男子有些疑惑地说，这老公是假的，还是和尚是假的？女子说，他那拳头是真的。那男人有些畏惧，不情不愿地掏出三百块钱，临走时说，合谋好了骗人，小心遭到报应。

女子不是别人，就是理发店的小月。陈元离开时，以为再见不到小月了。小月给陈元剃过光头之后，也不晓得陈元已经离开小旅馆。两人在这花花绿绿的公园里遇上了，不禁觉得十分稀奇。小月从三百块里，抽出一百块交给陈元。小月说，你怎么跑到这里化缘来了？这算我捐的香油钱，你收下吧。陈元拒绝了说，你又怎么跑到这里来了？小月说，说来话长，不过真要谢谢你，你出现得太及时了。陈元说，我也是糊里糊涂的，正做个噩梦呢，就看到这人有些不太规矩，便跟上来了，今天算是便宜他了，放在以往我还会杀了他的。

小月又笑吟吟地说，出家人是不能杀生的，况且你误会他了。陈元笑了笑，不再言语。小月说，是我引他来的，也是万不得已，我才引他来的。陈元似乎明白过来，想叫住那男子时，那男子已经上了大路，早就不见踪影了。小月说，你想把钱还给他吗？其实他也是动了色心的，不然我再怎么引他，他也是不会来的，权当是他积德了吧。陈元想想也有几分道理，便说，你到底怎么了？好好的不在理发店给人理发，跑到这里来干这个做什么呢？小月就抹了眼泪说，心情一片麻乱，以后有机会再细说吧。

两个人在这石板小径上，默默地走了一段，小月便告辞了。小月背着个双肩包，像个学生一般，双手插在裙子两旁的口袋里，幽幽怨怨地走了。陈元感觉出事了，便从包里掏出一本《阿弥陀佛》递给了小月。小月说，我一定要好好读，若是有缘的话，我们还会遇见对吗？

小月走后，陈元一时无事，就更茫然无措了，继续在路边公园里低着头，顺着一条林荫小道不紧不慢地朝前走。陈元寻思着，七宝寺都容不得他，更别提静安寺和玉佛寺了，况且自己还不是个真和尚，只是个假和尚罢了，投奔这两处海上名刹，定是不合适的，说不定还露了破绽。

夕阳西下，太阳和前些日子不再一般，像是化成了一个血淋淋的心脏，挂在这座城市的边缘上，稍有不慎就会跳下去。

陈元不明白到了何处，只觉得有些幽深，似是更大的公园一般。这时天很快就黑了，公园里没有路灯，显得更暗了。陈元在这昏暗之中，忽然发现了一些异样，有一个半月形的湖泊，湖边有一棵枝繁叶茂的榆树，想必是有些年头了。依树建了一个不大的院落，围墙是米黄色的，上边写着几个大字。陈元借着远处投来的霓虹，定睛一一认去，不禁唏嘘。原来几个大字，竟写的是"阿弥陀佛"，想必正是一座自己苦寻的寺庙了。来至院前，确实望见门楼上写着"清水寺"。

清水寺比不得其他寺庙，有个三进三出的前庭后院，似是小户人家的一个小院子，唯有几间正殿，东西各有两间偏房。院前除了一对石狮子，四处竟是清清落落的，没有任何香炉和烛台，更别提有香火了。院门也没有漆成红色，而是一片灰色的。陈元轻轻一推，虚掩的门就开了。寺庙正殿里亮着两根红烛，恐怕是灯泡子替代的，供奉着一尊两米多高的观音菩萨。

陈元跪在蒲团上，正欲磕头时，忽然有人问道，侬谁啊？陈元打眼一望，发现有个和尚坐在昏暗之中。陈元没有言语，仍旧磕完了头。和尚本该是瞌睡了的，见有人上香来了，便精神了起来，又坐直了身子，继续念起了经，敲起了木鱼。经声起，木鱼生，一时便有了生气。和尚见陈元拜完了，东张西望地并不见撤退，又问了一句，侬到底谁呀。陈元笑了笑，仍四周里看了看。和尚就说，侬在找功德箱吗？陈元还是笑了笑，点了点头。和尚说，还没有来得及设呢，侬放香案上吧。

陈元掏出五十块钱，放下了。

陈元终究还是开口了，问了一句，师父，住持在不？和尚说，侬有事体吗？就老实和侬讲了吧，这清水寺呀，我既是敲钟的，又是挑水的，本是同门中人，有话尽管讲就是了。陈元说，师父，容我在此借宿一晚如何？和尚说，可以呀，当然可以了。和尚说完了，就起了身，把陈元带入偏房中。

陈元又问，师父，有斋饭吗？和尚说，有啊。侬别看这里，麻雀虽小，却是五脏俱全，禅房、寮房、斋堂、藏经阁，一样不少的。陈元说，师父，我不是怀疑什么，我是滴水未进啊。和尚笑了笑说，这样啊，有是有，侬自己动手好了，我也饿了，捎带着给我也预备一口吧。

不多时辰，陈元就下了一锅清汤面，二人坐在院子里吃了。吃完了斋饭，陈元又一应收拾了个干干净净，然后两人坐在院子里，攀谈了起来。和尚说，终究吃了一顿消停的，原来喝个汤，吃粒米，都得自己淘洗下锅啊。陈元说，清水寺就师父一个人吗？和尚说，侬不要一口一个师父，以后叫我的法号洗尘吧。老实对侬讲吧，这清水寺原本在真如老街，那地段多繁华呀，政府要搞开发，刚刚搬迁到此了。陈元说，这也不错，似个公园一般。洗尘师父说，哪里是公园呀，上边都是高压电线，所以下边才建成了公园，不然的话这么个金贵的地儿，自然是舍不得栽个花花草草的了。当时搬迁，政府东也舍不得，西也舍不得，就在这里给划了块地儿。我说，高压线下边有辐射的，政府却说，菩萨还怕辐射吗？侬别看这寺庙小，却是相当有来头的，相传有个秀才犯了点事儿，逃到此处又饥又饿，陷入了绝境，忽然遇到一片莲花池，有一条鲤鱼跃出水面，送来一堆食物，搭救了秀才。秀才后来隐姓埋名，逐步考取了功名，回到此处寻访，并不见任何池塘，也无一株莲花，心想应该是菩萨显灵，就盖了这座清水寺。意思侬明白了吧？就是清水洗尘之意。清水寺在原处时，虽是个繁华地儿，可是香火很清冷，如今搬来已经半年有余，更是清冷得不得了，总共还没有十个香客呢，原有一个小和尚，和你一般大小吧，也就跑掉了。

陈元说，有道是，山不在高，有仙则灵嘛，这香火旺不旺，还不是取决于修行？洗尘师父说，侬讲得太对了，到哪里都是行善的，供奉的不都是观音菩萨吗？出家人哪能挑挑拣拣的？敢问侬在哪里出家？陈元苦笑了笑说，原本在陕西秦岭之中，不承想一把大火，给焚了个干干净净，如今只好四海为家了。陈元说的，被大火焚掉的，其实不是寺庙，也是自己所犯事儿中的一幕，但是他既不想说谎，又不想说出实情。说谎有违身上的僧袍，说出实情会把自己逼上绝路。

洗尘师父说，那太好了，侬不嫌清水寺这座庙小，就留下来吧，原本法号叫什么？陈元说，既已归于清水寺，还是请师父赐我一个好了。洗尘师父双手合十，然后说，侬就叫洗空吧。这座寺院的香火从今往后就靠侬了。

止静前，陈元独自来到了正殿，点燃了一炷香，伏在地上跪了一炷香的工夫，还是如从前一般，把火灰捂入口内，吞咽了下去。陈元一边吞咽，一边唤了声"阿弥陀佛"，就又泪如雨下了。

一晚安静无事，只是陈元还如从前一般做了梦，梦见自己犯了事儿，梦的结尾却不一般了，他是没有被抓住的。因为在梦中，没有被抓住，是逃掉了的，就没有被噩梦惊醒，那种时时提心吊胆的梦，整整地做了一个晚上，着实是折磨人。

4

第二天清早，天还刚刚泛白，陈元就起了身，把寺前寺后洒扫了一遍，挎着包准备出门了。

洗尘师父问，侬到底还是看不起清水寺，执意要离开吗？陈元说，哪里呢，我这是想到外边给咱们拉几个香客过来，如今做什么不都得嚷嚷吗？洗尘师父说，是啊，原本也想出去宣传宣传的，只是没有一个守着的人，我一出去，这不就关门了吗？侬还不熟悉周边吧，前边有个真如老街，那是个热闹的地儿，有市场，也有民宅，侬能拉几个香客，就拉几个香客，拉不到香客，就随意转转吧，可不要迷路回不来了。洗尘师父说着，又回寺庙里拿出一沓小卡片，交给了陈元。卡片与平日的小广告一般，正面印着清水寺的方位图，反面印了一首诗：瓶中甘露常遍洒，手内杨枝不计秋。千处祈求千处应，苦海常作度人舟。

陈元还没有走出几步，洗尘师父就又喊道，洗空啊，步行恐怕太艰辛了，我处有个三轮车，侬骑着去吧，万一有人捐点什么，侬也好把它们拉回来。说着，就从寺庙背后的拐角处，推出一辆锈迹斑斑的三轮车来。

清水寺位于上海西郊地区，是普陀区与嘉定区的交会处，马路虽也是宽阔无比，到处都是高楼大厦，但毕竟还是有些荒凉的，到真如老街恐怕还有五六里地儿。天刚亮，早晨的太阳像个剥了皮的柿子，从地下慢慢地浮了上来。早起的人并不多，有的骑着电瓶车，有的如陈元一般骑着三轮车，仔细一看却都是负了重物的，有蔬菜，有大肉，还有带着活鸡的，大家都是赶早市的。

陈元每每与人在十字路口等绿灯的时候，就会问一句，你明白清水寺在哪里吗？多数人是摇摇头的。也有人说，会不会在杭州啊？上海这地儿浑着呢，清水都没有，哪来的清水寺呀。到底还是有人明白地说，清水寺不在西郊吗？如今好像拆掉了吧。

不管人家怎么回答，陈元都会递上一张卡片，然后说，这是新地址，空了去我们那里上个香吧。人家会问，清水寺是求什么的？陈元说，供的是观音菩萨，求的是个干净。人家又问，今秋雾霾格外厉害了，这个能管吗？

陈元说，这是老天爷的事儿吧，给你打个比方，你们是做生意的，平时若是有个短斤少两，亏待了别人，心里过意不去，就到我们那里上炷香，是可以求个宽恕的。大家听了，都会说，你是和尚，我就给你掏个心吧，如今不做亏心事儿，这生意还怎么做呢？得空了，一定去你清水寺。

陈元来到真如老街，天已经大亮了，大家都是更加匆忙的了。陈元递给人家一张卡片，人家要么不接，要么看也不看，顺手就扔掉了。陈元觉得发小卡片，终究也不是个法子，正愁着的时候，眼见着两个年轻人，提着一桶油

漆，顺着老街两旁，在刷广告。广告内容就两条，一条是"无痛人流"，一条
是"百分之百查男女"，后边留有联系电话。那油漆是血红血红的，刷在墙上，
刷在电线杆上，甚至是石板路上，显得十分惹眼，像这个世界被谁捅了一刀，
流血了一般。

陈元看着看着，便受了启发，自己也买了一桶油漆。不过，他买的不是
红色的，而是白色的。他也要刷广告了。他的广告没有刷在空白的墙上，也没
有刷在电线杆上，更没有刷在石板路上。而是在刷广告之前，他把"无痛人流"
这些字儿，先给齐齐地涂掉了。用白油漆涂掉了红油漆，像给受伤的墙壁包扎
了一般。然后再在上边刷上自己的广告。陈元的广告是为清水寺刷的，他照着
小卡片的样子，把清水寺的方位图给画上了，只是反面的那首诗，被他给改掉
了，改成了"我有罪，得洗洗"，写在了方位图的下方。

陈元刷得十分陶醉，尤其是那行"我有罪，得洗洗"，这行小字感觉是专
门为自己写的。陈元一个上午，足足刷了多少条标语，他是不清楚的。不觉已
近中午，他有些饥渴，就买了一个面包，一瓶纯净水，算是吃了顿午斋。望着
自己刷上的广告，不显山不露水地画在墙上，犯事儿这么久了，他的心第一次
有了些许的轻松。

可是到了下午，忽然下起了小雨，晚秋的雨有些冷，却无法阻止陈元继
续涂掉"无痛人流"，刷上"我有罪，得洗洗"。他处于一种无我的状态中了，
竟把自己身处的环境忘在了脑后，以至于有一群穿着制服的人，靠近他围着他
的时候，他仍是毫无觉察的，还以为是被自己唤来的觉醒者呢。

陈元连同他的三轮车，一齐被带上一辆卡车。把他带走的人，陈元是认
得的。他认得的不是人，而是他们的衣服，这衣服不是公安，而是城管。在一
个城管办公室里，一个穿制服的队长问，你是哪个寺庙的？陈元说，清水寺
的。队长问，是清水寺的吗？我看你在为清水寺刷广告，我怎么不认识你呢？
陈元说，我是新来的。队长问，我怎么证明你是清水寺的？你们清水寺的师父
叫什么？陈元说，师父叫洗尘，他可以证明我。队长问，你没有证件吗？陈元
说，不在身上，而且你是城管，你查我的身份做什么？队长嘿嘿一笑说，你这
出家人还挺清爽的嘛，你明白在大街上刷广告，是破坏市容环境，是违法的
吗？我们是要罚款的。陈元笑了笑，不再言语了。队长便招来一个年轻人说，
去，到清水寺，把洗尘师父给请过来吧。

队长继续朝着陈元说，如今这个世道，有几个人真正是干净的？奸商是
一个，腐化是一个，还有男女关系，更是了不得了。我们政府也是万般无奈

的，拿他们如何办呢？全逮起来吗？如何个逮法？拿男女关系来讲吧，你刚刚涂掉的"无痛人流"，为何生意甚是火爆？因为人的关系太混乱了，而又不是违法的，你们出家人怕是不清楚的。你那句"我有罪，得洗洗"，非常好的词儿，比我们政府的标语还好，照这样讲下去，谁没有罪啊，全得拉出去洗洗，弄个东海那么大个池子，恐怕也装不下的吧？只好拉到你们寺庙里去，不是有句话叫"佛法无边"吗？我这个干部有罪，你这个和尚恐怕也有罪。

队长抽出一支烟递给陈元，被陈元给挡了。队长说，僧人也戒烟的吗？你别担心，我说你有罪，不是说你真有罪，拿今天这桩子事儿讲，你乱涂乱画是有罪，我们也是没有法子的，接到了市民投诉电话，我们不出来装模作样地转一圈，人家恐怕又得告我们失职了。我们在旁边已经观察半天了，其实你这是做善事呢，表面上看是为了清水寺，实质上是在帮社会做宣传。陈元听了，低下头，双手合十地说了一句"阿弥陀佛"。

队长猛吸了一口烟，又说，你那个洗尘师父，就没有罪了吗？他也有罪，罪还很大。他几条马路之隔的地儿有个家，虽然那是出家前的事儿了，但是毕竟家里有他的妻儿老小，他似乎是根绝了尘缘，但是血脉在那里放着，他能根绝得了？儿子刚刚结婚生子，子子孙孙还在向下开枝散叶，能根绝得了吗？这应该也是一种罪吧？所以大家都有罪，都得洗洗啊。

洗尘师父坐着年轻人的车，急急地赶来了。洗尘师父见了队长，双手合十地连连念叨"罪过，罪过"。队长则笑着打趣说，洗尘师父，你罪过什么呢？是不是偷偷跑回家抱孙子了？洗尘师父说，侬这俗人，积点口福好不？侬倒是讲讲，为何要抓阿拉行善之人？队长说，这不是抓好吧！是请，我们不怕得罪你们这些和尚，还怕得罪寺庙里的菩萨呢。洗尘师父说，那侬把阿拉都请来为何？难不成请我们吃斋？

队长说，我这大鱼大肉的，样样都有的是，你不嫌弃就留下来吧，我只问你一句，这个在大街上刷小广告的和尚，是你们清水寺的吗？洗尘师父说，当然是了。队长说，你一句话，认得就行，你们可以走了。

陈元便骑着三轮车，带着洗尘师父，顺着一条石板小径，朝着清水寺骑去。陈元问，今天有香客了吗？洗尘师父说，还没有呢，一个也没有呢。陈元说，我刷了很多标语，恐怕还没有生效吧。洗尘师父说，但愿吧。陈元说，我明天继续。洗尘师父说，侬再想想法子，着急啊。

又过一日，陈元起得更早了，他不再带着油漆到处刷标语。自己虽然碰到了城管，没有被抓起来，毕竟是惊心动魄的。何况自己在墙上乱涂乱画，真是违法了的，他不愿意用罪的法子来赎罪，若是如此的话，一样罪了了，另一样罪又生了，如此反反复复，何处是个头呢？陈元决定开始敲门，凡是见到家里亮着灯的，他都想前去敲门。天还没有亮，家里亮灯的，无外乎两种，一种是一夜未睡的，一种是早起有事的。无论属于哪一种，生活定是有煎熬的，都是需要祈求解脱的。

陈元没有再去真如老街，那地儿实在太繁华了，太繁华了就太商业化了，行善之心就淡了。他是出了清水寺，骑着三轮车朝着更荒凉的一面，拐进一片居民小区。这个时辰，窗户大都是黑漆漆的，唯有少数的几扇窗户有了微光。陈元爬上三楼，敲了敲亮灯的一家，门没有开，人家说，牛奶放在箱子里吧。再爬上六楼，敲了敲亮灯的一家，门就开了，人家带着锅碗瓢盆，正欲出门卖早点呢。陈元再爬了另一座楼，又敲了敲门，里边立即传来婴儿的啼哭，原来家里添了新丁，人家起来是喂奶的。

陈元连着敲了几家，都没有搭上一句腔，便心生了一些迷茫。他把三轮车骑得飞快，经过一块荒地的时候，听到一阵撕心裂肺的叫声。陈元是放过羊的，对此再明白不过，这是羊的哀鸣。羊的哀鸣与其他动物是不一般的，其他动物的哀鸣是有些尖利的，而羊原本那"咩咩"之音，有时如呼唤"妈妈"一般。在哀鸣之时，这"妈妈"之音更是凄切的了。

陈元停下三轮车，仔细一辨认，方知这哀鸣来自于荒地中间一个破落的废院子。陈元敲了敲门，前来开门的是一个屠夫，围着一条油乎乎的皮裙子，嘴上叼着一把尖刀。屠夫说，还没有杀好呢，要肉还得等会儿。陈元随着他进了院子，屠夫这才折过身问，你怎么找到这里的？屠夫再定睛细看，发现还是一个和尚，就觉得更是稀罕了。屠夫问，难不成羊肉不算腥荤吗？陈元笑了笑，并不言语，继续朝着哀鸣处走，就望见一只白山羊，被拴在一棵树上。屠夫说，既然来了，打个帮手，你别看这小东西，厉害着呢。

陈元过去放过羊，并没有杀过羊，也没有见过杀羊。过去是不忍心杀羊的，何况如今穿着僧袍，尤其被清水寺收留后，陈元对出家人又多了一层体悟。其实出家人是没有真假的，真正剃度了才算出家吗？有许多人看似佛门外，其心已在佛门中，关键看的是善念。陈元起初把自己当成假和尚，别人却把他看成了真和尚，慢慢地他觉得自己就是个真和尚了。羊不杀也是不对的，不杀羊世人吃什么？这冬天拿什么祛寒呢？但是一个和尚，帮一个屠夫去杀一只羊，那肯定是不对的。再看看这乱七八糟的地儿，也不像个正经的屠宰场，应该是个制造注水羊肉的黑窝点。

陈元问，你天天都杀羊吗？屠夫说，是呀，有时候杀羊，有时候杀猪，不过要看市场上需要什么。陈元说，你杀生，不怕报应吗？屠夫说，报应什么，我都杀了十多年了，还不照样活得好好的。畜生被我杀了，变成鬼了，还是一只羊鬼，或者是一只猪鬼，它又能对我如何呢？

陈元说，不是未报，时候未到，清水寺你晓得不？你得到清水寺去烧香。屠夫笑了笑说，原来你是拉客的呀，你帮我把它给杀了，我就随你去烧香。陈元说，我如何帮你？屠夫说，原本都是直接按在地上，一刀就解决了，这一只力气却大得出奇，不像一只羊，倒像是披着羊皮的狼，不绑起来怕是放不翻了。

陈元蹲下身子，把那拴着的绳子一丝丝解开。解开之后，他把手伸到羊的裆部，使劲地捏了一把它的蛋子。那羊一阵剧痛，"咩咩"两声，蹬腿就跑。院门未关，它冲出院子，不久就消失掉了。此时，天已经亮了，但是起了很大的雾，仍旧是一片迷茫。屠夫追出院子，却是空手而归的。屠夫提着一把刀，对陈元说，你是不是故意的？这不是假慈悲吗？陈元说，你全当是放生了吧。

屠夫嘿嘿一笑说，它被放生了，我的损失哪里来补？陈元说，从去中去，从来中来。屠夫说，别神神叨叨的，你若不是和尚，我就把你杀了，冒充羊肉一样也能卖个好价钱。念在你是个和尚，我也把你放生了，你赶紧给我滚吧。

陈元说，你不去清水寺了？屠夫说，还去个屁，羊都跑了，真是倒霉透了。陈元说，你刚才是应了的，不去恐怕不好吧。屠夫不敢多言，把陈元推出院子，骂骂咧咧地抽出十块钱，说是捐给清水寺的香火钱，就把门给闩了起来。陈元想添个一百，可惜自己囊中所剩不多，仅仅加了十块钱，从门缝里还了回去。

那只羊一路狂奔，跑进了一家超市。大家平时吃过羊肉，哪里见过这等活物，便引起了相关部门的怀疑，派人四下一通查访，终究查到了屠夫的院子，果真是一个黑窝，不但加工注水羊肉，还加工死猪肉。黑窝被端掉了，而屠夫却翻墙逃跑了，最终再没有了下落。陈元为放一只羊而伤害了一个屠夫，还一直心存内疚，听此一说，心也安然。此都是后话了。

5

陈元天天骑着三轮车，早早地起来外出拉客，清水寺的香火还是没有一点起色。

有天晚上，陈元正准备止静时，被洗尘师父给呼唤了去。洗尘师父说，侬这么早出晚归地晃荡了半个月，香客总共就来了五六个，多数是在公园里晨练的老头老太们，他们来烧炷香，磕几个头，顶多就投一个硬币，这还不够清水寺的电费呢。如今有公司关门的，没想到还有寺庙也会关门的。

陈元把挎包拿出来翻了翻，总共也就翻出了三百来块。陈元给洗尘师父全递了过去，说，我就这么多了。洗尘师父说，我不是这个意思，出家人要钱也无别的用处，我们的电费水费都是免了的，这斋饭还得有个着落吧？陈元说，那自然了。两个人又说了些话，大意是世道变了，按说出家人吃素的，理应更节省了，不承想如今一把青菜，比肉还金贵了几分。

陈元别了洗尘师父，正想回房歇息，打眼望见一个人，跪在正殿当中。

陈元一阵惊喜，莫不是这些天听了自己的，有香客趁着晚上空闲，烧香来了。这香客已点燃了一炷香，微闭着双目，双手合十地许愿呢。陈元不敢打扰，悄悄绕了过去，盘腿坐在正殿侧面的阴暗处，开始轻轻地敲着木鱼。陈元是第一次敲木鱼，在他的印象中，有香客敬香时，就得敲木鱼。敲木鱼时，理应是要念经的，陈元却不会念经，所以他只念"南无观世音菩萨"。灯光有些暗淡，等香客许完了愿，磕了三个头，爬起身时，陈元侧眼细看，几乎吓了一跳。

陈元说，你是理发店的小月。

小月也侧头认出了陈元，话还未出口，已涌出两行热泪。

陈元说，你不是长发吗？咋就剪掉了，倒像个假小子一般，险些都不认识了。小月说，只许你们和尚剃头，就不许小女子变个发型吗？说真话，我差点就和你一般剃个精光了。陈元说，这是何苦呢？又不出家，剃光了就不好看了。小月说，谁说我不想出家？我不出家能去哪儿呀，你就收了我吧，起码今晚你不收我，我得流落街头了。说着说着，就又哭了起来。

有女香客来了，而且要在此留宿。陈元赶紧去向洗尘师父禀报。洗尘师父听到木鱼声，早已披衣而起，立在偏房的走廊里了。洗尘师父说，伊说的，我早就听见了，定是有了难处，还有一间客房，从未有人住过，侬去收拾收拾，让她留宿一夜吧。陈元安顿好小月住下，便又去了斋房，给小月下了一锅清汤面。

小月一连吃了三碗，然后放下碗说，我饭量大吧？陈元笑了笑说，是的，挺大的。小月说，原本可不是这样的，一小碗就够了。陈元说，原本你是一个人，现在是两个人了，理当多吃点，孩子多大了？小月说，五个多月了，不过怕是长不大了。小月说着，又幽幽怨怨的了。陈元说，发育不正常吗？这得到医院看看去。小月说，明天就去吧。

天亮后，陈元推出三轮车，准备出门的时候，被小月给拦住了。小月说，今日有空吗？陈元说，得出去化缘了。小月说，我要去医院，心里怕得慌，想借你半天工夫。陈元明白，小月想让他陪着去医院，一个出家人去医院没有什么，如今去医院陪人进行胎检，这恐怕就有些不妥了。但看在小月如此凄凉，陈元还是骑了三轮车，带着小月上路了。

陈元尽量朝着僻静处走，还是引来了指指点点，有人说这和尚是个假的，有人说这和尚是个花和尚，这些陈元皆是没有听清的，唯有一个人的说法，传进了陈元的耳朵，是"色即是空"。在行善者眼里，哪还分个男的女的？即便这般，陈元路过一家服装店，心想还是换件常人的衣服，别人指指点点也就罢了，若招来一帮警察上前盘问，那还了得？

小月说，你是怕冷吧？陈元说，不是的。小月说，你是怕人闲话？陈元就不言语了。两个人进了服装店，便挑了一件灰色的羊毛衫。小月看见陈元脱了僧袍，穿了羊毛衫显得十分帅气，便笑嘻嘻地说，你一换衣服，怎么看也不像个和尚。陈元照了照镜子说，那像什么？小月说，像个演员，也像个有钱的大老板。陈元便脱下羊毛衫，换回了自己的僧袍。小月以为陈元是生了气的，其实不然，陈元忽然记起，自己如今是身无分文。

陈元重新换回僧袍，还有另一层原因。这羊毛衫厚了许多，理应暖和多了，却比不得那薄薄的僧袍。陈元穿着羊毛衫，感觉有一股股寒气，直朝自己的背心里扎。陈元心里明白，这不是衣服的原因，而是自己心境的原因。穿上僧袍，就如穿上了戏服一般，暂时把自己犯下的事儿放下了。

陈元带着小月，来到一家小医院门前。医院毕竟有些小，就显得清清冷冷。小月坐着不肯下车。陈元说，很怕吧。小月说，我会死吗？陈元说，哪会呢？不过是照照B超罢了。小月说，还要动刀子呢。陈元说，又不是生孩子。小月说，其实就是生孩子。陈元说，不是五个多月吗？你不清楚是十月怀胎？

小月顿了顿说，实话跟你说吧，我肚子里怀着的是个孽子，理发店的老板你还记得吧，这个孽子就是他的。我发现怀孕后，和他明白地说了，他却死活不认账了，说和我睡的人多着呢，谁晓得是谁的？他就和老婆一起，硬是把我赶了出来。中途我回了趟理发店，心想孩子毕竟是他的，但是他死活不露面，他老婆还报了警，口口声声说我是个小姐，要让警察把我抓起来。陈元说，那天我们在路边公园一遇，你是不是就离开了？

　　小月说，正是那天。被赶出来时，我连件衣服也没有。我没有法子啊，我不干那个，能做什么呢？别人干那个，起码还有一张床预备着，我连一张床都没有，只好去树林子里了。但是如今，孩子大了，每次干那个的时候，感觉有一双眼睛睁着，在肚子里看着一般。自己的孩子盯着自己，我哪还有心思伺候那些王八蛋？好不容易接一个两个客人，这些王八蛋的要求太出格了，我只好告诉他们，我怀孕了。人家就很扫兴，骂我说，你挺着个大肚子，出来干这个营生，你自己不觉得缺德，我们还觉得缺德呢。

　　小月说，你是出家人，按说不能在你面前说这些乌七八糟的，但是我得把话交代清楚，今天叫你来陪我，其实不是胎检，而是来引产的，我要把孩子引掉。

　　小月又哭了。她迷茫地望着小医院，摸了摸自己的腹部说，宝贝，妈妈对不起你，妈妈好想生下你，让你陪着妈妈，但是妈妈连理发都不会，只会给人家洗头，原本给人家洗头也是假的。妈妈明白，忍受几个月后，一旦生下了你，我就不孤单了，在这个城市里，就有一个亲人了。但是即便生下你，我怎么养你呢？我连自己都养不活，怎么能养活你呢？对不起啊，宝贝。

　　陈元听到此处，也是一脸泪水。他骑着三轮车调了个头，狠命地离开了小医院。

　　小月说，你不愿意陪我，也是情理之中，让我自己去好了。说着话，就要朝三轮车下跳。陈元顺着一条小巷子，只顾狠命地朝前骑着。小月说，我也是犹豫了再三的，它也是我的亲骨肉呀，我也不忍心呀，我没有法子了呀，我一个人带着它，我都没有脸活着回老家了呀。小月说，你能带我去哪里？你一个和尚能带我去哪里？还能回你们清水寺吗？除非你不想当和尚了。

　　陈元心想，清水寺自然是回不去的了，还有什么地方可以去呢？最方便的就是去住小旅馆。而自己如今身无分文，是住不起的了。自己果真不当和尚了，带着小月就不会遭到指指点点。但是不当和尚，不仅没有任何遮掩了，他的罪恶感也如水中的残渣一般，会立即浮起来的。

　　陈元有些绝望。他把三轮车骑得飞快，感觉这不是三轮车，而是悬在空中的一只风筝。在一个十字路口，有一个乞丐抱着个孩子，拦住汽车在乞讨着。陈元一时想到了那个盲人老乡，于是便朝着那个路边公园奔去。

　　老乡一家是晚上九点回到小木屋的。小兰看到陈元时，一阵惊喜地说，我们一直寻思着，你云游去了哪里，有一次我们到了静安寺，还专门从地铁里跑出来，进静安寺烧了炷香，顺便想看看，你在不在那里。陈元说，人家是个大庙，哪里容得下我。小兰说，门缝里的那一百块，定是你塞的吧？如今我得还你了。陈元说，我有事儿寻你们，你们是不是不想帮忙？这个姑娘如今落了难，在你这里借宿一阵子如何？小兰说，看样子，是怀孕了，应有五六个月了吧？不过是添张床、加双碗筷的事儿，让她尽管留下来好了。

寒暄过后，小兰又把一口锅，用泥巴给擦洗了一番，小月帮着一起炒了几个素菜，几个人围着吃了一顿。吃完了，听瞎子拉了一曲《二泉映月》，陈元便骑着个三轮车，顺着路边公园里的小径，独自回清水寺去了。

回到清水寺，洗尘师父还没有睡。问陈元，那女子呢？陈元说，走了。洗尘师父说，走了？哪去了？陈元说，回去了。洗尘师父说，空即是色，色即是空，你懂吧？陈元说，请师父放心，你给我起的名字，不是叫洗空吗？我一个出家人，别说个女子，就是我自己，终究也是要洗空的。

陈元不管多晚，都会到正殿烧香，然后把火灰吃掉，这火灰是他的一味药，似乎有了依赖一般，不吃掉肯定是无眠的。这天晚上，陈元吃火灰时，与平时不同，不仅没有流泪，也没有大口地吞咽，而是小口地慢慢地咀嚼，有了些细品的意味。品来品去，只感觉这火灰就是尘土，比不得其他的食品，也比不得人间最苦的药，吃起来无味，不苦不辣，却那般地难以下咽。

6

陈元是个犯事的人，原本是想找个寺庙躲避一下，只要他陈元多做善事儿，多做利他的事儿，化解掉自己身上的罪恶，便算是圆满的了。至于寺庙里的香火旺不旺，和自己关系是不大的。但是一穿上僧袍，尤其是来到清水寺，他的想法与处事方式就不由自主地变了。

经过这些日子，陈元忽然悟出，信仰这个事儿，与卖东西还是不一般的。卖东西你发个小卡片，在墙上刷个标语口号，在电视上请明星打个广告，洗洗脑子就把人给整迷糊了。但是自己卡片发了，标语也刷了，还敲锣宣传了，似乎一点效果都没有。不是人家没有苦难，也不是没有愿望，而是人家有苦难要解脱，或者要许愿，不来他们清水寺，而是舍近求远，不怕舟车劳顿，都去了七宝寺、静安寺、玉佛寺，甚至更远一些的普陀山和五台山。

这一天，是个阴天。上海天一阴，风就很大，尤其冷。陈元骑着三轮车，天麻麻亮的时候就出门了。他先去了一家修理铺，让人给他刷一个牌子，牌子是指路的，上边用红漆写着"前往清水寺免费"，挂在三轮车的前边。

　　修理铺的老板说，你这清水寺在哪里？陈元说，不远，就在对面高压线下的公园里。老板说，整天从旁边经过，看到那青色的屋顶，还以为是哪个贪官私盖的小别墅呢。

　　陈元说，有空去烧香吧。老板说，最近想生个二胎，努力了好些日子，医院也跑了几个月了，还是不见动静，这事儿你们管吗？陈元笑了笑，没有言语。老板说，你光弄个牌子，怕是用处不大，我这有个小音箱，给你下载一些音乐，比如《心经》和《大悲咒》，在三轮车上放一放，在大街小巷里转一转，如人家收破烂的一般，效果会更好一些的。陈元说，太吵了。老板说，如今你不闹腾，谁会关注你呀。陈元说，只是我身上虚空，得欠着你了。老板说，免费送给你，算我许了个愿，等我老婆怀孕了，我再给你弄辆电动的。

　　陈元从修理铺出来，刚走到一个巷子口，被一个光头男人给拦住了，不管三七二十一，就往三轮车上装东西，有一袋子萝卜、土豆和大葱，一袋子排骨和大肉，还有几条活蹦乱跳的鱼。附近是个蔬菜批发市场，应该是饭店里的采购。光头男人装好东西，爬上了三轮车，给陈元递来一支烟。陈元自然未接，问光头男人，你去清水寺吗？光头男人说，去真如寺，真如寺隔壁。陈元说，我只去清水寺，而且是免费的。

　　光头男人说，中午有几桌子酒席要预备，快点走吧。

　　陈元解释不清，便动身朝着真如寺那边骑去。

　　陈元按照光头男人的提示，终究还是找到了真如寺。光头男人一边搬东西一边说，你咋连真如寺的路都搞不清楚呢。陈元为清水寺刷标语的时候，只看到真如老街光滑的石板路，却没有发现这里也有一座寺庙。陈元抬头数了数，寺庙中有一座塔，足有七层之高，虽然比不得旁边的楼房，但是那金色的尖顶绝对最为耀眼。

　　光头男人搬完东西，从头到脚打量了一番陈元，忽然笑了说，是真的吗？还是头一回看到这骑三轮车的竟是个和尚。原本掏了二十块钱，便又添了十块，递给了陈元。陈元推托了说，有空去我们清水寺烧香吧。光头男人说，捐款与烧香不是一般吗？

　　陈元还想说，怎么会一般，烧香与菩萨之间，是有对视的，是有交流的，不是许愿，就是赎罪，而捐款省去了这个过程，没有由心到心，哪会有清净和洗刷呢？

　　但是光头男人已经折身，钻进了真如寺隔壁的一家大酒店。酒店门口有一个大水缸，里边养着一群待杀的鱼儿，欢快地冒着气泡。按照往常，陈元定会把这个钱，悉数还给人家的，这一次他没有这么做，他把二十块钱留下了——这是自己的血汗钱。而把多出的十块钱，压在鱼缸下边，这不是自己应得的，是人家烧香的钱，理应由他们自己送到寺庙去。

陈元骑着三轮车，不小心打开了音箱，音箱里播放的不是《大悲咒》，也不是《心经》，却是一首迟志强的老歌《愁啊愁》，在初冬的寒风中回荡着，这时光似乎原本就是陈旧了的。

至夜晚时分，陈元骑三轮车跑了十二趟，有两趟是带货的，有五趟是因堵车，打出租太慢了，赶着办事儿的。还有三趟是巷子太深，或者是地儿太偏，没有公交车。这些人上车前，陈元都要说，去清水寺吗？免费前往清水寺。人家都会问，清水寺是哪儿？陈元说，这是专线，别处是不去的。人家说，有钱，你哪里不可以去？便都是上了车赖着不走的。

还有两趟是免费了的，一趟是有个老太太，从菜市场出来，提了几斤蔬菜、一袋子水果，还有一瓶子酱油。陈元看她走路十分吃力，一条马路过了三次红灯。陈元就上去，把她扶在三轮车上。她家住在老式里弄，没有电梯，又住了六层。陈元干脆爬楼，把她送回了家。老太太给了陈元十块钱。陈元说，我写着呢，是免费的。老太太说，去清水寺免费，我这不是清水寺啊。陈元说，百善孝为先嘛。

此后好多天，陈元每天十点左右，都会守在菜市场门口，把买完菜的老太太送回家，每次离开，老太太都会给钱，陈元自然是不收的。老太太便会递一瓶纯净水。这些又是后话了。

话说那天，另一个免费的，是陈元拉的最后一个客人。那时天快黑了，有个年轻的小胖子，立在陈元的三轮车前，盯着前边"前往清水寺免费"的牌子，足足看了一袋烟的工夫，他一边看一边嘿嘿地笑，似乎透过几个红色的字，他看到了清水寺，悟到了什么玄机。陈元明白，他是智障，也就是傻子，便上前问，你想去哪儿？

小胖子说，清水寺。陈元说，我问你家在哪儿？我带你回去。小胖子说，清水寺，我要去清水寺。陈元说，去清水寺做什么？小胖子说，找毛毛虫。小胖子便爬上了三轮车，而且哭喊着，催陈元快点动身。陈元笑了笑，骑着三轮车，顺着一条小道，果真向清水寺赶去。

小胖子定是未去过清水寺的，也不清楚这清水寺是做什么的，但他是第一个要求去清水寺的人。陈元寻思，他是否明白去哪里，去了又做些什么，似是不太重要的了，他陈元只需把他送到他要去的地儿。

　　华灯初上，四处的霓虹煞是好看。小胖子坐在三轮车上，痴痴地望着一棵棵香樟树朝后退，望着一盏盏街灯和一扇扇窗户朝后退，他高兴地使劲地拍着手。一切尽是缓慢的，甚至是静止的了，陈元如入幻境了一般。还未及清水寺门前，小胖子远远就下了车，趴在地上一步一叩，三步一揖，向前匍匐着。连过院门时，他也是匍匐着，直至清水寺的正殿，虔诚地跪在了菩萨面前。

　　洗尘师父看到陈元终究带回了一个香客，便盘膝坐于正殿的右侧，微闭着眼睛一边念经，一边敲着木鱼。念完了经，敲完了木鱼，小胖子便起身走出清水寺，望着边上的半月湖，一边踢着脚下的石子，一边嘿嘿地笑着。

　　洗尘师父见香客已去，却未曾捐个一分半点，便问陈元，洗空啊，这便是你拉来的吗？陈元说，是的，怎么了？陈元发现香案前，多出一个暗红色的功德箱，便明白洗尘师父的意思了。赶紧把这天骑三轮收下的钱，掏出来留下了一百块，剩余一百多块全都顺着功德箱的那条缝缝，塞了进去。洗尘师父又敲了几声木鱼说，侬化的缘？陈元说，不是。洗尘师父问，那从何处来？陈元说，他捐的。

　　正说话间，只听寺外扑通一声，似有落水之声，陈元一阵惊慌，呼唤着寻了出去。小胖子仍在湖边，望着那幽暗的湖水，嘿嘿地笑着。

　　陈元放心地问，什么掉水里了？

　　小胖子说，鱼。

　　陈元说，是不是石头啊？

　　小胖子说，好大的鱼。

　　陈元说，这里有鱼吗？我为何没有看见？

　　小胖子说，是水，水掉湖里了。

　　陈元抬头，天空果真下起了雨，迷蒙的雨一点点落入湖中，似是惊涛骇浪一般，把一片安静的湖及湖中的倒影，全给揉碎了。

　　这一夜，陈元问了无数次小胖子，他家在哪里呢？小胖子一会儿说在清水寺，一会儿说在湖中，一会儿说在水里，一会儿说在树梢上，甚至说是在地下。陈元实在无奈，便骑着三轮车，把他送回到上车的地儿。在上车的地儿等了又等，还是问不出个头绪，陈元又到旁边打听了一番，大家说见过这个傻子，但并不清楚他到底是哪家哪户的。人家问，你操这心做什么？陈元说，怕爸妈担心。人家说，养出这样的孩子，有啥好担心的？陈元说，毕竟还是爸妈身上的肉吧？人家说，肉倒是的，是肉瘤罢了，割掉便也解脱了。

　　这般寻到了深更半夜，小胖子坐在三轮车上睡着了，雨还是断断续续地下，陈元只好把他带回清水寺，和自己又住了一夜。

此后连续多日，陈元骑着个三轮车，挂着"前往清水寺免费"的牌子，偶尔放一放那首陈旧的老歌，带着个不明不白的小胖子，走街串巷地和人家说，去清水寺吗？免费的。人家照样一如从前，不明白他这清水寺在何方，也不管他愿意不愿意，有了急事要出门，顺手就爬了上去。坐完了，下了车，也不问价钱，随自己心情给个十块八块的。

其间也遇见几回地痞无赖，原本想白搭一趟，待下了车，听陈元一声"阿弥陀佛"，便也乖乖地掏了钱，甚至出手更为大方，扔个五十、一百的，问一句，清水寺的？不用找了，回去给我点盏灯吧。陈元收了钱，晚上回到寺庙，果真在观音菩萨面前，帮人家点上一支蜡烛。

陈元一边骑三轮车，一边打听小胖子家人。某天下午，自己拉了个客人，家里出了点意外，急着要去派出所报案。陈元又问小胖子的事儿，人家说，如今你找不到家人，一旦孩子出事儿了，家人会找上门的，这等闲事还是少管为妙，看你是个出家人的分儿上，我给你指条路吧，交给派出所不就完了？

陈元见说得有理，便随着进了派出所。警察问，你是孩子什么人？陈元说，我不认识。警察问，不认识，你从哪里把他带来的？陈元说，在半路上遇见的，他是我们的香客。警察说，一个傻子也信佛？

陈元不言语了，陈元不明白怎么言语。警察透过窗户，看了看陈元的三轮车，三轮车停在院子里，上边的音箱被小胖子拧开了，正放着《愁啊愁》。警察又问道，一个出家人，你愁什么呢？你是清水寺的？我们怎么没有见过？陈元说，我是新来的。警察说，你在我们这里登记了吗？

听到此处，一阵寒风吹过，陈元打了个冷战。陈元一时清醒过来，自己这些日子四处奔波，竟然忘记了自己的身份，忘记了身上这件僧袍，在冬天显得轻薄了些，是遮掩不住太多东西的。陈元虽说从善之心再未变过，但是心罪可洗，身罪呢？如何才洗得清呢？

坐在三轮车上的小胖子，忽然从上边跳了下去，如一只受惊的鸭子一般，嘎嘎地冲出了院子。院子外边，当门正好栽着一棵柳树，树粗合抱，只听"嘭"的一声，小胖子一头撞了上去。陈元顾不得回答警察的问话，骑上三轮车出了院子，带上小胖子急急地去了。

陈元回头说，你跑什么呀？

小胖子说，有风。

陈元说，那么粗的树，你看不见吗？

小胖子说，麻雀飞得好高。

陈元说，头撞痛了吧？

小胖子摸了摸三轮车说，生锈了。

陈元摸了摸小胖子的头说，若是寻不着家人怎么办？我就做你家人吧，你应有十八了吧？当你叔叔定是当不起的，那当你什么呢？你说说，在家里谁对你最好？这些天你最想谁了。小胖子大声地说，妈妈。陈元说，当然是妈妈了，有首歌词不是写着吗？世上只有妈妈好，没妈的孩子像根草。小胖子从背后拉了陈元一把，然后指着路边摊上一个正在买菜的妇女，连连地呼唤了两声，妈妈！那是妈妈！

听到小胖子的呼唤，那妇女抬头看了一眼，然后扭身就走，进入了一片石库门。陈元一阵猛骑，追了上去，一边追一边说，你认识他吗？那妇女说，不认识。陈元说，你认识他家人吗？那妇女说，不认识。陈元说，你认识自己吗？那妇女一愣，说，不认识。陈元从小胖子的口袋里，掏出一张皱巴巴的照片，说，这上边的人呢？那妇女仍旧一句，不认识。

小胖子夺过照片捏在手中，嘻嘻地笑着说，认识，这是妈妈，妈妈好漂亮。

那妇女一听，禁不住哭了。一阵小跑着说，你这个冤家，甩不掉的冤家，我上辈子欠你的吗？

小胖子下了车，追入了一片石库门的深处。天又黑了，是回清水寺的时辰，陈元骑起了三轮车。身后又传来"嘭"的一声，随之是几只麻雀，叽叽喳喳地从上空飞过。陈元明白，小胖子又撞在树上了。但是这次是梧桐还是香樟，他定是不清楚的。

7

陈元回清水寺前绕了个道，想去看看小月。自把小月托付给小兰后，也不清楚他们过得如何。

小兰、小月几个都不在，陈元一时坐着无事，便取了锅碗瓢盆，准备烧水做饭。一锅水被烧得半开时，陈元忽然想起什么，便把这水给倒掉了，然后从旁边挖出几勺泥巴，照着小兰的样子，把锅碗给擦洗了一遍。他不擦洗，也是不打紧的，只是心里过意不去，感觉被污染了一般。

陈元刚蒸熟了米饭，小兰就扶着瞎子回来了。

陈元问起小月，小兰说，不明白呀，她恐怕闷得慌，逛去了吧。

等到晚上十点多，小月才疲倦地回来了。小月说，平常多喜欢逛公园呀，果真住在公园里了，也会烦闷不堪的，所以呀，这人不管在哪里，都是不能住久的。陈元说，你去理发店了？小月说，去那个肮脏的地儿干吗？到附近的商场里转了转。说着，果真掏出一堆东西来，一条围巾给了小兰，一双袜子给了瞎子，一顶帽子给了小兰的孩子。小月最后取出一件圆领的羊毛衫，对着陈元说，你穿上吧，这么冷的天了。

陈元临走时，小月说，你明天有空吗？再陪我去一趟医院好不？陈元说，这么久了，你还想不开吗？小月说，你误会了，这次真去胎检，这小家伙恐怕是孙悟空变的，整天在肚子里翻云斗雾的，一点都不安生。小兰说，你叫一个出家人陪你，多不方便呀，还是我去得了，万一有个什么，女人之间也好照料些。小月偏偏说，他去我踏实一点，而且他还有三轮车呢，你又不会骑三轮车。

除了上交清水寺的，陈元把这些天留下的钱，统统都掏了出来，总共也就八百多块，三百块给了小兰，说是小月的生活费，五百块给了小月，说是明天检查身体，若有剩余，就买点营养品。小兰与小月统统都还给了陈元。小兰说，人家捐给菩萨的，我们哪敢花呀。小月则摸了摸腹部说，检查身体还有他小兰阿姨呢。几个人推来推去，几百块钱终究还是回到了陈元手中。陈元回到清水寺，烧完了香，磕完了头，捧着火灰吞咽了，便把身上的钱悉数塞进了功德箱。

第二天去医院妇产科检查，进进出出的多半挺着大肚子，还有一些已经生产了的，则不管不顾地掏出乳房给婴儿喂奶。小月感觉确实不方便，让陈元在医院外边等着。陈元则说，你万一再干傻事怎么办？陈元正好在里边穿了小月送的羊毛衫，便照着小月的吩咐把外面的僧袍给脱了。僧袍一脱，像是脱了层皮，陈元颤抖了起来，一时打了个喷嚏。

陈元重新把僧袍套上了说，太冷了。

小月说，你终究是舍不得一个和尚的身份罢了，算了算了，还是我自己进去吧。

陈元不放心，就远远地跟着，如此这般，整个检查过程十分顺利。从医院出来，小月说，你感觉是个儿子还是女儿？陈元笑了笑，并不言语。小月说，你叫洗空，我则姓李，若是个儿子，我就叫他李不空，若是个女儿，李不空定是不行的，你看看叫什么好？你出家前姓什么？若是生个女儿，跟你姓如何？陈元笑了笑，仍是不言语。小月说，你别误会了，你虽和他毫无血脉关系，对他却有救命之恩，算是再生父母了，随着你姓也是理所当然的吧？

天很蓝，白云如棉花糖一般，大大小小地浮在眼前。小月突然说，我们去转转吧，到上海这么久了，整天都待在郊区，还没有登过东方明珠呢，你去过东方明珠吗？

陈元说，又不是大雁塔，出家人凑这个热闹做什么？再说了，四处闲转也不合适吧。

小月说，有你想去的地儿吗？你是个和尚，想去静安寺对不？但我还是想去东方明珠，想从那么高的地方朝下看，看人到底是什么样子。

陈元说，我不认路。小月说，鼻子底下就是路，可以问呀。陈元说，车万一坏了呢？小月说，那我们就走回来。陈元说，你有身孕呀。小月说，医生说了，这么大个孩子，要多运动才行。陈元还是骑着三轮车要回清水寺，正好经过一段隧道，三轮车在斜坡上失控了，朝着路边的一辆小车追了上去。

司机说，你撞了宝马明白不？小月说，不就擦破点皮吗？便掏出了五十块钱。司机说，你在讲笑话吧，你以为人擦破点皮，上点药水的事儿，喷个漆至少得花两千多。一个和尚带着个姑娘，如此慌里慌张的，这是做什么去？司机说着，就要报警。

小月说，我要生了。司机说，为何不叫救护车？小月说，路上经常堵车，叫救护车会生在路上的，出家人是在行善呢，你们就别计较了好不？司机说，真要生了吗？小月捂着肚子说，这能作假吗？司机一阵感慨，摆摆手说，看在胎儿的分儿上，你们走吧。

再次上路，小月说，刚才若是脱了衣服，如今怕就遭殃了，出家人还真管用，不然今天怕是赔不起了。小月拍了拍陈元的肩膀说，你去哪儿呀？陈元说，还能有哪儿。小月说，东方明珠你不去，我们去静安寺不行吗？陈元说，与清水寺有差别吗？

小月说，当然有了，虽说都是寺庙，起码菩萨会大一点吧。

陈元说，菩萨在心里都是一般的。

小月不高兴了，你不能看在胎儿的分儿上吗？陈元说，以后吧。小月说，我还有以后吗？陈元停下三轮车说，这话从何说起？小月哭了说，生孩子的事儿，谁能说得清呢。

陈元调了头。陈元带着小月，顺着武宁路来到南京路。从南京路转至外滩。再从外滩摆渡到了黄浦江对岸，一路东问西问，太阳偏西的时候，果真来到了东方明珠。途中小月十分感动，自己偏要骑上一程，陈元体谅小月的身子，哪肯让小月这般辛苦。辛苦归辛苦，陈元心里也是挺高兴的，早听人提起上海如何如何，没有想到不经意间，就把南京路、外滩和黄浦江，统统地给逛了个遍，而且如今来到了陆家嘴，站在东方明珠下边了。

小月抬起头，高楼是望不到顶的，腰间挂着一朵朵白云，伸手便会取下来一般，不由得赞叹着，这哪是人间，简直就是天堂了。

小月说，我去买票吧。陈元说，买一张就行了。小月说，小孩子免费，和尚也会免费？陈元笑了笑说，你一个去吧。小月说，那么高，你不扶我一把，我能上去吗？陈元说，又不是爬楼梯，你当心点就是了。小月说，你还是忘不了自己，我就不强求了。小月说着，便挤到一条长龙里，排队购票去了。

陈元感觉，和尚的身份与其他身份，都是不太一般的，其他无论什么人，穿什么奇装异服，站在人群中间，都是般配的，而唯有和尚立在人群之中，显得有点突兀。像一锅小米粥，里边夹着几个石子，石子再怎么大，人家都不会奇怪，若是煮着一颗白玉，这玉哪怕唯有米粒一般大小，那也是十分扎眼的。

陈元原本想着，替小月去排个队，再把她送进去。由于自己太扎眼了，无论谁走过身边，都会瞅上几眼，再低头寻思一番。他们寻思的无非是，和尚来干什么呢？门票从何而来？陈元不想让人家因此而徒生烦恼，终究还是逃避掉了。

陈元骑着三轮车，漫无目的地绕着东方明珠转了一圈，有一对老外夫妻凑了上来。陈元判断他们应该是夫妻，因为他们是十指相扣的。不明白他们出于好奇，还是前来问路的，叽里呱啦地说了半天，陈元一句也没有听懂。陈元糊里糊涂地指了指三轮车前边的牌子，他们恐怕也不明白前边牌子上写着什么，便点了点头，然后爬上了三轮车。

陈元骑着三轮车便上路了。两个老外坐在三轮车上，看上去十分兴奋，一边走一边拍照片。陈元整整花了两个小时，把两个老外拉回了清水寺。两个老外到了清水寺，东看看西看看，东摸摸西摸摸。洗尘师父敲了半天木鱼，实在看不下去，指了指地上的蒲团，让他们跪下磕头，自己干脆还做了示范，但是老外终究没有开化，嘻嘻哈哈地走了。

洗尘师父说，他们还没有捐香火钱呢。

陈元说，这个随缘吧。

洗尘师父说，你拉他们一趟，白拉了吗？

陈元为难地指了指三轮车前的牌子说，事先说好的，到清水寺是免费的。

陈元怕两个老外迷路，让他们坐三轮车，送他们回东方明珠，两个老外说了句中文"谢谢"，爬上了一辆出租车扬长而去。

陈元再次回到东方明珠时，小月已经站在原地了。陈元说，这么快就下来了？小月说，还没有上去呢，仔细想想你说的也是，凑这个热闹做什么呀。小月最后又补了一句，一百多块，有这个钱还不如给肚子里的宝贝买件衣服呢。陈元不明白小月是心疼钱，还是连一张门票也付不清了。

天已经黑透了，黑透了的上海并不黑，反而更是辉煌而明亮的了。小月原本想在黄浦江边，找个僻静的草坪坐下来，不仅要好好欣赏一下东方明珠，还要欣赏一下旁边的金茂大厦，以及一江之隔的外滩。陈元却让小月上了他的三轮车，在陆家嘴繁华的大街上缓慢地穿行着。

小月说，你看看上海如今像什么呀。陈元说，像不像个铁匠铺子？小月说，你小时候打过铁吧？陈元点了点头。小月说，我没有打过铁，但是看见过打铁，这一座座楼房，就是一块块生铁，经白天一加热，被烧红了，被烧软了，几锤子下去，就冒出火花儿了。

陈元说，你觉得东方明珠呢？小月说，像一根大锥子。陈元说，你是不是会纳鞋底子？小月说，在老家，我每年都会纳鞋底子，就用这种大锥子，手心都被扎破了好几回，如今还有针眼呢。小月要伸手给陈元看，陈元只顾低头骑车，并不回头。小月说，再多看几眼，发现它又像一串糖葫芦，我想吃糖葫芦了。

正好有叫卖糖葫芦的从旁边经过，小月就叫了两串，递了一串给陈元。陈元笑了笑，摇了摇头。小月说，这又不是腥荤的，你怕什么？

小月说，你还记得那个理发店吗？陈元说，小旅馆对面嘛，忘不了的。小月说，有个小姐妹，长得可漂亮了，每个客人第一次去，原本只想理个发的，见到她就守不住了，就想拉她下水。她自己倒是左右不从，但是来这里逛过一次回去，整个人就彻底变了，当晚就出台接客了。出台接客你懂的吧？就是与人家那个，我不用绕弯子，就是卖身了。我问其缘由，她说，你上一次东方明珠，站在第三个圆球上，透过玻璃朝下看一眼，定是会理解我的。

小月说，站在上边看，与站在下边看，到底有何差别呢？陈元说，能有何差别。小月说，这差别多的是了。站在高处，是朝下看，而站在低处，只能朝上看；站在上边，你是以东方明珠的身份在看，站在下边你是以人的身份在看，是以树的身份在看。站在何处看，以何种身份看，那结果定是不同的，东方明珠那么高，第三个球有三百多米，从这么高的位置朝下看，人恐怕都成蚂蚁了，大树恐怕都成小草了。

陈元说，幸亏你没有上去，有一天你真上去了，你可不能学那个小姐妹。

小月说，哪会呀，她没有孩子，我有孩子了，马上就要当妈了。

陈元说，若是你不朝外看，而是朝内看，朝自己的心看，那还会有差别吗？

小月一愣说，难怪小兰姐对你佩服得五体投地，说你是个高僧呢。陈元说，若是让我睁开眼睛看自己，我也不过是一粒披着外衣的尘土，横看竖看都是肮脏的，只是被别人忽视罢了。说到此处，陈元抬头看了看青天，看了看四周形形色色的人，想起自己犯过的那档子事儿，内心不禁又泛起了一阵恐惧。

8

话说这天早上，陈元从清水寺起来，刚刚推开庙门，有一老头晨练，跑步经过清水寺时，听到背后吱咛一声，便回过头倒退着跑了几步，不承想扑通一声，掉到了旁边的半月湖中。陈元便上前搭救，好在湖水不深，老头自个儿是爬得起来的。但是已经冬天，湖水甚冷，毕竟湿了半边身子，老头被冻得直打哆嗦。

陈元不敢怠慢，赶紧推出三轮车，把老头给送回了家。老头家在巷子深处，老式石库门的平房。老头回到家就感冒了，尽打喷嚏。有一中年妇女，也就五十来岁，头发全都白了。白毛女问，又没有下雨，咋就湿了呢？老头说，掉湖里了。白毛女说，附近哪里有湖。老头说，怎么没有，清水寺旁边。白毛女说，清水寺在哪里？老头说，在路边公园里呀。白毛女说，那不是人家住的别墅吗？老头说，恐怕就是别墅，不过叫了个清水寺的名字。

白毛女说，天都亮了，湖在那里，你就看不见吗？会不会是被人给推进了湖里？老头说，人家推我做什么？白毛女说，晨练是有地盘的，你往日是不在这里的。老头说，抢什么地盘，连个人影都没有。白毛女说，刚送你的，不是人吗？白毛女说着，就冲着陈元呼唤，那个谁，你给我回来！

陈元已经出了院门，听到呼唤，折回身问，还要帮忙吗？白毛女说，他怎么掉湖里的？是不是你推的？陈元说，我怎么推他？老头也说，人家一个和尚，他怎么推我。白毛女上下打量了一番，果真是个和尚，一时无语了。

老头说，他没有推我，他倒是推门了，门发出吱咛一声，我好奇，一回头，就掉湖里了。白毛女说，这不就对了，他推门，门发出吱咛一声，间接地把你给推到了湖里，所以他要负责的。老头说，这不怪人家吧？怪我倒着跑了几步。白毛女拉了一把椅子，让陈元坐下，白毛女说，你平时就是心善，不是这个和尚的原因，那半月湖是清水寺的，在清水寺的地盘上，他们清水寺还得负责。老头说，那半月湖在清水寺院子外边。白毛女说，与院子连着的吧？只要连着的，就脱不了干系。

陈元说，从因果角度讲，是脱不了干系的，请问你有什么要求吗？白毛女想了想说，我也没有什么要求，你得帮我一把。陈元说，请尽管吩咐便是了。白毛女说，你随我来吧。

陈元随着白毛女钻进另一间屋子，屋子没有窗户，大白天不拉灯，尽是漆黑一片。屋子里搭了张床，床上卧着一个老人，形貌枯瘦如柴，牙齿已经脱落，头发披散着，认不清男女。白毛女看了，情绪顿时低落，刚刚那股尖酸劲儿都化掉了。

白毛女说，他是我公公，是个植物人，已躺了十三年了。白毛女说着，便抹了眼泪。白毛女说，你栽过树吗？陈元点了点头。白毛女说，一棵树活着，下雨了，自己喝点水；有太阳了，自己晒晒太阳；起风了，随着风摇一摇，即便如此，有些树还枯死了呢。但人不一样，人一旦成了植物人，喝点水，撒个尿，大大小小都得我们侍候着。

陈元说，明白你这些年不容易，我能帮点什么吗？白毛女说，你一个出家人，要钱定是没有的，要你在这里侍候着，也不是长久之计，这样吧，你帮他念经吧。

陈元明白白毛女的意思，这是要他祈求平安，便向白毛女要了几炷香几刀纸。念经还得木鱼，一时无处可寻，便让白毛女拿了砧板，一双筷子。

白毛女说，要念多久？陈元说，至少一天一夜。白毛女说，辛苦你了，我在外边备些斋饭，你尽管放心好了。白毛女说完，并不离开，陈元催着她出门，说是念经得关门闭户。白毛女还是欲言又止。听到隔壁的喷嚏声，陈元说，我会顺带替大伯也祈福一下的。

白毛女说，我不是这个意思，我的意思是，我公公他能醒来吗？陈元说，不一定，主要还得看医生。白毛女说，这些年，吃的药，打的针，怕都可以用火车皮拉了，我的意思是你不要祈福。

陈元很意外地说，不祈福，你让我做什么呢？白毛女说，你看看，原本一棵大树，躺在床上，就够我折腾的了，又添了一个感冒的，你让我还怎么活啊？我不是要让你负责，我的意思是你能不能不祈福，而是帮床上的这棵树超度一下。

　　说完最后一句话，白毛女不敢再看陈元。陈元说，人死了才会超度的。白毛女说，你就当他死了吧，求你了。白毛女乞求地抓住陈元的手，放声大哭了起来。陈元说，你出去吧。白毛女说，你答应了？陈元点了点头。白毛女出门了，反手把门给拉上了。

　　门一拉上，屋子里就漆黑一片了，唯有微微的一道光柱，从门缝里透了进来，窄窄的，如一把刀子一般，把一间房子给劈了个两半。

　　陈元跪在屋子里，点了香，烧了纸，架起了砧板，拿起一双筷子敲着，一边念经一边敲着砧板。砧板毕竟是实的，而木鱼是空的，敲出的声音又细又碎，没有木鱼的声音清脆洪亮。还有念经，陈元在陕西秦岭之中，常去寺庙里听和尚念经，进了清水寺也听洗尘师父讲过经，毕竟是接触一点皮毛，只记得开头那么几句。

　　陈元不敢乱来，床上躺着的，虽说是植物人，是没有知觉的，但毕竟不是植物，而是一个生灵。好在他的挎包里放着一本书，是各类经文的汇编。陈元翻出了书，照着书上念了起来。陈元念的，自然不是超度亡灵的《佛说阿弥陀经》，而是祈福的《观世音菩萨普门经》，还念了《心经》。

　　如此这般，念了整整一天一夜。白毛女中途送来三顿斋饭，无非一碗小米粥，一盘炒青菜，一盘拌豆腐，几个馒头。陈元自己只吃了青菜，青菜是不好下咽的，剩余的全部一口口地喂给了躺在床上的公公。而且还给公公端了一次尿，翻了一次身。至第二日午饭时辰，陈元推开门，摇摇晃晃的，还未走出几步，眼前一黑就晕了过去。

　　及陈元醒来，又过了一夜，都是第二天凌晨时分了。陈元躺在一张床上，听到外边一阵阵喧闹，有锣声，有鼓声，还夹杂着几声哭号，必是为死人设了灵堂。陈元睁开眼睛，发现坐在床边的，不是别人，而是白毛女。白毛女说，谢谢你。陈元说，谢我什么？白毛女说，公公过世了。陈元说，他过世和我有关系吗？白毛女说，你别太内疚，公公也算是解脱了。

　　陈元这才想起前边的事儿。他原本想对白毛女说，自己没有念超度的经，而念的是祈福的经。但是看到白毛女抹着眼泪，也就懒得张口了。

　　陈元离开白毛女时，天已经大亮了，四处找寻自己的那辆三轮车，却不见了踪影。有人说，恐怕让人给偷了，年关将近，小偷要弄点盘缠回家过年，便什么破铜烂铁的都偷，别说是三轮车了，挂在门上的一把铜锁，也给人拧走了。此人说，报案吧，也许还能找回来呢。陈元说，算了，旧了。

　　白毛女追了出来，把一个红包塞进了陈元的口袋，要给清水寺捐一笔香火钱。陈元没有说收，也没有说不收。天既是亮了，就没有必要再回清水寺，陈元便在这片石库门老弄堂里迷茫地走着。

没有了三轮车，陈元一时有些不适应，便去了一家修理铺。是原本给他挂牌子和安音箱的那家，想问问有没有报废的三轮车。修理铺老板正在给人修车，看到了陈元，一下子坐在地板上，叹着气说，折腾了半天，老婆的肚子总不见长，后来随老婆去医院一化验，说是我患了死精症。妈妈的，这病是怎么患的？是何时患的？若是原本就患上了，那我第一胎是怎么怀上的？这么一怀疑，老婆不愿意了，不但不愿意再生了，还带着老大和人家跑掉了。

陈元张不开口了。想起白毛女刚刚塞在身上的钱，便掏出一百块递了过去。老板说，这是做什么？我又不缺钱。陈元说，上次你给挂了牌子，安了音箱，一直欠着呢。老板说，有用吗？那三轮车呢？陈元说，用处大着呢，不过一起丢掉了。

陈元离开修理铺，望见有人在弄堂里刷广告，广告内容是"B超查男女"。陈元上前，捡起剩下的半桶子油漆，如当初一般，把人家的广告涂掉，想刷上清水寺的广告。但是原本油漆是自己买的，是白色的，如今是捡来的，仍是红色的，刷上自己的字，是看不清的了。无奈，陈元就另寻个干净的地儿，把清水寺的方位图和"我有罪，得洗洗"一一刷了上去。

刷完了半桶子油漆，陈元还如当初一般，便开始敲门，白天不会拉灯，不明白谁家有人，陈元就挨家挨户地敲。有人在午睡，开了门，不等陈元说出"清水寺"，人家便"嘭"地把门给关上了；多数家里是没有人的，或者是家里有人，却不敢开门，据说会有小偷公开敲门行窃。

不觉间到了深冬，上海忽然下了一场大雪，三十年不遇的大雪纷飞，不仅把清水寺的门给封住了，还把旁边的半月湖也给遮挡了起来。在陕西秦岭中下雪，定以为是瑞雪，是好兆头；而在城里下雪，雪不仅封了道路，雪水四处横流，弄脏了人家的脚，便以为是灾难了。

陈元出门前，想绕道去看看小兰与小月，住在那么个小木屋里，定是不得安生的。小月不在，瞎子也不在。小兰和孩子在，孩子生病感冒，发烧了。陈元说，快送医院吧。兰月说，打过针了，就挂了两个吊瓶，几百块呢，熬熬就过去了。

陈元说，天这么冷，你们出去就算了，孩子哪受得了。小兰说，有什么法子呢？我在家带孩子，那瞎子怎么办？陈元说，他人呢？小兰说，一个人坐在地铁里，一天不出门就没有饭吃，如今人越来越有钱，我们这个行当却越来越难了，原本想给孩子积个学费，这个月看看病吃吃药，这边进来那边就出去了。

陈元说，小月呢？小兰说，还是和你说实话吧，她从住到这里之后就上街。她几乎一天不空，前些日子出血了，半夜三更送到医院，医生说是太劳累了，是流产的兆头，给打了几针黄体酮，让在家里静养一阵子，但是看病要花钱，未来生孩子也要很多钱，所以在家休息了两天，便又上街了。

陈元说，上街做什么？

小兰说，乞讨呀，还能做什么。

陈元说，在哪条街上，说了吗？小兰说，都是顺着人流走的，一会儿东一会儿西，有时候自己也会迷路的。我有她的手机，你抄一下，不放心就打个电话吧。

陈元与小兰又聊了聊这场大雪。小兰说，陕西那边的雪花是六个角的，而上海这边的雪花像是五个角的，会不会是因为这里气温高，一个角给化掉了？陈元则说，上海很少下雪的，如今下了这么大的雪，真是稀罕了。陈元离开的时候，顺着小木屋四周转了一圈。大雪几乎把小木屋全给覆盖住了，再这样下去，恐怕得把小木屋给压垮的。便拿来一根棍子，把上边的雪全给捅了捅。陈元离开的时候，回头一望，整个路边公园里，全是白茫茫一片，唯有这个小木屋是黑色的，在黑色里边，不时传来几声呻吟和咳嗽。

陈元出了路边公园，走了约莫一里地，在一条繁华的大街上边，便看到了在车流中间窜来窜去的小月。那臃肿的身子，那艰难的步子，还有那件红上衣，陈元是看不错的。小月左手拿着一个鸡毛掸子，右手握着一条毛巾，每当有车停了下来，小月就上前，拂去挡风玻璃上的雪，没有雪的话，她就替人家擦去上边的灰尘。

雪还在下着，小月没有打伞，没有戴围巾，她的衣服明显已经湿透了。但是小月还是一辆辆车，拂雪，擦灰尘。多数司机嫌冷，连窗户都不会摇下来。少数司机摇下车窗，说是后边还有呢，把后边也给擦擦吧。小月跑到车后，把车尾巴上的灰尘，也给擦干净了。不等小月擦完，那车已经启动，冒着一股雾气，开走了。

小月终究被带倒了，似乎划破了手。她对着下一辆车的玻璃窗，照了照。她把人家的玻璃窗当成了镜子。玻璃窗一般是贴了膜的，和平时的镜子是一般的，里边能看到小月，而小月是看不到里边的。

陈元拦住一辆出租车，塞给司机一个红包，这些钱是白毛女那天给的，他没有花过一分，也忘记塞到清水寺的功德箱了。司机很吃惊地说，先生，你去哪里？打完车再付款。陈元说，我不打车，我求你件事儿，你看见前边那个穿红衣服的女子了吗？司机说，她是个乞丐，天天都在马路上，在车流中间钻来钻去，总有一天会出事的。陈元说，肚子里还有孩子。司机说，明白了，你要给她捐款？到底还是出家人慈悲啊。

司机启动了车，来到小月身边，把红包递了过去。小月要给司机扫雪、擦玻璃。司机说，我这干净着呢。小月一时感动，眼泪大颗大颗地流着，她抹了一把泪水，扑通一声，跪在了马路中间，笨拙地磕了三个响头。

司机原本已经走远了，但还是把车靠了边，停了下来。

陈元双手合十，说了句"阿弥陀佛"。

9

还是中午时辰，陈元就回清水寺了，陈元第一次这么早回清水寺。

洗尘师父把陈元给呼唤了过去。洗尘师父说，辛苦侬了。陈元说，还好。洗尘师父说，外边天冷，注意身子。陈元说，已添了衣服。洗尘师父说，这羊毛衫不错，颜色好看着呢。陈元说，人家送的。洗尘师父说，清水寺有香火了，每天多多少少，都有一个两个。陈元说，看见了，香案上有供着的苹果了。洗尘师父说，这是侬的功劳。陈元说，怕是冬天了，事多吧。

洗尘师父说，有个老太太来了，苹果便是伊供上的。陈元说，她不容易，八十多了吧，还得去菜市场给家人买菜呢。

洗尘师父说，还有一个光头，他说自己曾经是个杀猪的。陈元说，他也不容易，我把人家一只羊给放跑了。

洗尘师父说，还有一个白毛女带着老公来的，她说自己老公曾掉到我们边上的半月湖了，她要看看这半月湖到底是啥样子的。陈元说，当时开门，把他给推进去了。洗尘师父说，是你推的？是你把门推出吱咛一声，她老公一回头，倒退着跑了几步，才掉进半月湖里的，伊已经说了。陈元说，她肯定没有说，她公公是个植物人，刚刚去世了。洗尘师父说，伊也说了。

洗尘师父说，昨天那个小胖子来了，伊是来这里寻妈妈的。陈元说，他又走丢了？洗尘师父说，哪里呀，怕脑子不好吧，妈妈就在身边呢。洗尘师父说，小胖子出门的时候，一头撞在了我们门前的榆树上了，把头撞了一个大包。陈元笑了笑。

　　洗尘师父说，还有，小月姑娘也来了，也捐了不少钱。陈元心想，其他人来还个愿，那是自然的，还有小胖子毕竟是有家人的，从家里拿点钱出来也讲得通。而小月呢？在上海举目无亲，如今还怀了身孕，借宿在人家小兰处，其实和露宿街头一般。那天她给大家买东西，还有去医院检查身体，去东方明珠时请他吃东西，都是花了不少钱的。原本以为她是做了老本行的，不承想竟是一分分从大街上伸手乞讨来的。

　　洗尘师父掏出了三百块，递给陈元说，这点钱侬留着，在外边化缘，别饿着了，想吃什么，想要什么，只要不犯戒就行了。

　　陈元推托了说，有一座清水寺，有这身衣服就足了。不过自己得走了。

　　洗尘师父很吃惊地说，到底还是嫌我们庙小啊。

　　陈元并不言语。他拿起一个扫把，把清水寺前前后后的积雪，干干净净地洒扫了一遍，连院子外边的石板小径，也足足扫出了三里。扫完了外边，他又把清水寺里面，无论是佛身，还是香案，统统地擦了一遍。最后在正殿前跪下来，烧了三炷香，等三炷香烧完了，他把香炉里的火灰，捂进口中吞咽了下去。

　　在陈元洒扫与跪拜的时候，洗尘师父始终坐在正殿，一言不发地敲着木鱼。

　　陈元把僧袍脱了下来。这件僧袍已经十分陈旧，袖子上已经破了个洞，下摆已经撕裂。他把它叠得整整齐齐，显不出破旧来了，然后放在香案上，便穿着一件羊毛衫出门了。

　　陈元出了清水寺，向一位正在赏雪的游人借了电话。游人认出了陈元，明白他是清水寺的和尚，便问，给谁打呀？你们和尚，尘缘不是已了了吗？陈元笑了笑说，除了菩萨还能有谁？游人说，菩萨吗？漫游费很贵的。陈元说，开玩笑的啦，我不是个和尚了。游人说，还俗了吗？游人说着，还是把手机借给了陈元。

　　小月接到陈元电话的时候，还在那条大街上的车流中窜来窜去。陈元说，那本书呢？小月说，什么书？你说的是《阿弥陀佛》吧，一直在包里放着呢。陈元说，你念得怎么样了。小月说，看不懂。陈元说，你拿出来吧，里边有样东西。

　　小月从包里拿出那本《阿弥陀佛》。自从拿到这本书，虽说一直放在包里，还从来没有顾得读过。小月翻开的时候，什么也没有看到，就问陈元，是什么东西？陈元说，是一张纸，是我从墙上撕下来的。你带着这样东西，先打个电话给派出所，我们在派出所门口会面吧。

陈元挂掉电话之后，小月又翻了翻，里边果真夹着一样东西，是一张《通缉令》，上边有一张照片，有些模糊的照片。小月觉得有些眼熟，再仔细地辨认了一番，终究还是明白了，这张照片不是别人，而是在小旅馆里住过的、她在理发店时给他剃过头的，如今在清水寺出家的陈元。《通缉令》上有一行字：举报成功者重奖五万元。后边还有警察的联系电话。

小月双手发抖了，她明白陈元要做什么。她把这本书合了起来，匆匆地离开了车流，离开了那条大街。

陈元放下电话，便到了派出所门口。这个派出所他是熟悉的，他曾经骑着三轮车，带人来报过案，小胖子还一头撞在门外的那棵柳树上。陈元如今就站在那棵柳树下，柳树上是没有一片叶子的，但是柳树上有雪，积了厚厚的雪，显得有些肥胖，或者是肿胀。

小月终究还是来了。她踏着未化的雪花，咯吱咯吱地来了。她朝他走来的身影，如一只小企鹅似的。当她还有十米远的时候，她蹲下了，他以为她贪玩，想抓一把地上的雪花。看到这么白的雪花，这么厚的雪花，没有谁不想顺手抓一把的。

但是她蹲下后，捂着自己的腹部，呼唤了一声，血，血啊。

别人听了，以为她说的是"雪"。而他明白，有个小家伙正挣扎着，要出生了。

蜉蝣之羽

王秀梅[1]

行将穿云入海往寻弟，如不可见，终此身勿望返也。

——《聊斋志异》之《张诚》

我丢失了一只鹅。它名叫老智子。

那天是个阴雨霏霏的天气，它不知为何忽然觉得不耐烦，就撇下我，两只翅膀紧紧地扣在臀尖上，摆动着肥大的臀部，一溜烟地走上桥，转眼不见了。我知道，它跟我一样，隔三岔五有活得不耐烦的时候——但无论多么不耐烦，我们也没踏上过那座石桥半步。我们蛰居在石桥这边已有多年，在这个与世隔绝的山谷里，只有我们两个相依为命。至于我们究竟在这里待了多少年，这个嘛……早已经说不清楚了。起先我还在屋后的竹子上刻下记号，自从有一天，山谷里出现了晨昏颠倒的异象，它打乱了我按部就班的时间记录，此后我就不再记录了。

老智子走了以后，我有点怅然若失，就给自己烹了一壶茶。我喝了一会儿茶，又读了一会儿书，仍感觉百无聊赖。虽说，有一只老鹅在身边待着于孤独与否关系不大，但我还是想念起这个老家伙来。我不时地瞟一瞟屋子不远处

---

① **王秀梅**　女，2001 年开始文学创作，出版有《一九三八年的铁》《大雪》《去槐花洲》《再去槐花洲》《丢手绢》《浮世筑》等二十余部长篇小说及中短篇小说集。作品多次被选刊转载，多次入选各种年度小说选本。部分作品被译成希腊文等介绍到国外。

的石桥，它搭在一条河流上，长年累月地孤独着。作为一座桥，总是没人去踩，那也是十分不对劲的。

傍晚的时候，我看了看西天，那里什么都没有。倒是东方的天际燃烧着一片瑰丽的晚霞。在这个山谷里，晚霞从西天跑到东天，是完全不必惊讶的事情。这时候，我对老智子的想念，已经随着黄昏的到来而变得深刻起来，要知道，它每晚总是趴在我的榻前睡觉的。

后来，我吃了点东西，主要有粟米烤饼和清炖嫩笋。吃完后，我用一块布包上两只烤饼，把它们放进肩上的褡裢里，往桥边走去。

关于这座石桥，我对它的描述主要是从桥尾开始的。因为作为一座桥，它在外观上并没有什么特殊的表现，不过是由一些跟其他桥大同小异的东西组合而成：斑驳破损的青石板桥面、同样斑驳破损的青石栏杆、一大二小共三个桥洞。老智子最喜欢干的事情，是从一个桥洞游过去，再从另外一个桥洞游回来。但它从来没敢游到对岸上去。这次不同了，它大摇大摆从桥面上走过去了。

我走上石桥后，低头看了看桥面，跟我想象中的没什么差别。只是，石板缝里长出的杂草有我的小腿那么高。我站在桥上蹦了两下，发现它虽然斑驳破损，却坚固得很，完全不必担心会垮塌。之前，每一场大雨过后，我都要跑出屋子，看看它还在不在。

我放心地走上桥的中心。说起来，它并不比我屋后那棵老榆树高多少，我年轻的时候曾经多次爬上老榆树观察周围的地形。不过，虽然它并不比老榆树高，说来却怪，站在桥心朝四下里看看，有许多风光却是在老榆树上看不到的。比如说，我曾以为桥下这条河是拐到对面山壁的西南角去了，但现在看来，它却是流向了东南方向。

不过，在这个山谷里，连日月星辰有时候都能颠倒过来，一条河流改变了流向，也是无须惊讶的事情。

问题出在我走到桥尾的时候。怎么说呢，那地方跟桥头没什么不同，因此，当一阵猛烈的头痛差点让我晕过去的时候，我以为只是自己的身体出现了问题。我努力试着想看清桥头前方有些什么景物，但一片浓重的大雾，把一切都盖住了。我拼命地抱着头，考虑要不要退回去，但这时候我好像听到了老智子的叫声。

……

后来，我遇见了一个名叫张诚的人，他请我吃了一顿烤肉串。

　　说起我们认识的过程，我至今还觉得匪夷所思。事情是这样的，我当时走在一条大街上，街道两旁的店铺鳞次栉比，每一家都散发着酒肉的香气，搞得我饥肠辘辘。也许有人要问了，你的褡裢里不是装着两只粟米烤饼吗？是啊，可我太想吃点肉了！隐居在山谷里那么多年，我只吃过野兔子和野山鸡的肉，而且还不能保证时时吃到。

　　我从褡裢里摸出一文钱，想了想，又摸出一文，对一个正在店门口烤肉的人说：

　　"店家，一串肉要几文钱？"

　　"我不是店家，我是小二，"烤肉的人两手分别握住一把肉串，把它们翻了个身。炭火滋滋地烧起来，真香。"我说，这位客官，你打哪来呀？"

　　"这个……"我警惕地支支吾吾起来。这位小二长得像屠夫，上身光着，脖子上戴着一条黄色的粗链子。

　　"客官，大夏天的，你穿这么严实，不怕捂出痱子呀？"

　　"习惯了，习惯了。"我说。我倒是觉得他太有失体面了，在熙熙攘攘的大街上居然裸露着身子。但我初来乍到，人生地不熟，还是谨慎小心为好。"敢问，五串肉要多少文钱？"

　　"哈！客官是在拍电影吧？"小二哈哈大笑，就是不卖给我肉。

　　"电影是什么东西？拍电影是什么意思？"我意识到外面的世界发生了很大的变化。

　　周围许多人都像店小二那样哈哈大笑起来。我回头看了看，这些人三三两两地围坐在一张张白桌子旁边，其中有两个也裸露着上身，另外有几人穿着一件怪模怪样的衣服，只遮住了肚子和后背，露出肩膀和胳膊，跟没穿差不多。

　　"老兄，你可真会演戏，称得上一流演员。"店小二握住两把肉串，放在一个亮闪闪的盘子上，端到一张桌子上去了。微风吹过，肉香把我的鼻孔塞得快喘不过气了。

　　"我买五串。要是不饱的话，我再买。我带的银钱虽说没那么多，但买上几串肉，还是够的。"我眼巴巴地瞅着小二弯下腰，从一个大盆子里拿出两把新鲜的生肉串，放到炭火上。

　　周围的人又一次哄笑起来。这些人太不文明了。

　　"我不卖给你。"小二说。

　　"为何？"我攥着热乎乎的银钱，问。

　　"因为，我只收这样的钱。"小二用下巴颏儿指指一个尺把长的匣子，里面乱七八糟地躺着一些纸，纸上画着各种图案。

"这是银钱？"我笑起来，"我从没见过这样的银钱。"

在夜晚熙熙攘攘的大街上，我多少还是感到了一些局促不安，毕竟我在山谷里待的时间有点久，不知道外面的世界发生了些什么改变。或许，如今人们真的已经不使用我手里的这种银钱进行买卖交易了？要是那样的话，就太糟糕了。我又看了看炉子上的肉串，小心翼翼地问：

"可否告知在下，哪里可以兑换银钱？"

"你这种银钱不值钱，一文大概能卖十块钱就撑死了。而且，还得有搞收藏的人愿意买这些小方孔钱儿。"

如今，山外那些人说的话，都让我听不懂了。

"别在这儿纠缠不休了，你挡着我的烤肉炉子，别人还以为是来讨债的呢。"店小二拿着一个小罐罐，朝肉串上撒东西。微风吹过，那些粉末钻到我眼睛里，辣得我立即流下了眼泪。这种粉末我熟悉，是辣椒粉。

我当然不能怪他，要怪也只能怪风。我痛得蹲下身去。这时候我听到老智子的声音，它嘎嘎地怪叫着不知从哪儿冲过来，大概是叨了店小二一口。老智子曾帮我逮过野兔子，被它叨过的兔子，不流血也没有伤口，但被叨部位立时就会肿胀发黑。

"哪儿跑来的畜生？"店小二跑到店里拿来一把刀，"长得倒挺肥，宰掉，烤了。"

"它是我的鹅，"我把老智子叫到身边，批评了它几句，又对店小二说，"对不住啊，它以为咱俩在吵架呢。"

"看把我咬的，肿起来了！"

"没事儿，涂点消肿止痛的草药就行了。"

"草药？你还真当自己是从古代来的呢？"店小二讥笑道，"想让我不宰掉这畜生也行，赔钱，我去买膏药。你可别告诉我，你只有那不值钱的小银钱儿。"

可我真的只有银钱，没有别的！

我得感谢张诚，在我对人世一头雾水的时候，他替我出了给店小二买膏药的钱，还请我坐下来，跟那些奇奇怪怪的人坐在一起吃肉。当我坐下来的时候，连我自己都觉得，我显得不那么扎眼了。

张诚是一个三十来岁的人，留着光头，穿着一件样式简单的衣服。我注意到他的左脸颊上有一道疤，在颧骨的外侧。

"你是说，你名叫张诚？诚实的诚？"我问他。

"没错。"他说。

"我叫张纳。"我说。

"咱俩都姓张，往上找，能找到同一个老祖宗。来，咱哥俩儿喝一个。"

"我有个弟弟，他也叫张诚，但我已经很多年没看到他了。"我仔细地辨认着张诚脸上的疤。

"我可不是你弟弟。我没有兄弟姐妹，是根独苗儿。"张诚说。他们喝酒用一种透明的很大的杯子，里面装着有点奇怪的黄色液体，看起来像尿水。但张诚既然说这是酒，我就端起来喝了一口。虽然这尿水的滋味很怪异，但我可以确定它是酒。在山谷里，我已经多年不喝酒了。

我一边喝酒，一边打量着周围。老实说，这条街道的热闹程度，跟我以前见到的差不多。只不过，那时候满大街都挂着灯笼，现如今，店铺招牌上的那些字个个闪着光，用不着灯笼了。不过，我还是喜欢灯笼在风里摇曳生姿的样子。

"我说，老兄，你既然不是拍电影的，干吗把自己打扮成这样？"张诚伸手摸了摸我的发髻，"假的吧？"

"真的，"我老老实实地说，"我不知道现在人们已经不梳发髻了。我在山里待得太久了。敢问，现在是什么朝代？"

"朝代？哈！"张诚喝了一大口酒，"这玩意儿，敢情你也不知道它叫啤酒吧？扎啤，知道吧？朝代？哈！那么，你是哪个朝代的？"

我老老实实地说出了我的朝代。

"哈！"张诚把嘴里的啤酒全部喷了出来，"让我告诉你吧，现在是二〇一六年，比你说的那个朝代晚了几百年！把我当傻子蒙哪？你看起来比我也大不了多少，顶多四十多岁吧。"

我不太相信张诚的话。但看周遭这样子，的确完全没有我们当时那个朝代的半点影子。就说张诚吧，他头上光溜溜的，灯光照到的那部分头皮闪着光，怪异荒唐。周围其他没剃光头的那些人比他也好不到哪儿去，头发都短得不像话。只有一个人留着披肩发，不过，它们乱糟糟地堆在肩头上，像一把破渔网，也太不修边幅了。古人云，身体发肤受之父母，头发是断断不可以剪的，而且要整整齐齐地梳好，绾在头顶上！看来，如今是风气大变了。我进山之前，很多人正在闹起义，难道是他们把风气毁成如今这个样子的？

"我敢用性命起誓，若有半句虚言，让我这辈子再也见不到老智子。"我看了看脚底下，这老家伙卧在桌子腿旁，悄无声息。"要不是为了它，我才不会轻易浪费这次出来的机会呢。你要知道，我只有这么一次出来的机会。"

"为什么？"

"我也很想知道为什么。但几百年——照你说来，我在山谷里待了几百年了——都过去了，我一直没弄明白。我只是知道，有人在桥头上刻了一行字：你只有一次踏上此桥出去的机会。"

"桥？哪座桥？"张诚挠挠他的头皮，"你说得越来越玄乎了。老兄，我说，你这里没问题吧？"他用手指头杵了杵自己的前额。

他误以为我精神方面有问题。我正思忖如何向他说明自己是一个健康的人，却见从街对面呼啦啦跑过来几个人，每人手里都拿着武器。在盛夏的热浪中，这一幕让我感到一股瑟瑟的冬意。

"给我上，削了这小子！"领头一人光着膀子，两条胳膊上满是刺青，分别是一条龙和一条蝎子，张牙舞爪，状极凶恶。我注意到他说的"这小子"指的是张诚，便扭头看了看。只见张诚脸色有点发白，不知是因为紧张害怕，还是正在激动地酝酿着如何迎战。显然，对方人多势众，而且看起来个个强健壮硕，英勇无畏，削了张诚不是什么难事。

一眨眼，那帮人已经团团围住了我和张诚的那张桌子。刺青挥舞着一截铁棍，在桌子上捶捶打打：

"真是踏破铁鞋无觅处，得来全不费功夫啊！哥几个要不是正在对面店里吃饭，还碰不上你小子呢！怎么着，已经躲了俩月，该算算账了吧！"

这些人要跟张诚算账，看来是张诚欠他们什么东西了。周围那些原本正在啃肉串的人，见此情景，纷纷从座位上站起身，又不愿错失看一场架的机会，就都离远了，等着打架开始。烧烤店老板娘是个美艳少妇，这会儿夸张地惊叫着从里面跑出来，但也劝解无果，只好偷偷让店小二准备报警。

报警是什么意思，我不是很懂，推测大概是报官的意思。在我们那个朝代，衙门里是有捕快的，有专门平定市集街巷骚乱的，有专门破案的。但以我的经验，捕快赶来尚需一段时间，我们不能坐在这里等着他们来拯救。

"各位英雄，不知我兄弟张诚什么地方得罪了诸位，还请坐下来说话，好说好商量。"我站起身，双手抱拳给他们作了一个揖。可想而知，我的这一举动招致刺青的一顿猛笑，就像我方才想用银钱买肉串招致店小二的嘲讽一样。这让我再次断定，如今山外面的世界奉行的是另外一套说话方式。其实刚才跟张诚聊天的时候，我已经明显感觉到了其中的差异。我决定努力学习他们的语言，尽量减少沟通时的障碍。我感觉他们的语言很不凝练，废话特别多，而且不太讲究，之乎者也根本就不用。另外，把所有的礼貌用语全都省略了，比如兄台、承让之类。

"哟嗬，瞧你这身打扮，是从崂山上逃下来的道士吧？"刺青打量着我的穿衣打扮，并伸手过来摸了摸我的髻。他动手动脚的，当真是不讲礼数，但我忍了忍。

"鄙人不是道士，只是一介山民。"我说。

"说话还文绉绉的，老子听不懂。"刺青说，"看你瘦得皮包骨头，最好躲远一点儿，别往身上溅了血珠子。"

"我不怕血珠子。"

"什么？你说什么？"另外一个握着刀子的人说。

"我说，我不怕血珠子。"我很诚恳地说。

"冤有头债有主，我们找的是张诚，你要是硬来蹚浑水，我们就不客气了。"刺青已经等不及要开打了，但还摆出一副要讲讲江湖道义的样子。

张诚在桌子底下扯了扯我的衣衫，问：

"你要干什么？"

"不干什么。或者逃，或者打。"

"得了吧，你以为是在拍电影呢？这帮人是能打死人的。"

"我最不怕死人了。"我说。

其实以上纯属废话。看来，无论到了哪个朝代，混江湖的人也忘不了在动手前啰唆上几句废话。刺青和他的手下首先掀翻了我们的桌椅，幸好它是一种叫塑料的物质做的，轻易摔不破。上面盛肉串的盘子银灰发亮，掉到街上弹了几下子，打了几个滚儿，居然没裂。看来如今的饭食器具比较结实，不像我们那个朝代，不是陶瓷就是泥罐子，一摔就破。

接着，有两个人抄起塑料椅子，高高地举过头顶。我坐了这半天，已经知道那玩意儿的分量了，五岁孩子差不多也能举过头顶。我四处看了看，见烧烤店门口摆着一只石狮子，就打算去把它举起来。对这玩意儿我是不陌生的，在我们那个朝代，县衙门口就摆着两只，其他很多地方也有。

"咋了？要跑？晚了！"刺青的一个手下拦住我。

"我是要把石狮子举起来。你们举椅子，我也得举点什么，这是江湖规矩。"我说。

"他要举石狮子？"刺青狂妄地大笑起来，"今天你要是把这玩意儿举起来，我们跟张诚的过节就一笔勾销！"

他们对我缺乏信任，但不再拦我了。我走到石狮子跟前，拍了拍它，又用肩膀推了推它。其实，根据目测，我已经大致知道它的分量，举起来不是问题。它个头并不大，比起县衙门口那两只，它只能算是孙子辈。

看客们不再吃肉，都拥过来围观。"老少爷们儿，"我朝大伙儿作了个揖，"你们做个证，今天我若是把石狮子举起来，他们就得放过我的兄弟张诚。"

人群里没有人言语。我找到一个长者，对他说：

"老伯，您老一看就慈眉善目，是个好人，您来给我们做个证可好？"

"不行不行，我老眼昏花，做不了证。"老者摆着两只手，躲到后面去了。算了，我也管不了那么多了，红口白牙，还能赖账吗？

结果不出我所料，那只石狮子被我举起来了。不过，我还是有点气喘，毕竟年岁不饶人了。要是张诚说得没错，我已经几百岁了。最后，我把石狮子放回原处。烧烤店老板娘见状，喜出望外地提出要雇我当保安，被我拒绝了。

"我得回去。"我说。

"回哪儿？"她问。

"我隐居的山谷。我们那个朝代。"我说。

虽然在山谷里我已没有了时间概念，但我清楚地知道，那里还是我们的朝代。

我的话招致一阵惋惜声。看客们大概是觉得我身具神力却精神有疾，天道对我不公。但我觉得他们的惋惜纯属多余。

"好了，我们可以继续吃肉了。"我对张诚说。但是张诚依然紧紧地握着一把刀不放，我没注意到他是什么时候、从什么地方弄来一把刀的。

"你别相信这帮孙子，他们说话从来不算数。"张诚说。

"言而无信不是大丈夫所为。"我说。

"切！"这回是刺青们发出了嘲笑声。"大丈夫？当大丈夫干什么？谁要当大丈夫？"

这些不想当大丈夫的人抢着武器重新包围了我和张诚。看来只好硬拼了，好在我对自己的身手还是有自信的。我也从褡裢里掏出了我的武器，那帮人睁大眼睛，说：

"这是什么玩意儿？一条木头鱼，玩具吧？"

这条木头鱼可不是玩具，它的嘴巴里藏着剑柄，抽出来，就是一把剑。但我把剑抽出来后，再次招致人们的哄笑。我不得不说，如今外面世界里的人们，非但见识不多，而且缺乏谦虚好学的品质。想当初，我为了学得一手好功夫，穿破了多少鞋子，遍访街巷口传的奇人异士。我们那个朝代的人都知道，越是其貌不扬、手持凡俗物件的人，越是不能小视。我曾亲眼看到一个叫花子，打败一个押送十多口箱子的镖队，把奇珍异宝装在麻袋里，光天化日之下劫走。叫花子使用的武器只是一根脏乎乎的打狗棍。

后来我遇到了我的师父，他是一个侏儒。他使用的正是我手里这把鱼藏剑。没错，鱼是木头做的鱼，剑也是木剑，但它们并不是吓唬小孩子玩的。

烧烤店里的墙壁上挂着一台四四方方的电视机——我现在已经认识了这种新奇玩意儿，上面正在播放各种各样的节目。先是很多国内外新鲜事儿，当然对我来说那些所谓的新闻都是陌生的。后来是广告，对我来说也是陌生的，特别是汽车广告。这个晚上，那种名叫汽车的东西，不停地在街道上跑来跑去，看来，它们竟然已完全代替了马匹。再后来，一个私塾先生模样的人侃侃而谈了半天现代人生活方式的问题。我现在知道了，他们都是"现代人"。这些现代人的生活方式，还真叫我不习惯。

此刻，我最不习惯的就是现代人的出尔反尔。刺青完全抛开了我们不久前的约定，打算仗着人多，把张诚和我给削了。他的手下先动了手，两人对付张诚，四人对付我。我不知道张诚的拳脚功夫如何，看他的架势，倒像是要拼死一搏。但我绝不能让他死。

师父曾经教过我：行家一出手，便知有没有。当年他老人家不用出手，就知道对方的功夫有几成火候。在他的悉心调教下，我差不多也能在交手几个回合后摸清对方的底细。但现在情况不一样了，现代人的功夫，我无法领略其中含义。就说招式吧，他们似乎并无什么讲究的招式，而是胡乱打架，目的是让人流血或者死。而我师父他们那些习武之人，讲究的是比试谁比谁更胜一筹。实在要伤人，也是出于迫不得已。"越是大争之世，越要讲究武德。"师父经常这样教导我。

对于这种胡乱打架的方式，我起初不是很习惯，但很快就释然了。万变不离其宗，以乱制乱也不是什么难事。何况，鱼藏剑之所以是木剑，本就是以不伤人为宗旨。俗话说，外行看热闹，内行看门道，即便围观的看客们基本都是外行，也能看出我胜券在握。因为那帮人根本无法近我们的身，更别提伤到我们了。

"真看不出，这个怪模怪样的人是个武功高手，一把木剑也能对付七八条汉子，真是开眼了。"其中一个人说道，其他人纷纷点头称是。

但我觉得这么下去不是个事儿，既然不伤人，还是不要恋战的好。我悄悄对张诚说：

"看好了，我们准备打出去了。跟紧我。"

我用鱼藏剑在挡住路的几个人肩上连拍数下，他们纷纷捂着胳膊喊疼。就这样，我带着张诚打了出去。我们奔跑了几十米，张诚挥手拦了一辆汽车，他说那叫出租车。上车前，我忽然想起了我的老智子。在我们打架的时候，老智子一直摇摇摆摆地在找机会，打算叨那帮人几口，但无奈实在找不到机会，那些人总是动来动去，反倒老智子被踢了好几脚，只好在石狮子后面藏起来了。现在，也不知道它怎么样了。

"我得回去找老智子。"我说。

"老智子是谁？"张诚问。

"就是那只鹅。我是为了找它才从山谷里出来的，我不能把它扔下。"

"我跟你一起回去。"

"不行，你最好先走。我不能同时保护你和老智子。我们可以约个地方碰头。"过去我和师父被打散时，一般都是约个地方碰头。

我们说着话的当口，刺青他们已经聒噪着追过来了，我对赶车的说：

"赶车的，赶紧把他拉走。"

"梨花发屋！去那里碰头！"张诚在出租车开动之前，朝我喊道。"在我们这个朝代，称呼赶车的叫司机，或是驾驶员！"他又喊道。

老智子见我跟张诚一起跑出几十米远，它从石狮子后面跑出来，一瘸一拐地追上大街。混乱中它被那帮人又踢了好几脚。我用鱼藏剑把他们打开，抱住老智子，然后边跑边打。跟这帮现代人比，我的功夫应该算是很高的，无奈他们没有武人之德，只知兴奋狂殴，毫无章法。一个有理智有章法的习武之人，最害怕的不是面对另外一个高手，而是一个亡命之徒，更别提一群了。

这时候，一辆顶上亮着灯的汽车远远地开过来，还发出尖利的叫声。老智子浑身颤抖不停。我和它心意相通，知道它是在提醒我，要远离那辆怪叫的汽车。我现在已经会打出租车了，随即拦下一辆恰好经过的出租车。上车之后我回头看了看，亮着灯怪叫的汽车停在烧烤店门口，而那里只剩下围观的看客。刺青那帮人纷纷跑到大街上，隐入夜色里不见了。看来，这种汽车的确危险，从里面下来一些身穿深蓝色衣服的人，他们腰间扎着白腰带，头上戴着样式奇怪的帽子。

"他们是捕快吧？"我问司机。司机从一面镜子里看了看我：

"老兄，你开玩笑吧？"

我赶紧闭了嘴。我如今这副样子，还抱着一只奇怪的老鹅，不开口都已经是现代人眼里的怪物了；开口的话，就是怪上加怪了。其实我很想问问司机，梨花发屋是个什么地方。

司机熟门熟路，开着汽车七拐八拐，把我送到了梨花发屋。下车前，我掏出银钱，司机说：

"这是什么钱？我不收这个。"

"我没带钱。"我不好意思地说。

"带卡了吗？我能给你刷卡。"见我摇头，司机又问，"手机呢？可以用支付宝。微信总该有吧？用微信发个红包给我也行。"

但我统统不知道这是些什么东西。我本不想再对别人说我是从哪来的，但这时候，不说也不行了。"赶车的，哦不，司机，我是从……古代来的。所以，你说的这些……我都没有。"

"那我也不能白拉你啊！我们这些开出租车的，起早贪黑像驴一样，一天下来挣不了几个钱。你想想办法。或者我借你手机，给熟人打个电话送钱来。哦对了，你是古代来的，恐怕也没有熟人吧？"

师父一生贩卖海物，推着一辆跟他匹配的小型独轮车。冬天，湖海结冰，贩不到鱼，就只好饥一顿饱一顿。夏天，从遥远的海边把海物推到县城，稍有耽搁，海物就腐烂变质。我跟着师父贩卖过几年海物，深知普通百姓的困顿。但我此刻的确拿不出现代人的钱。在这个到处都是陌生现代人的城市里，我只认识张诚一个人。

"我有个兄弟，我们约好在这家发屋碰头，要不，我去看看他到了没有。他一定有你需要的那种钱。"我说。

"等车也是要算钱的，"司机说。"你不会从发屋后门溜了吧？要不然，押点什么东西在我车上。"

看来，现代人不太信任陌生人。在我们那个朝代，再穷的人，你拿了他一条鱼，说待会儿送钱来，他也不会不相信你。除非你遇到了街头无赖。通常，遇到街头无赖的时候，我就会为那条白白失去的鱼而愤愤不平，希望师父用鱼藏剑好好教训他们一顿。师父安慰我说，无赖也值得同情。鱼藏剑不能用来对付这些可怜人。

司机执意让我押下一点什么东西，"要不，把这只鹅先押下吧。"他说。无奈，我只好把老智子押给他。老智子是一只肥大的鹅，也是值些银两的。我看了看老智子，它朝我点了点头。

我推开透出晕黄色灯光的玻璃门，走进梨花发屋。屋子里有一股子类似于脂粉的气味，不由得令我想起进山之前我常去的青楼。那里终年飘荡着脂粉加肉体的气味，隔上一段日子若是不去闻闻那种味道，就浑身不自在。不过，在山谷里待了那么久，我已经不习惯这种呛人的香气了。

屋子墙壁上镶嵌着许多椭圆形的大镜子，每面镜子前都有一把椅子。一个不算年轻也不老的女人坐在其中一把椅子上，右腿架着左腿，脚指甲涂成黑色，手里夹着烟，对着一面镜子抽烟。在烧烤店门口，我见过几个像她这样抽烟的男人。

"剪头发？"她瞥了我一眼，继续抽烟。我明白了，发屋是剪头发的地方。在我们那个朝代，头发是不剪的。没想到在现代，头发不仅可以剪，而且居然专门有剪头发的店铺，剪头发成为光明正大的事情了。

"我……不剪头发。我来等人。张诚……他来了没有？"

一听我提到张诚，这女人把烟头掐灭，站起身，说：

"他还没来。你先坐。喝点什么，咖啡还是橙汁？"

"都行。"我踟蹰着，厚着脸皮向她借钱，"外面有一辆出租车……"

我还没说完，她就打开一个抽屉，拿出一张钱，走出了玻璃门。可我还没跟她说明白，我是借钱，不是要钱。师父教育我，无论多穷，也不能跟别人要钱，更不能跟女人要钱。我羞臊得恨不能立马跑到桥上，跑回山谷。

女人回来以后，我立即向她解释：

"这钱算我借的，我一定还给你。"

"你打算怎么还给我？"她好像已经看透我了。

我确实不知道应该怎么还她，除非她肯要我的银钱。我从褡裢里掏出银钱，问：

"你肯要这个吗？"

她用两根手指头拈起一枚银钱，拿到眼前看了看，说：

"成。"

"你要多少？"我马上说。

"一枚就够了。"

"我打出租车一共花了多少钱？加上等车的时间？"我问。

"二十块。"

在烧烤店门口，我听店小二说过，一文钱大概能抵现代人的十块钱。那就是说，我应该给她至少两枚银钱。我又给了她两枚，等于说，我一共给了她三十块钱。

"一枚就够了，其他的算交情。"她坚持道。

"算……交情？可是，你我素不相识啊！"

"但是你我都认识张诚。"她这么一说，我就没话可说了。

她从自己脖子上解下一条精致的小链子，从银钱中间的方孔中穿过，然后示意我给她重新戴上。她撩开头发，露出细腻白皙的脖颈，我恍惚觉得在什么地方见过这幕场景。她给我冲了一杯褐色的东西，告诉我说，这是咖啡。我喝了一口，味道怪异。

我终于想起是在什么地方见过这幕场景了。那是在一个青楼里，我认识了一个名叫梨花的女子，她也这样串过我的银钱。

"你叫什么名字？"我问她。

"梨花呀！外面写着呢。"她指了指门外闪烁的店铺招牌。

我迷惑了，只好再次向她求证现在是什么年代。她说的跟张诚一样。

"你还记不记得以前的事？"我问梨花。

"那要看多久以前。"

"比如……几百年前？"

"那么久以前，我肯定记不得了。说实话，两岁以前的事我就记不得了。"梨花耸耸肩，又点起一根烟，"你不会是要说，你是从几百年前来的吧？"

"你猜的没错。我正要那么说。"

"你的意思是说，你在古代见过我？或者说，你们那个朝代也有一个我？"

"是的。"我老老实实地说，"她也要过我一文钱。她是城里最有名的青楼里最有名的歌伎。"

"那就是名妓喽？"

"可以这么说。"

"那为什么只收一文钱？爱上你了吧？"

我觉得这个梨花不同凡响，禁不住问她：

"你相信我的话吗？"

"信不信都无所谓。"

我有点失望。但不管怎么说，她没嘲笑我，这多少令我安慰了些。

"你认识的那个梨花，跟我长得像吗？"她又问。我看了看她，说：

"我不敢确定。有时觉得特别像，简直是同一个人。有时又觉得压根儿就不像。这真是一件奇怪的事。我对张诚的感觉也是如此。第一眼见到张诚的时候，我觉得他就是我弟弟。特别是他颧骨上的那道疤，也跟我弟弟的一模一样。但当我坐下来跟他一起吃肉串时，我又觉得他完全是另外一个人。"

"这么说，你是刚认识张诚不久？"

"是的。我刚从山谷里出来不久。"

"山谷？"她在我对面的一把椅子上坐下，"碰巧今晚没有顾客，给我讲讲你们那个朝代的山谷。讲讲你是怎么来的。"

反正我要在这里等张诚，我想，讲就讲吧。

"我待在那个山谷里多久了，我也不知道。但既然现在是二〇一六年，那么，我们的皇帝应该早就殡天了吧。我的师父是一个贩卖海物的小矮子，也就是侏儒、矬子。很少有人知道我师父是一个武功高强的人，他有一把鱼藏剑，平时一直挂在腰上。因为他是贩卖海物的，人们以为他只是把那条木头雕刻的鱼挂在腰上图个吉利。但这条鱼并不普通，它的肚子里藏着一把剑。虽然是木剑，但我师父就用这把木剑行走江湖。他的武功造诣极深，深到了根本不使用真剑的程度。我是怎么认识我师父的，这个说来话长。我原本生在一户还算殷实的人家，父亲是一个老实本分的生意人。但我很小就没了母亲，她是被歹人掳走的。在我五岁那年，父亲续娶了夫人，她生下我的弟弟张诚。我的弟弟张诚是一个非常可爱聪明的孩子，他对我这个兄长一直非常照顾。说到照顾，我就不得不说说那些伤心事了。自从继母进门，我就一直过着不那么好的日子。继母命令我每天上山打柴，五冬六夏，从不许我歇息。而且，只要哪天看到我柴火打得比上一日少，就饿着我，不许我吃饭。我的兄弟张诚常常偷偷拿些糕点饭食给我吃。后来他上了书房念书，有一次，我正在山上砍柴，忽然看到张诚来到了山上。他说要帮我砍柴，要不然，母亲又该惩罚我了。我制止他，劝他下山去书房念书，他却不听。而且第二天，他居然还带了一把小斧头上山。那些日子，因为我背回家的柴火比往日多，因此少挨了些饿。谁知道，有一天，当我们正在砍柴的时候，一只猛虎衔走了张诚。可想而知，继母暴跳如雷，恨不得拿我的命去换张诚。要是能拿我的命去换张诚，我倒一百个愿意。我拿斧头抹了自己的脖子。然而两天后，我又活过来了。在那两天里，我梦见张诚没死。梦里，有人指引我往东北沿海方向去寻张诚。从床上爬起来后，我就开始了寻找张诚的生活。我漫无目的地流浪，一年一年就那么过去了。后来我遇到了师父，当时一帮恶人抢了他车上所有的鱼，我冲上去试图制止那帮恶人，反被师父出手相救。师父是个不愿意以武功示人的人，从此，我们师徒相依为命。夜深人静的时候，在我们租住的民宅里，他教我习武，给我讲处世之道。哦，我已经很久没说这么多话了。"我停了下来。我觉得自己需要喘息。

梨花给我倒了一杯水，我喝了两口，润了润喉咙。"这么些年，在山谷里，只有老智子是我唯一的倾听者。它是一只鹅，一只老鹅。但是这几年它也老了，时常表现出对我的不耐烦。也是，我翻来覆去讲述的那些往事，它听了不下几万遍。"这时候，我忽然想起了老智子！"我的老智子呢？它刚才在出租车上！"

老天，我忘记了老智子。

"刚才我没钱付车费，只好暂时把它抵押给司机。"

"我付车钱的时候，司机没说车上还有一只鹅啊！"梨花说。

我站起身往街上跑，却一头撞在玻璃门上。这恍若无物的玻璃门，太让我不适应了。街上只有汽车和行人，老智子踪影全无。我喊了几声，也没有老智子的回音，因此确认它是在出租车上被载走了。

"你们现代人言而无信，不讲礼数。"我站在街边上，看着陌生的大街，觉得自己孤独得很。然后我决定去找老智子。

"你去哪儿找啊？人生地不熟的。明天吧，我帮你问问出租车公司。今天太晚了，他们下班了。"梨花跟出来说。

"不行，我必须去找老智子。它是我的命。"我说。

"你们古代人太固执了。得了，我跟你一起去找。"梨花回屋去背了个包包出来，放下卷帘门。"坐我的车。"她说。

我跟着她上了一辆白色的汽车。这是我第二次坐汽车了。"汽车比我师父的独轮车快，但比马匹慢多了。"我说。

但我又忽然想起跟张诚的约定，就说：

"张诚呢？要是他来了找不到我们怎么办？"

"我给他打个电话。"梨花拿出手机，这玩意儿也很新鲜，我从未见过。她捣鼓了一阵子，把手机放在耳边上，少顷，对我说，"没人接。"

"没人接是什么意思？"

"就是我跟他没通上话。意思就是说，我们现在联系不到他，不知道他在什么地方。他有可能没听到手机响，有可能现在有事不方便接。可能性很多。"

"那怎么办？"

"什么怎么办？两个选择，一，回去等张诚；二，找你的老智子。你选一个。"

这太难选了。老智子对我很重要，张诚对我也很重要。

"咱们先去找老智子。张诚看到我给他去过电话，方便的时候就会打回来的。"梨花说。我不懂手机通话是怎么回事，所以只好听她的。

我们不知道怎么找老智子，只好开着车慢悠悠地在街上乱找。最好能找到那辆出租车。但我发现街上所有的出租车都是一个样子。

"你记不记得那辆出租车的车牌号？就是车屁股上那块牌子，看见没？上面有数字。"梨花指着前面一辆车的车牌问我。

我仔细想了想，恍惚记得下车前看了一眼那块牌子。但遗憾的是，那些数字我全不认识，这恐怕于事无补。

"讲讲你那只鹅的故事吧。"梨花边开车边说。

"当年，我是和师父一起落入大海的。当我醒来后，发现自己躺在海边不远处的灌木丛里，身边卧着这只鹅。我头痛至极，起初以为自己是被海水冲到岸上，冲到灌木丛中的。醒来的时候，海水已经退去，灌木丛中散落着一些蛤蜊的壳。但我慢慢地想起一些奇怪的事：当我落入大海之后，恍惚感觉被什么东西托了起来。那东西驮着我，把我送到了岸上。当然，我不确定这到底是一个不切实际的梦，还是我生死之际的谵妄幻觉。我带着老智子往灌木丛的深处走去，最终走到了我们栖身的山谷。从此，老智子就跟我相依为命了。我们就像兄弟一样相处。后来，我时时有一种奇怪的感觉，觉得老智子是师父的化身。"

"这么说，老智子也跟你一样活了几百年？"

"这个我真说不清楚。我们住的山谷跟旁的山谷不同。时间在那里没有意义。比如说，我们时常会发现晨昏颠倒，明明是早上刚起床，太阳应该从东方升起，可它却从西方冉冉升起了。遇到这种时候，你就没法确定时间是在倒退着行走，还是往前行走了。再比如说，山谷里的四季有时候遵循着春夏秋冬的顺序，有时候却反了过来，冬天过去了应该是春天，可它却回到了秋天，然后是夏天和春天。还有一些其他的事情，有一次，一只大雁在迁徙途中受伤，落入河中。老智子划着水去把它驮上了岸。它明明已经死了，但正好赶上那天时间忽然倒着行走，它因此得以死而复生。它受伤落入河里的时候是在黄昏，当老智子把它驮上岸后，昏暗的天色开始一线一线地变亮，逐渐回到了下午、午后、最后是中午、上午。那只大雁的眼睛慢慢睁开，它被箭射中的部位血液凝结，然后慢慢消失。再然后，伤口愈合，直到看不见了。在明朗的早上，我看到那群本来是在黄昏时飞过河流上方的雁群，倒退了一天时间，刚刚飞过河流上空。痊愈的大雁展开双翅飞上天空，加入雁群，飞走了。天色这才从早上恢复了正常，渐渐到了上午、中午、午后、下午、黄昏。黄昏时分，没有雁群飞来，我才舒了一口气。"

"这么说，在你的山谷里，如果做了什么后悔的事，还是可以抹掉过去，重新开始？"梨花若有所思地问。

"通过几百年来我所见到的事情推断，这种可能性完全存在。"我这样回答绝非不负责任的随口乱说，在山谷里，的确是可以从头再来的。

"如果我去了你的山谷，待上几年，再出来，是不是有可能回到从前？比如说，回到二十多岁的时候？"

"理论上说，是可以的。只要你在山谷里待着的时候，经历上几次时间倒退。不过，山谷里的时间倒退是没有规律的，很有可能你待上几百年后，一直没回到二十多岁，而是在某一段时间猛然回到了十多岁，或是两三岁；再或者，你根本没有回到比现在年轻的时候，只不过老得慢了些。我的意思是，总体上是倒退了还是前进了，这是一个总和的问题。你看我，我去山谷的时候大概是三十多岁，而我现在，你看，我大概有多少岁的样子？"

"四十多吧。"梨花从镜子里看了我一眼。

"对。虽然我也回到过比去山谷时更年轻的时候，但总的来说，时间在我身上还是往前走的，倒退的总和小于前进的总和。所以说，我不敢确定你去了山谷之后，能回到你希望回到的年龄。时间的行走在山谷里没有规律，所以，由不得我们随心所欲地选择。"

"晨昏颠倒，时间倒行……那，山谷里的花草树木是怎么生长的？我比较好奇这个。"梨花说。

"自然生长啊！就像我和老智子一样。我们并没觉得太阳从西边升起的时候有多么不得劲。那些花草树木都习惯了这种环境，因为它们从出生开始就在经历这种变化。我想，山谷里的花草树木如果移栽到现代，反而可能不适应。在我的屋子旁边就有一株桃树，常常是，头一天晚上我还在计划着明天早上可以摘一个成熟的鲜桃吃，第二天却发现它们一夜之间回到了青果子的时候；或者，发现刚刚成熟的鲜桃一夜之间熟透了，落满一地。但这一点不耽误桃树生长。"

"世上居然有这么奇异的地方，真让人不敢相信。"梨花说。

"我师父经常说，人类的认知实在太有限了。师父虽然一生贩卖海物为生，但我认为他是一个得道的人。他看透了凡尘俗世的所有道理和无理。"

"你说老智子是你师父的化身，难道说，你师父早就知道有那么一个神奇的山谷，所以才把你特意送到那儿去的？"

我觉得梨花说出了我想说的话。这么多年来，我一直觉得是师父把我送到了那个山谷。我记得，师父在世时经常说，等他把该干的事情干完了，就找一个世外桃源住下来，哪儿都不去。"去一个没有时间的地方，自由自在地生活，远离尘世，远离争战。"

可惜，师父没有等到那一天。

"你师父是怎么死的？"梨花问。

"师父是个少言的人。我做了他徒弟后的几年里，我们一直在沿海一带游历，以贩卖海物为生。师父没有家室，我们两人都没有拖累，所以我也乐得过这种游历的日子，主要是为了寻找我的兄弟张诚。后来，师父带着我在虚州城落脚，我们租住在城东一处民房里。我那时候已有三十多岁，师父说，我早就应该像其他年轻男子那样，去青楼找找乐子了。他带我去青楼，点一个名叫梨花的姑娘。她是青楼里的头牌，弹得一手好琴。我问师父是不是认识梨花，师父不置可否。我想，师父是一个貌不惊人的矮子，又是游历至此，应该不认识梨花，可能是因为梨花名气太大，他在街头巷尾听说了不少，才决意要让我见识一下这世上最好的男欢女爱。

"我见识了世上最好的男欢女爱后，自然是爱上了这忧伤的姑娘。说起来，我还从未见过有人像梨花那样忧伤。很多个夜晚，我问她从什么地方来，为什么进了青楼，她都不肯回答。我爱上了她，因此想帮她赎身。我不舍得吃穿，攒下所有贩卖海物的钱。但那远远不够。后来，一个在青楼里打杂的小伙计偷偷告诉我，梨花出身官家，父亲是一位将军，因为犯了谋反罪，被流放到空门岛。你大概不知道，在我们那个朝代，这种家庭里的女子，如果侥幸没有遭到满门抄斩，那就要送进青楼，永世不得踏出门槛一步。我把这件事告诉师父，问他怎么办。师父说，会有办法的。他嘱咐我要加紧练习武功。我隐隐地感觉师父似乎有办法，但他什么也不向我透露。"

梨花打断我，问：

"你是说，将军被流放到了空门岛？"

"对。"我说。

"空门岛离这里不远。当然，现在它不叫空门岛了。另外，我想告诉你，你几百年前贩卖海物的那个小城，就是我们正置身其中的小城。当然，它现在也早已不叫虚州城了。"

我被这句话惊呆了。

"你到底是怎么从那条桥上来到这里的？"梨花问。

"这个过程，我记的也不是很清楚。确切地说，很模糊。我还是从头说起吧。当年我在灌木丛中醒来后，和老智子一起不停地走啊走啊，一直走到了山谷里。我们看到一栋房屋，坐落在山谷开阔地带，环境奇美，就决定在那里暂时落脚。房屋后面是成片的竹林，前面有一条绿汪汪的河流。它的形状变化多端，有时变成椭圆形的静止的湖泊，有时又变回狭长的流动的河流。当它变成河流的时候，我们无论爬到多高的高处，都看不出它是流向了哪里。自然，它的源头也无从查考。"

"难道你在山谷里待了几百年，从来没打算去找找它的源头？"

"找过。我和老智子爬上最高的峰顶，但那里太高了，爬上去后，满眼看到的都是云海，无边无际。如果赶上的是夜晚，那么，星星就在头顶不远的地方。要是我愿意，完全可以摘下一颗。但我从未那么干过。每一颗星星都和天空关系非常，虽然它们只是悬浮在那里，可一旦摘下，肯定会捅娄子的。后来，我扎了一个竹筏子，带上提前准备好的干粮，划着它进入河流。第一次，我和老智子在河上划了三天。第二次和第三次，分别是五天和七天。再后来，增加到一个月，两个月。最长的一次，我们在河上待了三个月。中间遇到过几次时间转换和季节转换。当季节冷不丁转换到冬天，河水在一夜之间结了冰，我们不得不在冰面上生活，等待春天来临。最后，我不得不相信，这是一条没有来龙去脉的河流，遂放弃了对它的探寻。由此我想到，一个人的一生，很有可能也是这样，找不到来龙去脉。

"绕了半天的圈子，我该说说我是如何踏上那座桥的了。我们落脚的那座房子真是完美无缺，说实话，在人世间颠沛流离几十年，我还从未住过那么舒适的房子。简单说，除了房屋坚固且大，里面的生活用具一应俱全，衣物粮食足以让我过上几年富足的生活。而实际上，据你所说，我在那里生活了数百年——无论多么富足的存储，也不可能应付几百年，所以，我后来完全是靠自己的。有粮食果蔬，就可以挑选出饱满的果实做种子。我开始了耕种生活。我还学会了纺布。房子里有一台纺机。我直到现在也不明白，那座房子及里面的生活用具是什么人留下的。起初我一直在等房子的主人，并把自己使用的物件登记造册，以免到时说不清楚。但我们等了很长时间，也没等到主人的影子。我问老智子，你觉得房主人是男是女，是老是少，是官是商还是民？老智子摇了摇头。每当我把自己的猜测说给老智子听，它都要用摇头来回答我。慢慢的，我明白了，这座房子在我去之前是没有主人的。那么你就要问了，没有主人的话，难道是老天爷盖了一座房子，准备了那么多生活用具，专门等着我去的吗？这个问题，我也说不清楚。我只肯定一点，它们在我之前没有主人。我还曾经去找过那个我被冲上去的海滩，其实从理论上来说，要想找到那个海滩，只要沿着来路去找就行了。我带着老智子，循着当初的来路走去。我们走了多日，也没走到那里。带的干粮吃完了，只好返回去。下次我有了经验，带了上次三倍的干粮。但山谷居然那么浩大，耗费了我半个月的时间，不仅没找到，而且还迷路了。最后，是老智子把我带回了家。我一直怀疑老智子并没有迷路，它只是想让我体会一下迷路的滋味。因为当它带着我回家的时候，走得异常顺利，似乎那条路它走过无数遍一样。从这个逻辑去推断，它应该知道去海滩的路怎么走。我问过它，但它坚决地摇了摇头，否定了我的推理。

"我说这些的原因，你现在明白了吧，那条山谷除了有一座桥不知道通往哪里，其他的路，半条都没有。但是，唯一的那座桥也不是随便就可踏上的，我们到那儿的第一天，就打算到桥上去走一走，看看前面还有什么，但还没上桥，老智子就阻止了我。桥头的石柱子上刻了一行字：你只有一次机会踏上这座桥。

"这行字同样没有来龙去脉，它既没有说出原因，也没有说出后果。正因为这一点，我思索良久，终于没有踏上那座桥。我还要出去找我的兄弟张诚，要是不听劝阻踏上那座桥从而断送了性命，我就没有机会寻找张诚了。就这样，我们在山谷里住了下来。起先，我想尽办法了解那座山谷，打算走出去。就像我前面提到的，陆路和水路都试过。后来，不知道怎么回事，日复一日，年复一年，当我终于失去了时间之后，我似乎也忘记了走出山谷这回事。每日我照料庄稼，读书习武——你大概不知道，房屋里还有多得数不清的书籍。我过去从未读过那么多书，我的兄弟张诚去书房念书时，我只能上山打柴。但张诚陪着我在山上打柴的那段时间，他教会了我许多字。就这样，我在山谷里读了此生从未读过的书籍，从中悟出了许多人生哲理。我的心渐渐安定下来。面对晨昏颠倒，时间倒转，夏季飘雪，冬季开花，我再也不觉得费解了。有什么费解的呢？这多么合乎情理！这才是真正的自由。

"再后来，就是今天，老智子摇摇摆摆地走上了那座桥。实际上，老智子做什么事情，我都觉得是有用意的。所以我也终于踏上了这座桥。当然，还有一个原因，我不能没有老智子，它是我生命的一部分。"

梨花把车停在路边，点起一根烟。"这么说，那只鹅不是一只普通的鹅，它是一个智者？"

"我很赞同你的观点。"我说。

但我们一直在街上没有目的地开车，根本没有见到老智子那肥墩墩的影子。我提醒梨花再打一打张诚的手机。老智子和张诚，他们俩不能一个都找不到。

梨花又打了两遍张诚的手机，仍旧没有人接听。"要不然，我们回去看看吧。"我说。

梨花开着车，载着我返回发屋。我们经过一排明亮的玻璃窗，里面站着很多静止的人，个个脸色惨白。

"那是些死人吗？"我问。

"那是塑料模特儿。模特的意思你懂不懂？就是穿着商家的衣服打广告的人。活人或是死人。"

"懂了。"我说，"你们现代人的衣服真是奇形怪状，而且，都比较暴露。这在我们朝代是完全不允许的。"

"要不要我带你进去买一身衣服？"梨花问。她肯定跟其他人一样，认为我穿得很古怪。我想了想，拒绝了她的美意。

我们回到发屋门口时，看到卷帘门仍旧紧紧地关着，门口空无一人。看样子，张诚没有来过。

"你要是困了，可以在沙发上睡。"梨花说。我说我不困，我要等张诚。就算等不来他，我也要等。"他是我兄弟。"我说。

"你凭什么认定他是你兄弟？你跟他生活的朝代相隔几百年。"

"我就是认定。"我说。

我坐在沙发上，随手拿起一本书，书名是《聊斋志异》。在山谷里我养成了读书的习惯，今天从踏上那座桥，到现在还只字未读，所以，看到一本书，真是喜不自胜。我翻开书，先看了看插图，居然发现里面有许多人的衣着符合我们那个朝代。我又看了看作者，是一个名叫蒲松龄的人，在他的名字前面标注着一个"清"字。在山谷里我读书已破万卷，但并没有读到这个人的书，看来，他跟我不在一个朝代。而且，他的朝代比我晚。

我看了看目录，里面有一篇题目叫《张诚》，不禁感到好奇。反正也是要熬过漫漫长夜，还不如读着书熬。我刚看了开头就惊住了，小说里讲的跟我小时候有点像。我接着看下去，越看越惊奇，那不明明写的就是我们家吗？更有意思的是，小说把我继母牛氏写得十分丑恶。当我看到自己（在小说里我也名叫张纳）因为张诚被老虎叼走而痛不欲生的时候，我仿佛又回到了那个悲惨的日子，眼泪禁不住掉了下来。

"你还挺多愁善感的。"梨花给我拿来一个盒子，从里面抽出一张白花花的纸。真柔软啊，我过去从未用过这样的纸擦眼泪和鼻涕。

"这上面写的就是我们家的事。"我指着那篇小说对梨花说。

"真的吗？我看看。这是张诚的书，他没事干就捧着看，我却从来没看过。"

梨花翻开那本书，仔仔细细读完了《张诚》。"名字倒是能对上，但是，我怎么确定它讲的就是你家的事？张诚说他从小就喜欢读这本讲鬼怪的书，尤其喜欢读《张诚》，但他从来没说过，这是他以前那个家里的事。我根本不相信张诚也活了几百年。我们这里从来不像你住的山谷，时间可以随时倒转。那么，一个人活上几百年的可能性是不存在的。当然了，每个朝代都有长寿的人，但最长寿的，也不过是活一百多年而已。"

"应该是投胎转世吧。在我们那个朝代，一个人投胎转世是非常正常的，还有人能投胎几世，甚至有人能源源不断地投胎于世。这样的人，虽然他的肉体死去了好几回，但实际上，他的灵魂永远也没有死去。"我说的并不是妄语，这在《聊斋志异》中也可以找到证据，我大致翻读了其他几篇小说，发现蒲松龄讲了许多转世投胎的事儿。

"张诚从没说过投胎的事。"梨花说。

"人们并不都能记得自己前生的事情。可能只有少数人会记得自己以前生活在什么地方，但他并一定知道那是他前生住过的地方。"

"难道张诚几世投胎，叫的都是同一个名字？"

是啊，梨花的这个问题难倒了我。据我的经验，人们投胎后，在世界上就转换了一个身份。前生姓王，下世可能就姓李了。或者前生是男，下世是女。更有甚者，有的人前生作了孽，老天爷罚他投胎后做了畜生。

见我苦苦思索，梨花笑了：

"我看哪，一切都是巧合。张诚叫这个名字是巧合，你遇上他是巧合，他喜欢看《聊斋志异》也是巧合。你难道不相信，这世界上有许多巧合是非常惊人的吗？"

"我当然相信。这世上发生的一切非常态的事情，都值得令我们这些渺小的人敬畏。"我读书破万卷，自然知道，宇宙是一个巨大的神秘的存在，我们人类只是寄居于其中的蝼蚁。它的浩瀚，我们才窥见了几分？

比如说，我又重读了一遍《张诚》，发现这个小说前半部分讲的事情基本跟我们家相符，但后半部分，对我来说就非常陌生了。在小说的后半部分，张纳历经千辛万苦，终于找到了他的兄弟。原来，他的兄弟张诚当年被一名张姓通判从老虎口中救下，并被认做干儿子了。在张通判家中，经过一番交谈，更惊人的事情发生了：原来，张通判就是张纳父亲前妻生的儿子。据老太太回顾，她嫁给张纳父亲三年后即被歹人掳走，然后生下了张通判。这么说来，张通判和张纳、张诚原是亲生的三兄弟。小说的结尾是这样的：张通判带着老太太和两个兄弟回到家乡，此时，牛氏早已郁郁而终，只剩下了孤苦伶仃的张老汉。张通判花钱盖了一所宽绰的宅院，从此人丁兴旺，牛马成群。

我不觉流下了滚烫的热泪。这是多么温暖的结局，完全值得我风餐露宿，苦苦追寻几百年。在小说里，我是不会武功的，我遇见张诚，是被饿晕在路边的时候发生的。但这些苦难算得了什么呢？这么说来，跟小说相比，我觉得自己在山谷里过的日子太好了，对不起这场轻而易举的相遇。

但我有一个问题需要跟梨花探讨。"蒲松龄篡改了历史。真实情况不是那样的。"我说。

"这能怪蒲松龄吗？你去了一个没有时间意义的山谷，这事他压根儿不知道。或许他听到你们家的故事后，照实写了前半部分，而后半部分是他虚构的。相信读者都希望读到一个大团圆的好结局。"梨花说。我得承认，她说的有道理。"在你去山谷之前，到底遇见过张诚没有？"

"说来话长。我跟着师父一直在虚州城落脚，长达数年。我那时候一心想把梨花赎出来，然后我们一起寻找张诚。既然她是官方羁押在那里的妓女，不能通过常规渠道赎身，那我就得想另外的法子。我打算去劫青楼。那段时间，我们租住的民房里络绎不绝地来了几个皮货商，往往是漏夜来访和离开。我以为师父想顺带做做皮货生意，因为海物生意渐渐变得难做了，主要是海上隔三岔五有贼寇来犯。那些贼寇来自一海之隔的异邦，他们身材矮小，手持弯刀，往往是乘船而来，趁人不备登陆，以矫健的身手和训练有素的作战技法，在沿海村镇掳掠一番，然后迅速撤离。那些人操着异邦的语言，我们完全听不懂。关于他们善于作战的传闻，几日之间就在小城传得神乎其神。遭过劫掠的村镇里的人，说那些异邦的贼寇善于腾挪跳跃，善于使用弯刀和箭弩，善于组织千变万化的阵形，并且警觉异常，非常团结。他们强占了几个村镇，使用的是我们朝代军队所没有使用过的管理方法：鸡鸣即起分配工作，黄昏集结按功领赏。领到任务的人，列队进攻附近村镇，头尾相衔，互相照应。倘一队遇袭，立即吹响特制的号角，其余小队火速驰援。黄昏时分，所有领了任务的人返回大本营，上交战果，总结经验。

"这些贼寇如此可怕，沿海村民们自然不太敢出海捕鱼了。常常是，我和师父推着独轮车来到海边，空荡荡地见不到一艘渔船出海归来。在这种情况下，师父要是打起做皮货生意的法子，倒也是非常可行。海边的冬天毕竟还是很冷的，而且，官府开始准备和贼寇作战了，他们把水师重新召集到一起。水师是个庞大的队伍，秋冬天作战，身上要是没有皮货抵挡风寒，只靠一层薄薄的盔甲，那是万万不行的。来自异邦的贼寇是一群非常耐寒的人，他们在深秋也赤足而行，下身只用两片布束在腰间，把私密部位遮挡起来了事。而我们朝代的人就不行了，那些水师兵士因为常年无战事，早已是散漫之军，平时根本不在战船上操练，而是散归乡间或城镇，成家立业。现在重新组织起来，完全没有斗志和本事。没有这两样，他们就觉得冬天格外寒冷。操练的时候，他们个个哆哆嗦嗦，兵器都拿不稳，箭也射不出去。所以，师父改做皮货生意，是非常明智的选择。

"但是，师父并没有放弃老本行，那毕竟是他真正喜爱的事情。渔民们都战战兢兢不敢出海，他便打算亲自出海。他在老渔民手里买了一艘非常大的船，雇请专业的修补匠进行修缮。那艘船足以跟水师的战船相媲美。接着，他又雇请了二三十人，驾驶渔船出海。那些人都从哪里来，我也不很清楚，只知道他们也是漏夜而来。我分析，他们是皮货商介绍来的。

"这时候，在我们那个小城，发生了一件当时非常轰动的事情。有一支曾被派到辽东平乱的队伍，在返回的途中，因为食宿问题跟当地发生激烈冲突，以致兵戎相见。带头的军官恰好私吞一笔军饷用于赌博，屡赌屡败，还不上亏空，干脆带着部下造反了。反正那年头，起义的队伍一股一股的，非常多。这多可笑，一支平叛归来的队伍，还没走到老家就成了叛贼。这伙人一不做二不休，一路攻城拔寨，顺利抵达虚州城。虚州城城门紧闭，把叛乱的人挡在城外，于是双方开始交火。连战数日，眼见东西南北四座城门都岌岌可危，守城的指挥使急派快马向上方请求支援。

"师父做着最后一次出海打鱼的准备。那天早上，他告诉我说，今天晚上城门肯定会破开，因为城里的守军中有他们安插的皮货接洽人，也就是内线。师父让我届时去青楼带上梨花，赶到码头与他会合。师父的表情异常严肃，我隐隐感觉他有重大的秘密瞒着我。自从离开家乡，师父就是我唯一的亲人了，所以，无论师父心里藏着什么秘密，我也要听他的话。黄昏时分，我来到青楼，向梨花转述了师父的话。梨花收拾了简单的行李。更晚一些的时候，只听到街上响起乱纷纷的奔跑和呼号，有人说，城门破了！青楼里的女人们闹成一团，楼上楼下乱跑，老鸨根本管不过来。我带着梨花从早已计划好的后门悄悄溜了出去。我们混在乱哄哄的人群中出了城，往码头的方向赶。我在混乱中夺得了一匹马。这本来是好事，但，我们还没跑出多远，一队骁勇的骑兵迎面而来，马蹄嘚嘚，踏得路面一阵一阵地颤抖。后来，一支箭射了过来，当时梨花坐在我的怀里，那支箭'噗'的一声就射中了她。我非常后悔，假如她坐在我的身后，那么，我就是被射中的那个人了。梨花身子歪了歪，摔下了马背。对面飞驰而来一个俊俏的年轻军官，手里握着一把亮闪闪的剑。看到他们的装束，我猛然意识到，他们是指挥使请来的援军。我因为胯下的那匹马，被他们当成叛军了。我本想下马去抱起梨花，哪怕她已经死了，但我胯下的那匹马受到惊吓，竟撒开蹄子飞奔起来。跟青年军官擦肩而过的瞬间，我认出来了，他是我的兄弟张诚。"

梨花正在涂手指甲。这说明，无论到了哪个朝代，女人们还是爱美的。当年，梨花是用凤仙花汁涂指甲的，现在倒是省事多了，有一种专门的汁水，只要用刷子刷上去即可。

"看来，你最终还是找到了张诚。梦没有欺骗你。"她说。

"是的。梦境告诉我，我会在东北沿海一带找到张诚。可惜，那竟是我们的最后一面。当时他看我的眼神也有点愣怔，这说明，他肯定是张诚无疑，他大概也认出了我。"

"等等，"梨花说，"我外祖母年老的时候，反复讲一个故事，说是她外祖母讲给她听的，她外祖母也是听外祖母的外祖母讲的……反正，几百年了，不知道到底是哪一辈的外祖母，年轻的时候在战乱中被一名少将军所救，之后便嫁给了少将军。"

"这就对了！"我激动地流下了泪水，"那位外祖母就是青楼里的梨花，她嫁给了我的兄弟张诚。我敢说，你的名字是从故事里来的。"

"这名字是我外祖母给取的。"她说。

"这就是天意。多少辈过去，你又叫回了梨花，我的兄弟张诚又叫回了张诚，为的就是等我从山谷里出来跟你们相认。"

"这是真的？太匪夷所思了。"梨花说，"我不敢相信。咳，管它是不是真的呢，就当听故事好了。你接着说。"

"那时候，四周乱得可怕，援军开始跟叛军作战，百姓们纷纷躲避。我拼命吆喝着那匹不听我使唤的马，企图冲进去把梨花抢出来，哪怕是尸体。但不巧的是，那匹烈马竟中了一箭，把我摔倒在地。等我醒来的时候，发现自己已经躺在一艘船上了，那正是师父买下的大船。原来，他不放心，派人去城里接应我，这才把我救了。我的脑袋正好摔在一块石头上，当场就摔晕了过去。

"大船沉默地在海上行驶，船上沉默地坐着几十号人，另外还有盾牌和兵器、成捆的箭弩。这让我惊讶不已，看样子，这完全不是打鱼的装备。师父和一个我见过两面的皮货商，围着一张地图在研究什么事情。我看了看，那是一个小岛的地图。船上有一个当地的渔民，他不停地观察着天空和周围。我辨别了一下方位，发现大船正在驶向空门岛。这时候，再愚笨的人也能想到，这条船不是去打鱼的，而是去打人的。我不知道，师父和皮货商为什么要带着这帮人去打空门岛。很显然，师父和皮货商是这帮人的带头大哥。接着，我想明白了，师父选择虚州城落脚，并不是随意之举，而是早已策划好的。师父得知我并没把梨花救出来后，仰天长叹一声，说：将军，属下有愧于你啊！他这一声仰天长叹，证明了一件事情：他带我去青楼见梨花，是有意而为之的。他口中的'将军'，必是跟梨花有关系的人。"

梨花涂完了指甲油，她张开十根手指头，仔细地端详着，说：

"那还用说嘛，梨花肯定是将军的女儿。将军犯了事儿，被关到空门岛上了。你师父，他是将军的属下，之所以去虚州城落脚，就是为了策划营救行动的。"

我呆呆地看着梨花，感到她真是聪明绝顶。

"让我来猜猜，你们的营救行动失败了。"她又一次展露了绝顶的聪明。

"你怎么知道的？"我愚蠢地问。

"还用说吗？要是营救成功，你就不会一个人孤零零地在山谷里待上几百年了。照我猜，你师父和将军都是反朝廷的人，他们那次行动若是成功了，历史就改写了。但你瞧，历史好好地向前发展着，你们那个朝代最终还是灭亡了，但不是被像你师父那样的人灭掉的，而是被你们绝对想不到的一些来自遥远草原的人给灭掉的。后来，又一路发展到了现在。"

"历史……"我感到这两个字十分沉重。

"让我来告诉你吧，根据史料记载，空门岛是有重兵把守的。据说，历代以来，空门岛上囚禁的都是朝廷要犯，所以，那些守岛的兵，可不是一般的重兵。他们驱使着囚犯在岛上源源不断地养马和造船。那些船一艘一艘地停泊在岛的周围，首尾相连，一望无际。你们区区一艘渔船——虽然据你所说它非常大——根本不是对手。或许你会说，你们船上有几十号武林高手，但你应该知道，你们那个朝代已经有火炮了。别说几十号人，就是几千号人，只要靠近岛屿，岛上火炮齐发，你们几十号肉身还不立时化为海物们的食物？"

"事情不是这样的。"我说。但事情是哪样的呢？在这关键的节骨眼上，我忽然发现自己失忆了。当然，是选择性失忆，我记不起大船后来的事情了。但我知道，我会记起来的。在山谷里，我经常发生这样的情况，过往的那些事情在我的记忆里忽而丢失，忽而返回，没有什么规律。

"我猜，"梨花端详着我的头，"晨昏颠倒，时间倒退，这些现象总是干扰你的大脑，把它的神经系统扰乱了。"

我觉得梨花说得有理。我正在拼命回忆的时候，忽然，卷帘门发出骇人的撞击声，好像外面有人在踹门。接着，接二连三的撞击声响个不停，那些人马上就要破门而入了。我摸了摸腰间的鱼藏剑，小声问梨花：

"什么人？"

"还能是什么人？肯定是张诚的仇人。"她说。

既然如此，他们是不请自来，就别怪我了。我走过去，打开卷帘门，果然是刺青和他的手下，人数比昨晚多了一倍。没错，提起刚刚发生的烧烤店打斗那一幕，的确已经是昨晚的事了。我看了看天空，已经露出灰白色的光。

"你这怪模怪样的家伙，就是昨晚对我大哥无礼的小子吧？正好报昨晚的仇！快说，张诚那小子去哪了？"刺青的一个手下耀武扬威地说。显然，这是刺青新找的帮手。

"正想问你们呢！你们把张诚怎么了？一整夜，活不见人死不见尸。"梨花说。

"我们就是来找尸体的！没错，找不到人，尸体也行！"

我和梨花对视了一眼，都相信了张诚不在他们手里。但他们不相信张诚不在我们手里，仗着人多，主要是今天刚来的这些不怕死的，立即动手动脚起来。一人踹翻了一把椅子，一人砸碎了一面镜子。我问梨花：

"可以打吗？"

"打。"梨花说。她走到门口把卷帘门重新放下，"不能让外面的人听到咱们在打架，要不然我以后不用做生意。另外，把这些不怕死的都修理了，一个也别剩。但尽量不要破坏店里的东西。"

其实，梨花并没见识过我的武功，她这么坚定地信任我，让我感动极了。还用说吗，那些人虽然多了一倍，也都不是我的对手。几百年来，我冬练三九夏练三伏，没有一日懈怠。那些人都趴在发屋的地上哀叫连连，其中有两人爬到我脚前磕头，要认我做师父。师父？师父是不能随便做的，要遇到好弟子才行。

我看了看外面的天色，又看了看墙上的一只挂钟，问梨花什么时候才能给出租车公司打电话，找老智子。梨花说：

"早着呢，现在才四点多，出租车公司的人还没上班。"

"那咱们先找张诚。我看，不如咱们让捕快帮帮忙。"

"现在不叫捕快，叫警察。"刺青说，"但警察破案速度可没你想那么快，说不定等案子破了，你看到的张诚已经是一堆死肉了。"

那最好不要找捕快了。

梨花又拨打了几遍张诚的手机，还是没有回音。她摇着头说：

"我有一种预感，张诚从这个世界上消失了。"

"那他能去哪儿？"我着急了。

"还能去哪儿？天堂，地狱。"梨花说。

我不知道梨花和张诚之间的关系。恋人、知己、江湖朋友？看起来都像，又都不像。在我们那个朝代，梨花最终嫁给了张诚。而在这个朝代，一切都难说。

就在我们面对一片呻吟声不知道该干什么的时候，梨花的手机响了。"喂，"她说。"张诚？"她接着说。"你不是张诚？那你是谁？""好，你在那里等着，我们马上过去。"

放下电话，梨花拿起车钥匙，对我说：

"走。"

我来不及问去哪儿，当然，问也没用。这个城市早已不是几百年前的样子，没有一条街道是我熟悉的。刺青一骨碌从地上爬起来，对那帮子手下说：

"麻溜溜的，跟上，走。"

梨花瞥了他们一眼，问：

"你们去干什么？"

"我们跟张诚还有事情没了结。"刺青说。

我忍不住了，问道：

"张诚欠你钱了？还是搞了你的女人？"

"你不要问，跟你无关。"刺青打量我的装扮，"你得承认，你是江湖中人吧？"

"算是吧。"我答道。

"你既然是江湖中人，就得守江湖规矩，不要过问别人的江湖恩怨。他是你亲弟弟也不行。"他瞥了瞥我的腰间，提醒我道，"拿好你的家伙，准备打仗。"

时隔数百年，我的确不懂得如今的江湖规矩。但无论到了哪个朝代，江湖规矩都是要遵守的。于是我缄口不语，把鱼藏剑的佩绳往腰里更紧地掖了掖。

梨花开车拉着我，刺青他们开着另外几辆车，开始往某个地方去。天空的灰色比刚才稍微亮了些。

路上车不多，或许是天色太早的缘故。大概两刻钟，我们要去的地方到了。从车窗里看，这是野外的某个地方，没有城市里密集的建筑，也没有拥挤的街道，有的只是开阔的、干涸的河床，上面长满了野草。

"我们要找一座桥。"梨花说。我们下了车，茫然四顾。由于天光还不是很亮，加上忽然起了雾，我们的视野非常有限，刺青于是吩咐他的几十个弟兄分头去找那座桥。

"桥头有一棵老榆树。"梨花说。

没多久，刚才还很稀薄的雾竟忽然浓厚起来，一团一团缓慢地流动着，包围了我们。刺青的手下回来了一个，告诉我们说，往东走一百米，的确有一座桥。我们立刻往桥那边赶。雾太大了，我们弃车步行，在雾中闯出一条路。

"老子长这么大，没见过这么邪乎的大雾。"刺青边走边说。

果然有一座石桥。桥头有一棵老榆树。有个人站在老榆树下，问：

"谁是梨花？"

此人的说话声很怪，有点嘶哑。

"跟乌鸦叫似的。"刺青说。他说的有点道理，我听了后，觉得脑子里让什么东西拨弄了一下。

梨花走上前去，我也跟上去，手握住鱼藏剑的剑柄。那个人长得个头不高，脸膛很黑，手里拿着一个手机。"你就是梨花？"他问。

"对，我就是。这是我朋友张诚的手机。他人呢？"

"我在这儿捡到的手机，照着来电号码拨了回去。"那人说。

"这么说，你没见到张诚？"刺青凑过来问。

那人把手机往梨花手里一塞，就不再说话了。刺青的手下呼隆隆围住了那人，又打算以多欺少。他们真是吃多少教训也不懂规矩。

"你们都闪开。他没说谎。"我说。

"你怎么知道？"刺青问。

"我就是知道。"我说，"让我想想。"

梨花也对刺青说：

"你让他想想。他把一段记忆丢掉了。那段记忆很关键。"

"他丢掉记忆关我什么事？我要找的是张诚，不是他的记忆。"刺青说。

"你闭嘴吧！我敢肯定，他的记忆跟张诚有关。"

刺青想了想，还是闭了嘴。

我感觉自己的脑壳忽冷忽热，一阵紧一阵松。我使劲地盯着那座石桥看。它是一座年代久远的桥，更准确地说，是一座早已被废弃的桥。桥下面及两侧更远的地方，是一片干涸的河床，我向左走了大概一百米，还是没有走到不是河床的地方，于是返了回来。走到桥头的时候，我让什么东西绊倒了，这一跤摔得有点狠，却让我发现了一样东西。我捡起它看了看，那不是老智子的羽毛吗？

"发现什么了没有？"梨花问。

"我想起来了，"我说，"昨天我走下石桥的时候，桥头也有一棵老榆树。树上有一只乌鸦，呱呱地朝我叫唤。后来起雾了，什么也看不清，我在大雾里走了很远。等大雾散去，我就站在那条灯红酒绿的街头了。我拿着银钱要买烤肉吃，然后遇见了张诚。后面的事儿你们都知道了。"

"你是不是想说，昨天你就是从这座石桥上走下来的？桥那边就是你生活了几百年的山谷？"梨花问。

"你们两人说梦话编故事哪？"刺青不耐烦地说，"张诚他妈的到底去哪了！？"

"他去了山谷。你再也找不到他了。"我说。"你们看，这是老智子的羽毛。老智子也回到山谷去了。它把张诚带回去了。不管你们之间有什么恩怨，都了结了。我猜，张诚一定会看到那边桥头上的那行字，他不会轻率地顺着这座桥再走出来的。起码他要在山谷里住上几百年再出来，像我这样。"

"我看该把你送进精神病院去。"刺青气恼地说。

这时候，老榆树上传来乌鸦的叫声。此刻，我感到对它的叫声再熟悉不过了。

"咦，那个说话声像乌鸦叫的家伙哪去了？"刺青忽然说。

的确，那个人不见了。

大雾渐渐消散，曙光明亮起来。那座废弃的石桥完全展露在我们眼前，它太破烂了，甚至有一个桥墩还断了。干涸的河床在桥下无声地躺着，桥的对面是一片杂草，开阔无际。

　　我特别想哭，而且说哭就哭了起来。我蹲在桥头，呜呜地哭着，声嘶力竭地哭着，把刺青吓坏了。他说：

　　"哥们儿，你这熊样，还算得上江湖中人吗？"

　　"他再也回不去了，能不哭吗？你什么都不懂。"梨花说。她蹲下身来，抱着我的肩膀，说：

　　"使劲哭吧。"

　　"还有一件事我想起来了，"我止住哭，"师父不是在攻打空门岛的时候落入大海的。你不是说，我们靠一艘船难以对抗岛上的重兵吗？你错了。师父用了好几年时间在虚州城潜伏，就是为了把所有准备做得万无一失。他安插了很多自己人到岛上去当兵。他们做好了详尽的里应外合的作战计划，拿下空门岛绝对万无一失。但是，天意弄人，就在我们的大船正向着空门岛行进的时候，海面上忽然出现了另外几艘船。对这种两头尖尖的船，我们再熟悉不过了，他们是异邦那些贼寇的船。他们惯常喜欢黄昏时分悄悄从海上驶来，夜里登陆海滩，进入村镇劫掠。当时我们是有选择的，我们完全可以借着暮色掩护，悄悄绕开，继续朝着空门岛行进。我记得，师父沉默不语地在船头坐了一会儿，接着，跟皮货商发生了一场不大不小的争吵。皮货商坚持不理贼寇的船，继续去空门岛救人，而我师父坚持掉回头去攻打贼寇。他说，我们自己的事情，早晚要腾出手来解决，但异邦来劫掠我们，我们不能视而不见。皮货商说，反正这个朝代要灭亡了。师父说，灭亡也是革新，必须由我们自己人来完成，不能由异邦贼寇来完成。他们争吵了一会儿，皮货商无可奈何地接受了师父的意见，于是，大船掉头，弓箭拉开，刀剑上手，一场恶斗开始了。那是贼寇实施的最大规模的一次袭击，如果没有遇上我们，小城毁灭无疑。如果占据了小城，那么，贼寇就会势如破竹，一路南下西进。鲜血染红了大海，贼寇的船只七零八落，纷纷沉水。我们的大船也破了几处，冬天冰冷的海水涌上甲板，大船很快也沉没了。船上的勇士们大都战死了，少数人侥幸没有战死，但在冰冷的海水中冻僵了四肢，根本没有爬上岸去。我也不知道自己是怎么漂到海滩上的。迷迷糊糊中，我觉得自己是被一只什么东西驮上岸的，当时以为是一只大海鸟。"

　　"几百年前，的确有一场惨烈的抗击贼寇的战争，这是虚州城的骄傲，人人都知道。要是没有那场战争，我们这座城市就灭亡了，说不定，整个国家也灭亡了。"刺青说，"但是，难道不是英勇的官府水师打败了那次贼寇大规模袭击吗？我们祖祖辈辈都是这么传的呀！"

　　我真没想到，他们祖祖辈辈听到的是这种说法。那么，我师父和那些勇士看来是白死了。

"只能说，历史有时也是可以被篡改的。"梨花说，"我们还是回去吧，这个世界上不会再有张诚了。"

"算了，我也不打算找他了。"刺青说，"其实我们之间也没多大事儿。但我还是觉得，这位老兄应该去医院看看病。"

"我不这么觉得，"梨花说，"我觉得，我现在应该把他带回店里，给他理理发。然后带他出去买身现代人的衣服。"

我忽然想给他们讲点什么，当然是山谷里的那些迷人的故事。这大概是我最后一次说山谷里那些事了。

"我给你们讲一讲蜉蝣的故事吧。那是一种非常美丽的小生灵，有着流线型的苗条身材，翅膀和身体色泽艳丽。它们的稚虫生活在湖泊或山间溪水中，大多调皮地躲藏在水生植物或石块缝隙间。一旦它们蜕皮变为成虫，就会振动色泽艳丽的翅翼，在黄昏的水边植物间飞翔。我在山谷里读过不少古人写蜉蝣的诗词，比如有一句是这样写的——蜉蝣之羽，衣裳楚楚。可想而知，它们是一种多么美丽可人的小生灵。但是，在那些描述里，蜉蝣成虫是一种寿命极短的生灵，它们朝生暮死，幸运的能活上数日就不错了。我边读边落泪，哀叹命运对它们的不公。但事实上，生活在山谷里的蜉蝣并不只有一次生命。它们在蜕皮成为成虫之后，数小时内即死去。然而，每逢遇到晨昏颠倒，日月倒转，它们便能得以复活，再次展露它们美丽的翅翼。虽然它们复活后经历的大多是再一次朝生暮死，但那又有什么呢？对于一只蜉蝣来说，能经历两次甚至多次出生和死亡，这多么神奇啊。"

我的故事讲完了，我们也走到了车子旁边。我要回到梨花发屋，把这头从出生起就没剪过的长发剪掉。

金融街郊路

王昕朋[1]

1

说完了吗？哭够了吗？小桂问大桂。

大桂皱着眉头，不满地看了小桂一眼。她在说的时候哭的时候，小桂一直在洗衣服。小桂洗衣服用的是一只红色大塑料桶。桶里的水已经变得非常混浊，各种不同颜色的衣服混淆在一起，几乎分不清了。小桂的老公两年前收废品时，花十五元钱收了一台洗衣机，只用了两次又成了废品，现在放在门口的楼道上。小桂说这是给左邻右舍看的，装装样子，免得人家嫌咱穷。

大桂说，小桂你听我说了吗？听清楚我说什么了吗？小桂把毛巾扔给大桂，让她擦眼泪。然后，一边晾衣服一边回答，就你那点破事，我还要竖着耳朵听啊？不听我都明白怎么回事。不就是你那个老板天天让你给他孩子买瓶奶不给你钱吗？你都说八百遍了……

大桂火了，吼了起来，这次不一样！他委屈我冤枉我欺负我！我说了半天你就一句没听进去。说完，她猛地起身，拍拍屁股就走，随手把毛巾扔在小

---

① **王昕朋**　江苏铜山人，中国作家协会会员，现为中国言实出版社社长、总编辑。著有长篇小说《红月亮》《漂二代》《花开岁月》《文工团员》等7部，中短篇小说集、散文、报告文学集20多部。其中《漂二代》入选中国国家图书对外推广计划（CBA），在美国纽约出版。

桂的脚下。

小桂这才发现姐姐真的生气了。她紧走几步赶到大桂前边拦住了她，笑容可掬地赔礼，姐，怪我。你别生气。来来来，你慢慢跟我说。她拾起毛巾，擦干了手，想帮大桂掸下屁股，发现大桂屁股上并没有尘土，就把毛巾递给了大桂。她不去晾衣服了，就和大桂面对面站着。

大桂一边擦着眼泪，一边哼哧哼哧地向小桂诉说她的委屈。

今天，有辆车停在停车位上两个小时。按照二环内的收费标准，第一小时十元，第二小时十五元，两小时应当交二十五元钱。可那个司机却只给大桂十元，说是不要票。司机说，我给你二十五，你给我二十五的票。给我票你就得交税，就得交给你老板。我给你十元不要票，你往口袋里一塞，就是你的，谁知道啊？再说，二十五多难听的数字？大桂想老板没这样教过她，小桂没这样教过她，所以她不能这样做。她说，我不能违反规定，你得交二十五。那个司机火了，扔下一张十元的票子，说，你爱要不要。不要你就撕了吧！一边说，一边踩油门，没等大桂反应过来就把车开走了。大桂下班后向老板交账时，把那十元钱交给老板，还把那个司机的话对老板说了。老板眯了眼上上下下看了她半天，看得她心惊肉跳。老板吐了个烟圈，突然单刀直入地问：大桂呀，你收了多少次这样的钱？大桂连忙摇头摆手，没有，没有，这是第一次。老板明显不信任，斩钉截铁地说，还有十五元钱从你工资里扣。说什么也不能让公家吃亏。大桂说着又委屈地哭了，十五元，十五元啊，够我一天的饭钱了……

小桂不知是不耐烦还是不舒服，又去晾衣服。她使劲扯着衣服上的皱褶，嗔怪地说，这就怪你了大桂。

大桂不服气地问：咋怪我？我真的是第一次。我要真有这事能不告诉你吗？我是什么人你不知道吗？

小桂说，你想歪了。我的意思是说，你千不该万不该，不该把那十元钱给老板，不该给老板说实话。

大桂一脸惊愕，张了张嘴，好像上下嘴唇被什么东西粘住了，又好像喉咙里塞了什么东西，有话要说又说不出口。

小桂，老板每天是凭票给你结账吧？

大桂点点头。

小桂说，那人不要票的钱，就像他给你说的那个样子，你不说又没票对账，老板压根儿就不知道。你给老板干啥呢？

大桂仿佛触电了一样，腾地一下站起来，怎么，你是说我自己装腰包？那我成啥人了啊？

小桂转过脸看着她，嘴角撩了起来，嘲讽地说，哟，我的亲姐，你以为你是啥人？当代活雷锋？拾金不昧的好人？你就是一个从河南来北京打工的乡下妇女。打工是干啥，挣钱！最后，又加重语气说，你两个闺女还在家等着你挣的钱交学费呢。

大桂不服气地说，那、那……我再困难，那也不能腐败！

哈哈哈哈……小桂笑得腰弯下了，眼泪也出来了，说话的声音也变得飘了。腐败，腐败。你说这也叫腐败？

大桂被小桂笑得莫名其妙，理直气壮地说，把公家的钱装自己口袋不叫腐败叫啥？电视里讲的那些贪官不都是这样子吗？

小桂板起脸，认真地说，我没空给你啰唆。这样吧，我老板不是个东西，看我肚子一天比一天大，找个碴儿赶我呢！等我把老板欠我的一分不少要回来，办完了辞职手续，先跟你去看车。

大桂急了，我一个人一天一百元，你去了不等于咱俩……她怕把下边的话说出来小桂生气，就咽了回去。毕竟，她现在看车的活还是小桂给她找的。

大桂和小桂是同母异父的姐妹。她们的母亲在大桂两岁时，从原来的村子改嫁到十几里外的另一个村子，一年后又生下小桂。所以，两姐妹从小不在一个村，不在一个家，又是不同的父亲，性格也不一样。大桂性格温顺，胆小怕事，遇事没有主见。小桂性格倔强，大胆泼辣，做事风风火火。虽然不在一个村一个家，但毕竟是一母同胞的姐妹，从小来往不少。大桂的父亲和大桂的继母在城里打工，大桂在家跟着爷爷奶奶生活，隔三岔五到小桂家吃住。读完小学，大桂就辍学了，经常到小桂家帮忙做点活。大桂十岁、小桂七岁那年，两人去镇上卖梨。一位买梨的老奶奶张口夸奖，哟，这姐儿俩长得真俊，像两个小瓷娃娃。大桂听了，羞答答地不好意思。小桂则用警惕甚至怀疑的目光盯着老奶奶，好像人家夸奖她俩就是为了贪图她俩的便宜。称梨时，小桂瞪大眼睛看着秤星，生怕大桂少算斤两。平时，两姐妹在一起商量事，大主意都是小桂拿。大桂听她的，就连找对象这事，大桂也让小桂做主。母亲让她去相亲，她说，要去让小桂去。她说行就行。母亲生气地骂她没脑子。小桂还一高中生，小女孩，懂个啥？再说是你找男人，你要跟人家过一辈子。小桂说行就能行？大桂怕惹母亲生气，当面答应了母亲。可是去相亲那天，她还是拉上了小桂。小桂也没推辞，而且颇有经验地问了那个和大桂相亲的男人一大串问题。

谈过女朋友吗？父母亲身体好吗？生了孩子能帮着带吗？家里的房子旧吗？打算什么时候盖新房……大桂在一旁几乎一言没发。后来小桂对大桂说，这些我也不懂。我是上网查了相关方面的知识。不过，大桂的老公的确是个称职的男人，对大桂好，对孩子好，对大桂母亲也好，顾家。她老公也不止一次对她说过，小桂有文化，有头脑，咱听她的没错。前不久，小桂让大桂到北京来打工，大桂开始还犹豫：我没文化没能力，到北京咋混下去？还是她老公劝她，去吧！小桂让你去，保准没错。大桂这才来了北京。到北京第二天，小桂就给她找了个看车的工作。

小桂明白大桂的心思，大大方方地说，大桂你别担心。该你挣的我不争不抢也不占。这时她已经晾完了衣服，洗了个苹果，拿起菜刀一切两半，给了大桂一半。大桂接过来，撩起衣襟就要擦苹果，被小桂伸出的胳膊挡住了。哎，哎，我洗过了。你就放心吃吧。以后别再拿衣服擦，让人一看就乡下来的。

大桂偷偷地瞪了小桂一眼，心里想，你以为别人拿你当城里人、北京人呀？

2

大桂看车的地方离金融街不远。那地方不是停车场，只是一条不宽的马路。其实，北京城里专业停车场本来就不多。据传，二十世纪九十年代北京城市建设方兴未艾之时，车辆还没有那么多，尤其私家车凤毛麟角。有人曾提出专业停车场的事，不知哪位位高权重的领导瞪了眼睛，再过五十年北京也不会车满为患。建那么多停车场没车停，水泥地又种不了庄稼，浪费呀！

大桂看车的那条路因为挨着金融街，有人戏称为金融街郊路。全长大约二百多米，宽约五米。路的两边用白线画出一块块长方形的框框，这框框就是停车位。在北京这样的大都市，那条白线不是什么人都敢往地上涂的。停车位的白色框框就是钱袋子，车往里一放就等于放进钱去——车主就得交钱。而路两边收停车费的不是一家。路东归一家管，路西归一家管。大桂管路东。路西是一个五十岁左右的男人，高个儿，壮实，短头发像被风刮过的雪地。两个看车人的服装也不一样。大桂是红色上衣，上边印着公司的标志。那个男人是蓝色上衣，印着保安的标志，臂上还有标志。他比大桂来得早，见识广，经验也多。一开始，他对大桂说，妹子，北京人邪乎呢！那些"二北京"更邪乎。大桂问，啥叫"二北京"？他轻蔑地哼唧一声，嗐，连这也不懂。电影电视里的二鬼子看过吗？大桂老老实实地回答，看过，就是给日本鬼子当狗腿子，夜里带着鬼子烧咱老百姓房子杀咱老百姓的人。他点点头，"二北京"是我的发明。就是那些跟咱一样给北京人打工，只不过干的事和咱不一样，在咱面前还嘚瑟的那些人。穿着西服，隔肚皮照样看得清小时候吃的山芋疙瘩呢！说着哈哈大笑。大桂乐得眼泪都出来了，扶了一下路边的树才没弯腰。大哥你这也太会损人了。小时候吃的啥还不早消化变成屎尿排到大海里去了。他一本正经地说，我就是看不起他们。又说，大妹子，这些人挣了钱买了车，装着富哥富姐的样子，可交停车费时可着劲儿压价。你千万别让他们给欺负了。大桂似信非信，咋，他们还欺负人？他说，嘿，就这本事大！大桂觉得他人挺好，能主动帮助人，问他：大哥你姓啥？他说姓伍，队伍的伍，单人旁加个一二三四五的五。你就叫我老伍哥吧！有老伍哥罩着你，不会让你吃亏上当。

大桂来的时候是三伏天，北京城里热气腾腾热浪滚滚，仿佛一口蒸馒头的大锅。人站在树底下不动，汗水一个劲地往下流，钻到脖子里黏糊糊的，伸手一抹就一灰泥蛋子。大桂看见老伍的自行车后座上放着一台简易的电风扇，是用电池发电的。他一有空闲就往那儿一站，敞着怀露着胸对着电风扇吹。他身上还背着只铁皮大水壶，不像是买的，像是自制的。他喝水时总是把脖子仰得很高，往喉咙里咽的时候声音特响，咕嘟咕嘟，几米外都能听见。

老伍没少欺负大桂。他第一次坑大桂，是大桂去卫生间，让他帮着看一眼。大桂没敢久留，出来一看，有辆红色轿车走了。她问老伍，老伍哥，你替俺收钱了吗？老伍摇头，那人说给过你钱了。大桂说，他放屁！老伍说，他放屁我没放屁！他那么说了，我怎么敢再收人家二次钱。人家要是投诉，不得把你我的饭碗都给砸了。大桂急了，老伍哥，这也得把饭碗砸了。老板要知道我没收费能饶了我？老伍安慰她说，没事，老板怎么会知道？难道你老板长了千里眼？就算他千里眼，这么多高楼大厦隔着也看不见。

大桂看了下时间，那辆红色小轿车停了两小时。按第一小时十元，第二小时十五元算，二十五元钱。二十五元呀！她一天的伙食费也就二十五元。她在心里咬牙切齿地骂那个司机缺德。

山不转水转。没想到第二天那辆红色轿车又来了，而且来得最早，是第一辆车。老伍那会儿也去了卫生间。大桂这边有空车位，那辆车就停在了她那边。她虽然学历不高，但有一个让小桂从小就佩服得五体投地的本事，就是记数字的能力特别特别强。那个司机是女的，三十五六岁，长得白皙肥胖，很富态，也很精神。她本来一肚子怨气，站在车边等司机下车。那个女的下车后，冲着她笑了笑。那笑很光明，很亲切。她问大桂，昨天我走的时候，想给你打个招呼呢，你怎么没在呀？

大桂开门见山地问：你昨天说我收过你钱了，我没收过。

那个女的一脸惊愕，没有啊！我还问了你去了哪里，给了你那个同事十元钱。他说不要票十元就够了。

大桂一听气得脸发青。可是她没敢骂老伍，怕老伍还会变着法儿欺负她。那个女的看出了其中的奥秘，安慰大桂说，你也别往心里去，以后小心点就是了。我也知道怎么回事了，你要一会儿不在，我等你一会儿。你要是走了，我第二天再给你钱。

大桂听了她的话非常感动，真诚地给她鞠了个躬。她拉过大桂的手，笑着说，以后咱俩天天见面，一个在楼上一个在楼下。你帮我看车，你有什么事也尽管给我说。

大桂的眼圈红了，激动得一时不知说什么好。直到那个女的快进大厦了，她才在背后大声问了一句：大姐，你贵姓？

那个女的回头冲她一笑，我胖，你就叫我胖姐吧！

胖姐那天晚上下班时，给了大桂一袋牛奶，说，别老空着肚子，时间长了伤胃。

大桂向小桂说过胖姐的事，当然也说过老伍欺负她的事。小桂说，要是换我，保证抽那孙子两个大嘴巴，让他把钱一分不少吐出来。

也许是小桂对老伍成见太深，来金融郊路的第一天，就和老伍干了一架。当时，大桂这边车位空出一个，老伍那边也空出一个，一辆黑色奥迪车开过来。老伍赶忙迎上前几步，指挥奥迪车倒进他那个空位。大桂无动于衷，小桂却不干了。×，这不是争生意吗？她上前用身子挡住奥迪车，指着自己这边的空车位，理直气壮地说，你往这个车位上倒车顺。奥迪车上坐着一男一女，男的五十多岁，又黑又瘦，一张长方脸像刀片，他开车。坐在副驾驶座上的女的二十多岁，看年龄像刀片脸的女儿，看长相却完全背道而驰，因为她又白又胖，就像刚出笼的发面饼子。她狠狠地瞪了小桂一眼，摇开车窗破口就骂：干吗干吗，拉客接客呀？不要脸。说着，她硬是把那个男的推下车，自己把车倒进老伍那边的车位。

老伍也过来推小桂，小桂也推他。老伍一手插在挂在胸前的包里，一手和小桂扒拉，两个人推推搡搡，突然听到哐当一声，车碰上了。

在北京这样的地方停车，对司机的技术是严峻考验。像这条马路两边的停车位，前车位和后车位之间往往只有几厘米的空间，技术好的有时一不小心就可能剐蹭到前边或后边的车，技术不好的更不用说了。大桂第一天上班，就差点赔了钱。她不懂方向，看着倒车，左打，左打。谁知开车的是个新手，听她的指挥左打方向，咣当，撞到后边车上。司机下了车就骂大桂，你他妈怎么指挥的？后边车也不答应，要赔五百元。大桂吓坏了，老伍还在旁边说着风凉话。小桂接到大桂电话就赶来了，指着那个人嚷嚷，她让你往左打你就往左打？方向盘在你手里，是听你的还是听她的？

那人说，就赖她，她让我往左打方向，赔钱得她赔。

小桂说，她让你撞死人你也撞呀？

争吵了半天，交警来了。摩托车还没停稳就指着小桂嚷。大桂挺身挡着小桂，说，没她的事，她是来走亲戚的。交警笑了，你把这儿当家了，好，好！接着又讽刺挖苦了大桂几句，但责任确实不属于她，不用她赔钱。不过，从那以后，她就偷偷地向老伍学习指挥别人倒车。她不敢明着让老伍教，怕老伍向她伸手要学费。这孙子啥事都干得出。她这样想老伍。

这回不同了，老伍没指挥，大桂没指挥，小桂也没指挥，发面饼子脸自己倒车撞到后边的车上。可是，她下了车就骂骂咧咧冲着小桂过来了。她手里拎着一只很值钱的包，举起来砸向小桂：一开始是你卖弄风骚，接下来又是你寻衅滋事，这撞车的事故是你惹起的，你得赔车。

小桂第一次用胳膊挡了一下她砸过来的包。第二次干脆抓住包的带子，用劲给夺了下来，扔在地上，狠狠地踩了一脚。包里的东西好像七零八碎了。发面饼子一边跪在地上拾包，一边发了疯似的叫喊，我的手机，我的化妆盒，我的口红，我的……她把包往地上一倒，里边的东西哗啦哗啦全出来了。果然，手机破了，化妆盒破了，口红也破了。她跳起来又去抓小桂，被刀片脸抱住了。算了，算了，别跟这种女人一般见识！你把她卖了也不值你那支口红钱。刀片脸说。接着，他又对老伍说，打电话让车主下来，我赔他，现金！

大桂也把小桂拉开了。大桂说，小桂你别惹事，咱惹不起人家。

小桂累得大声喘气，却对大桂不满。你拉我干吗？你该上去帮我抽那个女人几巴掌。

大桂又说，咱惹不起人家。

小桂说，屁！她惹不起咱。

大桂还没弄明白小桂的话，事实却给了她一个证明。刀片脸不知在发面饼子耳根说了几句什么，发面饼子眼睛瞪得没刚才那么大了，声音没刚才那么高了，脸上的怒气变成了委屈。小桂指她，骂她，她也不还击了。老伍不知是得理不饶人，还是故意讨好发面饼子，嘴里不干不净地骂小桂。小桂当然不让他。他说一句，小桂还一句，大桂劝也劝不住。她把身上的水壶递给小桂，小桂一仰脖子咕嘟咕嘟喝了大半壶。老伍气得在一旁指着大桂骂：你也别装老实人！

大桂没理他。她四下望了望，发现刀片脸和发面饼子都不见了踪影。她心里奇怪：咦，咋就走了呢？

小桂和老伍的吵骂这时也渐渐进入尾声。因为到了下班的时间，来开车的停车的人多了起来。老伍爱钱，小桂也爱钱，都怕对方抢了挣钱的生意。不过，两人隔着马路，不时地你指着我骂一句，我指着你吼一嗓子。大桂跑到这头收停车费，那头的汽车喇叭响了，催着过去收费。要不是小桂帮忙，她还会像过去那样累得气喘吁吁、大汗淋漓。老伍有辆破自行车，两头来回地跑，稀里哗啦地响，还得躲闪着行人，身子一会儿左歪，一会儿右歪，头一会儿前伸到车把上，一会儿低到轮子边。大桂想，还不如俺轻松呢。

3

这天晚上，不知大厦里哪家公司搞什么庆典活动，车来得比较多，有一阵子，大桂小桂和老伍都忙得不可开交。车多了，车位不够，老伍开始指挥着又增加了一排。小桂不干了，这孙子增加了一排临时车位得多挣多少？她对大桂说，走，咱找他说理去。他要是打算独吞，那咱就不客气。

大桂说，不客气又能怎么着？

小桂说，你看我的不就行了！

那天晚上出奇地闷热，没有一丝风，树叶儿仿佛都被蒸干了。大桂朝胖姐的车上洒了点水。小桂嫉妒地说，胖姐这车交点钱值了！接着又说，我过去了，你看着办。

大桂犹豫了一会儿，大概是怕小桂一个人过去吃亏，磨磨蹭蹭地跟了过去。

夏天天长夜短，到了下午七点半，太阳还在西天边悬着，一会儿沉下半张脸，一会儿又露出一张脸。站在阳光里的老伍，仿佛刚从水里爬上来，浑身上下都湿透了，头发上也冒着热气。小桂刚朝他面前一站，他马上明白了她的来意，没好气地说，你俩娘儿们想干啥？刚才你抢的那辆车赔了被撞的车一千二，是我帮着从你俩身上拨拉掉的。要是赖到你俩身上，你俩还不……

小桂针尖对麦芒，毫不客气地说，他想赖也赖不到俺俩身上，你也别在这儿充好人。

老伍白了她一眼，又忙着去指挥停车了。

车多了起来，两边的停车位满了，大桂和小桂都觉得松了口气，可以歇一歇了。老伍却还在那头忙着，没多会儿，小桂发现老伍那边多加了一排车，她问：这排停的车都免费啊？

老伍踌躇片刻，回答：怎么，大妹子想收费啊？

小桂点点头，认真地说，不是我想收费，是咱两家共同收费。

老伍的眼睛一下子睁大了，眉头一皱，咧了咧嘴说，共同收费，凭啥？

小桂的右手在空中画了个圈，然后指着马路，义正词严地说，这条路上的停车位可是两家收费……

什么两家？老伍激动地跳起来。我占的是我这边，没占你们那边。凭什么钱要两家分？说着，他走到马路中间，故意叉开腿，好让小桂看明白两边的距离。

小桂的左手又在空中画了个圈，然后又指着马路，理直气壮地说，大哥你睁大眼睛看看，我这边要是再停一排车，所有的车都不能挪窝了。我是学雷锋树新风让你，你不能吃独食吧？

不用小桂说，老伍也明白这个理。这条马路平时也就是四车道，两边的停车位各占了一条道，来往车辆会车时，在他指挥下都得小心翼翼，勉强才能通过。他现在增加了一排停车位，毫无疑问增加了拥挤和风险。不过，他一分钱也不想让眼前这俩女人分了去，所以哼了一声，故意装作不想争吵的样子，又装着去卫生间，转身进了大厦。凭他的经验，庆典类的晚会怎么也得两小时才能结束。

大桂茫然了，拉了小桂一把，问：咋办？咋办？

小桂冷冷一笑，胸有成竹地说，不要你管。

话刚落音，一辆小轿车从南向北开了过来。司机打开窗户，问：大姐，出去可以左转吗？

小桂见车是从老伍的车位开出来的，假装没听见。大桂忙说，不管，不管！

司机说了声谢谢，接着慢慢开走了。到了路口，打了左转向灯向左转了。没有两分钟又倒回来，打开车窗，冲着大桂小桂吼道：你怎么指挥的？不管不管，我差点让拍照罚钱了。

大桂说，我就说的不管。

司机说，你还说不管？你傻×呀？这明明标着禁左。

大桂说，我知道禁左才对你说不管，我没说管。

司机火了。你说不管，我才左转的。你现在又狡辩。

大桂委屈地看了一眼小桂。小桂一直在笑。也许见大桂真急了，她才对司机说，她刚才说的不管，就是不行。你听不懂人话还反过来怪别人。

司机也笑了，妈的，我以为说交警不管，没人管呢！

那个司机走后，小桂对大桂说，大桂你得学普通话，哪怕学会平常用的几句也成。

大桂说，算了，不学了，刚学个半拉不熟，一回家又都忘九霄云外了。你姐夫说我，那熊腔……她突然想起下午刀片脸和发面饼子，问小桂，你说那个女的那么凶，男的咋软皮蛋？

小桂说，这你还看不出来？男的是个在官场混的主，女的是他的小情人。小情人仗着当官的男人耍威风，当官的可不想惹是生非找麻烦。她怕大桂不明白，又说，真闹起来，人一围上来，有谁给拍个照片发到网上，当官的还不立马被查？

噢，原来这样子！大桂恍然大悟，你怎么看出他俩的这层关系？

小桂笑笑没有回答，用眼神示意了一下大厦门口。大桂一看，老伍从里边出来了。他离几米远就跟大桂小桂打招呼，妹子，快点进去看看，里边八层正演节目，有好多大明星！

大桂激动不已。明星？都啥明星？

小桂拉了她一把，问老伍：不要票？

老伍摇头，不要不要。人家这是内部联欢，单位拿钱请的明星。不卖票！

谁都让进去看？小桂又问。

老伍点头，那是那是……说完，惊奇地看了一眼小桂，又说，那可不是。大堂值班的服务员是我老乡，他带我上去看了一眼。

大桂问：你能让那个老乡带我俩也上去看一眼吗？

老伍说，那可不行。我小老乡可讲原则呢！看着大桂有些失望，老伍思索了一会儿，压低声音说，这样吧，一会儿快散场时，你俩到大厦的地下车库去。明星的车都停在那儿，他们从那儿下车，也从那儿上车。在那儿保准能见到他们。

大桂高兴了，问：大哥，明星能给俺照相吗？

老伍爽快地回答：能！他见小桂不说话，拿警惕的眼神看着他，又补充说，不过，你得、你得那个……

大桂急了，哪个呀？要钱我可没有。

老伍嘿嘿一笑，我说的那个是说你脸皮要厚，上去拉着明星就照相。你就说，哎呀，我可是你的粉丝，夜夜做梦都梦见你。

大桂恼火地说，滚！这种话俺可说不出口。

小桂这时抱怨大桂说，这有啥不好意思？不就梦中情人嘛，又不是真和他上床。过会儿不用你说，让大哥说。

老伍一愣，妹子，你这话啥意思？

小桂说，没啥意思。大哥一会儿我在这儿看着，你们俩到地下车库去跟明星合影照相。她说不出口的话你帮她说。

老伍傻了眼。眼前这个女子不能小看，真斗心眼儿，自己不一定是她的对手。他眯着眼悄悄地看着小桂，心里盘算着如何支开她。支开了她，那个和她一起比她大几岁的女子就好对付多了。可是，怎么才能支开她呢？

小桂仿佛看透了老伍的心思，铺了张旧报纸和大桂席地而坐，抬头望着天空，对大桂说，看看北京这天哪还有天的样子，不像在咱老家，到了晚上抬头看见的不是月亮就是星星。

大桂说，咱老家现在是不是也这个样子，天还能有两样？

小桂说，嘿，当然有两样。又问：大桂你觉得胸闷吗？

大桂说，也说不上闷，好像有点堵得慌。

小桂说，那就有人给你添堵了。

老伍明明听出小桂是含沙射影说他，又不便发作，干脆背过身子，自娱自乐地哼起歌来。他哼的是到北京后学会的歌儿：北京的城……这也是他到北京以后摸索出来的生活小窍门，抑或说是一种自我排遣办法。不过，哼着歌儿的同时，他插在包里的手也紧张而快乐地动起来，用大拇指食指和中指数起票子。一张一百，两张一百，一张二十，两张二十，三张二十，一张十元，两张十元，三张四张五张……这也是他练出来的功夫。不用把钱拿出来，就这样也能点得一分不差。点完，他心里有点儿沾沾自喜。包里的钱，除了交老板的那份，还得剩下一百多。晚上大厦那家搞庆典的公司又来了许多客人，停在他这边的车，再加上他临时加的一排，有五十多辆，就算一半要票，一半不要票的每车只给二十元，也得六七百元。我的个娘哎，这一天加半个夜晚收入就近千了……人一高兴容易忘形。得意忘形的老伍竟然扯开嗓子唱起："北京的城……"

叭叭叭叭……小桂给老伍鼓掌了。大桂一看，也跟着鼓掌，还喊了一句：唱得好！大哥你要是上星光大道，不拿倒数第一，也得倒数第三！

老伍乐得嘿嘿笑。看车的一男二女的距离仿佛一下子拉近了。

小桂的手机响了，她走到一边去接电话。老伍趁这个工夫对大桂说，妹子，你姐怀上了吧？

大桂说，啥我姐，是我妹。

其实，老伍是故意那样说的。他说，可比你显老多了，额头上的皱纹比你多，比你深。哪像你这么水灵。

女人都喜欢别人夸自己，尤其喜欢男人夸自己。老伍这小小一个伎俩，让大桂心花怒放，对他的怨气好像散到九霄云外。她从地上爬起来，拍拍屁股上的土，朝老伍身边靠近了几步，歉意地说，大哥咱在一条马路上干事，就跟自家差不多。虽说少不了磕磕碰碰，那都不叫事。你说对吗？

老伍忙点头，是呀是呀！这牙齿和嘴唇那么亲近，有时不小心也会咬破。大哥不计较，不计较。我早看出妹子你心眼好，人实在……他想多夸大桂几句，可一时想不到词儿。夸人也是一门学问，要夸得恰到好处，才不会引起对方的误解。他琢磨小桂的电话也差不多了，直奔主题对大桂说，你妹子不能老是待在这种天气里，对孩子影响可不好。大概是怕大桂识破他的意图，又说，你一个人在这儿足够了，让你妹子早点回家休息吧。挺个大肚子多不方便。

大桂没听出老伍的话不怀好意，就点点头。她心里想，这个五大三粗的男人心倒挺细。接下来她就琢磨着怎么给小桂说，才不至于让小桂有意见。

其实，小桂恰好接的是家里的电话。她老公又喝多了，让她快点回去。小桂在外边像个女汉子，在老公面前却像只温顺的小绵羊。不过，她对大桂一个人留下不放心，犹豫了好大会儿，低声对大桂说，我走后你得留心那孙子。

大桂说，嘻，他还能吃了我？

小桂说，吃了你他没那么大的胃口，坑你倒是很有可能。反正你就记住一点，他加的这一排车，你能收费就收费，别让他孙子独吞了。

大桂说，那我也不能跟他打架呀！

小桂说，谁让你跟人打架了。他在这头收，你就在那头收。他又没长三头六臂两边够着。她翻身上了自行车，又想起了什么，手扶着自行车，两腿成八字叉开，扭头又对大桂说，那孙子狠，这一晚上每辆车怎么也得收人家三五十元。你别学他，不要票就二十元，十元也行。

大桂推了她的车后座一下，说，走吧你！

小桂又对老伍喊道，大哥，听你唱歌，我想起一个故事，等下回来讲给你听。你听了保准高兴。

4

说是有一个农户，家中养的一头驴丢了。这头驴对农户太重要了。种地，驴拉犁；磨面，驴拉磨；有时上街赶集，驴还让主人骑着。所以，那个农户着急呀！小桂有声有色地讲着，老伍听得很认真。

小桂突然不讲了，转了话题：大哥，昨天晚上你收到短信了吗？

老伍一愣，什么短信？

小桂一本正经地说，是一条彩信。

老伍摇头，晃了晃手机，叹息一声，说，唉，我这破手机，是我儿子用了几年退休了给我的，哪能收彩信？

小桂长长地吁了口气，说，怪不得。那人把给你的彩信发到我手机上了，让我转给你。

老伍的脸色一下子变了，仿佛阴云密布。昨晚大厦活动结束时，要走的车太多，他忙了东头忙西头，忙得一身大汗。开始，大桂在另一头收费，他还气急败坏地骂大桂，最后连骂的空也没有了。好在大桂手脚慢，心里又没底气，只收了七八辆车的钱。再后来胖姐出来了。胖姐的车与前后车的距离太近，大桂主动上前帮她看着倒车，一来二去耽误了一会儿。老伍心里既骂大桂傻，又觉得大桂不和自己抢着收钱对自己有利。有一辆车等得不耐烦，趁老伍没注意，旁边又有了空间，开了就走。他追了十几步没追上，气愤地把手中空了的矿泉水瓶子扔到车上。司机回头骂了他一句，孙子，等着爷收拾你！小桂刚才说把给他的短信转到她手机上，他以为是那个司机给他发的彩信。想想又不对，那个司机不知道我的手机电话，怎么给我发短信呢？再说，他不交费跑了，理亏的在他呀？一只空了的矿泉水瓶子还能把车砸个坑不成？老伍忍不住了，催小桂快告诉实情。小桂却不慌不忙，打开手机认真地看着，读出了声：我的驴终于找到了，我听见了驴叫，在停车场！哈哈哈哈……

大桂也跟着哈哈笑。

老伍拍拍屁股走到一边去了。他让小桂编着故事骂了一回，心里十分不痛快，脸耷拉着，看也不看大桂小桂，心里想：小娘儿们，看爷爷怎么收拾你俩。

大桂看出老伍生气了，先止住笑，拉了一下小桂的胳膊，朝老伍努努嘴。小桂把她的手拨拉开，低声说，我看见了。我这不是帮你出气嘛，我还没说驴的爹找来呢！大桂说，得了得了，你没看出来他有点忤你。小桂这才得意地摇摇头。她拉着大桂来回走了一趟，指着一辆辆不同的车给大桂介绍：叫什么牌子，国产还是进口，价值多少。介绍到一辆红色保时捷，刚报出价格，大桂哇地叫了起来，我的个妈，花那么多钱买这么个家伙？她蹲下弯腰看，绕着车转圈儿看，好像不信小桂的话。突然，她看见车的副驾驶座位上放着一只包，又叫出了声，小桂，你看你看，这不是那天那个发面饼子脸砸你用的包吗？

小桂看也没看，哼了一声，大惊小怪！我早看见那个女人了，就她把车停这儿的。

大桂看了小桂一眼。小桂说，我让你找找，看你能不能找到那个刀片脸的车。

大桂疑惑地看了小桂一眼，果真找起来，在距保时捷十几米远的地方看见了那辆奥迪车。不过那辆车停的是老伍那一侧，不是有心观察，怎么也不会把那辆黑色奥迪和那辆红色保时捷联系在一起。即使有心观察，也不至于把那两辆车两个人联系在一起。她回头看了小桂一眼，小桂正抿着嘴朝她笑。她叹息地说，两个人开两辆车多浪费呀！小桂说，这就不懂了吧？大桂打断她的话说，不想懂人家的事。我就想懂你咋能发现，我咋没发现，那边老伍也没发现。小桂你好像挺关心人家。小桂阴阳怪气地说，我才不关心他们呢，又不是我的儿女。我关心的是钱！大桂不解。小桂也不解释，只说了句：你等着收钱吧。

在北京城，像金融街郊路这样的马路停车场太多，几乎每条马路都成了变相停车场。金融街相对还是好的，毕竟每座大厦下边都建有地下停车场，有的地下一地下二地下三全都是停车场。就像老百姓说的那样，规划赶不上变化，当年的设计者可能压根儿也想不到几年、十几年后会增加那么多的车辆。车多了，停车的地方不够了，马路停车场也就应运而生。大桂小桂老伍这样的农民工也就有了份职业。这几天，小桂没少了给大桂传授知识。她说，大桂你注意，干一行得讲一行。你现在在马路停车场收费，就得弄懂马路停车场的情况。人家地下停车场就没有像咱这样收费的。人家那里用的是高科技。车进来了，自动把你的车号、进入时间扫描进电脑，一抬杆，放行，进去了。等你车出来时，电脑早把你的停车费计算好了。你交了费，一抬杆，放行，走了。但是那里不好，对咱来说不好。一天停了多少辆车，收了多少钱，都在电脑里，想瞒根本就瞒不成。电脑，电脑，电指挥的脑子，比人脑子精明多了。

大桂不服气地说，我的脑子好使着呢。她说这话时有点儿扬扬得意。她每回去超市买东西，零零碎碎一袋子，收款员在那儿用像手枪一样的扫描器一件件地扫。还没等扫完，她就把价报出来了，还对收款员说，保准不会差一分一厘。果然，收款员用电脑算出来的和她报的一模一样。

小桂的确比大桂有心。她发现马路停车场有三种人或者说三种车。一种是上班的，一停就是一天；一种是来办事的，短的十几分钟，长的一两个小时；还有一种过夜车，就是住附近的，因为小区里停不下了，下班后把车停路边，第二天早上上班再开走。停车的各类人心态也各异。在大厦和附近楼里上班的人，大多数不和收费人员计较，可能是公司给报销，或者收入比较高。但是也有一些人计较，最常见的是停了一天，临走时给收费人员二十、三十元钱。得，就这点零钱。反正我明天还停你这儿。老客户照顾点。大桂为此和一些人闹过吵过。最规矩的是来办事的，计时收费，该给多少给多少。最难对付的是过夜车。自从北京实行尾号限行后，那些下班后停在路边的过夜车中，有相当一部分因为限行第二天又停一天一夜。而对这些人，如果以小时计收停车费，他们肯定不干。矛盾就这样产生了。老伍处理的办法，大桂小桂不知道，因为老伍不会告诉她俩，好像是十分重大的商业机密。大桂头痛。比大桂有心眼儿的小桂也头痛。大桂的意思是，人家就住这儿，车不停这儿往哪儿停？只要给点钱，就算了吧！小桂不同意。小桂说，这是收费停车场，不是他们谁家的过夜停车场。不愿交费就别停。不然，咱们喝西北风啊？咱得想个法子……

大桂指了指十号停车位。这家，就是这家，从来一分钱不交，还挺横。那天差点儿打我。

小桂一下子跳起来，嘴里嚷嚷着，凭什么？我今天就让他交钱。

中午吃饭时，小桂给大桂说回家一趟。两小时后她骑着电动自行车回来了，后面驮了条旧被子。一见大桂，她嘻嘻笑。大桂问她想做啥？她也不正面回答，只是对大桂说，眼放亮点，别让对面那人抢了生意。说完，直奔那辆保时捷停的车位。车位上的保时捷已经不见了，代替的是另外一辆车。大桂没等小桂问就主动告诉她说，开走了。那女的就是发面饼子，给了我五十元，要了发票。小桂见停在老伍那边的黑奥迪也不见了，若有所思地自言自语：行，等下次。

京城里的蚊子比乡下的蚊子凝聚力强，战斗力更强。太阳刚落山，马路上的蚊子就密密麻麻地结成了一层一层，仿佛一个个集团军。一层围着人的头上脸上，一层围着人的手上腰上，一层围着人的腿上脚上。不管人注意不注意，防备不防备，蚊子咬你一点没商量、不客气。大桂觉得脸上被咬了一口，刚想抬手去拍打，脖子上却又被咬了一口，露在外边的脚脖子也疼了一下。她气急败坏，龇牙咧嘴地骂，这北京真有钱，养的蚊子多不说，还比咱乡下蚊子个子大，牙齿硬，咬一口快赶上咱乡下的狗咬得厉害了！小桂说，你得了吧，这北京的蚊子也咱外来人养。北京人关在有空调的屋子里，蚊子飞不进去。大桂翻了翻眼皮，似信非信地说，蚊子那么小的东西，眼睛也有水呀？

天黑下来了，大多数上班的车子走了，过夜的车也陆续回来。小桂见来往的车子少了些，不太忙了，就安排大桂去买两桶方便面，还叮嘱一句，要辣的！

大桂买了方便面回来，四下看不见小桂。她问老伍，大哥你见俺家妹子了吗？

老伍正坐在车后座上抽烟，抬了抬腿，用脚尖指着十号停车位。大桂走过去，借着大厦灯光，低头一看，惊得张大了嘴巴。原来小桂卷着那床旧被子躺在车位上，嘴里还哼哼唧唧说着什么。大桂一屁股坐在她身边，伸手摸着她的额头。小桂，你咋啦？要紧不？要去医院找大夫瞧瞧？小桂转头看了大桂一眼，接着头朝前一探，腰跟着往前一伸，上半个身子坐了起来：嘻，你嚷嚷啥呢？就我这身子能有病吗？大桂不高兴了。你吓死我了！说着，眼泪就流了下来。小桂接过一桶方便面，撕开包装，倒了半瓶矿泉水泡上，还没过两分钟就往嘴里扒。大桂说，还没泡开。你用矿泉水不行。小桂也不理她，把剩下的半碗方便面朝旁边一放，严肃地对大桂说，大桂，一会儿你得好好配合我。我说快死了，朝那人车上爬。你就说大哥行行好，把我可怜的妹妹送医院吧！孩子要生你车上不吉利。

大桂这才明白小桂的用意，不情愿地嘟哝着，这不是讹人吗？

小桂突然叫了一声，我的个妈哟！接着用被子把自己裹了个严严实实，连头也包上了。大桂这才感觉自己额头上、耳根边等几处都被蚊子咬了。

戏剧性的一幕在晚上九点发生的。随着一束灯光缓缓地由远及近，夜间停在十号车位的那辆车开了过来。大桂吓得躲在几米外不敢靠近，喘气都有点紧张了。

车主正想把车倒进停车位，发现地上躺了个人。他一下车就大声呵斥，干吗呢干吗呢？

小桂翻了个身子，嘴里哼唧哼唧。

大桂没敢说话。

车主看见了大桂，指着大桂骂道：你在这儿看车看了那么长时间，不知道这是停车场，不是停尸场吗？

大桂心怦怦跳。她看了一眼老伍。虽然看不清他的表情，但从他晃荡腿的姿态猜得到他正等待看笑话。她犹豫了一下，想过去把小桂拉起来，听见小桂呻吟声变成哭泣声了。那个男人蹲下了，用手拨了拨小桂，哎哎，你怎么了？

小桂叫着，姐、姐……我不行了，赶快送我去医院。

那个男人看了大桂一眼，问：她叫你吗？

大桂点点头。

那个男人说，那你还不把她送医院？

大桂吞吞吐吐地说，我、我……

小桂突然翻了个身，一边痛苦地呻吟，一边往车边爬，眼看要抓到车门把手了，那个男人上前挡住了她。干什么，干什么？你这是干什么？滚，离我车远点！说着，他抬了抬脚，好像要把小桂踢开。小桂好像看出他不敢下毒手，摆出一副舍生忘死的样子，奋不顾身地向车上爬。她还故意转过身子，把大肚子对着那个男人。大桂急了，上前拉住那个男人的胳膊，哀求地说，大哥你行行好，把我妹妹送医院去吧！

那个男人狠狠地甩了下胳膊，把大桂摔倒在地上。大桂顾不得疼痛，喊道：在你车上生孩子对大哥你不吉利！

那个男人愣了一会儿，打开车门取出包，麻利地从包里掏出两张百元人民币，朝大桂手里一塞，气急败坏地说，你、你赶快把她给我弄走。你们自己打的去医院。

小桂还在呻吟：行行好，大哥行行好，救救我！

大桂忙去拉小桂。小桂身子重，她拉了几下没拉动。无奈之下，她喊老伍：伍大哥，快来帮帮忙！

老伍犹豫片刻，把烟头扔在地上，踏上右脚狠狠地摁灭，这才摇摇晃晃走过来。他推开大桂，上前去抱小桂。不知是故意还是无意，右手碰了一下小桂的乳房。小桂心里骂了他一句流氓，但还是让他把自己架起来，一直架到路口，打上了一辆出租车。她转过脸看了一眼老伍，老伍脸上的笑容有些奸诈。大桂则远远看着那个男人，他刚把车停好，看上去情绪有点低落，不像过去那样趾高气扬。

出租司机问：去哪儿？

大桂不知怎么回答，看了看小桂。小桂不想回答，对她挤巴几下眼皮。

出租司机不耐烦，又问了一句：去哪儿？你俩是一对哑巴？

大桂用力握了下小桂的手，示意她回答出租司机的问题。小桂反过来更用劲地握了下她的手，握得咯吱响了一声，疼得她咧咧嘴。

出租司机不耐烦了，把车停在路边，抱怨地说，这活儿我不能拉，你们另打车吧。

小桂说，我们就到这儿。说着，她从大桂手里抽出一张百元人民币递给司机：找钱！

大桂不知小桂心里怎么想的，一脸茫然，还有点不满：就这几步地花了十元钱，何必呢？

小桂猜得透大桂的心思。出租车走后，她一下子搂着大桂，嘿嘿笑着说，我的个姐哎，我这个小小的点子就挣了一百九十元，你服吗？

大桂推开了她，说，你弄我一身汗！

其实，她俩没走多远，还在老伍的视线里。老伍扯着嗓子喊：我配合得还行吧？你俩咋着也得给我老人家买盒烟吧！

5

那件事后，老伍不知为什么和小桂的关系一下子升温了。在大桂眼里还不是一般温度，而是火热。小桂原来中午只带她和大桂两人的饭，现在虽然还是只带她两人的饭，却比过去多了点东西。一开始是多了几瓣蒜。她对大桂说，你给那个臭男人送去。大桂惊奇地问：你巴结他？小桂摇头，呸，谁巴结他那样的？我忘了这几天胃不好，不能吃这东西，你打小也不吃。反正带来了扔了也不好。喂狗，狗也会摇头……大桂信以为真，颠颠地给老伍送了过去。老伍一只手接过，另一只手高高举起向小桂表示谢意。第二天中午，小桂带了半瓶豆瓣酱，给大桂和自己的饼子里各夹了些，快要见瓶子底了。她塞到大桂手里，向老伍那边努努嘴，给他吧。大桂不高兴了，要给你给。小桂挺着大肚子晃悠晃悠过去了。她过去后和老伍说了大半天话。大桂看见那两个人站得很近，她心里酸溜溜的，但不相信小桂会真对老伍好。在她看来，小桂琢磨老伍的事呢。哼，你也别自作聪明，老伍不是傻瓜蛋。他才不会让你几瓣大蒜就哄着把便宜让给咱。

这天下午，老伍和小桂一有空闲就朝一起凑，凑到一起就嘀嘀咕咕，好像在商量什么大事。大桂还发现，小桂几次从这头走到那头，仔细地在两边的车辆中寻找什么东西，偶尔用手机对着车辆照相。老伍则不时盯着进来的车辆，仿佛在等待什么。过了一会儿，小桂让老伍倚在一辆红色轿车旁，给老伍照相。大桂觉得小桂和老伍商量好了什么事情。她不想管，也不想问。小桂却不等她问，拿着手机让她看她拍的照片。大桂，你看看老伍是不是挺帅的？要是他穿上西服打上领带，别人保准也把他当老板或者领导。

大桂扫了小桂的手机一眼，嘲笑地说，你不是说他额头上都是土坷垃，整个脸像庄稼地吗？

小桂用胳膊肘儿捣了大桂一下，说，我的好姐姐，咱不能老是和他结仇。咱得利用他帮咱干点事。

大桂不满，嘻，就他那抠货，帮你？她把手在小桂的额头上放了一会儿，讥讽地说，小桂你没发烧吧，怎么就说胡话呢？

小桂有点不高兴，挺着大肚子，迈着八字步，晃悠晃悠走了。大桂觉得她又去找老伍，不过这回她猜错了。小桂不是去找老伍，而是消失在大厦的后边。五分钟过去了，小桂没回来；十分钟过去了，小桂没回来；半小时过去了，小桂还是没回来。大桂这下子急了。小桂不会是出什么事了吧？毕竟她挺着个大肚子做甚都不方便。再说，她又是个急性子，三句话不投机就跟人饿饿、嚷嚷，甚至动手动脚。小姑娘时是这个脾气，大姑娘时还是这个脾气，快成孩子妈了仍然是这个脾气。不定哪会儿就吃亏。大桂心里急了，想去找小桂。偏偏这个时候到了下班的时候，停车的人走的多，收费也忙起来，两头来回跑，她一时手忙脚乱走不开了。

人有心事尤其是心事重的时候，做事就容易分神走神。一会儿的工夫，大桂因为找错钱受到两个停车人的斥责，有个女的还冲她挥了拳头，要不是老伍在路那边吼了一嗓门为她助威，说不定拳头就落她身上了。不过，她不感激老伍，她认定小桂不回来与老伍有关，老伍在挑拨她和小桂姐妹俩的关系。

小桂在大桂忙得差不多的时候才回来。大桂本来不想搭理她，看她满头大汗，衣领子和前襟都湿透了，心里又疼她，把茶杯递给她，看着她仰着脖子咕嘟咕嘟喝了个底朝天，忍不住问道，跑哪儿疯去了你，发财了吧？

小桂抹了下嘴巴，挨着大桂坐下，偷偷朝老伍那边看了一眼，侧过身子，拉开身上的书包链子，大桂，你看看我是不是发财了？

大桂低头看了一眼，屁股上像被针扎了一下，激动地跳起来。小桂，你、你这是……

小桂赶忙站起来，拉了大桂一把，悄悄地说，你喊什么，想给老伍那孙子通风报信啊？

大桂哼了一声，咱俩还不知谁跟他走得近呢！

小桂知道大桂误解她了，耐心对她说，你咋这么糊涂蛋呢？他是啥？狗屁不是。我会跟他近？咱是亲姐妹。你不会以为我这钱也是老伍分给我的吧？

大桂没说话。她把凳子放好，让小桂坐下，自己席地而坐。坐下后又感觉有问题，因为小桂面对老伍。虽然天已黑了，但路灯很亮，加上大厦辐射过来的灯光，虽然赶不上白天亮堂，却也遮挡不住隐秘。于是，她爬起来，站到小桂对面，用自己的身子挡住老伍的视线。小桂嘿嘿笑了，大桂，你也别把那个老伍看得太聪明。给你说吧，他跪三天三夜求我收他当徒弟，我都不会答应他。

小桂重又打开书包让大桂看。大桂这回虽然还是吓得心跳，但没有刚才那样激动了。她问：小桂，你这半天干啥去了？怎么回来弄了半书包票子？

小桂没正面回答，反问道：你看这票子都是十元二十元一张，还有五元一元二元的，眼熟吧？给你说实话吧，我又找了条路，咱们发财的路。

嘻！大桂不信，咱有什么发财路？

小桂向老伍那边看了一眼，见老伍在和一个小轿车司机争执，并没有注意她和大桂，才对大桂说，我还是从老伍那里偷来的信息。我这两天跟他套近乎，就是想……

你想报复他？大桂问。

小桂说，那天老伍无意中说他家老板正在跑关系，想把东边一条路的停车收费权拿过来。我本来想今天先过去看一眼。到那儿才发现，那条路两边停了很多车，但是没有人收费。我刚站下，有个司机就交钱给我……

大桂不信，嘻，那人也太傻了吧？

小桂说，是呀，我今天才发现北京人不那么聪明。他们看我穿这身衣服就信，没人向我要什么证明。本来，我想再收一个两个就走，没想到竟然走不开了。

大桂惊诧，你、你这叫无证经营，不怕进监狱？

小桂说，怕，我怎么不怕？可是，那些司机没有人怀疑我。的的确确有不交费就走的，那也不是因为不信任我，而是想要赖。我也装看不见，少收十元二十元算个屁！我一辆车就收十元，最多二十，有的司机见我收费少，还说谢谢大姐！

大桂不相信小桂的话。在她看来没有小桂说的那么好的事，哼，天上还会掉馅饼啊？不过，小桂书包里的钱的确像她平常收的十元二十元一张那样零零碎碎。小桂平时气盛，但从不吹牛皮说大话，更不喜欢说谎话。她想了好大会儿，才小心地问：那边，那边没有老板吗？

小桂忽然站了起来，贴着大桂耳边说，你猜我看见谁了？那个刀片脸和发面饼子脸。

大桂愣了一下。

小桂说，我后来明白了，他们把车停在那边，从大厦左边绕过去，到他们约会住的地方也就多走三四百米。

大桂盯着小桂看了一会儿，揉揉眼睛又看了一会儿。她的目光里有质疑，有惊奇，还有责备。小桂不高兴了，大桂你啥意思？

大桂反问：你怎么知道他俩约会？你看见了？

小桂说，嘻，蚊子从我眼前飞过，我都辨得出公母。谁像你……

夏日的晚上并非没有风，有时风还很强。不过，那风毕竟是从一天的烈焰中穿过，掠过人的脸颊就像涂了一层辣油，和汗水混在一起，再流到脖子里和身上，就会感到烦躁不安。小桂边说边脱衣服，上半身最后就剩下乳罩。大桂看了心里很不舒服，说，你真看见他俩约会了？还是老伍给你装错了火药？

小桂不耐烦地回答：老伍就一堆垃圾，我能听他的？

大桂又问：你咋知道他俩有约会的地方？

小桂瞪了大桂一眼，很有把握地说，百分之百！你以为这些人约会像在乡下那些男女，往庄稼地里一钻，天当床地当铺就干，干完提起裤子就走？

大桂让小桂几句话说得哑口无言，吭吭哧哧一会儿没说出话。但是她的兴趣也同时被小桂激发起来，心想：这北京人偷情是啥样子？她的眼睛流露出的惊奇之光被精明的小桂捕捉到了。小桂心里得意地笑，想再逗大桂一会儿，看看时间不早了，又变了主意，对大桂说，大桂你明天去那边收费吧，我在这边。那边没有姓伍的，你不用怕有人跟你抢生意。

大桂说，我不去！我怕……说这话时，她心里果然吓得怦怦跳，像揣了只受了惊吓的野兔子。没名没分，没有政府的许可，没有老板的话，自己怎么能想收费就收费，那不是犯法？

小桂知道大桂心虚害怕，也不勉强她，说，那咱俩各干各的。

6

这几天咋没见你家妹子，不会是生了吧？老伍眼睛四下张望着，右手习惯性地插在挂在脖子上的军用书包里。大桂最佩服老伍数钱的能耐。收费找零是最常发生的事情。大桂小桂都是从包里抓出一把票子一张张地数，有时数会儿还得挨脾气躁的司机骂。人家老伍收了张一百的大票，如果需要找八十元，他左手往包里装那张百元大票，右手就从包里掏出八十元。小桂第一次看见他这么麻利找钱时，惊得目瞪口呆。靠，钱和他混得这么熟啊！

大桂见老伍嬉皮笑脸，有点不正经，但不像那种不怀好意，也和他开玩笑，说，人是我家妹子，可和你走得近。怎么着老伍哥，想吃我妹子带的大蒜了？

老伍挠着头皮，嘿嘿笑了几声，头朝前伸，眼往下看，目光像探照灯在大桂胸前扫荡。大桂赶忙提了提衣领子，往后退了一步，心里骂，这孙子眼睛长得真不是地方！

老伍一本正经地说，妹子，你那妹子人太精了。人说猴精猴精，她比猴子还精。给你说真心话吧，我是怕她太精了，反而会做蠢事，想给她提个醒。

大桂警觉起来，什么蠢事？

老伍示意一下自己装钱的书包，说，想歪点子挣钱。

大桂说，谁不想挣钱？你起早贪黑不是为了挣钱啊？说完这话，她就去收费了。一边收费一边琢磨着老伍的话，猜测着老伍话中的意思。猜着猜着，她心里掠过一阵冷风，禁不住打了个寒战。难道是小桂在另一条路上收费的事让老伍发现了？毕竟小桂的信息是从老伍那儿知道的。老伍会怎样做？举报小桂？那小桂还不得吃亏。威胁小桂，让小桂与他合作，给他分钱？凭她对老伍的了解，第二种可能性大。但是，再想想，小桂做事严谨，不会那么容易让老伍发现。

大桂决定空下点时间就去找小桂，把老伍的话和她琢磨的老伍的心思说给小桂，让小桂早有点准备。

小桂听了大桂的话，不慌不忙地说，我正打算找他呢。

你要告诉他事实？大桂不解，问，你心虚，怕他？

小桂低头想了想，神情有点儿慌乱。不告诉他不行。咱姐儿俩在北京又不认识其他人，只能找他合作。她见大桂目光充满疑惑，情绪也带着反感，就拉了拉大桂的手，耐心地对她说，一来呢，像你担心的，咱没有手续，也就是没有收费证，心里七上八下，需要有个人到了关键时候帮咱一下；二来呢……她轻轻拍了拍隆起的肚子，我也不能干多长时间，这孩子猴急猴急地想出来看看北京城。到那时你忙不了这边，那边咱不就丢了吗？丢的是钱啊我的姐。

大桂一时接受不了小桂的意见。她问：你是想等你生孩子的时候，我来这边，那边让给老伍？姓伍的能像你想的那样和咱合作？他不都吞下才怪呢！

他不怕噎着？小桂冷冷一笑。

大桂说，哼，他恨不得把整个北京都嚼巴嚼巴咽肚子里。

小桂说，所以呀，人不能太贪。大桂，我早就明白了一个道理，人要想挣钱，就得心平气和。比如这条马路上突然撒了一地的钱，你一个人能全捡到自己腰包里吗？一阵风来吹跑了，一场雨下来淋湿了，万一后边来辆汽车，眼看撞到你身上旁边都没人招呼你一声，为啥？因为你太贪心，不让别人捡。

大桂看着小桂，好像没听懂。她心里确实在想：怎么会一下子撒一路钱呢？那得多少啊？

姐儿俩坐在一座大厦封闭的门前台阶上说话。北京的很多高楼大厦四周有多个门，常开的一般就进入大厅的正门。她俩坐的地方没人经过，小桂的肚子大了，坐在有高低层次的台阶上舒服。这会儿，她挪着身子想站起来，大桂忙着扶了她一把，嗔怪她：你就好好坐着说话呗，起来干啥？

小桂指着刚才垫在屁股下边的杂志让大桂看。封面上是一个她们都知道的跌了大跟头的大官的照片。小桂说，你看看，这样的大官怎么也栽了？就是太贪心，听说家里放的钱拉了几卡车！

大桂叹息一声，说，就是，弄那么多钱干啥哟！

小桂好像早已胸有成竹，又好像害怕大桂啰唆，断然说，反正就这么定了。你先回去，我这边忙完就过去找老伍。

大桂知道小桂的脾气，她定的事别人很难改变。再说，她也不想和小桂掺和，所以无精打采地走了。不过，她心里非常不舒服，总觉得亏欠小桂点什么。

北京金融街的楼高，窗户也大，而且多是玻璃，到了晚上，在灯光的映照下流光溢彩。抬头望去，能够看到的人几乎都在电脑前忙碌着。大桂有时就想，这些人平常西服革履，个个扬眉吐气的样子，其实很累，挣钱不容易。有时候，那些和她与小桂年龄相仿、脚步匆忙走出大厦、心急火燎地开门上车的女人，一看就是忙着回家。她心里就有点儿怜悯：该不是家里有等着吃奶的孩子吧？看看，看看，上一天班，再开半天车回到家，再忙家务忙孩子……这也是她有时不愿和那些人为了几元钱争执甚至吵骂的原因。小桂为此骂过她，你可怜她们，她们可怜你吗？你少收她一元两元零钱，说不定她心里还骂你傻呢！大桂平淡地回答，人，不都像你说的那样。

大桂回到"郊路"，老伍正坐在地上吃饭。大桂从他身边经过，他喊住了大桂，指着一个彩条包对她说，十九楼的那个胖姐来找过你。你不在，她留下这个包，说里边是几件她孩子穿过的衣服，用过的玩具，说是送给你孩子的。

大桂一听，心头一酸，眼泪差点儿掉下来。她背起包，对老伍说了声谢谢，转过身时眼泪就落了下来。她在心里又说了一遍，小桂，人，不都像你说的那样！

老伍又喊大桂。他这时已经吃饱了饭，用牙签剔着牙，喝矿泉水漱口，嘴里发出咕嘟咕嘟的声响。可是，他没有把漱口水吐出来，而是一仰脖子咽了下去。大桂每回看到他这个动作就犯恶心，想吐。更让大桂忍无可忍的是，他的牙签用过也不扔，插入烟盒外包装的塑料薄膜里，下次吃了饭再用。还有让大桂接受不了的是他吹牛，明明是吃的炒土豆丝，他却抹着嘴唇说假话，我老婆又他妈的给我放了半个猪蹄子，塞牙！小桂有一次就当面揭穿他，嘻，老伍哥你老家那把茄子当猪蹄呀？说完，哈哈大笑，直笑得弯了腰，唾沫星子乱飞。大桂事后数落小桂：常言说打人不打脸，骂人不揭短。你咋就让人下不了台？小桂振振有词，嘻，是他自己不要脸！老伍这回又重复着过去的动作，把牙签放进老地方，问大桂：小桂的手机是不是换号了，这几天怎么老是打通了没人接？

大桂故作惊讶，不会吧？又说，我也是打通了没人接。

大桂的话音还没落到地上，老伍的手机响了，他看了一眼，兴奋地叫出声，是小桂的电话。他妈的北京也一样地邪，说曹操，曹操就到了。

大桂因为小桂事前给她说过要找老伍，所以也没觉得稀奇。她惦念着十九层那个胖姐送的东西，就回自己的地方去了。

小桂果然是约老伍见面。老伍对小桂说，我估摸着妹子不会忘记大哥。我刚才还跟你姐打赌。我说小桂过了今晚不和我联系，我把明天一天收的停车费都给你！哈哈，咱老哥老妹这叫啥，叫心有灵什么灵……我马上过去！

7

　　小桂虽然有心计，却没经验。老伍过来一看就急了。他右手还是插在包里，左手指点着马路，毫不留情地呵斥小桂说，妹子，你胆子忒大了，眼睛却忒小了！你不看看，这边是单行道，又是双车道，不能两边停车。用不了两天，交警、城管、街道都会找上门来，罚你是小事，弄不好把你拘起来！

　　小桂心里紧张，表面上却不动声色。她从包里掏出一盒老伍常抽的那种牌子的烟，放在老伍手里，然后大大方方地说，你就不能扶我一下，或者让我靠一靠？说着，身子一歪，肩膀靠在老伍身上。老伍嘴里哎、哎几声，四下看了一眼，顺手摸了下小桂的屁股。他见小桂不反感，又说了一句，别的女人怀了孩子长相难看，妹子你咋就比过去还好看呢？我天天看你像看花一样。

　　小桂咯咯咯地笑了。老伍哥，有你这话，我的孩子肯定长得漂亮。

　　老伍说，这世上的事就让人百思不解。你和大桂是一个娘吧？你娘咋就把你生得那么漂亮，把大桂生得那么……唉，对不起人！

　　小桂问：对不起谁？

　　老伍：她老公呗！

　　小桂说，老伍哥你还别说这话。我大姐夫就是家里穷，没好好读几年书，论长相那可是俺那十村八村少见的大帅哥，个子高高，壮壮实实，往那儿一站像座山。

　　老伍有点嫉妒，说，光好看有啥用？

　　两人调情几句，然后转入正题。老伍指出眼前的问题，小桂分析解决问题的办法，好像电视里那种答辩。关于无证收费，老伍的解释是违法，但合理。北京的车越来越多，除了长安街、几环路那样的地方，其他大街小巷哪不塞得满满当当。你想占个地方停车，当然就得交费。所以说，停车的见了收费的并不会感到稀奇。当然，也不能肯定没人挑剔。小桂说，这都好办。人是一面相，咱看哪个不顺眼，就装看不见他停车。不收他的钱他总不会反过来要咱的钱吧？老伍说，头疼的是停车发票。人家交了钱，伸手要发票，你总不能拔腿就跑吧？这一下子就出事了。小桂说，这事好办。我手机上三天两头收到卖发票的信息……老伍没等她说完就打断了她的话，严肃地说，那不行那不行！本来是假收费，再来个假发票，自投罗网啊？小桂不耐烦了，说，这事你别管。

　　说着说着，两人偎依着坐下了。老伍突然摸了下小桂的肚子，问：妹子你啥时候生啊？

小桂回答说，差不多两个月吧。接着调皮地反问：怎么着，老伍哥想包个大红包呀？

老伍嘿嘿笑了，到时候我给这小子点烟！

两人越谈越投机，话也多起来。谈到最后，老伍痛快淋漓地告诉小桂，这边收费的事他帮小桂，收的钱四六分成。小桂六，他四。小桂高兴地搂着他的脖子，在他脸上亲了一口。

老伍看了看手机显示的时间，那边到收费的时候了，起身要走。他刚走两步，小桂惊讶地叫了一声，老伍哥！他转身回到小桂身边，还没等他问，小桂指着马路，低声说，那对男女又来了。老伍顺她手指的方向看去，果然是刀片脸和发面饼子两人。那两人这回还是各开各的车，也没停在一起，只是这次刀片脸先走。可能是走得急，他边走边擦汗。发面饼子则完全相反，不急不忙地站车旁打电话。小桂一看她就来气，问老伍：老伍哥，你玩微信吗？

老伍马上明白小桂话中的意思，说，我和闺女、外孙都是用微信联系。我拍了不少轿车的照片发过去。我小外孙今年五岁，名牌汽车都认识。说完，又问小桂：咱怎么能拍着他俩偷情的照片呢？

小桂皱着眉头思考了一会儿，果断地说，得让大桂和咱一起干！她让人一看就觉得踏实，老实，不像我，第一眼不放心，第二眼还是不放心。

老伍哈哈大笑，趁机又摸了一把小桂的屁股。

小桂没想到，大桂一口回绝了她。大桂说，对人玩阴的我不干，我不干！人家又没得罪咱，咱凭啥害人家？她的目光有些忧虑，在玻璃灯光的映衬下，就像冰河上落了一层灰。她拍了拍小桂的肩，诚恳地说，小桂，你凭啥说人家是那种不明不白的关系？

小桂不急不躁，耐心地劝大桂。你没看网上说，一张照片能挣好几万甚至十几万呢。咱们仨，一人怎么也能分两万。大桂，两万呢！你风里雨里在马路边站一年能收入几何？

大桂坦然而又平静地说，我这钱挣得踏实，夜里能睡个囫囵觉。

小桂急了，问：大桂你干不干？

大桂坚决地摇头，斩钉截铁地回答：不干！

小桂手指着大桂点了点，转身走了，从背影看，她的头向后昂起，右手倒背扶着腰，步履蹒跚……大桂的心怦然一动，刚要喊她，她突然回过头来，气急败坏地问：大桂你到底干不干？

大桂也急了，冲着小桂吼道：不干不干就是不干！小桂你找死别拉着我！

小桂一下子愣了。在她记忆中，大桂从来没有对她发过这么大的火，从来没有对她瞪过眼睛，从来没有对她说过狠话。她一句话没再说，挺着大肚子晃悠晃悠地走了。

大桂看着小桂的背影，心头一酸，蹲在地上捂着脸哭了。金融街白天不像别的地方喧闹，晚上更是寂静。不远处二环路上流动的汽车车轮声传到金融街，仿佛被又高又宽的玻璃过滤了一遍，减少了噪音的功力，倒是增加了少许乐感。老伍曾感慨万端地对大桂小桂说过，在这儿上班的人素质就是高，说话小声，走路轻声，就是笑起来也无声。

大桂，你在干吗？一个女人轻柔的声音把大桂从地上喊起来。大桂听声音就知道是十九楼那个胖姐。她紧张地擦干眼泪站起身，感激地说，胖姐，您给俺孩子的衣服收到了，谢谢您啊！

胖姐拉着她的手，依旧轻柔地说，你客气了大桂。她四下看了眼，怎么没看见你妹妹小桂？大桂不想说小桂的事，假装没听见，转了个话题说，姐，过两天老家来人，我让给你带桶香油。自家小磨磨的，用你们城里人时髦话说是生态，拌凉菜可香了。

胖姐把大桂的手握得更紧了。大桂不是觉得疼，而是觉得有一股股热流在身上传递。胖姐好像有事，她低头看了看表，说，大桂，我明儿出国一趟，得十几天才回来。你有没有要……她原来想问大桂有没有要捎带的东西，突然意识到问错了对象。大桂一个看车收费的，收入能糊口就不错。那样问她不是让她难堪，说重了是对她不尊重吗？她马上改了口，我得走了大桂。见了小桂给我问个好，她生孩子别忘了告诉我。

胖姐走后，大桂感动地想：人家胖姐和小桂无亲无故，还惦记着她，自己是当姐姐的，不能眼看着妹妹往火坑里跳。可是小桂那个臭脾气，说了不听，劝了不理，怎么阻止她呢？

大桂瞪着眼看着天，绞尽脑汁想法子。这时，老伍骑着自行车过来了。他骑车时也是右手插在书包里，只用左手扶着车把。看见大桂，他把自行车向左边一倾斜，两腿叉开，左脚落地与自行车形成支架，右脚却放在脚踏上，笑呵呵地问：大桂，该走了。再等就收明早儿的钱了。

大桂忽然想起老伍这段时间和小桂来往密切，也许他的话能让小桂听进去。于是，她一五一十地把小桂告诉她的想法说给老伍听了。她以为小桂的主意老伍还不知道，让老伍好好劝劝小桂。老伍听后吃惊地睁大眼睛，是吗？可是马上又否定：不会吧？小桂不像那么有心眼子的人，平常我看她挺单纯的！是不是给你开玩笑？大桂使劲点点头，老伍哥，我啥时候给你说过瞎话？老伍掏出烟和打火机，因为右手还插在书包里，扶着车把的左手不得劲，火机掉在地上。大桂赶忙拾起来，给老伍点燃了烟。老伍见她一脸愁容，心里非常得意，表面上却安慰她说，大桂你放心，这事包我身上！

大桂没听出老伍话中的深层含义。

老伍的话一语双关，他想的则是一箭双雕。他心里对大桂小桂是敌视的。哼，两个傻女人跟我争地盘，抢饭吃，还敢骂我，挖我，给我上眼药！等着看我怎么教训你们！有的人心里得意，表面上不显示出来；有的人则通过各种形式表达得淋漓尽致。老伍还没离开大桂就唱起了：北京的城……

大桂说，老伍哥，我听人家唱的是北京的桥啊……

8

夏末秋初下了一场雨，那雨是在黎明前悄悄落下的，到了中午还没有停，大街两旁被污染得灰头灰脸的树木经过雨水清洗，露出绿色笑容，显得生机蓬勃。在这种环境下，人的心情也变得清朗了。大桂在雨中来回回地忙着，只穿着雨衣没戴帽子，头发全被雨水打湿了。老伍几次喊她，她连头也没抬，只是哎哎地答应几声，眼睛却不时向进车的方向张望。

大桂在等着胖姐。她每天都给胖姐留一个车位，等着胖姐来停车。有的司机见有空位就问她，她就说这个车位是固定车位，人家交的是年金。不知为什么，她现在每次收胖姐的钱时，心里总有点愧疚，手也伸不直。胖姐早看出来了，所以每次都把准备好的钱老老实实塞到她的包里。一般情况下胖姐来得比较准时，最多就是差个十分八分钟。但是今天不知为什么，时间过了半小时胖姐还没来。大桂心里有点儿着急。不会是下雨车多堵在路上了吧？不会是路上和人剐蹭出事故了吧？她想着，掏出手机认真地看了一眼。过去有过这样的经历——胖姐如果晚了一会儿，就会给她发短信：大桂，我可能会迟到一会儿，把车位给我留好，谢谢！今天胖姐咋就没发短信呢？

一辆轿车缓缓地开过来，司机看见有一个空位，一打方向盘就往车位中倒。大桂赶忙朝车位上一站，双手挥舞着，声嘶力竭地喊道：这儿有车，有车！

那个司机下了车，指着大桂就骂：你孙子喊什么喊，哪儿有车？

大桂说，这车位是人家交了年租的，一会儿就到。

那个司机嘴里不干不净地骂着上了车，又往车位里倒。大桂不顾一切地往地上一躺。那个司机虽然把车停下了，但却把路堵上了，看样子想和大桂较劲。

雨还在下着，滴在大桂脸上的雨珠有点儿凉，而且砸得脸皮有点儿疼。地上积的雨水很快浸透了她的衣裳，凉气直往皮肉里钻。胖姐就是这个时候来的，这一幕被她看在了眼里。她赶忙下车拉起大桂，不顾大桂身上有水有泥，把她紧紧抱在怀里，啜泣着说，好妹妹，以后千万别干这傻事了，多危险呢！

这个时候老伍晃荡着过来了。他对那个司机说，你从左边绕到大厦后边，那里还有个停车场。最多多走两分钟。

那个司机说，我怎么不知道那边有个停车场？

老伍说，有，保准有。要是没你停车的地方你再过来，我就是替你掏违章停车费，也让你停这儿。

那个司机半信半疑，怏怏不乐地把车开走了。他的手从摇下的车窗伸出来指了指大桂，嘴里咕噜了一句。

胖姐也进大厦上班去了。老伍对大桂说，你这是何苦呢？谁停车不给钱啊，有必要冒着生命危险呀？

大桂没理他。她此刻心里在琢磨，这个老伍怎么对小桂那边的停车场清楚呢？难道小桂真的和老伍联手了？她是个心里搁不下事的人，直截了当地问老伍，老伍哥，我给你说的那事你和小桂说了吗？

老伍好像没听见，插在书包里的手不住地动着，嘴里又哼起那首歌。不过，他这次真的改过来了，唱的是"北京的桥……"

老伍哥！大桂大声喊道，我托你的事你办了吗？

老伍抹了把脸上的雨水，甩了一下，往大桂身边靠近了一些，妹子，哥又不会分身术，哪有时间去找她聊啊！过一两天吧，啊！

大桂瞪了老伍一眼，心里骂了声：骗子，虚伪！

昨天晚上，大桂收拾停当去找小桂时，小桂已经不在了。她以为小桂已经回家了，对小桂还有点抱怨：过去都是一起走，今儿这是咋了？她闷闷不乐低着头朝公交车站走。快到公交车站时，不经意抬头看了一眼马路对面。马路对面有一排小饭店，在一家羊杂汤馆的玻璃上她看见了一对熟悉的身影。一个是小桂，一个是老伍。她当时又气又烦，加快了脚步。上了公交车以后，她才给小桂发了条短信：小桂你该回家了！

小桂没回她的短信。她接下来想，也可能老伍是受她所托找小桂谈那件事的，没必要大惊小怪。她没想到，老伍竟然给她说没见到小桂。这个老伍，睁大眼说瞎话，是在隐瞒什么事情呢？

停车场也有它的规律。上班的人车停好后，看车人有一小段时间的空闲。因为这个时间段里，该上班的已经坐到办公室里，来办事的在路上还没到。老伍在这个时候，包里基本上是空的，所以手也不插在包里。他看出刚才的回答让大桂不高兴，见大桂板着脸不理他，就点了支烟，坐在他的自行车后座上看报纸。他看的报纸一般都是前一天的，是他认识的那个大厦保安昨天看过、垫了一天屁股又让他拿来的。不知他看到了什么新闻，突然眼睛发光，眉毛抖擞，拍着大腿叫出了声：好，好，又抓了一个！

大桂无动于衷。她正想着趁这会儿空闲点儿，去找小桂聊聊，再劝劝她。不管怎么说自己是当姐姐的，不能眼看着亲妹妹做傻事，尤其是不能让老伍当枪使。她还没来得及动，小桂晃悠晃悠地过来了。老伍像吃了兴奋剂，从车后座上蹦下来，不知后座上什么东西剐着他的裤子，哧的一声，裤子撕破了条口子，自行车也哐当倒在地上。他没顾得扶起自行车，三步两步赶在小桂到大桂身边时也到了，把报纸递给小桂，兴高采烈地说，小桂、小桂你看看这个，照片让人发到网上了，官被一撸到底，还被查出是个贪官……

小桂大吃一惊，脸色变得发黄，一把夺过报纸，边问：是咱说的那俩吗？

老伍忙说，不是不是。我就是想告诉你这事，这事……他看了一眼大桂，把话咽了回去。

小桂匆匆看完了那条新闻，脸上又泛起了红晕，像是自言自语，又像是在问老伍：看来这事能成？

老伍郑重地点点头。

大桂听出他俩在说什么事，不悦地说，小桂你别让人当枪使！

小桂把报纸递给大桂，你看看，这是反腐败！反腐败你也反对呀？你平时不是最恨那些腐败的人吗？

大桂没说话，也没接报纸。

老伍很会察言观色。正巧这时有辆车开到他那边的空位上，他借机转身走了。大桂看见他裤子的后屁股撕破了一条长长的口子，里边花裤衩子露了出来。她转身对在深思的小桂说，小桂，姐再问你一遍，你真想那样干吗？是不是老伍给你出的点子？

小桂说，反腐败，你懂吗？

大桂说，那你无证收费，私设停车场不叫腐败吗？你不怕人检举你控告你？

小桂火了：你要告就告去吧！说完，连看也不看大桂一眼，挺着大肚子晃悠晃悠地走了。

大桂愣住了。

9

半个月后，小桂生下了个漂亮的女孩。出院后，她被老公接回老家坐月子。

小桂走后的第二天，大桂接到老板的通知，让她"另找高就"。大桂当然想不到是小桂从中作梗，尽管她知道自己这份看车的活是小桂帮着找的。她哭得很伤心。

大桂决定向胖姐告别。胖姐没听她说完，就帮她擦了擦眼泪，安慰她说，大桂，你是个好心人。我早就看你一天到晚太辛苦，拿到自己手里的钱并不多。我私下给你找了份工作，在十九楼干保洁。

保洁？大桂知道所谓的保洁就是打扫卫生。但是她不知道这保洁的工作累不累，挣的钱多不多？不过她没有问胖姐。能有一份工作，对她来说已经是幸运的事了。她马上答应了胖姐，还急不可耐地问了一句：我啥时候上班？

胖姐说，就这几天。

大桂高兴地又流泪了。

胖姐说，大桂呀，我琢磨着你得回趟家看看小桂和孩子，然后再回来上班。

大桂点了点头。第二天，她就回了老家。小桂一听说她被老板辞了，咬牙切齿地骂老板不是个东西。这世上还能找到比你大桂更忠诚的员工吗？老伍一天到晚瞒天过海挣了多少黑钱？他老板也没辞他！

大桂呜呜地哭。

小桂说，你就会哭！

一周后，大桂去十九层当了保洁，看车时穿的衣服换成一身蓝色保洁员工装，戴着一顶白色帽子。她朝镜子前一站，看了看镜子里那个神气的女人，喜不自禁地咧着嘴笑了。

又过了几天，她发现代替她原来位置的不是新人，而是老伍。嘻，这咋回事呢？她想不明白。

小桂在孩子满百天后就回到了北京。她不是在停车场看车收费，而是在大桂曾看见她和老伍吃饭的羊杂汤馆当了店面经理。一个月后，小桂开上了一辆价值七八万的小轿车。每天把车停在老伍那边。老伍每天都给她留着位子，对别的司机说，这位子是人家包年的。

大桂开始想得头都疼了，怎么也想不明白。后来，她就索性不想了。

空色林澡屋

迟子建[1]

　　去年花开时节，我率领着一支森林勘察小分队，自察卡杨北上，来到中国北部的乌玛山区。我们此行的目的，是对停伐五年后的乌玛山区的自然状况，做实地勘察。看看休养生息后的森林，野生动物是否多了，消失的溪流是否如闪电一样，依然给大地撕开最美丽的裂缝。

　　因为要穿越大片的无人区，风餐露宿，猛兽、不可预知的自然灾害、匮乏的野外生存经验，对我们来说都是一道道看不见的网，构成威胁。我们托当地林业局的同志，帮我们请了一位山民做向导，并为他配备了一杆猎枪。

　　他叫关长河，戴一顶有帽遮的鹿皮小帽，个子矮矮的，罗圈腿，黝黑的扁平脸，塌鼻子，看人时喜欢眯起一只眼，眉毛疏淡得像田垄上长势不佳的禾苗，额头有两道深深的横纹，像并行的车轨，那额头就给人站台的感觉。但这样的站台，注定是空空荡荡的了。他不用嘴时，嘴唇也鱼嘴似的翕动着，好像在咀嚼空气。他牵来一匹鄂伦春马，驮运帐篷等物资。

　　进山第一天，他牵着马在前引路，不时嘟嘟囔囔地骂着什么，让人好生奇怪。晚上宿营时，我们才明白他嫌子弹配备多了，三十发——这分明是对他的枪法不信任嘛。他说非到万不得已，自己是不会动枪的。要是滥杀动物，乌

---

① **迟子建**　女，1964 年元宵节出生于漠河。已发表作品六百余万字，出版有长篇小说《伪满洲国》《额尔古纳河右岸》《白雪乌鸦》，小说集《北极村童话》《清水洗尘》《世界上所有的夜晚》，散文随笔集《伤怀之美》《我的世界下雪了》等九十余部。作品有英、法、日、意、韩、荷兰文等海外译本。

玛山区的各路神仙，就会把他变成瘫子！

他带了一箱塑封的散装土酒，半斤装的。傍晚支起帐篷，燃起篝火，他就取出一袋，用牙齿在一角咬出豁口，将酒倒进一个漆面斑驳的搪瓷缸，随便倚着篝火附近的一棵树或是树桩（若倚着树桩，他头顶戳着一截黑黢黢的东西，便像旧时披枷戴锁的犯人了），耷拉着眼皮，十分享受地喝起酒来。他喜欢空口喝上小半缸，再凑过来吃饭。我们带了不少肉食罐头，他闻了总是蹙眉，宁愿吃他带的马鹿肉干，它们看上去像切断的棕绳，干硬干硬的，我们的牙齿对付不了，他却像嚼松脂油，毫不费力。我们带来的食物，他唯有对挂面情有独钟，他会把顺路采的野菜，水芹菜呀，柳蒿芽呀，或是蕨菜，在河中晃荡几下，算是洗了，也不用开水焯，更不用刀切，直接拌在面里。所以他碗里的面条总是绿白相间，像是一丛镶嵌着阳光的绿柳。

出发的第一周，我们发现几处落叶松林，有被盗伐的迹象。树墩横切面现出的白茬，还是新鲜的。关长河告诉我们，所谓停伐，只是不大规模采伐了，林场的场长们，各踞山头，还是偷着砍木头，运出卖掉，以饱私囊。怕劣迹暴露而被追究责任，狡诈的林场主，将盗伐的林子放上一把火，烧个光秃秃，就说是雷击火引起的，瞒天过海。但是一周之后，当我们深入到密林深处，离公路铁路越来越遥远，连山间小路都难得一见的时候，我们如愿看到了繁茂的树，看到了在溪畔喝水的马鹿，看到了在柞木林中追赶山兔的野猪。我们还看到了硕大的野鸡——这森林中飘曳的彩虹，当它掠过树梢时，那泛着幽光的五彩翎毛，简直就是给绸缎庄做广告的，让人惊艳。

森林中最可怕的野兽不是狼和熊，毕竟遭遇它们的概率小，再说有关长河和他的猎枪护卫着。比野兽更凶猛的，是拂之不去的蚊子和小咬。尤其是不出太阳的日子，森林缺了阳光这味药，它们就猖狂起来了，抱团飞旋，跟着你走，将我们的脸叮咬得到处是包——它们恨我们侵入它们的领地吧，在我们的脸上埋下地雷。所以宿营的时候，我们总是先拢火熏蚊子，再支帐篷。我们还在篝火旁撒尿，不然裤带一解开，蚊子小咬有如发现了乐园，一拥而上。关长河对我们在篝火旁撒尿很鄙视，说火神会怪罪的。他不怕蚊子小咬，有时还伸出舌头，舔几只吃。晚上他独自睡一顶帐篷，月亮好的夜晚，我们起夜时，不止一次看见他酒后站在泛着幽蓝光泽的林中，朝着月亮张开双臂，手掌向上，像是要接住什么的样子。我们当中有人按捺不住好奇，问他夜半那姿态是干吗，他说，月亮太明亮了，怕是天也难容，万一月亮被推下来，我还能救它一命。不然月亮的脸破碎了，夜晚就没亮儿啦。他那郑重的语气，让人不敢发笑。

一路上我们只吃了两次野味。一次是我们发现一只折断了翅膀的大雁，匍匐在沼泽地上，关长河说失去了天空的飞鸟，生不如死，开枪射杀了它，这也是他此行开的第一枪。当晚我们将大雁拔毛，烤了吃了。另一次是从猎人下的套中，获得一只死狍子。我们逢着它时，它的身子还没凉透，嗅觉灵敏的鹰隼闻风而动，盘桓在上空，准备饱餐一顿。关长河先是责骂给狍子下套的猎人，所选择的树下没青草，让被缚的狍子失去口粮，活活饿死。之后他低头念了几句咒语，掏出猎刀，熟练地肢解了狍子。那晚在营地的篝火旁，我们用吊锅煮狍子肉。关长河采了一把野韭菜，掺着盐切碎了，狍子肉蘸野韭菜的味道，美妙极了。关长河没少吃肉，也没少喝酒。我们问他有老婆吗，他说老婆是天上的云，不能要。我们笑，又问他有情人吗，他说情人是地上的霜，千万不能踏。我们笑翻了，问他真没碰过女人吗，他很认真地说，碰过，女人给我洗澡。我们问，是城里洗浴中心的小姐吗？他摇摇头，说给他洗澡的是个老太婆。我们只当他胡说，不再追问。

关长河第二次开枪，是因为行程的最后几天，一条狼总是在黄昏时，跟在我们身后。它的气息扰得鄂伦春马心烦意乱，走不稳路，一会儿吊锅从马背掉下来了，一会儿盐袋落下来了，一会儿测量仪器又滑下来了，马背仿佛成了滑坡事故现场了，他不得不开枪吓跑狼。关长河不瞄准它，说是孤狼都有一肚子的心事，得留它一命。不过当晚到了营地后，他就自责带上弓箭好了，它完全能喝退狼，不该浪费那颗子弹。他还赌气地冲他的马说，一队人跟着，狼又吃不了你，瞧你慌张的，好像丢了屁，真没出息啊！马摇晃了一下脑袋，屁下一堆圆鼓鼓的粪球，像是无数只愤怒的眼，在瞪着他。关长河无奈地笑了，拍着马屁股说，我一说你，你就拿这一招对付我啊！

我们走出森林的前夜，考察接近尾声了，大家都很感激关长河，白天时特意在一条小河上，用石头垒坝，憋了十几条半大不大的鱼，傍晚宿营时，燃起篝火烤鱼，轮番给他敬酒。关长河对鱼没什么兴趣，只吃了半条鲶鱼。他对酒倒是热情万丈，来者不拒。他对我们说，明天出了山，会看到一个只有三户人家的小驿站，那里有个澡屋，叫空色林，是个老太婆经营的，她一天只烧一锅水，给一人洗澡，而她给人洗澡不收钱，只收吃食。其实那锅的直径，少说也有半丈吧，一锅热水洗两人绰绰有余。但如果真是两个人去了，都想洗，另一人就得等着，第二天再享受。

我们问关长河，你说的给你洗过澡的女人，就是她啦？

关长河眯起一只眼，点了点头。

她多大年纪了？

她开这澡屋，快二十年了吧。多少岁数，她不说，咱也不问，我估摸着，少说也有七十几了。她原来挺高的，现在一年比一年矮了，人一抽抽儿，就是老啦！

她只给男人洗澡吗？

关长河说，南来北往跑运输的，哪个不是男人？再说了，女人哪有男人风尘多！

那你是完全脱光了，让她洗吗？

关长河翻了一下眼珠，反问一句，你们见过在水里穿裤衩的鱼吗？

我们大笑起来。

关长河说陪我们走了一路，分别之际，他没什么好送的，就送这个老婆子的故事给我们听。

我们知道这该是个很长的故事，纷纷起身，有给篝火添湿枝丫的（这样它能燃烧得长久些）；有去小解的（听精彩的故事，最怕憋尿）；还有加衣的（森林夜露浓重，月亮给加的衣服，毕竟太薄了）。我们为迎接关长河送的别致礼物，做好了准备。

在乌玛山区，冬天时老天是昏庸懒政的皇上，天门晏开早闭，几不理朝；夏天则改朝换代了，一派勤政之气，天门洞开，有点夜不闭户的意思。太阳落山了，西边天上，还浮游着丝丝缕缕的晚霞。它们是仙女们准备的金丝线吧，预备着缝补月亮。而那晚的月亮，确实缺了一角。

关长河故事的主人公，是一个女人，三个男人，和一条叫白蹄的狗。

这女人是旺河人，她来到乌玛山区时，还是个少妇。她带着儿子，投奔在翠岭林场的丈夫。那时乌玛山区刚开发，她男人是首批进驻的工人，带家属的男人少而又少。

他们的婚姻是父母包办的，男方并不想娶她。因为这男人生得俊朗，女人却很丑。她高个子，身材也匀称，就是脸面与常人不同。别人的鼻子，是脸颊的中界线，可她的鼻子，偏袒一方，致使左脸辽阔，右脸一派失地气象，狭窄逼仄。脸不对称，就给人扭曲之感，她不得不梳一绺长长的刘海，遮住半个左脸，削弱它的势力范围。但麻烦又来了，她的眼睛不歪不斜，这绺浓密的刘海，常让左眼失陷，使她看上去像是独眼女人。据说她丈夫只身来到艰苦的乌玛山区，就是想摆脱她。不料她跟过来，并在此扎根。

这女人在家属队干活，夏季种菜，冬天拉雪爬犁运粮油。她力气大，好脾气，乐于助人，所以人缘不错。女人们尤其喜欢她，因为所有的女人在她面前，都是美人了。她说话有个特点，但凡说到自己，不是以"我"或"俺"自称，而是"咱"，好像谁和她都是一体的。自打她来了翠岭林场，她男人就没气顺过，常跟她找碴儿。她受了委屈无处哭诉，就在吃食上为难男人，做夹生饭，将菜炖得齁咸，把玉米饼子贴得跟石板一样坚硬，折磨得她男人胃痛，他怕坐下病，就收敛些。

她有两大嗜好，洗澡和喝酒。那时还没水井，他们吃水靠的是河。春夏秋季倒好说，河水是活的，灌到桶里，担回就是。冬天河冻住了，就得用冰钎凿冰，将冰块装进麻袋背回家，像柴草那样堆在户外，随用随取。即便取水困难，她冬天照例每周洗一回澡。她一洗澡，她男人就挖苦她：你还能把自己给洗俊了？女人噙着泪花说，除了这张脸，你说咱身上哪点对不住你？也是，她夏季下河洗澡时，不止一个女人，看过她光着身子的样子。她肤色微黑，但皮肤细腻，双腿修长结实，腹部无赘肉，双乳坚挺，屁股圆润而微翘，的确是完美的身躯。只可惜造化弄人，把她的妙处都藏起来了，而把她最没风光的地方，一览无余地展现给了世人。有次她喝多了酒，有个好事的妇女逗弄她，问她男人和她同房时，是不是得用布遮着她的脸？毫无城府的她"啊呀——"大叫了一声，瞪着乌溜溜的黑眼睛，说，你咋知道的？每回他都用枕巾蒙着咱的脸，好像咱是驴！他还想从后面来，咱一屁股把他顶到地上了，咱又不是狗，凭啥那样？这番话传遍了翠岭林场，爱开玩笑的男人见了她就说，跟咱睡吧，不蒙你的脸，让你当褥子在咱身下！她撩开那绺长刘海，扒开眼皮，露出白眼仁，龇着牙，做出狰狞的样子，气呼呼地说，你跟咱睡，那你得让你家女人预备着针线，好缝你被咱吓破的胆儿！

这个女人成了翠岭林场的名女人。她婚姻的解体，源于一个瞎眼的算命先生。

那是个夏天的傍晚，一个穿灰布褂的男人，一手拄棍儿，一手打着竹板，来到了翠岭林场。这儿的人，对这类走江湖的人并不陌生。劁猪的，算命的，磨刀的，打家具的，崩爆米花的，甚至是说媒的，在那个年代走村串镇，都能混上口饭。这算命的看来道行浅，他来的那晚，林场绝大多数人，都到附近的雪岭林场看露天电影去了，留在家里的没几人。那女人没去看电影，是想趁着林场的人走空后，在月夜独享那条河流，把它当成自己的大澡盆，痛快洗个澡。谁想她洗完澡上岸，清清爽爽地回家时，在路上遇见了算命先生。他叫了多户门，都没打开，倒让一户人家的看家狗，给咬了一口。那女人遇见他时，他正坐在场部大松树下的石头上，用唾沫擦拭腿上的伤口。

那女人看他可怜，就把算命先生带回家，点燃蜡烛，帮他清理伤口。听他肚子饿得咕咕叫，还给他做了半锅疙瘩汤。算命先生感激不尽，坐在女人家窗下的矮脚方凳上，让她报上家人的生辰八字，给他们无偿算命。他舞动着手指，翻着眼珠，把她家人的命，掐算得天花乱坠。最离谱的是说她母亲，明明老人家过世了，可他说她能活到九十六岁。他还说歪鼻子的她花容月貌，十七岁时，就有三个男人争相娶她。女人苦笑一声，意味深长地说，看来你真是看不见啊。她知道这瞎眼先生为了糊口，只是顺情说好话。被算的命没了曲折，一派阳光灿烂，听着也没趣儿。她乏了，可看电影的人还没回来，她也没处打发这算命的，想着他两眼一抹黑，没甚威胁，就吹了蜡，瞎编了几个生辰八字报给他，由他胡说，自己悄悄去炕上歇着了。

她是在睡梦中被男人给揪起来的，他揪的是她遮脸的那绺刘海。男人带着儿子看电影回家，见屋里没亮儿，就打开了随身携带的手电筒。往炕上一照，发现她身边躺着个男人，火冒三丈，恨不能拿菜刀把他们一块儿剁了。男人唤儿子点起蜡烛，自己则挥舞着手电筒，朝向那算命的，把他打得嗷嗷叫。

那时候他们住的家属房是四家一幢，间壁墙不隔音，同样看电影归来的邻居们，听到他家闹得沸反盈天的，以为夫妻干仗，怕出人命，纷纷过来劝架，谁想到中间夹着一个瞎眼的算命先生呢！

男人骂女人，说她趁他和孩子不在家，和狗男人偷情。女人赌咒发誓地说没有，她不过是乏了，想眯一会儿，谁想睡过去了。瞎子也说自己是被冤枉的，他根本没碰女人。他算着算着命，听见女人的呼噜声，便摸到炕上，也想歇歇。谁知一躺下就睡着了，他太累了。当事者都说没想睡，却睡过去了，越发让男主人怒不可遏。他扔掉手电筒，从园田的豆角蔓间抽出一根柳条，当鞭子使，抽得那瞎子陀螺似的转圈，爹一声妈一声地惨叫。男人边打边骂，说他们蜡也不点，肯定干了不正经的事情！女人说，在一个瞎子面前，点蜡不是白费亮儿吗？咱还不是为了给家里省截蜡！女人还说，他一个瞎子，腿还让狗咬了，能干啥呀！男人瞪着眼珠说，他上面瞎，下面不瞎！他快活起来，哪还顾得上疼！男人不依不饶，打完瞎子，又打老婆，边打边说女人的身子是臭水沟了，他不能再碰了，当着众人，说要和她离婚。据当年在场的知情人回忆，这女人听到"离婚"二字，像下完蛋的母鸡似的，张着双臂，"咯咯咯——"地叫了半晌，然后跌坐在地上，凄凉地对她男人说，咱再丑，一铺炕也滚了十来年了，这事你都不信咱了，那就离吧。咱啥都不要，把儿子留下就行。没等男人说不可，孩子很干脆地表态，说他不跟妈妈，要随着爸爸。女人眼含热泪地看着儿子，说，你也嫌咱丑是吧？孩子不吭气，女人便对他们父子说，从此后你走你们的阳关道，咱走咱的独木桥，两不相干。记着，有一天咱就是快饿死了冻死了，路过你们门口，咱也不会吃你一粒米，喝你一口热水！女人取了剪子，一低头，把那绺遮脸的刘海攥在手中，"咔嚓——"一声铰掉。她脸上的那面为丈夫而竖的旗帜，就此倒了。

他们离婚后，翠岭林场的人背后都议论，说那男人其实知道老婆是清白的，只不过他一直嫌弃她，而今找到一个好借口，趁此休掉了她而已。离了婚的女人，并没像人们想的那样离开翠岭林场，回她的老家去。林场边上，有一座筑路工人住过的废弃的小黄房子，她把行李搬进去，抹了墙泥，为房顶苫了油毡纸，将歪斜的门窗修正了，盘了炉子，开始新生活。她家里的家具炊具，大都是同情她的女人们送的。她们的同情心也很有限，把残次的东西送给她，豁了嘴的海碗，裂了纹的盘子，失了耳朵的耳锅。不过她也不介意，能凑合着使就行。她独立门户，有声有色地过起了日子。端午节时，她将门楣插上艾蒿和纸葫芦；元宵节时，她挂出火红的灯笼。人们以为除夕对她来说最难熬，这屋子会传出哭声，可是没有，她一个人照旧贴春联，放鞭炮，包饺子，喝酒。只是她思念儿子，常在林场学校的围栏外转悠，期待着课间休息时，能远远看一眼在操场上的儿子。

她哭没哭过呢？大家听见的只有一回。小孩子长个儿快，她发现儿子穿的棉裤，裤腿短了，她怕寒风吹着孩子的脚脖子，就拿着省下的棉花票和布票，去供销社买新棉花，扯了二尺蓝布，做了一条棉裤，天黑透时送到她以前的家。守夜的老狗仍认她为女主人，见了她热情地打转，闻裤脚。她没有敲门进去，而是把棉裤放在了桦子垛上，想着第二天早晨前夫出来抱柴生火，一看就明白是她做的，顺手拿进屋了。谁知那天深夜狂风暴雪，冻得瑟瑟发抖的老狗，跟她不见外吧，打起这条棉裤的主意。它蹿上桦子垛，把棉裤叼进窝，撕个稀烂，给自己絮了个暖暖和和的窝。女人观察几天，见儿子没穿上自己做的棉裤，又见那条游荡的老狗，身上沾着白花花的棉絮，要把自己变成白狗的模样，她明白老狗糟蹋了她的心意。她回到自己的小黄房子后，放声大哭，路过的女人听见哭声，进来劝她，这才知道棉裤的事情，不由得跟着唏嘘。也就是这件事，让她前夫下决心远离她。他找到领导，说离异的夫妻在一个林场生活，都受煎熬，希望把他调到别处。那年冬天过后，女人的男人带着儿子和老狗，离开了翠岭林场。不久，传来了他再婚的消息。据说他娶了个离异的不能生养的女人，她模样周正，性情温顺，待孩子特别好，当亲生的养着。前夫和孩子过得好，这女人也不吃醋，时常跟人说，人这一辈子，跟谁不是过呢？人家找着了比咱好的人，该为人家高兴啊。只是她说这话时，眼神是凄凉的，语气是落寞的。

关长河讲完女人和第一个男人的故事时，抬眼望了望天。月亮刚好被一绺云遮了半个脸。他叹息一声说，你又不丑，咋也整绺刘海遮脸呢？我们笑了，抢着给他添酒，夸他会讲故事。我们指责那男人，还说那个不认亲娘的孩子是白眼狼。关长河抿了一口酒，说，男人骂别人都理直气壮的，轮到自己时，也未必比那男人强。他问我们，你们说说，这么丑的女人，你们乐意跟她过一辈子吗？大家面面相觑，有人说可以给她做整形美容，把鼻子给拉回正路上来；有人说可以让她戴纱巾，朦胧的纱巾背后，哪有丑女人呢？关长河再抿了一口酒，将我们挨个瞟了一眼，说，人可真是怪物啊，歪脖垂腰的杨柳，龇牙咧嘴的花儿，奇形怪状的石头，曲里拐弯的河，都说美，轮到人呢，就不一样了，可见人多是没良心的！他用一根桦树枝，捅了一下篝火。一簇火星飞旋而起，篝火上空立刻就有了星空的气象。

关长河的脸在火星的映衬下，就像一尊雕塑，庄严而华美。他知道我们对这故事入迷了，接着讲下去。

这女人与她生命中的第二个男人，是镜子牵的线。

女人因为貌丑，素来不照镜子，她家里也从不摆一块镜子。别的女人去供销社买东西，店员总会推荐摆上柜台的最新式样的镜子，而见到她，则有意识地用身子遮挡，免得她不快。

这男人是个跑船的汉子，靠青龙河吃饭的。有人说他是赫哲人，还有人说是达斡尔人，谁知道呢。

青龙河是乌玛山区最长的河流，支流多，流域广。每到开河时节，这人就驾着独木船，开始他的营生了。他的小船，是用整根松木砍凿而成的，长不过两丈，中间的舱口能容一人坐下，船两头起翘，像一条贴着水面飞的大鱼。这人把船叫威呼，他用威呼打鱼，也用它盛小百货，拿到沿岸的村屯去卖，兼做货郎，这一带的人因此叫他威呼郎。

威呼郎正当壮年，他中等个，黑瘦黑瘦的，刀条脸，头发微卷，眼睛有点凹陷，一只鼻孔豁了，说是他年轻时打鱼，让鱼钩给挂烂的。威呼郎卖货时，会将小船停靠在岸边，挑担上岸。他去的大都是离岸不远的村屯，超过二三十里路的，他极少去。因为他的货好出手，沿岸转一两个村屯，基本就卖光了。

翠岭林场离青龙河有三十多里路，威呼郎只去过两回。头回去是为了收取猎户手中的熊胆，女人那时还没来翠岭林场呢。第二回去是卖货，女人倒是来了，但那是采山时节，穿花衣服的人都在山里转（他们自是无缘见面），威呼郎的货无人搭理，几乎是整担挑回来的，所以他发誓不再去了。

威呼郎是怎么认识女人的呢？这事说来蹊跷。这女人的前夫不是离了婚，又娶了一个吗？虽说后妈待自己的孩子不错，可女人心里还是无限牵念，时常梦见他。如果梦里孩子欢蹦乱跳，面目洁净，穿的衣服不露肉，一派阳光，她醒来心情就很好。可有时她做的是噩梦，孩子让驴踢了，让马蜂蜇了，或是爬树摔了下来，她就闷闷不乐。

有一天夜里，她又做了噩梦。她梦见一个面目不清的女人，坐在幽蓝的山坳里，张着大嘴，"咔嚓咔嚓——"地啃着什么。她问，你吃什么吃得这般香？女人头也不抬地说，兜兜的手指，比新拔出来的胡萝卜还脆生啊！女人醒来一身冷汗，她的儿子小名就叫兜兜。女人早饭也没吃，带着两个凉窝头，一块芥菜咸菜，就上路了。

女人去前夫所在的林场，要到青龙河中游的一个小镇乘船，她一路疾行，到了青龙河畔时，衬衫已被汗水打湿。合该他们有事，她沿着青龙河奔向船站时，威呼郎驾着小船飘忽而下。他见一个女人孤零零走在岸上，就朝她吆喝：哎，买点什么吗？见她不语，他拿出一面拳头般大的圆镜子，晃她，说，这镜子是新出的样式，背面有牡丹喜鹊图，可以便宜卖给你！这女人看到镜子，就像看到千古仇人，停下脚步，怒气冲冲地说，你干脆骂咱得了，拿镜子寒碜咱，有你这么损人的吗？威呼郎放下镜子，将小船划向岸边，终于看清了女人的脸，他非但没被吓着，反而夸她英气逼人，非一般女人可比。他说她的鼻子是匹谁也驯服不了的野马，想踏哪片疆土就踏哪片。女人哪有不爱听好话的？那条船和船上的人，在她眼里是此生见过的最美的水上风景了。威呼郎问她去哪儿，女人告诉了他。再问：去那儿干啥？她说，儿子的后妈，把咱儿子的手指当胡萝卜啃着吃，我要去教训她！威呼郎先是骂那当后妈的蛇蝎心肠，之后靠岸，拉她上船，说要把她送到那儿，帮她收拾那人。女人上了船，等于踏上了一个漂泊的家。据说船行了一半，威呼郎跟女人仔细一聊，才明白她不过是做了一个关于儿子的噩梦。看着阳光下她丰满的胸部，看着她红通通脸上那抹动人的忧伤，威呼郎动了心，他将船泊在一片茂盛的柳树丛，把女人拽上岸，抱她入怀，说他能终止她的噩梦。女人不知道，一个噩梦结束了，另一个噩梦却开始了。她依恋上威呼郎，开始跟着他在青龙河上跑船，打鱼，挑起货担上岸卖杂货，俨然是他老婆了。

但威呼郎有老婆孩子，不能娶她，所以女人只有半年跟着他。冰雪覆盖了大地，河水结冻了，威呼郎收船上岸回家，他们之间的鹊桥也就断了。

女人孤零零地回到翠岭林场时，总是带着女人们喜爱的货品，头绳、发卡、钩针、丝线、鞋垫、脖套、假领子、松紧带、梳子、篦子等。这些货品，她得比供销社卖得便宜，且花色和质量要更胜一等。女人们来她的小黄房子买东西时，爱问她威呼郎对她好不好。她总是平静地说，啥好不好的，他不嫌弃咱，咱就跟他在水上过半年日子呗。女人们说，既然他那么相中你，干脆让他跟老婆离了，娶你得了。她苦笑一声说，咱不能作那个孽，人家把男人半年的筋骨都给了咱！女人们便取笑她，问，啥是筋骨哇？她红了脸，说，筋骨就是筋骨，你们懂啥！

最初几年，她归岸后脸颊是红润的，爱与人交往，眼睛弥散着淡淡的幸福，安然度着漫漫长冬，春节时独自守岁，把那小小的黄房子装扮得喜气洋洋的。她恪守着与威呼郎之间的私下协定，从不去找他，他也不来。可自从她流掉和威呼郎的孩子后，她瘦了下来，眼里透出凄凉的神色了。

那年深秋她上岸后，看上去分外疲惫，走路拖沓，哈欠连天，说话声也低了下去。她说这一季鱼少，他们的网快把青龙河撒遍了，但收获平平，把她累坏了。她勉强撑持着，腌了一缸酸菜，溜了窗缝，便闭门不出了。女人们敲她的门来买小百货，看到的多半是她睡眼惺忪的模样。天冷了，雪来了，她馋酸的馋疯了。以前放在抽屉里的五盒山楂大药丸，被她翻出，吃个精光，她还把没腌透的酸菜，吃掉了大半缸。她发现腿肿了，肚子微微凸起，明白自己这是怀孕了。她不想给威呼郎找麻烦，开不出证明，不能名正言顺去城里医院做流产，她只好自行解决。她家不缺烧的，可她扛起斧头，拉着雪爬犁进山了。她将斧头疯狂地抢向各色树墩，尤其是难砍的老榆树墩，将它们劈成柴拉回家，垛在院子里。第四天的时候，人们看见她步履沉重地拖着满满一爬犁劈柴回来了，她的刘海和睫毛挂满霜雪，眼里泪光闪烁。她身后的雪地上，除了两条爬犁的印痕，还有一道星星点点的血迹。她的院子堆满了柴，而她失去了孩子。那个冬天她很少出门，过年也没挂灯笼，但她家的烟囱炊烟依旧，人们知道她还过着日子。

往年一进三月，她就盼春天了。屋顶积雪融化后，会传来滴水声，那是她最喜欢听的声音了。外出归来的人，若是告诉她，青龙河的积雪薄了，冰面有裂纹了，她就掩饰不住地笑，说咱的好日子要来了！可自打流产后，她就没那么盼春天了。那年开河后，威呼郎来接她，她见着他呜呜哭了，说，咱的孩子没了，你可害死咱了！委屈归委屈，她还是跟着他跑船去了，而且半年后回来，脚步又轻快了，面色又好看了。

他们就这样风风雨雨地又过了几年，直到有一天，威呼郎突发脑溢血，他们才彻底分开。疾病像一张看不见的网，把威呼郎打捞上岸。他保住了命，但是瘫在床上，再也不能到青龙河寻生计了，只能留在老婆孩子身边。这时女人才后悔，她捶着胸口跟人说，原来跟着不属于咱的人，咱最后想伺候人家都不行啊！

她大病一场后，人瘦了许多，头发也花白了许多。她出了趟远门，想把她和威呼郎一起生活的那条船弄回来。他发病时，船就近泊在青龙河中游的一个小村，拴在村边的一棵松树下。可她去了那儿，船却没影了。有人说它被人劈了烧火了。有人说孩子们好奇这船，把它推下水，它像一条大鱼，游向远方了。最让女人不能接受的说法是，船是被威呼郎的老婆给弄走了，说她取船的那天叼着烟袋，哼着小曲，穿一件银光闪烁的袍子，说她男人不能跑船了，威呼不能闲着，拿回家当马槽使。

女人没取回船，回来歇息一日，便带着干粮，朝人借了匹马，进山去了。她转悠了两天，选中一棵粗壮挺直的松树，用弯把锯放倒，截取中段，让马给拖回来。那一年里，她家里不断传来斧凿声。转年春天，她做出一条小船。看来她没白跟威呼郎跑船，把他造船的技艺学来了。

这条船比一般船要小许多，只能坐下一人。船头宽，有个横板；船尾尖，无桨无舱，看上去像只小脚老太穿的鞋。她用这条怪里怪气的船做啥呢？洗澡。她把它横在小屋的中央，当成澡盆。人们说她这么做，是忘不掉威呼郎，她仍幻想着在他怀里。

她又过起了一个人的日子，开荒种地，饲养鸡鸭。她还学会了造肥皂，自己琢磨着，用碱、猪油，和各种花草熬制肥皂。有两种肥皂最为人们喜爱，一种是松露皂，一种是玫瑰皂。她在松露皂中，加了樟子松的松脂，这样做出的肥皂凝脂般细腻，淡黄色，像一片大好月色。而她在造玫瑰皂时，在寻常的制皂原料中，加了野玫瑰的浆汁，还兑了蜂蜜，这种玫瑰皂晶莹剔透，散发着香气，朝霞般鲜润。靠着这两种肥皂，她赚来了油盐酱醋的钱。因为她的肥皂有了声名，人们就此称她为皂娘了。

关长河讲到这儿，望了望升高的月亮。无云遮蔽，它的面庞是如此明净，月亮里好像也点着篝火，而且十分旺盛。关长河收回目光时，告诉我们，他躺倒的时候，常分不清天上人间。有时觉得大地是天空，绿草是云朵，花朵就是星星。而天空就是大地，太阳是做饭的大火炉，月亮是人住的屋子，星星是禾苗。我们当中有人开玩笑，说此刻的月亮更像茅屋。他不高兴了，"霍——"地一下站起来，撂下喝酒的搪瓷缸，说把月亮当茅屋的人，满脑子的屎尿，不配听他的故事。我们赶紧说，月亮是美好的，它像他说的屋子，也像柴垛、粮仓、湖泊，最不济的，也该像皂娘用的澡盆吧。关长河这才不生气了。他转身撒了泡尿，去溪畔洗了手，回来后给马喂了块豆饼，这才舒坦地坐下，接着讲故事。

皂娘一天天老下去啦。人老了跟现在河老了一样，一年年显瘦喽！这时上头来了新令，各林场都不许采伐了，林场转产撤并，搞旅游开发和绿色种植了。城里在造一个模子的房子，就是那种长方形的棺材似的矮楼，把人往里赶。翠岭林场是撤并的林场之一，所有人要搬迁到青龙河下游的安东林业局去。人们大都喜欢去安东，那里有暖气，有煤气灶，不用烧柴取暖做饭了。而且它热闹呀，饭馆、旅社、网吧、书店、发廊、干洗房、珠宝店、点心铺子、农贸市场、服装店、鞋铺，只要有了钱，真是想要啥就有啥。可老人们过惯了山里的日子，就不愿意进城。但儿女们要走，他们只得跟着。城里没有菜园子，没有猪圈羊圈和鸡窝狗窝。那段日子，翠岭林场的家家户户，杀猪勒狗，宰鸡宰鹅，过大年似的日日开荤，吃得人满面油光。

皂娘住在林场边上，跟威呼郎跑了多年船，大家也不大把她当林场人看待了，所以她选择留下，就算是与她还有走动的女人，顶多劝说两句，说一个人留下除了寂寞，遇到难处谁来帮忙呢，不如随大流进城吧。皂娘说，人活着不就是受苦吗，咱没享福的命，不怕。女人们也就不管她了。林场的人搬空了，水电自然切断了。不过这对她没啥影响，她的小屋这么多年来，因为跟威呼郎跑船时错过了，始终没有通电和自来水。

她也不是一个人，她有个伴儿，就是白蹄。

翠岭林场的人搬迁前，不是对饲养的家畜大开杀戒吗？王喜山家有一条母狗，通身黑色，但四蹄雪白，所以名叫白蹄。它才两岁，但却是林场里的名狗。

白蹄为什么有名呢？不为它漂亮，而是它四处捣乱，常做些惹人发笑的事情。

比如它跟着主人去参加婚礼，在典礼现场，竟然用嘴撩开新娘的花裙子，那理直气壮的样子，仿佛它是新郎。它知道自家的女主人哭时，喜欢拿块手绢擦泪，它在一个葬礼上，见棺材前挂孝的人哭得稀里哗啦的，手上却什么也没拿，就去人家的灶房，叼来一块脏兮兮的抹布，歪着脑袋，满怀同情地送到那泪流满面的人面前，让吊丧的人哭笑不得。

白蹄还爱管闲事，它一岁时看见公鸡掐架，就去拉架，试图分开它们，谁知两只公鸡把矛头转向它，一起掐它，倒弄它个鼻青脸肿。有回它路过一户人家，透过栅栏的缝隙，看见这家的猪，趁主人都不在，在偷吃园田里的菠菜。它进不了门，想从栅栏钻入，可惜缝隙太小，心急火燎的它便用蹄子刨坑，试图将栅栏弄翻。结果猪主人回家，看见白蹄刨坑，非常生气，说，你咒我死啊，咋不在你家刨坑呢？操起一根木棒打它，让它滚回老窝。这一幕恰巧被邻人看见，说，你先别打白蹄，看看你家的猪在干啥呢？主人一望，知道白蹄是想阻止不良的猪，转而去教训猪。

白蹄受了冤枉也不长记性，有回它跟着男主人去别人家打麻将，发现这家的猫在偷吃碗柜上的鱼，就去叼猫主人的裤脚。人家正摸得一手好牌，在兴头上，哪顾得上其他，踢开它照旧摸牌。白蹄一着急，蹿上牌桌，把牌给搅乱了，气得那人直说白蹄是主人带出的老千，专挖他墙脚的，两个男人还因此闹了不愉快。

最可笑的还不是这些，而是白蹄对性的无知。它一岁半时，见一只公狗骑在母狗身上，就冲上去，拽公狗的尾巴，试图把它拖下来。它也因此惹恼了其他狗，那以后它们见了白蹄都不理睬，尽管它常热情洋溢地奔向它们。

翠岭林场的场长有个开金矿的发小，钱没少挣，可却得了严重的抑郁症，整天琢磨自杀的事情。场长知道白蹄能给人带来快乐，跟王喜山商量了，给了他两箱高粱烧酒，带走白蹄，送与朋友逗乐。结果白蹄去了一周，就被送回来了。它不但没给那抑郁症患者带去快乐，反而是苦恼。它不会上楼里的洗手间，把屎尿遗在沙发床下；它见电视里的鬣狗围攻棕熊，便想助棕熊一臂之力，扑向画面，把电视机掀翻在地；它不习惯在阳台守夜，楼下一有汽车经过它就叫，搞得一家人彻夜难眠。那人本想把它送到狗肉馆，但见它一双湿漉漉的眼睛满怀好奇，还看不够这世界的样子，起了恻隐之心，亲自驾车把它送回。

人们因着搬迁而烹鸡煨鸭、蒸猪炖狗时，白蹄失踪了，王喜山知道它是畏惧死亡而逃走了。他其实并不舍得勒死它，想把它带进城，送给哪个单位做看门狗，这样还能时常看看它。可直到他离开，寻遍了白蹄可能去的地方，都没能找到它。

翠岭林场人搬走后的第二天早晨，皂娘一推开门，就发现了白蹄。它趴在她家的窗根下，瘦得皮包骨了。那些天它去了哪儿，无人知晓。皂娘后来跟人说，估计它逃进了深山，因为发现它时，白蹄被蚊虫叮咬得眼睛和嘴巴都肿了，毛发里夹杂着松针。幸好那是秋天，山中还能寻到浆果和蘑菇，不然它早饿死了。

皂娘有了伴儿，就不寂寞了。她带着它拉柴，挑水，打鱼，采山，种田，制皂，形影不离。白蹄出落得越发漂亮了，它个头高了，力气大了，毛发有光泽了。但它天真未改，依然做些可笑的事情。皂娘制酒，将用糯米做的酒曲子放在搪瓷盆里，摆在屋外晾晒。白蹄以为皂娘给它换了一个狗食盆，将酒曲子吃了，醉得它呼呼睡了一天。皂娘去小溪刷鞋，先将鞋子浸在水中，因为浸透了好刷。怕鞋子被水流冲走，皂娘在鞋窠压上小石头。白蹄在水边看见鞋子不在主人手上，而是在水里，以为它们会漂走，冲向小溪，把鞋子叼上岸，再把鞋窠的小石头悉数掏出，令皂娘无可奈何。

白蹄最让皂娘生气的事儿，是有一回她攀着梯子，去房顶晒干菜，没等她下来，它却给撤了梯子。那天皂娘上梯子时，白蹄正追逐菜圃中一只美丽的蝴蝶。蝴蝶飞向倭瓜花，它也奔向那里，把倭瓜花给打落了；蝴蝶飞向院子的窗户，它就扑向窗户。谁料蝴蝶一转身上了梯子，白蹄没头没脑地扑过去，蝴蝶飞了，梯子倒了。刚上了房顶的皂娘傻眼了，白蹄也傻眼了。皂娘骂它是条蠢狗，说它想害死主人。白蹄顾不得蝴蝶了，它后悔地叫着，用嘴叼，用爪挠，试图把梯子给竖起来。可它使出浑身解数，梯子还是死尸似的打横，没有起立的意思，白蹄快急疯了，在房根下围着梯子团团转。皂娘在房顶等了两个多钟头，看着梯子是扶不起来了，便脱下裤子，把它撕扯成宽布条，连接在一起，拴在烟囱上。可惜一条裤子接成的绳子，长度不够，皂娘拽着绳子向下滑时，绳子端头离地还有半丈，她只能撒手跳下来。皂娘毁了一条裤子不说，还伤了脚踝，所以她再用梯子时，就把白蹄拴上，免得愣头愣脑的它闯祸。

这个爱给人添乱的白蹄，有年冬天从山里，给主人带回一个男人，这是皂娘生命中的第三个男人。

乌玛山区的冬天实在太漫长了。这样的日子对一个孤身女人来说，就像跟在身后的一条饿狼，难缠得很。皂娘在冬天就特别爱喝酒，酒能消磨长夜，还能省下劈柴。你喝得浑身燥热时，是不需要炉火的。

这天中午皂娘喝多了酒，特别想跟谁说说话。没人对话，她就唤白蹄进屋，让它坐在窗下。皂娘说，白蹄啊，你是个姑娘呀，这林场就剩你一条狗了，咱想把你许配给谁，难喽！要不等着开春了，咱领你去有人家的村子，相相亲去？你跟咱说说，你得意啥样的？喜欢长腿的还是短腿的？喜欢眼大的还是眼小的？喜欢黑色的还是白色的？喜欢爱翘尾巴的还是耷拉尾巴的？喜欢性子烈倔的还是温顺的？白蹄不语，它站起来，只是摇摇尾巴。先前皂娘把喝剩的半缸酒，放了在窗台上。窗台矮矮的，白蹄摇尾巴时，把盛酒的缸子扫了下来。白蹄没回应皂娘，还弄洒了她的酒，皂娘好不扫兴，她用鸡毛掸子敲了一下它的狗头，赶它出门。

皂娘酣睡了一场，天将黑时来到院子。以往她一出屋门，白蹄就奔过来，叼她的裤脚。皂娘没见白蹄，以为它生气了，就召唤几声。未见动静，她就房前屋后地找，还是没踪影，皂娘慌了，她走到院外，看到柴垛后有一行新鲜的蹄印，指向山里，她赶紧进屋穿戴暖和了，沿着它留在雪地的蹄印，一直寻到刀锋岭下。落日正红，皂娘终于看见了白蹄。它像个得胜的猎人，雄赳赳地走在前，身后跟着它的猎物，一个又矮又瘦的老头儿！他黑袄黑裤，戴一顶狗皮帽子，衣帽都是簇新的，眉毛胡须被霜雪染白，但鼻头和嘴唇红通通的。他见着皂娘咧嘴乐了，将紧捏在棉手套里的一封信，递给皂娘，眼泪汪汪地说：你是尚天家的吧，有你家的信！

皂娘接过那封信，等于接过了他这个人。

他姓曲，家在离翠岭林场百里之遥的县城。老曲很不幸，他中年丧妻，一人拉扯大独子，未再娶妻。老曲干了大半辈子的邮递员，快退休时邮局裁员，他被迫买断工龄，提前回家。老曲整日郁闷，精神终于失常了。他最爱倒腾街头的垃圾桶，只要翻出废信封，就如获至宝，也不管多脏，抓在手里，四处敲住户的门，要把信投给人家。老曲的儿子小曲无奈，只得给他买了一箱信封，装上裁好的废报纸，用胶水封上，再在收信人一栏，随便填上地址和姓名，由他去投。他把信拿到手里，发现没邮票和邮戳，就跟儿子急了，说这些信来路不明，不能投。小曲无奈，只得买了邮票，又私刻了一枚邮戳，将信封贴上邮票，盖上邮戳，老曲这才满意地去投信了。老曲病后认人恍惚，但他还认得字。小曲编的名字，有的过于寻常，比如张亮、刘刚、王彩霞、刘桂芝之类的，那城里有叫这名字的人，所以信偶尔也能投出去。小城不大，老曲终日在街上游荡，很少有不熟识他的，所以老曲把信投给谁，谁都接着，表达谢意，老曲这天回家就很高兴，能多吃一碗饭。

小曲是孝子，待父甚好，可他媳妇却对一个疯癫的公公，厌恶至极。小曲在刨花板厂下岗后，靠卖粥赡养父亲，供儿子读大学。他凌晨4点钟就起来煮粥，这样早晨6点左右，能携着热气腾腾的粥现身早市。小曲的媳妇是县公安局的勤杂工，岗位不起眼，挣得也不多，但因为在一个显赫的单位工作，总觉得自己比小曲高出一等，在家颐指气使。她挣的钱，都花在了自己身上。她追逐时髦，讲究穿戴，上班时一件蓝袍子，下班后则花红柳绿的。小曲因为辛劳，头发过早白了，腰也弯了。他媳妇倒是滋润，他们同岁，可她看上去小他一旬的样子。

这年夏天，小曲觉得身体不适，他消瘦，乏力，面色灰黄，有一天早晨他蹬着三轮车去卖粥，晕倒在路上。他进当地医院做了初级检查，医生怀疑他得了胰腺癌，建议他尽快去大城市确诊。小曲没钱，只好求助于民间医生，用土法治疗。然而奇迹并没像他期待的那样出现，雪花飘舞的时候，他病情加重，腹部疼痛难忍，别说卖粥了，连行走都困难了。小曲想着自己死后，媳妇能对儿子好（毕竟那是她身上掉下的肉），可对父亲，她不会孝顺的。因为在他眼皮子底下，她还敢把剩饭剩菜端给公公，从来不把他的衣服和家人的衣服放在洗衣机混洗，说公公身上有细菌。一旦家里缺钱了，她就骂小曲，说他把钱都给老东西买邮票贴信封了，老的和小的都是祸害精！

小曲不想让父亲在他死后，过地狱般的日子，他想趁自己还能动弹，先送走父亲。他去棉活儿店，给老曲做了棉袄棉裤，又买了顶狗皮帽子和一双翻毛大头鞋。上路那天，小曲带着父亲，先去澡堂子泡澡。老曲满身风尘，难得洗回澡，那池温热的洗澡水，把他洗得婴儿似的，浑身红通通。他们父子俩在热气缭绕的澡堂子里，各自流泪。老曲是美哭的，小曲则是因为愧疚，多年来他忙于生计，很少带父亲来澡堂子了。洗完澡是近午时分了，小曲给父亲穿戴一新后，带他去了饭馆，点了老曲爱吃的酱猪蹄和红烧大鹅，还给他要了瓶好酒，让他畅快吃喝了一场，然后驾驶着一辆从朋友那儿借来的破吉普，载着父亲上路。

他们出了城，一路向西。小曲年轻时学会的开车，并无驾照。多年不摸车，他把车开得醉鬼似的，常常跑偏。好在往来的车辆少，错车时有惊无险。老曲喝了酒的缘故吧，一路上非常快活，看见车窗外的白桦树，就喊"娘子——"看见乌鸦就叫"剑客"。他还哼哼唧唧地唱歌，旋律滑稽，歌词只一句"儿子啊儿子——"听得小曲心痛。看着父亲满面天真的模样，他几乎要掉转车头，把父亲带回烟火人间。但他想自己不在后，父亲会流落街头，没人在意他的冷暖，小曲噙着泪花，加大油门，呼啸着向前。快到刀锋岭时，他停下车，将事先准备好的一封信交给父亲，说前方有片林子，叫空色林，那里有一户姓尚的人家，这封信是投给他家的。老曲下了车，鼓起眼睛，仔细看了看那封信。收信人地址一栏写的是：乌玛山区空色林，收信人的名字是"尚天"，寄信人地址是老曲所生活的小城的邮局。老曲举着这封信，按儿子所指下了公路，乐颠颠地向深山走去。小曲跪下，对着父亲的背影，给他磕了三个响头，号啕大哭。

刀锋岭是乌玛山区著名的迷路岭。那座山岭高耸入云，像一把锋利的刀壁立着。从乌玛山区开发时起，无论是森林勘探队、伐木队，还是生产队、知青队，都有在此迷路的人员。人们说这座山岭是旋转的磨盘，经过它的人，变成了蒙眼的驴子，只能围着它转圈。据说飞鸟经过它上空，也会迷路，所以刀锋岭上空，鸟儿总是盘桓不休。因为它强大的威慑力，无论是打猎的、采药的，还是拉柴的，都不愿去那里，所以刀锋岭的植被未遭破坏，动植物丰富。人们常见狍子从里面没头没脑地跑出来，看见刀锋岭外的松鼠在断粮的时候，去那儿寻松子。

小曲遗弃了父亲，从刀锋岭回返时，有种杀人的感觉，浑身冰凉，手脚哆嗦。他满脑子是父亲最后的影像，他拿着一封信，那么坚信不疑地奔向深山。刀锋岭是不是有狼？想着父亲可能成为狼的大餐，小曲心慌气短，吉普车在他身下也就成了野马，难以驾驭，左冲右突，不走正道，在一个转弯处掉到沟里。事故不大，小曲只是胳膊擦破了皮，吉普车也只是轻微剐蹭。他试图将车从沟里弄出，可他开足马力，它却纹丝不动，仍赖在那里。小曲只得上了公路，求助过往车辆。隆冬时分，公路极少有车辆经过。他在寒风中等了一个小时，才遇见两辆车。一辆是运煤卡车，司机停下车，问他有没有棕绳，可以帮他把车拖上来。小曲说没有，司机说他得赶路，撂下小曲走了。第二辆车是个轿车，车主远远见一辆吉普车掉进沟里，不想惹麻烦，所以加大油门，呼啸着从招手的小曲身边急速掠过。小曲冻得瑟瑟发抖，觉得自己这是遭了报应，不如跟父亲一起死了算了。他没有朝回城的路走，而是奔向刀锋岭。想着父亲在那里，他腿上有了力气。晚上八九点钟，他看见了远方公路的一处灯火，他犹疑着接近那座院落。一只狗汪汪叫着扑来，屋门随之打开了。小曲初见皂娘那张扭曲的脸，以为是撞见了鬼，他想这是阎王爷派来收拾他的。谁想进得屋里，见父亲坐在烛光闪烁的餐桌前，正吃着热气腾腾的汤面。老曲见着小曲，抽了一下鼻涕，打着饱嗝说：儿子，可找着空色林的人家了！

皂娘从那封信和老人癫狂的精神状态上，知道他是遭遗弃了。至于被谁遗弃，她想收留了老人后，再做打探，谁知小曲当夜就现身了呢。老曲见着小曲说的第一句话，皂娘一切都明白了。她并没急于谴责他，而是让他烤火，然后给他盛了一碗面，看着他吃完，这才对小曲说，再不济的，他是你爹，咱咋能干出这种事哩。小曲哭了，把心中的苦衷讲给她听。皂娘听了后说，你怕他在你死后受罪，也不能把他往狼嘴里塞啊，要不是白蹄，你就再也见不着爹了！你放心吧，咱家白蹄把他带来了，他就跟咱有缘，不管你将来是死是活，你爹都是咱的人啦！咱会好好待他，不让他受罪。小曲感泪涕零，跪下给皂娘磕头，叫了一声"妈——"。他告诉她父亲做了大半辈子的邮递员，对信最有感情。只要他发病了，塞给他一封信，让他送信去，他就听话了。

小曲回城后，病情迅速恶化。腊月时他强撑着，租了辆车，最后一次探望父亲。他送来了父亲留在家里的衣物，还有一纸箱伪装的信件。小曲勉强过了年，正月一出，人就没了。从此以后，再没谁来探望老曲了。

皂娘收留了老曲，除了白蹄，又多了个伴儿。那时乌玛山区东部发现了金矿，开矿的来了，再加上旅游开发，过往的车辆多了，常有车主在经过她的黄房子时，朝她讨水喝。皂娘觉得这是好商机，便把家改造成小店。热茶、家常菜、自酿的烧酒，使她的小店热闹起来了。客人们进屋后，发现有个船形澡盆，吃饱喝足了，不特别赶路的，就让她烧锅热水泡个澡，松快松快。皂娘年岁大了，男人们也不避讳她，常光着身子，唤她搓澡。皂娘看他们喜欢泡澡，就在屋子东南角，隔出间澡屋，将她打造的那个船形大澡盆搬进去。

从翠岭林场迁走的人，听说皂娘开了小店，赚着钱了，有两户眼热，也回来开起客店。这样，这个本该荒疏下去的地方，因这三户人家，渐渐成了驿站。那两户人家抢了皂娘的生意，她也不恼，因为老曲拿着信在翠岭林场废弃的老房子转悠时，没敲开过任何家门，他们的归来，至少让老曲有了送信之所。为免纷争，皂娘后来干脆不经营饭食了，专给客人洗澡，兼卖手工皂。她用榆木做了一块长方形的匾，将都柿果捣烂，用它靛蓝的浆汁，自上而下，写上"空色林澡屋"五个字，竖立在院外。从此以后，小曲信封上那个虚妄的地名，就有了人气了。

故事讲到这里，关长河再次起身，嚷着喂马。我们说，你先前不是喂过了吗？关长河说，刚才是豆饼，现在得给它点草吃。我们说马拴在草地上，它一低头不就吃草了吗？关长河"咳——"了一声，说，你们懂啥？草里也有坏草。好草跟好人一样，不多，你得去找，好马得用好草养！关长河借着月亮光，去寻他说的好草了。大概半小时后，他回来了，身上果然携带着一股不寻常的草香。不过他湿了一只鞋子，原来他在溪边滑了一跤，一只脚掉进溪里了。他脱下那只湿鞋，放在篝火上，当咸鱼来烤，而它的确散发出咸鱼特有的味道。

不等我们催他，关长河一边烤鞋，一边把故事讲下去。

皂娘给客人洗澡，总是带着老曲，而且无论白天黑夜，澡屋都得点根蜡烛，不然老曲会不安。

客人进了澡盆，先泡上个十分二十分钟的，皂娘这才带老曲进去。为方便给客人服务，皂娘坐在澡盆旁的一只四脚矮凳上，老曲则与她平行着，坐在一把高背椅上。老曲手里攥块肥皂，目不转睛地盯着客人，像警察瞄着小偷。

皂娘给人洗澡，是从脚开始的。她让客人仰躺着，先洗正面。她会把客人的脚趾掰开，轻揉轻洗，好像每个脚趾都是花骨朵，得格外爱惜，不然就被碰落了，这时的她就是个花匠。洗过脚后，她变身为琴师了。她纤细苍老的十指，会将客人的腿认作竖琴，在上面轻轻弹拨，抖掉风尘。男人们腿间的私物（皂娘称之为"淘气包"），她也不避讳，她耐心而轻柔地清洗它们，就像对待婴儿一样。而洗到客人的胸腹部，她就像要为盛宴中的菜肴，找一张光亮的桌子来摆置，反反复复地擦拭，这时的皂娘就是厨娘了。洗过胸腹，她会拎起人的胳膊，把腋窝当鸡窝来打扫。有的人害痒，会呵呵笑起来。客人一笑，老曲也笑，"哗啦哗啦——"的洗澡声，也像是在没完没了地笑。而皂娘是不笑的，她洗过胳膊，会让客人翻身，俯卧澡盆，洗客人的反面——搓背。她先是灌溉农田似的，把温水撩到人的肩背上，然后从尾骨开始向上搓，手指如翻转的浪花，层层推进，一直到后脖颈。她不断重复这个动作，不断加力，清理陈年旧账似的，将脊背的尘垢一扫而光，让它成为朝霞映照的湖面，明媚鲜润。之后她洗他们的臀部，她苍老的手就像受伤的鹰，在努力爬过高山。待到攀至峰顶，她会擂鼓庆祝似的，朝着屁股，快意地"啪啪——"拍打几下，这也是让他们回转身的指令。

客人回到正面后，澡盆的水多半混浊了。这时皂娘会起身，端来一盆温热的清水，放在她坐的矮凳上，让客人侧身，而她屈身站着，为他们洗头。她洗头很费心思，先是揉捏太阳穴和耳蜗，然后才浸湿头发，从老曲手里取过肥皂（也许是玫瑰皂，也许是松露皂，这得依据客人的喜好了），将头发均匀地打上肥皂，让头发与皂液先亲密接触着，将手移至眉毛，用指甲理顺它们，然后再修剪树木似的，仔细清理了胡须，这才去洗头发。此时的发丝经过皂液的滋润，非常好洗。皂娘洗头的时候，手会淹没在雪白的泡沫里。老曲看不见皂娘的手了，会紧张得跳起来，呜哇喊叫，急出泪来。皂娘就得抽出手，晃晃给他看。沾在皂娘手上的肥皂泡出水后，如绽放的爆竹，"嘭啪——嘭啪——"地破灭。老曲见皂娘的手在皂花开放后，完好无损，这才坐回去。皂娘洗完客人的头，会把洗头水泼掉，再往澡盆加上几瓢热水，撒上晒干的野菊花瓣，丢下一条干爽的毛巾，让客人独自静默地再泡上一刻，出浴后自行擦干身体，然后她带着老曲，轻轻关上澡屋的门（如果是白天，她会先把蜡烛吹灭了），出去饮酒了。她每给客人洗完澡，都要用一盅酒来慰劳自己。

起先来洗澡的客人们，出浴后会给皂娘留下三四十块钱，后来因为来的人多，价钱自动涨到五六十块了。皂娘带着老曲受羁绊，进城采买不容易，就跟客人说在山里花钱麻烦。有心的客人便问她想买啥，可以给她捎来。皂娘说，人活着最要紧的是打点肚子，吃喝最重要了。皂娘的话传扬开来，客人们再去空色林澡屋，付给她的就是吃食了。鸡鸭鱼肉，烟酒糖茶，大米白面，腊肠豆干，挂面粉丝，瓜果梨桃，油盐酱醋，甚至姜葱蒜，真是要啥有啥。

老曲跟了皂娘，就是掉进福堆了。他胖了，气色好看了，说话声音也洪亮了。他一旦发病，皂娘就往他手里塞上一封信，让他去投。怕他走丢，她会让白蹄带着他。那两户回到林场开客店的人家，不知收了多少信。他们心疼皂娘，信攒了一沓后，又悄悄给她送回来。白蹄有时想撒欢儿，就不把老曲往客店带，而是领进山里。有窟窿的树桩，在老曲眼里就是邮筒吧，他会把信投进那里。皂娘是怎么发现这个秘密的呢？有回她为了得到烧柴，扛着斧子去劈树桩，结果劈出一封信来。

皂娘知道老曲有时连人和邮筒都分不清了，对他更加体贴。白酒要给他温过，茶水绝不让他喝凉的。老曲喜欢吃带馅的东西，包子饺子和馄饨，就是她家灶上的主角。过年时皂娘一身旧衣裳，可她会在腊月带着老曲进城，给他买新衣新帽。她还会给他糊上一盏红灯笼，除夕夜往他衣兜揣上花生瓜子，让他提着灯笼出去转。

皂娘和老曲睡一铺炕，但不是一个被窝。因为老曲来后，她添置了一套铺盖，被褥枕头，一应俱全。他们洗澡时，总是老曲在先，皂娘在后。人们说起他们的事儿，无不哀叹，说要是时光倒流三十年多好啊，皂娘和老曲就能搂在一起睡了。

老曲闲下来时，爱摆弄皂娘的鼻子，他老想做英雄，把它拯救到正路上来。他揪着她的鼻子，执拗地拽向脸颊中央，就像牵一匹不听话的烈马。有好多次，鼻子仿佛是归于正位了，可他一松手，它又回根据地了，让他好不沮丧。皂娘常被他弄疼鼻子，也是烦了，又留起长刘海，遮着那半张脸，这样老曲就放过她的鼻子了。

又过了几年，皂娘把那绺长刘海再次铰掉了，不说你们也明白的，老曲死了！

他是怎么没的呢？说是那年夏天有个客人洗完澡，出了澡屋，掏出一个巴掌大的游戏机，边玩边喝茶。老曲凑过去，见好几只骷髅头在动，大叫一声"捉鬼"，之后一个跟头栽倒在地，瞪着一双惊恐的眼睛，走了。

皂娘把老曲埋葬在黄房子西侧的松林中，逢年过节，不忘了带供品去看看他。每逢吃饺子，还习惯给他留一碗，搁在桌上。看着烛光下的饺子热气散尽，筷子没人碰，她会长叹一声，连喝几盅酒，把凉透的饺子吞掉，然后睡上一场。

皂娘依然给客人洗澡，不过带的不是老曲，而是白蹄了。她白天去澡屋，也不用点蜡了。白蹄坐在老曲坐过的地方（当然把他的高背椅挪开了），跟老曲一样机警地盯着客人，只是它手里不能攥着肥皂。谁要是在皂娘给洗胳膊时，手无意间触着了女主人的脸，它就会汪汪叫着抗议。所以入了澡盆的男人，比老曲在世时还规矩，皂娘让怎样就怎样，不敢有丝毫不恭。

白蹄老了，但它生性难改，还是做些可笑的事情。

有个客人洗完澡，做了个抽烟的动作，说要是在澡盆抽上一根烟多恣啊。白蹄跟皂娘出了澡屋后，就把桌上的半盒香烟叼起，放进澡盆。想想人抽烟得使火，它又去灶台，取了火柴送去。客人眯着眼享受时，听见白蹄"哈哧——哈哧——"进出不停，也没理会。待到他闻到烟丝的味道，睁开眼时，发现了澡盆上漂浮着的香烟和火柴。客人笑了，捞起它们，送到皂娘面前，说，你看那蠢狗干的好事。皂娘把白蹄吆喝过来，说，白蹄啊，你真是狗脑袋啊，烟丝火柴进了水，等于是人绑着石头投了河，不是找死吗？看在你跟咱一样老了的份儿上，咱就不揍你啦。从此后皂娘把香烟搁在柜顶，把火柴放在调料架上，都是白蹄难够到的地方。不过半年以后，皂娘又把它们放回原位了，她老得胳膊抬不高，取香烟火柴太费劲了。

关于白蹄，流传着的最令人捧腹的一件事，是有个客人吃饱了过来洗澡，洗到一半，放了一连串响屁，白蹄见澡盆"咕嘟嘟——"地冒出一串气泡，来了神了，以为气泡下面有鱼经过（它跟着主人去溪边时，皂娘指点给它冒气泡的水面下，有鱼活动，它因此练就了从水泡下捉鱼的本领），白蹄兴奋地奔向澡盆，张着大嘴准备逮鱼，被皂娘及时呵斥住。客人吓得双手捂住私物，生怕白蹄把他的宝贝当鱼给捕获了。

来空色林澡屋的，谁没点委屈呢。皂娘给他们洗澡时，那些委屈大的，算是找到了宣泄口，会痛快哭上一场。泪水融入散发着他们体味的洗澡水，就像汇入了世俗生活的洪流，他们拔脚出浴时，轻松了许多。

有个病入膏肓的中年人，怕自己死了再也不见日月，觉也不睡了，昼夜望天，说要多汲取点日月的精华，不然在另一世，会堕入黑暗之中，精神快崩溃了。他听了空色林澡屋的神奇故事后，特意来此洗澡。他是白天来的，但皂娘知道他的事情后，等到天黑才给他洗。她也没点蜡，带着白蹄坐在黑暗中，手指撩着温润的水，就像浇灌久旱的荒山，从他的脚到头，每一寸肌肤都滋润到，揉捏到，爱抚到，让他的每个阻塞的毛孔，都打开天窗。她问他感觉到黑了吗，客人说没有，他感觉全身心沐浴在光里。皂娘说，这就对了，要说黑，心待的地方是最黑的，可它不怕黑。它怎么不怕黑呢？它跳，咚咚咚咚，不停地跳，这样它住的黑屋子就亮了，光也出来了。你不用找光，只要你的心好好地跳，别缩，光就能找你。也怪，洗过澡，这人归于平静，把生死看淡，彻底放下，居然战胜病魔，幸存下来。他每到腊月，会带着鸡鱼猪羊，给皂娘送来年礼。

皂娘上了岁数后，更加心疼白蹄，她想让它多陪自己几年，所以不吝惜把好吃的分给它一些。每天晚睡前，不管多累，她都要蹒跚着走到院子，跟白蹄打声招呼：咱俩得好好的呀，明早不许不醒来！

皂娘最怕的就是自己先死，白蹄没了主人，谁还会收留一条垂暮的老狗呢？为此她跟那两户开客店的人家，努力着搞好关系。客人送来的东西吃不了，就分送给他们，只图万一她没了，他们能善待它。两户人家都表示，开客店剩饭剩菜多，养个白蹄不成问题。皂娘再嘱咐他们，万一白蹄做了错事，呵斥它几句就是了，老狗懂人话，千万别踢它，它老了，不经踹了。还有，万一它死了，别吃它的肉，把它埋了。客店主人都撇着嘴说，一条老狗，有啥吃头？埋，肯定埋！皂娘就安心了，回头再取几块她做的肥皂，给他们送去。

我记得很清楚，当我们还想听空色林澡屋的故事时，关长河抬眼看了下天，长叹一声，说，月亮也是个大澡盆，它用的是银河的水，要是此刻我能飞进月亮，让皂娘给洗个澡多美啊！他那语气和神态，好像皂娘在月宫烧好了一锅洗澡水，正候着他呢。我们意犹未尽，可关长河说时候不早了，该睡了。他起身的时候，朝我们要此行的向导费，说明天就出山了，夜里揣上钱，睡得会踏实。我们没有犹豫，按照事先讲好的，把钱如数给他。他很认真地在月下点过钱，拉长声说"对数——"，跟我们挥挥手，然后指向星辰寥落的东方，有意无意地说，明早朝着那儿走，就能去空色林澡屋泡澡啦。

关长河睡去了，他睡在离马很近的地方，我们在他离开后争论的间隙，还听到过他的鼾声。由于空色林澡屋只收吃食，我们先是在篝火旁，把所剩无几的罐头、干肠和饼干搜罗到一起，然后讨论去空色林澡屋的人选。因为皂娘每天只给一人洗澡，而我们只是路过，不能久留，仅一人有这福气。开始大家都沉默着，没谁主动说去，也没谁说放弃，而沉默总是风暴的前兆。

最先打破沉默的是小李，他从林业大学毕业才一年，这一路他刻意不刮胡子，留起长发，像个落魄的艺术家。也许是在大学熏陶的，他提出了一个AA 制洗澡方案。五个人都下澡盆，分别洗头、胸脯、肚子、腿和脚。我们以为他开玩笑，可他认真地说，既然大家都想洗，此分配最为合理，这样每个人都能进澡屋。他说如果大家同意他的方案，他有优先选择权，他要洗脚。因为皂娘给人洗澡，是从脚开始的，那时的洗澡水最干净，而他走了一路，脚疼得很，正需按揉。我们四个比小李年长的人，觉得他这是痴人说梦，异口同声地予以否决。接下来是对领导的话永远言听计从的小许提出的方案，他说应该领导洗。我是此行的队长，那就是说让给我洗。其他人不吭声，我赶紧识时务地说，这可不能搞特权，再说五人当中，有两位比我年长呢，他们应该有优先权。那两位年长我三岁和四岁的人，一个是老孟，一个是老薛。孟薛对望一眼，孟说应该抓阄。薛说拼酒量，把余下的酒喝光，谁没喝倒，就是谁的。老孟的好手气和老薛的好酒量，都是有名的，小李和小许，旗帜鲜明地反对。小李说，抓阄等于绕开了问题实质，张扬中庸之道，应予摒弃。小许说，拼酒量那是野蛮人的做法，极不人道。看大家争执不下，我说，皂娘愿意给风尘大的人洗澡，比一比谁的风尘大，谁就去洗。老薛呵呵笑着说，泥坑的猪风尘最大！我们大笑起来，那一刻气氛是融洽的。最后大家依着我的思路，统一想法，就是敞开心扉，诉说各自的不快，比一比谁的委屈更深，磨难更大，辛酸更多，空色林澡屋就归谁享用。从我开始，按照围坐于篝火的顺时针次序，依次开讲的是：老薛、老孟、小许、小李。

我先说。先说的好处是先声夺人，可把最刺目的痛楚当利剑亮出，让小痛楚在它面前被腰斩。我说，你们看到的我，不是我，而是非我。我自幼喜欢医学，可我那做教授的父亲，认定这地球上最伟大的职业，就是做地质学家，他居然篡改了我的高考志愿，把我送入地质大学。我毕业参加工作后谈了一个女友，是中学音乐老师，可我母亲认为一个搞音乐的妻子，私生活会像五线谱一样混乱，私下约会她，愣说我有相恋多年的女友，两家早就会过亲家了，我爱的女友信以为真，一怒之下离开我。最终我娶的老婆，你们也知道，是父母为我选的图书管理员。她太古板了，一点女人味都没有。我们过了二十几年，我等于在冰窖里活了二十多年哪！那个冷啊，不是一个正常男人过的日子。你们知道吗？我老婆健健康康的，可她说她活着就是为了等死，她厌世得厉害，华服美食，自然美景，音乐美术，男欢女爱，这些能引起人愉悦的事物，她一概没兴趣。我让她去看心理医生，她反说我有精神病。跟你们说真话吧，我受不了她，几年前与初恋女友联系上了。她还当音乐老师，就是日子过得不顺，她丈夫虐待她。为啥呢？不用说你们也猜得出来，她把初次给了我，她男人新婚之夜发现她不是处女，从此酗酒，每次醉酒打她，就逼问破了她处女身的元凶，声言要干掉这家伙。她怕说出我的名字，这男人真会提刀找上门来，所以一直跟他说我得了癌症，早死了！现在你们理解了，为什么我父母相继去世后，我的精神状态反而比以前好了？因为他们再也不能干涉我的生活了！你们说我这半辈子，活得苦不苦？

　　我以为自己的情感经历，泪迹斑斑，能引起大家同情。谁料先是小李冷笑一声，说，队长看着挺聪明的，没想到是个窝囊废！谁让你当木偶啦？是你愿意啊，不是活该吗？两个人能过就过，不能过就散，你和音乐老师现在也可以重温旧梦呀，这算什么苦呀？接着老孟"哼——"了一声，说，你老婆再冷，这冷宫不是给你孕育了个儿子吗？她要真是冰窟窿，啥种子能发芽啊？这一老一少，戗得我哑口无言。

　　接下来大倒苦水的是老薛。他像个说书人，清了清嗓子，拍了一下大腿，揉了把脸，说，你们看我这张跟黄土高坡一样的脸，就知道我遭过多少罪吧？我年轻时挖过煤，每天下井的感受你们知道吗？就跟被人抬进棺材一样，随时有被埋掉的危险。为脱离这地狱似的环境，我跟爹娘说，给我半年时间复习吧，让儿子能从地下升到地面，享受到阳光，不然这一生太黑暗了！我家那时穷成啥样呢？房子是漏的，铺盖不够用，米缸常常是空的，肥皂和灯油都使不起，我要是不挖煤，一家人可能会断顿！但爹娘听我这么说，还是咬牙同意了。我不分昼夜地复习，也是争气，当年就考上了大学。我得感谢那时大学为贫困生设立的助学金，没有它，我很难读下来。不瞒你们说，大学时我没添过一件衣裳，吃的是最差的饭菜。大学毕业参加工作后，我挣的钱大都贴补老家的父母了，依然清贫。不怕你们笑话，米面油盐、牙膏厕纸，甚至内裤袜子，无论什么，我都得精打细算，买最便宜的。好在那时单位分了套小房子给我，我才娶上媳妇。就因家庭条件差，媒人给我介绍了四个对象，只有暖瓶厂的一个工人看上了我。谁看上我，谁就是我的福音书，我娶了她。接下来的故事你们也知道的，她生的是龙凤胎，对别家而言，这是喜事，可对我们来说，抚养一双儿女成长，天天都得爬坡过日子。后来暖瓶厂黄了，她下岗了，家中用度，全靠我一人了。日子本来过得就难，偏偏我娘得了癌症，把我仅存的一点钱，都烧到手术台上了，娘的命то没保住。我爹受了刺激，高压天天都在200徘徊，最终中风偏瘫，这样我只得把他接进城伺候。因为妹妹嫁了人，我们那里的风俗，女儿是可以不赡养老人的。你们想想吧，一套四十平方米的屋子，老少三代挤在一起，是个什么景象！阳台就没晴朗过，天天吊着洗的东西；为了省下买青菜的钱，我家冬天以腌菜为主，本来不大的厨房，摆满了酸菜缸咸菜坛，没个好气味。队长嫌你爹娘干涉太多，给你改了高考志愿，可他们给你遗留了大房子，你再不痛快，也是在大房子里敞敞亮亮的不痛快啊。我呢，伺候生病的老的，还得掂掇这俩孩子上大学的学费，就差卖血啦。说真的，勘察结束，最伤心的是我了，我不愿意回到城里那个小屋啊！爹在哼哼，媳妇苦巴着脸，我就像在垃圾堆旁找食儿的秃鹫，哪有什么尊严啊。我爱喝两口酒，就想麻醉自己，可我他妈的就是醉不了，心里好像绷着根弦，千万不能倒下。我一倒下，我家就相当于公司破产了。我愿意待在大自然里，这里随处可扎营，我愿意住多大的屋子就住多大的，喝水不用交钱，烧饭不用交煤气费，太阳月亮没有被雾霾遮蔽，黑白都有灯使，电费也省了！老薛说到此时，声音颤抖，用手蒙住脸。他是否哭了？那晚西去的月亮，也许比我们看得更清楚。

轮到老孟说话了，老孟先是对老薛说，管咋的，你还有爹可伺候着。爹是什么？是太阳啊。有爹在，他就是再磨人，相当于乌云遮住了太阳，背后还是亮堂的呀。你们不知道，我是个遗腹子，爹连张相片都没留下，我不知他长啥样。我娘带我改嫁后，继父对我的狠，三天三夜也说不完啊。继父一打我，你们知道我干啥？我就坐在镜子前，对着自己的脸，在作业本的背面画爹。我画完一张，就偷偷给我娘看，我娘一摇头，我就知道画得不像。只是有一回，我拿着画像给娘看，她一看就落泪了，我知道自己画对了，这张画像我一直留着，结婚后把它镶上，除夕在家里的香案摆上相框，给爹磕头拜年。我长大后不止一次问娘，我爹咋死的？娘总是回一句，他寿路到了。直到我娘去世后，我小舅才对我说出实情。饥荒年代，我爹为了给怀孕的娘找吃的，惦记上了盘在村中井壁的一条蛇。他趁晚上井台空荡的时刻，腰间缠了绳子，带着自己用树杈做成的捕蛇器，去了水井。结果爹没捕到蛇，反倒让蛇咬了。爹中了蛇毒，挺了一天，就没气了。那条咬他的蛇，从井壁消失了。村里就这一口井，村人说我爹碰那条蛇，触怒神灵，从此喝这口井水的人都会遭殃，逼我家另打一口井，还不准爹落葬。村中几个瘦得皮包骨的汉子，把我爹抬到山坳，说是惩罚他，让他暴尸荒野，实则把他当成诱饵，打的是捕猎的主意。我小舅说，闹饥荒那会儿，村人把能吃的树都啃秃噜皮了，没啥吃的啦，动物也少，飞禽走兽极难见到。那几个男人在爹身上，设置了各种捕鸟和捕兽的夹子。那段时间，去爹尸首旁等猎物的，接二连三。爹最终为村人猎获了七只乌鸦、两只鹰和一条狼，听说爹最后只剩下几根骨头。村人不能再用我爹做诱饵时，撇下他回村。我娘生下我后，去山坳寻爹的尸骨，可她一根骨头也没捡着。我小舅说捕获的猎物，让村中濒临死亡的人，活了下来。他们也感念我爹，给我娘分了半只乌鸦。不是这半只乌鸦，我娘都没力气生下我。我不敢想爹的尸首做诱饵的情景。你们没发现吗？这三年来，我头发掉了多半，自打我小舅跟我说了实情后，我整宿地不睡，一闭眼就是乌鸦老鹰的影子。所以你们明白了吗？这一路为啥我听见它们的叫声，就心烦意乱？唉，要是皂娘能给我洗回澡，把憋在心里的委屈洗淡一点，我也不枉在这青山绿水中走一回！

老孟的诉说，应该是打动了在场的每个人。因为大家以哀悼的姿态，低下头来。最终是老薛先抬起头来，叹息一声对老孟说，毕竟都是过去的事了，现在你家过得多好哇，老婆有个好工作，儿子考上了北大，你家的日子，比这团篝火还红火，谁不羡慕啊。老孟说完，拍了一下小许的肩膀，示意该他说啦。

小许一张口，还是强调应该让领导洗。如果领导一定让给手下人的话，谁身上的味儿最难闻，谁就去洗。老薛首先反对，说，你小子脚丫最臭谁不知道？老孟也反对，说，别人都讲委屈，你不能绕过，绕过就等于刺探了别人的隐私，把自己深藏起来，这是叛徒的行为。小许被逼无奈，说他此生最大的委屈是入赘。他家在农村，在城里买不起房，只得娶了个有房的城里人。她老婆在京剧团做剧务，有演出的日子，他们就得分床睡。因为她爱舞台上扮相俊朗的小生，演出当晚回到家，她还痴迷着角色，看小许便百般地不顺眼，他就得给她个心理调整期，分居一两天，让她能够从虚幻的舞台，回到柴米油盐的日子。小许说入赘的男人，就是做了战俘，终生不得翻身。

最后登场的是小李，他先申明他的委屈，不是个人的，而是一代人的，所以他是在争取一代人洗澡的权利。小李说，不管你们有多大的委屈，你们居有定所，毕业后组织给分配了工作，医疗有保障，手捧铁饭碗。我们这代人呢，赶上了高房价、高物价、高污染空气和水源的时代。像他这种毕业后找到工作，算是幸运的。很多大学生，毕业就等于失业了，成了啃老一族。他们蜗居在父母家中，被苍老的翅膀护卫着，怀揣简历，奔波在路上找工作，在夹缝中求生存。这样的青春岁月，就像在荒漠中跋涉，该是多大的委屈！小李说以他为例，他一个月的工资3600块，去除每月房租1200块，伙食费1000块，水电煤气费300块，上网费电话费200块，看电影、日常生活用品等300块，再加上人情往来，真是属于月光一族了。即便贷款买房，五六万的低首付，对他们来说也是天文数字，不要说成家生孩子了。他大学同学中，毕业后唯一结婚的，是个叫方超的人。方超在城里找不到工作，干脆回乡开了养鸭场。他父母说早知道他回来养鸭，就不让他上大学了。方超找了个开鞋店的姑娘，日子过得挺踏实。小李说得兴味索然，我们也听得兴味索然。我对小李说，每个人都讲了各自隐秘的事情，你总得说出一桩，不然月亮都不饶你！小李哈哈笑了，指着滑向西天摇摇欲坠的月亮说，你瞧它困得都要回屋睡了，哪还顾得上咱们这帮说委屈的傻瓜！一定让我说一桩的话，我告诉你们，我的女友大学毕业去西北支教了，原想着两年支教结束，她会回城和我团聚，可是三个月前她突然告诉我，她爱上了当地公安局的一个警察，打算留在那里了。她说凡是支教期满主动留下的教师，当地政府会分给一套两居室的房子。我们好了三年，一想到我爱的女人，一生要经受大西北狂风的吹打，我就心痛！我们同居过，她喜欢吃黄瓜，身上总带着一股清香味，现在我夜里睡不着时，真是奇怪了，总能闻着黄瓜香味儿，真是让人伤心哪。小李说完，脸上浮现出奇怪的笑容。

那晚在场的人都道出了委屈，接下来就是品评谁的委屈可以下澡盆接受洗礼了。我们像是一群在婚宴上抢糖果的孩子，争得面红耳赤，互不相让。最后伤了和气，谁都没进帐篷，散开后各自展开睡袋睡下了。关长河的离开，我们毫无察觉。总之早晨醒来，飞舞着阳光的松林里，关长河和他的马，就像昨夜天空的浮云，踪影皆无了。

我们在失去向导的情况下，向着东方，艰难地走出森林。出山后果然在公路旁见到一个小驿站，那里有两家客店，提供简单的吃食。我们分别向主人打听空色林澡屋，打听皂娘和白蹄，他们一脸迷惑，说不知道。我们不相信，返程途中，只要遇见乌玛山区的人，不管他是放马的、护林的、运煤的，还是采山的、种地的、打草的，都会问空色林澡屋在哪儿。可是无一例外，他们都冲我们摇头。

我们的勘察任务完成得堪称完美，各项数据的获取非常翔实，可是我们离开乌玛山区回城后，莫不垂头丧气的。老孟老薛在单位见了我，都躲躲闪闪的。小许则变成了絮叨的老婆子，见了我一遍遍地解释，入赘其实对他来说不算啥委屈，他老婆待他挺温柔的。总之，大家都有说出秘密后，那种难言的空虚和后悔。

有一天下午小李来我办公室，送关于乌玛山区水文方面的勘察报告，这是此行他负责的内容。我问他与大西北的女友真的彻底断了吗？如果忘不了她，还是要去争取。因为在青春时代错过爱情，婚姻很容易坠入世俗的泥潭。小李眨着眼笑了，先拱手对我说，领导对不起了，接着告诉我，他与女友间的悲催爱情故事，是被逼无奈，依照报纸上看到的一条消息，编排到自己身上的；他还没女友呢。

小李见我惊愕不已，说其实关长河讲的故事，也未必真实，不然他为什么在说完空色林澡屋的故事后，不辞而别呢？因为他无法带我们抵达那里。小李还说，他也不大相信那天大家诉说的委屈。真正的委屈，不是那么轻易道得出来的。而能说出的委屈，因个人处境和地位的不同，自然也做了种种修饰或伪装。

小李的话令我动气，我将那份乌玛山区水文勘察报告甩在办公桌上，冲小李吼，你在怀疑老薛老孟和我编瞎话？小李说，领导息怒，我不是不信任你们，我是不信任那晚的场景，它太像电影了！关长河是个好猎手，更是个高超的导演，他把我们往一个情境里赶，就像把猎物圈在他的围场里，他都不用举枪，我们个个中弹，和他故事中的人物，一起成了演员。

小李是什么时候离开的，我毫无察觉。我在办公室，从下午呆坐到黄昏，无论是敲门声还是电话铃声，一概不理。下班后我给老婆打电话，谎称出差，告诉她晚上不回家了。我找了这座城市最偏僻街巷的一家小酒馆，要了油焖河虾、酱焖酥鲫鱼和啤酒，自斟自饮。在小酒馆吃喝的，还有四个出苦力的人，他们显然是进城打工的农民，头发乱蓬蓬，裤子满是灰土，衣裳汗渍斑斑，脚下的绿胶鞋散发着臭烘烘的气味，但他们热情洋溢，高声说笑。他们点的菜比我口味重，麻辣螺蛳和红烧猪大肠是主菜，配菜是花生米和海带丝，一瓶老白干四人均分，一人一海碗米饭。他们连吃带喝，胃口极佳，杯盘碗盏，最终丝毫不剩，光可鉴人，好像刚从洗碗机中出来似的。他们结账，居然采用 AA 制方式，每人花费 32 元。他们离席时，其中一人看了我一眼，说，兄弟一人喝酒多没意思呀。我顺势请他们喝啤酒，四人也没忸怩，一人要了一瓶，开瓶后对着瓶嘴，站着一口气喝光，然后快意地谢我。其中有两人还说了祝福语，一个祝我买彩票中奖，一个祝我早日抱上孙子。

我学着那几个民工，把盘中菜吃得光光的，酒也喝得一滴不剩，飘飘忽忽走出酒馆。夜已深了，我去附近的一家快捷酒店登记住宿。一口黄牙的老板娘扫了我一眼，问，就你一个人住？我说是。她诡秘地一笑，压低声说，我知道你们这些男人是来干啥的，我帮你联系小妹吧。你喜欢啥样的？我告诉她，我不喜欢小妹，我喜欢老婆子。有个老婆子叫皂娘，你要是能把她请来，给我洗回澡，我就付她五星级酒店的房费。老板娘把钥匙牌"啪——"的一声摔在柜台上，不再理睬我。

我拎着钥匙，沿着逼仄狭窄的楼梯进了鸽子笼似的房间，一头扑倒在床上。这时手机铃响了，我很想在此时跟谁说说话，按了接听键。电话是个男人打来的，他很客气地自报家门，说他姓郜，是乌玛山区林业局帮我们请向导的人，我们见过一面，下午他给我打过两个电话，我没接听，而他要说的事情紧急，所以占用我休息时间再次打来了。老郜先问我关长河一路用了多少颗子弹？我想都没想，说了个"二"字。他迟疑一下，说，你说的是"二"，还是"十二"？我捋直舌头，强调是"二"。他微妙地叹息一声，再问关长河的猎枪，是在与狼搏斗中损毁的吗？我"霍——"地从床上坐起，说我不知情，因为出山前夜，他撇下我们，和他的马一起消失了。老郜沉吟一下，说，关长河告诉他们，出山前夜勘察队在营地遭遇到狼群袭击，他为了保护我们，独自与狼群奋战，猎枪废了，弃在山中，不能归还，而他总共用掉十二颗子弹，所以行程结束，他只是还回了十八颗子弹。现在需要我们出具一份材料，证明这位向导，在我们勘察过程中协助我们完成了任务，猎枪是因保护我们而损毁的，子弹用掉了十二颗。因为猎枪是从派出所借的，不还回去，当地林业局有责任，而关长河也会因此被视为持枪的危险分子。

我抓住这个机会，问他知道关长河的电话吗，我有事想跟他沟通一下。老郜说，关长河从来不用电话，想找他，得通过他人去寻，他常年在山中游荡。我又问，关长河有家吗？老郜说，他是个弃婴，当年被人扔在山上的鄂伦春营地，所以他是鄂伦春人带大的。至于他是汉人还是鄂伦春人，无人知晓。但从他的体貌特征来看，他应该有鄂伦春血统。他至今未婚。我再问老郜，听说过空色林澡屋和皂娘的故事吗？老郜很干脆地说，没有。末了他嘱咐我尽早把证明材料写好，加盖公章，用特快专递寄来，收件地址他随后用短信发送到我手机上。我一边答应，一边乞求老郜，如果见到关长河，务必把我电话给他，请他回个电话。老郜勉强地说，好吧。

为了给关长河写那纸证明，我们勘察队一行五人又聚集在一起。我转达了老郜的话，希望大家充分发表意见，达成共识后出具证明。小许首先表态，他说，领导怎么办，我都没意见。老孟说，那晚没听见狼嗥，所以猎枪是在与狼搏斗中遭损毁这一条，写时要慎重。老薛也说，关长河显然是在撒谎，即便他遭遇了狼群，他有子弹，只要开枪，驱狼那不是轻而易举吗，何至于把枪当长矛使，与狼短兵相接呢？老薛老孟观点的不谋而合，至少冲淡了归来后，弥漫在大家之间的冷漠情绪。轮到小李，他爽快地说，当地让怎么写，就怎么写呗，毕竟关长河一路上为我们立下了汗马功劳。现在假证明满天飞，又不差这一张。小李还分析说，关长河当初嫌配给他的子弹多了，显然那时他还没有私吞子弹的想法，如果他说用掉了十二颗子弹，只有两种可能，他后来变了主意，想留下猎枪和子弹，所以提前离开我们，对当地林业局虚构了狼群的事情。还有一种可能，就是这一切都是老郜策划的，关长河是他找的向导，老郜想私藏猎枪和子弹，于是让关长河编瞎话。小李的后一种分析，让我们这些比他年长许多的人，为之侧目，他的判断不是没有道理的。大家多方权衡，反复推敲，最终形成的证明材料中，关于猎枪和子弹的内容，用的是模棱两可的句子：我们在勘察途中几次遭遇野兽袭击，向导关长河用猎枪为我们解除险情，动用了相应数目的子弹。

我将出具的证明材料加盖公章，特快寄出。

三天后我给老郜打了个电话，想问问他是否收到证明，再打听一下关长河。可我拨了几次电话，老郜始终不接听。直到下班时刻，他才简短回复了一条短信：证明收悉，诚致谢意。

这样的回复，就是告别语。我知道通过他寻找关长河，是不可能的了。

我试图让生活回到正轨，或者说是回到平庸中，可是当空色林澡屋的故事像一道奇异的闪电，照亮了人性最暗淡的角落后，我的整个生活就被它撕裂了。我在空洞的光阴中，能感受到它强烈的光明，不禁又寻着这光明而去。我把春节的休假，放在了乌玛山区。

这次没有任务在身，我谁也没找，就是一个轻松的背包客，一站一站地行进。越向北走，旅人越少。在路上折腾了两昼一夜，除夕夜我到了乌玛山区。那里正是漫天风雪的时刻，连绵起伏的山峦披挂着白雪，看上去像无尽的白色毡房，很有烟火气的样子，而其实人烟寥落。越往乌玛山区深处走，寒流越强，景色也就越壮美。我每到一处驿站，都要打听空色林澡屋和关长河。很多人知道关长河，都说他很难找到，但没人知道空色林澡屋。我每离开有手机信号的驿站，会把自己的电话号码，留给驿站主人，求他们见到关长河后，请他给我回个电话。

我就这样搭乘各色车辆，与乌玛山区冬天特有的麻雀和乌鸦为伴，在茫茫山林中寻找了六天，经过了多个驿站，直到返程在即，也没有见到关长河，更不要说空色林澡屋了。但我收获了辽阔的天空，清冽的空气，洁白的雪，满天的繁星和每家驿站灶上的热汤，它们胜过最璀璨的城市灯火和最丰盛的年夜饭，是我此生过得最知足的一个年。

离开乌玛山区的前夜，我在一家林场酒馆怅然饮酒，手机突然响了，我迫不及待地接起来。送话器先是传来一阵风声，接着是一个人沉重的喘息，一个苍凉而熟悉的声音随之响起，我立刻听出，他就是我苦苦寻找的关长河！他劝诫我不要找皂娘和白蹄了，谁也找不着空色林澡屋的。我急切地问为什么，关长河沉吟一下，说，其实当时他应该对我们说真话的，皂娘遭人举报，指控她在深山搞色情服务，去年深秋她带着白蹄，乘着那个大澡盆，从青龙河顺流而下，不知漂荡到哪里去了。我万分愤慨，说，一个老太婆怎么可能搞色情服务？关长河深深地叹息了一声，又说也有人告诉他，皂娘是洗不动澡了，所以她带着白蹄，去没人的远山修行了，她什么时候回空色林澡屋，那得跟看流星从夜空划过一样，靠机缘了。也许很快，也许数年。我再问他为什么提前一夜离开我们，他真的遭遇了狼群吗？猎枪和子弹还在他身上吗？关长河只回了一句：咱把那个带帽遮的鹿皮小帽给弄丢了。

我以为他以"咱"自称，会以皂娘的说话方式，跟我多聊一刻，可他似乎厌倦了追问，不再言语。听筒最后传来的只是"呵呵——"的声音，像他的笑声，更像那一刻横贯天地的风声。我的眼前闪现出戴着鹿皮小帽的关长河，他顽皮起来像个少年。而当他眯起一只眼时，他就是在打量你了。

关长河挂断电话后，我赶紧回拨过去，可是无人接听。再拨，接电话的是我途经之地的某个驿站的主人了，他告诉我关长河今日黄昏路过此地，他告诉关长河，有人在找他和空色林澡屋。关长河说找空色林澡屋的人，一准是喜欢和星星一起过日子的人。驿站主人掏出手机，劝他给我回个话，可他执意不肯。驿站主人为了促成通话，特意陪他喝酒。一瓶酒落肚，关长河面色和悦了，主动抓起手机，出门给我打电话。驿站主人说，关长河还回手机，我们通话的一瞬，他已经骑着鄂伦春马，离开了驿站。

我谢过这个热心的驿站主人，出了酒馆，迎着冷风，仰望银河。银河在夜空正以长剑的姿态，洒下亘古的光明，傲然插在茫茫雪原上，期待它以英雄的名义命名它。

　　不管空色林澡屋是否真实存在，它都像离别之夜的林中月亮，让我在纷扰的尘世，触到它凄美而苍凉的吻。我只身从乌玛山区回城后，生怕自己有一天会因这样那样的原因，淡忘了它，于是用七个夜晚，把这个故事记录下来。因为是复述，故事的情境和人物的对话，难免有语意的微妙差异；而因为一些当事人与我相熟，所以我将他们的真实姓名隐去了。其实真名和假名，如同故事中的青龙河与银河，并无本质区别。因为它们在同一个宇宙中，渡着相似的人。

丽　人　行

畀　愚[1]

1

紫云的第一次是在她的新婚之夜。

新郎家澍是个举止有点古怪的年轻人。他一揭开盖头，就用双手捧起紫云的脸，那眼神好像他们是历经了千山万水才走进这间洞房。而事实上在此之前，除了照片，他们素未谋面。

让人不堪的是上床后。家澍没有熄灯，也没有落帐，一言不发地把自己脱光，就那么直挺挺地戳在那里。紫云不敢看，闭紧眼睛，上牙齿紧咬住下嘴唇，紧抓住身上的衣服扣。家澍这才第一次开口，说，你这么抓着，叫我怎么办呢？

紫云一直到要被扒光才睁开眼睛，看清楚面前这个男人比照片上要瘦，白白净净的，皮肤光滑得就像是匹不曾染色的生绸。他是那么轻车熟路，用他的手指，用他的眼睛，用舌头与鼻子，在紫云身上像蛇一样游移，让人不寒而栗，同时又如火如荼。紫云忽然觉得这个男人一定玩过很多女人，甚至怀疑他

① 畀　愚　1970 年生。1999 年开始小说创作。作品散见于《人民文学》《十月》等刊。部分小说入选《小说选刊》《小说月报》等选刊及年度选本，部分小说被改编成影视作品。曾获浙江省青年文学之星称号、第八届"上海文学奖"、第十二届《人民文学》奖、《人民文学》中篇小说金奖、中国作家出版集团奖、第二届《小说选刊》年度大奖等。

这些经验就来自于街上的青楼。

可以说，紫云是一下子放开的。当有钱人家的媳妇，就要承得起富贵女人的命。紫云心里想，这就是她的命。

家澍这时又开口了，说，痛的话，你就叫出声来。

紫云没有吭声。她咬紧牙关，忍住呼吸，想起了村里老人们常说的一句谚语：只有累死的牛，没有犁坏的地。

事后，家澍拉过被子替她盖上，起身下了床，从柜子里找了身衣服穿上后，头也不回地离开洞房。一直到鸡叫头遍才回来，像个贼一样钻进被子。紫云是在半梦半醒中嗅到了他身上露水的气息，一下变得清醒，但她没有动，也没有睁眼，仍然像在睡梦中那样，任由满肚子的疑问野火般在身体里蔓延，无声无息。

鸡叫二遍时，用人在外面敲门，叫了两声少爷，说，老爷快不行了。

龚家老爷得的是肺痨。每年入秋开始发作，断断续续一直要到春回大地，他的病也跟着去得无影无踪。可是，在日本军队进驻秀州城周年的那天，为了彰显中日之间的"善邻友好"，他从病榻上被拉起来去观礼，在风雪中整整站了大半天，回来后再也没有下过床。一直熬到开年，龚老爷在床上拉住儿子家澍的手说，我要去见你妈了，你就不能让我看着儿媳妇进门再闭眼吗？

龚老爷混浊的目光最后是停留在紫云脸上咽气的。喜事在这天早上转眼成了丧事，龚家上下又开始忙活起来，忙着摘掉那些大红的囍字，挂起早已备好的白幡。在一片沉闷的哭声里，家澍的脸上却看不出有多少悲伤，就像在婚礼上他并没有一丝喜悦。

当天守灵到傍晚时，两名风尘仆仆的祭拜者冒失地闯进灵堂，恭恭敬敬地行完大礼后，被家澍请入后堂。紫云犹豫了一下，接过用人手中的托盘，刚把茶水端进门口，就发现围坐在桌前的三个男人一下都闭嘴了，抬头看着她。

紫云低下头，把茶盏依次放在桌上时，那个面容宽厚、年纪略长的男人忽然说，这是新娘子吧？

家澍说，紫云，见过刘先生。

紫云施了个福后，转身离去，一直到跨出门槛依然能感觉到，刘先生那宽厚的目光里就像长着一只手，正从后面抚摸着自己，让她的每一步都迈得特别别扭。

隆昇米行在秀州城里的名声是龚家几代人点点滴滴积攒起来的。跟外面的许多米行不同，他们从来不会玩那种大斗进、小斗出的把戏。隆昇米行的量器都坖在店堂的正中央，而最显眼的还是写在照壁上那个巨大的"诚"字。

每年割完早稻，粜米的木船从四乡八里汇聚过来，堵满了龚家的河埠，也阻塞了整个城市的河道。这是龚家一年中最忙碌的收米季。店里人手不够用，就把家里的用人支过去，只剩下做饭的老妈子与太太们，在院子里架起三口大锅，做完饭菜，烧开茶水，再用板车拉到米行。然而，这些祖传的持家之道在家澍当家后都变了。他不仅把父亲的两位姨太太都遣回娘家，还把收米期间的伙食全部包给了百福楼饭庄，自己也日夜混迹其中，迎来送往，不是喝花酒，就是推牌九，有时候忙得连家都顾不上回。

一天，紫云的母亲从乡下来看望女儿。在龚家住了一个晚上后就把什么都看明白了。临别时，钱嫂用一种失望的眼神看着女儿，说，你真是白长了一张漂亮脸蛋。

紫云长得漂亮在钱王甸村一带是出了名的。每个见过她的人都觉得这姑娘不该是乡下人的命，她应该嫁到城里，就算成不了大户人家的少奶奶，至少也得吃上香的，穿上绸的。为此，父亲从小就把她送进私塾，将来还准备送她去省城的学堂。可是，到了紫云九岁那年，父亲忽然不辞而别。

紫云的父亲在未成年时就出外谋生，在城里的药行干了十多年，从扫地的学徒一直做到账房先生。后来，药行在上海开了分号，他去当的还是账房先生，唯一的区别就是回家的次数更少了，通常只在春节才回来一趟，住不到正月半就匆匆离去。父亲最后一次回家是在那年的清明过后，两手空空只带回了一个还不满三岁的小女孩，说是朋友家的女儿。这个可怜的孩子父母双亡，现在成了孤儿。父亲从妻子的脸上收回目光，伸手摸着紫云的脑袋，说，让久红当你的妹妹，好不好？

原来，这个只知道吮着手指的小女孩叫久红。她在这天晚上改姓钱。

钱嫂却坚信这是丈夫在外头生的野种，当晚就在床上吵了大半夜。第二天醒来时，发现丈夫已经离去，只在枕边留下十个大洋。

晌午时分，县城的一名警察带着两个穿长衫、戴礼帽的男人闯进家门。钱嫂一下就有点明白了，丈夫这是拐带了别人家的孩子。

警察把她拉进灶间，那两个男人不停地问，钱继昆是什么时候回来的？又是什么时候离开的？去了哪里？问完钱嫂问紫云，接着又在屋里翻箱倒柜地搜了一遍后，其中的一个男人伸手托起小女孩的下巴，还没有开口问，久红哇的一声哭了。

三个男人在钱久红的哭声中离开后，钱嫂再也坐不住了。第二天一早，她搭船去了城里，找到广济堂药行，拉住老东家的衣袖眼睛就湿了，说，我家继昆是怎么了？他到底犯了什么事？

老东家斟酌了一会，说，应该是叛乱。

这两个字钱嫂以前只在戏文里听到过，马上反驳说，他一个拨算盘的，拿什么去叛乱？

老东家又斟酌了一会，说，若不是叛乱，上海那边要杀那么多人干什么？说完，他吩咐伙计取来两包黄芪与党参，让钱嫂带上回家。老东家用手掌在脖子里比画了一下，最后说，这可都是杀头的罪孽。

钱嫂不相信一个有家有口的男人会犯下杀头的罪孽。她始终觉得丈夫会在哪天忽然回来，于是开始慢慢习惯了眺望，只要一空下来就会站在门外，脸向着村外渡口的方向。直到女儿出嫁前的那个黄昏，钱嫂才醒悟过来，看着正在屋里洗头的紫云，说，妈这下半辈子怕是要靠你了。

2

突袭秀州城的战斗如同黎明前下的一场暴雨，一时间子弹横飞，炮弹炸得大地颤抖，让每个从睡梦中惊醒的人都有一种活不到天亮的错觉。紫云却丝毫感觉不到恐惧，她只是觉得寂寞，直挺挺地躺在床上，睁大眼睛盯着漆黑的房顶，想象着炮弹从天空中掉下来，砸穿屋顶，在她的床上炸开。

天亮后，枪炮声静止了，就像全城都死绝了一样，连平日院子里的鸟鸣之声也消散得无影无踪。

慌乱中敲开龚家大门的是米行里的伙计。他一边往里跑，一边不停地叫着东家，见到紫云才勉强站定，说，少奶奶，库房挨了炸弹。

紫云说，那就找人去修，你跑这里来有什么用。

国军不让进，他们围了米行，要征我们的粮。伙计说，掌柜的请少爷快点过去。

婚后的第二年，家澍就开始在玉楼春里过夜，这在龚家已是公开的秘密。紫云看了眼站在院子里的用人，见每双眼睛都在注视着自己，就有点犹豫地迈下台阶，一声不吭地朝大门外走去。

大街上到处可见穿着黄布军装的国军官兵，有的在张贴告示，有的怀里抱着大捆的青天白日旗，挨家挨户地敲开商铺的大门，不仅强卖，还勒令马上要挂起来。经过迎秀桥时，紫云看到一群被看押着的日伪士兵，就像螃蟹那样由一条麻绳串着，浑身血污地蹲在桥下的空地上。

空地的另一侧，唐家老太爷孤零零地跪在那里，身上只穿着男人睡觉时才穿的短裤。显然，他是从床上被拖起来的，赤着两只脚，花白的头发就像茅草一样零乱。他看着紫云的眼神，早已失去了昔日维持会长的风采。

唐老太爷忽然挺直身子，冲着紫云一嗓子：龚家少奶奶，我冤哪。

士兵一枪托把唐老太爷砸倒在地。紫云发出一声惊呼后，走得更快了，一直到进了米行，看到那些士兵步枪上明晃晃的刺刀，才放慢脚步。

坐在天井里喝茶的是名胡子拉碴的上尉。见到紫云他的眼睛就亮了，像一下粘在了那张漂亮的脸上，好一会才对吴掌柜说，这就是你们的东家？

吴掌柜忙躬下身子，一连说了三个是后，说，这是我们少奶奶。

吴叔，去把柜子上的大洋拿来。紫云听到自己的嗓音有点发抖，就上前一步，用力地说，还有保险柜里的。

吴掌柜叫了声少奶奶后就不知道说什么好了，睁大眼睛看着她。

快去。紫云说完，踏实了一点，又上前两步，端起桌上的茶壶往上尉的茶杯里加满水后，顺手摘下腕上的一对龙凤镯，放在茶杯一侧。

我们是忠义救国军。上尉看了眼桌上那两只金灿灿的手镯，继续仰面看着紫云的脸，说，我们不是山上下来的土匪。

日本人的粮仓里有的是东洋大白面……长官要是征了我家这些谷子，还得找地方去碾成米，还得征船来装运。紫云说，长官，钱是装进口袋就能带着走的。

你是在贿赂长官。上尉笑嘻嘻地站起来，把脸凑到紫云面前，说，你知道向革命军人行贿要判什么罪吗？

紫云说，长官们跟鬼子拼命，我们老百姓表一点心意犯什么罪了？

说着，她站到一边，等吴掌柜捧着托盘里的大洋出来后，示意他放在桌上。

可这些不够。上尉说，跟后面仓库里的谷子比，这只能算个零头。

不够我们接着凑。紫云说，长官只要有时间等，我们一定把钱数凑到够。

上尉想了想，忽然抓起紫云的一只手。紫云的脸一下子涨红了，用力挣，但没能挣脱。上尉伸出另一只手，拿过桌上那对手镯，一起套进她手腕，说，记住，我们不是土匪，我们是抗日的军人。

临走前，上尉写下一张收条，说就算是他向米行借的，等到抗日胜利，就凭这张收条来找他要钱，如果他还活着的话。紫云没有出声，接过收条就撕得粉碎，随手扔在桌上。上尉一下瞪圆眼睛，重新把眼前这个女人上下打量了一遍后，说，你可真不像个少奶奶。

那像什么？紫云说。

压寨夫人。说完，上尉大笑着一扬手，带队离去。

吴掌柜拿起桌上的纸片，一脸惋惜地说，少奶奶，你怎么把它撕了呢？

留着干吗？紫云吐出一口气，说，留着让日本人来砍我们的头？

吴掌柜说，日本人都让国军赶走了。

这么容易就能赶走吗？紫云说着，再也不去看那些仍然盯在她脸上的眼睛，若有所思地穿过天井，一边走，一边说，谁知道日本人什么时候会杀一记回马枪呢。

吴掌柜就像触了电，一下松开手，纸屑纷纷扬扬地飘落在地。

紫云一直走到街上才站定，想了想后，朝着玉楼春的方向快步走去。

玉楼春是幢中西合璧的两层楼房，门口挂着两盏红灯笼。一名杂役正在打扫台阶，他用一种奇怪的眼神看着紫云从身边经过，一直看到她穿过厅堂，踏上楼梯。

这是龚家的少奶奶吧？老鸨在楼梯的转角拦住紫云，笑着说，这里可不是少奶奶该来的地方。

紫云看了她一眼，但脚步没有停留，迎着她的笑脸一步步地朝上走去，不急也不缓。

老鸨侧身让到一边，靠着楼梯的扶手，又说，少奶奶，你可要自重。

紫云回头又看了她一眼，往上走的步伐却一下变得轻快。

宝钗是玉楼春里的十二金钗之首，但身上却看不到丝毫的风尘之气。相反，她看上去更像个端庄贤淑的少妇。她大大方方地把紫云让进闺房后，竟然还倒了杯水，说，龚少爷昨天晌午就去了省城。

紫云环顾着屋里的陈设，没有说话，也找不出该说的话。

这时，宝钗绕到紫云面前，气度从容地看着她，又说，开门都是客，我们是没得选的。

秀州城短暂的光复仅仅维持了两天。第三天，日伪的混合编队由水陆两路进发，傍晚前赶到城里时国军已经闻讯撤离。临走前，他们在迎秀桥桥头用一把缴来的军刀砍下了唐家老太爷的脑袋。

新任日军指挥官是个肤色黝黑的少佐。他乘坐火轮驶进秀州城狭窄的河道时，鼻梁上架着一副墨镜。没有人可以看清他脸上的表情。人们只看到他军刀上暗红的刀绪随风翻卷。

樱田少佐到任后的第一件事，就是在国军留下的告示上面覆盖上新的告示。告知镇上的每个居民，皇军要重修被炸毁的炮楼，加固防御工事，并且执行宵禁制度，为的就是确保每户居民的人身与财产安全，共建大东亚共荣圈的皇道乐土。然后，他派人把街上的商户分批请进军营，让他们在认筹簿上写下捐纳的数额后，再挨家挨户地催缴。

家澍就是在这个时候从省城回来的，手里提着一盒鼎茂兴的糕点。他并没有急着回家，而是先去了玉楼春，在宝钗的房间里打开糕点盒，从底层取出一个本子，说，这是新的密码，上面要求我们把电台重新恢复起来。

宝钗收起本子后，说，你前天就应该回来。

联络人迟到了两天，我只能等。家澍在一张摇椅里躺下后，说，给我倒杯水。

你还是回家吧。宝钗没有听他的，反而走到门边。

家澍看着她，说，怎么了？

宝钗拉开门，冲着外面喊：妈妈，龚少爷要走了。

家澍一直等到老鸨站在了门外，才懒洋洋地站起身，走到宝钗跟前，伸手抬起她的下巴，说，你可越来越不像个婊子了。说完，头也不回地出了屋子。走到楼梯口时，家澍站住，扭头看着老鸨，说，她这是怎么了？

老鸨支支吾吾，赔着笑脸把家澍送到门口，才犹豫不决地说，龚少爷，少奶奶来过了。

家澍一愣，背起双手，头也不回地跨出门槛。

紫云见到丈夫进来时，正在房间里刺绣。她赶紧放下手中的针线，站起身讨好地说，你吃了没有？我让厨房开炉子去。

家澍摆了摆手，说，让他们打盆热水来，我先躺一会。

紫云在替家澍洗脚时看到他脚掌上的水泡，不禁说，你走了多少路啊？把脚走成这个样子。

家澍说，新鞋，硌脚。

紫云看了眼扔在一边的皮鞋，没有再说话，轻轻地替他把脚擦干，套上拖鞋，侍候他宽衣。

家澍在床上碰了碰她，说，去把窗户关了，陪我躺一会。

紫云一下就想起了玉楼春里的妓女宝钗，说，大白天的，让用人们笑话。

　　家澍固执地说，那你上来，给我敲背。

　　许多话都是在敲着背的时候说的，从米行的库房被炸穿，一直说到那张撕碎的纸条。紫云跪在床上，就是只字不提玉楼春，不提那个叫宝钗的妓女。家澍也没问，趴着就像睡着了一样，有一会还响起了轻微的鼾声。可是，就在紫云起身拉过薄被替他盖上时，他一下醒了，抓住紫云的手，把她拉进怀里。

　　家澍想了想，说，往后家里这摊子生意，你帮我多看着点。

　　紫云的心怦地跳了一下，枕在他胸前，好一会才说，为什么？

　　什么为什么？家澍笑了，五根手指插进她的头发里，说，这也是你的家。

　　紫云却又想起了宝钗那张气度从容的脸。她使劲抿住嘴唇，使劲把脸埋在家澍的胸口。

3

　　樱田少佐跟他的前任不同。他从不随意抓捕平民，也不允许手下的士兵在城里肆意地寻欢作乐。有时候，他甚至不像个军人。他喜欢把自己打扮得像个中国的绅士，穿起长衫，戴上礼帽，带着卫兵在街上到处闲逛，看到小孩还会掏出糖果硬塞进他们手里，一边笑着，一边摸着他们的脑袋说，咪西咪西。

　　秀州城里的老百姓开始把这个日本军官叫作咪西咪西时，都还不知道他更喜欢的是街上的女人，特别是那些风姿绰约的少妇。看上了就派人悄悄地尾随，到了夜里再让翻译官带着卫兵闯进女人的家里，客客气气地把她请出来，请进他在军营旁边的一个院子里，一直到第二天早上才放回去，神不知，鬼不觉，除了那些女人与她们的丈夫。

　　樱田第一眼见到紫云时正从拘置所的大门出来。他每周都会轮流巡视管辖的各个部门，警备队的拘置所就是其中之一。樱田看着紫云从旁边的角门被带进去，低着头，穿着一袭素色的旗袍，身后还跟着一名挎着包袱的女佣。樱田一直看到角门关上，才莫名地感慨地说，漂亮的女人有时候就像块新鲜的鲷鱼片。

　　拘置所长是名伤残老兵，他不置可否地伸着缺了四根指头的手掌，用日语说，长官，请上车。

　　樱田坐进他那辆三轮摩托的车斗后，忍不住又望了一眼那扇关上的角门。

　　紫云是来给家澍送替换衣服的。狱警把她带进一间探视室后，在那里等了很久，才见丈夫从另一扇门被带出来。他身上穿的还是昨天早上离家时的那件长衫，只是皱巴巴的，上面沾着许多污渍。

不用哭，这是个误会。家澍轻松地说着，从衣袖内抽出一块绣花的手帕，轻柔地擦了擦紫云的眼睑后，顺势塞进她手里，又说，你回去找唐家的大少爷，请他跟日本人打声招呼，他们就会放了我。

事实上，紫云的眼里根本没有泪，甚至连哭的想法也没有。她只是用一种有点漠然的眼神看着丈夫。

家澍是在将近半夜的时候碰上巡逻队的，就在离玉楼春不远的巷口。巡逻队里的皇协军都认识隆昇米行的东家，都知道他这时候是从赌场出来，赶着去玉楼春里过夜。可今晚带队的是个新来的日本军曹，还没听完家澍的辩解，就甩手给了他一个巴掌，说，八格。

第二天一早，玉楼春里的听差带着宝钗的口信来到龚家，说龚少爷昨晚被抓了，关进了日本人的拘置所。

伙计还想再说什么，却被紫云打断。她对用人说，送客。

离开拘置所的一路上，紫云忽然有一种难言的悲凉。一下子，胸闷得喘不过气来，直想吐。

宝钗就是在这个时候出现的。她撑着一把遮阳伞从裁缝铺里出来，一见紫云就快步迎上去，关切地拉起她的手，说，少奶奶，我们借步说话。

紫云用力挣了一下，发现宝钗的力气大得惊人，不由惊讶地看着她。

用人上前叫了声：少奶奶。

宝钗看着紫云，又说，跟我来吧，就几句话。

你在这里等我。紫云对用人说完，几乎是被宝钗拖着穿过大街，进了对面的一家茶楼。

伙计摆上茶点后，宝钗起身关上门，耳朵贴着门板听了会，转身问：见到他了？

他？紫云从鼻孔里发出一声冷笑，直视宝钗的眼神却越发变得警觉，说，你想对我说什么？

他给了你什么？

这关你事吗？紫云说着，站起身来。

宝钗挡在她面前，伸出手，说，把它给我。

紫云一愣，这才想起家澍塞进她手里的那块绣花手帕。她睁大眼睛看着宝钗，好一会才说，你要来干什么？

宝钗仍然伸着手，没有说话。

紫云盯着她的眼睛，又说，你是什么人？

宝钗用掏出的手枪做了回答。她把枪口顶在紫云的腰间，说，少奶奶，我没工夫跟你废话。

那块手帕就随意地别在紫云旗袍的斜襟上。她只是低头看了眼，就被宝钗一把抽去，放在鼻子前用力嗅了嗅后，连同手枪一起收进坤包。

宝钗走到门边，回头看了眼呆若木鸡的紫云，说，你不用怕，我跟你丈夫是同样的人。

那你怎么不关在牢里？紫云忽然说。

宝钗愣了愣，但马上笑了，说，你希望我跟他关在一起？说完，她重新走到紫云面前，抬起她刚刚握枪的那只手，把紫云挂下来的一绺头发拨到肩后，说，你丈夫只是闯了宵禁，他不会有事的。

然而，三天过去了，家澍仍然没有被释放。这三天里，紫云不光找了唐家大少爷，还与吴掌柜分头找了新任的维持会长、警察局长、商会的总干事。他们几乎把秀州城里能跟日本人说得上话的熟人都找遍了，但等到的结果都是摇头与叹息。

日本人不要钱，也不放人。警察局长靠在一张藤椅里，意味深长地看着紫云，说，那他们一定是看上了别的。

樱田的翻译官引着紫云穿过院子时，天色已经黑尽。他一边走一边说，放心吧，明天回家你就能见到龚少爷了。

紫云一下站住，扭头盯着他，却怎么也看不清他的脸。

翻译官是个口音浓重的东北人。下午，他站在龚家的前厅递上了自己的名片，直截了当地说，樱田太君请龚太太晚上过去，地址就写在这背面。

紫云说，我死也不会去的。

不要轻易地说死，还是再考虑考虑吧。翻译官彬彬有礼地说，不过，也别让太君等得太久……等到炉子灭了，再添柴火就什么都晚了。

说完，他摘下戴在头上的凉帽，躬身告辞。

紫云呆立在前厅的一根柱子前，手心里攥着那张名片，很久才转身回了后院的卧房，在床上整整躺了一个下午。晚饭时，她破天荒地让用人开了坛陈年的花雕，可刚端起酒杯，就忍不住捂着嘴跑到门外，俯在墙边干呕到满眶都是泪水。

用人递上一块热毛巾，小心翼翼地说，少奶奶，是不是请郎中来把个脉？

紫云一愣，泪眼模糊地看着用人，好一会才接过毛巾，捂在脸上。

而此刻，翻译官仍然彬彬有礼地等紫云迈上台阶，朝着透出灯光的屋内又做了个请的手势。

樱田用来泡澡的浴缸是原先架在东城门楼上的一口大石棺，青石的棺身上雕刻着海水与莲花的图案。他湿漉漉的脑袋靠在石棺的边沿，看着紫云，用生硬的汉语说了声：来吧。

紫云站着没有动，只是忍不住哆嗦了一下。

樱田等了会，有点不耐烦了，哗的一声站起来，赤条条地跨出石棺，一把捉住她，抱起来就丢了进去。

水花溅得满地尽湿。

紫云看到体内流出来的血，才知道自己真的怀孕了。她开始拼命挣扎，却被樱田摁住。

樱田换了个体位，抓着她的头发，把她的脑袋一直按进水里，很久才呼出一口气，说，哟西。

紫云被拖出石棺时，里面的水已经染成粉红。樱田却毫不在意，把她像块破布那样挂在石棺的边沿，站着用力干完，才低头又看了眼沾在腹部的鲜血，重新跨进石棺，洗了会，忽然想起来，用日语说，你辛苦了。

天快亮时，义公所的收粪工最先在隆昇米行的河埠头发现紫云。后来，米行的伙计卸下一块门板把她抬往龚家时，吴掌柜再三强调，少奶奶这是失足掉进了河里。她这是大难不死，必有后福。

医生离开后，紫云睁着一双失神的眼睛，看着站在床边的家澍，见他始终没有说话，就闭上眼睛，强忍着不让眼泪流出来。可是，泪水还是忍不住，从眼角的缝隙中挤了出来。

两天后，身上的血止了。紫云下床，从柜子里拿了身外衣换上后，拉开房门，就见家澍正站在门外。

家澍上下看了她一眼后，说，你要干什么？

紫云低下头，说，我想回家。

说什么疯话？家澍抓住她的一条胳膊，把她拉进屋里。关上门，他的语气平和了许多：你要听医生的话，你得静养。

你能静得下来吗？紫云仍然低头看着自己的脚尖，说，我们的孩子没了。

家澍沉默了一会，说，这没什么，孩子还会有的。

说着，他伸手搂住紫云的肩膀，半推着她走到床边，扶她躺下后，蹲下身，轻柔地脱掉她的鞋子，拉过夹被替她盖上。

紫云看着他，忽然说，你是怕我去告发你。

家澍一愣，在床沿上坐下，说，难道你还想去见那只畜生？

就像一根针扎进心头，紫云瞬间痛得要命。她在被子里用双手使劲抓着床单，拼命地抓住。

4

1942年初春，天气毫无回暖的迹象，依旧寒风萧瑟，百木凋零。

家澍跟着一名持枪的日本士兵穿过军营，就见樱田穿着衬衫，蹲在廊下用一块油石打磨他的军刀。这里原本是座公祠，只是门前的许多古树与石碑都已被清空，成了练兵的操场。

在翻译官的示意下，家澍摘下帽子，躬身叫了声太君。

樱田充耳不闻。他一直要到把军刀打磨到满意后才直起身，仔细地擦干净刀身，一抬手就把它架在了家澍的脖子上。看着家澍变白的脸色，樱田愉快地笑了，收回刀，说，请。

合约书早已摆放在屋里的桌上。家澍却不敢入座，一脸难色地看着樱田，说，太君，我们做的是小买卖……我是担心会耽误了皇军的大事。

为皇军服务，小买卖不就成了大买卖？翻译官掏出钢笔，冷冷地说，你就把它看成是樱田太君对你的补偿吧。

家澍的脸色又变了，慌忙接过钢笔入座，工整地在合约书上签上名字，并且按上手印后，马上又站起来，规规矩矩地站到一边。

樱田满意地点了点头，亲自从柜子里取来一瓶清酒，说要跟龚桑喝一杯。翻译官有点意外地看着他的主人。这时，樱田和颜悦色地伸手，示意家澍在他对面坐下，一边倒酒，一边说他家在名古屋是开酒坊的，这种樱田烧是日本很有名的清酒。等到翻译完，他举起酒盅，又说，那我们就像生意人一样喝一杯。

翻译官在两只酒盅都放回桌上后，对家澍说，樱田太君的意思是说，大家都是生意人，龚少爷喝水可别忘了挖井人。

家澍连声说了两个明白。出了樱田的办公室后，他像是松了口气，对翻译官说，原来日本人也知道吃回扣。

翻译官没有出声，直到把他送出军营，才站定，说，我能猜到你的心思，我劝你别做傻事。

命都攥在了你们的手心里，我能做什么傻事？家澍看着翻译官，笑了笑，说，你知道乱世中什么最贴人心吗？不等翻译官开口，他马上又说，钱。

翻译官冷笑一声，说，乱世中最要紧的是活着。

家澍深深地看了他一眼后，拱手离去。自此，隆昇米行开始代理秀州地区军粮的征收与采购业务。这是一份肥缺，也是一份苦差。随着日军的战线在东亚快速拉长，物资已经成为决定这场战争输赢的关键。

当晚，家澍靠在宝钗的床上，闭着眼睛说，到时间你就发报，把我的情况也报上去。

你应该事先向上面请示。宝钗放下梳子，端详着镜子里的脸，说，我们不是猎犬，我们只是送信的鸽子，跟日本人走得太近，迟早会殃及池鱼。

你让我怎么请示？家澍睁开眼睛，看着她的脑后勺，说，我让樱田等着，等我先向上峰汇报？

宝钗转身看着他，说，先斩后奏一向是军统的大忌，如果这份电报重庆方面不予备案，你就真成了一名汉奸。

家澍愣了愣，说，不是还有你可以替我证明嘛。

如果我活不到那个时候呢？

家澍一下闭嘴了，目光在沉默中变得宁静，看着宝钗，一直看到她披头散发地站起身，走到床边。

宝钗俯下身，长发就像瀑布一样从肩头倾泻而下，盖满了家澍的脸。

忽然，她松开接吻的嘴唇，说，你接近樱田另有目的，你想除掉他。

干掉一名日军的军政主官，只会遭来更加血腥的报复。家澍平静地看着她，说，我是这种人吗？

宝钗闭上眼睛，好一会才睁开，说，你有没有后悔过？

后悔什么？

后悔走上了这条路。

家澍想了想，说，有时候是路堵在了脚下，我们身不由己。

可我后悔过，不止一次。宝钗说着，从他身上翻下来，仰面望着屋顶的吊灯，喃喃地说，我一直在想，当初要不是每一步都跟随着你，我早已是你们龚家的少奶奶了。说完，她苦笑一声，又说，我一心想成为你的太太，可结果呢？我连你的女人都算不上，我最终只是你包过的一个妓女。

家澍脸上有种难言的苦楚，一下想起了他们在省城学堂里的初恋时光。那时候，她的学名叫周佩雯，剪着一头齐眉的短发，每个周末都会去西湖边的一家西餐社，她说她不喜欢吃那里的牛排，她只是想隔着玻璃看外面过往的行人。一天黄昏，他们从西餐社出来，牵着手，一直走到倒塌的雷峰塔。站在那堆杂草丛生的废墟前，她说，如果我被压在下面，你会来拯救我吗？

家澍记得当时他不假思索地说，会，一定会的。

久红像只落汤鸡一样跪在紫云面前那天，天上下着倾盆大雨。

每年雨季，驻守在上游的日军都会开闸放水，为的是确保他们修筑在太湖沿线的工事不致被淹。洪水一泻千里，秀州城外昼夜间就成了一片泽国。钱嫂通常会在这个时节带着久红进城避水，就住在龚家。可是，这一次她没有来。

我妈呢？紫云像是预感到了什么，催促久红说，你倒是说呀。

久红抽泣了半天，才抬起污浊不堪的脸，说，妈死了。

钱嫂死在雨季来临前的最后一次清乡行动中。从江苏南下的日军一路抢掠，到达秀州境内时遭到游击队的袭击。他们就是追着这一小股反抗武装进入钱王甸村的。杀红了眼的日军不光点着了整个村庄，还把所有的村民驱赶到钱家宗祠前的空地上，用机枪扫射。

久红断断续续地说完这些，龚家前厅里的每个人都听得不寒而栗，好像外面在下的不是雨，而是哗哗倾倒的血水。

紫云忽然说，那你怎么活着？

久红一下止住了哭声，抬头看完紫云，又看了看站在一边的几个用人，哇的一声，捂住脸哭得更加痛彻心扉。

事实上，久红那天就躺在后村的芦苇荡里，躺在她身边的人是王家的锦清。枪声传来，他提着裤子跑去看了一眼，说，糟了，是日本兵。

锦清是王家的独子，也是方圆几十里出了名的败家子。除了游手好闲，他最擅长的就是勾搭女人。为此，家里那几亩祖产，几乎都让他赔在了女人的身上，有一次还差点让人浸了猪笼，但久红从小就迷恋这样的男人。在紫云出嫁前，姐妹俩躺在一个被窝里说话，说着说着就说起了王家的锦清。久红肆意地说，男人长得漂亮就是本事，你看他长得多像台上唱戏的小生。

紫云吃惊地看着她，想起母亲在背后常说的一句话：看她那两片屁股就知道，这迟早是只夹不住尾巴的狐狸精。

那一年，久红才十三岁，已经长得手长、腿长、脸盘大。到了十六七岁，这个体征就越发明显。她的胸脯圆鼓鼓的，两片屁股更加翘，就像匹日本宪兵骑的东洋马，让每个见到她的男人都有种上去捏一把的冲动。

缠绕在钱嫂心头这么多年的那个结反倒解开了。她对紫云说，看来，我是冤枉了你爸，这丫头真不是钱家的种。

钱嫂在临死的那一刻又想起丈夫钱继昆。看着不断从伤口流出来的肠子，她想：这么大一个窟窿，将来怎么跟继昆交代呢？

洪水刚退，家澍就带着姐妹俩赶去钱王甸村收尸，但见满目焦黑的残垣断壁间，只剩下钱家的宗祠没有被毁，在夕阳下拖着一道长长的阴影。

上哪去找？幸免于难的村民木然地看着他们，说，这么大一场水，连鬼魂都冲走了。

久红两腿一软，跪倒在宗祠前的空地上，捶着那些青石板又开始号啕大哭。紫云却站得纹丝不动，隔着泪水，出神地盯着钱家宗祠那个黑洞洞的门口。

家澍看了看天色后，又扭头看了眼带来的那几个伙计，对紫云说，要不，我们就立个衣冠冢。

紫云过了很久才摇了摇头，伸手挽住家澍的一条胳膊，就像这是她唯一的依靠那样，把大半个身体都贴在那条胳膊上。

5

时间一长，用人们都看出来了，这位亲家小姐跟她的姐姐不同，是个开朗而勤快的好姑娘，每天端茶倒水的，三餐前还会去厨房里帮着当下手。而且，说话也随和，住下没几天就对他们说，往后你们别亲家小姐、亲家小姐的叫，听着都绕口……你们就叫我久红。

话传到紫云耳朵里，她只是在心里冷笑。从小一手带大的，紫云比谁都清楚，这是个心眼多过筛子的丫头。

一天下午，久红在厨房里热了两碗桂圆银耳羹端进来，姐妹俩吃着时，紫云提醒她别跟那几个老妈子没大没小的，别跟着她们一起嚼舌头。

我就是要知道她们心里面的话。久红认真地说，这么大一个家，你底下要有人，你要知道她们背后都在说什么。

说什么，她们都是用人。紫云也认真地说，你跟她们不一样，你要让自己像个小姐，将来才会找到好人家。

我不嫁人。话一出口，久红眼前又出现了锦清那张俊秀的脸。

在冒雨逃亡的一路上，锦清就像个无微不至的丈夫。他们在秀州城外的一间破庙里住了一晚，跟许多难民挤在一起。锦清整夜都搂着她，可第二天醒来，他已经离去，一句话也没有留下。

久红的眼里蒙上了一层薄雾。她对着紫云摇了摇头，重申：我真的不嫁人，我这辈子都陪着你。

紫云舀了勺银耳到嘴里，说，女人不嫁人，那还叫女人吗？

那你就把我当男人。

久红这样说，也是这样做的。特别是在家澍不在家的那些夜里，姐妹俩就像回到了小时候。她们睡在一个被窝里，有一句、没一句地闲聊，说到伤心处，还会在心里默默地流上一会泪。久红就是在紫云说话的时候把舌头伸进她嘴里的。紫云吓了一跳，一把推开她，说，你疯了。说完，用手使劲擦着嘴唇，你从哪里学来的？

久红没有说话，脸上挂着笑容，眼睛却开始湿润。她把头埋进紫云的怀里，像个孩子那样一拱一拱地抽泣。紫云推也不是，不推也不是。久红的泪水很快濡湿了她的衣襟，一片冰凉。

好一会，紫云吐出一口气，说，告诉我，那个人是谁？

久红这才抬起头，说，谁？

那个教坏你的人。

久红摇了摇头，把沾满泪水的脸贴到紫云的脸上，喃喃地说，姐，我们不去想那些男人。

紫云很快就发现，女人在很多时候其实是不需要男人的。

除夕之夜天上下着细雪。久红抱着两个热水袋走进紫云的房间，见家澍正戴上围巾准备离开，就笑着说，姐夫，大年夜还出去呀。

家澍嗯了声，走到门口，说，这种活让下人去干，你多陪陪你姐。

紫云始终背对着坐在梳妆台前。她从镜子里注意到家澍的眼神，不禁扭头看了眼久红，见她正撅着屁股跪在床沿铺被子。

夜深后，紫云的手掌在那只滚圆的屁股上摩挲了很久，笑着说，肥水不流外人田，我看你还是给他做小算了。

久红一下警醒，说，什么？

唐家大少爷年前娶的就是他二姨太的妹妹。紫云说，这样也好，至少姐妹俩不用去争。

那不一样，你是大奶奶。久红说，只有姨太太才会怕人跟她争。

我算什么大奶奶。紫云淡淡地说，我只不过是他们龚家供桌上摆的一块牌位。

久红没有再说话，她在被子里俯身过去，轻柔地亲吻着紫云的肩颈。

几天后的大年初五是迎财神的日子。每年这天，龚家都会包一台船戏，从日出一直演到日落。在米行门前的河里，雕花的戏船就是草班艺人们的舞台。他们在船顶的平台上一会唱京戏，一会玩杂耍，有时还会表演几个西洋的魔术。

樱田是在演出到达高潮时忽然到来的，穿着大衣，戴着皮帽，身后跟着一群着便衣的卫兵。他一走上米行的台阶，就冲着家澍拱手，像个生意人那样用生涩的中文说，新年吉祥，恭喜发财。

家澍赶紧起身鞠躬，说，太君怎么不打招呼就来了？

翻译笑着说，太君这是与民同乐。

樱田好像已经不记得紫云了，看着她，点头说，龚太太新年吉祥。

家澍慌忙拉起僵在座位上的紫云，说，还不给太君端茶去。

樱田笑呵呵地看了眼紫云进门的背影，摘下皮帽，朝着站在街上的观众扬了扬后入座，竖起大拇指对家澍说，龚太太的，哟西。

家澍脸上微妙的变化只有翻译官看在眼里。

等借故走进米行的茶水间时，家澍的脸色才恢复如常。他朝正在泡茶的伙计一挥手让他出去后，横了紫云一眼，说，你现在就回家，带上久红去省城，我在华兴银行里给你们留了一笔钱。

紫云关上门，回身看着他，说，你想干什么？

家澍没有回答。他掏出烟盒，从中挑出一支烟，掰开，把里面的粉末倒入茶壶。

紫云走到他身边，说，他死了，你就能忘记吗？

我不是为了你。家澍不动声色地说着，把茶壶与茶盅一起放进托盘。

男人端茶递水的，像什么话？紫云说着，不假思索地端过托盘就往外走。

家澍一把将她拉住，说，这不是你的事。

紫云转脸看着他，缓慢而决绝地摇了摇头。

可是，紫云拉开门就见到了翻译官那张油亮的脸。他正举着手，准备敲门而入。

翻译官退下台阶，看着他俩说，两位不必客气，樱田太君从来不喝外面的茶水，也不吃外面的任何东西。说着，他侧身让到一边，又说，龚少爷还是快去陪太君看戏吧。

说完，他抬起眼睛，看着夫妻俩，伸手做了个请的手势。

当晚，家澍照旧在百福楼摆了两桌酒席，热热闹闹地跟伙计们吃了顿团圆饭。回家的途中，他对紫云说，别担心，不会有事的。

紫云愣了愣，说，有没有事，都是这么一条路。

家澍看了她一眼，没有再说话。

经过玉楼春时，紫云望着灯火通明的门口，一直犹豫到走出很远，才说，你干吗不娶她回家呢？

家澍继续沉默着，却出人意料地把手搭在她的肩头，搂着她。

一下子，紫云觉得鼻子特别酸，忍了很久，她又说，你该找个人，替你生个儿子。

找谁？家澍说着，笑了。他呵呵地笑着，没有再往下说。

6

就像明媚的春光，这年春天是紫云感觉最和煦的一个春天。虽然家澍还会去玉楼春里过夜，但在家里的话明显多了，到了床上也变得热情与周到。而最让紫云感到踏实的还是她的肚子。

紫云再次怀孕，备感落寞的人是久红。可是，她的脸上看不出来，用人们看到的是姐妹贴心。一天两次，久红都会在厨房里耐心地熬煮保胎药。熬完了，端到紫云房里，侍候她喝完，坐在一边陪她解闷。

紫云再也没提让她做小的事，就像从来没说起过那样。现在，她唯一想的就是肚子里这颗种子能够平平安安，能够瓜熟蒂落。这比她的性命更重要。

有好几回，姐妹俩聊到一时无语时，久红把脸凑过去，都被轻轻地挡开。紫云用眼神告诉她不行。还用脸色告诫她，这些都过去了。

久红温顺地微笑着，一脸毫不在意的样子。一直要回到住处才让自己的心痛起来，才让自己咬紧牙关。原来，女人跟男人一样无情无义。她们在床上说的话，一样只是放个不穿裤子的屁。久红不止一次地对自己说，没有人是靠得住的，在这个世界上她注定是个孤苦伶仃的人。

这天午后，紫云在床上打了个盹，醒来发现久红已经来过，汤药就放在桌上，有点凉了。她勉强喝了口，开窗想喊用人去热一下，却见家澍正低头从西厢房的方向出来，贴着墙根匆匆地由角门离开。

久红就住在西厢的客房。紫云快走到那个门口时，想了想，转身进了隔壁的另一间客房，轻轻地关上门，贴着站在那里，一直等到久红离开才出来。

紫云是在久红的床上发现了端倪，但她一点都没有愤怒。她只是觉得累，人像被一下抽空了那样，腰酸得都快直不起来了，就索性在那张床上躺下，躺在那股若有似无的精液的气息里面。许多记忆却像西洋镜那样，一幕幕，在她紧闭的眼睛里来来回回。

晚饭后，紫云仍像什么事都没发生过。姐妹俩有说有笑的，一直到由久红陪着进了房间，她才长长地叹出一口气，说，我累了，我要睡了。

久红看了她一眼后，知趣地退出房间，小心翼翼地带上房门。

三天后，她刚把药端进房间，紫云就一摆手，说，不喝了，再喝下去真成药罐子了。不等久红开口，她马上又说，我给你说了门亲事。

久红睁大眼睛看着紫云，好一会，说，我不嫁人，我说过的，我谁也不嫁。

紫云淡淡地说，已经定下了。

那去退了。久红说，我不嫁人。

说出去的话，就是泼出去的水。紫云说，嫁不嫁都由不得你。

姐。久红长长地叫了一声后，低下头，说，姐夫硬要进来，你叫我有什么办法？

紫云起身走到窗边，望着西厢房的方向，说，你陪嫁要的首饰，去我抽屉里自己挑。

紫云以为久红会哭，会跟她闹，但是没有。她只是默默地站了会后，把手中的托盘往桌上轻轻地放下，出了房间。

当晚，家澍上床时已经很晚。他在被子里推了推紫云，说，睡着了？

紫云闭着眼睛，说，你要跟我说什么？

家澍说，你嫁妹妹，总得先跟我通个气吧？

她不是都跟你说了嘛。

那个丁七都能当她爹了。

男人老一点好。紫云说，老一点的男人踏实。

家澍半天没有出声，后来，叹了口气说，你不是要把她嫁出去，你这是在逼我娶她。

紫云愣了愣，故作轻松地说，你娶她最好了，省得底下那些人在背地里嚼舌头。

那好，你明天去把亲事退了。家澍看着漆黑一片的天花板，说，你告诉丁七，是我舍不得把久红嫁给他，我要娶她做我的姨太太。

这一回，轮到紫云半天没有出声了。她在被子里摸索着抓过家澍的手，把它按在自己肚子上，如同交代后事那样，说，我迟早会给她腾地方的……成亲后，你让她等着，要是我难产死掉了，你就把她扶正。

久红出嫁那天，花轿从后门抬走，就像龚家嫁了一个丫头。临上轿前，她撩起盖头，两只眼睛一眨不眨地盯着紫云。

紫云心里有点酸涩，呆呆地站着，说，到时辰了，上轿吧。

让我把你看看清楚。久红一字一句地说，我每天每夜都会记着你的。

说完，她垂下手，转身，旁若无人地钻进轿子。

新郎丁七原先是米行里的伙计，后来自立门户在秀州城外开了家粮铺，销的还是龚家的稻米与杂粮。年轻的时候，龚老爷把大太太的陪房丫头下嫁给了他。那女人跟人跑了后，他又续了一个。可是，好景不长，这个女人又死于日本飞机扔下来的炸弹，尸骨无存。

久红是丁七娶的第三个女人。喜宴上，他不停地向吴掌柜敬酒，说一定要代他谢谢少奶奶，他丁七一定是祖上积德，大半辈子都过去了，竟然当上了龚家的连襟。

吴掌柜笑得很温婉，只是劝他少喝点，今晚还有压轴戏要唱呢。

丁七一直喝到摇摇晃晃才进洞房。他在床上对久红说，你放心，我会对你好的，我不会让你受半点委屈的。

久红点了点头，眼泪就跟着掉了下来。她蜷缩进丁七的怀里，像个孩子一样一边流着泪，一边不停地说着话。说她是个苦命的人，从小就没了父母，到了龚家以为能过几天好日子，可一不小心还是让人给睡了。

这些，丁七早就打听过了。他抱紧痛哭流涕的久红说，我不会嫌你这个的。

久红抬起泪眼用力地点了点头，却在丁七扯她裤腰带时抓住了他的手，说，我饿了，我这一天都没吃。

可是，久红并没有吃饭，而是就着外面的剩菜先跟丁七喝了杯交杯酒后，在他身边坐下，又把酒杯斟满。丁七有点等不及了，说，还是吃饭吧，吃饱我们也该歇了。

久红摇了摇头，说，这是我的喜酒……你都结过三次，我才头一回。

丁七想想也是。又一想，醉酒之后的新娘肯定别有一番滋味，就举起酒杯说，那我们两口子……干了。

久红以为，喝醉了许多事情就可以不去想，眼前这个男人就可以不去看。但她没想到的是自己的酒量会这么好。丁七已经烂醉如泥了，她还是那么清醒，力气也大得惊人，就像背着一捆稻草那样，她把丁七扔到床上后，在一边坐下，第一次仔细地看着那张就像脱毛的猴屁股一样的瘦脸。丁七这时睁了睁眼，还没忘记要把衣服脱了。他刚脱了一半，就哇的一口吐在自己胸口。

久红没有动。她直愣愣地一直坐到桌上的红烛燃尽，才抓过一个枕头，把它闷在丁七脸上，整个人都压了上去。

久红在丁七的挣扎中再次落泪。她一边哭，一边用身子拼命地压着。

7

紫云在家中早产生下个儿子那天晚上，用人到处都没能找到家澍。第二天，等他赶回家里，孩子已经夭折。紫云奄奄一息地躺在自己的血泊里。听到丈夫的声音，她动了动眼皮，却怎么也睁不开眼睛。

医生把家澍拉到一边，说，这血止不住……只怕撑不到晚上。

家澍瞪着医生，说，那还不送医院？

医生没有说话，低头发出一声轻微的叹息。

秀州城里唯一的一家医院早已被征用，成了日军的野战医院。随着新四军渡江南下，开始在敌后开辟战场，那里每天都有络绎不绝的日本伤兵被送进来。为此，樱田特意在门口增派了一队宪兵，禁止一切平民与散兵入内。

但紫云还是被送进了医院，由两名日军士兵用担架抬着，直接上了手术台。

家澍在医院的大门外一直等到翻译官出来，看清他脸上的表情后，一颗心总算落到了肚子里。他长长地吐出一口气，说，这回真该好好谢谢樱田太君，他一个电话，救了内人的一条命。

翻译官却意外地说，龚少爷，你不觉得该谢的人是我吗？

家澍赶紧说，那当然，不是你，我连樱田太君的面都见不着。说完，他朝翻译官拱手：改天一定面谢你们两位。

翻译官一边朝前走，一边说，樱田太君只怕没这个空，他正忙着把捞来的大洋换成金条。

家澍看了他一眼，没有说话。

翻译官又说，龚少爷不会不知道吧？就在上个月，美国人在菲律宾登陆了。

这么远的事我怎么会知道？家澍说，就算知道了，又关我什么事？

很多人都开始在打算自己的后路了。翻译官说，龚少爷，这些年，我可是把后路都铺在了你身上。

说完，他笑呵呵地一拍家澍的肩膀，大摇大摆地离去。

两天后，已晋升为中佐的樱田来医院慰问伤兵时专门看望了紫云。站在病床前，他用生硬的汉语温和地说，我很高兴，你身上流着我们帝国军人的血液。

为了确保在手术时的血浆供应，樱田那天派出了一队士兵，挽着袖子站在紫云手术室的门外。

紫云始终紧闭着眼睛，在病床上躺得就像具尸体。她在医院的特护病房里住了五天，直到回家后，才开口对家澍说，你为什么要救我呢？你应该让我死的，我想死在这张床上。

别多想了，安心养病吧。家澍说着，替她掖了掖被子，起身想往外走。

我能不想吗？紫云说，我的身上输着日本人的血，我这辈子都不能安生了。

这没什么，活着比什么都好。家澍深吸一口气后，想了想，重新回到床边坐下，第一次对妻子说起了局势。从盟军在诺曼底登陆开始，一直说到日本在莱特湾海战中的惨败。他说，只有活着，我们才能等到那一天。

可是，家澍并没有见到那一天的来临。随着中国军队全面反攻的开始，秀州城内也变得风声鹤唳，日夜都有全副武装的军警在大街上巡逻。

这天，他刚走到玉楼春的街口就觉得有点异样，周围多了一些陌生的面孔。他们有的坐在摊边喝茶，有的像在等人，可每一双眼睛都不经意地盯着玉楼春的门口。

家澍走进街边的一家当铺，伸手招来一名伙计，说，你替我跑趟玉楼春，给薛姑娘带个口信，就说她托我带的碧螺春要过几天才送来。

掌柜的不等伙计应声就从柜台出来，一挥手，说，还愣着干吗？龚少爷让你去，你就快去。说着，他请家澍进里间去坐：还是尝尝我那些陈年的普洱吧。

家澍摆手说不了，还有事呢。说完，就匆匆出了当铺，但并没有走远，而是站到街对面的一个弄口，等到那伙计从玉楼春出来，家澍上前拦住他，说，见到薛姑娘了？

伙计点点头，说，薛姑娘说她知道了，她请龚少爷替她把那些茶叶退了。

家澍一下有点发呆，脸白得就像一张纸。这些都是他跟宝钗之间的暗语，意思是危险来了，快撤。宝钗的回答是她知道了，但她已经走不了了。他们在商定那些暗语时，宝钗就躺在他的怀里，抚摸着他胸膛，说，我是不会让自己落进日本人手里的，我受不了他们的酷刑。

这时，一声枪响从玉楼春的方向远远传来，守在街上的便衣一下子冲进妓院。他们发现宝钗倒在房间的地板上，手里握着一支手枪，子弹从太阳穴射入，由左边脸颊穿出，把她大半张脸都掀掉了。在她身边还有一部已经毁坏的电台与烧成灰烬的文件。

家澍是在当铺伙计惊诧的注视中转身离去的。他木然地穿行在人群中，却无法阻挡那些扑面而来的往事。宝钗不止一次地说过：如果真有那么一天，但愿我能死在你的怀里。

当晚，翻译官刚走进家门外的巷子，就被忽然蹿出的一个人按在墙上。翻译官叹了口气，说，要真是我的话，我还会一个人走夜路吗？

那是谁？家澍松开他，把手伸进口袋，就像有把枪在指着他那样。

是省城的特高课。翻译官把家澍让进屋里后，说这次行动很反常，他们既不通知驻军，也没有要求警备队协助，就连樱田也是在玉楼春里出了人命后才接到协查通报，派人查抄了龚家的大院与米行。最后，他看着家澍，说，看来，是你们内部有人把你给卖了。

我被捕，对你没有好处。家澍说，你得帮我出城。

怎么帮？翻译官发出一声苦笑，说，你的通缉令已经贴满了城里的电线杆。

家澍终于垂下眼皮，长久地沉默着。

这时，翻译官又说，龚少爷，你只剩下一条路可走了。

乌衣庵坐落在秀州城南的一条旧巷里。本来这里是座书院，破落后由城内的商户集资改建成了庵堂，大殿里供奉着南海的观世音菩萨。

家澍翻墙进去后，从后院摸黑绕到大殿，就见紫云跪在蒲团上，穿着素衣，披着一头秀发，在青灯古卷下，手里捻动着佛珠。

病愈之后的紫云迷上了吃斋念佛。她把西厢的一间客房改成了佛堂，每天跪在那里诵读经文，但到了晚上还是难以入睡，总是在半梦半醒中见到夭折的儿子，张着四肢从地上爬到她身上。孩子既不哭，也不闹，一头扎在紫云的胸脯上就知道拼命地吮吸，每次都让她真真切切痛得钻心，痛到泪流满面。

紫云直到搬进乌衣庵才开始安宁下来，以为自己的这辈子都会这样了。

家澍在她面前站了许久，才见她睁开眼睛。紫云仰起脸，说，你说活着比什么都好，可我怎么越活着就越受罪呢？

我出事了。家澍蹲下身，抓住她的手，说，你要听我说。

我知道。紫云抽出她的手，说，下午日本人来过了，吴掌柜也来过了。

你听我说，每一个字都要记在心里。家澍急切地重新抓起她的手，放慢语速，一字一句说得从来没有这么凝重过。说完，他松开手，看着紫云一笑，又说，我把这个家全都交给你了。

你要去哪儿？

用不了多久，我就会回来。家澍想了想，起身后忽然说，要是我们有个孩子就好了。

一下子，紫云有种泪水夺眶而出的酸楚。她看着家澍转身头也不回地离去，走到门边时，他双手合十，朝着不知何时已站在殿外的师太行了个礼。

太阳出来时，家澍在出城的码头上被抓获。便衣们客客气气地把他带进停在岸边的一艘火轮，很快驶离码头。

紫云在这天上午回到家里发现如同遭受了洗劫，到处是一片狼藉。她的首饰没有了，挂在墙上的字画不见了，就连屋子里的许多家具与瓷器也被那些私跑的用人们带走。而最触目惊心的是龚老爷卧室里，被推倒的书柜后面，墙上空留着的那两个大洞。家澍说过，那里砌着两个保险柜，里面存放的是龚家几代人的积蓄。

留下来的一名老妈子抹着眼泪，恨恨地说，日本兵是强盗，他们就是贼。

紫云长长地吐出一口气，拉过一把椅子在大厅里一坐就是小半天，直到吴掌柜捧着账本进来，说，还好，日本人只是拿走了柜上的现金，我都记上了。见紫云的脸上丝毫没有反应，他试探着又说，少奶奶，我们得想法子救少爷。

怎么救？紫云一下变得声色俱厉。她瞪着吴掌柜，眼前一掠而过的是樱田那张黝黑的脸。紫云闭上眼睛，说，他会回来的，他说过，他一定会回来。

吴掌柜再也不敢多嘴，捧着账本悄然退出。

两天后，紫云在夜深人静时从房间里出来，沿着院墙把龚家大院转了个遍，才走到中庭的荷花池边，看了眼那轮倒映在水中的明月，蹲下身，沿着一块太湖石一直把手伸到水里，摸到一根很细的麻绳，慢慢地把它往上拉。

紫云从水里捞出一个密封的铜盒，回到房间把它打开，里面正如家澍在乌衣庵大殿里所说的，是个蜡封的纸包，沉甸甸的。第二天，她揣着这个纸包离开家，租船出城后，换乘一辆牛车来到一个叫斜塘的小镇。在桥边的一家铺子里吃了碗馄饨后，沿着河一直向东走到镇外的小教堂。

可是，在把纸包放到神坛底下后，紫云并没有按家澍说的那样马上离开，而是穿过一扇边门，来到教堂的后院。

一个穿着教袍的男人正蹲在台阶下喂食一条野狗。他抬起头，紫云一眼就认出来了，叫了声：刘先生。

我姓钟。男人直起身，说，镇上的人都叫我钟神甫。

日本人抓了家澍。紫云说，你们得救他。

钟神甫掏出一块手帕，仔细地擦干净每根手指后，走到紫云面前，神色悲痛地说，龚少爷已经殉国。

紫云一下睁圆眼睛，说，你胡说。

钟神甫没有辩解。他只是看着紫云，眼神一如当年在龚家的后堂那般宽厚而哀伤。

紫云赶回秀州就让吴掌柜去了省城。在那里，他四处托人，整整待了一个多星期，才带回一包骨灰。

家澍是在押往省城的船上跳河的。为了不让自己再次被捕，他奋力游向船尾，一头扎进了螺旋桨的旋流里。吴掌柜把那包骨灰放进紫云手里，嗓音沙哑地说，日本人把少爷打捞上船时，他已经被绞得血肉模糊，只剩下半边身子。

8

欢庆胜利的游行进行到一半，天空忽然下起暴雨。一时间电闪雷鸣，好像老天爷都要在这时吐出那口积郁了八年的恶气。满城的人流一哄而散，大街上很快变得冷冷清清，只剩下那些被丢弃的彩旗与传单，在如潮般的雨水中无主地漂流。

紫云打着一把伞从龚家的后门出来。走到巷口时，身上的旗袍已经湿透，但她毫无知觉，沿着空旷的大街一直往前走，一直走到拘置所那两扇黑色大门外。

等到雨快停的时候，墙边的角门开了一半。久红抱着一个包袱出来，见到站在雨中的紫云，她目光呆滞地上前，张了下嘴，却没有发出声音。

紫云把伞遮到她头上，说，回家吧。

久红站着没动，说，我有自己的家。

丁家那些亲戚还会让你进门吗？

我没有杀他。久红说，他那是马上风。

紫云的眼睛盯在她脸上，说，你在里面待了这么久，你还没想明白吗？

我干吗要想明白？久红的眼神变了，再次看着紫云。

老天爷已经报应我了，它带走了我的儿子，也带走了你姐夫。紫云说着，挽起她的一条胳膊，又说，走吧，我们有话回家里说。

事实上，早在久红刚入狱时，紫云就去找过警察局长。得到的答复是不冷不热的一句话。警察局长说，少奶奶，你已经捞过一次人了，你真想再来第二次吗？

当时，紫云的脸一下子涨红了，恨不得有条地缝钻下去。

日本投降的消息传来后，紫云再次来到警察局长家里。一见面，警察局长不等她开口，就连连摇晃着脑袋说，她是刑事犯，她不在释放的名单里。

紫云把一本存折放在桌上，说，那就把她添进去。

警察局长还是摇头，说，现在不比过去了，现在我自己都是泥菩萨过河。

那你更应该帮这个忙。紫云把存折一直推到他面前，说，你替日本人当了六年的警察局长，你不能忘了一句老话。

哪句？

秋后算账。说着，紫云站起来，看着警察局长渐变的脸色，说龚家也不比过去了，自从让日本人抄过家后，为筹这么一笔款子，她可是卖了街上的两间铺面。

那我就更不能要你的钱。警察局长说完，把存折推回桌子的另一端。

这不是钱，这是一条人命。紫云垂下眼帘，看着自己脚尖，说，日本人杀了家澍，杀了我妈，这世上，我只剩下这么一个妹妹了……金大叔，你要我给你跪下吗？

警察局长慌忙起身，说，这可使不得。

紫云还是跪了下去，直挺挺地跪在桌子前，仰着脸。

这些，紫云都没有跟久红说，这辈子她都不会跟任何人说起。她只是在久红洗完澡出来后，把她带进房间，说，这城里你也不能久待，他们丁家迟早会找上门来。

久红发出一声冷笑，说，那你还带我回来。

我带你回来，是有话要交代你。紫云说她不久前去了趟钱王甸村，那里现在聚集着许多江北过来的难民。他们看中了那块地方，要在那里安家。紫云说，我已经嘱咐吴掌柜了，明天他就会找人过去，我们把钱家的旧屋修建起来。

久红又发出一声冷笑，说，你总算当家做主了，你要的就是这个。

紫云摇了摇头，走到床边坐下，目光悠远地望着久红，一拍床沿，说，来，坐。

久红是在重修钱家旧屋时与杜秋生好上的。这个从苏北逃难过来的木匠是个憨厚的小伙子。屋子一落成，他就留在了钱王甸村。一天晚上，他动情地对久红说，我给你们钱家当女婿，我们一起守着这个家。

久红出神地看着他，说，我不姓钱，这里不是我们的家。

钟神甫出现在秀州城里时，身着笔挺的美式校官制服。他一来就让吉普车开进了日本人的军营。现在，这里围起铁丝网成了日军战俘的收容所。

同车前来的翻译官见到樱田，略带局促地用日语介绍，这位是战后事务委员会的刘昭铭专员。

樱田双脚一并，皮靴发出啪的一声，却没有举手敬礼。

屋里说吧。刘昭铭说着，径直走进一间会议室，盯着挂在墙上的一幅作战地图，一直到翻译官知趣地退出，关上门，才公事公办地说他是受命来跟樱田商议部队的开拔事宜：你部的任务是赶赴江北，协助我方维持那边的秩序。

樱田说，我们已经战败，我现在只想回家。

这是你们冈村宁次总司令官的命令。

战争结束了，我已经没有总司令官。

是啊，还有什么比活着回家更好的事呢？刘昭铭说着，拉开一把椅子坐下，若无其事地接着说，把你这些年搜刮与贪污来的金条、美钞带回日本，就能重振你们樱田家的酒厂，可你应该听说过，战俘营里是很容易发生意外的……如果你死了，只怕埋在哪里都不会有人记得。

樱田在长久的垂立后，低头说，请原谅，我失言了。

刘昭铭从皮包里取出一份地图，铺在会议桌上，用手指了指一个地点后，说，尽快制订行军计划，你们将换上国军的装备展开行动。

樱田点了点头说是后，又说，你是要我们过江去跟新四军作战？

执行命令吧，只要你活着，我保证会让你带着你的金条与美钞回到日本。刘昭铭说完，提起皮包走到门边扭头说，你的翻译官知道的事情太多了。

樱田在率部出发前命人勒死了翻译官，把他埋在操场的一个沙坑里。

几天后，刘昭铭换上长衫来到龚家。拜祭完家澍，他长久地凝望着高挂在墙上的遗像，说，正是他们的牺牲，才有了我们今天的胜利。

是啊，你们都成了英雄，都升官发财了，可他呢？紫云看着林立在供桌上的牌位，说，他不光搭上了性命，他还毁掉了大半个龚家。

紫云是在回到大厅后说起那两个保险柜的。那是龚家几代人的积蓄，既然日本人已经战败，那就应该归还龚家。紫云说，外面的标语上都在说重建家园，我也要靠它来重建龚家。

不光要归还，党国还应该表彰家澍的功勋，但现在的问题是他的身份。刘昭铭说这些日子，他一直在调查统计日军侵华期间在秀州各地抢夺的财产。他告诉紫云，事实上那两个保险柜是空的，里面只有一些单据。而正是这些单据，证明了家澍多年来一直在资助江北的新四军。

紫云说，新四军不跟你们一样打了八年的日本人吗？

这是政治，你不懂。刘昭铭看着紫云说，不过你放心，只要我在秀州，你想做任何事我都会帮你。

紫云在刘昭铭的目光里又看到了那只伸出来的手。她低下头，无言地端起桌上的茶盏。

刘昭铭识趣地起身告辞，却在走到门口时站住了，反身环顾着大厅里的陈设，就像在追忆往昔那样，说，我第一次见你就是在这里，那天晚上，你披麻戴孝，跪在这里。

说着，他指了指柱子旁的一块方砖，看着紫云。

9

每年枭米时节久红都会来看望紫云，捎上一些年前腌制的腊肉，带着秋生。这一年，久红走进龚家大门时，怀里抱着还不到三个月的儿子。

紫云的眼睛一下有点红了。她一下子想到了自己。

我们还没有名字呢。久红逗着怀里的孩子说，我们是来求姨娘给取个名字的。

秋生傻笑着插嘴说，我们两个加起来也认不到一升斗的字。

国荃。紫云几乎是脱口而出的。这是家澍在她怀孕时，照着家谱为他们孩子取的名字。紫云说完，从久红手里抱过孩子，亲了会，掂了会后，吩咐用人去百福楼叫桌菜来。她说，今晚，我们要喝酒。

我们还得回去。久红说，我们搭船来的。

住两天，到时我叫船送你们回去。紫云说着，抱着孩子转身就往后堂去。

夫妻俩对视一眼，看到的都是对方眼里的诧异。

傍晚，紫云在酒桌上拉住久红的手，说，把孩子过继给我。

不行。久红说，国荃是我身上掉下来的一块肉，他姓杜。

紫云看了眼秋生，忙说，那让我认他做干儿子。

姐。久红笑了，说，你是他姨娘。

紫云一愣，眼神瞬间变得暗淡。她收回手，抓起酒杯，默默地喝下一大口。

久红这时笑着又说，姐，你该找个人嫁了，守着这么大一个家是孵不出孩子来的。

紫云没想到久红都敢当面数落自己了。她脸随心转，这顿三个人的宴席一下变得沉闷与无趣。

夜深后，紫云在床上辗转反侧，脑子里出现的人一会是家澍，一会又是刘昭铭。到了最后，她的鼻息间只剩下刘昭铭身上那股烟草的气息。

有一次，刘昭铭曾亲口对她说，他之所以一直留在秀州城里，为的就是她。他说，照现在的局势看，只怕会越来越乱，你需要有个人来保护你。说着，他拉起紫云的手，看着她的眼睛说，我有这个责任，也有这个能力。

紫云知道这一天迟早会来，但她还是摇了摇头，轻轻地抽出手掌，说，我不要人保护，我安安心心地守我的寡就够了。

那让我陪着你，我们一起缅怀他。刘昭铭说着，重新拉过紫云的手掌，把它紧紧地攥在手心里，说，我不能让你像花一样枯萎掉。说完，他低下头，又说，我这辈子唯一遗憾的是没能早一天见到你……只要早一天就够了。

紫云的鼻子莫名地一酸，竟然在他面前差点就掉下眼泪。

刘昭铭是个细心又专情的男人。他跟家澍不同，他做每一件事首先想到的都是紫云。为了避免用人们的闲言碎语，他从来不会在龚家留宿，通常都是约在外面，先一起吃顿饭或是听场戏，然后在他租住的房间里睡到半夜时起床，亲自把她送到龚家的后院门外。紫云就是在那里第一次尝到了吻别的味道。

这种偷情一样的时光，让她觉得别样的刺激，同时又充满了柔情与蜜意。

有时候，他们还会赶去省城幽会，趁着刘昭铭出差的机会。两个人分乘两班客轮，先后到达约定的旅馆，在那里就像夫妻那样无拘无束地吃饭、洗澡、做爱。除了这三样，紫云在事后几乎想不出他们还干过什么。

但是，紫云还是说出了她藏在心里一直想问的那句话。在一次事后，她枕在刘昭铭的胸口，说，你从来没回过家……你不想你的太太，不想你的孩子吗？

我哪来的太太？刘昭铭笑了，但他很快收敛起笑容，说，我的家早就没了。

那你干吗不成一个家？你快四十了。紫云抬眼看着他的下巴，用力把最想说的那半句话咽回肚子里。

我何尝不想？娶你做我的太太，跟你生一群我们的孩子。刘昭铭说，可我不能那么做。

紫云没问为什么。这么多年来的经验告诉她，男人是不能靠逼问的，男人只能靠引诱。她把头一点一点地埋下去，刘昭铭却把她拉上来，用力地搂进怀里。

这天晚上，刘昭铭的表情从来没有那么凝重过。他在紫云的耳边说了很多事，从当年日本人占领南京杀光他全家开始，一直到那天晚上，在龚家第一次见到紫云。他说，人就是这么奇怪，我始终都觉得你应该是我的妻子，我才是那个该娶你的人。

那你为什么不娶呢？紫云最终说出了那句她最想说的话。

刘昭铭没有回答。他整夜都以一种温柔的姿势搂抱着紫云，就像生怕她会从怀里消失那样。

从长江前线溃败下来的国军士兵涌进秀州城当天就洗劫了隆昇米行，同时遭到洗劫的还有整条街的商铺。

刘昭铭带着卫兵匆匆赶到时，紫云正脸色发青地站在库房门口。她从鼻孔里哼出一声冷笑，说，以前还知道打个收条，现在就干脆用枪顶着你的脑袋明抢了。

这些都是身外之物。刘昭铭示意卫兵退下后，把她拉到一边，说，今晚有船，我们离开这里。

紫云吃惊地看着他，说，为什么？

南京失守了，这里很快就会沦为战场。刘昭铭说，我们先到上海，再去广州。

我不走。紫云断然说，出了这座城，我什么都没有了。

刘昭铭目光忧郁地看着她，说，留在这里，你照样会什么都没有。

紫云始终犹豫不决，一直要到快吃晚饭时才横下一条心，让人把吴掌柜请来，亲手为他斟上一杯酒后，指着桌上的一串钥匙，说，这个家你替我看着，要走的人，你支他们三个月的工钱，不走的，你帮我照料着。

吴掌柜低头沉默了很久，说他在龚家已经都快四十年了，辛亥年剪辫子的那阵，都以为天塌下来了，可是天没塌，还是好好的。日本人打进来时，他又以为天要塌了，可结果还是把小日本赶走了。吴掌柜用酒润了润嘴唇，抬眼看着紫云，说，少奶奶，你别慌，天塌不下来的。

谁说天要塌下来了？紫云莞尔一笑，举起酒杯，说，吴叔，我就是出去几天，活了这么大，最远地方我只去过省城。

吴掌柜放下酒杯，说，少奶奶你放心，你走的时候龚家这个样，等你回来了，它还是这个样。

紫云点了点头，又敬了吴掌柜一杯后，开始吃饭。

饭后，她独自来到家澍的牌位前点了一炷香，站在那里，出神地一直看到它燃尽，才回屋收拾细软。

刘昭铭早已等候在人头涌动的码头。在两名军警的护卫下，他们登上轮船，刘昭铭却站住了，把一张纸条塞进紫云手里后，抓住她的手，说，你在上海等我，我会来找你的。

紫云睁大眼睛，说，不是说好一起走的吗？

我还有点事，我会来找你的。刘昭铭说着，松开手，扭头就走，但马上又回过身来，一把将她拉进怀里。轮船上到处是人与人的声音，他无所顾忌地把舌头伸进紫云嘴里，不由分说，一直吻到她整个人如同被结成冰。

船开出很久后，紫云才回过神来，茫然四顾，只见船上好多眼睛仍在昏暗的船灯下盯着自己。

刘昭铭留下的纸条上写着一个地址。紫云在那家旅社入住不久，进攻上海的战役就打响了。整整半个多月，她日夜都在房间里等待心爱的男人，直到一天早上醒来，发现枪炮声静止了，大街上密密麻麻睡满了身穿黄布军服的解放军士兵。

紫云站在窗口忽然笑了。她这辈子都从未这样放肆地笑过。一直笑到泪流满面，她才滑坐到地板上，双手抱紧自己的两个膝盖，埋着头开始哭泣。

10

为了欢庆远在北京的开国大典，秀州城里锣鼓喧天、红旗飘扬。

紫云在这天由上海回来，穿了一条士林布的旗袍，裹着一块格子布的头巾，就像个过客一样，匆匆穿过人流如潮的街市。但她去的地方不是龚家，也不是隆昇米行。紫云径直走进了乌衣庵的大门。

年迈的师太在心底发出一声叹息后，领着她去了曾经住过的房间。

紫云站在门内，说，这一回，我不走了。

师太一笑，双手合十，说，该来的时候来，该走的时候走，少奶奶不必太介怀。

一天，吴掌柜领着一名年轻的解放军士兵走进乌衣庵时，紫云正在清扫院子里的满地落叶。吴掌柜小心翼翼地说，军管会的同志想请少奶奶去一趟。

紫云直愣愣地看着吴掌柜，好一会才对那名年轻的士兵，说，要我去干吗？

士兵显然已经有点不耐烦了，说，快走吧。

紫云连身上的素衣都没有换掉，就被那名士兵带进了军管会的大楼。这里也曾是刘昭铭办公的地方。紫云的心一下就跳到了嗓子眼里。

军管会的齐同志是个面目沧桑的中年人。他为紫云倒了杯白开水后，在她对面坐下，自我介绍说，他以前是新四军浙北游击队的特派员，在这座城里还做过几天小生意，当然那是为了开展地下工作。齐楚南话题一转就说起了家澍，一直说到紫云睁大眼睛一眨不眨地盯着他那张沧桑的脸。

原来，刘昭铭说得没错，家澍生前一直用家里的财产暗中资助新四军。

正是这些经费帮助我们渡过了好几次难关。齐楚南说，我们是不会忘记老朋友的。

那他是你们的人？紫云终于开口说话。

是朋友，肝胆相照的老朋友。齐楚南说完，换了种语调，从国际形势一直说到国内形势。这些紫云都不懂，却听得特别认真。最后，齐楚南站起身，一挥手，说，他们在战场打不过我们，就想用经济来封锁我们，他们是要把新中国这个初生的婴儿扼杀在摇篮里，但这是做梦，是妄想。

紫云这才明白，冬天来了，秀州城里跟往年一样开始缺粮了。她不假思索地站起来，说，我听政府的。

齐楚南赞许地点了点头，说他知道龚家已经不比当年了。他说，你可以回去考虑，隆昇米行怎么说也是百年的老字号了，我是希望你能出来带个头。

紫云还是说，我听政府的。

齐楚南又赞许地点了点头，说，少奶奶真是巾帼不让须眉。

舍不得的人是吴掌柜。他几乎是含着眼泪说，还是折成公债吧？都捐出去了，开年我们拿什么来收粮？

紫云没有说话，步履缓慢地穿过行人稀少的街道，走到乌衣庵的大门口。

吴掌柜在台阶下站住，叫了声：少奶奶。

紫云这才回头看着他，说，这些都是身外之物。

几天后，齐楚南带队敲锣打鼓地来到乌衣庵，亲手把一朵大红花挂在紫云胸前，说，我代表人民政府感谢少奶奶的义举。

紫云半天都不知道该说什么好。一瞬间，她有种热泪盈眶的感觉。晚上，紫云捧着那朵大红花盘坐在师太的禅房里，低着脑袋，说，我把龚家的根基换了这么一朵大红花……到了那一天，我该怎么去跟他们交代？

少奶奶这是大彻大悟。师太捻动着手里的念珠，说，黄泉路上，能攥进手心的只有自己那十个指甲盖。

久红第二胎生的仍然是个男孩。她抱着孩子来到龚家时，简直不敢相信自己的眼睛。龚家的前厅已经拆完，许多男人正用外面挑来的泥土填平中庭的荷花池。久红站着看了半天，心想，原来城里也开始闹土改了。

而更让她感到惊讶的是紫云。她不仅剪了一头齐耳短发，连平日里的旗袍也换掉了，身上穿的是件深蓝的列宁装。

久红睁大眼睛看了好久，才没头没脑地说了句：你就像个工作组里的女干部。

紫云连说话的语气都变了。她微笑着说，新社会就得有新气象。姐妹俩在后院的屋里坐下后，紫云告诉她用不了多久，外面就会变成一家幼稚园了。新社会讲究的是男女平等，女人不能光待在家里喂孩子，还得出来工作，这叫自食其力。那她们的孩子怎么办？白天就放到这里来。紫云说，这是秀州城里第一家幼稚园。

那我这回就来对了。久红一边撩起衣襟喂奶，一边说，我跟秋生商量过了，我们把国新过继给你。

紫云愣了半天，一直到久红喂完奶。她一把抱住孩子，把脸埋了下去，使劲地嗅着国新的小脸蛋，好一会才抬头，惊喜地说，你看，他尿了，他尿了我一手。

久红在龚家住了两天后，留下儿子回了钱王甸村。临走时，她仔细地端详着紫云的脸，说，姐，你还是把头发留起来好看。

一下子，紫云觉得有点难受。为了掩饰，她低头不停地嗅着熟睡的国新的小脸。

　　断奶期的孩子最难带的时候是在夜里。他既不吃也不睡，就知道闭着眼睛拼命地哭，两只小脚拼命地蹬被子。紫云实在是没办法，只好撩起衣服把奶头塞进他嘴里。孩子倒是不哭了，可一个夜里下来，她的两个奶头已经被啃得鲜血淋漓，疼到钻心。

　　一天晚上，紫云从熟睡的孩子嘴里拔出奶头，忽然流泪了。她含着泪，看着孩子，说，傻儿子，你喝的可是妈的血。

　　幼稚园快落成的时候，秀州城里到处传唱着雄赳赳，气昂昂，跨过鸭绿江。紫云当场决定把它取名为抗美幼稚园。不仅如此，一年后，在给孩子报户口时，她还把国新更名为援朝。

　　就叫龚援朝。紫云对派出所里的公安同志说。

　　现在，紫云不光是抗美幼稚园的园长，她还是秀州妇女界的代表。白天在园里带孩子，管着那几个女教师，晚上还要在灯下为前线的志愿军纳鞋底。紫云每天都觉得很累，闭上眼睛就能睡着，但同时也觉得从来没有这么踏实过，踏实到可以不去想那些铭刻在心头的往事。

　　可是有一天，齐楚南忽然来到幼稚园。他把紫云叫到操场，说，上海那边抓获了一批美蒋特务，其中有个叫刘昭铭的，让他漏网了。

　　紫云的眼睛一下直了，人却很快就变得恍惚。她慢慢地伸手，捏住衣服的下摆，扭头看着围墙边的那两株梧桐树。阳光正穿过枝叶间的缝隙，照得她睁不开眼睛。

　　抗战时，他是龚家澍的上线，我想你应该见过这个人，他是军统在秀州地区的负责人。齐楚南继续说，他极有可能潜逃到了这里。

　　我记得他。紫云用了很大的力气，才喃喃地说，原来他还活着。

　　他逃不出人民战争的汪洋大海。齐楚南把张开的手掌有力地一握后，接着告诉紫云，为了配合上海方面的搜捕，他去省城查阅了大量日军遗留下的档案，发现刘昭铭不仅是国民党的特务，他还是个汉奸，是个可耻的叛徒。

　　原来，抗战胜利的前夕，刘昭铭在去杭州执行任务时被日军的特高课诱捕。他叛变了，出卖了许多与他患难与共的战友。家澍与宝钗就是其中的两个。

　　紫云听完这些，再也站不下去。她走到旁边的一个秋千架下，抓着那根绳索动作迟缓地坐了上去后，张了张嘴，却没能发出声来。

　　我也失去过亲人，我了解你的感受。齐楚南站到她面前，说，我们是经过慎重考虑，才决定告诉你这些的，你有权知道，这是历史的真相。

11

　　37 岁那年，紫云第二次嫁人。她的婚礼简朴而热烈，就像每年元旦都会举行的联谊会。宾客们聚集在抗美幼稚园的礼堂里，长条桌是小朋友的课桌拼接起来的，大家猫着腰并排坐在小板凳上，喝着红茶水，嗑着葵花子。人武部长致完证婚词，大家鼓一次掌；街道主任介绍完当前的形势，又鼓一次掌。

　　直到所有的掌声都平息下去，大家按照习俗开始闹新人时，久红起身去了外面，一屁股坐到台阶上。她曾经无数次地想象过与王锦清的重逢，却从来没有想到过，跟他结婚的女人竟然会是紫云。

　　1955 年的国庆，空气中到处弥漫着金桂腻人的花香，而让人更加兴奋的是秀州城里终于通上了铁路。第一列火车到站停靠时，率先下车的是从朝鲜归国的志愿军战士。他的黄军装上挂满了功勋章与纪念章，一下车就忙着立正与行军礼，与前来接车的首长一一握手，接着又行军礼。

　　紫云挤在妇女代表的队伍里见到锦清时，一眼没认出来。她只是觉得这个志愿军同志有点面熟。第二次，在英雄事迹报告会上，紫云坐在台下遥望着他那张不再白皙的面孔，不禁再次感叹命运的神奇，它让钱王甸村里最有名的败家子与花花公子都能成为战斗英雄。

　　他们的第三次见面是在两个月后，锦清来幼稚园为小朋友们做报告。他就像从来不认识紫云那样，一见面就抬手行了个军礼，叫了声：园长同志。

　　紫云略带失望地说，王锦清同志，你不认识我了？

　　锦清这才笑了，握住紫云的手，说，怎么会呢？我前几天还梦见你呢。

　　狗是改不了吃屎的。紫云在心里说，现在，他更有本钱去祸害那些女人了。

　　报告结束后，紫云把他送到幼稚园的门口。两人握别时，锦清没有马上松开手，而是有点莫名其妙地说，组织上已经批准我转业了。

　　紫云礼节性地说，欢迎你加入到地方建设中来。

　　几天后，锦清去了紫云所在的街道，找到妇女主任的办公室。不等他把话说完，妇女主任就笑着打断他，说，你们这些枪林弹雨中过来的同志就是性子急……好吧，你说，你看上哪家的闺女了？

　　锦清说，抗美幼稚园的钱紫云。

　　妇女主任愣了愣，说，你了解她吗？

了解。锦清说，我们本来就是一个村的。

人家可是结过婚的，还拖着个油瓶。

我知道。锦清说，她男人死了十年了。

看来你是摸过底了。妇女主任笑着说，可你不知道，她男人活着的时候是个国民党。

我知道，他死在了日本人手里。锦清说，毛主席、周总理都给张自忠题过字呢。

谁是张自忠？妇女主任拧起眉毛，说，你们一个连队的？

锦清说，抗日英雄，国民党的将军。

妇女主任又愣了愣，不敢答应，也不敢不答应。送走锦清后，她摘下袖套，就急匆匆地赶往人民武装部。

人武部长是个参加过淮海战役的老同志。他不以为然地说，给国民党当过老婆又怎么样？把她娶过来，不就是我们的胜利果实了？

我不是这个意思。妇女主任说，王锦清同志是志愿军的功臣，只要他一句话，哪个黄花大闺女不愿意嫁给战斗英雄？

那也要先让人家对上眼。人武部长站起来，由衷地说，从战场活着回来的人不容易，不就是娶个老婆吗？你要相信我们的志愿军同志，他们把美国纸老虎都能赶过三八线去，还改造不了一个国民党遗留下的婆娘？

问题最后卡在了紫云那里，但那已经不是问题。妇女主任亲自上门，苦口婆心地谈过两次后，把紫云叫到她的办公室，语气凝重地说，这是对你的一次考验，放着最可爱的人不嫁，你还打算嫁给谁？

紫云说，我谁也不嫁，我就守着我的援朝过一辈子。

为了儿子，你更应该嫁。妇女主任说，哪个孩子不想有个当英雄的爸？

婚礼仪式过后，紫云还是决定在屋里摆了一桌。菜都是她跟久红一起烧的。在厨房里，她像是在安慰自己似的说，这样也好，至少对援朝没有坏处。

久红充耳不闻，只顾闷头在墩板上剁菜。自从见到锦清，就像一阵风吹过了钱王甸村的芦苇荡，她的脑子里一直在唰唰作响，飘满了漫天的飞絮。

姐妹两家围着桌子吃饭时，久红拿过秋生的酒杯，先是突兀地叫了姐夫，然后把酒杯举到锦清面前，说，姐，我敬你们两个一杯。

紫云蓦然地想起了许多事。她按住锦清的手，对着久红说，都是自家人，不用敬不敬的。

第二天，久红在回钱王甸村的船里，冷不丁地对秋生说，以后，我们再不去他们家了。

秋生摇着橹，说，你不想援朝了？

是国新。久红声色俱厉地说，你儿子叫杜国新，他不叫龚援朝。

婚后的很长一段时间里，紫云都觉得自己又有点中邪了。特别是在床上的时候，眼前常常会浮现出家澍的面孔，一会又变成了刘昭铭。这是种奇怪的感受，好像趴在她身上的人不是锦清，而是他们三个，在黑暗中轮换交替着。一天夜里，她在做着的时候忽然流泪了，莫名其妙，却又不可收拾。

锦清支着半个身子在被子外面停了一会，说，你这是怎么了？

紫云在黑暗中摇了摇头，双手扳住他的肩膀，把他使劲拉进怀里后，开始变得主动，甚至还有那么一点的疯狂。

锦清却十分冷静。他在事后宽慰她说，这没什么，谁的心里面没藏着点事呢？

紫云还是没有说话，温顺地蜷缩进他怀里，第一次一丝不挂地在他的被窝里睡到天亮。

锦清的身上布满了伤疤，特别是胸口的枪伤，子弹击断了他的一根肋骨，弹头至今还留在肺里。一到冬天，他都会像得了哮喘一样，呼吸中带着啸声，吐出来的痰里面沁着血丝，而这个季节也是他性欲最亢奋的时节，几乎每天晚上都会把紫云从儿子的被窝里拉过来。

但与性相比，锦清其实更喜欢的是喝酒。一到傍晚，街坊邻居们都会自动聚集到他家里，端着各自的饭碗，或坐或站围在那张八仙桌前，陪着他喝酒，听他讲朝鲜战场上的故事。锦清是个特别能说的人，从长津湖到上甘岭，从联合国军的黑人团到美国空军扔下来的燃烧弹，好像发生在朝鲜的每场战斗他都参加过。有时候，他还会从中山装的口袋里掏出一份《人民日报》，一边喝着酒，一边给大家讲时事，一起学政治。

锦清转业后在粮管所里当保卫科长兼民兵连长。每年都被评为学习时事与政治的积极分子。

可是，紫云受不了每天晚上这么多人挤在家里面，吵吵嚷嚷的，串马灯似的进进出出，但又不好直说，她只能婉转地提醒锦清少喝点酒，想想到了冬天喘不上来的时候。锦清却毫不在意，说酒就是他的命，要不是这一口，他这条命早就留在了朝鲜的冰天雪地里。

那就关起门来，一个人喝。紫云最终还是说出了心里话。她一边收拾桌子，一边说，你又不是说书先生，你不能把家里当成茶馆。

锦清愣了愣，抬眼看着她，说，这里也不是龚家大院了，你也不是龚家的少奶奶了。

一下子，紫云就像被人甩了个耳光，脸涨得通红，半天都没说出一句话来。

夜深后，锦清把手伸进紫云的被窝里，拉了拉她，没见动静，就叹了口气，说，被家里人说，总比让外头的人说要好，外面让人说多了，说不定哪天就有一顶帽子掉到你头上。

紫云说，你听到什么了？

现在没人说，不等于日后也没人说。锦清又把手伸进紫云的被窝，一直伸到她的棉毛衫里面，接着说，你跟他们不一样，你不是从群众中过来的，就更应该主动地到群众中间去，要从骨子里跟人民群众打成一片。

锦清仰面靠在枕头上，就像坐在粮管所的办公室给人做工作，一直说到紫云主动钻进他的被窝，才一拍她的屁股，说，这就对了。

紫云却始终活跃不起来。她幽幽地说，你一开始就不该娶我这样的人。

锦清兴致勃勃地说，我是毛主席派来改造你的。

12

援朝上小学那年，抗美幼稚园被正式命名为秀州中心幼儿园。次年，礼堂沿街的那面墙被打掉，办起了公共大食堂，一到饭点就挤满了人，但更热火朝天的是操场上。那里并排砌着三口炼钢的小锅炉，通红的炉火日夜不熄，嘹亮的广播声更是彻夜不绝。

紫云的每个白天都在教室里教孩子们唱儿歌，没课的时候就去大食堂里帮忙，担水、择菜、洗洗涮涮，什么活都干，哪里需要帮手，哪里就能看到她的身影。到了晚上，安顿好儿子，她仍旧回到大食堂，擀完面条、蒸熟包子，就守在那里，等着放完卫星的师傅们来吃消夜。她曾由衷地对锦清说，累是累的，可我心里从来没有像现在这样踏实过。

可是有一天早上，站在幼儿园门口迎接小朋友时，她忽然看到一个人，站在街对面的电线杆旁，穿着灰布的中装棉袄，裹着围巾，鼻梁上架着一副眼镜。紫云一眼就认出了镜片后面的那双眼睛。

这些年，刘昭铭一直都潜伏在秀州城外的一所乡村小学，但他每年都会进城，有时在幼儿园门外，有时在紫云洗衣服的河对岸或是买菜途中，远远地看她一眼，然后默默地回到乡下。然而，这些刘昭铭都没有说。他坐在紫云家里的那张八仙桌前，仔细地擦完眼镜片，抬起眼，一眨不眨地看着心爱的女人，说，你瘦了。

紫云出不了声。她只觉得呼吸停止了，就连心跳都快要没有了。

刘昭铭兀自一笑，低下头，又说，有一年，我看到你在河边洗一件男人的衣服，我以为，我又一次失去了你。

紫云终于开口了。她看着敞开的屋门，无力地说，你再不走，我要喊人了。

你要喊人，就不会让我进这扇门了。刘昭铭戴上眼镜，慢慢地伸出手，把紫云紧攥着一个拳头握进手心，说，如果我因你而死，那对我是一种解脱。

你把他出卖给日本人的时候，想过他会解脱吗？紫云喃喃地说完，回过头来，泪水却不争气地蓄满了眼眶。

你说家澍吗？他们的话你也相信？刘昭铭忧郁的眼神变得更加忧郁。他长久地注视着紫云，一直看到她低下头，才开始诉说起当年，他忽然被勒令潜伏善后。整整十年，他躲在乡下，像只藏在地洞里的老鼠，为的就是今天。刘昭铭说，现在我自由了，我只求你给我一个弥补的机会。

紫云听到的却是自己在上海那家旅社里凄厉的哭声。她摇了摇头后，从刘昭铭的手里抽出那个始终紧捏着的拳头，撑着桌子站起身，慢慢走到门边，回过头来。

阳光从门外斜射进来。紫云的脸上一片幽暗。

我已经安排好了，我们去香港。刘昭铭走到紫云面前，把一张纸条塞到她手里后，又说，三天后，我会等在那里，你可以不来，也可以带着公安过来，但我会等在那里。

纸条上的地址是省城的那家旅馆。紫云永远不会忘记她跟刘昭铭留在那里的短暂时光。然而三天后，当省城的公安包围了整座旅馆，却并没能抓获这名潜伏了十年的特务。刘昭铭一直坐在旅馆斜对面的一家牙医诊所里，隔着玻璃望着外面的大街。他的嘴里咬着一块浸血的棉花，目光还是那样的忧郁而宽厚。

春天来临后的某天傍晚，一辆军绿色的吉普车拉着紫云驶到一座办公楼的后门，一名面容严肃的秘书引着她走进一间会客室。早已升任为地委常委的齐楚南满面春风地从沙发上站起来，老远就伸出手掌，说，钱紫云同志，这次请你来，是有个好消息要告诉你。

刘昭铭在偷渡澳门的船上被捕距今已经三个月。这三个月里，他日夜接受审讯，写成的交代材料足足有一尺多高。可是，当问到为什么要冒险带着紫云潜逃时，他低下头，沉默了很久，才从第一次在龚家的灵堂里见到紫云说起，他把什么都说了，就是只字不提他们如火如荼相爱的那段日子。说完，刘昭铭抬起眼睛，望着审问他的那两名公安，发出一声苦笑，说，我相信三民主义，我也相信一见钟情，可到头来，这两样都要了我。

我们今天来，主要是感谢你，正是你提供的线索，让我们最终捕获了大特务刘昭铭。坐在齐楚南旁边的一名中年公安说，现在，请你如实地告诉我们，你跟刘昭铭到底是什么关系？他为什么甘冒被捕的风险非要带你走？

紫云的脸白得就像一张纸。这个时候，她特别想哭，想流泪。可是，她强忍着，一直忍到整个人都在椅子里瑟瑟发抖。

你不用怕，这不是审问。中年公安换了种语气，说，我们知道，你是爱国的工商界人士，为新中国的建设做出过一定的贡献，我们只是要向你查证一些情况。

他是害死我前夫的凶手。紫云终于开口说，他是罪有应得。

这些我们都知道。中年公安说，但这构不成他要带你潜逃的理由。

那你们问他去。紫云抬起眼睛，说，我也想知道为什么。

离开会客室时，齐楚南亲自把紫云送到门口，再次握着她的手，说，紫云同志，别往心里去，这是我们必要的工作程序。

紫云点了点头，坚持要步行回家。她穿过幼儿园的操场时，炼钢炉里刚刚放出一颗卫星。在一片欢呼声中，锦清从人堆里挤出来，一见到她就笑呵呵地掸着衣服上的灰尘，说，今晚这颗卫星放大了。说着，他凑近紫云，笑着又说，看你这副丢了魂的样子。

秋生死在开挖红旗塘的工地上。他被轰然坍塌的堤坝埋葬。跟他一起被埋的还有附近各村的几十名男女劳力。公社书记当晚就赶到现场，手电照着漆黑如山的工地，他不禁勃然大怒：你们忍心让牺牲的社员同志埋在下面过夜？

想挖也没这个力气。工地的总指挥是公社的副书记。他无可奈何地说，再这样饿下去，这颗卫星只怕是放不起来了。

公社书记没说话，摸黑登上一个土坡，双手撑着腰，就像个决战千里的将军在望着脚下黑压压的战场。

工地总指挥紧随其后，小心翼翼地说，要不，报上去吧。

怎么报？公社书记猛然回头，说，这么一点小事，让毛主席知道了，这不是给他老人家添堵吗？

工地总指挥吓得一缩脖子，说，他老人家会知道这里？

公社书记没有回答，重新望着无边的夜色，说，一定要把遇难的社员们挖出来，还要抚恤好他们的家属。说完，他想了想，以商量的口气，又说，你去县里争取一下，每户发五斤粮票吧。

工地总指挥说，城里人才用那玩意儿。

那你叫我怎么办？公社书记双手一摊，说，这不是困难时期吗？这不是巧媳妇难做无米之炊嘛。

紫云全家提着半袋米赶到钱王甸村时，秋生已经下葬。

久红神情木然地坐在一张板凳上，用一种陌生的眼神盯着他们夫妻俩看了很久，才喃喃地说，第一次进城时，他就想拍张照片的，可我没舍得……他连一张照片都没留下。

说着，她一下子号啕大哭起来，声音尖得吓人，双眼通红，却流不出一滴泪水。

紫云把援朝拉到她面前，说，我们一听说就赶来了，本想让孩子见上一面的。

挖出来的时候都烂了。久红一下止住哭声，仰起脸，说，我都没把他认出来。

紫云怔怔地看着她看那张因浮肿而显得水亮的脸，再也找不出一句可说的话。

锦清坚持要去村里转一转。这是他离开钱王甸村后第一次回到家乡。走到以前王家的那块地基前，他感慨地对紫云说，还是战争年代好呀，生的光荣，死的伟大。

第二天一早，趁着紫云拉援朝在院子里洗漱时，久红站到锦清面前，忽然说，要是你当年没溜走，我的日子不会这样的。

锦清一惊，忙看了眼正从井里往上打水的紫云，说，当年我要是没溜走，现在烂掉的那个就是我了。

久红的眼睛一下红了，慌忙伸手撑住墙，张着嘴巴一直到紫云抱着脸盆进来才合上。

粮管所的消防船来接他们一家三口时，紫云见久红一手拎着个包袱，一手拉着国荃，走路都有点摇晃了，却非要把他们送到村边的渡口。紫云在心里动了一下，看了眼锦清。

久红到了渡口，把包袱往儿子手里一塞后，跪在紫云脚下，使劲地往前推着儿子，眼睛却看着紫云，说，姐，你让他们兄弟俩在一起吧。

紫云忙去拉她，说，你这是干什么？

国荃也在这时叫了声：妈。

久红犟着不起来。又说，姐，你就当养条狗吧。

紫云扭头看了眼锦清，见他两只眼睛直愣愣的，就蹲下身，拉着久红，说，那你就什么都没有了。

久红跪在地上说，没了总比都饿死要好。

13

"破四旧、立四新"运动刚一开始，紫云就显得非常积极与主动，该交的交，该烧的烧，连逢年过节时用的那口紫铜暖锅也没剩下。忙完这些，她还是有点放心不下，特意组织幼儿园的老师先来家里抄了一遍。当晚，在收拾屋子的时候，她对锦清说，现在好了，现在我跟你一样，是个彻头彻尾的无产阶级了。

可是，人民群众不认账。先是街道上的造反派来抄了一次。接着，援朝带着学校里的红卫兵又来抄了一次。他们不仅把屋子里里外外翻了个遍，还闯进幼儿园把当年填平的荷花池重新挖开，刨出几块太湖石。

紫云仍然一如既往地热情，只要有人来抄家，她都会开炉子、烧开水，然后斟茶递水，好像来的每个人都是在她家里进行义务劳动的。只有等到这些人都走了，她才会变得那样不安与茫然。

一天傍晚，她坐在门口的一张板凳上，回头看着锦清说，当年日本人来抄家，也没这么掘地三尺的。

锦清脸色阴沉地抿下一口酒，始终没有说话。现在，他刚刚被任命为秀州粮管所革委会副主任，可没想到的是，带头在粮仓围墙上贴他大字报的人竟然是杜国荃。

三年困难时期刚过时，锦清就打算送他回钱王甸村，回到他母亲身边。但是，国荃死活不肯走。十六岁的少年跪在紫云面前，抱住她的两条腿，说，最难的日子都过去了，我还没孝敬你们俩呢。

紫云用力拉起他，说，你该孝敬的是你妈。

她早就不要我了。国荃说，她有的是人孝敬。

久红在丧偶后的第二年嫁给了村里的大队支书。那个比她大了将近二十岁的男人，老婆死于血吸虫病，膝下已经儿孙满堂。

国荃望着紫云忽然落下了泪，低下头，说，从那天起，你就是我妈，姨父就是我爸。

最终决定留下国荃的人是锦清。不仅让他留下，第二年还带着他进了粮管所，临时当了名仓库的保管员。

国荃带人闯进办公室那天，身穿绿军装，头戴绿军帽，腰里扎着武装带，手里还提着一条皮带。他把皮带往锦清的办公桌上啪地一抽，要他立即到造反派的司令部报到，把历史问题向革命群众交代清楚。

锦清睁大眼睛瞪了他半天，才记起来一拍桌子，用普通话骂了句王八蛋。这是锦清第一次骂国荃。他指着办公室的大门，说，你给我滚出去。

国荃愣了愣，马上说，王锦清，你就是这样对待革命群众的吗？

最后，是粮管所的书记拉住了锦清，递了根烟，说，到什么山，就砍什么柴，革命群众要你交代，你就去一趟，交代一下嘛。

锦清那天回家已是深夜。他连酒都没有喝，进了房间倒头就睡。第二天，收拾完自己的被褥，才看了眼紫云，自言自语地说，什么叫引狼入室，这就叫引狼入室。锦清夹起被褥走到门口，还是有点不甘心，回头又说，我们从牙齿缝里省下的那口饭，喂大的是只白眼狼。

紫云望着丈夫远去的背影，说，去把你哥找来。

援朝正在喝粥。他头也不抬地说，你自己去吧，他就在造反派的司令部。

我知道他在那里。紫云猛然回头，一嗓子：你去把他叫来。

国荃独自走进家门时，见紫云一动不动地坐在八仙桌后面。他还是有点心虚的，规规矩矩地叫了声妈。

紫云面如铁板地看着他，说，你别叫我妈，我连你的姨妈都算不上。

国荃叹了口气，摘下军便帽，在八仙桌边坐下，说，他有历史问题，他是国民党的兵痞，在上海的时候还加入过杜月笙的流氓组织。

这些，紫云都知道。锦清当年逃难到上海，就跟人学会了抽鸦片，欠下一屁股的债后，只能自己把自己卖了壮丁。他是随部队在长春城外起义的，参加了整个的平津战役。婚后的第二年，锦清有一次趁着酒兴说起这些时，由衷地感慨道：我们都是走过弯路的人。

　　而此时，紫云一下有种揪心般的痛。她抓起国荃的手，说，别人怎么去捣他的粪坑，我管不了，可你不能这么做。

　　我不做，别人照样会做。国荃说，我这是大义灭亲。

　　紫云放开他的手，盯住他的脸看了好一会，说，那你打算什么时候灭我？

　　你的问题已经有人在组织材料了。国荃用一种关切的目光看着紫云，又叫了声妈，说，主动肯定要比被动好。

　　每次被批斗的时候，锦清的脖子里都挂着一块木板。随着他不断的交代与坦白，木板上的罪名也不断地累加着。先是国民党反动兵痞，接着是流氓、腐化堕落分子与混进革命队伍的反革命特务。很快，革命群众与红卫兵小将们把紫云也揪了出来。挂在她脖子里的牌子上写着：反革命资本家、三青团、国民党特务的臭婆娘与破鞋。为了更加形象，人们在批斗她的时候，总忘不了要在她的外套上面裹一件破旗袍，在她脖子里再挂上一双破棉鞋。

　　时间一长，锦清倒是想开了，一天比一天变得乐观。平时，他在粮管所里打扫卫生，只要一有运动，就会主动挂上牌子，跑步赶到迎秀桥，低着头，一动不动地站在桥头。

　　有一次，夫妻俩一起站在桥上示众时，他竟然还低声对紫云说了句笑话：流氓配破鞋，看来我们天生就是一对患难夫妻。

　　紫云却难受得要命，想哭都流不出眼泪。好多次站在迎秀桥头，她都能看到唐家老太爷跪在桥下那片空地上，孤零零的，赤着两只脚，花白的头发就像茅草一样零乱，冲着紫云喊：龚家少奶奶，我冤哪。

　　而真正的灾难就像乌云密布的天空里下的一场雨。

　　一天，造反派冲击了地委，不仅抓走了齐楚南，还砸开了他的保险柜，在一个笔记本中发现写着锦清的名字。

　　两天后的深夜，锦清在床上被带走。这是一场真正的审讯。主审是个穿着军装的中年人。他一开口就表情淡漠地说，不要以为公检法被砸烂了，你就可以逃脱人民的审判。

　　锦清一脸死猪不怕开水烫的笑容，说，公检法都是红卫兵小将们砸的，我想去都轮不上。

　　中年人没理他，点上支烟后开始切入正题，为什么齐楚南的本子里会有你的名字？你跟大特务齐楚南是什么关系？你们是怎样跟台湾联络的？联络代码是什么？

锦清一句都答不上来。他一脸无辜地望着中年军人，说，我真的不是特务，我那顶反革命特务的帽子是革命群众硬扣上去的。

中年军人在烟屁股上又接上一支烟，平静地说，再狡猾的敌特分子我都审过，有你开口的时候。

锦清被释放时已近冬季。他的哮喘提前开始发作，而且比往年都要厉害，常常咳着咳着，一口血就从口鼻间喷出。一天晚上，他在漆黑的水泥地上坐到天亮后，向看守提出，要见那位审讯他的中年军人。

你为什么到现在才愿意招供？隔着审讯桌，中年军人还是那样表情淡漠地看着他。

我想活着回家。锦清说完，开始竹筒倒豆子似的交代。

他第一次见到齐楚南是在准备跟紫云成婚前的某一天。齐楚南只身来到人武部的招待所，出示完证件后，问他：你是党员吗？

当然是。锦清说，我是在朝鲜火线入的党。

我知道。齐楚南点了点头，说，我要你以党性保证，以下的任务，你只对我负责，除非我死，你决不能让第三个人知道。

锦清不解地问：为什么？

这是组织纪律。齐楚南说着，开始布置任务，要求锦清监视紫云的一举一动，一旦发现情况就立刻向他汇报。

锦清睁大眼睛看了他半天，说，她是台湾特务？

齐楚南摇了摇头。

不是？锦清说，那干吗还要监视她？

我们没说她是，也没说她不是。齐楚南说，我们是不能确定，所以需要长期的观察与监控。

那这婚我不结了。锦清说，我不能稀里糊涂地娶一个嫌疑对象做老婆。

现在来不及了。齐楚南说，这不是你结不结婚的问题，这是在保卫我们的胜利果实，是我们每个公民的责任。

交代完这些，锦清不停地咳着，咳得都快要背过气去。

中年军人拿过桌上茶缸，递到他手里，问道：那你这些年里发现了什么？

锦清摇了摇头，但马上又说，我发现她是个好女人。

离开看守所那天，中年军人亲自驾车把锦清送进城里，停在一条马路边。他掏出一个笔记本，写下一个电话号码后，撕下那页交到锦清手里，说，把一个人看彻底，可能需要一辈子，还需要有排除万难的决心，但你也别忘了，你在盯着她的时候，我们也会盯着你。

你们信不过我是应该的。锦清抬头看着他，说，我当年就保证过的，决不把这件事告诉第三个人。

我们信不信得过你，信你多少，这都取决于你的表现。中年军人顿了顿，又说，齐楚南已经死了，畏罪自杀……现在，你只对我负责。

锦清下车后，走了两步，又回到车旁，拉开门，说，那你们对我负责吗？

中年军人想了想，答非所问地说，国家在任何时候都需要有人去保卫。

事实上，锦清在回家的当晚就把什么都对紫云说了。他赤条条地躺在被窝里，如同坐在审讯间的那张椅子上，一边咳，一边说。说完了，重新爬上去，一边咳，一边动。

高潮过后，锦清忽然笑了。他趴在紫云身上，说，如果要死，就让我死在你的肚子上。

紫云不为所动，连心底的许多疑问都懒得去问。

1968年的冬天，可以说是锦清最无所顾忌的一个冬天。援朝早就响应号召，上山下乡去了遥远的黑龙江农垦兵团。国荃不仅跟他们划清了界线，连名字都改成了杜卫革，而真正变化的人是锦清。他再没有喝过一滴酒，每天晚上回到家里，除了吃饭，就是等着夜深人静，拉着紫云上床。好像做爱就是他每天活着的唯一目的。

他一边喘，一边做。有时候咳出血来，就从枕头下面抽张草纸，在嘴巴上抹一把，接着再做。紫云觉得丈夫这是疯了，但又身不由己。性有时候就像台风车，它要转起来，谁也刹不住。有好几次，锦清已经累得筋疲力尽、满身虚汗了，她就翻身坐起来，一个人在黑暗中颠狂，一直颠到自己如同气绝。夫妻俩就搂在一块，一起喘息，一起沉沉睡去。

可是有一天晚上，做到一半的时候，紫云忽然停住了，伸手打开灯，说，我们都这把年纪了，我们不能再这样下去了，这样真会要了你的命。

锦清咳完，像个吃奶的孩子似的，觍着脸说，我就想死在你的身上。

紫云的眼神一下变得忧郁，翻身躺到一边，说，你死了，我怎么办？

我活着，你又能怎么办？锦清说着，把脸埋在她胸前。

紫云呆呆地张着手指，插进锦清几近半白的头发里，摩挲了很久，说，刚结婚那会，我一直在想，你总有一天会回到过去，就像过去那样，只知道去找别的女人……说不定，你还会让人浸了猪笼。

旧社会才有猪笼。锦清笑了，抬起头，认真地看着她，说，是革命让我们改头换面，也让我们脱胎换骨了。

床上的气氛一下变得有点凝重。锦清用力咳了会，伸手关掉灯，小心翼翼地爬到紫云身上，又开始在她身体里进进出出。

紫云冷不丁地说，年轻时你睡过那么多的女人，如今你还记着谁？

锦清一下停住了，在黑暗中想了想，说，说出来你也不会相信，我在她们床上的时候，心里只想着你。

紫云当然不信。此时，她只知道用双手紧搂着他，张开双腿紧缠着他。

临近除夕的一天深夜，床上的声响平息了，屋外的风也停了，但雪还在悄无声息地下着。锦清在被子里捂着嘴，很克制地咳了会后，还是没忍住，一口血吐在手心里。他摸着黑下床，去外间洗了洗手后，又漱了漱口，回到房里没等躺下就又咳了起来。锦清掀起马桶盖，往里面一连又吐了几口后，觉得喉咙里腥得难受，就又出去漱了漱口，才摸着自己的额头钻进被窝，对紫云说，好像有点发烧了。

紫云在风雪中的桥头示众了一整天，这会睡得正香。她昏昏沉沉地应了声。

第二天醒来时，紫云在枕头上摸到一手黏糊糊的，有血，也有痰。她一下坐起来，叫了声，没见动静，就伸手推了推。紫云只觉得他整个人都在被子里晃动。

紫云又叫了声：锦清。

14

出狱回家的路孤独而漫长。

紫云从走出西宁监狱的大门开始，就仿佛置身于梦中，一直到站在秀州火车站的出口处，她才深吸一口气，抬头仰望着阳光刺眼的天空，发现江南的春天跟西北还是不一样的。

古老的迎秀桥已经被拆除，一座新的水泥桥正在兴建。紫云绕了很长一段路，才回到十年前被押走时的家，只见门还是当年那扇油漆更加斑驳的门，唯一的变化是两边的墙，上面刷着一行标语：以讲卫生为光荣，不讲卫生为可耻。

紫云是在翻出钥匙开门时发现，锁已经被换掉。

　　这时，一个年轻的女人从里面打开门。她看着紫云很快露出笑容，说，妈，是妈吧？

　　说完，她不由分说地拿过紫云挎着的包袱，不由分说地挽着她进屋。

　　挂在墙上的照片告诉紫云，这个女人是卫革的妻子，他们还生了一个男孩。

　　妈，我叫邹慧。她端着一盆水出来，好像紫云是她亲妈那样，为她拧干毛巾，递到她手里，说，妈，先洗把脸吧。

　　傍晚，卫革用自行车推着儿子回到家时，邹慧已经做好了一桌的菜。这是个干练而知趣的女人，坐在餐桌前匆匆扒了几口饭，就抱着嚷个不停的儿子进了房里，说是喂孩子吃饭，其实再也没有出来过。

　　卫革往紫云碗里夹了块肉，说他还在粮管所里当临时工。说完，他又说，援朝去年也结婚了，娶了个朝鲜族姑娘，是佳木斯百货公司里的营业员。说完，他沉默了一会后，声音干涩地叫了声妈，说，你吃肉。

　　紫云始终没有出声。她用搁在汤盆里的一把调羹，一勺一勺地舀着饭，放进嘴，一口一口地吞咽着，直到把碗里的饭吃得一颗不剩。监狱里是不用筷子的，十年的铁窗生涯已经使她不再习惯使用筷子。

　　放下调羹后，紫云舔了舔嘴唇，说，晚上，我睡哪里？

　　小房间显然是经过了精心的布置，但床还是兄弟俩当年睡过的那张，上面铺着全新的床单，被子也全新的。可是，紫云睡不着，也不想睡。她站在挂着一面小圆镜的墙边，出神地看着镜子里的自己，就像久别重逢那样。她慢慢地伸出手指，轻轻地触碰着镜子里那张略显沧桑，却依然风韵残存的脸。

　　整个晚上，她都站在镜子前，一根一根地拔掉夹杂在黑发间的白发。

　　第二天一早，邹慧匆匆忙忙地要送儿子去幼儿园时，紫云忽然问了一句：对面不就是幼儿园吗？

　　邹慧看了眼丈夫，说，我们户口都不在城里，永强上不了对面的幼儿园。

　　紫云一下紧闭起嘴巴。

　　整个上午关起门来，一直都是卫革在说。可是，他好像忘记了很多事，一开口就从每周一封信替紫云申诉喊冤开始，一直说到落实政策的办公室就设在革委会的大楼里。卫革说，这两年里，许多人平反了，都恢复了工作，我们要趁着政策的这股春风抓紧时间，特别是爸，他可是解放前就参加革命的老干部。

　　紫云看着卫革那张开始涨红的脸，淡淡地说，你妈还好吗？

卫革愣了愣，忙说，还好，接到你要回来的通知，我就带口信给她了。说完，他露出一丝苦笑，又说，可她说要收麦子，地里的麦子熟了。

钱王甸村四周的田野就像刚刚剃干净的脑袋，阳光下弥漫着泥土与谷物成熟后的气息。紫云坐在田埂上，喝完大麦茶，把碗交到久红手里，说，你也真做得出来，这把年纪了还离什么婚？

不离怎么办？久红从瓦罐倒了碗茶，喝掉一大半后，说，队里的支书当不成了，他背着两只手整天在家里当支书，你叫我怎么办？

这样也好。紫云站起来，拍打着屁股说，我们姐妹俩又能在一起了。

你不回城里了？久红一下仰起脸，看着她。

怎么回？紫云说，你儿子一家占着我的屋子呢。

晚上，紫云把锦清的遗像挂在堂屋正中的墙上后，又在下面点上两根带来的蜡烛，斟满一杯酒。姐妹俩默默地坐在一侧，望着镜框里锦清那张俊秀的脸。

为了掩饰从眼底漫上来的泪水，久红打破沉默，说，十年了……他害你坐了十年牢。

紫云摇了摇头，说，他是救了我这条命。说着，她拉过久红的手，扳着她的指头，一个一个地数，这十年里面，吴掌柜上吊了，钟仁记的老太太吞金自杀，介福堂的老东家被活活冻死，还有唐家的那两代子孙。紫云长长地呼出一口气，说，他要不是死在我被窝里，你以为在外面我能活过这十年吗？

泪水在凝望中滑出久红的眼眶。她把头靠在紫云肩上，低吟似的，叫了声：姐。

秋天的雨声里有一种说不出来的惆怅，打在屋顶，也回响在心头。姐妹俩都记不起来是怎么开始的。她们像在一夜间回到从前，回到了年轻的时候，在床笫之间，在黑暗中，依然是那么的缠绵与悱恻。

时光有时会让同样做过的一件事、一个动作变得意味深长，充满了咀嚼与回味。只是，在平息之后，彼此间一下都有点无从适应。

但紫云还是开口了。她动了动嘴唇，像是感叹，又像在对自己说，我们真是疯了。

久红想了想，说，我们不是疯了，我们是又活过来了。说完，她把嘴凑到紫云的耳边，又说，前世，我们一定是对夫妻。

临近春节的时候，援朝带着身怀六甲的妻子从东北回来探亲。一家人在别离了十年后终于聚首。紫云却显得格外落寞，坐在圆桌唯一朝南的那个位置上，总觉得自己像个外人。

那天晚上，她把小房间腾给援朝夫妻俩后，与久红抱着被褥一声不响去了对面的幼儿园。姐妹俩睡在由几张课桌拼成的床上，久红忽然一笑，说，有时候，我真敢不相信，我们都是做奶奶的人了。

紫云没有说话。就在几天前，她刚刚补办了退休手续。教育局的领导特意跟她见了个面，握着她的手说，这些年你受苦了，这笔账我们会向"四人帮"去清算的。说完，领导把她让进沙发，开始真诚地挽留她，说现在各行各业都在拨乱反正，国家更是用人之际，组织上的意见是，年纪到了，还可以继续发挥余热嘛。领导希望紫云能在园长的位置上再留几年，一是为了祖国的花朵们，二是需要培养接班人。领导说，我们得争分夺秒，把动乱的这些年都追回来。

离开教育局的一路上，紫云第一次觉得自己老了。一瞬间，那么深入骨髓。

她伸手挡住久红凑上来的嘴唇，说，我们不能这样了，我们都老了。

老了也是人。久红说着，拿开她的手。

有话你就说吧。紫云把头别到一边，说，我看你吃饭的时候就想说了。

久红要说的是卫革。可是，她话刚起了头，紫云就一下堵住了她的嘴巴，吻得她都有点措手不及了。

新年很快就热热闹闹地过去。送走援朝夫妻俩那天，回家的路上走着走着，紫云发现跟在她身后的人只剩下了卫革。进屋后，她刚把包在头上的围巾摘下，一转身就见卫革低着脑袋，站着，像有一肚子话要说的样子。

紫云指了指椅子。卫革没有坐，还是低垂着脑袋，说这些年他一直生活在悔恨之中，悔恨他犯过的那些错误，他对不起紫云这个妈，更对不起锦清这个爸。紫云没有打断他，平静地走到八仙桌前坐下，看着他一直说到声泪俱下。

事实上，卫革要说的话久红早在她耳边不止一次地说过。他是想去顶锦清的班，进入粮管所成为一名正式在编的职工。卫革饱含着热泪，用一种热切的目光望着紫云，说他已经多次找过有关部门，也查阅过相关的文件，在"文革"中被迫害致死的干部，家属应该得到相应的照顾。卫革说，这不光是为我自己，也是为了永强，没个城市户口，他这辈子都成不了真正的城里人。

可他姓王，你姓杜。紫云声音微弱地说，你怎么成了他儿子呢？

姓可以改，我跟援朝都是你们的儿子。卫革一步跨到紫云跟前，蹲下身，同时抓住她的手，说，妈，该向他们提要求的时候，我们就得去要求，你的一句话，关系到我跟永强的一辈子。

不要觉得人家欠着你的，我们就非要逼着人家去还。紫云摇了摇头，说，我们不是这样的人。

15

刚开始的时候，久红只是在村口摆了两个筐，卖的也只是些从城里串来的日用品。这是紫云给她出的主意：总有扛不动锄头、下不了地的那一天，别等到墙挡在眼前了，再去找窗户。

后来，久红打掉一面屋墙，在家里开起了杂货铺，卖的除了日用品，还兼售一些家畜吃的混合饲料。它们就堆在屋子的角落，一样一样装在编织袋里。很快，只要村里有人用得着，就能在她的铺子里面找得到。

一天，紫云忽然让卫革赶到钱王甸村，开着摩托车把久红拉进城里，却什么要紧的话都没有讲，只是带着她在街上一路闲逛到傍晚。久红惦记她的杂货铺，吃晚饭都没有心思，非要卫革连夜把她送回去。

紫云笑了，说，看来你是尝到了当个体户的甜头。

卫革早已兴奋难掩。他没头没脑地说，妈，今晚就是我们家里的十一届三中全会。

紫云在饭桌上宣布的决定是下海，她要把隆昇这块招牌重新挂起来。只是，隆昇当年开的是米行，卖的是粮食，但是现在国家不允许粮食买卖。紫云说，那我们就做饲料生意，这样更好，畜生终究比人多嘛。

久红吃惊地看着她，说，我看你是疯了。

紫云还是笑呵呵的，看着邹慧收拾完餐桌，说这一天她已经打算了很久，从久红在钱王甸村口摆那两个筐开始，她就一直在心里盘算。说着，她去房里拿出一个本子，里面夹着几张存折。这些是她那十年的补发工资，还有锦清的抚恤金与"文革"时家产被抄没的赔偿金。紫云说，有多少柴火，我们就生多大的火。说完，她不等任何人开口，翻开本子，戴上老花镜，从第一页开始，一条一条地往下说。这里的许多话，当年都写在隆昇米行的账房墙上，是龚家近百年来的经营之道。最后，紫云抬起眼睛，隔着镜片看着卫革夫妻俩，说，做买卖其实就一个字——诚。

夫妻俩用力地一点头。在命运即将出现转折的伊始，谁的心头都紧攥着一把汗。

夜深后，紫云靠在床头，由衷地对久红说，要是吴掌柜还活着，我就不用操那么多心了。

你也别指望我能成得了钱掌柜。久红从盆里抽出一只脚，仔细地擦干后，扭头望着她，又说，姐，你今年六十五了。

可他们兄弟俩正当年。紫云仰望屋顶的目光变得悠远而虚无。她慢悠悠地说起每天到了夜深人静的时候，只有她心里最清楚。她在这个世上没儿没女，她什么都没留下，也什么都不会带走。紫云咧开嘴，无声地一笑，说，你看我这一辈子过的。

久红说，我们都是你的亲人。

所以啊，我得为你们想。紫云说着，闭上眼睛，又说，可我最想的是把龚家这块招牌竖起来，这块招牌砸在我手里，就得由我挂上去。

久红睁大眼睛，说，原来你一直都在想着他。

不想成吗？紫云又无声地一笑，说，我都六十五了，哪天我睡下去没醒来，就会见到他们龚家那些人了。

可是，事情出在几年后，就在隆昇饲料有限公司做得风生水起，刚刚在黑龙江的佳木斯成立了原料采购的办事处，正准备跟省里的农科院合作，研发颗粒新饲料的时候，秀州市的工商局联合公安局在一夜间查封了整家公司。原因是非法集资。

紫云在看守所里一见久红就说，你这是在替他背黑锅。

谁叫我是他的妈呢。久红苦笑着说，这也不能全怪卫革，步子跨大了，难免会崴到脚脖子。

紫云靠进椅子里，远远地看着久红，说，昨天夜里我梦见吴掌柜了，越是这种时候，我就越想起他来。

我记得，我跟你说过的，我成不了吴掌柜。久红说，龚家这块招牌，这回是砸在了我手里。

那倒不至于，钱不够，我们还有货呢。紫云说，货不够，还有银行在。

久红直愣愣地看着她，说，你怎么就是不死心呢？

开弓没有回头箭。紫云凛然地说，我这辈子难得做一回主，我为什么要死心？

久红宣判那天，援朝特意从佳木斯赶来，跟着紫云一起去参加了旁听。

从法院出来，紫云伸手由邹慧扶着一直走下台阶后，才扭头看着兄弟俩，说，钱都退赔了，怎么又成了诈骗罪？还特别严重？见兄弟俩低着头都没开口，她仰起脸，又说，看来，我是等不到她出来了。

怎么会呢？卫革赶紧走上前，扶住她的另一边说，表现好，会减刑的。

1991年初夏的一天，工商联的主席陪同省外办的领导登门拜访。站在紫云新居的院子里，省外办的领导郑重地说，是新加坡经济代表团里的一位老先生点名想要见您。

他肯定是记错了。紫云微笑着说，不是他记错，就是你们找错人了。

错不了。省外办的领导说，我们是经过慎重的查证与请示后，找到您的。

工商联的主席这时也插话，说，说不定是商机呢。

我一个做饲料的，没有那么远的商机。紫云笑着请各位进屋。

您还是跟我们去见一见。入座后，省外办的领导仍然郑重地说，新加坡跟我们刚刚建交，这虽说是件私事，可毕竟关系到两个国家之间的友好往来嘛。

紫云说，他叫什么？

名单是新加坡经济发展局的顾问，叫刘培生。省外办的领导说，可他告诉我们，他还有个名字，叫刘昭铭。

紫云的脸上没有丝毫表情。她端起桌上的茶壶，往每个人的杯里都倒上茶水后，轻轻地放下，轻轻地说，我就不跟您去省城了，我都记不得这么一个名字了。

然而，紫云最终还是见到了刘昭铭，就在第二天的午后。外事办用车把她请到刚刚启用不久的秀州大酒店。在一间大门敞开的套房里，白发疏落的刘昭铭长久地伫立着，直到陪同的人员都退出屋子，门关上了很久，他才恍如梦中醒来那样，仓促地一笑，说，如果走在街上，我还是能一眼认出你来。

紫云眼帘低垂，一声不响地走到沙发前坐下，好像她才是这间屋子里的主人。

我想，有生之年总得跟你见一面的。刘昭铭在另一张沙发里坐下后，说，三十二年了。

紫云慢慢地抬起头，说，你是想要知道，当年我为什么要告发你？

刘昭铭摇了摇头，用手在额头比了比，说，黄土都埋到这里了，什么原因都不重要了。

可对我很重要。紫云看着他，说，我来，就是要听你亲口说的。

刘昭铭靠进沙发里，闭上眼睛，就像深陷在对往事的追忆与沉思中那样，很久才缓慢地开口，从1937年的南京大屠杀开始，一直说到1975年新中国的最后一批特赦，他出狱离开大陆，先去了香港，后来到了新加坡。他娶了一名马来籍的女人，生有一儿一女。

这里面的许多话与许多事，刘昭铭都曾说起过，就在省城那家旅社的床上。而此刻，点点滴滴，在转眼间又像回到了当年。紫云始终保持着端坐的姿势，直视着前方。她看到的是自己的一生，在这个寂静的房间里徘徊不去。

天色渐暗的时候，接待人员敲门进来，小心翼翼地提醒说晚餐已经准备好了。这对老人仍然端坐在沙发里。他们就像两尊暮色中的雕塑。

刘昭铭终于又开口了，说，当年，我是背着一身血债投身到那一行里去的，我曾设想过无数种死法，但从未想过要靠出卖战友活着。

紫云神色木然地起身，说，去吃饭吧，别让大家久等了。

临别已是深夜。刘昭铭阻止了陪同人员，拄着一根拐杖只身把紫云送下电梯，一直送到宾馆的大门口。

紫云抬头仰望着夜空，很久，才艰难地说，如果当年也像今晚，我们至少都不会是今天这个样子。

刘昭铭动了动嘴唇，最终没有说话。他站在紫云一侧，一直等到她从夜空中收回目光，才挽起她的一条胳膊。两个老人默默无语地迈下台阶，走到等候已久的那辆轿车前。

三年后的一天深夜，永强敲开紫云的房门，说，奶奶，新加坡来的电话。

电话里是一个女人的声音。她用生硬的国语说她是刘培生先生的陪护，刘先生已在半个小时前去世，走得非常平静。

紫云坐在电话旁的沙发里一语不发。她双手握着话筒，直到对方挂断电话，还紧握着话筒，紧贴在耳边。

永强看着她，说，奶奶，出什么事了？

紫云这才回过神来，淡然一笑，说，去睡吧，没事。

永强将信将疑，不敢说话，也不敢挪步。

紫云轻轻地挂下电话，用眼睛平静地看着他，一直看到他转身进了自己的房间，才慢慢站起身，走进厨房，找出一瓶黄酒，轻轻地拉开厨房里通向院子的那扇门。

院子里的栀子树上早已开满了白花，在夜色中，花香四溢。紫云在花旁的一张石桌前坐下，往杯中倒上酒，对着天空中的那半轮明月开始自斟自饮。

她看上去是那样惬意与自在，就像石桌的对面坐着她最心仪的爱人。

第二天一早，邹慧起床后去厨房做早餐，见边门敞开着，心里一跳，探头朝外望去，就见紫云趴在石桌上，像是睡着了。她赶紧出去，叫了声：妈。

紫云已经死去多时。她趴在石桌上，脸容安详而满足。

那天是 1994 年的 7 月 5 日。紫云享年 76 岁。

五年后，久红获假释出狱。她独自来到紫云的墓碑前，站了很久，才蹲下身去，用一块手帕轻柔地擦去照片上的尘土。

照片上的女人是那么端庄与漂亮，漂亮得可以让人忽略掉死亡。

命悬一丝

尤凤伟 [1]

1

宣判前，汤建又去了一趟成山看守所，提审罪犯嫌疑人庄小伟。说提审并不准确，案件审判程序已成为过去时。作为该案的主审法官，他十分清楚庄小伟的生命就要走到尽头，如果没有特殊情况发生，死是板上钉钉的了。所谓特殊情况，无非是有重大立功表现；家人满足了亡者亲属的赔偿期望，不再死磕。当然，倘若有某权势人物予以干涉，也有可能刀下留人。而从庄小伟的实际情况看，这几条都不现实，他独自作案，没他人可告发，何况关在号子里，想立功也没有机会。再是他的家人，七十有余的养父母，是村里最穷的人家，无力承担高额赔偿款。他曾与法庭为庄指派的陈凯律师一起去村里动员庄的养父母，屋里屋外一打量，便明白说什么都属多余，沮丧而归。至于有贵人搭救，则更是天方夜谭了。

在那间十分熟悉的审讯室，汤建见到了准死人庄小伟。他的心不由得疼了一下。一种微微的战栗从脚后跟往上传遍了全身，作为一名多年从事刑事审判的法官，是不应该有这种非职业条件反射的。不知怎的，这种反射在面对庄

---

① **尤凤伟** 山东牟平人，现居青岛。"新时期"开始文学创作，发表作品六百余万字，出版文集及各种选集数十种，著有长篇小说《中国一九五七》《泥鳅》《樱桃》《衣钵》《百合的江湖》等，近期出版七卷本尤凤伟小说系列作品。

小伟时更甚，是因为他太年轻，生得眉清目秀，用时髦的说法可称之为"小鲜肉"？还是觉得他倒霉，合议庭对其量刑为死缓，却被院里改为立即执行，有些于心不忍？还是……

他看出庄小伟比上次见到时气色要好，精神头也足些，新剃了头，额也变得亮堂了，这种变化更使他心里添了一份沉重。待押解他来的狱警走到门外，他问了句：庄小伟，这些日子怎么样？庄小伟回答：报告法官，我很好。

哦？很好？

嗯，很好。

好在哪方面，你讲讲？

报告法官，队长让我吃营养餐了。

你生病了？汤建问。刚才还觉得庄小伟身体状况不错，怎么享受起病号待遇了呢？他知道，这里的病号待遇是每天增加一个鸡蛋、两根黄瓜。他还知道这里的潜规则——某些特殊犯罪嫌疑人也可以得到这种照顾。而庄小伟没资格"被特殊"。

报告法官，我没病。

这毕竟没什么重要，况且与庄小伟打了近一年"交道"的法官，渐渐积累起来的怜悯之情，也愿意看到这将死的人，在走向刑场之前能多点享受。

他不再继续这个话题。

但是，下面的谈话该怎样进行，他倒有些茫然了。平常对犯人的程序化审讯，都在院里的审讯室进行，法警从看守所提出人犯，押解到市里。而对一些具体问题的落实，为避免兴师动众，则法官自己跑到看守所，问完便走。问题在于，今天汤建在宣判前赶来，并没明确目的，该落实的都落实了，属于本院的法律程序已走完，只等择日宣判。如果庄小伟上诉，后面的事就转到上诉法院，与己无关了。就是说，这次来，套用一句俗话就是"有枣没枣打一竿"了。能打到一颗让庄小伟免死的"枣"，就算不虚此行了。说白了，就是想搭救庄小伟。庄小伟抢劫杀人，这种严重罪行，从前是杀无赦的。现在司法改革，尽量减少死刑，这类罪犯只要有从轻的情节，也可考虑不杀。作为对庄案再清楚不过的人，他认为有从轻情节，合议庭其他人也有共识，所以他们的意见是判死缓。而报到院里遭否定，要求改为死刑立即执行。既如此，合议庭使用的从轻情节便清零不存。如若让庄小伟免死，只能另辟蹊径，找到让院里否决不了的理据。

说来说去，还是前面提到的几种"特殊情况"。他来是寻找特殊。这本来是庄小伟律师的分内之事，可那很喜欢被人称为"诗人"的陈律师自始至终不在状态，对案子不热衷。据说最近正忙于创作，准备参加市文联主办的"祖国大放歌"诗歌朗诵活动，连电话也不接了。作为法官，他有看法，却不便说破，只在心里不屑。

以前说"愤怒出诗人"，如今是"喜庆出诗人"啊。

庄小伟，这段时间有没有人来探望你呀？汤建看了眼一直低着头的庄小伟。报告法官，没有。庄小伟回答。

汤建看了看瞬间庄小伟抬起的葫芦样光头，以及那双明显带有讨好又迷离、还带有孩子般稚气的眼睛，心沉了一下，说：庄小伟，再回答问题不用先报告。

报……是，是……汤法官。

他没纠正他，心想，那诗人律师连最基本的都没对他说清楚。

他说：庄小伟，这些日子都想些什么？

想……俺害死了人，罪大恶极，服判，不上诉。

哦？汤建惊了一下，问：这想法和律师说过吗？

说过。

他怎么说？

他说上诉也是百分之百驳回。

百分之百无良。这姓陈的。汤建心里愤愤。刚要再问，却听庄小伟开口问：汤法官，你说能判我死刑吗？

他咬了下牙，没放出声来。他是最有资格回答庄小伟问题的人，但他不能回答，这是职业操守，或者说是纪律。他打了个怔，反问了一句：你自己觉得呢，庄小伟？问过又意识到不妥，这一问不应出自法官之口。

好在庄小伟没有回答，深深埋着头。

他就想，明明可以判死缓，院领导怎么非要判死刑不可呢？不符合新司法精神嘛。参加审判委员会的董庭长回来也表示不解，说：原先认可死缓的分管刑事的郜副院长怎么忽然改了口径呢？舌头一翻一正就是一条人命啊。

他说：庄小伟，怎么判决是法院的事，你首先得认罪悔罪；当然也可以为自己辩护，争取从轻处罚。

是。

想想，还有没有对自己有利的话要对法庭讲的？他启发说。

俺、俺不是故意杀人，是老奶奶自己从扶梯上滚下来的。还有，俺不是抢，是偷⋯⋯

这些，他自然是清楚的。庄案不复杂，庄在商场的下行扶梯上，居高临下发现被害人的敞口包里有一个钱包，遂起邪念，行窃，生手不熟练，让被害人发觉，惊慌中一脚踏空，顺扶梯滚下，造成颅骨损伤，经抢救无效死亡。

他说：这个，法庭有你的笔录。再想想，有没有其他方面的情况？他继续启发。

庄小伟用手抱着光头，手指绷紧，努力要从里面挖出东西的样子。他应该清楚，法官在宣判前专程来问询案件之外的事情，足见这对自己生死攸关。

汤建等着，为减轻对方压力，他将目光移开，盯着墙上那幅"坦白从宽，抗拒从严"的标语看，心里想，此时此刻，这标语对庄已无意义了。他迫在眉睫的，就是找到"有利"理据来救自己的命。

汤建还等着，时间一分一秒过去，心中原本尚有的希望一丝一丝消散。

对了！庄小伟叫了一声，同时将抱头的手松开，合抱于胸，犹同已大功告成，从头脑里抓出了一根救命稻草。

说。汤建心中亦生起了希望。

庄小伟望着汤建，说：报告法官，陈律师对俺说⋯⋯

他说什么？汤建问。

他说有重大立功行为可以从轻处罚，问我有没有。当时没想起来，说没有，可刚才想起来了。

你有立功？汤建问，却不太相信。因为若有这方面情况，狱方会及时告知法庭的，供量刑时考量。

俺救过人。庄小伟进而说。

哦？什么时间？什么地点？汤建有些兴奋。

是北京开奥运会那年，在俺村，那年俺十三岁。庄小伟说。

瞬间汤建被失望淹没，不由自主摇了摇头，有言道：好汉不提当年勇。作为罪犯的庄小伟，往日之功是不能为今日所犯来折罪的。

显然庄小伟并没想到这一点，他是法盲，但凡有这方面知识，当看到老太太滚下扶梯时不要跑，那样更能证实自己是偷不是抢，犯案的恶性会减一等。

庄小伟还原的当年情况是这样的——天热，他和村里的小伙伴去村东的荷花湾洗澡，凉快了以后又比赛游泳，看谁游的来回多。游着游着，别的孩子逐渐败下阵来，上了岸，他还在继续。这时来了一个到这村走亲戚的城里小孩，都认得，他姥姥管他叫一。一在湾边望着还在游的他，嘲笑地叫：小狗刨儿，小狗刨儿。他不睬，继续游。一又说：小狗刨儿，土死了，瞧我的。说着脱了衣裳，跳进湾里游起来。示范似的游起蛙泳、仰泳、自由泳……陡然，一惨叫一声，头沉入水中，整个人不见了踪影。他晓得一出事了，一个猛子扎进水底，将挣扎着的一拖出水面，拖到岸上……

庄小伟说：后来知道他腿抽了筋，没人救就上不来了。

见义勇为啊。汤建叹息说。

汤法官，这，算是立功吗？庄小伟抬起头，望着他问。

汤建一时不知如何回答。答案是有的，当然是立了功，还是一大功，救人一命胜造七级浮屠，问题是那时的功，不管今天的用。

庄小伟说：这件事全村人都知道的，都能证明。又问：是不是需要王天一本人……

王天一？

就是俺救的那个一，他姓王，叫王天一……

汤建"哦"了声，心里思忖：王天一……李天一，李天一的案子国人瞩目，司法界更甚，他和庭里的同事也多次议论过，除了案情，还有"天一"这个名字。小何说：天一，天下第一，从这个名字就能看出不是一般人家的孩子，气势这么大。老曲说：气势就是大嘛，他爹一嗓子喊出去传遍天宇啊。对于如何判决，大家普遍认为，凭他爹的名望，会获轻判。结果正相反，他是同案人中判得最重的一个。这又成为人人议论的一个焦点。后来从网上得知，另几个同案人的背景了得，不用喊，打个喷嚏也能地动山摇，天一与其相比，小巫见大巫。

回到王天一，汤建意识到这应该也是一个"不一般"的孩子，由此他另一个思路被打开。问庄小伟：后来见过王天一吗？

没有，他姥姥说，去美国念书了。庄小伟回答。

他父母呢？也去美国了？

没有，在北京。

在北京做什么？

他爹开公司当老板，他妈……

哦，标配啊，汤建心里说。不过他感到欣慰，既然是这种情况，出钱帮帮孩子的救命恩人，应该是……

他问：王天一他爹妈知不知道你救他命的事？

庄小伟想想，摇摇头：这个不晓得。

他姥姥是知道的了？

嗯，知道。

有什么表示没有？

表示？

感谢啊。

不用，不用……

我问的是感谢没感谢你？

没。

汤建嘘了口气。

看来庄小伟没跟上汤建的思路，仍停留在原点，眼巴巴地望着汤建问道：汤法官，这个，到底能不能算立功啊？

应该算吧。汤建说。这么说是为了减轻庄小伟的心理压力。作为一名刑事法官，他十分痛恨罪犯对常人的残害，第一念头便是严惩不贷，替被害人申冤报仇，为社会除害。然而一旦深入案情，他的心情便渐渐发生变化。比如这个庄小伟，初次阅卷：在扶梯上抢劫，致受害老奶奶滚梯坠亡，照片惨不忍睹，应判死刑。而后信息扩展：该犯刚年满十八岁，穷苦，为买一张回乡的车票行窃，致人死非故意；还有……于是，他有所踌躇，最终意见为死缓。当审委会改判，他找庭长申辩，陈述理据。最后，庭长不得不向他交底：改判是分管院长力主，理由是今年抢劫杀人案频发，对社会造成很大冲击，故应严惩抑之。他反驳说，这不就是法理之外的"杀一儆百"吗？庭长说，本案的特殊在于犯人无力赔偿，受害人家属死磕啊。他不为所动，不放弃，才来看守所"有枣没枣打一竿"，侥幸的是，这一竿应是打着了。王天一，庄小伟，一报还一报，理所当然啊。摆在哪里也是合情合理。他又嘘了口气，想，有言事在人为，的确如此啊。

至此，汤建觉得已没必要再与庄小伟论究立功不立功的问题，便大体谈了谈自己的想法。又问了一些相关问题，便结束了这次问询。

2

车上，他接到妻子花花的短信：忘了吗？今天是秀秀生日。他会心一笑，看看手机上已下午5点，回去正当时啊。

　　赶回岳父母家，秀秀在那里，生日自然在那里过。进门，花花和儿子涛涛前后脚到，带去生日蛋糕和秀秀爱吃的糖炒栗子。岳父亲自下厨做秀秀爱吃的红烧肉拌饭。只听岳父母卧室的门"砰砰"地响，岳母说，秀秀闻到香味了，要出来。岳父在灶上说，做好了，请出来吧。涛涛去开门，一只狮子狗从里面走出来，跳到餐桌边自己的专座上，端坐等候，一副贵妇人派头。一家人笑呵呵地围过来，涛涛带头唱起《生日歌》，一家人拍手紧随。欢笑中，秀秀开始大快朵颐，斯文尽失。汤建心想，调教得再好的狗，终归也是畜生啊。

　　秀秀吃好了，岳母用餐纸给它擦擦嘴，生日算过完了。全家人开始吃饭，除了提前拨出来的红烧肉外，还有用空气炸锅炸得焦黄的带鱼，这是涛涛最爱吃的。虾仁炒蒜薹，这是花花的菜。猪肉大白菜粉条，这是汤建百吃不厌的家乡菜。为此不断遭到花花的嘲笑，说他是不变的庄稼人的胃口。开始，他很反感；后来认为花花并没有说错。每逢春节，各类上品菜一大桌子，他还忘不了吃这一口。这就是应了那句"橘生淮南则为橘，生于淮北则为枳……水土异也"的话了。花花是生在城里的橘，他是生在乡下的枳。本两不相干，可毕业工作后，经人介绍，橘枳结为连理，不谐便渐渐表露出来。而花花强势，尽管汤建做了顽强的反抗，终是败下阵来。该争的也不与她争了，以沉默应对。日子便平静下来，"沉默是金"在此得到印证。

　　吃了一会儿，花花放下筷子，笑盈盈地说：爸、妈，报告一个好消息，我考到律师证了。

　　除了涛涛，其他人都怔了一下，一齐望向花花。岳父问：花花，你在安达干财务不是干得好好的吗，咋还考律师证？

　　花花说：转行当律师啊。

　　岳母说：当律师不错呀。

　　岳父瞪她一眼，转向汤建问：这事，你知道不？

　　汤建不知该如何回答。一年前花花与自己说过，要读一个司法班。他明白她的意思，第一个念头便是不可。不知从什么时候起，法官的配偶或家人纷纷进了律师楼，打什么心思昭然若揭。有人调侃说：肥水不流外人田哪。很快便出了问题，最典型的是某区法院院长与在某律师所当主任的老婆东窗事发，双双入狱。他极力反对花花的做法，可花花不听，照考不误。一是无奈，另外，这些年挤这条道的人很多，越来越难考，他不相信她能考出来。可怕什么来什么，她竟然如愿了。

　　他只能说：知道。

岳父把筷子拍在桌上，吼：你们是好日子过得不耐烦了。是不是？

他不吭声。心想，训得好。

花花却不听这套，说：爸，你喊什么？这种情况很多，法律没明文规定不可以。

岳父横了她一眼，说：没明文规定也不行，不想想人家会怎么看。一个判案，一个当一方辩护，无私也有弊啊。

花花辩驳：各人遵循各人的职业道德呗。

岳父说：如今，连人性都不讲了，还讲什么职业道德？有些当官的几百万几千万几个亿地贪，心里有职业道德吗？少来这一套。

在汤建眼里，岳父是个极其温良的人，总是笑眼眯眯，他这么大发雷霆还真没见过。他晓得花花这事办得让他愤怒，难以容忍。

花花不吭声了。

汤建说：爸爸，您这火发得对，有道理，回头我说说花花，这样的夫妻店绝对不能开。

花花哼了声，站起身朝涛涛嚷：走，咱回家！

汤建自然也得走。

刚进门，陈律师来短信：有新作发圈里，请指正。他"腾"地上来了无名火，代理的人要判死刑，你他妈还有心思写狗屁诗。在沙发上坐下，他给庭长拨了电话，讲了今天见到庄小伟发现一个新情况，待明天上班详细上报。挂了电话，他才上了微信朋友圈，果然最上面有陈发来的诗歌。他本来以为是先前说的朗诵诗，却不是，另辟蹊径。"放歌"的不是祖国，而是一种仙草药膏，诗曰：仙人号曰候庭泉，草药产自滇西南。谱出风云交响乐，写下医疗新诗篇。骨疼忽闻寸草心，病愈下榻步履健。传世良药除顽疾，奇效惊世美名传！

尽管心头有气，居然被陈诗逗笑了。油然想起前些天从网上看到的一则笑话——某女夜遇劫匪，颤抖着说："大哥，我是写小说的，四十多岁了，工资还不到三千，逢年过节连奖金都没人给发，送礼的也没有，你看这是我的中国作家协会会员证。"劫匪闻听痛哭流涕，"姐姐，俺也有这证，写散文的，快三十了无房无车，娶不到老婆才出来做匪的。你走吧。对了，边上那条路千万不要走，更凶险，全是写诗的，都穷疯了！"

陈"穷疯了"才写这种广告诗吗？非也，陈是他们律师所合伙人，收入不菲，还是几家单位的法律顾问，固定收入也不低。论究起来，陈当是人们戏称的有"歌颂癖"吧。

他给陈发了短信：明天下午庭里一见，有事协商。

陈即刻回复：明晚如何？老地方。

陈要请吃饭，老套路。

他回：明晚有事，还是下午。

汤大法官赏点面子嘛，是安华老总请客啊。

他知道，陈是安华公司的法律顾问，曾试图在他与安华中间搭桥，他未响应。社会上说中国律师的硬功夫是拉法官下水，多少法官被律师溺亡，下场悲惨。

他不客气了：省省吧。

挂了电话，起身进到书房打开电脑，他想从网上查查各院有关杀人案赔偿数额的情况。

3

在院大门外下了班车，见一辆本院的警车从远处开来，拐到后面的门。他晓得是从看守所提来了犯人。三庭上午开庭，是政法学院同学兼好友何彬审理的案子，嫌疑人是外省落马高官，属异地审理。何彬说这个案子让他焦头烂额，其实不说也想得到。

在庭长室见到董宝川庭长，董庭正在打电话，边讲边示意让他坐。坐下后眼望窗外，干什么吆喝什么，董庭在和人谈案子，似乎是区法院上诉到中院的案子。他也懒得听，只想着自己这案子怎么与庭长讲。

董庭讲完电话，问他：小汤，你说的新情况是什么？能影响量刑吗？你是知道的，经审委会定下的判决不会轻易改变。他赶紧说：这个我知道，可这新情况很重要，应该能免庄小伟一死。

董庭摇摇头。

汤建讲了庄小伟当年救了王天一那件事。

听着，董庭打了个哈欠。

他晓得董昨晚喝了酒，董喝酒海量，院里无人拼得过。他自己调侃说：死了泡在水缸里，过几天就是一缸董酒。

说到哪儿了？董庭问。

王天一在水里抽了筋，沉下去了。

是庄小伟把他救上来了，是不是？

是。

那是哪年的事？庄小伟多大？

2008年，他十三岁。

可他犯罪时已经过十八岁了。

汤建意识到董理解错他的意思了，酒精还在他脑袋里起作用。喝了一口茶，他说：我知道，我是说他救人立了功……

董庭寻思一下说：是有功，那时的功，现在顶个屁用？能抵罪？法律上可没有这一条。

汤建说：我知道，我的想法是……

他斟酌着说：我的想法是，他立这功，受益人应该埋单……

受益人埋单？

对，现在这个时候，受益人应该出资，替庄小伟赔偿受害人。从目前情况看，恐怕只有这一条能免庄小伟一死。

董庭想想说：应该是这样，能得到受害人家属的谅解很重要，而拿钱才能买谅解。问题是人家能认这笔老账吗？

汤建叹了口气，董庭总算跟上了他的思路，他说：老账也是账啊，应该认的，何况是有钱人。

有钱人？

对，被救小孩的爹是一家大公司老板，钱不是问题。

董庭浅浅一笑，说：这就难讲了，不是有越有钱越抠门儿一说吗？

汤建说：我们可以对他晓之以理动之以情……

董庭：我们？我们法院？这可是律师的工作啊。

他刚要讲院里指派的那个陈律师不给力，又把话咽回去，说：我已经约谈律师，把这事交给他去做。

董庭说，那得快点，否则……

他明白董庭的意思，按惯例春节前要集中"执行"一批死刑犯，便说：一定一定……

4

汤建不想给陈凯好气，开门见山：陈律师，知道你忙，可人命关天，还是把你请来。我昨天去见了庄小伟。

是吗？他怎么样？陈凯问。

这话应该是我问你呀！陈——律——师——汤建生硬地说。

陈凯：……

汤建说：庄小伟很悲观，说若判死刑将放弃上诉。这，你晓得不？

陈凯迟疑一下说：他倒是对我讲过这想法。

汤建问：作为律师，你给过他什么建议？

陈凯说：这不用说，我对他讲，应该上诉，这是法律赋予的权利。

陈、庄二人口调不一，是哪个说了假话？但他不想纠缠这个，继续说下去：昨天去，庄小伟说了一个新情况，可能会给案子带来转机。

哦？汤建把情况讲了讲，刚讲完，陈凯的手机响了，欲接，看看汤建，似乎又觉不妥，把电话扣死。

汤建说：作为庄小伟的律师，面对这新情况，我想听听你有什么想法。

陈凯沉吟一下，说：也只能死马当活马医了。

汤建觉得这话刺耳，问道：庄小伟是死马？

陈凯苦笑笑，说：汤法官你心里比我清楚，合议庭的死缓意见被审委会否决了，定立即执行。这种情况你们合议庭都没辙，律师还能有什么作为？法院啥时候拿律师当盘菜了？

汤建承认陈的牢骚有一定道理。在审判过程中，律师总是处于下风，不被法官正眼看，辩得再好，也不敢保证会被法庭采纳，特别是上面定了调子的案子，想翻案难于上青天。

陈凯继续发牢骚：我就奇了怪了，不偏不倚，庄小伟判死缓属合理量刑，没人辩护也应该这么判，是偷不是抢，只是地点选错了，被害人才滚落致死。另外，他初犯认罪，刚十九岁，还是个孩子……

汤建清楚，事已至此，说这些是梁山泊的军师——无用，赶紧把话头引回，说：许多情况下，还是事在人为，所以要发挥人的主观能动性。

陈凯：也是。

汤建不讲话，看着陈凯，希望他能讲出自己的思路，或者说希望他能从"放歌中国"那类唬人的空话，回到现实生活中来。

陈凯说：汤法官，你干了我的活，谢谢您，下面该我了。

汤建还看着他不讲话。

陈凯说：第一步，找到王天一的爹。

主观能动性是在看到希望的前提下方能发挥作用。三天后，陈凯又来到汤建的办公室报告情况：他驾车行驶三百多公里去到庄小伟家乡——沂山脚下的一个小村，见到了王天一的姥姥和姑姑。说到当天王天一被救的事，两人竟一齐否认，他不知是咋回事。就想，是不是庄小伟为了立功编造出来的救人事迹？

不会。汤建断定说，你没问问村里人？他们应该知道的，救人不是件小事啊。

陈凯说：是的，我问了，很多村人都知道有这回事，显然是王天一的姥姥说了谎。可为什么隐瞒事实呢？我觉得她是不想让女儿女婿知道这件事，那会怪她看护不周。我又去找她，告诉她庄小伟犯了法，要判死刑，要是真救了人，算立功，就能免一死。听我这么说，她就说了实情，还说当年小伟救了一一的命，今天也应该救小伟一命。我要王老板电话，她也给了。

汤建问：给王老板打电话了？

陈凯说：还没，电话该怎么打，我得听听你的意见啊。大老板个顶个牛，一句话弄拧了，就难拧回来，事就砸了。

想想又说：要不你打吧，法官的话有分量，人家会重视。

汤建无语。

5

晚上回家，根据陈凯提供的信息，他从电脑上查询王天一他爹王老板的相关信息，百度告知：王自然，男，1968年3月出生。北京泰达置业董事长，经营地产、医药、家用电器、化工等产业。有公司地址、网址、电话。自是没有家庭电话及本人手机号码，这不要紧，这些陈凯已提供，只要没飞出地球就能找着他。

花花进屋，他问：宝宝睡了？

花花"嗯"了声，听声调不顺，当还是秀秀过生日那天的底火。果不其然，她问：姥爷给你打电话了没有？他说没有。

花花一直冷着脸，说：我得和你谈谈。

汤建问：什么时候？

花花说：现在。

汤建说：现在不行，有个电话要打。

花花说：不要把工作带回家。

汤建说：没办法，这个电话只能晚上打。

花花问：什么电话只能晚上打？有小三了？

汤建：弱智了不是？有当着老婆的面给小三打电话的？

花花也忍不住笑了：那是啥鬼电话？

真是鬼电话。接着他把庄小伟案子的情况简要对花花讲了，又告诉她这个电话就是打给能救庄小伟一命的老板。把花花惊得直眨眼，说：一条人命就这么飘忽不定，不是生就是死，多可怕呀。

汤建说：什么叫命悬一线？这就是了，所以你要知道，法官、律师不是那么好当的，不是考出证来就大功告成啊。

花花不言声了。

花花退出后，汤建先拨了王老板家庭座机，没人接。他想这个时间段应该是在外应酬的，旋即又拨了手机号码，响铃迟迟不接，直到关断。他想当是防止干扰静音了，就作罢。座机铃响，接起来一听是何彬，心想，这家伙被手头的案子弄得焦头烂额，还有心思闲聊？何彬没任何前奏，说：快看凤凰新闻，那个昌大校长一审判无期。他应了声迅速找到，两则，一是受贿三千余万被判无期的，二是包养二十余个情妇的官场花边。他不由得笑起来，电话那边的何彬问，奇葩吧？他说真奇葩。何彬说：我就怀疑在中国当官当久了，脑子就坏了，不再有正常人的思维。这个校长贪财贪色，理直气壮，没有半点愧疚，说什么男人就要征服世界，就要征服女人，这方显英雄本色。他嘿嘿地笑，问：你那个副省级干部怎么样？认罪吗？何彬愤愤地说，非但不认罪，还全面翻供，说先前的口供是逼供。他说：这样你们就有麻烦了。何彬愤愤地爆粗口：百分之百的王八蛋。

扣死电话，汤建看看墙上的钟已过10点，觉得王的饭局该结束了，便再打过去。照旧，响铃不接。他纳起闷儿，这怎么回事呢？有钱人的习性总让人摸不透。

算了。

6

中午，汤建、陈凯还有合议庭另一位审判员辜小飞一起，登上赴京的高铁，专程去见王天一的爹——王老板。

晚上睡了一觉，他端地有了新思路：别说电话不好打，我是打通也难以把事讲通，权势人物喜欢一言九鼎，一旦遭他拒绝，就鸭巴子吃筷子，转不过脖来了。所以上班后与合议庭另外两位同事沟通，要想把事情办好，还是去趟北京面见王，就请示了董庭长。董尽管不以为然，还是同意了。事不宜迟，带上陈、辜二人便直奔火车站，买了票上车。

除了春运，平常坐火车是很顺当的。票好买，车跑得快，车窗外景物唰唰后退，感觉像飘，车厢内整洁，空荡。汤建心想，若不是带着一桩生死攸关的特殊"任务"，旅行本身是一件很爽的事啊。这么想着，不由得叹了口气。

在公共场合案子是不宜谈的，就你一句我一句瞒天过海地拉扯。很快陈诗人将话题引到诗歌，顿时喜形于色。小辜问陈，怎么写诗的人行状都和常人不一样？陈反问句：一样怎么能成为诗人呢？诗人就是要特立独行。汤建想起了陈凯的广告诗，问：那诗，药厂是要付费的吧？陈凯说：当然，如今哪有干磨指头的事。小辜问给了多少？陈凯说：商业机密。对了，他们还给了一些药，回去我分你们一些。小辜说：不要，谁敢吃？陈凯说：是真药，不是假药。小辜说：你试吃过？陈凯说：没有。小辜说：没吃敢替他们吹？出事是要负责的。陈凯说：我负什么责？那是文学，可以虚构。汤建问：我只知道小说可以虚构，诗也可以？陈凯说：飞流直下三千尺，疑是银河落九天，不是虚构？寂寞嫦娥舒广袖，万里长空且为忠魂舞，不是虚构？小辜说：夸赞与虚构是两个概念吧。

一路闲扯，就到了天津站。陈凯问：到北京我们住哪儿？汤建说：找个离王老板近的地方就行。陈凯说：可以，那里靠西单近，我请你们吃正宗烤鸭。咱那儿的店虽然挂着北京烤鸭的招牌，味道差多了。汤建没接茬儿，却在心里笑，想：律师个个是美食家。美食做诱饵，在餐桌上摸爬滚打……小辜说：一直没联系上王老板，会不会扑空？陈凯说：大冬天他能跑哪儿？小辜说：要不现在给他打个电话，提前打个招呼，也算礼貌。汤建想想说：好。就掏出手机拨号，手机刚对上耳朵，他"哦"了一声，向陈、辜示意通了，两人一齐屏声。

是谁？雄浑的男京腔。

您是……王总吧？

昨晚你的电话？

是的是的，王总没接。

你是……

我是海城中院……

哦？海城中院？

听声音王老板有些吃惊。

对，我是海城中院。

找我有事吗？

是的，有事想和您商量。事有些急，昨天没打通，今天就到北京……火车快到了。

这样啊，可我不在北京。

汤建瞪大了眼，望着陈、辜。什么，不在北京？那在哪儿？

就在你们海城啊。

您什么时候到的？

前天。

什么时候回北京？

得在海城住几天。哎，你们找我有什么事呢？

啊！啊！一句两句说不清，我们返回，回去联系您。对了，王总您住哪家酒店？

香格里拉。

挂了电话，汤建不住地摇头。陈凯、小辜也哭笑不得。

陈凯说，看来这是个别扭的主，昨天要是接了电话，哪用得着咱们跑这趟？

小辜点点头：我估计这事不会顺利。

车进了北京站，出站后接着买票。再进站跳上对开海城的列车，沮丧伴随着整个返程……

见到王老板是第二天下午，约定在香格里拉咖啡吧，请王喝咖啡。反常的是被请的王先到，站起来与汤建、陈凯、辜小飞握手，并自报家门：王自然、王自然。第一印象王是个谦和的人，衣着朴素，没有财大气粗的阔人派头。汤建说：王总不好意思，我们迟到了。王说：不晚不晚，你们路远，我下了电梯便到。对了，喝点酒怎么样？汤建说：工作时间，不能违反纪律。王说：好的，咖啡喝哪种？蓝山、卡布其诺？

王自然的反客为主让汤建不自然起来，不过倒松了一口气，今天的事已有几分把握。他看看陈、辜，二人也露出欣慰的神情。

从昨天的失之交臂谈起，王连连道歉，说：罪过罪过，令各位空跑一趟北京。我倒真是喝多了，一夜不省人事，一觉到下午，才发现有未接来电。

汤建说：理解，理解。王总不要客气。又问：王总来是生意方面的事吗？

王自然说是生意也不是生意，恰切地说是一个朋友遇到了麻烦，过来照应一下，看能不能帮上什么忙。说毕叹息一声：唉，头痛啊。汤建知道不便再问了，便转向陈凯，说：陈律师你说说情况吧。

陈凯点点头，然后言简意赅地讲了庄小伟的案子，讲得王自然一头雾水，问：这案子与我有关系吗？

陈凯说：应该说没有，也可以说有。

哦？王自然看看陈凯又看看汤建。

陈凯说：本来这案子与王总没有关系的，我们只是觉得那个庄小伟可怜，希望王总能帮帮他，给他一个重新做人的机会。

王自然满脸疑惑：让我帮一个死刑犯？可总得给出一个理由吧。

陈凯：我也说不上什么理由，只是有一个情况。

王自然看着陈凯：什么情况？

陈凯却不看他，说：情况是庄小伟曾救过令郎王天一的命。

王自然不住地摇头，说：这怎么可能。——六年前就去美国读书了。

陈凯说：这事发生在他出国前，奥运会那年，去姥姥家，在湾里洗澡，抽筋了，是庄小伟把他救上来的。这事，王天一回去没讲？

王自然继续摇着头，说：没讲。如果发生了这事，他应该会讲的，——是个诚实孩子。

陈凯：这可能与诚实无关，如果是出于某种担心顾虑，不愿讲呢？王总你说有没有这种可能性？

王自然不语。

汤建说：王总，为落实这事，陈律师专程去村里找过你岳母。

哦？我岳母怎么讲？

汤建：她承认有这回事。还有，村里人都知道的。

陈凯：当年在场的一个小伙伴还带我去村东的荷花湾看了看，详细讲了当时的情况。

王自然沉吟着，过会儿说：既是这种情况，我相信，不过我还得落实一下，问问——。

汤建说：当然。

陈凯问：打越洋电话？

王自然：还有微信，可那边现在是夜晚……

王自然想想又说：这不妨碍咱们往下谈。权当算是庄小伟救过——。你们……如果我猜得不错，你们找我是确认庄小伟救过——，想以功抵过，减轻对他的处罚，免一死？

汤建望着他，摇摇头：此一时彼一时，那时的功不能用来补今天的过。我发现王总是个实在人，我们就不应该对您不实在，得实话实说。眼前的情况，能让庄小伟免死，唯有得到受害人家属的宽恕。可这空口白话不行，下跪磕头也不行，得甩钱，可庄小伟……

陈凯接着说：一无所有啊！

明白，明白。王自然说，咱们喝咖啡，别凉了。

一齐响应，极品蓝山没喝出味道来。都在想，这王，明白了又会怎么样？能认这壶酒钱吗？钱，对他不是问题，问题是想不想认。就是说庄小伟是好是歹，全在于王后面的这句话。

王自然站起身，说声：抱歉，我一会儿回来。

望着王自然的背影消失在大厅拐角处，三人交换一下眼色，都没吱声，端起杯一口一口喝咖啡。

没多久，王自然回来了，坐下后说：给姥姥拨了个电话，她说庄小伟是救了——。请原谅，我不是不相信你们，可也需要落实清楚。这事弄清楚了，后面的事才好办。这样，赔偿款这块我出。

三个人的表情惊且喜，北京一个来回，换来这话也值。

陈凯站起身，与王自然握手，说：谢谢你，王总，我也替我的当事人庄小伟谢谢你。

汤建、小辜也与王握手道谢。

王自然说：感谢的应该是我，不是庄小伟救了——，我唯一的儿子就没了。要不是你们把这事告诉我，我就是个不仁不义的人啊。

陈凯说，王总明理啊。

王自然说：情理之中，情理之中，无论谁都会这么做。对了，应该赔偿多少呢？

陈凯说：这没有规定数目，有待于与受害人家属协商。

王自然说：我明白，协商好了告诉我。

事情出人意外地圆满。出了香格里拉大门，三人互相看看，长吐了口气。事至此，还有什么可说的呢？

生活总是会有问题的，这是一外国电视剧女主人公说的话，很透彻。应中国的一句俗语，"摁倒葫芦起来瓢"，王自然那里谈好了，受害人家属那边却起了波澜，谈不拢。陈凯带回来的情况，简单说是这样——去世老人的一儿一女，本来对庄小伟的赔偿是抱有很大希望的，后来得知他是个穷光蛋，希望落空，便搞起了内斗，儿子拿走了老人的存折、现金，闺女拿走了老人的首饰，可都觉得吃亏，发生争执。陈凯这回去，正闹得不可开交。一方准备告到法庭，而待这回陈凯来再谈赔偿，便意识到有戏，遂停止内战一致对外，一致就是狮子大开口。

提具体数目了吗？汤建皱着眉头问。

没有，只说低于一个数免谈。陈凯说。

一个数，就是一百万了。汤建说，问题是王自然能不能接受。

我觉得问题不大，王天一的命可不止值这个数啊。陈凯说。

可不能这么说，此一时彼一时啊。如果王天一是此刻掉到水里，只有庄小伟能救，一千万他也肯出。汤建说。

这我相信。陈凯说，对了，他们还有个条件。

什么条件？

一手交钱，一手交谅解书。

×！汤建爆粗口骂道。

下面该怎么弄呢？陈凯问。

汤建叹口气说：还能怎么弄，问问王，对方提的数目认不认可。

陈凯说，要是王肯出，你得和我一块儿去和那家人家谈。

汤建问：为什么？陈凯说：法官的话有分量啊。汤建说：可这是律师职责范围的事，法官出面，怎么说也有些越位。陈凯说：问题是庄小伟的情况特殊，本来这种事家里人最急着张罗，可庄的养父母不管不问。上回我动员他们把在镇上买的一处房子卖掉，替庄小伟赔偿，他们连考虑都不考虑，说那是给他们在镇上工作的儿子买的婚房，绝对不行。现在庄小伟有了这次机会，可不能丢失啊。所以……

汤建说：行吧，我的意见是先找受害人家属谈，尽量把数目压低，使王老板容易接受。

陈凯说：对，别把他惹恼了。

7

中午食堂吃水饺，汤建买了一份，端回办公室，上电梯时，何彬匆匆追过来，也端着一碗水饺，问：你那儿有大蒜吗？他说：有，来吧。

七楼是刑庭的地盘，汤建有单独一间办公室，配一张单人床，加班晚了就睡在这儿。这些年刑事犯罪猖獗，刑庭加班是家常便饭，特别是当了主审法官后，有时连续几周回不了家。

边吃边说起各自主审的案子，一是借机对某些拿不准的事征询对方的意见；二是压力大，需以吐槽的方式来释放减压。何彬这回审理的是"大案"，引起各方关注，甚至各种形式的干预。何彬发牢骚说：有言虎死有威，大人物成了阶下囚还威风八面哩。人刚押解过来，各路人马便聚拢过来，大有要劫狱的架势。

汤建说：劫狱不敢，却是各怀鬼胎，有的是案件相关人，自己或派人跟过来打探消息，以应对自保；还有的是哥们儿帮着前来搭救，运作，不能判无罪，也要最大限度轻判。

何彬说：可不是，现在的一些官员全部心思是一捞，二藏，三保命。新中国成立初期张子善、刘青山区区几万块钱被判死刑，当被告知时张轻轻说了句，重了，确实是重了。可给出了一个法律尺度，再有人贪，也是小打小闹的。后来随着量刑尺度增大，贪的数额也水涨船高，几十万，几百万，以不被判死为原则。当后来修改刑法，经济犯罪无死刑，官员才长出一口气，能捞多少捞多少，案值几千万几个亿便层出不穷了……

汤建说：官员放下包袱轻装上阵，这是一方面；另一方面是贪者被查出的概率太低，要真像说的那样"伸手必被捉"，也断不会像如今这样大面积贪腐了。

何彬问：汤建，从内心讲，你怎么看贪腐无死罪这个问题？

汤建说：我说不好，很矛盾。

何彬点点头：我也很矛盾。问题在于，连我们当法官的都不能无条件地认可接受的法律条款，本身便很说明问题啊。

如这般务虚，是圈外人难以听到的事。而对于身为法官的他们，最终务虚必然要转为务实。何彬问汤建：你手头的案子怎么样了？

汤建讲了讲近期情况，随之叹了口气。

何彬说：你这么执着，是不是有些感情用事了？庄小伟毕竟置人于死地啊！杀人偿命是中国几千年的信条，院里改判也是可以的。

汤建说：不改判也是可以的，对于一条人命，两可之间应取其生，不是取其死啊。何况庄确有从轻情节。

何彬说：院里也是从大局出发……

汤建打断：从大局出发就应该杀一儆百？当年严打，犯点生活错误，看黄色录像，便拉出去枪毙，造成多少冤案啊，连许多法官心理上都承受不了，得了精神病。

何彬点点头：说得也是，苛法不得人心。

汤建说：苛是观念，实际是不公。就拿庄小伟来讲，他如果能拿出钱摆平受害人家属，就能保命。说明什么，同样的罪，有钱人可以从法网的网眼里钻出去，死里逃生。

何彬说：有钱开路，在监狱里也受到照顾，立功减刑，养尊处优，一老板不是在监狱里负责养花草吗？不久就保外就医了。有这么一个传闻——一厅官被判刑入狱，不久保外就医，晚上出来遛弯，恰被一揭发过他的下属看见，以为是见了鬼，鬼找他报仇，吓得落了病。

大蒜呢？何彬吃完了饺子才想起来的初衷，又解嘲地一笑。

8

新年一天天临近，每年这个时候，法院便不立新案，集中力量清理积案，能结的结，不能结的令其撤诉，过了年重新起诉立案。这有点像脱裤子放屁，可似乎成了惯例，谁都无奈。庄小伟的案子属公诉的重大刑事犯罪，检察院自然不会撤诉，还在当结之列。庭里几次催促合议庭择日宣判，名副其实地"催命"。汤建嘴上答应，却是阳奉阴违，转而催促陈凯加速与受害人家属联系，落实赔偿问题，一旦如愿，便以此向院里提出能复原死缓判决的理由，院里再坚持就没有道理了。

事情在陈凯那里耽误了几天，不早不晚，偏偏这当口他代理的一桩经济案在区法院开庭，他不敢掉以轻心，连日准备上庭材料。汤建只好等，心里却甚是焦躁。庄小伟这边一切均在不测中，拖不起。说起来，他与陈凯间，倒真形成"皇帝不急太监急"的局面。

冬至这天中午，陈凯来电话讲，区院那边的事暂妥，与受害人家属沟通，对方讲冬至是大节，不行，只能明天。汤建说：明天就明天，和他们定死。陈凯说：好。

下班前花花发来短信，两字：比，皮。换别人会一头雾水，汤建不会，他心领神会：是叫他买比萨和饺子皮。不知搭错了哪根神经，涛涛从小拒绝吃水饺，家里包饺子他吵着吃比萨，还没出国留学先练习吃洋食，未雨绸缪啊。

进门见涛涛在哭，一把鼻涕一把泪，很伤心。问了花花，方知是在学校里受了委屈，小组长拉拢全组同学孤立他。涛涛是小组长助理，负责收作业，小组长就让组员不给他，还朝他起哄。涛涛告诉班主任老师，老师也没好气，说他没搞好同学间团结。他更委屈了，回家就哭个不停。

汤建心里闷闷的，问：啥时候当了小组长助理？

花花说：刚上任两天。

汤建用鼻子哼了声：小组长助理？好大的官啊！前些天，花花就在他耳边嘀咕，说涛涛班级里搞竞选，班级干部——班长、班长助理，另有几个委员，下面是小组长、小组长助理。投票结果，涛涛当选一个小组的组长助理，负责收作业，很得意，也很敬业。只因小组长想让另一个同学给他当助手，没成功，便迁怒于涛涛，于是掣肘，让组员与涛涛对抗。

汤建想转移涛涛的情绪，提着比萨盒在他眼前晃。要在往常，涛涛看见比萨会立刻抢过去；可今天，看都不看一眼，依然伤心地哭。他觉得事情有些严重，应过问一下，便问：你告诉老师，老师怎么说的？涛涛抽泣着说：老师说还是我不好，不然怎么会全组反对我？他就来了气，说这是什么话！花花说，什么话，有成见呗。过教师节，我说在贺卡里夹上钱，你反对。后来打听一下，许多家长都送钱了，班干部家长送得更多。他说，不送钱就这样对待？那咱不当这个小组长助理了。涛涛，不干了，辞职。涛涛边哭边摆手：不，不。汤建说：辞了，咱不收作业了，让别人收咱的，更省心。涛涛更大声地哭，更大幅度地摆手，以示坚决反对。他不再说什么，却想起近期院里搞的中层干部调整，不由得叹了口气。

在沉闷的气氛中，过了冬至节。汤建收拾好厨房（这是他分担的家务之一），到客厅跟在看电视的花花说：咱爹咱妈……花花打断说：是你爹你妈。汤建胸口似被顶了一下，努力压住，说：对，是俺爹俺妈，过几天要来看病……花花说：来就来吧，我也没说不让来。汤建说：我的意思是商量商量来了怎么住……花花说：来看病，住病房里多方便啊。汤建说：住院也不是马上住得上，总得先落个脚吧。花花说：两间房子，怎么落脚？汤建说：要不和涛涛一起住？

花花说：这怎么成，会影响涛涛学习的。汤建说：要不你和涛涛一屋，我和我爹妈住涛涛屋？花花不吭声，汤建就等着她的回答。在他们家，花花是一言九鼎的，凡事没她的许可不成，这也是像他这样的"凤凰男"的共同处境。比方何彬，他爹妈来，媳妇坚决不让进门，在附近的小旅馆租了一间房。何彬恨得牙痒，却也无奈。毕竟是个孝顺孩子，他在一星级宾馆租了个套间，让爹妈住进去。爹妈以为这就是儿子家，高高兴兴回去向乡亲们炫耀儿子当官了，房子阔得很。

　　唉。汤建长长叹了口气，从沙发上站起身，向自己的"电脑间"走去，却又被花花止住，说，我联系了一下郑律师，他们所要我，我想先去干着，等熟悉了这一套，便去大所当合伙人，或干脆自己注册……

　　汤建清楚这个家目前的一个"大题目"回避不了，便坐回沙发，说：上回姥爷姥娘的意见是值得考虑的。我在法院，你当律师，让别人说闲话。

　　说就说，这年头，就是肥水不流外人田嘛，有什么可避讳的？花花说。

　　这不妥，十分不妥。汤建连连摇头说。

　　不妥？那我问你，涛涛长大没房，找不着老婆，妥不妥？

　　涛涛还小……

　　乡下人的短视。

　　不是短视，是鼠目寸光。

　　对，就是鼠目寸光。花花针锋相对。

　　好，我不讲了。汤建说，站起来进了电脑房，却没打开电脑。

　　他怔怔地坐着，心里翻江倒海。想，他妈真正鼠目寸光的是女人，是花花这样自以为是却蠢如猪的女人。强势，蛮不讲理，岂不知在制服人之前，先毁了自己的生活。都说男人有钱就变坏，摊上这样的老婆，不变坏对不起她。比如何彬移情别恋，正是基于对强势老婆的反抗。

　　不平的情绪愈来愈烈，怎么也不能咽下这口气，起身回到客厅，口气生硬地说：你拿了证，也不能当律师！

　　花花把眼光从电视上移到他身上，盯着问：你是下圣旨吗？下圣旨你没这资格，干了快二十年法院，连个副庭长都没干上，还……

　　你……汤建一时说不出话来，气得嘴唇直哆嗦，这是他的软肋。

　　一吵架花花就拿这个说事，可这是事实，他难以反驳。年年评先进，可提拔总没他的事。后来他明白，先进是群众评的，提不提拔是领导定，两股道。所以这回院里大张旗鼓选拔中层干部，许多觉得差不多的人忙于做工作，他无动于衷。

他嘘出一口气，说：我当不上庭长也是法官，你是法官的老婆，就不可以当律师。

拿出文件看看。花花说。

没这文件，可院里的内部原则——这样的法官不能提拔。

我还没当律师呢，你怎么就得不到提拔？花花顶了句，弄得汤建哑口无言。心里恨恨地想，这娘儿们倒是长了一张律师嘴啊。将来有一天对簿公堂，还真辩不过她呢。

花花把眼光又对向电视，嘴上宣告：律师是一定要当的。你要怕受影响，离婚是条路啊。

汤建没接话，心里却想，若不是看涛涛可怜，十次婚也离了。

这时手机在电脑旁响了，他赶过去接，是陈凯，问明天谁开车。他说：我开。陈凯说：对，法院的车不怒自威啊。

9

在法院门口，陈凯上了汤建的车，小辜坐副驾座。汤建问陈凯：庄小伟写给受害人家属的赎罪信带了吗？陈凯"啊"了声，说：忘了，走得急忘了。小辜讽刺：当官掉了印啊。汤建说：回去拿。陈凯说：拿也是白拿，上回我拿出来人家连看都不看，这东西真没用啊，人家盯着的是钱。小辜说，这倒也是，时间紧，走吧，头儿。汤建没再吱声，踩下油门上路了。

受害人是市郊卜家庄人，村民以农渔为生。这些年，城市向四周扩展，卜家庄就成了城中村，拆迁每户都分得多套住房，将多余的房子出租，就可以坐享其成，不用劳动。受害人的男人早年出海遭遇台风，没能回来，受害人历尽艰辛将一儿一女抚养成人。儿子卜万成曾是村里的民兵连长，现在接近退休年龄。闺女卜万华嫁在本村，如今俩人都是儿孙满堂。

汤建是在庭审时见到卜家兄妹的，他们情绪相对平和，没有过激行为，给汤建留下不错的印象。只是后来死磕庄小伟死刑立即执行，令汤建怏怏。

卜家庄被铲平后，前面建了一个大型商厦，后面建了居民小区，用于安置原村居民及商业出售。周围环境很好，卜家庄人在这里过上了悠闲的日子，用他们自己的说法是天天过年。吃饱喝足还有娱乐的地方，茶楼、棋牌室以及供老年人打扑克的亭子。卜家兄妹住的那座楼靠近一茶楼，协商就在茶楼进行。

　　快到目的地时，汤建看到那所高耸入天的商厦，二楼的超市便是受害人遇害的地方，换句话说就是庄小伟作案的地方。公安侦查卷给出的情况是：庄小伟逃出商厦后慌不择路，直往东郊奔去，街头"天眼"捕捉到他逃窜的身影。当跑进一片野地，没了录像，人就消失不见。警察就拉网搜查，一无所得，人像钻进了地里。无奈，便采取通常的倒查的方法，寻找到了庄进超市前的录像。以此为起点，往来路以远查看，就查到繁华区一处为楼房加装贴砖保暖层的工地守候，将摸黑回来取行李的庄逮个正着。一床破被子，换来一副锃亮的手铐。人穷志短，马瘦毛长。

　　陈凯来过这里，指挥汤建把车开到茶楼前面，进入二楼一间茶室，见卜家兄妹已候在那里。与法庭见时，汤建觉得二人神情平和多了，时间确实能改变一切。陈凯做了介绍后，大家握手落座，以东道姿态的陈凯问兄妹喝什么，二人说不喝。陈凯笑说：二位别客气，进来了，想不喝都不成。卜万成说：那就茶。

　　理所当然由陈凯做开场白，他望望卜万成又望望卜万华说：大爷大姨，上回咱们谈过，我回去向法庭报告了情况，法庭很重视，所以今天汤法官和辜法官亲自来，目的就是取得共识，把问题解决好，争取双赢结果。

　　服务生递来了茶，放在桌上。小辜说：你忙你的吧，我们自己来。待服务生走后，小辜就担当了服务生角色，为每人斟了茶，放在面前。

　　喝吧。汤建端杯向卜家兄妹致意，自己轻轻啜了一口，放下杯后说：在法庭上没机会向你们表达对不幸过世老人的哀悼，以及对你们家属的抚慰，今天就用这个机会补上，诚心诚意。十分理解你们的丧亲之痛，也希望你们节哀，生活还要继续，一切向前看。

　　陈凯附和：对，向前看，向前看。

　　汤建能听出陈凯的潜台词：不要向钱看。他的心端地沉重起来，恰恰是一个钱字，搅腾得生活那么混浊，人心那么暗黑。作为一个职业上抄"生活"底的法官，他几乎没遇到过与钱无关的案件。即使对极力想免其一死的庄小伟，他也是心怀憎恨，他想救的不是这个有罪的人，而是一条生命，鲜活的生命。

　　他说：前面的事情咱们都清楚，在这儿不重复，直接就说赔偿问题吧。本来，这事是谈不到的，想谈也谈不到，因为庄小伟穷，不穷也不会为一张回家的车票铤而走险。当然，我们也可以拿工程队试问，让他们补发欠薪，这不难做到，可就算补发个万儿八千也是杯水车薪，解决不了问题。说白了，你们家属不会答应，是吧？

他顿顿，想等卜家兄妹接话，却没有。二兄妹相互看看，紧闭着嘴巴。

他继续说下去：这是现状，谁都没办法，我们法院也没办法。就是说如果没有转机，庄小伟只有为自己的罪行伏法，过不去这个年。

卜万成按捺不住，说：上回陈律师讲事情有了转机嘛。

他说：对。

他脑袋快速旋转，要不要把"转机"的全部过程讲给他们听？即转机是从庄小伟从前的救人之功转换而来。想想，觉得还是讲出来好，王老板的知恩相报好情怀，也许会"转换"成他们对庄小伟的怜悯，或者说会减低些庄买命的价码。

主意一定，便说了。

卜家兄妹似乎都有些怔，过了许久，卜万成说句：原来是这样的啊。

卜万华说句：那王老板心眼还不坏，不认账谁也没办法啊。

汤建点点头，说：对，有句话叫人心都是肉长的，富人也同样啊。

卜万华点点头。

卜万成说：汤法官，我明白您的意思，您说吧，这事咋办？

汤建心头一喜，说：还是我刚才说的，咱们协商一下，协商出一个可行的赔偿数额。可行，就是王老板能接受。

卜万成打断问：王老板讲没讲他能接受多少？

汤建说：没有。但有一点，你们上回提的百万以上，这数目怕难以接受。

卜万成问：一百万多吗？又自己回答：不多，他儿子的命可不止值这个数。

汤建说：没错，不止值这个数。可此一时彼一时，要是现在有人把刀架在他儿子脖子上，向他要一千万、一个亿，只要他有，一定会毫不犹豫地往外掏。

这时，小辜被服务生叫出去，回来塞给汤建一个纸条。汤建扫一眼，上写：卜家老太太有癫痫病。他装进口袋，心中愤愤想，这一对庄小伟有利的情况，陈凯本应调查得到的，有言"群众的眼睛是雪亮的"，而这陈却热衷于写狗屁诗，把该干的忽略了，他不由得瞥了陈凯一眼。

陈凯有所误会，以为汤建让他接着往下说，于是便开口道：卜大爷、卜阿姨，汤法官说的是实情，虽然王老板不是忘恩负义的人，可要是让他觉得你们是在讹他，以有钱人的脾气，一翻脸，一个子儿也不会出，信不信？

卜大爷、卜阿姨没回答信还是不信，只相互看看。

汤建心想：陈凯这话倒是有力。希望卜家兄妹能受到触动，或者说担忧，面对这一现实。

可没有，卜万成黑了脸，恨恨说：他有钱人脾气大，俺平头百姓脾气也不小。还是那话，他出不够数，免谈！

陈凯问：这样吃亏的是谁？是王老板，还是你？他一发脾气，省了一笔；你一发脾气，丢了一笔。

卜万成不吱声了。

卜万华试探地问：那么要多少不能把他要毛了？

陈凯说：这个谁知道呢，看他的心情了。心情顺溜，给你四十万五十万，心情不好呢……

卜万成打断：哈，俺老娘一条命就值个四十万五十万？开什么玩笑？

陈凯说：这是往多处说，要给个二十万三十万呢，你要不要？

卜万成：不要！四十万五十万也不要！

陈凯问：那么他给多少你能要呢？

卜万华说：这个嘛……

卜万成担心妹妹言说有错，连忙说：俺们不是说了嘛，健健康康一条命，低于一百万免谈。

又回到原点。汤建心里有些窝火，顶了句：真是健健康康的吗？据我们了解，老人家是有病在身的。

胡、胡扯，卜万成有些急，你讲清楚，有啥个病？

癫痫。汤建轻轻地说。

卜家二兄妹瞪大了眼，包括陈凯。

卜万成有些急，问道：你们去医院查病历了？

汤建没回答，也无须回答。只是看了陈凯一眼。

陈凯说：法院完全有权力在全市、全省、全国追查事实。

卜万成承认了事实，说：俺妈是有这病，可有病庄小伟就无罪了吗？

陈凯说：有罪，但情况就不一样了。

卜万成问：怎么不一样？

陈凯说：这个你问问二位法官吧。

卜家兄妹把眼光转向汤建和小辜。

小辜说：陈律师，你通法律，还是你讲吧。

陈凯说：行，我说就我说。你们的母亲有可能是惊吓中犯了癫痫才滚落下去致死，作为庄小伟的律师，我会向法庭申明。

卜万成说：就算是这样，癫痫也是因为庄小伟的犯罪行为引起的。

陈凯说：这和直接推下去，情况就不一样了。

卜万成问：咋的不一样？

陈凯说：量刑不一样。也就是说，即使你们不给出谅解书，法院依然可以从轻处罚，判死缓甚至无期。

卜万成哑然，验证似的看看汤、辜二法官，后者表情淡淡。

陈凯说：这样，到手的钱你们是要还是不要？

10

苍蝇也是肉，何况这笔钱能买若干吨的肉。最后停留在六十万人民币这个数目上。

卜万成又提出加六万，六十六万，六六大顺。汤建应了。

离开茶楼，小辜开车，汤建迫不及待地给王老板打电话，讲了与受害人家属商定的赔偿数目。王说可以的，让他给个账户，让北京的公司打进去。大家松了口气。

回到院里，汤建立刻找到董庭汇报，董庭用鼻子哼了声，说：算识时务的，不然一分钱也拿不到。又说他会把这新情况向院里汇报，争取……董没再往下说，可他清楚争取的是什么。

回到办公室，汤建有些疲惫，更多的是兴奋，身体与精神脱节，他想到那个从天而降又起了关键作用的字条，不用说是知情人出于对卜家的恶意透露出来的。恶倒生出了善果，也是生活的怪异。小辜没见到这个人，是服务生转交的。没自报家门，只说交给法院的同志。该知情人提供的情况应该是真实的，能否起到陈凯吓唬卜家兄妹那种作用还很难讲。好在已与卜家达成了协议，且王老板已认可，这一条就不重要了，只等钱来了去换回庄小伟的救命书。有了这个，院里也就不会坚持原来的意见了。

有电话来，座机，是郑律师，也就是花花欲以投奔的宏程律师所的郑主任，一听是郑的声音，他立即清楚为何事。果然，郑说到花花的要求，并立即向他表态：大哥，我们欢迎嫂子前来加盟，没问题，一点问题没有。

是没问题。哪个律师所不希望有个法官的老婆当卧底？便生硬一笑：郑主任，你没问题，我可有问题啊！对你讲，这事不行。

郑说：大哥我明白你的想法，可你见外了，到老弟这儿还不放心吗？

他说：不是放心不放心的事，是原则。

郑说：没原则这一说，这种情况不是很多吗？

他说：别人我管不着，我只管自己。

对方不言声了。

他意识到自己的态度有些生硬，和缓些说：小郑，谢谢你的好意，既然你叫我大哥……

郑打断说：你是我永远的大哥。

他说：那就听大哥的。

郑说：我当然听大哥的，可嫂子那边？我已经答应她了。

他说：找个理由，变卦，或者干脆说我坚决反对。

郑说：好，我听大哥的。其实我是好意，你知道的，我欠你老大一个情，一直想……

他说：好了，小郑，别说这桩事了，我还有事，挂了。

中午，在食堂遇见何彬，所谓遇见就是会合，面对面坐一张餐桌，边聊边吃，吃完聊完。都知道他俩是同学兼好友，习以为常。

何彬低声说：倒霉了，倒霉了。

何事惊慌？

小廖那个了。

哪个了？

怀上了。

做了没？

做了。

这不结了？

没这么简单。

简单？莫非你们想生下来？

不是。

那是啥？

让李山山发现了。

哦，这麻烦了。她想咋办？

说要找院领导。

早警告过你，这一套不好玩，早晚不利索。

现在说这个没用，没后悔药。有，一定吃。

要我做啥？

请嫂子出出面，她俩好，劝山山别把事闹大。

时机不对。

你俩吵了？

可不。

那咋办？

回去，我见机行事吧。

Ok, Ok。

没有 Ok，傍晚下班前董庭把汤建找去，告诉说何彬老婆已在院领导处控告了何彬。汤建在心里喊声：糟！问院里有何处理意见？董说，这种事怎么处理，只能做做表面文章。正好市里让院里出一名党员干部去市郊村里当第一书记，叫他去。汤建心想，院领导高，实在是高，表面看起来是处理了何彬，实际上让他出去避避风头。另外也是对那个强势娘儿们的变相惩罚，瞧不起从农村出来的老公，把他送回农村去，让你单起来，自己带孩子忙家务。他问董庭：那何彬手头的案子呢？董庭说只能换人了。他"哦"了声，想这又对了何彬的心思，他一直抱怨这个"副省"案弄得他焦头烂额，从省城和京城来为其"运作"的人络绎不绝。本来这样的案子应该由领导挂帅担任审判长，以示重视。交到何彬手里，显然领导有意回避难题，这就叫何彬受罪。现在何彬得以解脱，也算是因祸得福了。他问董庭：让何彬撤，谁顶上？董庭说，你。

我？汤建不胜惊讶。

对，你。董庭确认。

可我手头有案子，没法啊。汤建连连推辞。

情况我知道，这两天抓抓紧，结了。结不了也不要紧，两边兼顾。

我……汤建嗫嚅说，无法反驳。一般来说，法官是愿审理重大案件的，一是领导看重你，让你挑重担。另外对自己也是种历练，有利于仕途发展。然而对于汤建，事情就不是这样，多年得不到提拔，心已疲了，没上进心了。更重要的是这些年看透了许多事，法官是一高危职业，尤其是中层以上的领导，手里有左右案子的权力，出事就多。只说近处，本院就有一名副院两名庭长锒铛入狱了嘛。自己在乡下教了一辈子书的老父应是看清了这一点，不赞成他热衷于升迁，树大招风，位置愈高，跌下来愈重，平安是福。

他看着董庭说：庭长，这个案子太大，我怕担不起来。

董庭笑说：没问题的，案大案小一个路数。大案反倒事小，现在经济犯罪，不用死刑，压力小多了。

他说：这样犯罪嫌疑人更难缠，嚣张。何彬说他的副省级干部全盘翻供。

董庭说：铁证如山，还怕他翻供？

他说：董庭有事你得替我顶着啊。

董庭说：这还用说，放心，明天我就让何彬和你交接一下，让他早点下去。

他点头称是，心情却一点也不轻松。

11

与何彬交接后，汤建开始阅卷，边阅边与合议庭另两位年轻法官交流切磋。这期间，为副省级干部辩护，来自北京的金律师打电话约见，他回答等阅完卷再说。金律师说有重要事情相商，请他屈尊到香格里拉咖啡厅一见。汤建对这一套自然不陌生，生硬地说，不必了，等庭里的电话吧。金还想啰唆，他扣了电话，心想，他刚接此案，金从哪儿得到自己手机号码的？当然了，律师的本事正体现在这里。这些年与律师打交道，他的信条是你有千条妙计，我有一定之规，就是不收钱财。有这一条，就能腰上绑扁担——横着走。

看完卷宗，汤建不由得陷入沉思，官员贪腐的案情就像从一本教科书上扒下来的，惊人地相似。这位副省级干部很年轻，"60后"，出生在农村，背着破书包从乡道上一步一步走进城里的大学校园，然后工作、升迁，结婚生子，算是一个老牌"凤凰男"。其人生轨迹是一条攀山的索道，升上去又滑落下来。一般来讲，看完案卷，法官首先在心里掂量的是刑期，以这副省的案情，以前应是死刑到死缓之间，现在应是死缓到无期之间。由于出现翻供，该案将会经历一个漫长而艰难的过程。因此，他想尽快将庄小伟案终结，以便集中精力投入后案。

说起来，庄小伟案也确如董庭所说只是一个扫尾，只等卜家给出谅解书再向领导汇报。如同中东的"石油换食品"，是赔款换谅解，只有赔偿款到位方会得到谅解书。问题在于达成了协议且已得到王自然老板的认可，过去好几天了，事情没有进展。卜万成一天三遍电话告知没一分钱打进他的卡里，这是怎么回事？是王变卦？不大可能，这点钱对于王可谓九牛一毛，何况还有一个信誉问题。可问题到底出在哪里，他几次想打电话向王询问，又觉不妥，心中忐忑不安，直到第五天王给他打来电话。王先表示歉意，解释说有事回北京一趟，刚回来，他带回一张卡希望由法庭转交卜家，这般更稳妥。汤建的心松弛下来，觉得王自然想得更周到妥帖，便说此般甚好甚好。问他在哪里交接。王说：我还住香格里拉，你过来吧，晚上咱一块儿吃个饭，叙叙，你这人可交。一听吃饭，汤建不由得皱起眉头，刚想婉拒，王将电话挂了。他想打回去说辞，又觉不妥，旋即给小辜打电话，说了说情况，让他过会儿一块儿去。小辜听了也十分高兴，说这个饭得吃。

冬日天短，下班时天已黑下来，下着小雪，路面在路灯下闪着惨白的光。到了路口，红绿交替的信号灯在眼前呈现出无限的诡异。

小辜突然开口说话：老汤，是不是应该叫上陈凯，律师在场好。

汤建说：我叫了，他说今晚参加朗诵会，不能缺席。

小辜愤愤地说：他应该清楚这是工作，更不能缺席。一直不在状态！算了。

五星就是五星，永远有泊车的空车位。进了富丽堂皇的大堂，立刻有一服务生上前鞠躬：请问二位是王总请的客人吗？小辜说是。服务生说，王总在房间等候，请跟我来。

果然，王自然已在宴客厅的沙发上吸烟，见他们进来，起身与他们握手，笑道：谢谢赏光，入座吧。

刚坐下，从外面进来一个西装革履的中年男子。王自然为其介绍：这位是汤法官，这位是……

汤建说：辜法官。

小辜伸出手：小辜。

王自然指指中年男子：这位是金律师，在京城大名鼎鼎啊！

金律师：过奖过奖，与王总比……不值一提的。

金律师？汤建在心里沉吟，好像……

王自然并未为他解疑，询问客人吸不吸烟，喝什么酒，喜欢什么菜肴。

汤建一一回答：不吸烟，喝点啤酒，菜随便。

金律师说：这里的法式菜还行，就……

汤建说可以的。

金律师说：法式菜应该配葡萄酒，我带了瓶三十年拉菲。

汤建不愿再啰唆，说句：也行。

寒暄从谈雾霾始，不是时尚也是时尚。王自然说，回去这几天，北京的PM2.5超过了300。赶紧撤，没想到这儿也好不到哪里去。金律师说：可不是，这熊东西跟得紧，让人插翅难逃。网上说若在北京街头站半个小时，吸进肺里的雾霾等于吸了八盒香烟。王自然说：这么讲我一天吸一包烟可以忽略不计了。小辜说：王总这是给自己不戒烟找理由啊。王自然说：有人问大画家黄永玉长寿的秘诀是什么，他讲了三条：喝酒、抽烟、不锻炼。小辜说：王总是自我安慰啊。不过，人有时候就得有点阿Q精神。汤建说：是的，阿Q精神有利于身心健康。若是阿Q不被假洋鬼子砍头，活过百岁是不成问题的。电视台会去采访，问他咋这么能活？小辜说：试想他会怎样回答呢？金律师说：因为心里总是装着革命，别无挂碍，所以才长寿。都笑。小辜说：恰恰正是那无厘头的革命要了他的命，没给他长寿的机会。

说话间酒菜便上了桌，王自然端杯表示欢迎，碰杯后一饮而尽。

汤建、小辜也不失豪爽，一仰脖全喝了。

王自然带头鼓鼓掌，金跟随。

下面，就是王在电话里说的边吃边聊了。

不想王一开口，便让汤建心头一惊，原来是场鸿门宴啊，见过直抒胸臆的，没见过这等直抒胸臆的。

归纳起来，王说了这么几层意思，或者说交了这么几个底：他这次来海城是为"副省"的案子来的，副省是他的好友，也是贵人，为副省他可以两肋插刀，现在副省绊倒在这个坎儿上，是不能坐视不管的。

金律师同样实话实说：我是当事人的辩护律师……

汤建在心里"啊"了一声，这人给自己打过约见电话的……

金似乎走进了汤建的内心，说：是的，我给汤法官打过电话，汤法官非常自律，回避，我理解。不过，见见其实也没什么……

汤建说：金律师应该清楚，见应该在法庭上的，不可以在别的场合，更不能一起吃大餐。

金一时哑口。王自然赶紧解释，说：汤法官别多心，今天我是东道，是我把他叫来的，为一个共同的目标走到一起来的。哈！咱们干杯！

金：哈，干杯。

汤、辜对视一眼，也端起了杯。

干杯后气氛有些异样，失去话题，一味地喝酒吃菜。心也不在这里，听不见服务生报的菜名，也吃不出什么味道。

还是王自然打破沉寂，依然是不藏不掖，说：是这样，我们知道何法官犯了生活错误，已离职，案子到了汤法官手里。也没什么，就是想问问情况。

汤建问，哪方面情况？

王自然说，到了这一步，自然是量刑了。

汤建想，王自然今天打的是豪放牌。说：能理解王总的心情，人之常情嘛。从进度上看，还不到着眼量刑的阶段。不过案子摆在那里，前有车后有辙，以我所见，应该在死缓与无期之间。

小辜不由得看了汤建一眼。

汤建说，没关系，王总不是外人，可以谈谈个人观点，反正最后一切还是领导定。

金律师：领导定也是在合议庭意见的基础上，所以合议庭或者汤法官的意见至关重要啊。

汤建意识到，他们已经与院里相关领导接触过了，领导能怎么说？也只能这么说，这倒意味着是敷衍，没有帮的意愿。

王自然说：汤法官，这么量刑，重了，太重了。

汤建说：这是现在，从前判死刑也是正常的，这个金律师应该清楚的。

金律师辩驳说：从前这么量刑也是偏重了，经济犯罪，国外没死刑这一说。

小辜插了句：可这是在中国。

王自然像下结论似的重复着：重了，太重了，汤法官！

王领导人般的语气让汤建在心里打了个怔，很快明白过来，王这种反常的说话方式是因为他有底气，他手里有个人质——庄小伟，可以此交换。他出钱保下庄的命，你汤，须对"副省"放一马，从轻量刑。想明白这一点，酒便一齐往脸上涌，气也喘粗了，可恶，王是绑他的架呀。他第一个念头是回击，不能让他牵着鼻子走，对于一个法官，这是奇耻大辱。刚想言声，另一个念头升上心头：如此，庄小伟怎么办？费了这么大的周折，最后功亏一篑。他咋这么倒霉？对于自己，也不甘心。

小辜自不是个迟钝的人，汤建意会到的东西他同样意会得到，他担心汤建完全把事情搞糟，看着王自然说：王总的想法我们是理解的，如何量刑是今后的事，我想我和汤法官会考虑王总的意见的。

汤建附和：是的，是的。

王不依不饶，说：谢谢，谢谢你们给我这么大的面子。不过，我还是想听听你们稍稍具体些的意见。

金附和：对，还是具体说说想法为好。

汤建问：那你们的具体想法是什么？说说，看看我们能不能达到。

王看看金，点点头。

金说：十年，不得超过十二年。

汤建说：知道了，知道了。这个嘛，你们自然希望越轻越好了。

王问：汤法官、辜法官，我想听个准话，到底行还是不行？

简直是讹诈！谁给他这个权力，汤建陡然意识到，他们在录音。自己一旦给了许诺，录音会让自己百口难辩，陷入极度被动，甚至万劫不复。他清楚谈话只能到此为止，这是条底线，万不可逾越。

他端起酒杯，向王老板敬酒，说，谢谢王总的盛情款待，干杯！

王端起杯，摇了摇头。

告辞时，小辜婉转提醒王自然这次会面的初衷，说明天就带卡去卜家换出谅解书。

王自然似乎没听到小辜的话，打起哈哈，冲金讲，律师替我送送客人。二位，后会有期，后会有期……

回程车上，汤、辜二人一句话没讲，心情坏得无以复加。

12

回到家，小辜打来电话。这是必然的，他不打自己也会给他打。刚经历的这件事太"他妈妈"的了，谁都咽不下这口气。

一听电话，汤建倒有些意外，他本以为小辜会大骂王自然，却没有，还表示对王理解，说王将"副省"与庄小伟绑在一起，也属无奈之举，他想帮庄小伟是真，帮"副省"也是真，希望合并同类项，双赢。问题在于在他那里可以，在我们这里就不可以。现在需要考虑的是，我们要不要放弃庄小伟，能不能放弃庄小伟？要是能，事情倒简单了。要是不能……

他打断说：就是不能嘛。能，这个案子早就结了……

这时花花走进电脑间，似有话说，他赶紧摆摆手，继续对小辜讲：明天一上班，我就找董庭汇报，如果他能同意给王老板一个许诺……反正我看够呛。

小辜说：够呛不够呛也得这么做，孩哭抱给他娘。

他说：明天咱俩一块儿找董庭。

放下电话，花花问：汤建，你今天跟郑律师说什么了？

汤建说：没有啊，连电话都没通，能说什么？

花花质疑地看着他：这就奇了怪了，怎么讲好的事说变卦就变卦？

汤建依然装糊涂：讲什么事？不行我和他讲讲嘛。

花花哼了声：你有那么好？不砸锅就谢你了。

汤建在心里说：告诉你老花，这锅，老子是砸定了的哟。

董庭的意见很明确，说：和法院来这套，开哪国玩笑？凭昨晚这事就可以把他先抓起来。干扰司法。

小辜说：所以才向你汇报嘛，有这话我们就有底了。

汤建却是另一番心思，说：董庭，庄小伟好不容易得到这么一个机会……

董庭说：事到如今就别说这个了，总不能拿原则与他人做交易，这要犯大错误。

汤建：我知道。要这样，庄小伟是会打上诉的。

董庭说：这是他的权利。哎，不是听说不上诉吗？

小辜说：那是本人不抱希望，连律师都告诉他上诉没有用。

董庭问：律师能说这话？

汤建说：对，是庄小伟亲口对我讲的。

董庭愤愤道，还有这样的奇葩律师？他不想吃这碗饭了？

汤建说：确实，他的心思不在这上面。

董庭问：在哪儿？

小辜说：写诗，朗诵。

汤建说：有业余爱好不是问题，问题是忽视了本职工作。要是律师给力，庄小伟的案子也不至于到判死刑的地步。所以我想，一是让庄小伟打上诉，二是换律师。

董庭沉思一下，说：我们是法院，不是他的家属、律师，这样是越俎代庖啊。

汤建说：庭长说得对，可面对明显的不公正，法院是可以干预的。

董庭：这没错，可你想过没想过，一旦二审打赢，就是对一审的否定，作为一审法官，这可不是好事，会影响一切啊……

汤建说：这个我知道。说来说去，是觉得庄小伟罪不至死。对了，庭长，我想问一句，我们一审的死缓判决，院里是应该认可的。院里领导都算是法学专家，有理论有实践，为什么这回要死磕庄小伟。

小辜说：论究起来，是院里与我们合议庭死磕，也包括庭长你。

董庭不言声了，过会儿说：对你们讲，院里有院里的苦衷。

汤建说：有什么苦衷？能不能对合议庭透透气？

小辜说：庭长说说嘛。

董庭摇摇头，苦着脸说：其实是不好讲的，不讲你们又死磕我。简单说院领导去政法委汇报工作，说到近期频发的抢劫杀人案，也是庄小伟背时，另几个比他的案子大，偏偏没致死人，庄小伟致死人了。领导怒道，像这种恶性犯罪可杀不可留……

领导终于亮出了领导的底牌，原来症结在这里。

汤建说：这属于情绪化语言，不算指示，何况司法是不能听任何人指示的。

董庭叹气：唉。

汤建有些激动：要这么讲，我们普通法官又有什么必要认真办案呢？领导发话，我们走过场，不就 ok 了？

董庭又叹口气，说：各有各的难处。唉，不说这个了。庄一审宣判后，可以暗示他二审，律师不给力，也可以换。

小辜：换哪个？哪个愿无偿劳动？

汤建灵光一闪，想起一个人来，郑律师。

13

回到办公室汤建即刻给郑律师打电话，郑像往常那样嘻嘻哈哈：首长，有什么指示？讲。

当然不能在电话里讲，他说：没指示，晚上请你吃韩国菜。郑律师说：我请你请不动，也不用你请我。是不是嫂子的事？和你闹饥荒了？你想想，好不容易考出来了，不让人家干，能甘心？汤建说：自作聪明，不是这档事。

韩国料理在城东，一条小巷子里。进口牛肉，是肉香不怕巷子深了。郑律师从包里拿出一瓶从台湾带回来的"金门"，配肉正好。房间小，气氛静穆，加上两人相熟，没什么客套，吃就吃，喝就喝。汤建多次受理过郑代理的案子，也是巧了，都是郑胜诉，尤其是一个大诈骗案，郑帮当事方挽回上千万损失，事后送了汤建一张 10 万元的卡，汤建退回。郑讲欠汤建一个人情，应是指这个。

就说事，反正时间充裕，汤建就一五一十将庄小伟案的前前后后讲给了郑听。

哪个所的律师？郑律师问。

先别问这个，谈谈案子。汤建说，当局者迷，旁观者清，你帮我理理清楚。

郑略加思索，说：重罪不疑，辩护不力，判决正确，干预无理。

汤建说：大实话，这些我清楚，我是问假若打二审，情况会怎样？改判的可能性大不大？

郑说：就本案说改判的可能性有，大不大，不敢说。

讲。

不确定因素太多，也就是人为因素太多。

比如？

比如代理律师的能力，是否认真努力。比如二审法官是否认真阅卷，对法律条款的掌握，甚至人性的善与不善。

人性善与不善？

不错，要是碰到你这样的，庄小伟二审肯定能过关。

嗤，这是什么话，讲过关，我一审就让他过了，倒不是善良不善良的问题。

那是什么？

说不清。

二人干了一杯。

汤建又问：老郑，你说可不可以豁出去，就与王老板妥协？

郑想想说：既然你们庭长不同意，你这么做，可是犯上作乱啊。不可取。还是让那庄打二审吧。你请我吃饭，不就是打我的主意，给庄当律师吗？

汤建没言声，向郑举起酒杯。

干！

14

世事无常，还真是这么回事。就在要开庭对庄小伟宣判死刑的前几天，郑律师给他打来电话，讲他回去，想想觉得打二审对庄小伟实在是不利，还是争取一审解决为上。便先后去了两趟卜家庄找卜家兄妹协商，看是否能在最后关头放庄小伟一马。头一回没解决，可看出些端倪；第二回去便分头与卜万成、卜万华谈。卜万成仍然油盐不进，卜万华倒有些怜悯庄小伟了，说：这孩子没有一个亲人管，可怜见的。又说这事容她再想想。汤建问后来呢？郑说刚才给他打来电话，说她可以给庄小伟出谅解书。汤建一怔，问：不要赔偿了？郑律师说：对，问要是她自个儿在上面签字管不管用。我告诉她管用。她说那你们来吧，我出证。汤建一拳砸在桌子上，说声：老郑，咱们去。郑说：不过……

汤建的心一沉，问：怎么啦？郑说：她有一个条件，让我们帮她打一个官司。汤建问：她和什么人的官司。郑说：她哥卜万成。汤建"哦"了声。郑问：要不我去你那儿当面说说情况？汤建说：你先在电话里讲讲怎么回事。郑就讲：简单扼要——原本卜家老太太名下有一套房产，自住。后因癫痫病频发，就搬进卜万成家，房子出租，租金作为老太太的生活费由卜万成收取使用，卜万华亦认可。而在老太太遇难后，卜万成并未与妹妹分割租金。卜万华提出异议，卜万成置之不理。也就在前几天，卜万华发现该房产已过户到卜万成名下。她追问，回答是他是卜家唯一的儿子，又一直抚养老太太，房子理应归他。卜万华不认同，决定打官司讨回应由她继承的一半房产。汤建想想说：如今这种官司很多，法律上的规定比较明确，这官司应该好打，你也可以代理。郑说：问题是她要保证能赢。汤建心中一阵不爽，苦笑笑。又是要挟。可谁又能打这个保票？他问：郑律师你能吗？郑说：她不是要律师保证，而是法院。汤建说：开什么玩笑，官司还没开打就让法院出保证？郑说：为了达到我们的目的，也不是不能，只是工作做在前面，与民庭谈谈情况，看看能不能赢。汤建顿了顿，说：先挂了，等我想想再打给你。

想什么呢？他真的有些茫然，苦笑笑。如果面对镜子，他定会发现自己笑得很难看、很无奈。刚才听郑讲，卜万华宽宥了庄小伟，即使是在她已知赔偿无望情况下做出的决定，他依然对她充满尊重与感谢。却不料她后面还有个"附加"，即与王老板同样的"石油换食品"。这让他无限悲戚，世事诡异人心不古，正如人们所讲，生活如同拉满弦的弓，只要发现猎物便万箭齐发，只有"宜将剩勇追穷寇"，没有"退一步海阔天空"。不过与王老板的要挟相比，卜万华的这一要求还好接受一点。正如郑所言，只要从民庭弄清相关法律刻度，如果能打赢，给她个口头保证亦未尝不可，即使有些剑走偏锋。

他用座机拨了民庭小马的手机，小马听明白了事情的过节，笑说：老汤，你问我算问对了，我刚刚审结一桩与你讲的一模一样的房产案，没有老人的有效遗嘱，过户无效，房产平分。他仍不放心，又问小马有没有例外？小马说：没有例外，哪个法官都会这么判。他的情绪顿时高涨起来，谢过了小马，他长长吁了口气，然后拨了郑律师的电话，哆嗦着嘴唇说：老郑，咱们走，去见卜万华，立马！

女　神

王　蒙[①]

1

在我年轻的时候，认为最美好的地方是陆地上波光摇曳、喁喁软语的湖泊。而全世界最美丽的湖水当然只能是北海公园太液池：金鳌玉栋、琼岛春阴、藏式白塔、永安与陟山石桥、蓬莱、瀛洲、方丈仙山、漪澜堂、五爪树、流苏树、小小游船，如诗如画，如"让我们荡起双桨""看我们的辫子迎风摆"，如——不仅是如，它就是我少年时代观止醉止的天堂。我那时候想的是北京为什么好？因为北京有北海公园。

那时候北海远没有太多的游客，特别是老年游客，除了国民党谁都不老，或许是等不到老就死光了。而现在到处都是老人，首先是我自己，我已经真的有点老啦。现在一进公园成百上千的老人在那里玩我们这儿独有的太极柔力球，曲曲弯弯，黏黏糊糊，样子似网球也像羽毛球，我们的老人玩起来得心应手，绕指缠身，小德或者小威，李宗伟或者林丹，见到这样的游戏说不准会晕倒在地。

---

① 　**王　蒙**　1934年生，河北省南皮县人。作家。中国作协名誉副主席。曾任文化部部长、全国政协文史和学习委员会主任、中国作协书记处书记、《人民文学》主编、中国艺术研究院院长等职。著有长篇小说《青春万岁》等10部，小说集20余部等，2014年出版《王蒙文集》45卷。作品被译为20余种文字，曾获茅盾文学奖等多种奖项。

　　从前我很年轻，见到的到处都是年轻。北海属于青年。我们在北海公园组织团日，新民主主义青年团的团员们合唱"年轻人，火热的心""听吧，战斗的号角发出警报，穿好军装，拿起武器"，朗诵艾青、马雅可夫斯基、闻捷，还有土耳其革命作家希克梅特与智利诗人聂鲁达、巴西诗人亚玛多。后来才知道了苏联的特瓦尔陀夫斯基与叶甫图申科。

　　八年后出现了另一个长大了、受到锻炼了的王某。度过了约与"七七事变"到二战结束同样长时间，我与新疆乌鲁木齐——伊犁公路上迎面呼啸而来的三台海子——赛里木湖撞了个正着。后来我计算了好久，才确知赛里木湖面积大约是北海太液池面积的一万倍。我追求在我的小说新作里对于二者水域之比宣示一个精准的说法。我的生活、狠心、视野与承受包容能力以万倍规模扩充。一九六五年四月迎面驶来的赛里木湖使到新疆刚刚一年的王某蓦地一惊，大喜过望，为新的辽阔天地而自傲，为新的困难提供的新可能而欢呼。海拔两千多米，人烟稀少，见得着的只有两三户哈萨克牧民毡房和个把护林人的俄罗斯式刷漆木屋。在满山的云杉林与挡雪挡畜栅栏下面，一个蓝得使人落泪、大得使人炕蹦、静得使人朦胧、空得使人羽化而登仙至少是鱼化而入水的高山咸水大湖，它正在改变王某的生活与世界观，改变当时习惯于羞羞答答地自谦为城市"小"资产阶级的一个叽叽喳喳的甜里带酸的鸟儿，改变斯人的神经末梢感觉与梦。

　　然后许多的并不像王写到诗里去的"日子"的日子过去了，王已经不再吸烟，王写作发表了许多字儿与许多篇页，王羞愧万分地无地自容地拥有了一串头衔，也引起了一些闲言碎语，王三十七年前已被高级领导称为"老作家"。但那个时候王的浓密的头发当中一根白的也没有。后来该匆匆的当然匆匆，该迟迟的依然迟迟。后来王比较正常地过日子了，一九九六年盛夏初秋，出访德国马克思出生地特里尔并在大学讲演后，访奥地利维也纳参加论坛前，来瑞士联邦，途中小憩，到了日内瓦湖边。

　　日内瓦湖在法国和本地这边叫作莱芒湖。它的面积二百二十平方公里，四面是阿尔卑斯山系丘陵。来自德国莱茵河，去向法国，海拔三百七十二米，面积是新疆赛里木湖六分之一，但是它的一千米还多的水深是赛里木湖水深的十多倍。最主要的，它是欧洲瑞、法、德三国的湖，它周边一系列美丽精致的小镇，它水面上是黑色白色的天鹅与它们的孩子灰不溜丢的丑小鸭。它尤其是著名的国际大都市日内瓦的湖，日内瓦有联合国的二十几个机构在此，还有一战后国际联盟用过的万国宫，一九五四年初登世界舞台的中华人民共和国总理周恩来与莫洛托夫、杜勒斯、艾登、范文同、南日……在这里举行了日内瓦会议，总理宴请过卓别林。在另侧的湖畔，有爱因斯坦、埃德加·斯诺的故居与好几个卓别林雕像。这里还云集了最好的手表品牌劳力士、IWC能工巧匠，化妆品蒂芳妮、巴黎恋人、尚天猫香水与瑞士莲巧克力的气味与湖水的清凉微腥气息。它是人、湖、欧洲、地球故事的大满贯。

而赛里木湖是天湖天和，是抓到手里就排列好了的"清一色"与"一条龙"。是雪山与枞树林、野苹果与哈熊，它是中国新疆北部的一条主要国家公路的湖。二十世纪末它才引进了鳟鱼。最近，它的旅游活动才发动与发达起来。开发赛里木湖的说法使一些关心环境的人忧心忡忡。

2

那是一个迷人的下午，美好得让你昏昏欲睡。早晨我与妻沉浸在"她是瑞士？""她是诺富特伯尔尼展览会酒店？"的把摸不定的微醺里。

好像在一次倒凤颠鸾的酣畅以后不敢相信自己的好运。吃完了半生不熟的煎蛋和冷牛奶泡干果与果干以后，我们晕晕乎乎到了瑞士首都伯尔尼附近天崩地裂的"响泉"。那断然的山势，愤然的流水，凛然的浪涛、雷霆，毅然的出击与威严宣告……我们禁不住需要寻求一个答案：它是不是中立却绝不温柔？加上它的世界驰名的军刀，它很阳刚。它为法皇路易十六提供的雇佣军卫队，全部尽职战死。

午饭后到达洛桑。是不是一座懒洋洋的城市？呵，今天星期六，著名的奥林匹克博物馆静谧悄悄，锁闭严严。有雕塑，它们健康、青春、竞技、狂飙而且性感；而洛桑市民却是轻柔的与无声的。几个少年在博物馆前玩蹦床与滑轮。他们像青蛙、像鸟、像猿，像奏鸣曲与回旋曲。城市是太静了。我们那里从来没有这样安静的城市，我们生活在一个吵吵闹闹的地方。我意识到美妙得意的欧洲之旅前自己忘记了与那位热心干练的世界公民作家大姐取得联系。本来，洛桑是韩素音女士常住的地方，她的永久通信地址是在洛桑。她不止一次受到周恩来总理的接见，直到周总理去了，一切变了，她对故国的祝福不变。

这样我们就提早告别寂寂洛桑，到达著名的日内瓦，它的名称充满了历史，到这里以后我又想起了随总理来参加那次旷日持久的会谈的张闻天、王稼祥、李克农还有法国后来换来的戴高乐派富尔与美国代团长史密斯。我在这里的日程多出了一个多小时空闲。难得浮生半日，而且是闲在神话般的日内瓦。

晚饭后在这里，有一项官方庆祝演出要参加，现在正好也只能在日内瓦湖边闲逛。我们将有足够的虚静，无主题地享受城市与湖的端庄清秀。

我在游人大长椅上缓缓坐下。我在湖西南面看着对岸方方正正、大大方方的六层楼房，还有纷纷国旗、市旗、州旗。他们很喜欢自己的正方形红地白十字架国旗。与旗一样多的是游艇、快艇与帆船。还有那夸张的直射云天一百四十米的人造喷泉。因大压力而直喷上去的钢筋式水柱似乎分开了几个节点，似乎是你顶着我、我顶着他地接力攀登。而当水从最高处坠落下来的时候，被湖面的风吹成一角狭长的扇面，与钢筋形成一个三角形斜塔。距湖不远的另一把游客椅上坐着一位身穿灰色短外衣的老妇人，她的衣服与背影使我觉得雅致与亲切。她面对湖水，只是在脸部转动的时候，时而让我看到她的左半或者右半个脸庞。她的清秀与文静，我是说素养，令我惊叹。她右手拿着一个淡黄色飞盘，想起来就把飞盘旋转抛掷出去，一条哈士奇——西伯利亚雪橇犬，飞跃追跟，不等飞盘落下，跃起从空中叼盘飞奔归来。抛起的物品，从升高到下降，有一刹那是停留在空中的。我觉得有趣。犬很潇洒，人很老到，湖很安宁，动作若实若虚，盘子若圆若扁，两次抛出时间相隔或急迫或徐缓，旋转若均匀若突然颠簸打破，飞行路线或直或曲，飞行速度快快慢慢，狗嘴若凶猛若轻松适意，一切都是不固定也不准确的。我陶醉在盘子飞行所形成的线条里。我等待着每一次抛出与每一次反转，我始终非早即迟，非快即慢，不是等得发急就是没有等到集中起注意力来已经被飞盘甩过去了，乃至忘记了本来要看的是什么。

后来我自己也不理解为什么我的全部注意力集中在灰衣妇人与她的飞盘与雪橇犬而不是被称为世界奇观的高高的喷泉上。差不多一个小时。温暖的阳光照得我发困发呆。我坚信幸福使人呆困或者是呆困给人幸福。到达瑞士已经超过二十四小时，没有好好地听响泉，没有好好地吃热狗，没有好好看青年男女的蹦床翻腾，没有好好看山水与世界著名都市。我没有想清楚为什么这里是确凿的日内瓦而绝对不会是平壤或者张家口，其实平壤的大同江面也有更热闹的会唱歌跳舞的一组喷泉。我只是看着灰色套装、女人、一条同样身材上佳的好狗，湖水对我这个远道而来的中国客人给予安慰的催眠。

隐约中我戴上了罗马帝国恺撒大帝军团的帽盔，金属的反光令我晕眩。我已经无法判断是不是继续披挂上了恺撒军团的铠甲。我是不是要睡着了呢？我是不是瞬间深沉堕入了梦乡，六十岁以后我已经有了瞬间入梦的福气，新疆农民告诉我，老马就是这样睡的，进入梦乡，几秒钟后回到现实。出国旅行，对于我最重要的就是睡眠，年过六十，你想不清是不是旅行是为了好好睡眠，或者是睡眠好是为了旅行。我必须承认到达苏黎世或者巴黎、因斯布鲁克或者西西里，我首要地重视的不是参观谈话而是睡眠。游客不会缺少饮食与见闻、趣味与抱怨，我们也日益不缺少美元与瑞士法郎，还有与西方朋友的意识形态切磋。我们缺觉。我爱睡眠，我更爱半睡半醒，出入于睡眠与清醒间的那两个大厅的过道与伸拉门，一分钟往返五十次。我要融化，我要融化，就在这儿，我融化了。

我一下子矮了下来。我一下子膨胀了老大老高，我在干什么，我在飞翔，我在升起，我在寻找，我在迎接。我如龙如蛇如电。我接到了，我抓住了，不，是我咬住了一枚淡黄色的，也许是淡绿淡紫或者淡红色的飞盘，过渡着转移着舞蹈着挥洒着消散着。我欢蹦乱跳地跑到了主人腿边，我成功得像一绺飞马脖子上的鬃毛，我快乐得像一组肥皂泡，我幸福得像森林与湖畔会说话的风，我流畅得像怀素和尚的狂草运笔，像乐队指挥上下翻腾而且点点戳戳的木棒，我自由得像小提琴曲音符，我强烈得像少年男女的拥抱与出入。真好笑，我做了一个多么古怪的梦，我坚信我是少有的小说人，你做一个这样的梦试试，如男，如女，如神，如狗，如龙蛇鱼兔，如云烟水雾。现在的号称作家的中外人士当中，有谁有能力获得一个类似的文学主体？我的特点是梦里保持着虚构的清醒与思维，而在清醒的主体意识中随时可以跳进梦的河流与星空，哪怕深渊。

那么有希望回到二十年前的蝴蝶躯壳里。二十来年过去了，我找到了雨点般多的故事，像德国民歌《洛丽塔》中唱的。然后我醒了过来，我想我也许没有成功。这时有几名瑞士人打着"藏独""雪山狮子"旗吵吵闹闹，大呼小叫，从身旁走过。他们并不是藏族人，他们也不太像瑞士本地人，他们是为了抗议晚间的集会而来到这边的。我莫名其妙地站立了起来，看到灰衣、飞盘与狗，正在离去。我看到了它们的主人，那个个子不高的女子的脸孔，她有一张东方女人的脸，她的眼窝不像多数欧洲人那样深邃与拉长。她眼睛不大，但左右两只眼拉开了一点距离，她双目的布局舒展、开阔而且英武，她的目光却是谦和与内敛的。她的下巴微带嘲弄地稍稍翘起，她的身材无与伦比。她走过我轻盈如云朵，没等我回过神来她已经走远，但是我确信，她走过我时飞快地看了我一眼。而且，她认得我。

我相信，如遭电光石火，心头一闪，没有任何理由地，因此是绝对地，没有根据、即无厘头地，因此是无条件与不需要举证地相信：她就是你。

3

前提是这篇作品中的我当真是"我"的一半多，而"她"是"你"的一多半。所以我愿意称这部作品是非虚构（non-fiction）小说，说不定我们的同胞宁愿将它视作报告文学。不在意文学的人更在意文体。

非虚构，也就是说六十年前我的体重五十三公斤，每天读诗和写诗，大段背诵契诃夫戏剧《樱桃园》中塔尼娅与《万尼亚舅舅》中万尼亚的台词，读巴尔扎克《人间喜剧》动辄失魂落魄到深夜，仍然不明白他老人家为什么将"悲剧"命名"喜剧"。用五角钱一张炭质唱片听柴可夫斯基与司美塔那的时候关闭所有电灯，并为此受到党组织生活会议上的批评帮助。后来沉迷于文学写作，疯疯傻傻，造成了作为干部如今被鬼迷心窍地称为仕途的彻底负面影响。然后我体会了许多大作家的内心焦灼，连担任过夏伯阳的政委的富尔曼诺夫也在日记上说，他写夏伯阳的书快要完成时，自己可能成功而誉满全球的念头令他发疯。我不明白这样的"一本书主义"议论怎么可能不受到粉碎性批判。他们的回忆录令我潸然泪下……很快我的一篇作品引起轰动，远在牛气冲天的自我期待之前。

一九五七年春，两个月前我在最辉煌的文学刊物上读到了半个世纪后日内瓦湖边突然想念起来的你的小说。你写得熟练大气、举重若轻、得心应手，优雅然而不免——说不清为什么，我觉察到了你心灵上的一点似乎可以叫作高处不胜寒的憔悴。你写一个假日，写假日休息与个人家庭生活的被剥夺，写本来可以不剥夺的人的一点小小的愿望的任意失落，写一对夫妻和另一对小夫妻。另一对小夫妻好像是此对夫妻身后的影子，这影子逐渐缩小和黯淡。你显然很熟悉高大上生活，高大上机关单位，高大上口号与道理，还有高大上冲浪中的渺小悲欢，如一艘巨轮边的巨浪中跌跌撞撞的小鱼。你文气浩然，信手拈来，胸有成竹，琳琅满目。你的小说人物渺小卑微，亲切如烧饼油条、女人发卡手绢、买烤白薯找回的零钱。喜欢它们却又为之鼻酸。

我也喜欢你的另一篇小说与你对于朗诵诗的见解，五十多年前你已经反对与抨击那种嗷嗷地叫喊的千篇一律、装腔作势朗诵腔调。而后，这种腔调延伸发展，甚至在我出席七十余年前上过的小学母校秋季业开学典礼的时候，我从小学生的讲话中，不仅听到了陈词滥调的大人腔八股腔，也听到了嗷嗷叫的朗诵调。

而后过了差不多一年，我的作品于一九五六年秋天发表，其实是春天写就的习作—石激起千层浪，突然引起了惊喜、注意与如临大敌的恐怖。习惯中出现了不习惯，于是有人惊喜莫名，无法习惯那些绝对不应习惯的冒头，于是痛感作者"作"大发了，其灭亡不可避免，自身予以保持距离地声讨、落井下石以获保全乃题中必有之义。突然，峰回路转，东风浩荡，云过天青，转危为安，声如洪钟，歌如潮涌，旗如篝火，合唱齐唱法国号双簧管铙钹齐鸣地共颂"双百"时代隆重降临。

党的机关报纸用一个版刊登了为本人习作与编辑问题召集的座谈会上的全部发言。小小的王某名字出现在大号字副标题里。发言谦虚谨慎善良，不愧是一名小老地下党员和久受教育栽培的青年工作干部，庶几能背诵毛主席《反对自由主义》与刘少奇的《论共产党员的修养》多数段落。第二天我就收到了你的信，那时候人民的邮政服务是多么细腻而且高效啊。我曾把人民的邮递员错误地称为旧社会习用的"邮差"，立即受到了编辑部的帮助改正。历史篇章每一页都在从头开始。

这里要说的是字迹，那时候还不会用"书法"这个双字词，我甚至莫名其妙地疏离"书法"云云，我觉得书法是对于创造力、求新意识、生命力的残酷消磨。我相信的是汉字加专制主义将被民主与拼音文字取代的"进步"观念，这是吕叔湘教授所主张的。我最同情的是被乃父折磨写小楷的贾宝玉。但是你的信封与信笺上的字迹立刻使我爱不释手，如醉如痴，一时间亲切、秀丽、文雅、高傲、自信、清丽、英杰、老练、行云、流水、春花、秋叶、春雨、冬雪、飞燕……各种美名美称美感纷至沓来，我怔在了那里。

你是行书。没有方格却方方正正整齐准确如写在格子里。偶尔突破一下格子束缚，仍然维护着规矩与如皇家近卫军的行伍。它是出格与入格的天然结合。你维护着每一个字的形状，然后充分发挥每个字的方与不方、平衡与不平衡，明显的方块形状与搞不成形状的参差与异态和失态，法度与恣肆。你的笔画与结构雄浑有力，我相信你的手力握千斤，我相信你写字的时候脸上流露着笑容，同时嘴角透露了几分自觉得天独厚的得意。你时而抹出几笔比较粗壮的强健的捺，丰满滋润，而收笔状振奋人心，如骑士"皮靴"，威武温柔典雅。有时也有粗壮的一横。与其说是粗壮不如说是饱满，或者是强悍的温热还有多情多思的赶紧哦。冷与热，方与圆，柔与刚，捆绑与舒畅自由，不逊与平平常常，随随便便与一丝不苟，都流露——不，洋溢出来了。

我为你的并非书法作品的书法所折服，我为你的绝非炫耀的毛笔字的绽放而兴奋，我拿着你的书信快乐地在房间里转圈，我向前走，向后退，向左转又提起了一个脚尖，我觉得自己已经被邀参加北京饭店要不就是克里姆林宫的舞会。我轻轻地旱地拔葱跳了一下……多米骚、米骚多，我得到了这样一封信，有这样的书写润泽我指点我抚摸我与敲击我，写了什么已经是不重要的了。形式会不会有时候超过了内容呢？因为它是有意味的形式。我那时不懂美学原理，然而那时候我为了美愿意献出生命，我的捅娄子的作品，追求的仍然是"为赋新词强说愁"的孩子气的美的梦想。我沉迷于李商隐与王尔德、安徒生与汤显祖、普希金与保尔·艾吕雅不是偶然。

那时候你三十七岁，我二十二岁零七个月。

你的生活可以说是前紧后松。十七岁结婚与革命。十八岁到达延安，研究鲁迅，写作文学。而后步入领导的高层，从事文秘。三十二岁离开了火热的高层文秘岗位。三十四岁彻底回到家庭，三十六岁又发表了一些作品。三十七岁仍然英姿勃发。然后，你以一去不返的不存在的方式静静地，仍然是热烈地存在着。你永远的三十二至三十七岁。你的写信成为你的真正的清雅与执着。你的孩子郎郎对我说，他可能将来给我一封你写的书信。可以吗？

4

烈烈：我无法把要说的话全写在纸上。

我希望你能感到我与我们对你的始终如一的亲切与关怀。

去年冬与今年春，我曾一再打听轰轰的地址，我想能给远离故乡的少年人一点帮助，哪怕只是精神上的也好，但是未蒙答复。

无论如何，要健康地活着，努力学习，不要被回忆所窒息。

做一个真正刚强的人是不容易得很，但也是可能的。你年纪轻，希望你能像春天一样——它从不将泥泞苦寒的过去（冬）留在自己美丽的土地上，而却使处处开遍了鲜花。

匆匆，语不从心，祝

健康、进步

署名

娘娘与二姑全祝福你。

五月十号

感谢你的儿子给我提供了这封一九八五年信的照片。你的习惯是状语后边应该用"地"的地方仍然用"的",而"年轻",你的习惯是写为"年青"。我年轻时候也是这样的,那时候团员一开会就唱"年青人,火热的心",不是年"轻"人,正字是有一个发展过程的。

这是一封在二〇一六年只能算作是三十一年前的信。收信人是你的侄子,一个侄子叫"轰轰",一个侄子叫"烈烈",颇为不俗,有趣也有气势,还有时代特点。那是一个气势夺人的时代。我还看到了你的其他信件,看多了,我感觉到你的字迹如风过草地、鸟飞松林,如浮雕挂毯、湖面涟漪,如花坛芳菲、星光灿烂。也许更恰当的比喻是拉赫曼尼罗夫的《练声曲》,用大提琴演奏起来,从容与平静中包含了那么多情感的挣扎,你挣扎得那样高雅与尊贵。我摇头、点头、拭目与轻轻地叹息。我欣赏而且沉醉,温润而且满足。

至于你给王某俺写的信,是一九五七年,是上面这封信再上溯二十八年所写,也是在计划实现全面小康、消除贫困的二〇二〇年的六十三年前的一封信。那封信应该是在我当时所在单位上级机关的文书档案里,一九五八年前一年的政治运动扫尾中,它应该是被上缴了的吧。你的信让我看见了一张纸上的虚拟太液池,那里的水波要多整齐就有多整齐,要多随意就有多随意,要多美丽就有多自然地美丽。

给我的信大致如下:

王蒙同志:

从报上看到你的发言记录,我很失望。你本来应该把话讲清讲透的,而现在你的发言是多么平和,多么客观,又是多么令人不愉快地老练啊。

我家的电话是×××××。

敬礼!

署名

那个时候的电话是五位数字。那个年代家里装电话是高级干部、革命资历与地位、权力与级别的象征,一般人有多少阿堵物也是不可能在家中安装得了的。我为之平添了几分敬畏。我从北京市东四区团委机关拨通了你的电话,我听到了你的流利、熟谙、成竹在握的气韵与语气,与我设想的革命家、老干部、知识分子、大姐的素质完全一致。我说:"BW同志吗?我是王蒙。我收到了您的信……"我才一自报家门，听筒里传来了爽朗响亮的大笑声息，像振响了一个铜钟，叮叮当当，乒乒乓乓。你清清楚楚地说："王蒙同志呀，现在已经找不到像我这样多事的人啦，哈哈哈，咯咯咯。"当然，我便无话可说，无需要检讨，无必要解释，没有什么可以"说明"。虽然兹后发生的事情"说明"，你比你年轻十四岁的俺更年轻。你是多么年轻啊！

不妨一提的还有：后来看到的三十一年前字迹，写得略有潦草，不难想象的洗澡礼、风雨雷电、社教五敢五气五反三不畏之后，比六十年前那次记忆中的字迹消瘦了，挺拔了，墨也不无窘迫，同时字迹的骨感十分奇绝，如梅如竹如峰如铁。就是说，一九五七年写给俺的那封信，圆润，饱满，酣畅，是你年方三十六的葱茏岁月，美丽年华，肉感与骨感鲜活，如枝如叶如郁金香如玫瑰。那时候你写小说也写评论，那年春天你心情看来不错。如苏联《祖国进行曲》："我们没有见过别的国家，可以这样自由呼吸！"

动荡，稀奇，大潮大浪，大开大合，天旋地转，高歌猛进，俺们的一辈子超过旁人几辈子，俺们亮相与旋转赶上了冰上芭蕾、公主王子，超越花样游泳。终于静下来。终于来到瑞士日内瓦湖边，于是观看着与狗一起玩飞盘的妇人，想起你。资本主义的优雅女人闲散到这种程度，这是令中国同胞发疯的啊！

联想不合逻辑，所以它是纯正联想，不是电脑品牌。也罢。此后连续几天梦见了你写与我的信——书法。此生到了六十多岁才品尝出了书法夺魂的昏迷。梦中，你的毛笔字组合如海面，如鱼跃，如花落遍地，如雨挟冰雹遍打千亩苜蓿田。我在一九六八年，迷失在新疆伊犁一眼望不到头的苜蓿地里了，如舰艇沉浮于太平洋面，大雨倾盆，雷电满天，然后雨停，彩虹当空，前后只用了十三分钟，我已经振聋发聩，醍醐灌顶，生而再生，死而复生，找到了亲爱的维吾尔民族村落袅袅炊烟。我于是难忘你的书法与性格。有梦未圆，有字醇厚强劲。

还有一次听一首小号演奏拉丁情歌，一声一断，一长一短，如鸟鸣，如漫步，如词牌《声声慢》，如敲响五更梆子。我想起的是你的书法，行楷。如果是萨克斯风演奏，出来的就应该是龙蛇草书。

这期间也几次打探过你，问到一些老文艺家革命人。他们明明白白多少回答过我一些言语，总是觉得语焉不详，口齿不清，欲说还休，说了等于没有说。也许他们说过，但是从中我没有找到应有的感觉。

你到底是谁呢？

5

　　就是说，我其实始终没有见过你。

　　我曾经想象你的形象，当时想到了的是影片《红色娘子军》里祝希娟扮演的吴琼花，后来变成"样板戏"以后更名为吴清华，也想到了东北抗日联军英雄赵一曼。此后中国的革命女权主义，拒绝将女性喻为花朵。我也想到过丁玲和萧红，直到秋瑾直到花木兰、梁红玉。差不多一个甲子以后在网上才看到大姐你的照片，有一种不同寻常的清爽、清纯、大方，尤其是本色，我行我素，道法自然，要多快乐你就有多快乐，要多忧愁你就有多忧愁，然后忘记忧愁，如信所言，像春天，洗去冬天窒息记忆，只知道到处鲜花开放。再说还是那样傲气十足与随随便便。

　　我想象你应该住在北京东总布胡同一带一个四合院里。那一带居住过一些 VIP 文艺人士，邵荃麟、严文井、萧殷、臧克家、黄秋耘。你的丈夫 ZD 是具有延安经历的大艺术家，设计了中华人民共和国国徽，他应该是文艺一级，每月工资三百块钱以上，用现在的感觉来说，几乎是他月进五万到十万元人民币。他应该住四合院，他需要超大型画案与画室。国务院总理与北京市长不会忽略。你如果不是文艺二级，那么至少是行政十一级即局级。那时候不要说局级，就是处级也是响当当红火火，曰：物以稀为贵。那时候官员与专家数量估计是当今的许多分之一。他们应该有很好的收入与福利待遇，买得起或分得上私人住宅。而那时的四合院只能卖个几千块钱。你的四合院院落有一百六十平方米，砌着方砖，一条雨廊，靠正房种着四株海棠。都说周总理喜欢海棠，还喜欢马蹄莲。那么你家也应该有室内花盆里养着的马蹄莲。还有一株龙爪槐的吧，像天然的绿伞。而在西厢房前，有一簇细细竹林，那是你的书房，当然，你的书房并不是潇湘馆。书架上有《史记》《李太白集》《苏辛词》，还有托尔斯泰、契诃夫、巴尔扎克、莎士比亚和不知道为什么被许多老解放区的女作家钟爱的法国作家梅里美。例如蔄子，萧殷老师对我说过，她特别喜欢写过卡尔曼（卡门）与高龙巴的梅里美。而我当初，不太受得了梅里美写的生离死别、动辄人命关天的强烈与暴力的故事。

　　后来我知道了，你真正住过的是大雅宝胡同甲二号，中央美院宿舍，画《开国大典》的董希文住在你们的后院。

　　新中国成立初你是政务院（后改称"国务院"）工作人员，或者称之为周恩来总理身边机要秘书。更早在东北解放区为四野的军政领导做过文秘。原来如此，怪道你的字有一种力度，有一种内功，有一种稳定与大气。一个人写的字能够影响他或她的命运，或者是命运影响着书法，此前我还以为类似的说法未免夸张。你出生在江苏常州，我以为你出身名门，但是你的孩子郎郎说未必，如果很早很早名门过，后来显然也是已经败落。郎郎还说，新中国成立初的二三十年，谁也不愿意回溯自己的非无产阶级上辈，回顾的话必须狗血喷头骂一顿，除非是代代贫雇农，计划安排在忆苦会上流泪控诉。这当然是真的，那时候绝对没有哪个本身其实流里痞气的作家频频卖弄说自己的父尤其是姆妈有贵族风度。如一位异议了好久又回来领退休金的才女所说，某作家的特点是"心比天高，身为下贱"。

　　父亲看到了女儿的书法天才与秀美伶俐，全力支持女儿读书育才。十七岁上为你订了大户儿郎的亲，你逃婚从家乡来到苏州，被正在筹备的电影厂招到了演员培训班。而这时的未来大画家 ZD 关在反省院洗脑。一位地下党的 XY 同志被捕后，据称是为了迷惑敌人供出了并非党员的 ZD，使 ZD 完成了在国民党监狱里深刻革命化心路历程。同时在地下党的操持下，你为 ZD 作保，赢得了 ZD 的自由与爱情，你们双双去延安，开始了革命加文艺不凡生涯。

　　终于在我们通电话的五十九年以后看到了手机发来的你的更多一批照片：这样的大气，骄傲自信而又平和淡雅，更主要是端庄。肩宽，脸庞舒展。你的鼻子与嘴唇完美纯正，利索干净，神州第一，无懈可击。穿一件白色棉布套头衫。略偏方形的脸孔，带一点点五角形或六角形的热烈与坚强的轮廓，下巴端正圆润完满。你的嘴唇尤其是下唇温湿而且多情，略略地凸出。你的眼角已经略显沧桑，而你的嘴唇纯真如少女。天生丽质、自然分开同时饱含解放区女干部的质朴与高尚简洁的发型，恰到好处。你的眉毛与眼睛离得近，两边的瞳孔离得远。你的眼眶轮廓在国人当中看是相当深陷的，只有江南人与异族面孔才有这样的立体感。你的形象使我立即想起了历史故事中的窅娘，那是南唐后主大词人李煜的嫔妃。窅字读"咬"作深远解，我觉得它与另外两个同音字杳和窈可以互文，说的是一个人的眼睛眍䁖进去，眼窝子深，组词有窅眇、窅冥、窅然等。据说窅娘是混血儿，所以眼睛和中原人不太一样。

　　一个人两眼瞳孔的距离也会给我深刻的印象，太近了立刻让我想起"鼠目寸光"的成语，太远了当然也忒像猛兽猛禽。你的两只眼睛是充分拉开了距离的，目光坚定，对不起，有一点较劲，可以想象你具有坚强的性格。你的目光还有一种深邃的思想范儿，肯定读过柏拉图与笛卡儿、《道德经》与《周易》。

你会有自己的想法，有自己的倔强。即使从一幅照片上也可以断定你执着在自己的思想里，从不东张西望、贼眉鼠眼，像有些自卑而且犹疑不定的小人。同时你注视着一切，把一切收入眼底，第一是眼里不掺沙子，第二是不目空一切自恋自吹自我表白不已。我知道，有的人看得见乃至看得清自己，更看得见也看得清世界。另外的人或者只看着机会，只看着世界的瑕疵，只看着自己的美妙与背诵能力，只看着他人即是地狱。

你的嘴角微微显露笑意，如果不是悲苦，肯定是一种成熟与审慎的决绝。你敢做敢当，敢哭敢笑敢说。你全身透露着一种随遇而安的高贵，你就是你，用后来深圳青年女作家刘西鸿的小说题目代为表述，叫作"你不可改变我"。

照片上有你的丈夫和你们的六个孩子，后半生，你的主要任务是养育子女，辅佐丈夫，退职为民，不知道是不是真的自得其乐。

6

二十一世纪第二个十年，在我收到你给我的唯一一封信的五十八年以后，我去到你的故乡，除了与各地同一个模子出来的新建高楼大厦以外，我惊叹于那里的世界最高的佛塔，成为海洋的竹林与太湖湿地溪河旁的民居。水畔人家，黑瓦白墙，木栏纸窗，水腥光影，树丛花摇，杜鹃青蒿，男女老幼，黄泥螺、煎鱼与炸臭豆腐。我可以想象你的家必定是在水边，仰观佛塔，近指渔船，养鱼捞虾，种菜烤茶，猫猫狗狗，竹藤木器，陶瓷银铜的餐饮酒具。

我还想象有一次你拿着数角钱上坡岸杂货店去打酱油，你摔了一跤，你找不到零钱了，你吓得不敢回家，突然一阵大雨，滑到水边，你湿了衣服更湿了鞋，妈妈在床上因病躺卧，爸爸忙于镇上公务，危险中你明白了要活就要挣扎，从此你变了，你强势了。

又想，这不是你的故事而是我的软弱，五岁一上小学，听到老师讲故事，就是一个孩子死了亲妈，只有继母，买酱油丢了一毛钱，找钱掉到河里，淹死后变成萤火虫，提着小灯笼，寻找他本来无权丢失的一角钱。我相信我的早早追求革命与此故事有关，我不能忍受压迫与威胁。不忍之心就是再不让这样可怜的萤火虫出现。

何况那本来就是个风起云涌、搏击翱翔的时代。一个小镇上的美丽天才少女逃婚、恋爱、革命、延安、鲁艺、东北、野战军、司令部与政治部，受到极大信任，走近过别人无法想象的领导层，熟识一大批包括林彪司令的解放区解放军党政军文艺高级干部与专家——虽然只是他们"身边工作人员"之一，仍然拥有许多优越性与优越感与别人不可能有的可能性；在延安整风的"抢救运动"中，你为了丈夫遭到怀疑而与如日中天的文艺领导人大吵大争，你揭露那位揭发丈夫的人 XY"同志"正是当年在白区出卖过丈夫的坏人……而你居然没有造成抗拒运动、自找麻烦的恶果，你胜利了。

想象这些是不那么困难的，它符合历史逻辑、人民革命翻身逻辑。革命的魅力之一是它的戏剧性与浪漫性、强烈性与巨变性、青春性与正义性，以及毫无疑义的巨大风险。冒险才有崇高伟大与献身勇敢。就连一生与革命没有一毛钱关系的契诃夫，在他的最后一篇小说《新娘》里，也写了一个幸福的待婚少女，终于婚前出逃，去参加革命。

难以想象的是这样一个革命的天之骄子，这样一个本应是法国遭受火刑的圣女贞德式、俄罗斯虚无党人苏菲娅式、革命之鹰罗莎·卢森堡式的准英雄，在凯歌花雨的一九五二年，在你的三十二岁美妙年华，你的命运发生了非被动的截然变化。

当然记得，那一年全国进行了共产党员全面登记。战争、胜利、飞速发展，带来狂喜也带来混乱。战争年代来不及做什么手续与档案保存：谁谁是共产党员，谁谁不是，谁谁是搞错，谁谁没有差失但手续全无，谁谁干脆是冒牌货，全乱套了。地下共产党员发展，也不可能有正规记录。党员登记中显示了许多花絮，有人趁机争取更老的资格，虚报了自己的入党年月。有人趁机虚报了入党介绍人，将一个在战争中牺牲了的大人物的名字塞进去提高身价。有的与他人比较党龄、介绍人……并要求更高的级别与职位。深层打入了敌特圈子，却已经找不到当年与他联系的秘密工作领导人，宁死不能说，电视剧的说法叫作"誓言无声"，他们只能享受敌特应得的镇压，被枪决了也绝对不说出真相。当然更多的人是借此回忆了自己的革命历史，回忆了当年的艰难与危险、初心与宏愿，重温了入党誓词与《国际歌》，还有老解放区出版的绿中泛黄草制纸张印刷的党章党纲与七次代表大会文件《论联合政府》与《论党》汇编。

你在这个节点上做出了惊人宣告，你清晰地对组长说："我还没有入党。"

组长哈哈大笑，像你这样从事周总理身边机要工作的要员，怎么会这样说话？

"你当然是党员，你是中共中央领导认定的中国共产党党员。谁不知道你是延安来的，毛主席那边来的，你快快登记就是了。"

"我不是党员怎么登记呢？"

"我说同志，你这是在说什么，你从白区千难万险来到延安，你的爱人是地下党员，是著名美术专家与领导人，他经受了生死考验，你们到了东北民主联军后来是第四野战军总部，你们经历了枪林弹雨。总理、邓大姐、林彪、陈云、定一、周扬、丁玲、陈学昭都那么信任你——你与周扬大吵大闹，结果周扬同志听了你的，你以为我不知道吗？你这是在说什么呀，你的工作兢兢业业，你对党对革命忠贞不贰，你严守纪律，严于律己，你光明正大，纯洁真诚，我的好同志哟，你怎么了啊？"

"组长，主任同志，我只是说我没有入党，我不是党员而已。我没有写过入党申请书，没有谁介绍过我入党，没有开过支部会举手通过，没有上级组织批准，没有任何人与我谈过入党的事情，我没有介绍人，没有党龄，没有组织关系，没有填写过任何党员登记表格……"

然后支部书记、组织委员还有一位党委委员都知道了这件事，他们开始是笑，后来却皱起了眉头。然后先后一起与你谈话，指出战争期间有难免的工作粗疏与忽略，认为没有及早为你"解决"好党员身份的事是不妥当的，是工作中的缺点，但是本人不应该"闹情绪"，因为这一类事情不足为奇，而解决起来十分容易，可以补一份入党申请书，时间可以往早一点计算，例如可以写为一九四六年或者更早一些入党，组织上可以追认，你在六年前乃至十年前无疑已经确切加入了中国共产党。

你说，十年前没有写入党申请书是因为觉得自己条件不够，许多对于党员的要求你距离尚远。

"那就从现在起计算党龄也可以。"四位领导异口同声这样说。

"现在我反省，我觉得我自己远远不够，我不是李大钊，我不是方志敏，我不是罗莎·卢森堡，我不是卓娅·阿纳托利耶芙娜·科斯莫杰米扬斯卡娅，就是说我仍然达不到党员条件……"

"你，你，你这是什么意思呢？"几位领导，一位上唇打哆嗦，一位红了脸，一位开始口吃，一位急得跺脚……

"党员应该是保尔·柯察金、捷尔任斯基、季米特洛夫、瞿秋白、方志敏、王孝和、刘胡兰、董存瑞。我不够。我只知道说实话，就是说我说的都是真的。"

"真话并不等于真理。"

"真话，总要比假话离真理更靠近一点点吧？是不是呢？"

为之震惊。甚至认为你患了某种强迫观念的病症，就是说或许是疯病。精神科专家说，有一种病人揪住旁人探讨，让旁人同意他的判定：二加二不可能等于四，只能是等于五。

……后果是显而易见的。你只能是离开那个光荣的前途不可限量的工作岗位。到一所大学教了一段文学，每次讲课都会爆棚，讲法捷耶夫的《青年近卫军》，讲完了与全体同学一起高唱苏联共产主义青年团团歌：

> 向前去，迎接黎明，同志们去斗争，
> 我们用枪弹刺刀去开辟新前程，
> 青春的大旗高举起……
> 我们是工农的儿女，是青年近卫军！

你讲鲁迅的《祝福》，讲到并无恶意的柳嫂以到了阴司也会被阎王老子锯成两段分给祥林嫂的两个丈夫的话恐吓折磨摧残祥林嫂的时候，你问："这是为什么？"全班同学大喊："愚蠢！浑蛋！打倒迷信野蛮！救救祥林嫂！"

后来，一说是由于生病，一说是由于对丈夫的厚爱与支持，一说是由于丈夫与一个又一个的子女占用她的时间太多，而她又愿意为相夫教子而努力，一说是由于文学越来越难于讲授，而你的讲课内容似乎不无瑕疵，还有一说是由于你想写一部长篇小说，最后一说是你受到了一个极不讨人喜欢、由于吸烟过多牙齿发黑而又自以为是到极点的讨厌鬼的骚扰。你喜欢你的家，你对自己很清醒，而家里的财政状况富富有余，你宁愿操持家务，自由自在地写自己的故事，不打算再过疯狂地加班加点的上班族日子。你的小说《假日》里已经透露了这边厢的某种信息。听明白了吧，你不但离开了高级领导机关，你一年半后也离开了任教的岗位，你还原为白丁——家庭主妇。

许多年后，只有一次说起此事，"难道有什么原因？"你说，"我不想以假乱真，我想多支持 ZD，我想好好看护孩子，我是六个孩子的母亲啊，我喜欢做饭与擦玻璃。你不在意让污渍一道道的玻璃变成全然的光明与透亮吗？为什么越是简单得如同一加二等于三，明白得如同吃饭喝水一样的事情，你们越是觉得捉摸不透呢？"

你光明、透亮、清晰，过分地正常、常态，所以你太奇怪了。

7

陪伴你的，我想，有一台大喇叭像盛开的花朵一样的老式留声机。是东洋造还是德国造，想不起来了。你有相当多的黑胶木唱片。你有上海百代公司制作的老戏曲唱片。

例如一放先念一声"百代公司特请梅兰芳老板演唱《霸王别姬》"的那张比起苏联唱片来沉甸甸的戏片：

> 看大王在帐中和衣睡稳，我这里出帐外且散愁情。
> 轻移步走向前荒郊站定，猛抬头见碧落月色清明。
> 看，云敛晴空，冰轮乍涌，好一派清秋光景。
> 唉！月色虽好，只是四野俱是悲愁之声，令人可惨！
> 可恨秦王无道，兵戈四起，使那些无罪黎民远别爹娘，抛妻弃子，怎的叫人不恨！
> 正是：千古英雄争何事，赢得沙场战骨寒。

我看到了一九六五年十一月十三日，你写的一片纸头，一张公文纸的背面，蝇头小字，而且不是常写的行楷，而是行草。它的内容竟是梅派京剧《霸王别姬》中虞美人最脍炙人口的唱与白词句。你写得狂放中透露着冷凝，如晚秋夜风吹过已经白头的芦苇塘，如带霜矢车菊略显零散地瑟缩在牧草丛中，如被惊动的鱼儿先后从水中跃起。它更使我想起一九六○年困难时期为了改善机关伙食，前往内蒙草原打黄羊即蒙古羚的情景，我们坐着吉普车追逐黄羊，黄羊奔跑着跳跃着，逃离着自由着与最后终于跌倒了受伤了的情势。罪恶的王某人，你理应承受报应，跌跌撞撞，有时候是头破血流，有时候是躺着中屎，有时候是半夜哭醒而白天欢喜幽默如二林：卓别林与侯宝林。五笔字型告诉我们，"卓别林"hkss三字与"战栗"重码，而"侯宝林"的前三个码wns能够构建的短语是"全军覆灭"。从仓颉造字到王永民发明五笔字型输入法，汉字包含着一些未曾泄露的天机，随着电脑文字输入软件程序的发展，天机开始渐渐泄露。

"在我们都长大以后，妈妈的空闲时间多了，据说她曾经找梅伯伯的传人学过戏，她还常在家中一个人唱、念。她有事无事喜欢坐在沙发上练习手指。

她嘴里念念有词说着只有她自己才懂的话，'蝶姿吐蕊'什么什么的。说过她最喜欢《霸王别姬》中的一个做派，虞姬也就是词牌里所讲的虞美人唱'猛抬头，见碧落，月色清明'的时候，两手的莲花指向上一指，叫作'小莺双飞'。

"有时候妈妈一个人'扮演'所有的角色。像这片纸头写的，本来在'看大王'开唱以前，有项羽士兵的一声叫板：'苦哇'，是妈妈自己喊出来的。只有一次我进门的时候听到了妈妈独唱，她发现了我，很不高兴。妈妈是一个心直口快的人，她好像未经世事，烂漫天真。是她先对我讲的京剧动作与唱腔什么的，可就是不准我们听到她的自演自唱。自演自唱京剧，这是她此生早年唯一的机密。如果是今天聪慧得浑身流油的小小子小丫头，他们看到妈妈，肯定会说她'二'喽。"

郎郎如是告诉我说。

"'文革'中这片纸头被抄走了，红卫兵说是纸头上面都是看也看不懂的小字，估计是中央情报局或者克格勃间谍的密电码。红卫兵从《红灯记》这出戏里学到了'密电码'，他们没有与日本宪兵队做斗争的机会，只能用这些知识武装来找我们的麻烦。'文革'后小纸头居然完璧归赵，虽然揉得皱皱巴巴。"

……我的眼前出现了你且唱且做的片段，你，不，当然是虞美人她，走出应该称作司令部的营帐，她且散愁情，她两手翻转，美丽的莲花指指向中天明月。你叹息自己做不好那些身段与手势，比较起唱来，做、念、打对于一个没有受过科班训练的人，更加生疏艰难。你当然喜欢道白，比唱歌还歌唱，比深情还情深，比辛苦还苦辛。或许你也庆幸，除了书法、革命、公务、家务、支持老公与养育下一代，你还有属于自己的京剧、唱机、唱片、老师。梅兰芳的念白美得你如醉如痴，有时候是泪下如雨，一个青衫的说话，可以那样摄人心魂，动人情意。你突然明白了，为什么旦角的叫板总是：

"苦哇！"

三十三岁以前，"苦哇"的声响令你觉得略略怪异与可笑，三十四岁以后，你终于明白了戏剧的"苦哇"叹息是怎样有力的总括与庄严。

也有幸看到了你的日记片段：

"是不是京剧有点像茅台？可怕处在于你会醉上他（它）。一个花脸，一个旦角，两个角儿一台戏，演出了千军万马，十面埋伏，生离死别，惊天动地。

"然而你仍然有单调和寂寞，烦躁和厌倦，虽然你相信生活。爱才期待，待才焦躁，躁才癫狂，狂才文艺，艺才更加没完没了地咀嚼起孤独与寂寞。爱情、革命、出走、诗与小说、真理与牺牲，还有最神圣最悲壮的东西莫过于自我批评。流泪了，看到自己不够，不够，还是远远不够的呀。

"不够，是平凡的，平凡，是真实的，经历伟大，你获得的是平凡。经历苦辛，你获得的是甘甜。经历风暴，你获得的是宁馨。经历厮杀，你进入了和解的中年。同情了理解了所有的虞姬、杨玉环、苏三、窦娥……一直到扈三娘与潘金莲，蔡文姬与李清照，你接近了气定神闲。

"然后回到了'猛抬头，见碧落，月色清明'，对不起，我为什么愧惭万般！

"我很满意，我生活在溪河河畔，我逃亡到太湖湿地近边，我找到了革命家艺术家设计家丈夫，我去到革命圣地延安，我去到东北解放区，张家口、哈尔滨、沈阳。天翻地覆的血战中我没有旁观，我来到北京革命的领导核心机关，我写作，我机要，我更能年纪轻轻地回到自家，快快乐乐地回到平凡。人之一生，谁能这样完整俱全？什么时候都是我行我素，实现着自己的而不是他人的心愿！

"然而我还是时有对于虞美人与杨贵妃的相怜。薄命红颜、生死相许、恩宠赏赐、刀光剑影、唱腔做派、水袖翻翻。

"我不应该喜欢京剧。他（它）让人上瘾。前朝过往，老旧的精雕细刻的荷花缸里孕育出彩蝶翠鸟玫瑰喷泉，痴痴的中国人，敲锣砸鼓，拼死拼活，哭喊声腔流淌在我们的血管里。"

还有：

"杨贵妃为什么那样痛苦？

"我不能赞扬贵妃醉酒。把悲剧写出了几分轻薄。

"从醉酒里看出轻薄的人呀呀鸟，从轻薄里看出悲哀的人才是真正的戏迷情种。

"杨贵妃，虞美人，都那儿冰轮啊、皓月啊、清明啊地唱月亮。无怪乎上海的左翼青年作家倡议中国作家再不写月亮。"

有一本手抄的常州名菜谱："天目湖鱼头""苏堤春晓""红袖添香""珍珠皮冻""椒叶凤爪""芝麻鱼排""花果粉盅""常州糟扣肉"，你在首页上题字："做好饭，让人们都爱吃吃好。"你又写了一句："要艰苦朴素，不要贪图口腹。"你是在与自己，与生活转腰子吗？转腰子是不是可以变成一个戏曲舞蹈的动作程式呢？转腰子就是"乌龙绞柱"呀。你写的是正楷。你写下了美丽锦绣的菜名，也有选择地写下了烹调的要领凡例。

"小资产阶级也迫切于革命，然而不敢当真去革命。鲁迅早看出来了。而且中国的小资产阶级极容易匍匐在封建文化面前。

"人生不怕有重复，人生必须有重复，人生必须厌恶重复，人生必须有对于不重复的陌生与恐惧感。

"好一似嫦娥下九重……嫦娥下了九重以后怎么样呢？嫦娥会不会遭遇、受得了受不了一场抢救运动呢？我们就比洁净更洁净啦。"

悄悄唱京戏一节，令我感受蚀骨。我期待着。我幻想着，我梦寐以求，我想欣赏你这位大姐的《霸王别姬》与《贵妃醉酒》。最后在梦中见到了。你扮起来是多么像梅兰芳啊，脸型像梅，气质是你自己。你还操琴拉出了荡气回肠的过门《夜深沉》，五更，鼓角声悲壮，三峡，星河影动摇。惊慌与沉痛，气概与衰亡，英雄与昏乱，战争与爱情，使我改变了对于京胡的深邃表现力质疑的想法。

然后，是我王蒙在梦中高喊了一声"苦哇！"从后台反射出回声，化作千军万马的叫苦连天。楚军土崩瓦解，汉军阴谋诡计。你袅袅婷婷、仪态万千地唱起了"看大王，和衣睡稳"，步伐沉重从容，手指巧妙温柔秀丽。舞剑然后夺剑自刎，忠贞如情神女仙。青衣唱功与武旦刀马旦的做功，武功舞蹈交融一起。梦中鼓掌喝彩，醒后完全忽略了被我的眼泪浸湿了的枕头。我以为我是在日内瓦，然而不是，亦非首都北京，是在江苏无锡。无锡的太湖令我想起范蠡与西施。从虞姬、杨玉环到西施，中国美女还有红线、貂蝉、王昭君与赵飞燕。谁能与你相比拟？

王蒙老矣，尚仙游否？

8

我想念，我坚信，我保证，变相退职以后的你不仅独自唱过京戏也一准唱过《卡门》中的《哈巴涅拉》《蝴蝶夫人》中的《啊，明朗的一天》《茶花女》中的薇奥列塔咏叹调《永别了，过去的梦》，还有在"祝酒歌"之后面临阿尔弗雷德的示爱含泪唱起的"不可能，不可能……"

我相信你也画过画。中国的传统是书画同源，而且令人感动的是，您的字笔力刚健，又是行云流水般地水到渠成。你是一个有劲道的人。但是没有画家常有的哆里哆嗦画字造型设计的痕迹。画过老虎，想来是受到了廖承志母亲何香凝的影响，后来不画虎了，画石竹与梅花，临摹过徐悲鸿的马。当然，你更加沉醉的是立陶宛出生的俄罗斯风景画家列维坦，临摹过列维坦的《白桦林》《三月》《杂草丛生的池塘》，你更喜爱列维坦画的云朵、海浪与从彼得堡看到的芬兰湾。动不动凝视列维坦画册上的《符拉基米尔之路》，想象着沙俄时期被流放到西伯利亚的知识分子。你有几张油画，不成熟，但是充满了人生与革命的感情与解悟。

我相信你会喜欢花四宝的梅花大鼓《探晴雯》《黛玉悲秋》，尤其是《钗头凤》，你在一张小纸上写下了《钗头凤》的陆氏原词与唐琬作答。唐词的"难难难、瞒瞒瞒"，六个字直冲云天又颓然落下。令人心碎。

我知道，你也同样热情地高唱《兄妹开荒》与《夫妻识字》，更何论陕北安塞的带血带泪的"信天游"！没有中国革命能有几个人知道信天游与眉户戏？没有信天游与眉户戏中国革命怎么可能那么快就取得了胜利？

　　你妈妈打你和你哥哥我说，
　　为什么你就把洋烟那喝？

因为不能爱不能自由而喝了鸦片——洋烟的少男少女多了去了，不革命行吗（毛泽东）？被囚禁在雷峰塔下的白素贞多了去了，不革命行吗？

不懂得从陕北民歌中寻找中国革命密码的人全是废物！中国革命是中外历史上破天荒的人民艺术节！

你是艺术的天才？不，不是才的范畴。你无意于实现自我，表演风头，夸张煽动，怪声喝彩。你只是聊以自慰，无师自通。丈夫是大画家，孩子一共六个，最大的是女儿乔乔，姓你的姓，不知道是不是出自大乔小乔的典故。下面五个儿子。大儿子郎郎，后来给了人，不再叫郎郎了。看来你好喜欢"郎郎"这个名字，便再接再厉把第三个孩子坚持继续命名郎郎。第四个孩子大伟，他是在百万雄师过大江那一天即一九四九年四月二十二日出生的，那时你正在读《大卫·科波菲尔》，你给此子命名"大卫"，后来上学时老师说此名太洋气还有此名像什么基督教徒，便又大又伟起来了。第五个孩子寥寥。第六个是沛沛，后来也送出去了。

他们当中出现了真正的作家，不止一个。你已经是一个伟大的母亲，你为孩子们操劳一生。笑着，含着泪，一切都看得明明白白，无所求，无所待，无所忧，更无所悲哀。包括在儿子郎郎判处了死刑的时候。

我梦到了你晚年的客厅，三十多平方米宽大，大横幅上是你写的两个隶书大字: "平凡"。

不平凡行吗?

也许并没有擅长那么多样儿, 琴棋书画戏歌诗, 也不需要如前文写的那样光芒四射, 和其光, 同其尘 (老子的话, 是说收敛光芒, 接好地气), 其实你是平凡的与内敛的。喜欢文学与京剧, 写过诗歌与小说, 自己唱两嗓子 "冰轮乍涌" "嫦娥离月宫"。自然而然或神妙奇绝地 "退职回家" 以后, 更是全心全意地相夫教子, 做饭卫生 (清扫), 白菜豆腐, 红烧鲤鱼, 窝头咸菜, 稀粥糕饼, 童装少年装中山装华达呢卡叽 (其) 布, 纽扣拉锁。一去二三里, 烟村四五家, ABCD, 毛主席万岁, 多吃菜少喝酒, 作文、大字、广播操。你的天才沉潜于平凡, 你的平凡使天才更上一层楼。"常德乃足, 复归于朴。" 不但超凡入圣, 而且超圣归凡。你是最文化的家庭妇女, 最革命的母亲, 最慈祥的老革命, 最会做家务的女作家与从不臭美的、不知何谓装腔作势的教授。五个儿子, 一个女儿, 一个老革命与艺术大家、工艺美术学院院长的丈夫, 奉献给他们, 就是奉献社会祖国人类包括并未加入也谦卑地确实承认自己不够条件却仍然围绕着跟随着的领导我们事业的核心力量——中国共产党。你于心平安, 不平静的时候用小嗓叫一声 "苦哇", 也就是了。

当然, 你有时也惦记着更上一层楼的人生。

9

和赓同志:

……你的感情与对生活的信赖, 以今天的风气来比较, 太古典了。

你受过那么多的苦——还能保持这样完美的心境, 真令人钦佩。

你年将古稀, 还保持了十七八岁青年初恋时的精神风貌。你钟情、痴情, 如果不是为了革命事业, 你准会殉情。所以你没有做 "烈男", 但做了 "节男"。

亲爱的朋友, 你是幸福的。在生活中, 你有事业, 你信赖这事业的伟大与永恒的意义, 因此你全力以赴地干, 越累越有劲, 总是高高兴兴, 像一个在严师面前的优等生。在生活中, 你有爱情, 你对过去的信赖, 使爱情在回忆中永存。你不孤独与寂寞, 因为, 在精神世界中, 你的爱人一步也没有离开你!

我是少见寡闻的人, 我确实未曾看到或听到还有更胜过你这样:

对生活既认真又洒脱的人！

　　现在的年轻一代，可能不易明白你的这种感情了，可能必须经过翻译才可以略懂一二了。真的，就好比，大家都买一把塑料花，讲究一点的，还给塑料花洒上香水呢！而你却要（做）幽谷蕙兰，甚至你只是在记忆中感到那芬芳！……

　　这是"文革"结束后你给好友谢和赓写的信。谢一直是周总理直接联系的党的情报兼统战工作者，谢是现代的李左车，有过各种神奇的经历，他生于一九一二年，二十一岁入了党，再进入民众抗日同盟军，当过冯玉祥与吉鸿昌的秘书，然后跟随白崇禧，成为白的亲信。不知怎么搞成的，他又在一九四二年被国民政府派到美国留学，把工作任务与对象延伸到美利坚合众国。后被美国当局逮捕，经周总理营救回到本国，担任早在旧中国已经销量极大也是我钟爱的《世界知识》杂志编辑。不久划为右派，搞到黑龙江劳动，一九六七年"文革"开始后又被捕……一再受到周总理的营救。

　　他的爱妻王莹，是演员和作家，一九七四年死于被迫害。兹后谢独自生活了三十二年，二〇〇六年去世。

　　看照片，谢身心健壮，乐观阳光，大侠型硬汉。说是他家里挂着王莹的肖像油画，王去世后，客人来了，谢说："王莹只能从画里向你们挥手了。"悲情埋藏在豁达之中。

　　而王莹更是侠义与才艺的巨星。她当过童养媳，两次吞鸦片自杀，可以说是对旧社会苦大仇深。后来巧遇美国女作家赛珍珠，在赛的帮助下上了学，而且在一九三一年十六岁时参加了中国共产党，比谢和赓入党还早两年。她四次被捕。她的戏剧电影演出大为成功。她去日本留过学，去美国白宫用英语演出过《放下你的鞭子》，得到了罗斯福总统的观看。

　　一九三九年十月，徐悲鸿为演《放下你的鞭子》的王莹作油画《中华女杰王莹》；后来在国际大学举办包含此画个展，泰戈尔亲为揭幕并致欢迎辞。

　　一九四六年，王莹用两年多时间写下长篇小说《宝姑》，得到热烈反响。

　　一九七〇年她被"文革"迫害陷于全身瘫痪，四年后在狱中悲惨去世。

　　现在，在故乡芜湖镜湖三面临水的烟雨墩上，竖立着"洁白的明星"王莹的雕像。

　　我们的你，谢和赓的好友，信上写到王莹去世后谢先生的情况。幽谷蕙兰，记忆中的芬芳，也像是写自己。

那是一个翻天覆地的时代，英雄辈出、仰天长啸、呼风唤雨、光彩炫目、百折千回、九死未悔、刑场婚礼、狱中诗吟、粉身碎骨、血沃中原。只提一提那些姓名，那时的阵容，就令你敬佩悦服，感动无边。这样的革命运动中，尤其是身受更多压迫的女性，其斗争、其激情、其坚忍、其忠贞，更是绚丽夺目。法国大革命时期被雨果颂为"比男人更伟大"的米歇尔，德国共产党的创建者、第二国际的左翼领导人罗莎·卢森堡，被列宁称为革命之鹰，辛亥革命中的鉴湖女侠秋瑾，被梁启超介绍进来的贵族出身的俄国民粹派女革命家苏菲·利沃夫娜·佩罗夫斯卡娅，还有向警予、杨开慧、刘胡兰……加强了革命的正义性神圣性人情味与感召力。在这样的风流人物当中，有一个你，我现在说出名字来吧，我的非虚构小说或者你们一定叫"报告文学"也行——《女神》，取材于艺术家张仃的夫人陈布文。陈大姐她开局勇烈、闯荡关山、文武战地、急流渡缓、笔墨春秋、经事多端、高处低处、胜暖胜寒、气吞山河、返朴平安、龙飞凤舞、烙饼炒蛋，伟大忠勇，自在平凡。端的另一派同一宗景色是也。

你的朋友提一提也令人肃然起敬。革命的文艺大家们你已经是一网打尽。还有一些倒霉蛋儿，例如号称见过罗曼·罗兰的李又然先生，我在一九五六年中国作协理事会扩大会议上见过他的挨斗场面；反右以后狼狈万状，孤家寡人，贫病交加，一事无成，穷愁潦倒地死去。唯一安慰是得到了你的照拂。

那么再请读读你的三儿子寥寥的诗，写这首诗的时候诗人还没有满二十岁。

> 我怀着怨毒 / 来到了这 / 充满各种精灵的 / 原野
>
> 手里握着一把 / 有 / 一粒子弹的 / 手枪
>
> 对着虚伪 / 我抬起了手
>
> 心在说 / 留着它吧 / 没有它 / 将没有真实
>
> 对着残忍 / 我抬起了手
>
> 心在说 / 留着它吧 / 这愤怒的 / 复仇！
>
> 对着卑鄙 / 我抬起了手
>
> 心在说 / 留着它吧 / 这个和高尚 / 同时登台的小丑
>
> ……
>
> 手枪 / 划过了一切罪恶 / 没有射击
>
> 不 / 不行！！ / 既然我不能 / 与任何 / 社会的渣滓 / 同居 / 又不能 / 将它们 / 统统枪毙

那我／只好／灭绝心中／识别善恶的灵气

我又抬起了／手枪的嘴／对准那只／天空一般洁净的／小鸟／
趁着心没有发抖

我／射击／了／烟消云散

怀着／仅有着／凄然的心／拥抱着／万般邪恶／我跳上／通向
生活的马车

在／子弹的洞穿下／粉碎在尘土中的／是／我的／希望！

我至今弄不清这是一首啥意思的诗，但是，我哭了。

10

这确实是一首诗，是三儿子寥寥的，也像是你的，非常像。诗继承着上一代英雄豪杰的气象，但面临的已经是不同的风景。如果你说你看不懂，那我也看不懂，诗人自己同样很可能说不清。神圣的冲动使他激昂却又惶惑，强烈而又无奈地燃烧，沉痛而又火爆。我凝视着，我惊叹，我难过，我不能不想到诗人的母亲，你的诗情培育了六个孩子，你的诗情写就了具有高度书法艺术价值的一篇又一篇公文。旧社会这样的公文称作"等因奉此"，公文里离不开"等因奉此"的套话。新社会的公文则是充满"基本、结合、深入、贯彻"即"基结深贯"。现代史说，"基结深贯"硬是将"等因奉此"打趴下了。

"平凡，平凡，平凡。"你对我说。

你的诗情清洗了许多童装尿布床单毛巾，当急于干燥而把湿件搭在"炽笼"——炉火上的时候，你吸吮着肥皂与布匹加染料加婴儿屎尿污渍的气味，脑子里蹦出来一首又一首关于希望与失望、理想与不想、伟大与平凡、烈火与灰烬，最后是和解与安详的诗意。

你的诗意化成了去毒火的心里美萝卜、润喉清肺的鸭梨、下稀饭的榨菜肉丝、好消化的米粥与挂面汤、爆腌与老腌小籽黄瓜，还有时不时弄上点的高邮双黄咸鸭蛋。你的诗意更化成了对于厕所尤其是对于被男人立式小便经常弄脏的马桶边的清洁，对于一个又一个孩子的肛门与小鸡鸡私处的清洗。你相信庄子和禅宗的理论，道与禅，无处不有处处有，包括庄说"屎溺"，禅说"干屎橛"。你甚至想早晚要写一篇关于屎尼尼的散文诗，直到后来，你才明白自己已经用真实的人生努力写毕了也写出了至少是自己满意的与众不同的诗篇了。

　　你的诗心陪着你度过了一个又一个夜晚，这个孩子咳嗽，那个孩子发烧，第三个孩子麻疹，第四个孩子泻肚，另一个摔坏了腿，还有一个后背上长出了红点与脓包。你仍然背诵你的《满庭芳》与《苏幕遮》。孩子生病的特点是晚上病症加重，夜十二点，抱着孩子哼哼柴可夫斯基的钢琴套曲《雪橇·十一月》《葡萄仙子》，还有你自己幼儿时唱过的歌："母牛母牛谢谢你，新鲜奶子天天挤，奶子又白又芬芳，我们喝了身体强。"再往下就是"小小姑娘……卖花卖花声声唱"了。后者来自一个美国民歌，在中国曾经流行，后来又到了朝鲜，经变奏后成为金日成创作的三大歌剧之一《卖花姑娘》的主题曲。在没有其他电影可看的时候，《卖花姑娘》《金姬与银姬的故事》加上阿尔巴尼亚影片《第八个是铜像》使你们的孩子涕泪滂沱。

　　孩子仍然不睡，哭着，喘着气，蹬着腿，哭的声音令世界低下头来，他的委屈预示他可以成为一个大文学家或者艺术家或者革命家或者哲学家或者发明家，小人人的啜泣让人立即想发动一场革命。孩子们在幼儿时代太软弱、太无奈、太压抑也太寂寞，他们需要成长奋斗坚强孔武大轰大嗡立德立功立言，手刃阶级敌人。长大以后需要发挥与奔跑跳跃。他们要圆掉他们的上一代人两代人三五代人以及所有祖先挣扎一生血战一生绞尽脑汁一生却没有实现的梦想。你的诗进行在正在生病的孩子身上，你的梦进行在正在生病的孩子身上，你的甜和苦，你的文采和风流，你的浪漫与坚忍统统向孩子身上倾注浇灌，然而前提是他们先要退烧、止咳、消炎、排脓、通便种种，然后长出放出文化与艺术，品德与聪慧之花。他们的父亲还没有回来，高级领导人找他布置任务。或者是回来得很晚刚刚睡下。他是能者多劳，任重道远，你是？你称自己是火头军，是孩子他爹后勤支援团队头领，是专职家庭妇女、街道妇女，身兼同志、妻子、文友、母亲、厨师、护士与保姆勤务员还有作家、书法家、革命者的女人。你是女人，不能不正视，字写得再好也不能不承认。没有办法的寻觅，二十多年的摸滚爬打，你知道母亲的最大安慰，最具现实可能的事业是把一切伟大的慈爱献给孩子，把希望的拼图与接力棒交给孩子。希望在于孩子，遗爱在于孩子。活下去，为了你的我的他的与她的孩子。女人，还有比母爱更伟大的吗？

11

你午夜抱着病儿出门，个别时候可以雇到三轮车，多数时候必须走路，自己咳嗽起来了，咳嗽得比可能是受了凉造成上呼吸道感染的孩子还厉害。你一阵岔了气，一会儿是左小腹一会儿是右胸腔发生阵痛与抽搐。你很满足，你知道对不起孩子的母亲该死，尽心爱孩子的母亲死而无憾。你知道跌跌撞撞，你一定要走到医院，挂一个急诊两角，开好药，最多七角钱左右。然而你出门时没有能找到钱，你不忍心惊动老公，你砸碎了专门存储硬币的一个瓷质猪形扑满，从里边拿出了许多五分的但主要是一分的硬币。你在药房缴费的时候让缴费处的小姑娘出纳大叫一声："我不要，我不要……"你耐心地，实际上觉得自己是有点恶毒地给缴费处出纳讲："根据我国法律，您无权拒收任何种类的人民币，否则我可以扭送您去派出所。"

你觉得你要写一首诗、一则微型小说。深夜与黎明，患病与治疗，母亲与儿子，医生与出纳，常州、苏州、延安、哈尔滨、锦州与北京，作家与机要员，老党员与非党员，写诗与揩屁屁。最后万象归一，结穴于许多一分钱的硬币。

在终于抱回孩子而且孩子终于稳稳地睡踏实了以后，你睡不着了，当然。你此时就会背诵郭沫若的《女神》：

> 姊妹们，新造的葡萄酒浆／不能盛在那旧了的皮囊
> 为容受你们的新热新光／我要去创造个新鲜的太阳！

想到孩子你就笑了。孩子就是新升起的太阳。尿布，就是五彩云霞。排队挂号就诊划价缴费领取到的药水，就是葡萄酒浆。

你想起了每个孩子学走路的情景，延安出生的大女儿一周岁了还不会走，你想起阳光、蛋黄、钙与维生素D的缺乏，你为女儿心痛，只过了三天，女儿站在了地上，忽然自己挪动一步，女儿怔在了那里，女儿又小心翼翼地挪动了另一只脚，看看你忽然迟疑，停了一下，紧接着，她走起来了，然后跑起来了，跑得飞快，母亲连忙后面跟。"你在前面走，我在后面跟"，这是旧中国一首流行歌词，说的是一个少女与一个小流氓，现在则是一个女儿与她的平凡伟大的母亲。女儿腿一绊摔倒在地上，哭起来，母亲跑了过去，这就是诗啊，这

就是画啊，这就是电影和戏剧啊，难道不是吗？然后是一个儿子在床上前滚翻与后滚翻，滚到了地上，他想给地凿一口井。然后是另一个儿子突然大喊："妈妈真好！"然后是你轻声哼哼着一首北欧民歌哄孩子睡觉，想不到的是另一个表面上看已经睡着的孩子和着你的哼腔呼应着唱了起来。"在森林和原野是多么逍遥"，你觉得是一场童声合唱团的演唱，孩子和母亲，母亲和孩子，这就是哭与笑，这就是歌与诗，这就是戏，这就是天籁天伦天机天韵，这就是革命的追求，革命首先不是为了自己，而是为了孩子。

而你的另一个儿子是著名的郎郎。他是中央美术学院文学沙龙"太阳纵队"的活跃分子，他为自己的"纵队"杂志设计过封面上的两个大红字："自由"。加上他说过一些被认为对江青不敬的话语，从一九六八年被通缉，他跑到了杭州后被抓捕"归案"。一九七〇年"一打三反"的高潮中被判处死刑，受到周总理保护，一九七一年后正式地货真价实地坐了六年监狱。类似的没有执行处决的死刑犯还有文化部门的老领导周巍峙与老革命歌唱家王昆的儿子周七月。被执行了的是遇罗克。

而伟大的母亲非常镇静，你见到的事太多了。你懂得了见怪不怪的必须。你也知道了郎郎的同案犯郭路生——食指的名诗：《相信未来》。

> 我要用手指那涌向天边的排浪 / 我要用手撑那托住太阳的大海
> 摇曳着曙光那支温暖漂亮的笔杆 / 用孩子的笔体写下：相信未来

母亲认识也喜欢自己孩子的诗友，喜欢他的诗，对爱诗的儿子说："年轻人的诗，更好。"

又说："读你们的诗，比我自己写还好。"

说这话的时候你流出了眼泪，你想到了些什么呢？相信未来，当然那就是相信儿子与女儿，相信下一代。如果下一代之一竟要被枪决呢？是的，归根结底，人的一生能有多少追求？能铁定实现多少目标？你能更换一个太阳？挖深或者填浅一个湖泊？又能有多少不走形而令你绝对地满足与舒心？反过来说，既然你做不到求而时得之、梦而屡圆之、射而频中之、想而皆成之……那么，你究竟能有多少理由和心思可以无愧地大胆地去不满足、不快乐、不如意与哭天抹泪呢？

"我是快乐的"，后来你多次这样说与这样写。当邻居、朋友和亲人向你索取书法作品的时候，你写了许多横幅与条幅、斗方与扇面、信笺与丝绢：生疏一点的人，你写"快乐"二字；熟一点的人，你写"其乐无穷"；亲近一些的人，你写"我快乐""我是快乐的""当然，我非常快乐"，还有你编的一个词，叫作"快乐无它"。

改革开放以后你给自己当年的一个"闺密"，后来移居境外嫁了洋人的白发苍苍的老妪，写下了"快乐必孩皮"五个大字，解释后三个字说，就是"Be happy"嘛。

孩子们愿意为母亲的快乐向历史纪念厅做证。他们愿意提供的证据是：第一，她至死也有着清亮的喉咙与平稳自信的嗓音；第二，她临了也还长着基本黑油油的头发。中医认为，头发的不良状态是血热风燥、脾虚胃湿的表现，而用脑过度、心事重重、烦闷懊恼，都会明显影响头发的营养供应，使头发像干旱贫瘠造成的树叶与枯草，过早过多地脱落；第三，她写了那么多表达快乐心情的书法作品。

你绝非凡俗，因为你自自然然选择了平凡。你绝非消沉，因为你超前实现了淡定悠然，而且从不秀清高。你回到家庭，你的家就是革命与艺术的细胞，你回到了你们八个人那里。还有那么多友人，他们都爱你，连没有与你见过面的蒙子也迷上了你。没有人算计你，你从不设防挖堑。

你只听自己的一个友人说到过，儿子可能已经判处了死刑，你没有掉一滴眼泪。后来提到的这一天，从早晨你坐到一个房角，一直坐到了晚上。一个朋友在晚上九点五十分风急火燎地来到你这里，告诉了你周总理"留下活口"的批示，说明郎郎留下了一条命。半晌，长长地叹了一口气，你说了一句"好想去日内瓦，看看周总理住过的地方"。朋友认为是你受了刺激，语无伦次。入夜洗脸时发现了眼角的血。次日眼科医生看了，医生给你讲解了眼睑出血、结膜出血、角膜（内）出血、眼眶出血、视网膜出血等情况的区分与治疗。你惭愧于以本来与眼科病理没有什么关系的麻烦，打搅了中规中矩的专业眼科医生，那是一个除了医生与城市环卫工人，几乎谁都不务正业的时代。刘晓庆头一次上镜，演的就是环卫工人，影片的名称是：

同志，感谢你。

后来在梦里、梦话里，你说过不止一次：

"我要去日内瓦。"

你还写下了正楷：

"想去日内瓦。"

12

也许最能证明你英明的是一九五二年的退职。或者根本不算退职？你并没有办理正式退职手续，例如领取退职金。你回了家了，不上班了，不领工资也不参加全体教职工大会了。大学的人事处记载了你的"离职"，然后风平浪静，此生无事。

你已经被俗人认为是退出了体制，退出了社会，没有了"单位"，没有了领导，你已经成为游离的离子。你毕竟是人人皆知的老革命。你自己并没有多少孤独更没有沦落的感觉。然而，想不到的是，从此反右派、反右倾、三反五反、社教、无产阶级"文化大革命"种种政治运动没有人找你的事。鸡飞狗跳的政治运动爆炸火热的时候你的身份仅只剩下了"家庭妇女"四个字，那个时候的运动积极分子包括最蛮横的红卫兵，根本不认为家庭妇女是社会一员，更没有哪个红卫兵知道你不凡的历史，知道你的历史的革命人都打倒了，住在"牛棚"里，狼狈不堪，千疮百孔，皮开肉绽，自顾不暇。

就是说，你十余年前已经为各种运动尤其是"文革"做好了准备，你已经早就充满了"电"，充实了预应能与预应力，了却生前身后事，不求中外古今名。你最喜爱的词人是辛弃疾，你早就会背诵"了却君王天下事。赢得生前身后名，可怜白发生"。

早在"文革"以前你与一个朋友讨论，朋友说你的稀里糊涂退职是不"革命"了。

你哈哈大笑，声如铜钟。你说：

"是吗？"

你给朋友讲起了自己十一岁小学五年级时背诵下来的孟子"君子三乐"说：

"君子有三乐，而王天下不与存焉。父母俱存，兄弟无故，一乐也；仰不愧于天，俯不怍于人，二乐也；得天下英才而教育之，三乐也。君子有三乐，而王天下者不与存焉。"

你释义，第一乐是天伦之乐，固然你自己的父母不在了，你子女的父亲与你这个母亲健在人间，谁也没枪毙，当然是天伦之乐。不愧不怍，你更是满心快活。你教育子女侄甥，也是英才的一部分孩子们志在天下。孟子在这一节两次强调"王天下"不属于君子之乐，说明孟子强调君子首先是常人，快乐是常态。

是个大好人，只是脾气有点怪，朋友们都这样说。怪的表现是你过于常人常态，才而有常，常而不猛、不变、不戾、不暴，不亦怪乎？

你便一笑，说："以常为怪，以怪为常，不亦怪乎？"于是朋友们大笑，好像鲁迅的咸亨酒店里听到了孔乙己的转文。

或许是国民党的反省院起了某种作用，你的夫君 ZD 后来选择了技术性比较强的美术设计，他见过毕加索，他曾经想搞一点美术上的现代派，后来在延安被同志们帮助后就不搞了。当然，他一直对革命忠心耿耿。此后数十年，ZD 与一位台湾作家见面，他们说起过曼德拉，说是曼在南非的监狱里服刑二十七年，出狱后洗尽一切浮躁，只留下了宽恕与爱心。你听后大怒，你说不能为各种歧视与残暴背书。丈夫说，去过比勒陀利亚桌子山下的监狱，那里有许多石头，监狱管理人员没事就让曼德拉他们将石头搬来搬去，以度过漫长的岁月。然后，ZD 说，从前是美国中央情报局帮助南非种族主义政府，逮捕了曼德拉，而结束了种族隔离以后是美国总统克林顿来到南非，造访了上述监狱，俯身进入了曼德拉当年坐过的狭小的单人牢房。

"文革"中 ZD 被莫名其妙的所谓红卫兵揪斗殴打，你全不躲避，冲向前去。你与所谓的天知道来历的红卫兵们辩论，你大喊大叫，声色俱厉。你说"上面"有明确指示，最高领导圈阅过，绝对不允许对 ZD 动手动脚。红卫兵们喊"打倒 ZD"的时候，你干脆大喊"ZD 万岁"。你以必死的精神准备与杂牌红卫兵们拼命，你大骂红卫兵们是假革命真破坏，你大讲井冈山与长征、遵义与延安的故事，你居然从气势上压倒了杂七杂八的"红卫兵"。最妙的是，在你讲了"上面"的指示以后十一个小时，最高方面的保护 ZD 的指示硬是照你讲的样子传达下来了。

"文革"中基本平安无事。纸头上的涉嫌间谍暗号的"别姬"唱词与道白，拿走后并无下文，混乱的定义之一是有头无尾，劫难的定义之一是无端之祸与无逻辑的侥幸并存。而你毕竟只是主妇家庭，丁白一妇，你在纷纷革命从而人人被革命的时代，创造了老左翼知识分子硬是没有从革命同路人变成革命对象变成三反分子的奇迹。"文革"时对于老革命的说法是，革命动力要学会充当革命的对象，而且要欢迎小将们革自己的命。

那么，你也只能是跟随着沾上了一点"文革"的光，你兴致勃勃地学唱过"都有一颗红亮的心""痛说革命家史""家住安源""垒起七星灶""面对着，公字闸，往事历历如潮涌"。较劲的是，你怎么想也想不通，觉得李铁梅唱的"红亮"二字不通，过去，只有形容声音的"洪亮"一说，也有鲜红、绯红、阳红、淡红、暗红之类，还有嘹亮、敞亮、锃亮、麻麻亮等词，岂有"红亮"之理。

找谁讨论去呢？

13

"而你却要幽谷蕙兰，甚至你只是在记忆中感到那芬芳！"

这是你对己对人的永远的颂歌。

后来国家形势终于发生巨变。你应该是十分高兴的，但是你杳无声息。巨变的那一年你五十六岁，当然不老。也许你已经染恙，心力交瘁。也许时过境迁，此时的文艺界与你已经互感生疏。也许你已经饱经世事，你不想轻易地放弃已经形成的生活轨道。正如学界昆仑钱锺书诗云：

弈棋转烛事多端，饮水差知等暖寒。如膜妄心应褪尽，夜来无梦过邯郸。

只是你给子侄们的信里仍然充满热情，苦口婆心，激励劝慰，慈母针线，良师温情。不，你不是昆仑，你是一个平凡的女人。

也许你对廉价的幻想早已通透无惊。也许你对成群结队的欢呼早已放弃。也许你虽然欢迎政策路线上的大变动，却仍然对某些人性、文性、官性、商性、艺性、男性、女性、幼稚性、老迈性、狡猾性、盲目性、肤浅性、跟风性并不放心。不，你不应该是这样，你不会是这样，人只能做自己确实想做也该做的事情，人有可能多考虑几步几米几十几百米乃至几年几十年，考虑一百年已属难能，更像是"不能"，如果通透到望远千年，最佳选择是不要活下去。

但是小说的构思 ABC 仍然使小说人坚信，一九七八年十二月二十二日三中全会闭幕后，有过几次快乐的高潮。一次是与老公、孩子们一起听诗歌朗诵音乐会，与王昆、郭兰英、常香玉她们都见了面。一次是你们家庭成员的诗文交流与评比，你对每个"作品"都做了认真的评点，然后全体去西四摊档吃卤煮火烧。一次是老公得到了 XO 洋酒，轩尼诗与人头马，就着天目湖鳙鱼——鲢胖头在砂锅里炖出令人销魂的鲜肉与乳汁白汤，全家吃得如此快乐。吃完，你自语："还能怎么之（着）呢？"

李白的话是"人生得意须尽欢"，已经尽欢了，夫复何求？

更有一次是一九八四年，就是党的十二届三次中央全会通过"关于经济体制改革的决定"那一年秋后，你邀来了爱好京剧的十几个朋友，到你们的樱桃沟农村别墅来。锣鼓点一响，京胡京二胡一拉，看大戏了，气氛热乎的程度超过了娶媳妇与孩子过满月。你奇怪，为什么曾经将京剧当成腐朽与停滞的符号，为什么曾经听到胡琴响就想扔过一个手榴弹去……接着想，那么，会不会有激烈的青年听到他们院子里的唱大戏的热闹，顺手抛过一批破片式、钢珠式、闪光式、烟雾式、瓦斯式手雷来呢？

终于与京剧和解了，成了好友。也要与手榴弹手雷和核子武器和解的，好离好散，各得其所，靠的是生旦净丑，靠的是敲锣打鼓、月琴三弦大阮中阮还加一个笙，如果您学程派戏的话。

包括著名的梅派程派传人与操琴能手，与他们一起唱《凤还巢》《甘露寺》《四郎探母》《荒山泪》与《乌盆记》，你邀请了中国戏曲学院的教授来指导，一起在高唱低吟喊开了吊足了嗓子以后吃涮羊肉。佐料是你配制的，朋友们都反映是赛过了"东来顺"。你们的平均年龄是七十一岁，当时你是六十三岁。朋友们都是老革命、高级干部或者高级知识分子，其中一半是丧偶独身。

谈起京剧来不那么愧罪有加了，你露了一手，让赶巧在家的两个孩子也听到了你的唱与白。《霸王别姬》，西皮小开门牌，打引子：

明灭蟾光，金凤里，鼓角凄凉。

定场诗：

忆自从征入战场，不知历尽几星霜。何年得遂还乡愿，兵气销为日月光。

……孩子们过去对于《霸王别姬》，知道的欣赏的只有过门《夜深沉》与南梆子唱段"看大王，在帐中，和衣睡稳"。这次才明白了虞姬的上场是怎样地光彩夺目，百感交集。

京剧雅集以后，你兴奋了一个多月，笑声连着笑声，题字接着题字，你甚至得便就把孩子们组成合唱队，你拿上一根木棍，指挥他们唱歌。然后你笑得喘不过气来。你说："我够本儿了，在延安，在东北前线，在国务院，在甲二号，在樱桃沟，尤其是在你们当中，明年，我带你们去日内瓦玩玩……你们知道日内瓦吗？"

……小说人常常犯的一个毛病是把眼睛睁大，盯着望着找着打量着，思索着想象着追究着询问着。更应该拷问追求的其实不是别人，而是自己。远了不必说，就是从一九八三年王蒙担任《人民文学》主编时起，如果认真寻找，一定能找得到布文大姐的。是的，我没有停止寻找，但是当我得到了答复你是谁谁谁的夫人的时候却找不到任何感觉。彼时小说人似乎麻痹了对于"夫人"二字的理解与感觉，听到了等于没有听到。小说人可以多多少少地归咎于你的老友对于我的打问的冷淡态度。但更重要的是小说人那时正值青云直上，芝麻开花节节噌噌高呀高的时期。小说人宣布过，有三个词他不感兴趣：一个是鳞次栉比，一个是天麻麻亮，一个是芝麻开花节节高。太俗了，甚至觉得肉麻。小说人的妄语终于遭到了报应，那个时期，他天麻麻亮就起床忙这忙那，鳞次栉比的街道他坐着皇冠车来来往往，尤其是他岂止是芝麻开花，他简直是二踢脚叮当乒乓，炸巴着往上蹿。你还能掩饰吗？你还能自命清高纯洁吗？你还能酸甜可口地秀文采与灵感、纯洁与秀气吗？

本来在二十世纪八十年代可以不费多少力气地找到你的。

什么都有可能，例如找到了，却没能见着，我想象，那时候你未必愿意见我。

14

"我预备每十页作一函寄给你，时间不定，去年我也给郎郎写过，但寄了两次便中断了——我年过花甲，尚如此浮动无恒，自己颇失望……

"我想十页之中，以三分之二忆昔……照顾你的保姆叫李素英，她比我大几岁。卅四五的样子，却是一个在押犯。那时，有一种向监狱里找保姆的办法。她们多半为了做媒人谎骗，或虐待儿媳等等（入狱）。监狱中人认为，放她们出来当保姆，不会有问题——我们根本一点也没考虑这点，至今我也未清楚她犯的什么过失。她一直跟我们，从沈阳到北京，五十二年，她儿子结婚，才接她回去，她一直叫我陈先生。

"其时我们都是积极分子，因为全国得到解放，新中国欣欣向荣，万事俱兴。真有一天做两天的事，每天一早上班，到家时，已在晚上八点以后。

"我是手工顶无能的，但我必须为孩子们服务。于是只有创新……首先我用大红绒布，给你做了一个'小红帽'，你脸很白，戴了小红帽，确像童话中人。

"大伟婴儿时期是一个恬静愉悦的孩子，不哈哈大笑，也从未哭喊闹人。他总在默察沉思，高兴时舞动两手，笑着学语。上班时，他安静地举起小手说

'再见'。晚上回来见面时，也是笑一笑便自己去玩。当时，他才三岁！

"其实，有关文艺界活动，差不多全有爸爸。只不过，他总坐在后边一角，他不愿上什么镜头。最近，爸爸给西苑饭店画的一张壁画：'群仙聚会'，已上墙装置完毕了。

"……诸葛亮在《空城计》戏目中，摇着鹅毛扇，在城楼上唱道：'我本是，卧龙岗，散淡的人……'听到这句子，令人心酸。他为国为民出了山……历史不因英雄美人而留情。

"……'悟已往之不谏，知来者之可追；实迷途其未远，觉今是而昨非。……倚南窗以寄傲，审容膝之易安。园日涉以成趣，门虽设而常关。'"

这是你给你的第四个孩子大伟的信。你的写作非常认真、诚挚、实在还有点天真，你的回忆富有稚趣。你纯。

一点悲观与消极吗？作为个人的选择，你是说到做到，你从没有蝇营狗苟的丑态，你从没有口是心非的尴尬，你从没有苦苦声辩，自我维护，此地无银一微两。我见过这样的伟大人士，例如他或她要写几本书来声称自己不吃荤腥，自己是素食主义，偶尔吃一星半点的肉是多么无奈，是中了奸计，还说是自己明明吃素却屡屡被攻击为肉食者鄙，世道人心何等险恶！

其实世界上许多人素食，谁也用不着哭着闹着表达素食的决绝。

还有人是一面大快朵颐一面提倡素食。

表白达到过分的程度，也可能是管丈母娘叫大嫂子——没话找话。

当然，可以说你太个性了。这样的个性是付出了代价的，肯于付出代价的选择，值得尊敬。

一九八五年，那次京剧雅集的次年，你增添了过去没有的一种静谧与微笑。你原来没有胖过，这回开始明显地消瘦，脸色似乎也有点苍白。你的丈夫一次次问你："怎么了你？"孩子们一个又一个地问："您是怎么了？""怎么了呢？""妈妈，您？""是不是有一点不舒服……"

你只是摇摇头。

八月回了一趟家乡，找到从当年逃婚后没有再见过的父母双亲之墓，献了花圈，鞠了躬。你的花圈署名是"不孝女陈布文"，鞠躬之前你低头静默了十多分钟，眼里含着泪水。后来你笑了一下。当地领导请你吃饭，你以患病为由谢绝。你还叹息，像是自己对自己说话，你在念叨："那时候多么常说苦战三年，改变面貌啊，苦战了九个三年，变得有限。现在是真的旧貌换新颜了，我找不着北了呢。"

就这样告别了故家故乡与童年。

一九八五年十一月，多数非"高尚住宅区"还没有开始供暖，一天突然下起了大雪，而就在这个早来的大雪纷飞的傍晚，家人们回来，找不到你了。

那时候还没有现在的小型的手机，开始有颇似军用通信器材的"大哥大"无线电话了，只有老板们才会用。天黑以后你满身雪花回到了家，你一身寒气，一脸绯红，非常兴奋。你说是步行回到家里来的。你说好久没有见过这样的大雪了，你以为北京再也不会像建国初期那样下老大的雪了。你灵机一动你乘无轨电车去了景山。你说这是你当"火头军"以来头一回"擅离职守"。你说满天雪花里疾走让人想起战争与革命的年代。你说下着雪上山，让你懂得了另一个世界。你说你这次才想起来早该好好看看景山。你说对不起景山、故宫、北京。嘀咕说北京真好。你说人真奇怪，到了许多地方，又离开了许多地方，却没有好好地看一看记一记想一想。你说在景山飞快地爬上了每一个亭子，身轻如燕，步健如飞。你喜欢公园大门附近的绮望楼，你喜欢沿山路修建的亭子：富览、辑芳、万春、观妙，还有一个东山脚下的亭子，名称忘记了。

（王按，那应该是东面的圆顶周赏亭。）

你说景山公园里原来有那么多松柏。你说在万春亭上看从神武门开始的故宫宫殿原来有那么周正展样，布置得让你想呼口号。你说看着伟大的地方，住起来不一定舒适，不，你觉得并不舒适。不舒适也罢，你看得五体投地，想好好地哭一场。你说你最高兴的是没太费力到达了景山的巅峰，想看的都看到了。

你说你最怕的是北京盖了太多的高楼大厦，高楼大厦会遮蔽掉北京——有了高楼，却没了北京，你怕……你问自己为什么在新面貌渐渐替换了老面貌的时候你会想念老面貌呢？你说这也是生活在别处。你感到安慰，紫禁城一带毕竟没有让盖高楼。景山若只如初见？初见在哪儿？今天吗？在景山万春亭，你看到了北海白塔和这座白塔左后方悄然隐退着的阜成门白塔寺，它与北海公园的藏式白塔同一类型。其实妙应寺（俗称白塔寺）塔高五十一米，而北海白塔只有不到三十六米高，但是妙应寺塔悄然隐退。你看到了鼓楼钟楼和解放后盖起的部队领导机关的大楼。看到了东交民巷当年列强拥有治外法权的地区的欧式建筑。你说你太高兴了，北京永远不被遮蔽。

你说兴奋的是你看到了漫天乌鸦，也有麻雀，你以为曾经在大跃进中被赶尽杀绝的鸟儿喜欢景山和团城、柏树和桦树，喜欢戾气渐消的老紫禁城。你轻轻地说："乌鸦只要少叫几声就会变得非常可爱……"

连续几天你通宵未眠。你一下子老了十年。所有的家人朋友都催促你去医院,你不去。孩子们说你这是需要启蒙,你应该知道人类医学科学的重要性有效性不可或缺性。你说,没有谁比你自己更了解自己。比如一盏灯,油已将尽;比如一支蜡,捻子已经烧到自身;比如火柴,已经烧到取火的食指。不要送医院,你说得斩钉截铁。你愿意安安静静在家,在亲人身边走。然后你说了一句:"我对我的一生满意,没有冤屈,没有懊悔,没有遗憾。"

你苦笑着说,你明白,到时候了,你将像立冬后的树叶一样地凋落。你说你大雪天去登景山,就是为了告别。送君千里,终须一别。你的手抖着,写下了最后的书法作品:

"让我自由自在地凋落吧!"

你的笔有些颤抖,你的字哆哆嗦嗦,这不足为奇。而你的字稚拙得出奇,你好像回到了十岁以前学书阶段。

你对家人说:"我的一生过得很好。我没有不好。我只是想去一趟日内瓦,看看当年周恩来总理开会的地方。"

老公对她的日内瓦云云有点怕,她的言语——神经运动似乎不太寻常,要不就是年轻时候写小说"坐"下了病,虽然过去也听她说过日内瓦,但是神态与现在完全不同。老公还是不住地点头:"我们要去日内瓦。"老公向她做了悲情的允诺与庄严保证,老艺术家留学时候当真去过的。

一九八五年,十二月八日。你整个生病期间从来没有回答过家人关于哪里不舒服的提问,见到家人,皮包骨的你仍然显出一点点矜持的笑容,安慰他们。你说了许多次:"我满意。我已经满意了。我快要看到毕加索和周恩来……"

ZD即张仃老师确实见过毕加索,就像李又然见过罗曼·罗兰一样,然而,ZD见毕加索,是在法国,不是日内瓦。不是你混淆了瑞士与法兰西,是艺术不在乎国界,名湖也不在乎。然后你大声地喘气,你已经昏迷,然后你走了,带着笑容。

此际,我正准备着以嘉宾身份去纽约参加国际笔会第四十八届年会,三个月后,我就任中华人民共和国文化部部长。

15

……在我为如何结束此作而绞尽脑汁的时候出现了两件事,它们极大地帮助了亦真亦幻的浪漫曲收官。一个是大名鼎鼎的学界昆仑身边的学界隐逸，以清且高闻名于国内外的杨绛老师（先生）一百零五岁高龄辞世。在回忆与致敬她的高风亮节的同时也出现了疑忌交加的杂音，并且祸延(殃及）锺书大师。

求静名偏盛，欲潜话益多。隐名名岂隐，无意意何夺？今古通中外，扶摇自巍峨。此生终了后，几许泪婆娑。

第二件事更切近一点。网上再次出现了著名党员学者于光远大女儿于小红的具名与授权发布文章:《白花丁香树》，怀念她的三十三岁自杀的母亲孙历生。是的，孙是王蒙的同乡同班同学隔壁邻居。拙作《蝴蝶》里的角色海云，颇有取材于孙处。《蝴蝶》开端写到一辆苏制嘎斯 69 行进中轧过了乌鲁木齐吐鲁番公路上的一朵小白花，取材于写作前一年一九七九年秋初，我重返新疆，与大诗人铁衣甫江一同坐车去鄯善时所见。而文中为过早从枝头落下的树叶而写的抒情独白，被其时武汉大学教授章子仲盛赞并命名为“落叶诔”的文字，令我至今动情。

要紧的是事隔许多年，听姐姐王洒告诉我:“文革”后一年，孙历生自杀前数小时，她站立在西四北小绒线胡同自家门口，紧贴我家大门，不停地看看天又看看地。天地不仁，刍狗万物。她不再说话，当天回去，自杀。我非常重视这个细节，痛惜没有将它写到《蝴蝶》里。孙自杀的时候我已去了新疆。我是幸运的，我完全没有碰到过类似的事情。我最后一次见孙历生是即将动身去新疆的时候，也是假日在家门口与她巧遇。她说了她碰到的一件事情，她去救火却被疑放火；还说那事令人“心冷”。那事作为素材，我用在与《蝴蝶》同期的中篇小说《布礼》里了。

孙小红的文章说是我妹妹与她母亲孙历生同班同学，错了。是我本人与她同班同学，是俺与孙历生一样年轻，而现时我的年龄是她离世时年龄的两倍半。在历生还上小学的一九四五年，我跳班考入中学，令小红甥女觉得我有多么成熟。孙历生在班上有几次与老师较劲，噘着嘴被罚站，她的大眼睛令人难忘，而我们的同乡个个眼睛都那么细小。红颜受宠，红颜也颇有性情；红颜薄命，她太不幸了。

都是些有灵气的女子。相比之下，你过得还好，其实相当好。

有两种珍惜。一种是因为珍惜什么都不放弃，一种是因为珍惜，什么都不要。而都不放弃的终于丧失了所有，都不要的却还勉强过得去。

在瑞士旅行的时候我为什么会那样确凿地想起你来？当知道你生命的最后时刻会突然提起日内瓦，我几乎叫出声。

我是一九九六年首次去的日内瓦，其时你已经仙逝十一个年头。

到现在为止，我只知道一个瑞士作家迪伦·马特，他写了《贵妇还乡》与《法官和他的刽子手》。

我见过这个人，一九八五年西柏林——那时两德没有统一——地平线艺术节上，我听到过他朗诵日本作家井上靖小说的德语译文。他一面朗诵一面抱怨不知道为什么要朗诵一个日本人的作品。这很不礼貌，会让原作者感到尴尬……幸好坐火车数日来到西柏林的井上先生听不懂德语。

贵妇用大价钱收买杀手杀了一个人，那个人可能不算绅士，但是罪不致（至）死，贵妇的钱多，就打动了不止一个人去杀另一个人。

唉。

有许多出色的女子，有所成就，同时，有的强调冤屈，强调复仇，自恋自怜，愁肠百结；有的强调清高，强调高高在上，强调自己避俗人唯恐不及，仍然躺着中枪；有的强调他人即是地狱，却硬是躲不开可厌的他人。其实很简单，如果你爱一个人，你可能愿意为他写一本书。如果你嫌恶他，你说一个"不"字难道还不够吗？更好的方法是连"不"也不要说。滔滔不绝地说自己，写自己，描绘自己，这样的做法能够表现出超拔与清纯吗？

陕北信天游："青杨柳树十八根椽，出门容易回家难。羊肚子手巾三道道蓝，咱们见面容易拉话话难。"

"日内瓦清水白天鹅，解（读改）不下来也见不着。"这是俺的洋信天游。从首都机场起飞，到苏黎世，LX197，代码瑞航与国航共享，十来个小时。

16

写布文老师，这是我的一个五十九年前的约定，它立项已经太久太久。

二十年前在日内瓦的那一天，虽然一直有"藏独"活动干扰，纪念两国建交晚会还是胜利举行了。演出开始后，"藏独"们跳到舞台上闹哄了一家伙，被警察带走，吓坏了来自我国的少年杂技演员，她们吓哭了。

为了写好这篇非虚构小说或者咱们这里更容易接受的说法叫作所谓报告文学，二〇一六年，我申请、获准，专门自费去瑞士游历了一次。我想着的是重写日内瓦湖湖畔的风景与氛围。我希望我能重新看到一个妇人一个飞盘一条哈士奇狗，之类。

我失败了。其实旅游空前成功。在苏黎世看到了被歌德赞叹的莱茵瀑布；

在卢塞恩看到被海明威称为世界上最悲伤的石头的纪念路易十六瑞士卫队的狮浮雕纪念碑，应该叫作纪念山；在因特拉肯看到了世上最洁白最清纯的欧洲之巅的少女峰，纯洁的少女峰如诗如梦如仙，从此矗立在我的心里，像你。在沃薇参观了刚刚开放的卓别林故居。我围绕着日内瓦湖，搭乘欧宝汽车也搭乘神话般的黄金线路火车跑了三天，我刻意观察着寻找着寂寞的与热闹的，法国的与瑞士的，浩渺的与清晰的，湖鸥、鸳鸯、黑白天鹅，卓别林与爱因斯坦的河与湖。我得到了许多感想与图画，除去二十年前的场景与对你的忽然想念。

不，没有了那一刻日内瓦的中立的遐想与闲适，那一刻的疲倦与自得、睡眠与不眠，那一刻的谜一样的邂逅与无端想念，那一刻的一种已经延误与失落了大半生的精神记忆的激动与盘旋。我终于发现，已经失去了，五十九年前的来信。二十年前的日内瓦强烈思念。

一个年代，一个陌生亲人，几篇文字，一封短信，一次电话中的笑声，一生的念念不忘……时间没有消磨，而是在加强你的魅力。失望与不成功比情投意合、心想事成更会获得诗神缪斯的宠幸。人生中没有得到的，正是文学中苦苦经营着的。无价的精神资源得自失去了本应珍惜的所有。最期待的狂欢是失去的一切复活在文学艺术中。文学是人类的复活节日。复活，从而更加确认了也战胜了失去。文学的力量是使得没有对应办法的无可奈何花落去，生成了似曾相识燕归来的感动。

比起个人的一九九六年朦胧记忆，二〇一六年、世界的联合国的、瑞士联邦（八百万人口，二十六个州）并法兰西共和国共有的日内瓦湖，太清晰了。

回不到几十年前，梦醒了老头儿有点伤感有点受挫，却也只能更加豁达笑眯眯。如同二〇〇八年参与当时 CCTV9 现时 CCTV news 英语对谈，十二月二十六日播出，当主持人田薇问我 "It sounds so optimistic（你很乐观嘛）……" 的时候，回答："What else I could choose？（难道可以选择别的吗？）" 那次我 "混入" 纪念十一届三中全会的特别节目，这个节目的嘉宾包括吴建民、龙永图、何振梁、王蒙。吴老何老千古。

为了写好《女神》，读了些京剧书籍，爱上了梨园谚语：

"一哭二笑三念白"。

"一台无二戏"。

"戏要三分生……"

往事不会重现，往事永远活鲜。

仙　女

周李立 [①]

1

十岁那年，春分的晚上，她花了很长时间才入睡，因为爸爸妈妈一直在隔壁卧室讲话。春天里月光好像也是有温度的，照得她半夜里全身出层细汗。她在梦里踢开被子，清晨醒来错觉自己睡在水汪汪一片荷叶上，全身都凉悠悠。荷叶很光滑，有她不熟悉的味道，刺激得她连打三个很大声的喷嚏。她把枕头边的小熊惊动了。小熊掉在地上，咕噜噜滚到门边，被门挤了下，又滚到床角，依着一根床腿，坐着。她从枕头上抬起半个脑袋，歪着看见白色小熊的脸上，有道黑色的脏东西。再看，卧室门开了。

她妈妈这天脸色不太好，蜡黄得像是他们有时早餐会吃的鸡蛋糕。妈妈进她卧室来，先就嗔怪道，"又不好好盖被子，是不是感冒了？"她听见后就暗暗有些高兴，因为她记得妈妈每次这么说的时候，她就可以不必去上学了。想着她乘势嘟囔"我感冒了"。

妈妈急匆匆又走出去了，没有像从前那样，来摸摸她的额头，或者在她

[①] **周李立**　女，1984年生于四川。毕业于中国人民大学新闻学院。发表中短篇小说多篇，出版小说集《欢喜腾》《透视》《八道门》。获第四届汉语文学女评委奖、第六届"茅台杯"《小说选刊》新人奖、"中骏杯"《小说选刊》双年奖中篇小说奖等。现居北京。

胳肢窝底下放一根冰凉的温度计。"不许动，夹稳，动了就不准了。"妈妈会接连说好几遍。她不喜欢量体温，有点喜欢喝感冒冲剂，最恨打针。可是她的好朋友莉莉跟她看法不一样，莉莉也最恨打针，但不喜欢喝感冒冲剂，而有点喜欢量体温。

这天她没有打针，也没有喝感冒冲剂，没有量体温。她躺在床上犹豫要不要起床。听见爸爸的声音，"我的芭芭拉仙女，快起床，客人要到了！"

爸爸总是叫她"芭芭拉仙女"，可是她两年前就很讨厌他这样叫了。她很小的时候跟爸爸妈妈去儿童剧院看剧。那是一个很恐怖的剧场。空气总是阴凉得像是有人在你耳边吹出细细的凉风。五颜六色的皱纹纸飘带，就在天花板上晃啊晃的。不过那出剧倒是不错，因为剧中有个穿粉红色小蓬蓬裙的小仙女，叫芭芭拉。她很喜欢那个小仙女。后来爸爸问她最喜欢那出剧的哪个角色，她说穿粉红色裙子的那个小仙女。

妈妈很奇怪地问，"什么？那里面所有小仙女都穿粉红色裙子！"

爸爸却一口说出了那个仙女的名字，叫"芭芭拉"。从此，她就成了家里的芭芭拉仙女。她曾经为此开心，到现在自己却有些不理解。她觉得自己不再适合做芭芭拉仙女了。她想当一个女强人。但她暂时还没有把这些告诉爸爸，她害怕他会突然改口叫她"女强人"，听起来可并不如芭芭拉仙女好听。

"什么客人？"她喊道，还是不想起床。

"你的琪琪姨妈。"爸爸在客厅。他正在吃面，呼哧呼哧地。

她不知道自己还有一个琪琪姨妈。正想再问的时候，妈妈又闯进卧室来，她看见妈妈踢倒了床角的小熊。小熊头朝地，在做倒立支撑。

妈妈手里拿着给她穿的衣服，一件粉红色的毛衣。她没见过这件毛衣，还躺着就伸手抢来，说："这是给我的吗？"

妈妈转过身去，把小熊捡起来，放在她枕头边，又开始整理卧室里的东西，显得漫无目的。妈妈说，"快起床穿上，今天不上学了，你感冒了。"

她马上开始穿新的毛衣，她觉得自己还是喜欢粉红色的，还是喜欢当芭芭拉仙女的。她问妈妈，"琪琪姨妈是谁？"因为琪琪姨妈要来了，所以她可以穿上新的粉红毛衣。她猜就是这样。

妈妈却朝爸爸喊，"你来告诉她！"

他们吃早饭的时候，琪琪姨妈就到了。

她的早饭是牛奶、煮鸡蛋，她都不喜欢。爸爸妈妈吃面条。琪琪姨妈到了，她正好可以不去吃煮鸡蛋了。她希望妈妈不要注意到，她把煮鸡蛋藏在爸爸吃过的面汤里了。

琪琪姨妈是坐出租车来的，因为她进门就嚷，"好难找的地方，出租车司机是个笨蛋，还好我记得。我跟他打赌，他输了，但又怎么样呢，他没有少拿一分钱车费。"她说这些话的时候，人已经走进来了。爸爸妈妈都跟在她身后，好像琪琪姨妈才是这里的主人一样。她认为琪琪姨妈不太礼貌，因为琪琪姨妈捏着她的脸蛋说，"我的小家伙，长这么大了！"她想挣脱开琪琪姨妈的手，但没做到。她觉得自己闻到了她嘴里的酒味。只是她不确定那就是酒味，因为这毕竟是早晨。她希望琪琪姨妈会送给她一盒酒心巧克力，这样她就会原谅她那么用力地捏她的脸。

"那会肌肉松弛的，像老女人一样。"莉莉在学校告诉过她。如果老让大人们捏你的脸，你会"像老女人一样"。她一点都不怀疑莉莉的话，老女人都是因为脸被人捏得太多，才会变得难看。

琪琪姨妈还有点好看，她不得不承认。和妈妈一样，琪琪姨妈特别瘦。她想起早上爸爸说的，"琪琪姨妈生病了，很严重的病。"所以她才会比妈妈还瘦吧，她这么理解。对这种问题，她一般都只跟莉莉探讨，和大人们是说不清楚的。可是今天她没去上学，见不到莉莉了。

琪琪姨妈是妈妈的姐姐，"是亲的姐姐吗？"她问爸爸，"是的，都是你外婆的女儿。"

"为什么我从来没见过她？她跟我们不在一个地方吗？"

"在，都在这里，只是，我们没告诉过你。"

"为什么不告诉我？"

"哦，芭芭拉仙女的为什么真是太多了，大蘑菇已经回答不过来了。"爸爸假声假气地说。他自称大蘑菇，大蘑菇是芭芭拉仙女的助手。

她很严肃地告诉他，不要再把自己叫大蘑菇了。他那么大了，不合适做大蘑菇。

爸爸略愣了愣，说，"好吧，我不做大蘑菇了。不过，芭芭拉仙女听好了，我们现在告诉你，你妈妈有个姐姐，你有个姨妈，你可以叫她琪琪姨妈。好了，你还有问题吗？"

她应该还有很多问题的，但她一时都想不起来别的问题了，她问爸爸，"她的名字，叫琪琪吗？"她想起学校里也有个叫琪琪的女孩，是个大胖子，一个人要坐两个人的座位。莉莉说，"琪琪那么胖，将来生不出孩子的。"所以她不喜欢自己的姨妈也叫琪琪。

"不，她不叫琪琪，琪琪是她后来给自己取的名字。"爸爸说，"就像我们叫你芭芭拉仙女一样。"

她想给自己改个名字，这事也许可以问问琪琪姨妈。

2

她二十几岁的时候，琪琪姨妈已经五十几岁了。姨妈具体是多少岁，她也弄不清楚。她们现在都在北京。她已经给自己改了名字，不再叫芭芭拉仙女。她的朋友和同事们，都叫她索菲亚。这些人也都给自己改了名字，全是英文的。她在一家外资公司上班，住公司的宿舍，工资很少。

索菲亚不常见到琪琪姨妈。琪琪姨妈是十岁的索菲亚曾经想做的那种女强人，穿西装套裙，头发永远高高地顶在头顶。这让她显得高一些。

"你倒是长得比你妈妈高，都是你爸爸的遗传好，我和你妈妈，我们这家人，没有一个长过一米六的。"琪琪姨妈说，说完就来给她梳头发。她想把索菲亚的头发也绾起来，也顶在头顶。试了几次，头顶处的头发都摇摇欲坠，琪琪姨妈就放弃了。索菲亚不喜欢她把自己的头发弄得很疼。她从小一直是短发，以前叫童花头，这样节省时间，也不会"让头发吸光你脑子里的东西"，所以她妈妈没给她梳过头。现在，琪琪姨妈想给她梳头的时候，她的头发已经很长了。琪琪姨妈说不是因为长，而是因为"你的头发也像你爸爸，太软了，绾起来容易掉"。

琪琪姨妈当然知道爸爸的发质。但索菲亚不愿意跟琪琪姨妈谈论爸爸。这一点他们全家都知道，琪琪姨妈也知道。但琪琪姨妈不在乎，所以，琪琪姨妈还是会不断说起她爸爸。

"你爸爸那个老实人，把你也教得这么老实，我们都是老实人，老实人都不好混啊。"琪琪姨妈这么评价一家人。

琪琪姨妈倒不是很老实，至少在索菲亚看来是的。她十几年前说自己得了癌症，然后索菲亚才会第一次见到她。那时，索菲亚的爸爸妈妈还没有遇到后来一连串的事。他们在春分前夜，商量了很久，决定接济琪琪姨妈。至于从前那些事，爸爸认为，"人之将死，其行也善"，他们应该"抛开过去，走向未来"。爸爸一生的大多数时间都在一家挂历印刷厂工作。对挂历上印的那些话，他随口能说出至少一千句。妈妈是有些不情愿的，因为"我知道她是个什么样的人，我可受不了她"。可是后来他们还是原谅了琪琪姨妈，是爸爸用挂历上的那些话说服了妈妈。妈妈在任何事情上都缺少说服力，索菲亚觉得，妈妈其实只是不擅长讲话。

她们是亲姐妹，是外婆的两个女儿，琪琪姨妈比妈妈大四岁。但琪琪姨妈很会说话，索菲亚认识的女强人都很会说话，所以跟琪琪姨妈在一起的时候，几乎都是琪琪姨妈一个人在讲话。

"你爸爸知道我们在北京见面吗？"琪琪姨妈问，她没问她妈妈知不知道。

"不知道。"索菲亚说。

"他们是不是不让你见我？"琪琪姨妈问，这次是"他们"，包括妈妈了。

"是。"索菲亚其实也不擅长讲话。这是她唯一像妈妈的地方。

"他们就是这样，不活络。"琪琪姨妈气呼呼地。这些年她好像一直在瘦下去，不是因为生病。她每年都会去一次云南，每次从云南回来后，又会黑一些。她越来越像一个黑瘦的老鼠。索菲亚认为。不知道如果妈妈看到琪琪姨妈现在的样子，会不会好过一些？不过索菲亚不想掺和她们之间的事，因为她是下一代，而她们都是她的长辈。

索菲亚想告诉琪琪姨妈，"都是你来找我的，又不是我想见你。"但这话太恶毒，显得不尊敬，她没说。不会讲话的人都是这样，说话之前想了很多，最后就什么也说不出来了。

琪琪姨妈又问，"你为什么不说话？"

索菲亚想，"我本来就没有说话。"但她说的是，"没有啊。"

琪琪姨妈只好自己说，"也就我这样的人，能跟你相处，我随和啊，看你以后怎么办？这么内向，怎么找得到老公呢。"

索菲亚还是不讲话，反正琪琪姨妈会一直讲下去的。这也是她不讨厌琪琪姨妈来找自己的原因。至少和琪琪姨妈待在一起，她不用费尽心思找话说。

当然琪琪姨妈的话不能当真，这是索菲亚自己悟出来的。虽然妈妈一直这样形容琪琪姨妈——"她说话就像蒙古长调，完全无主题的变奏，大概因为她是在内蒙古当兵的吧！"

琪琪姨妈有时候会叹息地认为索菲亚找不到老公了，就像琪琪姨妈自己一样，终究会独身老死。但有时她的说法又刚好相反——"哦，索菲亚，你们已经是新的一代人了，你们会幸福的，跟我们那时候已经大不一样了。"

琪琪姨妈的"那时候"是什么样，索菲亚没太多兴趣。她只相信，时间总是一往无前的，这意味着身后的一切都不会重来了，幸好过去的一切不会再重来，人们才能继续兴高采烈地活着。索菲亚长这么大，已经很不容易。她不想那么辛苦，再重来一次。

每当琪琪姨妈为索菲亚的婚姻大事喋喋不休的时候，索菲亚都会忍不住说，"姨妈你不也是一个人吗？"

琪琪姨妈说，"我可不一样，我是离婚，离婚跟从来没结过婚，能一样吗？"索菲亚想想，也是。

琪琪姨妈还说，"时代不一样了，我如果现在就像你这么大，我才不一个人过呢。"

琪琪姨妈离婚很多年了，没有儿女，有一条狗，是哈士奇，叫美美。可美美看上去只是有些傻，一点儿也不美。琪琪姨妈现在开着一家美容院，美美平时就在她的店里，时常被美容院里的各种香粉熏得打喷嚏。那些有钱的女人们来做美容的时候，倒是都喜欢美美。她们叫它喷嚏狗。

因为美美，索菲亚才见到了琪琪姨妈的前夫。索菲亚觉得那个男人很像动画片里的老夫子，他戴的灰色旧呢帽就像从黑白电影里直接取下来的。

那天是琪琪姨妈开车，带着索菲亚和美美去找老夫子。

老夫子住在北京城内最老的那种楼房里。楼房的一楼还有间昏暗的传达室。楼道一侧堆满旧报纸、饮料瓶。索菲亚还看见一扇拆下的门板，也竖直放在楼道，把楼道那扇很小的没有玻璃的窗户挡住了一半，于是楼道里白天也开着灯。

索菲亚抱着美美，小心翼翼上楼梯。美美一路都哼唧着，但没有打喷嚏。

老夫子正在待客，开门看见两个女人和一条狗，十分惊讶。他的前妻琪琪姨妈倒是并不见外，伸手就推开了油漆脱落的门，把门后猝不及防的老夫子撞得一连后退了两步。

老夫子张口就问，"你来干什么？"

琪琪姨妈满脸堆笑，说，"哟，我怎么不能来啊？"

索菲亚在门口犹豫着，不想进去。美美却急于挣脱她，一不留神，美美先跳下地，跑进屋了。索菲亚只好跟进去。

"你来也不先打个电话。"老夫子这样说，更像是出于无奈。

"我打了八百个电话，你怎么没接啊？"琪琪姨妈还是满脸春风，转身就熟门熟路地进到卫生间，重重关上门。

"憋死我了。"琪琪姨妈在卫生间里喊。

美美跳上了沙发，在棕色布面沙发上落下一些白色狗毛。沙发上的客人不好意思地往旁边躲了躲。

老夫子看着索菲亚，表现出不认识也不想认识的样子。

索菲亚觉得尴尬，便转脸去看沙发上的客人。一个胖乎乎的女人，脸上都是红色的油光，她把两只手都放在大腿下面，倒是羞涩又文静。好在卫生间这时传出了冲水声，随后是琪琪姨妈踩着高跟鞋咚咚咚地走出来。

"哟，有客人哪，我不知道啊，打扰你们了，你们继续聊。我给美美弄点吃的，然后我们就走啊。真的。你们聊，你们聊。"说着她便去抱美美，然后把美美往老夫子的怀里送。老夫子不愿意碰那条狗，便一直退着往后躲。

"嘿，你躲什么啊？我有事，你帮我照看美美两天。"琪琪姨妈说。

"关……我什么……什么事？"老夫子一着急就说不出话来。

"怎么能这么说呢？美美是我的孩子，也是你的孩子啊，美美现在陪我睡觉，就像我陪你睡觉一样嘛！"琪琪姨妈一点儿也不生气，她把狗递给老夫子的动作，真像在传递一个孩子。

老夫子憋红了脸去看沙发上的客人，急忙地解释，"这是……是……我前妻，前妻。"

胖女人也尴尬起来，她本来就坐得很不自在，现在她的脸更红了。

琪琪姨妈也为自己解释，说"哟，这位大姐你别多心啊，我原来陪她睡觉，现在不陪了。谁现在陪他睡觉，真的不关我的事啊。"

胖女人脸上全是哭笑不得的神色，她看上去比琪琪姨妈年轻多了。

"你少……少说两句！"老夫子吼道，琪琪姨妈还没说话，美美先叫起来了。

"你……你先把狗……狗放下。"老夫子一手叉腰，一手指着地板，好像那黑乎乎的水磨石地板上有个靶子一样。

"你别发火啊，你这人，就是脾气不好，本来肝火就旺，医生原来就说你，一要不发火，二要不近女色，你看看，你看看，这么多年这脾气怎么一点没改呢。"琪琪姨妈不慌不忙，一边摸着美美头上的毛，一边拿眼睛瞟向胖女人。

胖女人起身要走，说，"我还是改天再来吧。"她出门的时候使劲推门，那门却纹丝不动，她把脸都憋紫了。索菲亚轻声说，"拉开"。她愣了下，自己尴尬地笑了笑，把门拉开，匆匆走了。

老夫子脸色黑得吓人，索菲亚看出来他想留住胖女人，但终究只是张了张嘴，吐出几口有酸味的气。

他没留住胖女人，就对琪琪姨妈喊，"每次都这样，你能不能别管我的事啊？"

琪琪姨妈惊恐地眨着眼睛，说，"我没有管你的事啊，我只是让你帮忙照看美美两天。哦，可怜的美美，你爸爸不要你了。"

"我不是他爸爸。"老夫子一口气差点没喘上来。

"不是就不是嘛，那么大声干吗？齐国富，我是关心你啊！"琪琪姨妈很委屈。

"算了，算了，我也知道你是怎么回事，你快走吧，快走吧。"老夫子一副只求速死的英勇状。

琪琪姨妈是抱着美美一起走的。索菲亚灰溜溜地跟在她身后。

她们在昏暗的楼道里小心翼翼下台阶。琪琪姨妈的高跟鞋敲打出隆重的回声。声控灯好像坏了，迅速地亮起来，又迅速灭掉。

路过一楼传达室的时候，琪琪姨妈从小窗口里递进去一张百元的钞票，她说这是情报费。小窗口里伸出一只满是褶皱的手，把钞票接过去了。

"这破地方，还这个死样子。"琪琪姨妈骂道。

索菲亚知道，琪琪姨妈在这座楼里还是住了些年的。一直到和老夫子离婚以前，他们都住在这里。老夫子是个读书人，他家里能够插书的地方，都插了书进去，连暖气片后面都是。琪琪姨妈不读书，她说，"他把书藏在马桶的水箱后面，我以为藏的存折呢，结果是一本破书，烂得书页都掉下来了。"

她用那本破书垫了脚——那是很多年以前的事了，琪琪姨妈晚上起床上厕所，没有穿拖鞋。卫生间的地面有水。她从水箱后面抽了一本书出来，垫在脚底下。然后他们就离婚了。

"就是一本破书，他当成宝贝。"据说老夫子指着琪琪姨妈的鼻子，说，"唯小人与女子难养。"又说琪琪姨妈"过河拆桥"。

琪琪姨妈不明白"过河拆桥"，但她明白"小人和女子"。她那时还不认为她踩一本书的效果，就跟踩着地雷的效果差不多。她态度很好地表示，"小人，我们倒是造个小人出来养啊。再说，女子难养，我又没要你养，不是我养着你吗？"琪琪姨妈认为自己的话句句属实，但句句都是老夫子的心头恨——第一句，造个小人，老夫子和琪琪姨妈一直没造出来；第二句，琪琪姨妈赚的钱比老夫子多。加上她那时还光着脚蹲在马桶上，脚指甲很长，弯曲着，紧扣住他的《傅雷家书》。他们的离婚，在这个时刻终于从老夫子一直以来的小心思，变成了不可扭转的事实。

"哦，我可不要再回这里住了。"琪琪姨妈终于走出她生活了许多年的楼，长长地出了一口气。索菲亚觉得琪琪姨妈其实是从过去的时光里走出来。那幢楼就像哆啦A梦的时光机。

"那美美怎么办？"索菲亚问。她记得，琪琪姨妈来这里，是为了寄养美美的。

"什么怎么办？"琪琪姨妈拍着衣服，好像时光旅行在她衣服上落下无数的灰。美美已经在地上，晃着尾巴，绕着她的双脚走S型。

"你不是要离开北京两天吗？不是要把美美给老……他照顾吗？"索菲亚不知道该怎么称呼老夫子。从她记事起，就不曾叫过老夫子姨父。老夫子从来没有去过他们省城。

"我不走，就在北京。"琪琪姨妈答。

"那刚才？"索菲亚不知道应该怎么提出心里的问题了。

"没事，就是来看看。"琪琪姨妈说，"你看那个胖女人，有我好看吗？"

"那个，我没注意，不过，挺胖的。"索菲亚说。

琪琪姨妈说，"就是，那么胖，多占地方。房价那么贵，长那么胖，占地面积大，不经济。"

琪琪姨妈很瘦的，她倒是不占地方，挺经济。可是琪琪姨妈现在住的地方很宽敞，所以她还可以长胖一点的。索菲亚有时会去她家，在北五环外，两层的复式，三室两厅，两个车位。琪琪姨妈一个人，带着美美住。

所以，索菲亚觉得琪琪姨妈还是挺孤独的，就像自己一样。北京城遍地都是独身的女人，她们脾气暴躁，在生理期则加倍暴躁，开车的路上时常骂骂咧咧，制造出不少事故。琪琪姨妈就是个常出事故的司机。这让索菲亚坐上她的车的时候，总难免紧张。好在女人开车多数都不追求速度，那些事故也不过是剐蹭，不伤性命。琪琪姨妈总是让一个年轻的男人来给她处理事故，她自己连车都不下，也不管她的车有没有挡路，就开始给她的事故处理专家打电话。年轻的男人总是很快就赶到，哪怕是在交通最拥堵的时候。

"他很擅长这些事。"琪琪姨妈很骄傲地说。

索菲亚猜，姨妈会在电话里说，"天啊，我不知道怎么办，怎么办啊？"然后他就来了，像魔法一样。

后来，琪琪姨妈说要把事故处理专家介绍给索菲亚做男朋友。

"是个律师，多好的职业。"姨妈说。

索菲亚没见过那个律师，她还没有见过任何一名律师。现在，她知道他姓余了。索菲亚没说好，也没说不好。她二十七岁了，说好，显得自己要嫁人的心太急迫，总是掉价的，而她似乎也没有说"不好"的底气了。琪琪姨妈就当索菲亚默认了余律师，说要开始安排他们见面。

可是，很久以后，也不见琪琪姨妈真的做出安排，索菲亚便想，这和姨妈的很多话一样，不过是说说而已。

3

索菲亚十岁那年第一次见到琪琪姨妈，她一直记得那天发生的事。她后来再见到琪琪姨妈的时候，没有提过这些记忆。毕竟十几年足够发生很多事，对他们全家人来说都是。

那天琪琪姨妈打断了全家人的早饭。她捏完索菲亚的脸蛋，就嘤嘤哭起来了。长长的黑色连帽羽绒服，帽子扣在她的后背上，凸出来一大块。琪琪姨妈哭得很生动，因为配合有一些身体前后左右摇晃的舞蹈动作——索菲亚那时认为是舞蹈动作。琪琪姨妈当过文艺兵，主要工作就是唱歌跳舞，所以她会很多的舞蹈动作。但是家里空间没有舞台大。琪琪姨妈的帽子就碰倒了柜子上的一只玻璃杯。爸爸紧走两步过去，但一切都来不及了。那个镶嵌着金丝边的玻璃杯，在柜面上咕噜噜滚了两圈，完美落地，碎成几片。那个早上似乎是从玻璃杯碎掉的声音开始的。可能他们全家的生活，也是从那时开始碎掉的。

"哎呀，我怎么这么不小心，我太笨了。"琪琪姨妈蹲下来，要去捡那些玻璃碎片，但爸爸拦住了她。

妈妈却一直站在那里，不说话，也不动，过了会儿，她才说，"我来吧。"索菲亚于是明白，妈妈刚才走神了。

"小伟，都是我不好，这个杯子，很贵重吧。"琪琪姨妈叫爸爸"小伟"。从来没有人这样叫过爸爸，妈妈叫爸爸"老秦"，印刷厂的人叫爸爸"秦师傅"，后来爸爸当了副厂长，他们开始叫他"秦厂长"。

那个杯子岂止是贵重，简直是家里最神圣的东西。爸爸从不允许索菲亚碰那个杯子，妈妈在擦柜子的时候也总是小心翼翼，轻拿轻放。杯口有金色的镶边，杯身上有金色的大象——那是爸爸从云南买回来的纪念品。虽然索菲亚也不知道它在纪念什么。也许只是纪念爸爸去云南的那次旅行。

爸爸说："碎碎平安，碎碎平安。"爸爸竟然没有生气。

琪琪姨妈又哭了，这次她坐了下来，比较不容易再碰到什么东西，而且她的羽绒服也脱掉了，在沙发上堆成巨大的一堆。这样沙发上就不剩下什么地方了，爸爸和琪琪姨妈只好坐得很近。妈妈在清扫地板上的玻璃碎片，她看上去心不在焉，用扫帚，一下一下，扫得慢极了。

"我就是想来看看你们，谢谢你们同意。我怕再不来，就再也见不到你们了，我就这么一个妹妹，就你这么一个妹夫，就她这么一个侄女，我不能不说声再见就走啊。"琪琪姨妈哭诉道。

索菲亚觉得琪琪姨妈的哭声，其实更像是笑声。这个早晨已经有点热，大概春天快来了。但陌生的琪琪姨妈的哭声或者笑声，还是让索菲亚感到脊背发冷。她很少见到大人们哭，几乎从没见过。妈妈倒是哭过的，不过不会发出声音。妈妈只是低着头默默地滴眼泪，不注意的话根本看不出来。

"说什么呢？有病就治嘛。"爸爸说，然后叹口气。

索菲亚也学爸爸叹了口气。她觉得作为家庭成员，现在自己能做的事，其实也只有叹气了。

"怎么治啊，我脑袋里面长个这么大个东西。"琪琪姨妈拿手比画了一个拳头。"要治，得把脑袋切开，把那个东西拿出来，可能还没拿出来，我就死了。"琪琪姨妈扑到爸爸怀里了。爸爸的手停在半空中，混乱地舞了两下，不知如何是好。

索菲亚不确定是什么更令她感到恐怖了，是把"脑袋切开"这件事，还是琪琪姨妈一头撞进爸爸怀里这件事。反正她吓得嘴都张开了，半天没合上。

啪——是妈妈扔掉了扫帚，扫帚打在妈妈的脚背上，但妈妈一动也不动，就像一尊女巫的雕塑，不是说她的样子像女巫，而是她脚边有根扫帚。

索菲亚吓得又把嘴合上了。

那天之后，爸爸妈妈的争吵就开始了。"她什么意思啊？你还抱她？"妈妈说。

爸爸说，"她需要安慰吧，我又不是主动去抱她的。"

"你还想主动去抱，我知道，你肯定想，想死了。"

"你有情绪。最困难的谈话是有情绪的谈话。"爸爸又引用了挂历上的话。

"我能没情绪吗？她就是这样一个人，她就是故意的。"妈妈说。

"她没法故意让自己得脑癌。"

"她故意不让我们好，她就是要我们活得都不好。"

"她是你亲姐姐。"

"所以我知道，她见不得我好，从来都是这样。"

"不好这样说吧，毕竟，她，她活不了太久了。"爸爸说。然后妈妈也没再讲话。他们似乎都意识到，索菲亚正在旁边，惊恐地看着他们。妈妈上下打量着自己的女儿，似乎对这个孩子为什么会出现在房子里感到困惑。之后，妈妈才突然醒过来一般，对索菲亚说，"快穿上你的袜子。"

索菲亚于是回卧室去穿袜子。她知道，他们只是不想让她听见更多的争吵。

可是，争吵却从来没有停止过。有时候，他们因为钱的事吵，会吵得很厉害。琪琪姨妈做手术，需要一大笔钱。爸爸说可以给琪琪姨妈一些钱，但妈妈不同意——大概就是这样。挂历厂的生意那几年正当红火。他们还有一些存款，生活总是无忧的。妈妈不心疼钱，她只是不想给姨妈钱。可是妈妈最后也妥协了，因为"救人一命，胜造七级浮屠"。挂历上印的那些话对妈妈总会发生作用。索菲亚认为如果他们有钱，分一些给琪琪姨妈做手术，其实也没什么大不了。她对这个姨妈没太多印象，所以也谈不上感情。她只是希望姨妈不要再来家里哭了，因为好像琪琪姨妈一哭，家里的什么东西就会碎掉。

"她不想当知青，不想下乡，她就去参军，害得我必须下乡去。"妈妈说。

"哦。"爸爸好像犯了错误的孩子，低着头说。

"你是知道的。"妈妈说。

"知道什么？"爸爸说。

"知道她是怎么做的。这么多年，你从来没说过，但你肯定是知道的，她怎么当上兵的？谁知道她都做过些什么？到了我去参军的时候，人家说你们家已经有人当兵了，就不准我再报名了。如果她不当兵，我妈死的时候，也不会身边一个人都没有。"妈妈听上去已经不生气了，但也许只是索菲亚在卧室里，看不见妈妈说话时生气的样子。

"那个时候，有什么办法呢？人不能活在过去。"爸爸说挂历上的话的时候，会比较理直气壮。

索菲亚也赞同"人不能活在过去"。她十岁了，漫长的十年想来就让人迫不及待，她认为自己已经经历了很多的"过去"。三岁时从楼下的花台跳下来，磕破膝盖；五岁第一次输液；六岁成为爸爸的芭芭拉仙女，开始上学；十岁的时候知道自己还有一个琪琪姨妈。

"她怕我们连累她，都跟我们全家人断绝关系了。我妈妈帮人看病，开药方，被说成是搞封建迷信的老顽固。所以她要当兵去，要远走高飞，不跟我们断绝关系，怎么行呢？"妈妈还在说过去的事。

原来琪琪姨妈已经跟他们"断绝关系"了啊。索菲亚在学校，也会跟一些人"断绝关系"，她知道这意味着什么。

"你别说了行不行？"爸爸几乎是在哀求了。

"哦，是吗？我忘了，她跟你也断绝关系了啊。"妈妈说着，眼泪就下来了。

索菲亚已经穿好袜子，走出卧室，她对爸爸妈妈说，"我饿了，要吃鸡蛋糕。"

这招很管用，至少大人们开始忙碌起来，为给索菲亚准备吃的东西，尽管并不是鸡蛋糕。但后来，这招也渐渐不管用了。他们不再那么在乎索菲亚是不是饿，他们会说，"还不到吃饭的时间，再忍忍。"妈妈还会疑惑地看着她，似乎知道索菲亚其实一点都不饿。

索菲亚问过爸爸，"妈妈为什么讨厌琪琪姨妈？"

爸爸说，"芭芭拉仙女，你是个大孩子了，有些事，我觉得可以告诉你。"

索菲亚并没有料到，她为爸爸的回答无比激动，于是庄重地点点头，像是她和爸爸之间突然有了一个很大的秘密。她甚至暗自决定还让他继续做大蘑菇。

"不怪你妈妈，也不怪你姨妈，只是，我们每个人都没得选择。"爸爸说。索菲亚觉得这并不是挂历上的话。

"那个时候，我们年轻人都要去当农民，除非当兵，或者上大学。所以你琪琪姨妈就当兵走了。你妈妈就当了农民。"爸爸接着说。

"那你呢？"

"我也当了农民。"

索菲亚还想再问，但爸爸只说，"你只需要知道这些就够了。"

琪琪姨妈可不是这么说的。索菲亚想起琪琪姨妈那天来的时候，因为妈妈扔了扫帚，姨妈便从爸爸的怀里爬起来，抹了抹脸，去帮妈妈捡扫帚，又对妈妈说，"秀琼，别生气，你看我，都要死的人，哪里还值得你生气呢？"妈妈的名字叫秀琼，爸爸也是这样叫妈妈的。

"俞秀琪，他现在是你妹夫。"妈妈一字一顿地讲。原来琪琪姨妈叫俞秀琪呢。

琪琪姨妈说，"是的，他是我妹夫，你是我妹妹。我知道。"

琪琪姨妈后来还钻进索菲亚的卧室，帮索菲亚把地上的小熊捡起来——小熊为什么总是掉在地上？索菲亚跟在她身后。琪琪姨妈转身坐在索菲亚的床上，问索菲亚叫什么名字。"秦娅娅。"索菲亚答，又问琪琪姨妈："你真的会死？"

"当然，人都会死。"

"你为什么抱我爸爸？"

"因为我喜欢你爸爸。"

"你是妈妈的姐姐啊？"

"哦，秦娅娅，不，芭芭拉仙女，小伟说过，你喜欢被叫作芭芭拉仙女，你知道吗？我差点就是你的妈妈，你的妈妈差点是你的秀琼姨妈。"

"我不明白。"

"问你爸爸去吧！"

然后是妈妈的声音，"俞秀琪，你不要给孩子乱讲。"

琪琪姨妈也喊，"你干吗那么紧张？"

琪琪姨妈站起来，又捏着索菲亚的脸蛋说，"芭芭拉仙女，你真可爱，我真喜欢你。"

索菲亚觉得脸上火辣辣的，她觉得自己可能真的发烧了。

4

琪琪姨妈并没有死，至少很多年以后，她依然活得不错。索菲亚有时会想起那时琪琪姨妈告诉自己"人都会死"的表情，好像刚刚睡醒一样。后来她明白，那其实是"倦"——人如果知道自己很快就会死了，难免对这个世界感到倦怠。现在，琪琪姨妈经营的美容院生意不错，她很忙碌，却再也没有显出过那种倦态。

倒是妈妈，在这段时间视网膜脱落了。妈妈在这之前，两眼便显得异样。她总说，有两只巨大的黑蚊子，在她面前飞来飞去，怎么也打不走。爸爸很确信，并没有两只黑蚊子。

妈妈说，"老秦，一辈子你都不信我。"

爸爸感到很委屈。

后来，妈妈眼前的两只黑蚊子变成了萤火虫，开始发光，飞过时会留下两道旋转升腾的光，妈妈说眯着眼睛的时候，那光反而越来越明亮。爸爸这才意识到，妈妈可能是眼睛出了问题。他们去了医院，第一次听说"视网膜脱落"这回事。听起来倒不像是一种病，只是脱落，"重新装回去就好了，通过手术。"医生说。

手术费是两万，一只眼睛一万，很公道。手术前，妈妈眼前的萤火虫也不再发光了，她彻底失明。她告诉索菲亚，"我耳聋了。"但其实是失明，失明会影响听力。她以为自己耳聋了。

挂历厂早就倒闭了，因为现在再没有人会用挂历了。爸爸没有了工作，家里反而多出几大箱陈年的挂历。妈妈失明以前，会把那些挂历纸都拆开，裁成小片，卷成小卷儿，再用线穿起来，做成门帘。家里每个门上都挂着挂历纸做的门帘之后，妈妈又拿出去卖，可是没有人买。妈妈让索菲亚在淘宝上开个店卖挂历纸门帘，索菲亚答应了，只是迟迟没有行动。妈妈却雄心勃勃，开始做出更多的挂历纸门帘，直到那两只巨大的黑蚊子飞进她的视野。

都怪她做门帘，用眼过度，视网膜都脱落了——爸爸认为是这样。

"可是，不做门帘，我们怎么生活啊？"妈妈说。尽管她的门帘从来没有卖出去过。

"我们还有一些存款，索菲亚也工作了，节省一点，不成问题的。天无绝人之路。"爸爸说话的习惯再也改不了了，虽然生产挂历的印刷厂都已经成为"绝路"了。

"那时没把钱给俞秀琪就好了。"妈妈这些年来，总是会提起这件事。他们把钱给琪琪姨妈做手术，没说"借"——这个字他们说不出口。但琪琪姨妈没做手术，因为奇迹般地，"那个东西自己不见了。"琪琪姨妈说。

"那也该把钱还给我们啊！"妈妈对爸爸抱怨。

"算了，钱财乃身外之物。人没事就好。再说，当时也没说是借给她啊，现在怎么开口要她还呢？"爸爸说。

琪琪姨妈就这样，宣布自己不会死了，好像这件事可以由她自己决定。

琪琪姨妈还可以决定别的事情，比如投资。

琪琪姨妈第二次在家里出现的时候，这样告诉他们："我替你们想啊，把钱给你们也是存在银行里掉价，多不划算。"她还给索菲亚带来一种叫茯苓的零食，说是北京特产。两片单薄的纸，中间夹着甜腻的果酱，看起来和吃上去都不怎么样，反正不像吃的东西。

"还能怎么样呢？我们老百姓不都把钱存银行吗？怕的就是办大事的时候，等钱急用。"爸爸说。

"钱是资源，你得让钱生钱。"琪琪姨妈说。

爸爸说，"我们又不懂，放银行，图的就是心安嘛。"

"俞秀琪，你别说了，我是知道你的。"妈妈说。妈妈知道姨妈什么呢？她们关系不好，不知道是不是小时候就这样了？

琪琪姨妈惊讶地看着妈妈，这是她们二十多年来的第二次见面，也许真是需要重新打量一下对方。琪琪姨妈显得大失所望，只说，"算了，10分的利，我自己去赚好了。"

索菲亚并不知道什么是"10分"的利，听上去只是一毛钱而已。但爸爸却似乎很有兴趣，他悄悄用拖鞋去碰妈妈脚上的拖鞋。索菲亚还看见，爸爸同时递给妈妈一个几乎是祈求的眼神。妈妈则翻了一个大大的白眼。妈妈不高兴又不愿表达的时候，就会翻白眼。索菲亚一度学过，但她没学会，她的白眼没有妈妈翻得好看、利落。

"什么是10分的利？"索菲亚问。

琪琪姨妈兴高采烈地讲，索菲亚完全听不懂，又问，什么是"利息"。琪琪姨妈顾不上解释，她急匆匆要走。还说以后也不会来了。

索菲亚以为她又要死了，因为以后都不会再来了。

"你要去哪里？"爸爸看上去有些着急。

"去北京。"琪琪姨妈很得意。

"不是不用做手术了吗？"

"是的，但我是去嫁人。"

5

琪琪姨妈之前去过北京，因为她头痛，省城的医院告诉她是因为脑袋里长了个东西，需要做手术取出来。她不信，跑到北京去做检查，她有个战友正好在北京的大医院工作。检查的结果出乎意料，她只是一般的头痛，并没有脑癌。

琪琪姨妈大喜过望，觉得北京真是她的福地，不是吗？她的肿瘤到北京就没有了。这意味着她不会死了，至少短期内不会死，她会长长久久地活下去。她也一直是这样认为的，她会活得比所有人都出色，因为她从未放弃过自己。但她只是运气不好，总是遇上倒霉的事。也许真的是家乡那地方不适合她。她的风水宝地应该在北京呀！

那个当年和她一起跳忠字舞的战友，认为是省城的医院拿错了CT片。"在北京，这样的事情，是绝对不允许发生的，太荒唐了。"穿着白大褂的战友义正严词。听了这样的话，琪琪姨妈便更喜欢北京了。

琪琪姨妈小心翼翼地提出请战友吃饭。对方对医学虽一窍不通，却仍在大医院的办公室任职，工作时也穿白大褂，不知道为什么。

席间，琪琪姨妈从当年的岁月说起，她们在内蒙古当兵的时候，排演节目、跳舞唱歌，天冷的时候跳跳舞，就不冷了，因为冷到一定程度的话，两手会先失去知觉，然后竟然会感到发烫。

琪琪姨妈那时在省城的生活实在乏善可陈。她一直未婚，从部队退役之后就被分配到二轻局上班，她所有的女同事都只会在办公室打毛线衣。她的父母都已去世，和唯一的妹妹一家人关系也不是太好，都是因为秦小伟那个背信弃义的浑蛋。但琪琪姨妈刚刚从死亡线上转了一圈，重回人世的感觉令她暂时觉得一切都没那么糟糕。她的人生才刚刚开始呢。

战友是知道秦小伟的。琪琪姨妈在部队的时候，可没少收到那个叫秦小伟的人的来信。

"你那个青梅竹马，现在在一起吗？"战友嫁给了医学院教授，又谋了份光鲜的办公室职位。她问姨妈这话的时候，不可避免透露出炫耀的意思。

琪琪姨妈很配合，低声下气地表示悲痛，"你相信吗？我退伍回去后才知道，他娶了我妹妹。"

"什么？这也太过分了！太荒唐了，在我们北京，绝对不允许这样的事情发生。"战友越来越喜欢说"我们北京"。

"是啊，他们在一个地方插队，就好上了，你相信吗？他那时还在跟我通信呢！"琪琪姨妈哭诉。

"哎，不提了，那你……嫁人了吗？"战友自然而然地问。

"没有，没合适的。"琪琪姨妈低头，显得羞涩，又慢慢说，"我是想，离开那地方，比如，到北京来，那地方，不适合我。"

战友竟然马上意会了琪琪姨妈的心思，大概中年女性对做媒这样的事都特别感兴趣，所以战友马上拍着胸脯保证给琪琪姨妈在北京找一个好丈夫，"气死那个青梅竹马"，她说。

"我不恨他，毕竟是我先当兵走的。"琪琪姨妈解释道，她不是为生气才嫁人的，况且秦小伟又不会真的为此生气。他现在安安心心地在那个小印刷厂工作，女儿也十岁了，看起来总是很满足的样子。

但琪琪姨妈不满足，所以她想改变一下生活。她那时去当兵，不也是为了改变生活吗？不当兵就得去插队、扛锄头、记工分，一辈子当农民，她可不想。可是她要去当兵也不是那么容易的，父母政治上都有点问题，她必须断绝关系。这也不够，因为所有的年轻人几乎都想去当兵，没有人想去当农民。当兵需要"过三关"——听起来就像一种扑克牌游戏。但这个"过三关"可比打牌复杂多了：政审、体检、定兵，每一关都刷下大把的人来。秦小伟当年也报名入伍了，算是顺应潮流，只是他卡在了体检关——医生说他肝大、不合格，他就在那里闹了起来。医生说："你只是肝大一点，回家后多吃些糖会好的，争取明年体检合格。"他也就不闹了。秦小伟就是这样的人，凡事只是稍微争取一下，发现没用，就作罢了，所以他从前还有个外号叫"跑得快"，他总是让自己步步后退。但琪琪姨妈不是，琪琪姨妈体检的时候，也被认为听力不合格。琪琪姨妈说，"你说卷舌音，我要求换一个医生测听力。"人们说不能换，而且按规定，她也不能再检查听力了。琪琪姨妈就说，"我今年不合格，明年就超龄了，我们这地方没有卷舌音，你们用卷舌音的医生来测听力，这怎么行呢？明明是搞破坏嘛。"也不知道为什么，反正后来琪琪姨妈就过关了。说卷舌音的体检医生还问她，"你那么喜欢参军，为什么？"琪琪姨妈镇定答："等我参军后，才告诉你为什么。"

　　所以，刚刚被老天捉弄了一下，以为自己活不长了的琪琪姨妈，现在还得奋力改变自己的生活。她大度地向战友表示，"事成之后，必有重谢。"她想着秦小伟的 10 万块钱，可得好好干一番事业才值得。

6

　　视网膜脱落不是大手术，只是医生说手术前后都蒙着眼罩纱布，照顾病人会很麻烦。毕竟视网膜脱落的病人没习惯失明，跌跌撞撞的事是常有的。真正的盲人倒很少磕磕碰碰。这很奇怪。但现在的世界上奇怪的事情太多了。

　　爸爸现在下岗无事，正好照顾妈妈手术，这一点他们都不担心，如果他们有足够的手术费的话，手术费才是他们需要操心的事。

　　女儿索菲亚也拿不出两万块，她想到去找琪琪姨妈借。

　　"她当年拿走的 10 万，现在值 100 万了吧？"妈妈在电话里说，自从她眼睛看不见后，说话的声音也大了起来，只是她自己意识不到。

　　"就事论事，这是两件事。"爸爸的声音。

　　"你还跟她有联系？"妈妈又大声问。

　　"是啊，偶尔吧。"索菲亚觉得事到如今，只能承认。

　　"离她远点，她会害死我们的。"妈妈说。

　　爸爸说，"索菲亚，你只说我们借钱，其他都别说啊。"

"我不用她的钱。"妈妈的语气软弱了很多。

索菲亚没找人借过钱,她不知道这样的话应该怎么说,"我妈妈视网膜脱落了,需要两万块的手术费,能不能借我一下?"她反复念了好几遍,对自己的口气都不太满意。

她想起琪琪姨妈那时捏自己的脸蛋,她明明不喜欢,却也没办法,只能任她捏下去。这个姨妈身上好像总有一种力量,让你不自觉就跟随她的节奏,旋转、飞奔,升腾或堕落。她永远是巨大旋涡的主宰,谁都没法僭越,连姨妈自己,似乎也控制不了这旋涡的节奏。

7

爸爸妈妈一直住在省城。这些年来,他们家的楼房从这条路上最高的四层小楼,变成了整座城市里几乎最矮的四层小楼。小楼安然于四周的高楼之间,从外面看过去几乎全无踪迹。你需要穿过高楼之间曲折阴暗的小路,右转两次,才看见墨绿色的铁栏杆门。这门平常只开供一个人通过的小窄门。门全部打开的时候,是印刷厂的车需要进出的时候。小楼的一层曾经是印刷厂的厂房,这家校办印刷厂一度昼夜机器轰鸣,吵得楼上的住户心烦气躁。现在,一楼已经没有机器了。快递公司租下了曾经的厂房,用作快递中转的仓库。院内的空地上堆满快递纸箱。穿彩色冲锋衣的快递员快活地进进出出,他们中午会在小院里一起吃盒饭,一起仰头看着楼上的三层。这里住的人家曾经都是印刷厂的员工和他们的家人。现在这些人只是凑合着生活,每天观察四周的高楼在小院里投下阴影的变化。

爸爸工作的这家校办印刷厂曾经是很风光的。那所学校里的工人都想尽办法要到印刷厂工作。他们不像其他校办企业只是印学生的作业本和试卷。他们主要印挂历,偶尔还接电话黄历的活。印挂历的彩印机很贵。

索菲亚小时候喜欢偷偷跑去印刷车间,看机器的巨大滚轮在雪白的纸张上轧过去,很神奇地,颜色清晰的图像就留了下来。它们会永远留在纸上,再不褪色。妈妈不喜欢索菲亚去车间,因为容易被油墨弄脏衣服。油墨的污渍几乎是洗不掉的,会成为永远的污渍。每到下半年,印刷厂便开始印新一年的挂历,总是会繁忙一段。晚上人们休息了,机器却不能休息。妈妈会在晚饭前站在三楼的走廊上朝楼下喊,"老秦,回家吃饭。"这座楼里的主妇都这么喊。一时间女人们的声音此起彼伏,几乎盖过机器的轰鸣。爸爸会喜气洋洋地回家吃饭，饭后泡一缸很浓的茶，端着茶缸再回车间。那是一家人最好的时光，那时琪琪姨妈还没有出现。爸爸妈妈的争吵只是围绕着"要不要这么拼命工作，反正工资都一样"这样的事情。

周末的时候，他们可以去离家不远的公园，散步和野餐。同去的家庭和他们一样，都在印刷厂工作，都有一个孩子，男孩或者女孩。索菲亚喜欢公园里那座旋转木马。但并不经常能坐上，除非节日。

琪琪姨妈那时带她去坐过一次旋转木马，就在琪琪姨妈说自己要去北京嫁人以后。

索菲亚放学，和莉莉一起回家。莉莉也住在这座小楼，莉莉家在四楼。在墨绿色铁栏杆的大门外，琪琪姨妈叫住了索菲亚。

"走，我带你去玩。"姨妈说。

"不行，我得回家。"索菲亚说。

"我跟你爸爸说过了，没事的，一会儿就把你送回来。"琪琪姨妈满不在乎地说。

索菲亚只好跟莉莉告别，让自己被琪琪姨妈领着离开。

她们走过的路恰好是索菲亚放学回家的路。已经是夏天了，这是 1994 年。那些高楼还没有大规模出现，只在远处零星冒出一两座高楼的轮廓。路两边的房屋，多是二三层的矮楼。树木高过它们，招摇地覆盖住整条道路。索菲亚那时还不知道，这些房屋和树木，将很快消失，房屋会成为破碎的瓦砾，树则被连根拔起、装上卡车，运往别的地方。

她们不知为何就走到了公园。似乎再没有其他地方可去。姨妈一路上不住地唉声叹气。索菲亚不是太喜欢这样。如果和一个总是叹气的大人在一起，任何事情都会变得不好玩。

琪琪姨妈说，"刚刚那个，是你的好朋友？"

她说的是莉莉，索菲亚答："是的。也是同学。"

"是个好女孩，不过，你有喜欢的男生吗？"

这太大胆了。索菲亚的确有喜欢的男生，但她不能告诉琪琪姨妈。姨妈是大人，这些事是永远不能告诉大人的。

索菲亚装作没有听懂的样子，只是摇头。

"哈哈，我懂了。不过，有一天，你会遇上喜欢的男生的。"琪琪姨妈说，又神秘地小声告诉她，"到时候，要把握住。"

索菲亚点头，她听懂了。只是，她后来并没有把握住。不过这些事情又不是你能够控制的。就像爸爸说的，"我们都没有选择。"

"你要结婚了？"索菲亚问姨妈。

"是的。"琪琪姨妈的脸上，看不出新娘的喜悦。索菲亚也不知道新娘应该是什么样子的，但肯定不是姨妈这样。她那时脸色并不好看，白色衬衣让她显得更黑，而她的细腿根本无法支撑起黑色的紧身裤。

"你跟谁结婚？"索菲亚只是好奇。

"哦，一个男人，你不认识。他在北京，当老师，比我大十五岁。"琪琪姨妈好像说着别人的事，反正听上去还是不在乎。

"什么？十五岁？你喜欢他吗？"索菲亚鼓足勇气才问出这样的问题，"喜欢"两个字，她说得很轻，好像生怕琪琪姨妈听见一样。她还不能自如地讨论这样的话题。

"哦，芭芭拉仙女，你真是小鬼头。我告诉你，一定要把握住你喜欢的人，不然你就只能跟一个不喜欢的人结婚了。"

"你不喜欢他？"索菲亚没听懂琪琪姨妈的话。

"不，我喜欢，不过我们只见过一次，所以不是那样的喜欢。他前妻死了，只想找个人过日子。而我呢，我要离开这里，我在这里过得不快乐，你们让我伤心。快乐很重要。你呢？你快乐吗？"

索菲亚觉得自己挺快乐的，但她想起爸爸妈妈近来的争执，又有些不确定。她仍然点点头。

琪琪姨妈说，"那就好，这也是我停不下来的原因，我要一直快乐，所以我得更好地生活。"

"那祝你幸福。"索菲亚那时觉得说出这样的话，会让自己像个真正的大人了。

琪琪姨妈又笑着捏了她的脸蛋。

她们一起坐了旋转木马。因为不是周末，又临近黄昏，坐旋转木马的只有她们两个人。琪琪姨妈坐在索菲亚身后的木马上，那匹马戴着金色的喇叭花冠。"这匹是马的皇后。"索菲亚告诉琪琪姨妈。索菲亚自己的木马是一匹纯白的，马鬃高高飘起来，正好是用手握住的把手。只是，这旋转木马的油漆已经开始脱落，每匹马身上都有难看的斑点。开木马的师傅不情愿地打开小房间里的操作台，不情愿地按下一些按钮，嘟囔着"人太少了，要加钱的"。琪琪姨妈扔下一些钞票，索菲亚不知道那到底是多少。

索菲亚记得那木马转起来，琪琪姨妈高声呼喊着，这让索菲亚感到有些难为情。然后旋转加速，音乐叮叮咚咚地，飘荡在她们上方。琪琪姨妈的瘦腿在木马上前后晃动。

她是大人了，不适合坐这个。索菲亚想。

渐渐地，索菲亚觉得自己真的快乐起来了。她想起自己喜欢的那个男生，尽管她并不知道他的名字，想起一会儿回家可以吃到的妈妈做的鸡蛋羹。她还想起这个带自己出来坐旋转木马的琪琪姨妈。她将去北京结婚，然后开始新的生活，她也不会死了。这一切似乎都预示着新的时间拉开了帷幕，如同旋转木马越来越快的速度一样。她感到生活将如此刻夏季傍晚微凉的风一般，扑面而来。她只要张开双臂，就能把握住所有。

但当天回家的时候，索菲亚便意识到，旋转木马上的幸福感，只是转瞬即逝的幻觉。它转得再快，也不过停留在原地，不会像琪琪姨妈一样，飞到北京那么远的地方去。

琪琪姨妈给索菲亚买了棉花糖，她自己也买了一个，索菲亚从没见过路上举着棉花糖的大人，琪琪姨妈是第一个。她们手拉着手，各自吃着棉花糖。琪琪姨妈说这让她想起她的小时候，和俞秀琼手拉手走路。她那个妹妹聪明、乖巧，总是怯生生地跟着她，去任何地方。她认为自己是爱妹妹俞秀琼的。在妹妹更小的时候，她还背过妹妹呢。

索菲亚无法想象这些事，她倒是希望自己会有一个妹妹。但这种愿望并不强烈。

她们回到印刷厂楼上的家。在门口，索菲亚已经闻到了鸡蛋羹的味道，这是妈妈给索菲亚百年不变的晚餐，她很熟悉那种淡淡软软、又有一丝鸡蛋腥气的味道。

"俞秀琪，你到底想干什么？"妈妈说。

"秀琼，我带孩子去玩儿了。"

"我们都急死了，以后不许你这样，你得考虑我们的感受，不过，你从来都是这样，从不考虑别人的感受。"

"没事的，以后我不会。反正我就要去北京了，离开这里。"

妈妈好像被这句话触动了，她停了一会儿，才温和地说，"那个人，听说年纪很大，是个老师，是可靠的？"

"可不可靠又怎么样？有的人看上去可靠，实际上一点儿也不。"

爸爸不在家，也许还在楼下的车间里忙工作。

妈妈脸色很不好看，她似乎深深吸了一口气，之后竟然去拉姨妈的手，说，"总是要找个归宿的，原来你就是这么跟我说的。"

琪琪姨妈抿嘴一笑，躲开妈妈的手，说，"什么归宿不归宿的，现在我不这么想了。"

"我们希望你幸福。"

"真巧，芭芭拉仙女也是这样说的，是你们教她的吗？"

妈妈的耐心也许很有限，她声音大起来，嚷道，"你别把所有事都怪到我们头上，当初是你自己非要去参军的，老秦求你不要走，我妈也求你，我也求你，可你还是走了。一走好几年，老秦和我没办法，我们也是没办法啊？！"

"我没有怪你们，我只是运气不好，谁让我是姐姐呢？从小爸妈把好东西都留给你，你以为我不知道？读书的时候，妈妈偷偷攒粮票，都是给你的，从来没给过我，连个男人，最后都得留给你。你以为我没有为你想过吗？你聪明，可以上大学啊，我不行，我只能去当兵。我不怪你。我说了，我在这地方就倒霉，我得离开。"琪琪姨妈说完，真的就转身离开了。

妈妈也冲出门去，趴在三楼走廊的栏杆上，朝楼下喊，"老秦，你女儿回来了，回家吃饭！"

爸爸应了一声，兴冲冲地上楼来，不知道他有没有碰见刚刚离开的琪琪姨妈。爸爸上楼梯的脚步声很急促，很远都能听见。

"芭芭拉仙女，急死我们了，你去哪里了？"爸爸一边洗手，一边问索菲亚。

索菲亚正在不慌不忙地吃鸡蛋羹，棉花糖还剩一半，放在一个盘子里，慢慢融化，边缘处的金黄糖浆一滴滴落在盘子上，一个没精打采的棉花糖，好像此刻没精打采的索菲亚一样。她努力回想琪琪姨妈的那只棉花糖，不知道她是吃光了？还是扔掉了？

她知道，爸爸妈妈又免不了一场争吵，琪琪姨妈每出现一次，他们就必须吵一次。好在琪琪姨妈就快离开了，要不然索菲亚可是忍受不了了，她也有点想离开了。尽管下午在旋转木马上的时候，她刚刚体会到一点幸福与勇气。现在，又都消失了。幸福的东西总是会很快消失的，就像棉花糖一样，很快便融化，除非你迅速把它都吃掉。

索菲亚还没来得及回答。爸爸又问妈妈，"她姨妈来过了？"

妈妈正在盛饭，只是淡淡地说，"是的。她领走了你女儿，说带她去玩儿。"

"是吗？你们玩儿什么了？"爸爸坐到饭桌前，问索菲亚。

"去坐旋转木马了。"索菲亚有点害怕，虽然她并不知道自己害怕什么。

他们没有如她预想的一般吵架，所以让她害怕吗？她想不明白。

妈妈也坐下来了，他们一起吃饭，这座四层楼的每一个家庭，此刻也许都一样，三口人坐在一张正方形的木桌前吃晚饭，桌子上会盖一块玻璃，玻璃下会放一些照片，或者什么也不放，墙上是本厂印刷的挂历，每个房间都会挂。这里的家庭，都住在几乎一模一样的房子里。连家具也差不多，因为大家都只能在同一家百货公司买家具。生活本该这样，像印刷机吐出的彩页，每一张都精美、精确，毫无差别。只有琪琪姨妈，是印刷中出现的那张意外。

妈妈先开口，"你怎么想的？"她问爸爸。

爸爸说，"什么怎么想？"

"她要去北京结婚，那个人比她大十五岁，他们只见过一次。"

"哦，我听说了。"

"哎，不过也好，她就是这样。"

"什么样？"爸爸问。

妈妈想了很久，慢吞吞吐出四个索菲亚不明白含义的字，"好高骛远。"

爸爸也想了很久的样子，说，"结婚总是好事，我们该高兴些啊。"

"是啊，她一个人总是不太好。"

"你别在意，你也知道，她就是这样的人，再说，原来也是我们对不起她。那钱，她说去投资了，我想也行，就当给她结婚的贺礼吧！"

"是你对不起她，不是我们。"妈妈说。

爸爸说，"是我，是我行了吗？"

"如果不是我们非要打越南。"妈妈说完就扔下碗筷，跑进卧室去了。

8

琪琪姨妈的美容店，开在一个小区的里面。索菲亚和她的见面，多数时候都是在美容店。小区的绿化很繁盛，几乎遮挡住"琪琪美容院"几个字的小招牌。这个小区也是北京城最老的外交公寓，经常出入着不少外国人。美容院里的装潢都是东南亚风格的。琪琪姨妈说自己长得黑，没准会被人当成泰国人，所以琪琪美容院的招牌项目也是泰式推拿，不过琪琪姨妈从来没有去过泰国。她手下只有四个美容师，一个前台兼收银，两个打扫卫生的阿姨，此外还有一条叫美美的哈士奇狗。

索菲亚有时会让这里的美容师免费帮自己做指甲，有时也帮收银的小姑娘照看前台。她在外资公司的工作反正也是前台，除了上班时间，她都有大把的时间在北京城里闲逛。公司宿舍里的姑娘都忙着谈恋爱或者傍大款，都是一回事，总之不过是待价而沽，给自己找个好的归宿。索菲亚认为"归宿"是不存在的。这个大概是受了琪琪姨妈的影响。他们当年可都是认为琪琪姨妈嫁给老夫子，虽是仓促的远嫁，也是一个归宿。但后来呢？他们终究走不到一起去，还是离婚了。琪琪姨妈似乎在离婚后才开始真正重视起老夫子来，时不时地跑去老夫子家里关心一下他的近况。那个老夫子，到底也是人老心不老的，事到如今，他依然在勤奋地相亲，准备娶第三任太太。

"我不会让他得逞的。"琪琪姨妈发誓说，虽然她并不认为自己对老夫子有过一丁点感情。"我也不知道为什么，就是不想他再娶。"

"因为你有过的东西，别人再拿去用，感觉总是怪。"索菲亚现在已经不是十岁的索菲亚了，现在她可以和姨妈自如地谈论这些问题。

"嘿！还真是。就像前一个客人用过的浴巾，不好再给下一个客人用的。"琪琪姨妈捧着茶杯，小心翼翼抿一口。

可是，爸爸是那条浴巾吗？琪琪姨妈拥有过的东西，妈妈接过去用，然后他们又有了索菲亚。他们努力在生活中避开琪琪姨妈，仿佛她就是一块恶性肿瘤。他们曾经出钱给琪琪姨妈做手术，去除脑袋里的肿瘤，但他们不知道，可能琪琪姨妈才是肿瘤本身。索菲亚不愿意想起这些事。

"可是，反正你也不要了，给别人也没什么吧？"索菲亚不知道自己是在说老夫子，还是爸爸。可能都一样。她有时猜想琪琪姨妈其实并不在乎感情，她在乎的东西比感情要更深奥，也更难把握。

"话这样说，但还是不一样。你以后会知道。"琪琪姨妈回答。

索菲亚会想，如果琪琪姨妈是自己的妈妈，自己现在的生活会不会不一样？但那样的话，他们不会生出她来，索菲亚也不会出现在这个世界上。这样一想问题便会更复杂。她宁愿自己从来没有出生过，因为生活不容易。时代的确不同了，生活却一样。

琪琪姨妈店里的美容师，是看上去很像的四个小姑娘。她们仿佛都很怕姨妈。其中有一个这天来问姨妈，"王姐要求折扣，可是她没有给美容卡里充钱。"美容院都是这样，你需要先存一笔很大的钱，才能拿到足够的折扣。这个美容师看上去很羞涩，大概为自己竟然提出这样过分的要求。琪琪姨妈在美容院门口的沙发上，换了一个扭曲的姿势，说，"你去办吧？这样的事还要问我？"

索菲亚看见美容师吐了吐舌头。

"这些人都不知道在想什么？这店看上去很红火，其实都是靠顾客预存在卡里的钱的。你看今天，一点流水的进账都没有。我手上根本就没有流动资金。"琪琪姨妈抱怨。

索菲亚这天本来想说借钱的事。于是她觉得现在不是好的时机。

美容院里燃着气味古怪的熏香，没多时就让人昏昏欲睡。琪琪姨妈身上也总有这种香味，毕竟她多数时间都在自己的店里打发时间。来这里做美容的女人都不年轻了，却仍穿红戴绿，踩着细细的高跟鞋，或者裹一条花色的紧身裤，这样自然不便于走路。高跟鞋踩在光亮的地砖上，总让人疑心她们壮硕的身躯会立刻滑倒，看上去惊心动魄。琪琪姨妈会认真地给她们做皮肤测试，用一台复杂的仪器。仪器上接出无数的电线，每条电线都有不同的颜色，但电线另一头都有金属的小圆头。琪琪姨妈就用这些小圆头在女人们脸上身上的不同部位上涂抹，然后那台机器的显示器上会出现繁多的数字。那些数字提醒姨妈，现在她可以惊讶地喊道："天啊，你多久没有爱护你自己了，啧啧，糟糕，现在的皮肤状况，太糟糕，太糟糕。"看着她们无比紧张的样子，琪琪姨妈会立刻改换声调，用最柔和的声音说，"不过，还好，一切都来得及！"她们多数都会乖乖听从姨妈的话，从标价昂贵的美容项目中，选择一个比较贵的。那些数字真是神奇。

就是这样，索菲亚见过几次之后，便对琪琪姨妈的生意失去了兴趣。这家美容院从琪琪姨妈到北京来的第二年便开张了。琪琪姨妈那个在医院工作的战友认识一些做医疗器械的人，她从那些人手里买了美容器械，她本来应该用那些钱做手术的，不过她那时已经不需要做手术了，所以她开始做买卖。战友自然拿到了不菲的回扣。那时美容院还很稀少，琪琪姨妈的生意一度不错。第一年美容院赚了一些钱之后，她发现，最赚钱的公司第一是卖医疗器械的，第二是做美容的。于是她又给医疗器械公司投了资——就像她告诉爸爸妈妈的那样。正好那家战友介绍的公司需要一些民间资金周转，他们承诺她很好的利息回报，琪琪姨妈认为这是个不错的机会，把老夫子的存款也投了进去。

那时老夫子正在写自己的回忆录，写到1989年前妻在夏天死于街头的事情，悲愤难当，看见眼前的现任妻子琪琪，不免觉得怜惜又羞愧。他激动之余承诺要好好和她过小日子，尽管当初他和琪琪姨妈结婚的时候，不过是想找一个不用每月付工资的长期保姆。他要写回忆录，生活杂事便无暇顾及，因此他需要一个保姆。但这个自称琪琪的女人在他生活中出现之后，他发现她在打理家务上实在乏善可陈。他揭开家里所有的茶杯，几乎都能发现里面的茶叶渣长出了白毛。他在续弦一事上实在是未经调查研究，此时只能暗自后悔。琪琪一门心思想的都是开美容院。他起初只是有种随她折腾去的心思，觉得她反正也不花他的钱。何况她经常不在家的话，他更能安心撰写自己的生平。自从5年前前妻暴亡，他如此倒霉的一生，便只剩下这唯一的一个心愿了。一年之后，美容院不仅开张，而且收入丰厚，琪琪姨妈全凭记忆就口述了美容院的投入产出，房租、装修、机器、工资、营业税、美容品……反正很像那么回事。所以琪琪姨妈提出再投资的时候，老夫子没有反对。他拿出了存折——他本来想用那些钱自费出书的，但如果有更多的钱，他就可以印更多的回忆录了。他认为这样也不错。

　　老夫子最终也没能自费出版自己的回忆录。因为琪琪姨妈投资的医疗器械公司因为非法集资被法院给查封了。消息通过电话传来。琪琪姨妈接到消息的第一时间，一点也不急。她在梳头，直到把头发都绾了上去，固定在头顶，她才想，至少可以拿回本金。

　　可是他们没那么好运。再有消息传来的时候，是说那家公司已经资不抵债，公司被查封的写字间已经很长时间都没有交房租了。所有的投资人基本一个水泡也捞不回来。老夫子于是也不得不知道这消息。他没那么沉着，因为他一生从未在金钱方面遇到过投资失败这种事。他最重要的反应是，从此再也没法写作了，最要命的反应则是心脏病发作了一回，最意外的反应当然是体重很快降下去三分之一，体形和琪琪姨妈越发近似。他愤愤不平，要想找当初的介绍人理论，为什么把这个劳民伤财的女人介绍给自己？结果老夫子得知，那个介绍人自己，就是琪琪姨妈那个战友，都已经被关进去了——她也涉嫌非法集资，正被公安机关调查，后来被判刑。琪琪姨妈也是受害者之一，只是她比老夫子想得开一些。她的美容院依然能够经营，无非是从头再来。

　　这些事是琪琪姨妈讲给索菲亚的，索菲亚听来觉得不可思议。琪琪姨妈只是用这些来证明她是一个运气不好的女人，事情的结局总是很难照她预料的方向发展。

9

　　爸爸发来短信说，他们差不多已经借齐了手术的钱，让索菲亚不要再为此担心了。他不过是在暗示索菲亚，别向琪琪姨妈开口了。

爸爸曾说过，"是我们对不起她"，所以无论如何，琪琪姨妈都是没有错的，哪怕她当年拿着爸爸妈妈的钱去投资，然后告诉他们："投资失败"。

索菲亚看着短信，猜想妈妈此刻正翻出的漂亮的白眼，哦，不，妈妈视网膜脱落，现在还住在医院，不知道她还能不能翻白眼了？也许正是翻白眼让她的视网膜脱落？白眼这种动作里有太多不利于健康的情绪，因此导致视网膜罢工？

索菲亚希望自己没这么多踟蹰，希望自己早就帮妈妈搞定两万块钱去做手术。可是她不得不承认自己性格中的软弱，和爸爸一样，她对要争取的东西不过稍稍试一下，然后就放弃了。所以她很少遭遇挫折——只有琪琪姨妈这样不断尝试的人，才会不断遭遇挫折。那年在旋转木马上，琪琪姨妈告诉她，对喜欢的男生"要把握住"。她没做到，事到如今当年那个男生依然不知道她的名字。她开始觉得自己什么都把握不住。

她是在琪琪姨妈的车上看见爸爸的短信的，并因此想起太多的事情，恍惚回到省城那座四层的印刷厂老楼里。

索菲亚还想起，琪琪姨妈经历的一些事，琪琪姨妈在小小的美容院呼风唤雨，酥红的指甲捻开皮肤测试仪上五颜六色的开关……索菲亚一直以为自己想做一个女强人。现在，无法开口借钱的现实状况让她意识到，自己多年来怀揣着一个多么荒唐的理想。她从来都不会成为女强人，她最多只是童话剧里那个善良而无知的芭芭拉仙女，所以她才会那么盼望成为女强人，原来人总是希望成为自己永远无法成为的那种人啊。

她为自己感到惋惜。身下汽车的真皮座垫下有空调的凉风直白地吹起来，她看了看正驾驶车辆的琪琪姨妈。五十几岁的女人，脸上永远看不出兴奋还是忧虑，皮肤因为长久的保养显得十分虚假，好像光亮的白色保鲜膜裹住一些暗沉的黑暗物质。这个姨妈身上有太多索菲亚不能理解的东西。她被那些不能理解的东西彻底征服，以至于晕头转向。

"谁的短信？"琪琪姨妈问。她这天心情不错，因为又成功干扰了一回老夫子的相亲活动。这一次索菲亚和美美都没有参与，琪琪姨妈自己对这件事本就驾轻就熟。然后，琪琪姨妈回到美容院，说起当年的投资失败，又主动提出要开车送索菲亚回公司宿舍。

"我爸爸。"

"哦，小伟怎么样？你有没有告诉他，你今天跟我吃了牛排？"琪琪姨妈说。她指的是必胜客的外卖，牛肉饼，被她称作牛排——琪琪姨妈总是不自觉美化自己的生活。

"哦，没有，不是，我是说，他说的是别的事情。"索菲亚说。

"别的事情？什么别的事情？"琪琪姨妈似乎对此刻心不在焉的外甥女很不满意。

"是的。别的事，是，我妈妈的手术。"

"哦，你妈妈的手术……什么？你妈妈的手术？"

索菲亚那时的思绪，仍停留在姨妈的指甲和皮肤测试仪上，待她意识到自己被带入了这样一段对话的时候，一切似乎都来不及了。她挣扎了一天也没有讲出的话，就这样意外出口，"她视网膜脱落，做手术，需要两万的手术费。他们想找你借。"

"哦，手术费，这是小问题，没关系，我想，我还有……"姨妈似乎一边想着宇宙飞船这样毫不相干的事，一边说着话，还一边开着车。

她们突然同时往前弯下腰去，伴随着猛烈的冲撞。索菲亚直起身的时候，意识到琪琪姨妈的车又出了事故。

这次是追尾。追上前方一辆白色面包车。面包车上走下来三个壮汉，用河南话此起彼伏地嚷着："咋回事啊？"

琪琪姨妈关上车窗，开始给余律师打电话。她并不着急，甚至还顾得上在遮阳板的小镜子里看自己的唇彩是否脱落。索菲亚惊魂未定，一方面是因为这未有伤亡的交通事故，终于还是被自己碰上了一回；另一方面，当然是因为随之而来的那个她终将一睹真容的余律师。

索菲亚和那个年轻的男人并不认识，也谈不上任何瓜葛，但琪琪姨妈再三念叨的相亲，仍然在索菲亚心中留下了恶果。余律师三个字，成为她心中对爱情空洞的幻象。当这种近似幻觉的效果产生的时候，索菲亚不知道这样到底算是好事还是坏事。索菲亚希望琪琪姨妈会在这时候说些什么，但又同时希望她什么也不要说——无论是借钱，还是余律师，都是让人不堪的话题。

琪琪姨妈打过电话，摇下一丝车窗，一边涂着惨烈如血色的口红，一边气定神闲地对那几个围攻车辆的河南人说，"请等等，我的律师马上就来了。"那几个人似乎都没不明白，此时为什么需要一个律师，但琪琪姨妈已经关上了车窗。

余律师像西游记里的观世音，似乎是从天而降的。总之，在交通并不畅通的北京，他很神奇地几乎立刻就现身了。琪琪姨妈对此并不意外。也许她早就习惯了他的随叫随到、神出鬼没？

　　余律师和对方的司机签了事故处理协议，又说了些什么。索菲亚坐在车内，并没有听见，大概是约定去保险公司定损的时间，虽然双方的车看上去都没有明显的破损痕迹。

　　余律师坐上车的后座，说，"没事了，走吧！"

　　整个过程只用了最多五分钟，琪琪姨妈的口红还没有抹好，便轻轻抬头，看了看后视镜，然后启动车辆。

　　"这是我外甥女。"琪琪姨妈说。索菲亚担心她早就告诉过余律师，要让他们相亲的事情。

　　但似乎并没有。余律师让索菲亚叫他小余，又从后排座位伸过来一只白净的手，手上是一张同样白净的名片。某律所，余同律师。

　　索菲亚说了自己的名字——不是秦娅娅，也不是芭芭拉仙女，而是索菲亚。

　　他说，"你跟你姨妈长得很像，都很漂亮。"

　　琪琪姨妈夸张地笑起来，说，"跟我女儿一样嘛，可惜，你只看到了表面。"索菲亚觉得琪琪姨妈的话有多重含义。她不确定。

　　"是吗？那内在的是什么？我倒是很有兴趣。"余律师的声音很好听，不像索菲亚想象中那种只会咄咄逼人的律师，怎么形容呢？索菲亚想，大概是职业化的声音吧。比如她自己的工作，是公司前台，在接电话的时候会用一种自己都不熟悉的声音，那也是职业化的声音。他也一样，用职业化的声音跟她们说着话。

　　"哈哈，你对她有兴趣？"琪琪姨妈问，索菲亚认为她应该换一下人称代词的，比如说，"他对你有兴趣"这样子。

　　"我对美好的事物都有兴趣。"他回答。

　　"那倒是，这一点我们是一样的。这也是我们一直能合作的原因。"琪琪姨妈说。

　　余律师提议他们一起吃晚餐，似乎是为应证自己"对一切美好的事物都有兴趣"。琪琪姨妈犹豫了一下，又重新问了索菲亚一遍。索菲亚觉得自己处境被动，她预感自己无论说同意还是不同意，都会被琪琪姨妈鄙视。她本来想回答"随便"，就像女人们都喜欢说的那样，"随便"。但她想起自己还有借钱的事，一时就答应了下来。

　　他们晚餐去吃了真正的牛排。尽管琪琪姨妈为一天吃了两次牛排而表达出埋怨。余律师却强烈坚持，因为那家牛排也是"美好的事物"——他不断强调。他很有说服力，这一点，索菲亚觉得是真正的律师必须要有的。

索菲亚和余律师喝红酒，琪琪姨妈说自己要开车，只喝水，不过后来她也还是给自己倒上了一杯酒。余律师看索菲亚的眼神，让她感到不安，她没有遭遇过这样的状况——几乎是一次相亲了。而她只跟琪琪姨妈去破坏过老夫子的相亲。

但琪琪姨妈并没有撮合他们的表示。这让索菲亚困惑。她希望琪琪姨妈能说些什么的时候，她反而什么也不说了。但琪琪姨妈一定知道他们之间的好感，不是男女间的好感，只是初次见面的两个普通人之间，互相不嫌恶的好感。大概余律师有这样的能力，让所有初见的人都对他评价不错。

余律师眼睛很小，小到你无法看清他的目光正投向何处。但他的嘴却很大，这也许是做律师必须要有的，一张大嘴。他说自己是帮琪琪姨妈打离婚官司的，那是一场艰难的胜利，值得自豪的经历。然后他们依然保持联系，琪琪姨妈在遇到法律问题的时候总会找他，尽管他只是一个民事律师，他的多数时间都在帮人离婚。

他忙着拆散姻缘。索菲亚想，这不是积德的职业。

"那要怎么做？"索菲亚问，她对离婚官司缺乏了解，以为他们的谈话难以为继。

"主要看过错方。"余律师一板一眼地说，好像在法庭上做陈述。

"哦。"索菲亚知道，琪琪姨妈告诉过她。那个老夫子为这场离婚几乎倾家荡产，当然，琪琪姨妈则大获全胜，战利品就包括五环外的那套复式住房，那据说是老夫子的学校刚刚分给他的。而他被琪琪姨妈掌握了出轨的证据，只得送出一套房子。

索菲亚想他可能并不知道，琪琪姨妈当初嫁给老夫子，就是为了离开省城，开始新生活。也许一场全胜的离婚官司，早就在姨妈的计划之中？姨妈总是有计划的。去参军，嫁到北京，开美容院，劝说老夫子拿出存款去投资。琪琪姨妈现在的计划是什么呢？索菲亚不知道。余律师却仿佛知道。因为他随即就跟琪琪姨妈谈论这一年去云南的事情。

"那边都联系好了，跟往年一样。"余律师对姨妈的态度很好。

琪琪姨妈只是点头，似乎去云南的事情让她担忧，"哦。"她简单地答道。

"资金周转而已。不用担心。"余律师也是琪琪姨妈美容院的法律顾问。

"是啊，这年头，不冒险就没有出路。"琪琪姨妈感叹着。她又转向索菲亚说，"是吗？不冒险就没有出路？赌一把吧？"

索菲亚正在切似乎永远也切不完的牛排，她抬头问："什么？"

琪琪姨妈却只是笑，很诡异的样子。

余律师可能在帮索菲亚解围，他说，"那一年，你姨妈刚离婚。我们一起去了云南。为什么要去云南？我也不太清楚。我只是觉得她是个好人，很随和。而我也刚好有年假，准备去旅行，我们便一起去了。中缅边境那地方，真是热得吓人。我刚知道原来中国和泰国并不接壤啊。后来我们就经常联系。再后来，我们每年都去一次云南，冬天的时候去，也是度假。"

"她出了事故总是找你。"索菲亚说。

余律师笑了笑，并不回答。

"那是真的吗？我原来的姨父出轨？"索菲亚问。

"哦，这是客户的隐私，我不能说。"

"那说点你能说的吧？"

"我能说的？哦，那可是个大秘密。"

"什么秘密？"

琪琪姨妈警觉起来，余律师却说，"秘密就是你姨妈美容院里的泰式美容产品，都是云南的，根本就不是泰国的。"

琪琪姨妈长出一口气，然后三个人都笑起来。

琪琪姨妈说，"你知道小时候我们把索菲亚叫什么吗？"

"什么？"余律师仍然对一切美好的事物都有兴趣。

"芭芭拉仙女，哈哈……"琪琪姨妈说完就大笑起来，她从来也没有笑过这个名字。

余律师也笑，只是没有姨妈那样夸张。"什么？芭芭拉，芭芭拉仙女？这是什么名字？"

索菲亚并不明白琪琪姨妈为什么突然提起这个？芭芭拉仙女。很多年都没人再这样叫过她了。自从她13岁那年以后。那一年爸爸下岗，她遭遇了第一次失恋，不完全算是失恋，她只是得知那个男生喜欢的是莉莉，然后她来了月经。爸爸再没有叫过她芭芭拉仙女。她不再是他的仙女了。她只是一个面对生活有些无力、又有些无奈的伤心女孩。后来她逐渐忘记了那个男生，没那么伤心，但这种无力又无奈的感觉再也没有离开过她。琪琪姨妈却一直记得，索菲亚曾经是全家人的芭芭拉仙女。但琪琪姨妈是把它作为笑话看的，一个矫情、造作的洋名字，就像索菲亚这个名字一样。索菲亚为此感到愤怒，可是不能发泄。他们还在笑，看上去他们的笑容一模一样——是开心，又有些高傲，属于成年人的复杂的笑。

索菲亚此刻十分想如妈妈那般，翻一个大大的白眼，可是她连翻白眼也没有学会。她只是僵硬在那里，等待他们逐渐平静、呼吸均匀的时刻。

"索菲亚，告诉我们，为什么是芭芭拉仙女？"琪琪姨妈问。

"小时候的名字，每个人小时候都有这种名字啊。"索菲亚说。

"可是，为什么是这样一个……奇怪的名字？"余律师也问。

索菲亚于是说了"儿童剧"，还有"粉红色蓬蓬裙"，这些词，像那个剧院阴冷的凉风，一丝丝吹开沉淀多年的时光，袒露出的，只是与生俱来的某种窘迫。她怨恨琪琪姨妈在余律师面前揭露她曾经的幼稚：芭芭拉仙女，一个找不到归宿的可怜仙女。

"芭芭拉仙女？是什么意思？我想，在那个剧里，她肯定是有意义的吧？"余律师是在配合琪琪姨妈吗？反正他看索菲亚的眼睛里，再也没有了某种怜惜的神采，只剩下一些陌生的好奇、一点鄙视和很多的嘲弄。

索菲亚努力回想，那陈年的儿童剧。芭芭拉仙女是一个快乐单纯的小仙女。在仙女们的世界里，有各种仙女。没错，芭芭拉是其中最孤独的那一个，她住在蘑菇房里，只有一个朋友，大蘑菇。仙女们有各种法术，她也有，那是她手里的扇子，扇凉——代表"善良"，一个拙劣的象征。她善良又孤独，所以她能化解仙女们之间的所有问题。她其实是力量最强大的那个仙女啊。

"这种儿童剧，就是用来骗小孩子的吧？"余律师穷追不舍地问。

"你这样认为？"索菲亚还想告诉他，琪琪姨妈其实叫俞秀琪，她妹妹叫余秀琼，还有余秀琼的丈夫叫秦小伟，是俞秀琪的青梅竹马。可是她一个字也没说。

"我说的吧？你看，我这个外甥女跟我，其实大不一样。"琪琪姨妈说。

余律师又笑了。索菲亚此刻觉得自己真讨厌他，为什么总是在笑？"芭芭拉仙女，哈哈，原来小孩子真的会相信这些啊，仙女，仙女……"

索菲亚说，"为什么不信？我是说，人总是要相信一些什么的吧？"

"是吗？不，不，现在还有什么是值得相信的呢？空气？吃的？还是感情？"余律师笑着答。

"可是，你是律师啊？律师不应该相信法律吗？我猜。"索菲亚认为自己说得没什么底气。

"法律？不，法律不是用来相信的，法律是用来……用来使用的。"

索菲亚还想说什么，但琪琪姨妈制止了她，她们眼神相撞的时候，索菲亚觉得自己似乎打了个冷战。

琪琪姨妈说，"NO，我们不要讨论这个了，我们还是说说，芭芭拉仙女好不好？芭芭拉仙女，你是仙女耶。"

10

索菲亚已经确定自己和余律师之间没戏了，不只是因为他嘲笑了芭芭拉仙女，而是因为他和琪琪姨妈双双去了云南。

"生意需要，去进一些美容产品，都是中草药，云南那边便宜。"琪琪姨妈这样说。

索菲亚没有问为什么余律师也会去。她没来由想起老夫子那次被她们破坏掉的相亲，意识到琪琪姨妈也许根本就不希望让自己的外甥女和余律师在一起。如此索菲亚便感到颓丧。然后她几乎是出于报复提出了借钱的事。"姨妈你当时要做手术，爸爸妈妈什么话也没说就借钱给你了。"

"哦，索菲亚，你说这话是什么意思？"

"没什么意思。"

"等我从云南回来，我就把钱给你，你放心，真的，你知道，美容院资金周转的确有问题，好不好？你是芭芭拉仙女，你不应该生你这个老姨妈的气啊？"琪琪姨妈看上去那么和蔼，索菲亚感到自己几乎都相信她了。

索菲亚没去过云南，在她家里，爸爸妈妈说起云南的时候，也似乎总是怪怪的。爸爸曾经独自去云南旅行，带回来一只有大象装饰的玻璃杯的纪念品，可是，那只玻璃杯被琪琪姨妈打碎了。妈妈从来没有去过云南。索菲亚记得，妈妈有时在电视上看见和云南有关的东西，总是迅速换一个频道。她不知道这是否总是巧合？索菲亚曾问过爸爸，"为什么自己一个人去云南旅行？"

"因为你还小，你妈妈要照顾你，不能去。"索菲亚根本不相信他的回答，因为她现在已经不需要照顾了，但他们还是避开云南，以及那次旅行。

索菲亚于是问琪琪姨妈，"云南有什么？"

"云南没什么。"

"那你为什么每年都去？"

"因为云南和很多国家交界，缅甸，还有越南，不过，跟泰国不交界。"琪琪姨妈说，然后又问索菲亚，"你问这个做什么？"

索菲亚于是说起爸爸去云南的那次旅行，她那时其实并没有印象，直到后来因为玩那只玻璃杯被爸爸呵斥，不过那只玻璃杯后来也被琪琪姨妈打碎了。她还说了妈妈对云南的恐惧，有一次索菲亚只是刚提出去吃云南菜，妈妈就惊恐地摇头。

"哦，天啊，他们怎么这样？"琪琪姨妈夸张地表示。索菲亚则摇头，她也不明白。

琪琪姨妈大概想了想，才说，"索菲亚，他们没有告诉你，我以为那都不重要，但我没想到，他们，尤其你妈妈，竟然这么在意。那个人死在云南。"

"哪个人？"

"你知道1979年我们打越南吗？"

"嗯？"索菲亚听说过。

"对，你妈妈有个相好的，也当兵走了，跟我一样，只是他去了云南，那阵子我们准备打到越南去，但是他没去成，听说在云南就死了，死于瘴气，也不知道真的假的，反正死在野外，尸体也没有运回来。"

爸爸和琪琪姨妈，妈妈和那个死在云南的人，索菲亚感到自己在这个世界上的出现，只是出于一种奇怪的排列组合的结果。

"我看你需要好好消化消化，"琪琪姨妈说，"不过，都过去这么久了，再说，这些事跟你一点关系都没有。跟我倒是关系挺大的，你看，如果那个人不死，你妈妈就不会那么伤心，也不会嫁给你爸爸。原来我们都以为这些事不会改变，现在看来，没有事不会变，所有事都会变的，真是的，所以，还是自己顾自己吧。"

琪琪姨妈去云南后，索菲亚的生活安静下来。妈妈的手术已经完成，现在还住在省城医院。"手术很顺利，我们很高兴。"爸爸说。妈妈需要蒙一段时间的纱布，就像捉迷藏里那个被蒙住眼睛的人一样。至于琪琪姨妈，爸爸说都不怪她，"她一个人在北京打拼，本来也不容易。"索菲亚没有告诉他们关于余律师的事，这个白净的小眼睛律师逐渐从索菲亚的印象中淡忘。在这一点上她认为自己很像爸爸，如果事情让自己不堪，那就退一步，再不行，就再退一步。

索菲亚去过两次琪琪姨妈的美容院，都是出于琪琪姨妈的交代，去为她监管那些"偷懒不干活的美容师"。可是索菲亚对她们并没有产生威慑作用，她们斜着眼睛看索菲亚，似乎对老板娘这个外甥女并不满意。这样的时候，索菲亚会认为自己很贱，她不喜欢自己对琪琪姨妈唯命是从的样子。于是她躲进美容院的一间美容室，狭窄的美容床上是洁白的床单，撒有一些玫瑰干花的花瓣，像点点血痕。旁边的小柜子上，摆着一排小瓶的中草药——姨妈就是为这些草药去了云南。

她打开其中一瓶，闻了闻，那香味让她快晕过去了，不知道那些做美容的女人是如何忍受的？美容室里的灯光只有暗淡的一小点，像鬼魅的烛火，那么柔弱的灯光，似乎一不留神就会灭掉。

她那时根本不会想到，这是她最后一次待在琪琪姨妈的美容院。

11

琪琪姨妈再也没有从云南回来，反正索菲亚再也没有见到她。她也许在北京，只是索菲亚打听不到，她不认识什么人，没有这样的能力去找到她。

索菲亚尽管不愿意承认，但她的确一直在等琪琪姨妈回来。她突然意识到琪琪姨妈于自己的重要性——姨妈给她贫乏的生活带来一些仿佛是希望的东西。虽然那种希望很渺茫，也并不现实。而琪琪姨妈的缺席让她明白，自己可能只是像爸爸妈妈一样，被动地生活，假装平静。琪琪姨妈从前到北京寻找自由，她也是，但姨妈找到的不是自由，她发了财，然后，金钱改变了一切。索菲亚从前到北京，似乎也是为寻找自由的，但她没有找到。

"你用不着害怕这世界，我猜这世界应该害怕你。"琪琪姨妈这样告诉索菲亚，因为索菲亚害怕某些必然经历的事情，比如"我在北京待不下去了，我得回省城去，可是我害怕回去，我也害怕北京"。

索菲亚认为琪琪姨妈并不理解自己的意思。她想起的，是童年时所有家庭的孩子都一模一样的生活，然后那些孩子长大了，分开了，像那些小仙女们一样，各自拥有不一样的法术了。莉莉去了南方，在网上售卖人造干花，号称永不凋谢——那是莉莉的法术。索菲亚没有法术，她每天都挤在公司那张狭窄的前台桌子后狭小的空间里，面对着五个电话。她有时会想起省城的旋转木马，让人眩晕，却永远也只不过是在原地打转。她听说那旋转木马已经没有了，连那个小公园一起，都推翻重建，成为某新兴小区的绿化带。她倒是去过北京的游乐场，那里的旋转木马都有更鲜亮的装饰。她从没坐过，因为她已经是大人了，再也不能光明正大地坐旋转木马了。这些事情都让她害怕。

一个月之后，索菲亚以为姨妈回来了，便去美容院找她。索菲亚想起，一直以来都是琪琪姨妈打电话给自己，而她似乎从来没有给琪琪姨妈主动打过电话。

到美容院后，索菲亚看见了门上的封条，有公安的印章。

她感到惊讶，不知道发生了什么事。她给琪琪姨妈打电话，关机。她想透过窗户往里看，但拉上了窗帘，什么也看不清楚。她犹豫了一下，想起余律师，又意识到自己根本没有余律师的电话。那张名片早就被扔掉了。

她漫无目的地等了一会儿，却不明白自己在等什么。这是一个极寒的冬天。北风迎面吹开她的嘴、鼻、眼睛，还有喉咙，她感觉就像自己正在硬生生吞下没有成熟的某种水果。眼前几棵干瘪的树，树枝上连一片叶子也不剩下。天色像马上要黑暗下去，尽管从时间上看，并不会，但她还是感到一种只属于黑暗才会孕育出的绝望。她意识到什么事情其实已经发生了，就像你明明知道世界会毁灭，却只能等待，无能为力。

她哆哆嗦嗦地给爸爸打电话，花了很长时间描述那些光秃秃的树枝、不远处的马路上车水马龙的噪音，还有美容院门上明黄色的封条，那个十字形的锁眼。

"什么意思？"爸爸并没听懂。他越来越沉着，在妈妈的手术之后依然可以说一些奇怪又过时的话。

"没事，琪琪姨妈失踪了。"她努力让自己的语气听上去很平静，然后她似乎真的觉得平静了一些。她感到琪琪姨妈的失踪是一种她早就盼望的必然，而她自己，仿佛随着姨妈的杳无音讯，也在这座城市里消失了一般。

"她失踪了？"

"她去云南了，但一直没回来。"

"去云南？"

"爸爸，你为什么去过一次云南？"

"什么？"

"她告诉我了，有个人死在云南，所以妈妈从来不提云南，而你去过一次云南，为什么？"

"这个琪琪，怎么跟你说这些？"

"跟姨妈有关吗？"

"不，没关系。你知道你姨妈说的那个人，打越南那年，他死在云南，死得不光彩。因为毒品，他们在他身上发现了毒品，他被处置了。"

"处置？"

"就是处死。"

"那你去云南做什么？"

"我是为你妈妈去的。她认为他们冤枉他了，我想去查实。"

"那结果呢？"

"当然什么也找不到，事情过去那么久了，冤不冤的，有什么用呢，人都死了。"

"姨妈每年都会去云南。"

"不会跟那个人有关吧？我想。"爸爸说，他可能只是这样希望，因为他的话听上去并不坚定。

"我不知道。"

"你姨妈好像也去调查过，她毕竟，还认识一些人，只是后来没听说了。"

后来，是老夫子找到索菲亚的。给爸爸打电话之后，第二天，索菲亚在公司接电话，她并不如以前那样严格等待电话响到第二声的时候就礼貌地应答，她开始恶作剧，有时铃声刚响，便拿起听筒，有时她故意让那烦躁的电话铃响到第五声，才没好气地接通。她从前不敢这样任性，但现在她倒是无所谓了，什么事情都是不可预计的，再小心翼翼又如何呢？

老夫子却突然出现在她面前，是那顶灰色呢帽让她认出他了。他表情严肃。琪琪姨妈的狗，美美，脖子上挂了一根血红的绳子，绳子另一头在老夫子手里。

"狗交给你。"老夫子对索菲亚并不客气。

"她呢？"

"你不知道？"老夫子很意外。

"知道什么？"索菲亚也很意外。

"她贩毒，被抓了。现在不知道怎么样，反正公安是这样告诉我的，我不知道她有没有在我家藏毒品，她还敢把狗寄存给我，这人胆子也太大了，我不敢要，我怕狗肚子里也有海洛因。我把狗交给你，你的地址可让我一通好找。"老夫子说话竟然越来越流利，而且索菲亚认为他脸色不错。

索菲亚的心思还停留在"贩毒"的事情上，根本没意识到那根血红的狗绳已经落入了自己的手心。

12

俞秀琪一直在贩毒，美容院就是她卖毒品的地方。那种小小的粉红色颗粒，装在小瓶的美容产品里。那些美容产品都是咖啡色的粉末，有豆蔻的香味，刚好覆盖住所有的粉红色颗粒，根本看不出来。那些神色慌张又暗沉的外国女人，有的就是俞秀琪的客户。她们住在外交公寓，是天然的保护，她们上午睡觉，下午做美容，晚上去夜店。

俞秀琪最初去云南的时候，带上了自己的离婚律师，因为一个律师也许可以有所帮助。她希望寻找多年前的某案件的真相。一个对越作战的士兵，被发现藏毒，然后被处决。她认为这里面有些问题。可是她认识的那些人，多数都是通过她当年的战友辗转介绍来的，他们有的仍在部队任职，有的在公检法系统，但对时过境迁的那个小小的案件，没有人能找到确切的结果。

"哪怕告诉我尸体在哪里也好啊。"她说。

"有确切的记录，还不够吗？"那些人告诉她。

有的告诉她，"当兵的感到没什么希望了，就有吸毒的。"

人们总是问她，"那是你什么人？"

"那是我老乡。"她简单地回答。但那是她被生活欺骗的开始，她这样认为。

余律师当然知道这些事，他知道俞秀琪不过是在反击，这个女人从不妥协，只是一次次进攻。在云南的调查无果之后，她开始瞄向境外，就这样认识了一些真正从事毒品买卖的人。她询问每一个人是否知道当年那个藏毒的士兵的事，但这些人都太年轻了，对这个死去多年的名字根本就没有印象。

终于有一年，琪琪姨妈去了缅甸，要从云南过境去缅甸实在是太容易的事。她在面向中国人开放的赌场输了很多钱，庄家给她提供了一个还钱的便利方式，贩毒。她似乎没有拒绝的可能，因为她不能死在缅甸密不透风的树林里，成为另一堆再不见天日的腐殖质。她也是在那个时候突然有了一种可怕的想法，也许她苦寻多年的真相也不过如此，她妹妹俞秀琼的恋人，一个当兵后被派往云南去攻打越南的士兵，不过是山林间的一捧土。这其实就是全部的真相，跟毒品、战争，还有她们两姐妹多年的恩怨都毫无关系。人活、人死，这世界只有两种真相。她要活，而不是像那个人，无所谓地死掉。她每一次都是选择活的，秦小伟娶了她那个伤心的妹妹，她想去死，但只是刹那的想法。她被发现得了癌症，好在也没死成，到她投资被骗的时候，竟然就毫无感觉了。她似乎知道自己根本就死不了。她开始贩毒，这件事一开始不容易，但随后越来越容易。边境检查站用扫描仪查毒，但大部分被发现的毒贩都是被自己的神色泄露，她知晓这一点之后就更坦然，不过是沉心静气，认为自己根本没有携带那些东西。她一般和余律师一起干，两个人租车，把毒品藏在汽车坐垫里，车内塞满香料，混淆那些缉毒犬的嗅觉。他们假扮母子，在过检查站的时候表现得跃跃欲试，余律师一脸正气，有时被要求出示身份证的时候，会故意亮出印有国徽的律师证。她还在部队练过走正步，差点参加建国三十五周年的天安门阅兵。这个退伍的老兵便对检查站的新兵表演正步以及慈祥的关爱。如此他们更加一路畅通，从未被怀疑。

俞秀琪认为自己这一年终被查获，是出于自己"与生俱来的厄运"。她认罪态度很好，只是在原则性问题上表现得立场有些问题。不过她表示，这一切和自己的亲人都没有关系，因为他们的关系在"文革"期间就早已断绝了。

在她的口供里，还有一些奇怪的话，让缉毒警察疑心她可能遭受刺激过大，以至于精神失常。俞秀琪说自己是仙女，小时候在他们那个地方，一条街的少年都喜欢她。她领着自己的妹妹从那条街上走过的时候，总是能发现少年们躲躲闪闪的羞涩眼光，像暗处的盏盏路灯。"文革"开始的时候，她小学快要毕业了。她妈妈成了封建迷信老顽固，家里的草药都被倒进了粪坑里。她妈妈哭喊着那些都是珍贵的草药，是可以治病救人的，但没有人相信她妈妈。那些人说，"治病救人不是你的事，你这个老顽固的事就是好好接受劳动改造。"

"那些草药里也有毒品，你们一定要去调查。"她严肃地交代。

缉毒警察出生于1980年，对俞秀琪交代的事情不免陌生，总是提醒她要说些有用的，比如："你的下线是谁，同伙还有谁。"

俞秀琪夸张地摇头，说，"我是仙女，仙女不需要同伙。"

缉毒警察有些火大，这没完没了的口供让他烦躁。他呵斥说，"坦白从宽，抗拒从严，再扯这些有的没的，我们可不客气了，你信不信？"

而俞秀琪又拼命点头，连连说道，"我现在相信了，我相信这世界上有仙女。只是你们都不信，我只好也不信。"

缉毒警察拍着桌子说，"你到底会不会说人话？"

她一直垂着的头这时微微抬了抬，眼睛里满满都是单纯又无辜的光芒，她无比温柔地问他，"那你说，我到底要不要相信这世界上有仙女啊？"

营救麦克黄

石一枫①

1

与黄蔚妮的友谊，被颜小莉视为她来到北京之后最大的收获。

两人初见，是在一家广告公司的面试上。当时颜小莉大学毕业已经半年，失业的历史也长达半年。她揣着一张不高不低的文凭，仰着一副不美不丑的面孔，给二十多家单位投过不薄不厚的简历，也接受过七八次不咸不淡的约谈，但结果总是不声不响被拒绝，都没下文了。怎么过上一份不穷不富的日子就有这样难呢？仅仅因为这里是北京吗？她为什么又偏偏非得留在北京呢？记得上学的时候，颜小莉对这地方也没什么好感啊，总是嫌这儿人多，吵，空气混浊，一年中有一半儿的时间出门要戴口罩。如今倒好像一个和丈夫并不恩爱的女人即将被逐出家门，却突然焕发出要做贞节烈女的热情了。

公司招聘的是行政管理职位。接到面试通知的时候，颜小莉打算这次再不成功，那就回西北老家去。有个表亲开了家制作亚克力的小工厂，附近两三个县的餐馆招牌都是他那儿出品：正宗清真、百年老店、老王家老蒯家老魏家，此外还有肥硕得失真的牛和鸡。回去替亲戚管管账，也算学有所用，反正北京

---

① **石一枫**　1979年生于北京，1998年就读于北京大学，文学硕士。著有长篇小说《红旗下的果儿》《恋恋北京》等，中短篇小说若干，散见于国内各文学期刊。另有翻译作品《猜火车》。

的房租她是实在支撑不下去了，方便面更是吃得她胃里直泛酸水。所以颜小莉走进位于亮马河的那栋玻璃外墙写字楼时，心情几乎是悲壮的，大义凛然的。

仅仅十几分钟后，这点儿气焰就被干净利落地扑灭了。人力资源部的主管通知面试者，职位要求做了临时调整，硕士起步，重点大学优先，关键是还要能说法语，因为将来要和法国总部过来的高层打交道。不符合这些条件的应聘者呢，也不是完全没有出路，前台刚刚空出一个岗位来，有兴趣的话可以去试试。

屋子里登时空了大半。行政管理变成前台，坐办公室的变成迎客的，这何止是戏耍人，简直是存心侮辱人。更何况，做前台还有一个无法逾越的条件限制，那就是性别。离开的大多是身穿廉价西服的男生，而颜小莉的脚刚刚抬起来两寸，却一转念，又落了下去。她朝人力总监举了举手，问前台的招聘在哪儿进行。一个是行政管理与前台的区别，一个是北京与陕西关中小县城的区别，两相权衡，当然是后一种区别的意义更加重大。别管干什么，留下就行。也许她们西北人还真是像北京人所评价的那样，有点儿"轴"。

五分钟之后，身穿格子衬衫和灰毛衣的颜小莉坐在了隔壁那群香气逼人的大长腿、黑丝袜和硅胶胸垫中间。姑娘们看着颜小莉，一律是非我族类的眼神，身边的两个人还特地把屁股往一旁欠了欠，仿佛土里土气也会传染似的。这时颜小莉才意识到，刚才的决定可能又是一次失误，将要引发的是另外一种层面上的受辱。她忽然又觉得有点儿好笑：一个月薪四千块钱的工作，犯得着那么争奇斗艳吗？

但再想走却为时已晚，面试已经开始。每人轮番上去做自我介绍，同时包括全方位的立体展示：举止、形体、化妆水平、普通话与港台腔英文单词的完美融合……轮到颜小莉时，她脑袋里一片杂乱的懵懂，耳朵嗡嗡作响，一句临场发挥的话也说不出来，最后只得面无表情地把简历念了一遍。别人一定都在窃笑，只盼着她把这个过场赶紧走完吧。颜小莉也希望如此。于是她加快了语速，却忙中出错地打了两个磕巴。

黄蔚妮就在这个时候走了进来，她大概刚开完了一个什么会，便走到这间屋里随便遛遛。颜小莉只觉得身边一亮，一条斑斓的丝巾从她的余光里滑了过去，丝巾上方是一张精致得像件瓷制工艺品的脸。有人欠身让座，黄蔚妮摆摆手把问好压了下去，就坐在了颜小莉身边的空椅子上，仿佛饶有兴致地看着她。刚好念完了，颜小莉吁了口气，脖子上挂着一层汗，痴愣愣地向那道磨砂玻璃门走去。

"你是经贸大学毕业的？"黄蔚妮在身后问她。

颜小莉定身回头，像没听懂对方的话。

"行了行了。"黄蔚妮笑了，"出去等着吧。"

本想出门之后就直接去买火车票的，人家却让她"等着"，颜小莉只好和其他姑娘们一起坐到走廊里。从磨砂玻璃门的另一侧，传来高高低低的人声，黄蔚妮的略显沙哑的嗓音间或从几个男人的声音之中跳出来，说了什么却听不清楚。十几分钟过后，人力资源部的人就推门出来了。那人扫视了一圈，眼睛落在颜小莉身上：

"你跟我来。"

颜小莉就这样获得了她的第一份工作。不要说是公司里的别人，就连她本人都觉得匪夷所思。很快她就听说，自己之所以能留下，与黄蔚妮的意见有着直接关系。人力资源部本来倾向于另外一个女孩儿，黄蔚妮却插了嘴，说颜小莉"不错"。别人发表异议，指出颜小莉的气质太拘谨了，不适合跟陌生人打交道，黄蔚妮却说拘谨的人都认真，将来不会出差错。别人又说颜小莉的长相不符合公司的形象，黄蔚妮反问，难道公司的形象就是锥子脸和硬挤出来的乳沟吗？又有人挑剔说，颜小莉的口音不是很标准，前后鼻音分不清楚，黄蔚妮就甩着一嘴京片子说，你们刚来北京的时候，有谁的嘴是利索的？总之争了几句。按说黄蔚妮这个销售部副总插手人事上的事儿，是有点儿越俎代庖的，但她手里正攥着几个大单子，又是外国老板跟前的红人儿，并且区区一个前台，也不是什么要紧的职位，众人也就哈哈一笑，遂了她的意。

进而又有嘴碎的人补充，以前那个前台就是个积极进取的大胸锥子脸，居然敢跟前来拜访黄蔚妮的男人打情骂俏，所以她这次力挺颜小莉，也是"一朝被蛇咬，十年怕井绳"的结果。

不管怎么样，在北京的茫茫人海里，在几乎走投无路的困境中，能有一个陌生人向你伸出援手，这是足以令人感激涕零的。况且援助颜小莉的黄蔚妮又是那样漂亮、干练、受人瞩目，于是那份感激里便不由自主地加入了崇拜的成分。人要有良心，要滴水之恩以涌泉相报，这个道理颜小莉是懂得的，尽管她也知道，自己的涌泉难以比得上黄蔚妮洒下来的一滴水。她能够做的只有在一些小事情上尽力让黄蔚妮高兴。

每天早上，远远地看到黄蔚妮从电梯间拐出来，颜小莉都会走出前台，亲手为她拉开大门，而这是总经理一级的人物才享有的待遇。公司规定上班时间是不能接快递的，因此别人的东西送来了，颜小莉都会照章办事地挡回去，但只有黄蔚妮的，她会认真替她签收，下班的时候默默地递给她。颜小莉还总结出了黄蔚妮每周会有两天熬夜加班，于是次日早上，她就从楼下的星巴克买一杯拿铁，专门留给她。黄蔚妮是喝不惯那种加了过多的糖和奶的"办公室咖啡"的。

颜小莉不仅是公司的前台，还是黄蔚妮一个人的前台。其他同事提起前台的颜小莉时，也会半开玩笑半刻薄地说："不就是黄蔚妮的那个碎催嘛。"对于这个称号，颜小莉是坦然接受的。公司的重要人物中，有几个没有他们的"自己人"呢？总经理的自己人是办公室主任，财务总监的自己人是会计部的一个出纳，黄蔚妮的自己人就是她颜小莉。她甚至以此为荣。

更让颜小莉感动的是，黄蔚妮也有把她当成自己人的意思。最初是每天上下班碰面时，黄蔚妮会特地朝前台这边颔一下首，露出大而化之却又独具慧眼的微笑。渐渐地，当午饭没有应酬的时候，黄蔚妮就会招呼上颜小莉，一起到楼下的咖啡厅吃套餐，刷她的管理层福利卡。再后来，黄蔚妮周末还会叫颜小莉一起去逛街，带颜小莉见识了许多她敢看不敢试的大牌。

在交往中，颜小莉发现黄蔚妮也爱讲八卦、开无聊玩笑、看低智商的电影，尤其热衷于说前男友的坏话。"我第几个前任来着——"或者那些"可以公开的秘密"总是这样开头，然后就是罄竹难书的罪恶：小气，切牛排的动作像个木匠，号称"最爱阿什肯纳齐演绎的肖邦"手机里装的却全是凤凰传奇，吃饭吧唧嘴……在黄蔚妮的率先垂范之下，颜小莉也只得声讨起了自己的唯一一个前男友，但却没法儿告诉黄蔚妮，他们分手仅仅是因为那男孩儿找到的工作在南京，而他负担不起每周见面的高铁车票。

"你们到底为什么掰了？"

"他也吧唧嘴……"颜小莉像交差似的说。

黄蔚妮登时同仇敌忾地亢奋起来："吧唧嘴太恶心了，谁都受不了，对不对？"

颜小莉跟着黄蔚妮大笑，好像她们能共同从吧唧嘴的臭男人那里虎口脱险，是一件惊险而值得庆幸的事情。有了这些琐碎的小愉悦，颜小莉也感到黄蔚妮这个人陡然真实了许多。黄蔚妮不仅是她的贵人，而且称得上是她的闺蜜了吧？假如颜小莉一定要高攀的话。

颜小莉还会不自觉地想：如果她也能活成黄蔚妮那样，该有多么美好啊。这个愿望，大概可以成为颜小莉留在北京之后的奋斗目标。

因此，当黄蔚妮突然找到颜小莉，动员她也来加入那支"救狗特攻队"

时，颜小莉责无旁贷地答应了。

2

　　黄蔚妮的原话是这么说的："明天敢不敢跟我去趟昌平？"

　　当时是周五下午，颜小莉正在整理本周的访客单，准备交到上司那里去备案，而黄蔚妮突然出现，把一条纤瘦的胳膊架在了前台桌面上。听到对方这样问，颜小莉的答复是条件反射的"没问题，蔚妮姐"，然后才生出一点儿疑惑来。黄蔚妮并不喜欢郊游踏青，她消磨周末的地方，基本上不是"丽都"就是三里屯，怎么突然想起要去昌平了？昌平本身倒没什么，也是北京不可分割的一部分嘛，颜小莉租住的房子还在大兴呢。但黄蔚妮干吗偏偏又要加上一个"敢不敢"呢？

　　再回想一下，这两天的黄蔚妮的确有点儿异样。她在公司里仍然衣着鲜亮，处事干练，风风火火地和各路人等打着交道，但只要一闲下来，却往往会不由自主地出神发呆，两眼盯着空气中某个抽象的点，也不知道在想些什么。黄蔚妮仿佛陷入了一种引而不发的焦虑之中，别人没有发现，可颜小莉是看在眼里的。然而看在眼里却也不能主动关切，万一人家根本不打算跟她分享心事呢？那么，说深了说浅了都不合适。在黄蔚妮和颜小莉的友谊中，主导权在谁手里是很明确的，被主导的那一方只有逢迎与配合的份儿。

　　而现在，既然黄蔚妮主动提出了邀请，颜小莉便可以追加一句了："咱们到那儿去干吗？"

　　黄蔚妮哑着嗓子说："麦克黄丢了，我得去救它。"

　　颜小莉像警报一样叫了出来："这么大的事儿您怎么不早说？"

　　麦克黄是一条六岁大的拉布拉多犬，雄性，毛色黄白相间，身高六十厘米，体重二十七公斤。一般狗类就像明治时期以前的日本人，是只有名字而没有姓氏的，乡下的就叫大黑二黑，城里的就叫妞妞皮皮，但麦克黄不同，它有名也有姓。它的名字是麦克，姓氏则随了黄蔚妮，并且姓和名的排列顺序符合西方惯例。仅从这一点就可以看出，黄蔚妮对于这只狗养得有多么上心。在颜小莉的记忆中，黄蔚妮聊天时提起"我们家麦克黄"的频率，甚至超过了她的任何一位前男友：

　　"我们家麦克黄不认识玻璃，每天都会在阳台门口撞两次头。

　　"我们家麦克黄备受左邻右舍的母狗青睐，但至今还是一个守身如玉的处男。

"我们家麦克黄曾经获得社区叼飞盘大赛亚军，奖品是一只挂着铃铛的红项圈。"

谈起前男友的黄蔚妮是刻薄的，甚至是有点儿狠毒的，但谈起麦克黄的黄蔚妮就像拉布拉多犬一样"傻傻地很可爱"。并且爱屋及乌，她越发对所有的犬科动物都焕发出了似水柔情。就算公司里的事情忙得不可开交，但黄蔚妮仍然参加了一个以爱狗为主题的公益协会，那些人通过网络联系，定期去宠物医院给小狗义务看病、洗澡，为动物救助站里的流浪狗捐款，还眼泪汪汪地包场观看《忠犬八公》《我和马利》之类的电影。

"你要知道，在这个世界上，大部分的狗狗都生活在水深火热之中呢。"在露天咖啡馆的遮阳伞下，黄蔚妮认真地对蹲在一旁仰望着她的麦克黄说。

"所以麦克黄，你要珍惜现在的幸福生活，不要再把皮沙发给抓破了。"颜小莉附和道。同时她想，在这个世界上，大部分人还都生活在水深火热之中呢。比如她自己，倒是也想找只皮沙发来抓一抓呢，可是抓破了赔得起吗？

然而上个周末，过惯了幸福生活、连抓破皮沙发也不会受到责备的麦克黄丢了。

丢失的过程很简单，黄蔚妮正带着麦克黄在一楼阳台外的自家小院里玩儿，屋里的电话突然响了，她独自跑进去接，等到一个电话打完再出来，麦克黄就不见了。刚开始，黄蔚妮倒也不太着急，因为类似的情况以前是发生过的，麦克黄很可能是被小区里孩子踢足球吸引，或者干脆看上了谁家母狗，就狗急跳墙地跃过了篱笆。而它在外面遛上一圈儿，很快又会准确无误地找到家门。要知道，拉布拉多犬虽然长相憨厚，却是狗里面智商最高的，就连导盲工作都可以胜任。但这一次，黄蔚妮等了半个小时，一个小时，麦克黄却仍然不见踪影。她这才慌了，没换睡衣就跑出去寻找，保安、邻居、小区门口收废品的人都问过了，却没人能够提供一点儿线索。麦克黄在黄蔚妮的眼皮子底下人间蒸发了。

可想而知，这几天的黄蔚妮该有多么伤感，多么魂不守舍，但她还不能在人前表现出来。公司的一个项目正进行到关键阶段，作为销售环节的主要负责人，如果因为一条狗而耽误了工作，那造成的影响可就太恶劣了。就这么有苦难言地隐忍着，张贴出去的寻狗启事无人回应，接到报案的派出所也明确表示这事儿不大可能认真去管——人丢了还找不过来呢，更遑论狗？黄蔚妮几乎要崩溃了。直到昨天，她才收获了一点儿希望。爱狗协会里的一个朋友告诉她，刚刚得到"线报"，一批近期被盗的宠物犬正准备运往河北。据推测，麦克黄很可能就在其中。

"好好儿待在小区里，怎么就丢了呢？而且任何人都没发现，明显是被狗贼喂了酒馒头，装进麻袋背出去了。那些家伙惯用这一招的。"那位朋友条理清晰地推断，"干这种勾当的人多数都有上线，就是收狗卖狗的狗贩子。我专门替你查过了，这些天里准备出货的狗贩子，只有老巢在昌平区的那一家。"

"如果是拉到宠物市场上去卖，那倒还好，假如狗贩子的下家是外地的狗肉馆呢？那可就……"另一位朋友不甘落后地分析道。

说得黄蔚妮一会儿心存侥幸，一会儿魂飞魄散。这时她就不是八面玲珑的销售部副总了，而是变回了一个六神无主的弱女子。最后，两位朋友一起建议，发动协会的力量，大家一起到路上把运狗的卡车拦下来。劫法场，盗取生辰纲，营救麦克黄。

听到这里，颜小莉却有了疑问："您那些朋友既然消息那么灵通，都弄清楚狗有可能在谁手里了，那为什么不直接联系一下狗贩子，把麦克黄要回来呢？大不了花钱买也行啊，反正对方偷狗不也为了挣钱吗？而钱对于你来说又是……"

"咳，你想得也太天真了，现在已经不是钱的事儿了。"黄蔚妮当初一定是问过类似问题的，这时却用朋友们那种无所不知的口气教育起颜小莉来了，"狗贩子是从来不敢把偷来的狗卖回给本主儿的，因为那样一来，不就等于承认了自己的偷窃行为了吗？要知道，几乎所有狗主丢了狗之后，都会去派出所报案，而几乎所有被盗狗的价值都远远超过了刑事立案标准。那些人贼得很，才不敢冒这种风险呢。"

"原来是这样……"颜小莉嘟囔了一句，眼睛往下垂了一下。

黄蔚妮发现颜小莉目光游移，立刻不满地问道："喂，你该不是怕了吧？我可是把你当朋友，才找你陪我的。"

说实话，此时颜小莉的确是有几分犹豫的。她在网上看见过类似的报道：北京的爱狗人士联合起来，截下运狗的卡车，强行将狗放生，使它们免于变成狗肉全席的命运。对于这种行为，网民的评价分成两个极端，支持者热烈拥护，认为狗是人类的家庭成员，吃狗就相当于吃你的父母亲人；反对者嗤之以鼻，说这纯属是穷极无聊发神经，你那么喜欢狗，干脆跟狗过日子去好啦，还要父母亲人有个屁用。也不知为何，两派都爱把狗和父母亲人扯上关系。而相关政府部门的口径，则是公事公办地奉劝爱狗人士保持理智，不要行为过激，并且警告说，危害道路交通是犯法的。颜小莉为黄蔚妮收快递买咖啡拎购物袋都没问题，反正她有的是时间和力气，但涉及"犯法"这两个字，她一个外地人就必须得掂量掂量。黄蔚妮在北京有房子有高薪，家里还有各种各样的社会关系，因此也就有了一股子对什么都"浑不吝"的劲头，仿佛捅出天大的娄子也兜得住。而颜小莉呢？她可是坐公交让人摸了大腿都不敢喊抓流氓的。

　　但黄蔚妮的要求，颜小莉又怎么能不答应呢？人家黄蔚妮都已经皓齿红唇地把她"当朋友"了啊。再说没有黄蔚妮，她能留在北京吗，能在外企前台的位置上站稳吗？

　　因此，颜小莉嘘了一口气，模仿着黄蔚妮的北京人的腔调说："瞧您说的，我怕谁啊？这么刺激的事儿，平时想碰还碰不着呢。"

3

　　直到第二天早上出门，颜小莉心里仍然咚咚打鼓。因为睡不踏实，反而醒得早，连昨天晚上设好的闹钟都没用上。她不到七点就坐上了地铁四号线，换乘倒车，一个小时后到达了国贸附近黄蔚妮家楼下。又等了十来分钟，黄蔚妮便开着她那辆雷克萨斯从地库里上来了。她拉开车门，递给颜小莉一块用保鲜膜包好的金枪鱼三明治。

　　周六早上不堵车，四环路空荡得铺张浪费。一路上，黄蔚妮都没怎么说话，眼睛倒是空洞地撑大了一圈儿，连太阳穴上的青筋都绷出来了。按照颜小莉的经验，每当黄蔚妮紧张的时候，都会是这种神色。而她这个陪同者所能做的，也只能是不多说多问，埋头吃自己的三明治就好。没一会儿，车子开到城北的一条国道入口附近，黄蔚妮却放慢了速度，将车靠到路边的应急车道上。颜小莉恰好吞下了最后一口动物蛋白和谷物纤维的混合物，这才抬起头来，瞥见路边已经排着五六辆车了。

　　颜小莉以前从未见过黄蔚妮在单位圈子以外的熟人。因此，当她跟随黄蔚妮下车走向其他人的时候，心情还有那么一点儿小忐忑和小自豪。路边的车有丰田大众，也有宝马奥迪，高高矮矮赤橙黄绿，好像在少见的蓝天底下挂了一串彩色灯笼。开车的人大多站在路面上，有男有女，都挺年轻，面相最老的也不过三十五六岁。他们三三两两地聊着天，看见黄蔚妮，纷纷扬手和她打招呼。

　　黄蔚妮对大家敷衍了几个微笑，径直走到一辆奥迪车旁，和靠在后备厢上抽烟的男人聊起来。那人长得高、壮且皮肤细嫩，头顶氤氲着腾腾热气，又穿着一件米黄色的条绒休闲西装，因而看起来很像一只刚烤出炉的大号金砖面包。听黄蔚妮介绍，他叫尹珂东，在一家"级别相当高"的日报社当社会新闻部主任，关于麦克黄的线索，正是他提供的。而尹珂东只对颜小莉略一点头，就把她像一篇通稿一样放了过去，然后两眼主题鲜明、立场坚定地继续锁住黄蔚妮。他还极具新闻敏感性地观察到黄蔚妮"这两天又没睡好"，看来"真是落下心病了"。

继而话锋一转："你别担心，我已经让手下的记者打听清楚了，再过大约十五分钟，那辆卡车会从小汤山出发奔河北，咱们从这条路追过去，肯定能堵住他们……"

黄蔚妮打断他的喋喋不休："徐耀斌怎么还没来啊？都这个点儿了。"

尹珂东有点儿不自在地顿了顿，就势使了个皮里阳秋的笔法："人家是大忙人，这点儿小事未必放在心上。"

正说着，便有一辆橘红色的保时捷跑车轰鸣着，缓缓插进了车队中间，登时成了五彩灯笼之中最耀眼的那一枚。车窗摇下来，露出一个戴墨镜的黑瘦子，喊了一声："蔚妮！"如果说尹珂东像刚烤出炉的面包，那么这人就像一根炸过头的油条了。

黄蔚妮娉婷地走过，纤细的手指像弹钢琴似的敲击着保时捷车顶："又换车了？"

"还没上牌儿就被你征用了。"那瘦子大概就是刚才说的徐耀斌了，他抬抬墨镜，向一旁的尹珂东打了个轻佻的招呼，又问黄蔚妮，"干脆坐我这辆吧？"

"你开车太猛，我怕得慌。"黄蔚妮指指颜小莉，"再说我的车也不能搁这儿啊，这位小朋友又不会开。"

颜小莉当真像小朋友一样吐了吐舌头，似乎是为连累了黄蔚妮不能乘坐保时捷而表示歉意。而这时，尹珂东已经露出了十二分不耐烦："咱们是来救狗的，又不是来看车的，再不走就赶不上趟儿啦。"说完钻进他那辆奥迪，嘭地关上车门。

车队齐整地出发，在路上都打着双闪，路人看到，多半会以为谁家正在办婚事。领头的是尹珂东那辆奥迪，徐耀斌的保时捷则在其他车之间来回穿插，既显摆车，又显摆车技。他还屡屡窜到黄蔚妮的车前，做出类似于牲口甩尾巴的动作，有两次因为车距太近，吓得颜小莉哇的一声。而一直紧绷着脸的黄蔚妮却终于有了些许笑意，她翘起嘴角，好像在纵容这男人胡闹。

片刻，黄蔚妮的电话响了，徐耀斌的声音传出来："尹珂东给我打电话了。"

"他跟你叨叨什么了？"

"让我安全驾驶，别瞎折腾。这人怎么跟个学校里的团委书记似的？"

"那你就开稳当点儿呗。人家说得对你就得听。"

徐耀斌"切"了一声："成，那我听你的。"

他挂了电话，保时捷却嗡的一声吼叫，声势浩大地从黄蔚妮的车旁超了过去，转眼开到了尹珂东的奥迪车旁，一打方向，别得奥迪车惊慌地往右一偏，看起来像打了个趔趄。接着，尹珂东气急败坏地连声按起了喇叭，而徐耀斌却又跑到了黄蔚妮的一侧，透过车窗做了个"V"字形的手势。

黄蔚妮故意不搭理他，但嘴角翘得更高了。这时候，就连颜小莉也看出了她和尹珂东、徐耀斌的关系，于是把话题引到了黄蔚妮爱听的路子上：

"蔚妮姐，你还是劝劝他们吧，别为了你真闹出车祸来。"

"我哪儿管得住他们啊。"黄蔚妮真真假假地叹口气，心情也终于舒展得能聊起前男友了，"就跟我不知第几个前任似的……有一次真跟人家打起来了。说起来都是三十多的人了，怎么那么幼稚。"

"这位徐……大哥是自己开公司的吧？"

"他？就一无业游民。"黄蔚妮说，"不过他们家是做房地产的，在北五环弄了个楼盘。"

正说着，黄蔚妮的电话又响了，这次是尹珂东。对于这个男人，黄蔚妮便拿出了安抚的语气："别生小徐的气啦，他那点儿小孩儿脾气你还不知道？大家都是朋友，都是来给我帮忙的……"

"我才懒得跟他一般见识。"尹珂东鼻子里哼了一声，"我是想提醒你，刚才我们那儿的记者打电话了，那辆卡车马上就要从下一个入口开上来了。一会儿行动的时候，你在后面跟着好了，千万要保持车距，别往前赶，那太危险。"

"谢谢啦，还是你细心——"黄蔚妮的上半句还在润物细无声，下半句却变成了尖叫，"别说了别说了，是不是那辆车！"

果然，道路右侧的匝道上，正有一辆车斗上加装了巨大铁笼子的卡车缓缓驶入。在北京的郊区，人们经常能够看到这样的卡车，车上往往载着几头牛、十几头猪或者几百只鸡鸭鹅——如同上法场之前还要游一游街，只可惜动物们喊不出"若干年后又是一只好牛（猪鸡鸭鹅）"之类的豪言壮语。而这辆车的铁笼子里关着的全是狗。有大大小小几十条，其中最多的是硕大的"金毛"

和"哈士奇"，间或还有"古牧"和"牛头梗"这种少见的品种。狗们一律垂头丧气地耷拉着尾巴，还有的把脑袋伸出笼外，瞪着乌溜溜的眼睛，茫然地与后车的车灯对视。

颜小莉也情不自禁地喊起来："快，快，截住它！"

话音未落，徐耀斌的保时捷已经伴随着更加浩大的轰鸣冲了出去。八气缸涡轮增压发动机可真不是吃素的，一眨眼工夫，就窜到了卡车正前几米远的地方，接着，一个急刹车逼得卡车咯吱一声停下。铁笼里的狗们被惯性拉扯得东倒西歪，挤作一团，却没有一只张嘴叫出声来，好像奥斯维辛集中营里的囚犯，早已被折磨得纯然麻木了。

卡车司机是个二十多岁的小伙子，鼓鼓的圆脸，厚厚的锅盖头，看起来倒像农村年画上的胖娃娃。然而因为风吹日晒的缘故，这个胖娃娃的肤色斑驳杂乱，脖子上更是黑一道白一道的，尽是被汗水冲刷的泥印子。他从车窗里探出半个身子，操着一副破锣嗓子喊：

"你怎么开车呢你？"

徐耀斌已经从保时捷里跳了出来，缓缓地走向卡车。很显然，他还陶醉于刚才那记干净漂亮的拦截，因而一举一动都像美国电影里的硬汉一样注重造型。这条一米六五的硬汉摘下墨镜，挥舞着芦柴棒一般的瘦胳膊宣告："我们拦下你，为的是你车上那些狗。"

"狗招你惹你了？"胖小子问。

"这句话应该我问你才对：狗招你惹你了？"徐耀斌反问，"你们凭什么抓它们，卖它们，吃它们？"

"我又没抓没卖没吃，我就是个开车的。"

"开车也不行，拦的就是你这辆运狗的车。"

两人对话之间，尹珂东已经率领随即跟上来的其他汽车摆好了阵势。他的奥迪和徐耀斌的保时捷并排，堵在了卡车的正前方；左右两侧各有一辆轿车和一辆SUV把守；黄蔚妮的雷克萨斯和一辆大众旅行车则紧紧贴在卡车的屁股后面，为的是防止卡车司机突然倒车逃跑。这个战术，想必是尹珂东事先交代好的。

接着，一辆轿车按起了喇叭，其他车辆立刻呼应。频率各异但一律高亢有力的鸣叫声在公路上空回荡，向茫然失措的胖小子施加压力。救狗别动队的成员们还纷纷摇下了车窗，呼喊起了口号：

"放了那些狗！"

"狗狗是人类的朋友，狗狗是人类的亲人！"

"虐待动物没人性！"

在车声和人声的交错下，狗们也仿佛蓦然惊醒，争先恐后地哀号起来。大狗嘈嘈如急雨，小狗切切如私语，公狗要撒尿母狗也要撒尿，便有几股腥臊的黄水顺着卡车斗的凹痕和缝隙渗透出来了。

黄蔚妮一边拼命按着喇叭，一边招呼颜小莉："你帮我看看，麦克黄到底在不在这辆车上？"

颜小莉便瞪大了眼睛，在铁笼子里搜寻起来。然而狗们堆积在一起乱挤乱撞，就连哪只爪子是谁的都分不清，看得眼睛都酸了，也看不出个所以然来。而这时，尹珂东和几个性急的男司机已经跳出车来，冲到卡车车斗下方，试图把那只铁笼子的栅栏门捯开来了。尹珂东干得尤其积极，又高又壮的一具身子挂在拇指粗的钢筋上来回打嘌悠。

胖小子急得连声喊："讲不讲理呀？没跟你们说我就是个开车的吗？有什么话找我们老板说去。"

"没那工夫！谁知道这些狗被你们运到外地是死是活。"

也许是占了场面上的优势，救狗的人们便过于托大了。他们只顾着对付笼子，却没想到这么一个束手无策的胖小子被逼急了也会犯浑。卡车突然重新发动，一阵颤抖，屁股喷出了两股黑烟，紧接着就往斜刺里蹿了出去。这个情急之下的举动造成了两个后果：一是把试图攀上车斗的尹珂东甩了下来，一屁股坐在柏油马路上；二是卡车车头把徐耀斌那辆保时捷的后视镜刮得粉碎。也怪尹珂东和徐耀斌停车时没把路堵死，给对方留出了两米多的空间，胖小子就开着车，咣咣当当地绝尘而去了。

两个男人同时大喊大叫，一个是屁股疼，一个是心疼。随之而来的是巨大的愤怒：不只嘴硬，还敢逃跑？不只虐待狗，还敢伤人伤车？他知不知道到医院拍一张尾椎骨的核磁共振要花多少钱？知不知道保时捷换一块后视镜要花多少钱？关键是，这种顽抗到底铤而走险的态度实在令人无法忍受。必须得给他一个教训！尹珂东和徐耀斌不约而同地上了车，一脚油门踩到底，争先恐后地追了上去。

场面就此失控。以前看到电影里的飙车场面时，颜小莉只觉得那像一场游戏，此时被加速度紧紧地压在座椅靠背上，她才体会出现实和电影根本是两码事儿。黄蔚妮还不算是追赶得最奋不顾身的，她只是不远不近地跟着那辆卡车，但光看着前面的尹珂东和徐耀斌叫嚣驱突的架势，颜小莉的心脏就快要跳出来了。这两个男人简直像疯了一样，轮番奋不顾身地冲到卡车车头的前方，有两次几乎和卡车撞在一起，却怎么也无法把对方再次逼停。胖小子看来是铁了心较上了劲，操纵着偌大一辆卡车东摇西晃，每每在围追堵截中夺路而出。而这可苦了后面那些狗，它们像碗里的豆子一样腾跃着，滚动着，彼此撞击着，哀号声一阵高过一阵。

你追我赶了几公里，公路侧前方赫然出现了一个岔口，卡车猛打了把方向盘，一头扎了出去。救狗特攻队的大部分车都被甩掉了，紧随其后的只剩下了尹珂东、徐耀斌和黄蔚妮。颜小莉别无选择地坐在黄蔚妮身边，紧紧抓住车厢里的把手，张大了嘴，却叫不出声来。

公路追逐转眼变成了山路追逐。这是一条在北京郊区常见的盘山道，路面颠簸而险峻，几乎仅容一辆车通过。不时有嶙峋突出的怪石在颜小莉眼前掠过，轮胎与地面之间的摩擦更是让她闻到了一股煳味儿。不知拐了几个弯，颜小莉已经分不清东南西北了，她脑子里唯一清醒的念头，居然是勒令自己收紧括约肌，以免在黄蔚妮的雷克萨斯上尿了裤子。而随着身边黄蔚妮的一声"哎呀"，令颜小莉在此后的日子里追悔莫及的一幕发生了。

前方露出一个急而陡的转弯，卡车又刚刚被一块从山体里凸出的岩石挡住了视线，没来得及减速，眼看就要冲出路面，滑下山坡。幸亏那小胖子的驾驶技术还算过硬，他紧急踩了一脚刹车，让车身贴着一蓬半人高的蒿草转了个九十度的大弯，有惊无险地爬上了一段上坡路。这个激烈的驾驶动作也将狗们再次抛了起来，而铁笼子的栅栏门或许刚才就被尹珂东拽松了，因此有两只体形颇大的黄狗和三四条京巴、博美一类的小狗一齐破门而出，天女散花似的飞到山下去了。

黄蔚妮的惊叫正是为此而发的吧。但让颜小莉感到恐惧的，却是另一个状况。

她似乎看到，卡车在拐弯时，车斗的边角撞到了一个人。红衣服，个头不高，瘦瘦的，好像是个孩子。黄蔚妮的雷克萨斯飞快地跟过了那个转弯，而颜小莉扒着窗户回头再看时，路边却又空无一人了。

4

那场追逐到底是怎么结束的，颜小莉反而记不清楚了。好像是卡车翻过了山，慌里慌张地开上了一条正在施工的断路，这才不得不停了下来，束手就擒。尹珂东和徐耀斌围上来，自然又是一番大肆声讨，他们把开卡车的胖小子从驾驶室里拽下来，你一把我一把地推搡、拉扯着，这时也不说狗是人类的亲人了，而是一个要去医院，一个要修车，钱都得由胖小子出。

胖小子全然不见了开车时的莽撞，他的脸煞白，结结巴巴地说："你们要是不追我，我也不会跑啊。"

"还敢信口雌黄！"尹珂东声音雄浑地喊道，一张大脸因为激动，更加膨胀了，"你先跑我们才追的。"

胖小子又指向徐耀斌："他要不把我截下来，我还不会跑呢。"

"我把你截下来是要跟你讲理的，你干吗撞我的车？"徐耀斌也吼道。他的长相和身材不如尹珂东有威慑力，因而特地踮着脚跳了两跳。

"我都说了我就是个开车的了，后面那些狗不是我的，你们还非要为难我……你们讲不讲理啊？"胖小子说着，连哭腔都带出来了。

"得了得了，甭废话了，反正也造成事故了。"尹珂东似乎冷静了一点儿，瞥了瞥变成"一只耳"的保时捷，"咱们还是叫警察来处理吧。我们截你的车，该扣分扣分，该罚款罚款，我们认了。可你在停车的状态下撞坏了人家的后视镜，故意损坏他人财物，这个责任也推卸不掉——咱们都把驾驶证拿出来吧。"

说着，尹珂东首先掏出了驾照。徐耀斌点头称是，也一边掏证件，一边拿出手机就要打报警电话。而这时候，胖小子的神色就更慌张了，他破口而出："不能报警。"

"为什么不能报警？"尹珂东冷笑着盯住对方。

胖小子不说话，额头上冒出了豆大的汗珠。

尹珂东一针见血地指出："你没驾照，对不对？"

这话让胖小子突然崩溃了。他抱着脑袋，蹲到卡车轮子旁边，真的哭了起来，一边哭一边语无伦次地嘟囔："我开车开得好好儿的，谁也没招谁也没惹，你们干吗非要拦我啊……就为了那些狗吗？狗要活命人也得吃饭呀。"

尹珂东趁势施展出谈判技巧，他叉着腿站在胖小子头顶，居高临下地说："无照驾驶可是大事儿，又酿成了事故，起码够得上拘留的了——不过今天的情况确实有些特殊，我们看你又不容易，干脆这么着吧——警察我们不叫了，剐蹭的损失呢，也不让你赔了，但你车后面那些狗得归我们。你看怎么样？"

胖小子没接话，只是呜呜了两声。

尹珂东笑了："没有异议就是同意。耀斌，你也没意见吧？"

徐耀斌不满意地插嘴："我这可是新车……"

"将就将就吧。"尹珂东立刻打断他，"反正万把块钱的修车费用，对你来说也就是一顿饭钱。"

徐耀斌往黄蔚妮这边扫了一眼，只好大度地耸了耸肩膀，没再说话。

尹珂东的脸上堆起了一箭双雕的快意：既在黄蔚妮面前抢了头功，又顺带慷了徐耀斌之慨。这个成就让他忘掉了自家屁股上的隐隐作痛，跳上了卡车车斗，再度上演了徐耀斌没能演好的硬汉形象——迎风而立梗着脖子睥睨一切，掏出电话呼叫：

"动物保护中心吗？我们刚刚解救下来一批被盗的宠物狗，请求支援，请求支援！"

直到这时，颜小莉还坐在雷克萨斯的副驾驶位上心惊肉跳，两只膝盖不停地哆嗦。而她旁边的黄蔚妮也脸色煞白，两手离开方向盘，撑在座椅上，十只鲜红的指甲恨不得掐进"阿尔卑斯头层小牛皮"里去。

颜小莉叫了她一声："蔚妮姐……"

黄蔚妮如梦方醒地感慨："刚才吓死我了，那么陡的路，那卡车司机还开得那么快，这不是浑蛋吗？"

尹珂东却在极具英雄气概地招呼黄蔚妮了："快来找麦克黄啊——是不是吓掉魂儿了？我早就让你别跟着了，女人开车就是不行。"

两人只好定了定神，一前一后跑到卡车旁边。黄蔚妮一边在铁笼里辨认，一边颤声呼唤道："麦克黄，麦克黄！"尹珂东和徐耀斌也凑了过来，一人捡了一根树枝，帮助黄蔚妮把"金毛"和"古牧"轰开，露出藏在狗群里的拉布拉多犬，同时你一言我一语：

"是不是这只？"

"我觉得这只像，麦克黄的脑门上不是有一块白吗？"

几个人团团乱转，只有颜小莉的心思不在狗上。她绕着卡车车斗，像要证实什么似的，用手指轻轻触碰着锈迹斑斑的铁皮。在车尾右侧，果然沾着一小团暗红色的液体，明显是血，血里混着几根狗毛。那么这究竟是人血还是狗血呢？颜小莉的心再次狂跳起来，只觉得两腿发软，站都要站不住了。

而从车斗的另一侧，一阵轻轻的抽泣声传了过来。颜小莉的眼睛穿过几条狗腿，看到黄蔚妮正捂着脸，肩膀一耸一耸的。他们已经辨认了两遍，仍然没有发现麦克黄的踪迹。被迫接受这样的事实，无疑让她失望到了极点，也接近崩溃的边缘了。

两个男人却还在如火如荼地抢着风头，轮番软言软语地安慰黄蔚妮。尤其是尹珂东，他仗着胸怀够宽大，还试图揽着黄蔚妮的肩膀，把她搂起来："没事的，没事的，这次找不着还有下次。麦克黄会等着你，我们也绝不会抛弃它……"

黄蔚妮一把甩开尹珂东的手："尹珂东，你提供的什么破情报！自己还没核实清楚就把我叫来，简直就像你们那家报纸一样不靠谱！"

尹珂东尴尬地搓起手来，徐耀斌倒快意地无声冷笑。至此，营救麦克黄的行动以失败告终。

那天晚上回到住处，颜小莉已经是人困马乏，累得连澡都没洗，就把自己拍在了床上。然而直到凌晨三点，连隔壁那对一到周末就熬夜上网的小情侣都没了声息，她仍然没有睡意。追车。急转弯。一个红色的瘦小身影。漫天乱飞的狗。车斗上的血迹。这些场景像一部剪辑极其混乱的电影，在她的脑子里无休无止地乱晃。

症结还是出在卡车那个惊险的九十度大转弯上。到底有没有撞到人？那一瞬间的镜头起码被颜小莉"重放"了几十次。在有一些镜头中，路边是空空荡荡的，只有一蓬在尘土里摇曳的蒿草，但在另一些镜头中，蒿草丛中却明明站着一个孩子——不辨年龄，不辨男女，只记得轮廓是瘦的，颜色是红的。是不是她眼花了，或者出现了幻觉？但她的幻觉为什么不能是一群鸟、一棵树，而偏偏是一个人呢？

基于迷乱、慌张、无法确定是真是假的记忆，颜小莉却开始进行理性分析了：没撞到人倒还罢了，假如真的撞了人，将会产生什么后果？那孩子会死吗？他家里人或者其他目击者会报案吗？警察会不会顺藤摸瓜地追查到卡车司机，进而再找到尹珂东、徐耀斌、黄蔚妮以及自己头上？那个脏兮兮的胖小子没有驾照，人又是他的车撞的，看似要负主要责任，但他有个道理讲得也没错：你们不追我，我会跑吗？这么一来，当时在路上追逐的所有人，就都和一桩人命案件扯上关系了。哪怕颜小莉没有开车，她也是涉案人之一，并且"间接促成了案件发生"。她在电视里的法制节目中听到过类似的台词。

人命啊，想到这个字眼，颜小莉浑身打起寒战来。她飞快地把自己的头蒙进被子里，又咬紧牙关才没叫出声来。

一夜几乎没睡，起床之后自然是昏昏沉沉的。这天正好是周日，这套位于大兴黄村的三居室里，除了颜小莉之外空无一人。与她合租的室友们大概是出去踏青了，大家平时都忙得要命，每个礼拜就指着周末透口气呢。而他们所住的这片城乡接合部还保留着一块半干半湿的河滩，带张桌布一篮子食物过去，不花钱也能消磨一天。窗外的天色有些阴沉，使得空旷的房间更显得静谧了，就连门外电梯的开门关门声和有人上下楼梯的脚步声都清晰可闻。这些声音又让颜小莉不由得心惊胆战。

窗外还有警车或者消防车驶过，当时颜小莉正坐在马桶上发呆，听见那尖厉的鸣笛，她本来呆滞的思绪立刻产生了无数联想。颜小莉捂着脸把头扎进双腿之间，终于被自己吓出眼泪来了。

她老实了二十多年，从来没跟父母顶过嘴，从来没逃过学校里的一节课，从来没让男朋友把手伸进内衣底下过，怎么一摊上事儿，就有可能是天大的事儿呢？

中午泡了方便面但也没吃两口，颜小莉看着一只油腻的碗，坐在她那间十平方米不到的朝北卧室里发呆。这时手机突然响了，是黄蔚妮。颜小莉迟疑了好一会儿，终于还是接听了。

"昨天累坏了也吓坏了吧？"黄蔚妮的口吻仿佛比往日更亲切。当然，是那种轻巧的、保持着俯视姿态的亲切。

"还好……"

"看你的脸色不好，还以为你晕车了呢。"

"我只是在挂念着——麦克黄。"

"我硬拉着你去，也是为难你了。我早就看出你这人……心眼儿很好，跟公司里那些两面三刀的家伙不一样。"黄蔚妮似乎叹了口气，又说，"不过拜托你，咱们去找狗的事儿，千万别告诉不相干的人，你知道，我手里的这个项目很重要，合作方也相当挑剔，公司的高层要求我全力以赴。这时候如果传出这种小插曲，谁知道又有什么人要站出来说怪话呢……"

"这个您放心。"颜小莉本想对黄蔚妮说，我也有件事儿想跟你谈一谈，但她咬了咬嘴唇，还是没说出口。

黄蔚妮却突然咯咯一笑，情绪转变之快，像被一只电灯开关操控着："还有个小事儿，我倒想听听你的看法呢。"

"您说。"

"尹珂东和徐耀斌这俩人怎么样？别深琢磨，只需要说你的第一感觉。"

"都挺好。"

"好在哪儿？"

"有钱……徐耀斌比尹珂东更有钱吧？"颜小莉的脑子里充满了嗡嗡响的杂音，连那两个男人到底谁是胖子谁是瘦子都记不清楚了。

"俗了，颜小莉你要这么想就俗了。"黄蔚妮嘴上奚落她，音调里却透出一股难以压抑的欢畅，"关于他们俩那点儿破事儿，我回头再跟你讲吧——昨天我没睡好，今天晚上还被总经理抓差，要去参加一个酒会，所以明天中午帮我买杯咖啡提提神吧，还是拿铁。"

黄蔚妮挂了电话，又把颜小莉抛回着没落的空旷之中。看来黄蔚妮是没有看见卡车撞到人的，没有看见虽然并不意味着没有发生，但在自己也尚未确定事实的情况下，却足以降低撞到人的概率。颜小莉像绕口令一样宽慰着自己。而且你看人家黄蔚妮是怎么活的，工作、狗、男人，三条战线同时作战却都处理得轻车熟路游刃有余。难怪人家是黄蔚妮，而你只配当个颜小莉。

但颜小莉终究不是黄蔚妮，羡慕也没用，学也学不来。到了晚上，她又开始失眠了，白天已经从脑子里赶走的镜头，再次颠三倒四地浮现了出来。简直像个主打午夜恐怖片的电视台，你越怕什么它越要播什么。这一次的心理负担更加沉重，颜小莉只觉得脑子里面有根锈迹斑斑的锯子在来回拉扯着，再锯就要断了，却总也锯不断。

这件事必须得找人说说，哪怕是为了分担自己的压力也好。颜小莉做出这个决定，而她能找的人首先就是黄蔚妮。

5

第二天中午，颜小莉端着两杯咖啡，站在办公区等待黄蔚妮。已经过了午饭时间，黄蔚妮才从密闭的会议室里出来，化了淡妆的脸上带着一片愠色。她大概是又和设计部或者客服部的头头儿吵架了吧？这种事儿经常发生，但黄蔚妮有一项独门功夫，就是吵架挂相不挂心，转眼就能嘻嘻哈哈，嘻嘻哈哈完了马上又能接着吵。

果然，黄蔚妮从颜小莉手里接过咖啡，立刻眉开眼笑："还是你贴心，咱们的售后要是能做到你的一半儿，也就不会天天被客户追着骂了。"

这话是说给客服部的经理听的，那男人气鼓鼓地哼了一声，扭着水桶腰走开了。

颜小莉问黄蔚妮："您要不要吃点东西？现在咖啡厅还有咖喱饭。"

"不吃，让他们那些人气也气饱了，正好减肥。"

这也是黄蔚妮的独门功夫之一，越忙越不饿，越不吃精神头越旺盛。于是俩人坐到休息区的沙发椅上，各自捧着塑料杯吮咖啡。

　　哪怕是给黄蔚妮添乱添堵，哪怕被黄蔚妮说成"脑子秀逗了"，昨天计划好的话该说还得说。毕竟，那有可能是人命关天的大事儿啊，凭什么憋在心里，由自己一个人承担。颜小莉这么鼓励、敦促着自己。

　　但说的时候又得讲究策略。一惊一乍地宣布"出人命了"，反而会让黄蔚妮觉得自己是在信口雌黄。于是还是从狗说起：

　　"那天救下来的狗，已经在动物保护中心了吧？"

　　"是啊。保护中心的车来的时候，你不是看见了吗？"黄蔚妮说。

　　"以后它们会被送到哪儿去？"

　　"能联系上主人的联系主人，联系不上的只好另找人家。"

　　"唉……可惜麦克黄不在车上。"颜小莉看了一眼黄蔚妮，略微加重了语气，"那些狗贩子也真可恶，偷了人家的狗还敢顽抗，还敢逃跑，而且居然还是无照驾驶——假如出了车祸可怎么办？"

　　黄蔚妮阴着脸没接话，看起来是又沉浸在对麦克黄的思念中了。

　　颜小莉又跟上一句："多险啊，万一要是车翻到了山下去，或者撞到了什么人……"

　　黄蔚妮拿眼睛挑了挑颜小莉："你别胡思乱想了——自己吓自己。早知道你这么胆儿小，那天就不该叫你去。"

　　"我不是胡思乱想！"颜小莉脱口而出，但又顿了一顿，声音急剧地衰弱下去，"蔚妮姐……有件事儿我不知该讲不该讲。"

　　"讲吧。都拐弯抹角说到这份儿上了，不讲不把你憋坏了？"黄蔚妮终于以认真的姿态面对颜小莉了。

　　"我亲眼看见……可能真撞到人了。"颜小莉的嘴巴反倒不利索了，刻意矫正了几个月的前后鼻音不分又暴露了出来，"当然，不是咱们的车撞的，更有可能是我看错了……你知道，我的眼神儿一向不太好的，连现代和本田的商标都认不清……"

　　她终于把在脑海中反复萦绕的那一幕描述了出来，尽管语无伦次，但一五一十。讲完之后，颜小莉的心情果然轻松了许多，看来天塌下来，就是得找个高个儿来一起分担。她咕咚一声，咽了口已经变冷的咖啡，眼巴巴地望着黄蔚妮。

　　黄蔚妮的反应却是毫无表情，但眼睛瞪得更大了，又在太阳穴上绷出了两条淡青色的血管。她和颜小莉对视片刻，平静地开口："你一定是看错了。"

　　"可我明明看到卡车拐弯的时候，有一件红衣服……"

"你怎么确定那是红衣服而不是红布条、红油漆、红塑料袋呢？"黄蔚妮说，"你说过你眼神不好的。"

颜小莉立刻积极地点起了头："是啊，那些山上的农民就是喜欢乱扔垃圾的。"

"所以说你就是自己吓自己嘛。"黄蔚妮更加笃定地说，"当时我也坐在车里，从我的角度看过去，可什么都没有发生——什么都没有。"

那天和黄蔚妮谈完，颜小莉一度有了如释重负的感觉。黄蔚妮都没有看到嘛，没看到就是没发生。她反复在心里强化着这个想法，并且尽力使自己像黄蔚妮一样平静、干练、自信。这个世界上的确会有意料之外的惨剧发生，但发生的地点都是电视新闻里那些正在打仗或者暴乱的动荡地区，或者是突然遭受到地震和海啸的灾区，再或者就是像颜小莉老家那种贫困荒凉之地——她记得，以前邻居家有个孩子，父母都出去打工了，爷爷奶奶又管不住，就任由他满世界地瞎跑瞎转，结果有一天从附近厂矿的煤堆上滚下来，被活活埋在里面了。而如今颜小莉已经留在了北京，在东三环最繁华的地区上班，接触的尽是如同从时尚杂志上剪下来的人物，身处在这种环境中，她的生活理应变得光鲜明丽、稳固安宁，不是吗？

因此下班的时候，她的脚步重新变得轻快而有弹性，脸也仰了起来，璀璨地迎向地铁站外那片聚积了新一轮雾霾的灰蒙蒙的天空。回到三居室里的小北房，她还特地给自己叫了一份大号的红烧鸡腿饭，坐在电脑前一边看台湾综艺节目，一边响亮地吧唧着嘴，犒劳自己因为茶饭不思而受了委屈的胃。跟黄蔚妮吃饭的时候，她是从来不敢吧唧嘴的，并且把吧唧嘴的罪恶转嫁到了前男友的身上，但黄蔚妮又怎么能了解，吃饭吧唧嘴其实是多么畅快，多么尽兴啊。

然而这样的好状态仅仅持续了几个小时。"那一幕"被从清醒的状态中驱逐了出去，却从梦里钻了出来。刚刚入睡不久，颜小莉就梦到自己回到了营救麦克黄的那天上午：刹车、转弯、摇晃的蒿草、漫天纷飞的狗、被车斗撞下山坡的一团红色。而这一次，她还清晰地看到那团红色就是一件化纤运动服，半新不旧，松松垮垮，衣领上方是一张充满惊惧的孩子的脸。

颜小莉噌地从床上坐起来，满身是汗，大口喘气，如同刚和什么人进行过一番殊死搏斗。黄蔚妮说没看见，就能等同于没发生吗？要知道，虽然当时两人都坐在车子的前排，但驾驶席和副驾驶席的视野不尽相同。再说黄蔚妮正在紧张地开车，因为山路的陡峭而自顾不暇，她凭什么那么斩钉截铁地替颜小莉的眼睛和记忆做主？

而一旦惊醒，就再也睡不着了。假如说麦克黄的丢失是黄蔚妮的心病，那么山上的那一幕就成了颜小莉的心病，并且她病得比黄蔚妮要深重得多。要想除去这块心病，光跟别人商量是不够的，颜小莉必须亲自做点儿什么。

第二天，颜小莉破天荒地请假了。她捏着鼻子给后勤部门的主管打了电话，谎称自己患上了严重的感冒。前台虽然是最微不足道的职位，却是实打实的一个萝卜一个坑，上司自然满腔不乐意。于是颜小莉又抬出了黄蔚妮，说是没穿外套就去替"蔚妮姐"买咖啡才受了风寒。好说歹说，总算磨出了一天的假期，颜小莉出门坐上了一辆9字头的长途公交，再次去了昌平。

那天拦截卡车的路线倒还记得清楚，只是开到国道入口，公交车就要往另一个方向去了，附近又再找不着其他站牌，颜小莉只好一咬牙，花一百块钱雇了辆咣咣乱响的黑车，沿着国道一路向北行驶，她把头靠在车窗上，两眼死命辨认着每一条岔路，认错了一次又掉了两回头，这才终于拐上了卡车司机曾经夺路而逃的那条盘山道。

但还没往上开出多远，已经满嘴唠叨的黑车司机却停下了车，死活不肯再走了。他指指坑坑洼洼的山路，说路况太差，他那辆夏利本来就很旧了，硬开上去没准儿会散架。司机又说，这条路以前是从山里往外运石料的，现在早已废弃不用，一个小姑娘非要往这里去做什么。颜小莉只好付钱下车，徒步往山上走去。

那天坐车风驰电掣了几分钟，如今换成两只脚，却足足走了一个多小时。山景本身是称得上俊秀的：嶙峋瘦骨，长满了苍翠的松柏，不时有飞鸟和松鼠一类的动物在林间惊起，花岗岩被日晒雨淋成了近乎橙黄的颜色……但因为揣着一个噩梦，颜小莉也没心思驻足观望。她气喘吁吁地爬到一处突兀的弧形弯道，望见了路边的那一蓬蒿草。

没错，就是这里。颜小莉再次确认了一遍之后告诉自己。她壮着胆子走到道路外侧，看见下面是几米深的一道山沟。身边的蒿草中，有几株断了头，只剩下风干了汁液的草秆。该不会是有人落下去时情急之下揪断的吧？这个念头让颜小莉的心狂跳起来。而几秒钟之后，另一个发现更是让她眼前一黑。

那是一只白色的运动鞋，歪斜着躺在山沟深处的两块碎石之间。这么说来，除了那天追车的当事人之外，这地方的确是有过其他人出没的。在"一定要把事实弄清楚"的冲动下，颜小莉鼓足了气力，弯下腰，扒住岩石凸出的棱角，一步一试探地往山坡底下爬过去。

这样的举动对于电视里的攀岩运动员来说算不了什么，但对于习惯了在前台后面一坐一整天的颜小莉而言，就是充满危险的挑战了。爬到一半，她忽然岔了气，肋骨下面一阵生疼，然后手一滑，像只掉下桌面的猫一样四肢乱挠着坠落在泥土地上。幸亏就势打了个滚儿，并没有听到咔嚓的骨头断裂声，但再挣扎着爬起来时，身上的衣服已经没有一处干净的了。

她顾不得许多，跑过去捡起那只鞋。国产品牌"361度"，30码，橡胶鞋底的花纹磨损严重。颜小莉记得自己八九岁的时候，也穿这个尺码的鞋，并且也是底儿都快磨破了家里才给买新的。为了早点儿换一双新鞋，她还在上学下学的路上故意用脚底摩擦地面，她妈妈发现了，就揪着她的辫子狠狠地掐她的脸。那么手里这只鞋的主人身上，究竟发生过什么呢？颜小莉抬头看了看头顶的公路，把自己的记忆加了进来，试图糅合成一幕完整的坠山过程，却只觉得慌乱不堪，整个儿心思都是空的。

就这么发了许久的呆，她才被一股回旋的山风吹醒。两人多高的土坡，是不可能再爬上去了，好在坡底还有一条弯弯曲曲的小径，通向刚才走过的那段公路。颜小莉忍着周身的酸疼，在杂草丛中缓缓地行走着。她想的是顺着公路找到山里的村镇，最好有个派出所什么的，那样就可以打听到最近有没有孩子受了伤。

但假如真有，而且恰恰是被车撞下来的呢？她敢承认自己也是事故的当事人之一吗？对于这个问题，颜小莉是不敢触及的。

回到公路上，拐过那个大弯，又往上走了十来分钟之后，颜小莉终于碰到了一个人。那是个三十多岁的农妇，黑而糙的脸，像被烟熏过的腊肉，背上背个竹筐，筐里半满不满地装了些酸枣。来的路上，颜小莉见过有人在路边摆摊卖这东西。

俩人照面，似乎都是一惊。颜小莉随即意识到，那只旅游鞋还拿在自己的手上，而对面的女人正直勾勾地盯着它。

女人向她开了口，说的却是一嘴河南话："你做啥呢你？"

"什么也没做。"

"我问你拿俺家娃的鞋做啥？"

颜小莉脑袋里轰隆一声，痴了一般，把鞋递过去："捡的。"

女人接了鞋，往背后的筐里一扔，掉头往山上就走。颜小莉鼓了一口气，追上去："这鞋是你家孩子的？"

"对。"

"你家远吗……我刚才摔下去了，想洗洗手，最好能再给我口水喝。"

女人没说话，继续爬坡。颜小莉像吃了一瘪，脚步不由得畏缩地停下来。但还没落后多远，她便看见那女人转过身来：

"跟着。"

盘山道一路向上，不多久，又分了一个岔。往左走，就是那天卡车逃窜的方向，颜小莉知道那里是断路，而女人却背着筐走向了右边。复再前行两里，一圈低矮的院墙从路边的树丛里露了出来，院子里是两间红砖瓦房，看起来摇摇欲倒，房顶上盖着一块塑料布。

跟着女人进去，颜小莉见到了那个名叫郁彩彩的九岁女孩儿。

女孩儿躺在窝棚板的偏屋里，身下是一张砖头和木板垫成的床。她瘦小的身体上到处是伤：额头上扎着一圈纱布，一边一块农村红的脸蛋上涂着大团的紫药水，右手虎口缝了几针，手指头上尽是凝结的血痂；最严重的是左腿，裹着厚厚的一层石膏，翘起来，挂在从房梁垂下来的布带上。虽然屋里光线昏暗，但颜小莉还是看清了女孩儿身上穿着一件暗红色的运动服，以及女孩儿有一双大而明亮的眼睛。

颜小莉正不知所措，农妇已经端了一盆水来，放在小院当中。颜小莉蹲下去，用力地搓洗自己的脸，仿佛如此就能遮住煞白的脸色。洗完了，一只搪瓷缸子便递了过来。她小口抿着热水，尽量不让嗓音打战，装作随意地和对方聊起来：

"孩子怎么受伤了？"

"让车撞了，滚到沟里了。"

"哪天的事儿？"

"上礼拜六。小人儿在家待不住，非要到山底下的学校参加课外活动，走到一半就碰上了车。那路平常是没车的，山那头修了隧道。摔下去腿就折了，动不了，耗到晚上，才被赶羊的人听见了。"

"骨折了也没住院？"

"花不起那钱。外地人，又没单位，在北京没医保。"

"腿没大事儿吧？"

"打了钢钉接上了。但说膝盖也伤着了，有块小骨头碎了，得换个零件。一个羊拐子似的铁疙瘩，说是进口合金的，大概要三万块钱。我们哪有这钱？她爸以前是采石场的工人，给老板放炮炸山，后来政府把场子封了，只能再找活计。上半年被一个山西的矿上雇了，说过去先干一段，等稳下来再接我们。"

那女人的脸一直木讷着，但一说到自家的事情，就浮现出了苦楚的神色。她的每句话都很短，句子与句子之间留有很大的空隙，颜小莉每每以为她要说完了，下一句话却又突兀地蹦了出来。进而又说到了女孩儿的父亲干活儿辛苦而且危险，有两次碰上了哑炮，正想过去查看，突然就响了，幸亏人离得远才没有送命；还说到女孩儿在学校念书不怎么样，跟不上北京的课程，学校警告她说要取消她的借读资格；又说今年野酸枣倒是不少挂果，拿到国道边上卖给郊游的城里人，一斤可以赚上七八块钱，可这生意只有周末能做。

颜小莉又把话头转回女孩的腿上："如果那三万块钱的零件不换……会怎么样？"

"腿吃不住劲，就变成拐子了。"女人简洁地答道。

两人说话时，女孩儿就躺在门后静默地听着，不言不语。

颜小莉终于问出了那个最让她提心吊胆的问题："被车撞的时候，有没有看见车牌号什么的？"

"车开得太快，根本没看见。也报了警，可警察就说让等信儿。"

女人说完，院子里忽然安静下来。颜小莉本来觉得可以松一口气的，但她的心却反而悬了起来，同时感到一阵难以忍耐的酸楚。她下意识地将手伸到口袋里，上上下下地摸，最后只掏出两百来块现钱，一把塞进女人的手里："拿着给孩子买点儿吃的吧。"

"你这是干吗？"女人的声音高扬起来，"咱们又非亲非故……"

"我是孩子学校的老师。"颜小莉扯谎，"就是山下的镇上那所……"

女人念叨了几句，总算把钱接了，又抹了两把眼角。而这时，女孩儿的嗓音却清晰地传了出来："您是老师，我怎么从来没见过您？您教几年级？"

"我刚分配过来，也没见过你呢。"颜小莉答道，接着问了女孩儿的名字。

女人又进屋拎出暖壶来续水，颜小莉却已经趁着这个空当，恍恍惚惚地出了小院，顺着原路往国道的方向走回去。天已正午，阳光普照，松柏与杂草都闪耀着油脂一般的绿光，但这景象在颜小莉看来，却是苍凉而凄楚的。以前在历史课本上学过，北京北部的山区自古以来就是战场，只要越过这道屏障，少数民族就可以畅通无阻地跃马中原，因而几次著名的惨烈鏖战都发生于此。现在，颜小莉的心里也打起了一场战争。

6

既然事实已经很清楚了，那么现在，纠结在颜小莉心里的问题也一目了然：那个"间接与她有关的责任"，负还是不负？不负当然可以，女孩和她的家人至今不知道撞人的汽车是哪儿来的、谁开的，因此她和所有参与追逐的人都是安全的。况且就算要负责任，她颜小莉负得起吗？工作不满一年，工资仅高于保安和清洁工，每月除去租房子和吃饭、坐车的花销，能省下几百块钱都是万幸。想想存折里那个上下波动却长期没有质的飞跃的四位数字，她所要考虑的就不只是趋利避害，还有量力而为了。

然而理智地想要"把这事儿翻过篇去"，颜小莉却发现自己根本做不到。新的场景又开始在她的脑海中反复回旋起来，这时就不是撞人的那一幕了，而是那女孩儿闪烁着一双大眼睛，挂着沉重的石膏，躺在阴暗的小平房里的样子。她叫郁彩彩，九岁，在山下的某所小学借读，上五年级，来北京已经三年，从没去过天安门和王府井，最爱吃麦当劳的薯条但迄今只吃过两次，一次是跟她妈妈去昌平城区卖柴鸡蛋的时候，另一次是她爸出车带回来一包。这些信息都是她妈妈拉拉杂杂地告诉颜小莉的。一旦对某个人建立起了琐碎而生动的印象，你就没法觉得这人与自己无关。通过郁彩彩，颜小莉还一发而不可收地回忆起了自己小时候。在八九岁的年纪，她们是一样瘦，一样脸上挂着农村红，一样怯生生地沉默寡言。谁又知道十几年后的郁彩彩会不会变成另一个颜小莉呢？但她的腿如果真的拐了怎么办？颜小莉还听郁彩彩她妈提过一句，要给膝盖安装那个合金零件，是有时间期限的。如果两个月后损伤定了型，就算花多少钱也补救不回来了。一个拐子，就算上了大学又能干什么？站在前台，人家还会以为台面歪了呢。

颜小莉不仅失眠，还开始了头疼。疼痛来无影去无踪，疼起来连气都喘不上来，同时眼前一片一片地冒金星，简直像在放礼花。好几次正在前台端坐着，她突然就弯下腰去，用指关节死死地顶住太阳穴，嘴里呜咽出来。路过的同事问她怎么了，她还得立刻挤出一脸笑，说自己在捡东西。

在这种情况下，颜小莉第一次深切地后悔起来。她想，如果那天没去参加营救麦克黄就好了。说起来，她还和狗有仇呢。家乡那种小地方的狗和北京的狗可不一样，基本上都是其貌不扬的土狗，既脏又野，而且因为食物匮乏，往往焕发了狼的天性。记得上初中的时候，一天颜小莉骑自行车上学，突然从巷子里冲出一条黑狗，朝着她的小腿就是一口，血淋淋地扯下一块肉来。虽然被同学第一时间背到医院去打了针上了药，但伤口至今蜿蜒在她腿上，令她夏天也不敢光着腿穿裙子。既然如此，她为什么还要答应黄蔚妮？她知恩图报得还不够多吗？干吗这种事儿也要上赶着掺和？

颜小莉，你贱啊你。

而所有的前思后想，又归结为一个决定：这件事情还得找黄蔚妮谈一谈。在北京，她只认识黄蔚妮一个人，对于颜小莉来说难如登天的事儿，对于黄蔚妮就变成了小菜一碟。她想起黄蔚妮向她展示过一块卡地亚"蓝气球"手表，光那东西就不止三万块钱呢。

但恰好在这个时期，颜小莉发现，黄蔚妮对自己的态度变了。数一数，她已经几天没和黄蔚妮说上话了？自从上次谈话之后，黄蔚妮上下班经过前台，就不再和颜小莉笑着打招呼了，而是径直昂首快步经过。她也不再找颜小莉一起吃饭，周末更不会打电话叫颜小莉出门了。就在今天，颜小莉买了黄蔚妮加班之后照常要喝的咖啡，等在销售部办公室门前想要送给她，黄蔚妮却朝外面瞥一眼，立刻就转身回去，再也没出来。

黄蔚妮烦她了？不把她当朋友了？还是因为她贸然说了有可能撞到人的事情，把黄蔚妮吓到了？颜小莉只觉得心里一寒。然而她终究无法像黄蔚妮对她视若无睹一样，对郁彩彩的那条左腿视若无睹。于是这天下班之后，颜小莉特地没走，像尊泥像似的站在前台后面，等候黄蔚妮。

管理层还在开会，已经过了八点钟。其间有人出来抽烟透气，还有外卖公司的人把十几份日式"定食"送进去。颜小莉饭也没吃，怕的是出去一趟再回来，黄蔚妮已经走了。就这么一直耗到了九点，门里的会议室终于轰然一响，总经理和几个高层人物簇拥着一个外国老头儿走了出来。颜小莉立刻溜了进去，远远地就看到黄蔚妮一边和人谈笑，一边吩咐销售部的人把做演示的电子投影系统关掉。

一歪头，黄蔚妮看见了颜小莉，但仍然没跟她说话，扭身往卫生间走去。颜小莉咬了咬嘴唇，埋头追上去，一边追，一边朝那个窈窕的背影喊道：

"蔚妮姐，蔚妮姐。"

几乎要追进卫生间，黄蔚妮才蓦然回过头来，脸上冷冷的："有事儿吗？"

"那天的事儿，我还想再和你说一下。"

"什么事儿？"

"救狗那天，卡车的确撞到人了。我还去过被撞的孩子家里，她叫郁彩彩，才九岁。如果您不相信我，我还可以带您也去看一下……"

"你别来烦我了好不好？"黄蔚妮的眉毛突然挑起来，声音尖厉地上扬，"什么狗啊狗的，你知不知道我现在在忙什么？知不知道这个项目对公司有多重要？知不知道我现在的每一分钟每一秒钟值多少钱？我有工夫管你那些破事儿吗？"

颜小莉哑口无言。这时，后勤部门的负责人恰好从卫生间出来，立刻甩着一双湿手赶过来，呵斥颜小莉："你怎么回事儿？说闲话也得有时有晌，知不知道现在是特殊时期？"

然后堆了笑安慰黄蔚妮："蔚妮，你别生气，回去好好休息，明天还有个会呢。"

"管好你手底下的人。"黄蔚妮撇下这句话，连卫生间也没上就走了。

上司又把颜小莉揪到办公室里好一通骂，说得她的眼泪没忍住，汩汩地流了出来。公司的业务部门拿后勤的人发邪火，这是再常见也没有的事情了，销售副总指责一个前台，更是天经地义。以前还有别人对颜小莉做过更鄙夷、更欺负人的事情呢，她也都忍辱负重地扛了下来。但这次不一样，和她翻脸的是黄蔚妮啊。颜小莉只觉得心里堵得慌，一团愤懑像包在纸里的火一样燃烧、膨胀。她再也按捺不住，和上司拍了桌子：

"你不了解情况就别乱说好不好！"

上司愕然，随后暴跳起来："你还想不想干了？"

颜小莉却耸着肩膀，像只斗架的公鸡一样走了出去。次日上班的时候，她只等着上司来通知她收拾东西走人。事实上，她已经为自己的失态而后怕后悔了。新一轮的大学毕业季行将结束，今年的就业形势更加惨烈，听说就连海归都不好找工作了。如果失业的话，她一个被炒了鱿鱼的前台又能干什么去？她那点儿积蓄又够坐吃山空几个月的？

但一整天却都风平浪静。没人多看她一眼，大家继续把她等同于摆在公司门口的那几株盆栽——还不是富贵妖娆的蝴蝶兰，而是其貌不扬的巴西木。又过了两天，颜小莉才听说，自己能够躲过这一劫，仍旧是多亏了黄蔚妮帮忙。上司本来是卖乖献好，向黄蔚妮表示，决不让颜小莉留到下个月初的，没想到黄蔚妮淡淡地回了一句："人家小孩儿不是干得挺好的吗？比你以前挑的那几块料强多了。"还专门叮嘱，千万别拿那天晚上的事情小题大做，毕竟大家都在精神紧张的状态，都有责任。

这么说，黄蔚妮还是念及交情的。照理颜小莉应该感动，甚至应该再洒下两滴涌泉相报的热泪。但这次也不知是怎么回事，她只觉得心里怪怪的。异样的感觉如芒在背，如鲠在喉，如九岁女孩郁彩彩膝盖里的暗伤，看不见，却抹不掉。

心里的战争还在硝烟弥漫，颜小莉又想到了那天见到的两个男人，尹珂东和徐耀斌。

追击运狗的卡车时，除了黄蔚妮和她自己，在场的就是这两个人了。况且他们还是表现得最积极、最疯狂的，尤其在山路上，恨不得要把对手挤下悬崖方能后快。如果不是他们穷追不舍，卡车司机也就不会被迫以那么快的速度转弯，不会留意不到路边有人了吧？假如要负责任，尹珂东和徐耀斌比黄蔚妮还要难辞其咎。如此一想，颜小莉便再次燃起了希望，她掏出屏幕都磨花了的国产手机，划拉起电话本里的人名来。

只找到了尹珂东的。那天从昌平回到城里吃饭时，只有尹珂东还算活泛，并且和颜小莉互留了电话。而徐耀斌压根儿没理她，那副脸色，恨不得把她当成黄蔚妮家的小保姆了。趁着公司里的人都在忙，颜小莉躲进卫生间里，拉上隔扇，谨慎地按下了拨号键。

响了几声没通，片刻变成了"您所拨打的电话无人接听"，颜小莉只好挂了电话往外走。但才走到走廊，电话就响了起来，正是尹珂东的回拨。颜小莉赶紧冲回卫生间，重新把自己封闭在几张木板之间，像秘密接头一样"喂"了一声。

"小颜吧？有事儿吗？还是蔚妮有事儿找我？"尹珂东居然记得她。当然，这要拜智能手机发送名片的功能所赐。

颜小莉称对方为"尹主任"，首先为自己的冒昧表示道歉，然后又拿出了那天和黄蔚妮喝咖啡时的策略，试图从狗的事儿迁回到人的事儿上。她倒是好意，怕对方一时接受不了事实真相。

尹珂东却打断她："我刚开完一个会，又有几篇稿子要审，你还是有事儿说事儿吧。是不是狗找到了，要不就是狗死了？"

"跟狗没关系。"颜小莉吁了口气，尽量平静而郑重地把撞人的事情说了出来。

尹珂东果然沉默了，半晌才说："真的假的？我怎么没看见？"

"也许您正忙着开车，就没往路边瞧吧。但的确是真的，我还去了那女孩儿她们家……"

"你还去她们家了？"尹珂东低声叫了起来，"那你说什么了没有？"

"没有……"

"那还好。"尹珂东喘了口粗气，沉吟半晌，"这事儿是有点儿棘手。"

"所以我才来问您啊。"

"恐怕还得实地调查一下再说。"

尹珂东没有像黄蔚妮一样矢口否认并且置之不理，这就是一个好迹象。颜小莉立刻请他确定"实地调查"的时间。

当天又是周五，两人便约好了周六早上见。第二天，颜小莉乘地铁四号线，在宣武门换乘二号线前往崇文门外的幸福大街。北京几家有名的报社都在这一带。刚从地铁站出来，就在约定的路口看见了尹珂东的奥迪车。上车之后，尹珂东阴沉着脸，像是一只放冷了的金砖面包，嘴却不停不歇，反复询问着颜小莉所目睹的一切，就连她自己曾经坐的那辆黑车的司机是本地人还是外地人这样的细节都没有放过。这大概是新闻记者的职业习惯吧，颜小莉这样认为。

而半个多小时以后，当车越来越接近那天拐上山去的岔路口时，尹珂东突然闭了嘴。他往前伸着脖子，歪着脑袋，朝道路的斜上方一个劲儿地打量。颜小莉提醒他，路口开过了，尹珂东却不搭腔，掉头向南再掉头向北，又是那么伸着脖子歪着脑袋，把两公里长的一段国道巡视了一遍，才终于驶出主路，往山上驶去。这次上山，他就把车开得极其小心了，简直是走走停停。

接近出事的弯道时，颜小莉说："就是那里。"

尹珂东停下了车，揉了揉因为一直保持着鹅的姿态而酸痛的脖子说："不用看了。"

"被撞的那个女孩儿家就在上面不远……"

"我说不用看了。"尹珂东嗓音浑厚地说，"我已经确认过了。"

"您确认什么了？"颜小莉狐疑地扭过头去。

"从岔路口到山上，一路都没有摄像头。"尹珂东说，"也就是说，没人知道我们曾经追车追到这里，更没人看到那天的事故——假如你说的是实话。"

原来尹珂东所说的"实地调查"，指的是这个。那么他做得可真够缜密、真够专业的。颜小莉豁然睁大眼睛，惊诧地盯住了对面那张白白嫩嫩的胖脸："我说的当然是实话。"

"这可就不好说了。"

颜小莉的口气有了一丝恼怒："您的意思是我在骗您？我为什么要骗您？"

尹珂东却和蔼地笑了，他把一只胳膊搭在奥迪车的门框上，换了个更加舒服的坐姿，然后用一种循循善诱的口气对颜小莉讲解起来："小颜你别激动，我当然不是说你在骗我。我的意思是：一件事情到底有没有发生过，那是要由证据来决定的。警察办案得讲证据吧？没有证据不能乱抓人；对于我们做新闻的，证据就更重要，没影儿的消息胡乱发出去，惹出的乱子更大。我们甚至可以说，一件事如果没有确凿的证据支持，那么就相当于没发生过。你所说的那场车祸，其实就是这种情况。你硬说那天撞了人，但我怎么没看见啊？还有黄蔚妮和徐耀斌，他们怎么也没看见啊？可见主观证据本身就不够充分，更重要的是，客观的证据也不具备，那就是我刚才说的摄像头……"

"可那孩子断了一条腿呀，我亲眼见的，我亲耳听的……没钱治，孩子就残废了。"颜小莉打断他说。

听了这话，尹珂东似乎顿了一顿，能言善辩的嘴打起了磕巴。但他仍然像要把一篇发言稿念完似的，继续说道："小颜……你年纪还太小，社会经验不丰富，好多事儿你根本不懂。首先，有路就有车，这条路虽然偏僻一点儿，但来来往往的车恐怕也不止我们那几辆吧？天知道你说的那孩子是被哪一拨儿过路车撞到的。其次，就算跟我们有关，但直接撞到人的并不是我们之中的任何一辆车，而是那辆卡车，卡车司机才是第一责任人，可他现在人呢？没准儿早跑了！他才不会蠢到故地重游自投罗网的地步。再次，如果我们承认了跟那起事故有关系，给那孩子出了治腿的钱，谁知道那家人会不会接着再要损失费、补偿金，那可就不是几万块钱的事儿了，而是十几万，没准几十万，这不就把咱们讹上了吗？我是做新闻的，这种事儿我听得太多了……"

颜小莉的心凉了下去，比原先听到黄蔚妮的矢口否认还要心凉。她再次打断他："您别说了。"然后拉开奥迪车的车门，跳下了车。

尹珂东往她这一侧探过来："你要干吗去？"

"你自己走吧，我不想坐您的车。"

"你别太幼稚了好不好……"尹珂东的胖脸涨红了，眼神仍然躲着颜小莉，"你让我来不就是问我该怎么办的吗？现在问题已经解决了，你还有什么不满意的？"

颜小莉犯倔似的梗着脖子，侧过脸去不看他："把徐耀斌电话给我。"

"你要找他？行行，跟他说去也好，省得再来麻烦我……反正他有钱，高兴了随手就能甩给你几万。"尹珂东气哼哼地拉开汽车储物箱，拿出一张名片来，揉成一团扔过了窗户。

颜小莉弯腰捡起那团纸时，尹珂东的车子已经轰鸣一声，掉头往山下开去，扬起的尘土呛得她直咳嗽。她面无表情地展开名片，拿出手机，缓慢地拨了上面的号码。说实话，对于徐耀斌，她已经不再抱有什么指望了。那人给她的印象还不如尹珂东，更不如黄蔚妮，并且，谁知道他还记不记得自己这个人。

"谁啊？"徐耀斌的声音懒洋洋地传出来，周围还有嘈杂的音乐和喇叭鸣叫声。他大概在车里。

"徐先生，我们见过的。"颜小莉想了想，索性免去了自我介绍，径直问道，"一个多星期……确切地说是这个月的十号，星期六，您那辆保时捷的后视镜是不是被撞坏了？"

徐耀斌的声音警觉起来："你什么意思？"

"我想告诉您的是，那天因为你们追车，还造成了另一起交通事故，有个小女孩儿被撞伤了，骨折，现在需要做手术……"

颜小莉像小学生背书一样，急切地交代着情况，但还没说到一半，就听见徐耀斌咯咯、咯咯地笑起来。她只好停下来，想等徐耀斌笑完。

徐耀斌却兴致勃勃地问："知道我想对你说什么吗？"

"什么？"

"去你妈的，滚你妈的，×你妈的。"那男人欢快地、尖声尖气地曾经在网络上风行一时的"三妈体"，随后咕咚一声，连电话都懒得挂断，就把手机扔到了一边。

他的车里有人问："怎么回事？"

"现在的骗子真够敬业的，编瞎话都编得有鼻子有眼。"徐耀斌的声音模模糊糊地传出来，"连我什么时候撞过车都知道。"

"那肯定是跟汽修厂的人串通好了的。"旁边那人说，"你开的是保时捷，对于骗子来说也是优质信息。"

"×，以后不去那家修车了。"

"×。"

保时捷里的音乐声被陡然调高，震得电话另一头的颜小莉耳朵都疼了。她茫然地听了好一会儿那个名叫 Fifty Cents 的黑人满嘴脏话的说唱，才茫然地挂了电话，抬头望着远方空旷、苍凉的山景。

7

颜小莉沿着山体踽踽攀登。来了第三趟，路早已走熟了，心里想着哪里该有块岩石，哪里果然有块岩石，哪里该有丛酸枣树，哪里果然有丛酸枣树。至于那个急而陡，下面就是几米深的山沟的拐弯，更是还没望见就在心里估算出了距离。过了拐弯走上一条岔路，就是郁彩彩家孤零零的小院了。

走到院门口，颜小莉的心又揪了起来。她害怕看到女孩闪着一双大眼睛躺在小黑屋里的景象。然而来都来了，她无法过门不入。院子里还是那么寂静，郁彩彩她妈妈蹲在墙根的空地上，规整着一小堆蜂窝煤，背影像一只正在挖洞筑窝的穴居动物。煤大概是从山下的镇上买来的，这两年，北京的农村也推行了煤改气，但山上散落的人家仍是顾及不到的。颜小莉叫了一声"郁婶儿"，女人回过头来，绽开了一脸的笑：

"老师又来啦。"

"正好路过，顺便来看看。"

"您太费心，又没教我们家孩子那个班……"

颜小莉瞥见门口的水缸盖上，放着一堆吃食：苹果橘子，两箱牛奶，还有巴掌宽的一条五花肉。她便问："孩子她爸回来了？"

"哪有，还在山西呢。"郁彩彩她妈妈说，"来的是过去采石场的同事，说是跟着她爸干过两天。不过我也没见过。"

正说着，就从屋后走出一个人来。矮胖的身材，两手沾满了黑乎乎的煤渣，锅盖头下顶着一张被晒得斑驳陆离的娃娃脸。颜小莉一眼认出，是那天开运狗卡车的那个司机。

胖小子迎面撞见颜小莉，也怔住了。两人紧张地对视，像一对心怀鬼胎的人正在用眼神互相试探。

郁彩彩她妈妈的心情却比那天见时爽朗了许多，她打了盆水吆喝胖小子洗脸，又沏了一碗碎末儿状的花茶请颜小莉喝。他们懵懵懂懂地被这女人摆弄到屋里坐下，一个攥着毛巾，一个端着茶碗，连讪笑也挤不出来。

等到郁彩彩她妈妈又出去忙活了，颜小莉才对胖小子开口："你怎么来了？"

"你怎么来了？"对方反问她。

颜小莉又问："孩子的腿……你知道了？"

胖小子仍是反问："你也知道了？"

"那天就看到了。"

"……我也是。"

屋里复归沉默。郁彩彩她妈妈洗了几个苹果送进来，又往外走去，说中午要给他们做饭，烙葱花饼："家里半年也不来客，今天一气儿来了俩，我还占着手不能陪你们……你们聊，你们聊。"看着她去院外的一畦菜地里拔葱了，颜小莉才重新和那胖小子说起话来。她问对方叫什么。

"姓于，于刚，你就叫我小于得了。你呢？"胖小子说。

恐怕不是真名，颜小莉想。哪个无照驾驶的肇事司机会向目击者坦白姓名呢？但她又想起了尹珂东的分析：哪个肇事司机会蠢到自投罗网的份儿上呢？而这胖小子偏偏来了——只不过像她颜小莉一样隐瞒了身份罢了。

"我叫黄……莉。"颜小莉迟疑了一下，给了对方三分之一的真名。

两人互相点了点头，仿佛知道了对方的称谓，心里就能踏实一些。然后不知是谁提议，他们一起站起来，走到偏房外，隔着一道半掩的木门看郁彩彩。女孩儿睡着了，头发披散在脸上，更衬得面无血色，嘴唇发紫。一条断腿还挂在从房梁垂下的布条上，随着呼吸的颤动吱吱呀呀地打晃。她睡得倒踏实，但看的人却越发心思凌乱：膝盖损伤，合金零件，三万块钱，拐腿……颜小莉仿佛再次看到了小时候的自己，一个处境更惨、运气更差的自己。她的心里忽然有什么东西豁然开裂，扯着那个自称于刚的胖小子回到院里，四下张望两眼，压低了声音问：

"我折子上还有六千，你有多少？"

于刚木然地回答她："我没了。"

"真没了？你别骗人。"

"真没了。我骗你干吗，要有钱我早给他们了。"于刚像受了侮辱似的，气呼呼地说，"上次丢了客户的狗，老板扣了我两个月的工资……就算没扣也没用，离三万差远了。"

这句该是实话吧。颜小莉懊丧地用鞋底蹭着地面。除了懊丧，她心底还涌出一股厌恶的情绪，厌恶自己只是个前台，厌恶对面这个连驾照都没有的卡车司机，厌恶女孩儿郁彩彩必得走几里山路才能到学校去。归根结底，她在厌恶他们共同的特点，那就是穷。而有了一个"穷"字打底，所有的纯良的、善意的、温情脉脉的东西都变成了自欺欺人。塞给女孩儿家人的那两百块钱是自欺欺人，摆在门口的肉和水果是自欺欺人，就连颜小莉和这个自称于刚的胖小子在此处不期而遇，也是自欺欺人。

这时，于刚却带着三分宣泄七分自怜，对颜小莉打开了话匣子。他说自己是赤峰人，两年前职高毕了业，就跟着堂叔出来跑长途，从内蒙古往秦皇岛拉煤。那活儿很苦，堂叔开夜车时爱犯困，一犯困就拿烟头烫自己的胳膊。为了能有个人替把手，他教会了于刚开车，路上碰到警察检查，两人就赶紧把座位换过来。然而从今年年初开始，拉煤的生意突然不好做了，煤矿减产，连窑主都有破产上吊的，于刚的堂叔便把车一卖，回家开了个小卖部，却把于刚推荐到北京的一个朋友那儿，在一个物流公司当装卸工。没过多久，物流公司的老板发现于刚车开得不错，便开始在司机人手短缺的时候给他派活儿。当然，因为他没有驾照，跑的都是"安全系数相对高"的短途。这么干了几趟，本来平安无事，可终于还是在替一个狗贩子送货时惹出了事端。

"早就想考个本儿的，可工资都没发下来，也没钱上驾校……你们把我拦住，我怕招来警察就慌了，慌了就只想赶紧跑，跑就不知怎么跑上了那条路……转弯的时候，我从后视镜里看见撞上了人，但更不敢停车……后来的几天，天天晚上做噩梦。今天壮着胆子来了一趟，找人一问，才知道真撞了，还是个孩子……可我眼睁睁地看着她那条腿，就是不敢承认自己就是那个混账司机，有几次话都冲到嘴边了，愣给硬生生地咽了回去……我是不是没用啊？"

于刚说着，伸出一双与娃娃脸很不相称的长满了茧子的大手，攥住颜小莉的肩膀摇晃起来。一边摇晃，他一边重复，鼻涕先于眼泪流了出来：

"你说我是不是他妈的没用啊？"

颜小莉却一发狠，霍地挣脱了于刚的手，还推了他一个踉跄。然后她像负气一样，掉头就往外走。走出院门，正碰上郁彩彩妈妈攥着一把小葱几根黄瓜进来，问："老师去哪儿？"她也不理，迎着无缘无故飞扬起来的尘土，直往山的更高处攀爬上去。她的步履飞快，喘着粗气，使得余光中的山石树木日光云朵颠倒着混淆成了一团，像小时候在邻居家看过的万花筒。这时她心里的念头只剩下了逃跑：既然没有财力应付那三万块钱的手术费，也没有心力面对郁彩彩的那条残腿，不逃还能怎么样呢？还在人家家里假惺惺地赖着干吗？

人家黄蔚妮、尹珂东和徐耀斌能够高度理智意志坚强，她颜小莉为什么不能？她之所以留在北京，不就是打定了主意想要变成他们那样的人吗？

太阳透过一棵树投下的光影一晃，她才发现自己想逃却逃错了方向。本来应该往山下去的，怎么倒走了上坡路？真是昏了头了。颜小莉揉了一把脸，有些疲倦地转过身来，却看见了于刚胖乎乎的身影。他一直不吭声地跟在颜小莉后面，这时才抬起胳膊，扬手向她打了个招呼。

于刚的脸色是尴尬的，或许还有一丝古怪的笑意夹在其中。他这么穷追不舍的，想要和颜小莉说些什么？是继续渲染自己的难处，求她千万不要把撞人的实情透露出去吗？或者干脆会威胁她，恐吓她，甚至在这荒无人烟之处把她灭了口？

无论是报纸上的法制新闻还是电视上的警匪片，都有过这种熟悉的情节。颜小莉不禁心惊胆战起来，身上也发起了冷。真是一步错步步错，人要是昏了头，那就只能自认倒霉。

没想到，于刚的手臂挥动了几个来回，忽然指向了颜小莉身后，脸上的表情变得比颜小莉还要紧张："当心——"

颜小莉一凛，下意识地回过头去，看到一团毛茸茸的东西朝自己疾奔过来。那是一条狗，硕大而强壮，浑身的毛脏兮兮地打着绺。小时候被狗咬过的记忆立刻浮现了出来，颜小莉本能地尖叫了一声，但随即却发现那狗分外眼熟：一只成年的拉布拉多犬，黄白相间，目光友善，脖子上挂着一条红项圈。那是社区叼飞盘比赛亚军的奖品。

"麦克黄！"颜小莉叫道。

麦克黄一跃半人多高，亲热地伸出舌头，在颜小莉的手上舔了起来。

8

那个计划在颜小莉的脑海中迅速成形，但她犹豫着，没有立即付诸行动。

那天他们还是回到小院儿，在树荫下吃了葱花饼。于刚毕竟是个小伙子，人又胖，所以尽管愁眉苦脸，却不影响饭量。他一人吃了脸盆大的一张饼，仍然眼馋地盯着桌上所剩无几的两盘菜。郁彩彩她妈妈见状，忙叨着到鸡窝里去掏蛋，又把放凉了的饼端到饼铛子上去贴一贴。趁着这个空当，颜小莉用筷子敲了一下于刚面前缺了口的大海碗，指指在空地上奔跑撒欢儿的麦克黄，小声问：

"那天你把狗装上车的时候，有没有见过这一只？"

"狗都长一个样，我怎么记得清楚。"于刚摇头，但定睛看了两眼又说，"不过这只红项圈好像是见过的。老板还说这种狗一看就娇生惯养，如果不赶紧卖出去，没准儿会得病。"

那么麦克黄来历大概是弄清楚了，它还真是像尹珂东所说的，被狗贩子抓走，装上了于刚的那辆卡车。颜小莉记得卡车拐弯的时候，曾经把几只狗凌乱地甩出铁笼，落到了山坡底下去，麦克黄正是其中之一。而它不仅没有摔断脖子和腿，还能在山野里流浪了几天之后恰好出现在颜小莉面前，这不能不说是一个小小的奇迹。也许正如黄蔚妮所夸耀过的，拉布拉多犬就是聪明，无论是求生能力还是认人能力都比一般的狗强很多。

"你们就是为了它才拦我的车吗？"于刚突然又有点儿气呼呼的了，瞪了一眼麦克黄。

麦克黄对他也没有好声气，前腿伏地，低吼了两声。

颜小莉小口喝着水，嗯了一声没再说话。

这时，女孩儿郁彩彩也睡醒了。她一眼看到麦克黄，喜欢得不得了，虽然下不了地，但还是一个劲儿地逗它，还把葱花饼掰成小块儿丢出门外。颜小莉记得，以前麦克黄是除了某个牌子的进口狗粮之外什么都不吃的，但如今尝过了挨饿的滋味，别说是油汪汪的烙饼了，就是馊了的残羹剩饭估计也吃得下去。它使出了空中接飞盘的技巧，上下雀跃着，每次都能将食物稳稳地接住。

郁彩彩她妈妈端着盘子出来，说了一声"糟践粮食"，又伤感起来："孩子跟着我们住在这个偏僻的地方，也没个玩伴，闷坏了，才会一大早往山下的学校跑……"

"那就把它在这儿留两天吧，反正是捡来的。"颜小莉说。

郁彩彩惊喜地问："真的？我能给它起个名字吗？"

"我都起好了，就叫麦克黄。"

"干吗叫这个？我本来想管它叫红脖子呢。"

"一看就是城里的狗，得起个洋气点的名字……我又姓黄。"

"那行，就跟老师的姓。"郁彩彩咯咯笑了，低头叫，"麦克黄。"

麦克黄熟练地汪汪答应了两声。

颜小莉却突然放下筷子，站起来起身告辞。于刚正往一张饼里卷着鸡蛋，看到她要走，也只好声称自己还有事儿。郁彩彩她妈妈将他们送出好远，感激地叮嘱了几句"再来啊"，才慢慢地走回家去。留下两人愣神儿回望着，倒好像客人反过来要送主人似的。

于刚突然闷声问："狗你们不要了？"

"反正也不是我的狗。"

"那……咱们还来看孩子吗？"

"来，当然得来。"颜小莉回过神，不假思索地说。然后示意于刚掏出手机，要和他交换电话号码。

于刚紧张起来："你该不是要向警察举报我吧……我知道我错了，不该无照驾驶，更不该逃跑，可我不能坐牢……我多岁数大了，我娘身体不好，他们还指望着我赡养呢。要不我赔钱吧，现在赔不起将来赔，找着工作以后每个月的工资先给郁彩彩寄一半……"

"你就算说到做到，可也远水解不了近渴，到时候孩子已经残废了。"颜小莉呵斥了他一声，随后声音却缓和了下来，"看来你还真是不懂法——你跑不也是因为我们追你吗？算起来大家都有责任，谁都不是清白的。把你举报了我也得跟着交罚款，而且还得丢工作，我为什么要举报你？"

"那你要我的电话干吗？"

"有事儿想让你帮忙，不过现在还不能告诉你。"颜小莉说完，抬头望了望连绵起伏的远山。她想，她应该和黄蔚妮再谈一次。

又是一轮工作日。头两天，颜小莉没有见到黄蔚妮。公司的项目进入了冲刺阶段，国外的大老板亲自督战，相关人员都被关进了郊区的一家酒店。到了第三天，听说合同签了，百十号人一齐松了口气。等到做项目的人回来，开香槟的开香槟，摆花的摆花，比过节还要热闹。颜小莉站在前台，不住地往办公区里面打量。

令颜小莉出乎意料的是，她还没去找黄蔚妮，黄蔚妮倒先来找她了。中午公司包了家"金钱豹"举办庆功宴，颜小莉正端了盘子在角落里默默地吃，就看见黄蔚妮一边接受着同事们或真心或酸溜溜的祝贺，一边迈着相当招摇的步子朝她走了过来。两人对视了一眼，颜小莉固然有些尴尬，毕竟已经有日子没见过黄蔚妮的笑脸了。黄蔚妮却春风满面，不由分说地坐在颜小莉的对面，以闺密的口吻娇嗔地抱怨：

"这两天累死了。"

"您应该多休息……"

"就是个劳碌命。"黄蔚妮耸了耸肩，突然朝颜小莉凑近了两寸，"你找过尹珂东了？"

黄蔚妮的态度竟然来了个一百八十度的转变，主动谈起那件事了。颜小莉惊奇地迎着对方的目光，点了点头。

黄蔚妮继续问："你还带他去了山上？"

"蔚妮姐，我不是成心要捣乱……"

"这个我相信。可你有没有想过，你那么做给我带来了多大的麻烦？麦克黄丢了，我心里本来就已经很难过了，公司的那个项目又忙得焦头烂额的。你倒好，不给我解忧，反而净给我添乱。"黄蔚妮既撒娇又责怪地嘟起了嘴，"颜小莉，咱们不是朋友吗？我对你也还算不错啊。"

"这个我明白……"

"但你表现得可不像个明白人啊。"黄蔚妮轻叹了口气，忽然握住了颜小莉的手，声音是动情而且娇滴滴的，"算人家请你帮个忙，那件事儿就这么过去了行吗？我不希望它影响咱们俩的关系，也不希望它影响到你的我的还有别人的生活。"

颜小莉和黄蔚妮对视着。黄蔚妮的眼睛清澈活泼，眸子明亮，眼角没有鱼尾纹，今天戴了蓝色的美瞳，配合着富有立体感的脸型，呈现出异域美女的风情。她有多大岁数了？对于这个问题，公司里流传着各种说法，有人说都快"奔四"了，有人说才二十五六。而黄蔚妮最让人佩服的本事，就是能用她那明星级别的保养和演技来掩饰年龄。在颜小莉看来，她有时干练冷酷得像个饱经沧桑的成人，有时又天真烂漫得像个未经世事的孩子，并且该干练冷酷的时候干练冷酷，该天真烂漫的时候天真烂漫，分寸时机拿捏得炉火纯青，分毫不差。这就叫"人精儿"，快成了精的人。

而现在的黄蔚妮处于哪一种状态呢？大概是两者之间的过渡环节吧。或者说，她想用天真烂漫来掩饰自己的干练冷酷。

但颜小莉却不能任由这场对话再被黄蔚妮主导了。时间有限，机会难得，她一定要把该说的都说清楚，否则黄蔚妮长袖善舞完了，心里受折磨的还是自己。

于是她突然问："到现在，您还确信自己什么都没看见吗？"

"看见什么？"

"就是救狗那天，在山路拐弯的地方……"

黄蔚妮却笑了，随即打起了机锋："这跟相信不相信没关系，也跟看见没看见没关系。"

"怎么可能没关系……就算你没看见，我可看见了！"负气的感觉又在颜小莉的心里翻涌起来，她平放在桌上的两手不自觉地攥成了拳头，几乎无法在这人来人往的环境中压抑住自己的声音，"不仅看见了，而且全都证实了！那可是一个活生生的孩子，才九岁，因为车祸，她的腿很可能会落下残疾……你们对狗都可以饱含深情，为什么对人却能漠不关心？蔚妮姐，这可就是良知的问题了。"

说出最后一句话的时候，颜小莉为自己的态度而心惊，但居然也有几分豪壮的快意。那么黄蔚妮会做何表示呢？她是会拍案而起，还是会以嘲弄的态度反唇相讥？在公司里，黄蔚妮的那张嘴可是从来没吃过亏的。但这一次，黄蔚妮却半天也没开口。她只是静默地看着颜小莉，忽然浮现出一丝苦笑来。接着，她站起来，对颜小莉说：

"到外面去吧……既然挑明了，那就索性说清楚。"

黄蔚妮说完起身就走，步履飞快。颜小莉的膝盖像条件反射，将身体弹了起来，跟随黄蔚妮走出了餐馆大厅。两人穿过曲折的走廊，来到一片空无一人的天台上。十层楼上的回旋气流立刻将她们裹挟了进去，耳边呼呼尽是风声。

黄蔚妮一直走到水泥护栏边上，才突然转过身来，拢了拢凌乱的头发，对颜小莉重新开口："那天卡车撞人，我也看见了。"

颜小莉如同挨了一锤，脑袋里浩大地轰鸣一声。黄蔚妮看见了撞人这件事，她以前也有过隐隐的猜测，却无法确认，更没想到对方会毫不遮掩地对自己坦白了出来——语调还是如此平静。

这反而令颜小莉措手不及了："既然看见了，那您为什么要装成什么事儿也没发生……哪怕和我再到山上去一趟也好啊。"

"去干吗？承认我们就是那起事故的罪魁祸首？你对我倒够大义凛然的。"黄蔚妮从鼻子里冷冷地哼了一声，"可听尹珂东说，你自己不也没承认吗？"

"那是因为我……没钱。但那些医疗费对你来说根本不是大数目，你一个包儿不都要两万多吗？"

黄蔚妮却像刚认识颜小莉一样，又仔细盯了她一眼："颜小莉，你是真傻还是假傻啊？"

"我不懂您的意思……"

"不懂没关系，我可以告诉你。你刚才不是提到了那个什么——良知吗？那好，咱们就说说良知。"黄蔚妮的脸完全阴了下来，彻底变成了那个干练冷酷的黄蔚妮，"颜小莉你得知道，良知这玩意儿也是有价码的，而且对于每个人来说，标价都不一样。对于你来说无非是几万块钱的事儿，但对于我来说，良知的价码就要高得多，已经不是区区一点儿医药费和赔偿金的问题了。我在外企干了十多年，换了几个公司，为了工作连婚都没结，一步步地从小业务员干到了副总监，完成这个项目之后马上就要升总监成为合伙人了——那么好，假如我如你所愿，在这个节骨眼站出来把这事儿扛了，而那家人又知道了我的背景我的身份，他们会不会要求我负担更多的责任？他们会不会到法院起诉我危险驾驶，到公安局举报我肇事逃逸，再到网上去诉苦，煽动一群好事之徒来人肉我？而你也知道，咱们这种外资公司，从来是看重社会形象的，如果真闹到那一步，我的事业不就完了吗？这么高的价码我也负担不起啊。"

　　颜小莉无言以对。道理从黄蔚妮的嘴里讲出来，的确是情有可原、无可争议。不仅对于她，对于尹珂东和徐耀斌也是如此——假如那两个男人也看到了车祸的一幕的话。都说光脚的不怕穿鞋的，但人一旦穿上了鞋，从此最怕的就是打赤脚了。颜小莉不得不承认，自己并不比黄蔚妮他们"有良知"到哪里去，她只是还没得到什么也就无法失去什么，因此尚未具备人家的深思熟虑与高度理性罢了。

　　那么，她打算理解黄蔚妮、体谅黄蔚妮了吗？但黄蔚妮再有苦衷，比起马上就要落下永久残疾的郁彩彩来说，又算得了什么呢？黄蔚妮身上没有皮肉之苦，郁彩彩受的却是骨髓之痛。尽管没有黄蔚妮的话，颜小莉就得不到眼下这份工作，尽管黄蔚妮是颜小莉留在北京后交上的唯一一个朋友，但在黄蔚妮和郁彩彩之间，颜小莉只能选择后者。

　　她似乎无法控制自己。

　　于是颜小莉对黄蔚妮摇了摇头："蔚妮姐，再大的理也大不过天理，再重的事也重不过人命啊。"

　　黄蔚妮脸上的温度已经降到了冰点："颜小莉，你这人也太轴了。"

　　"不是我轴，是我实在看不下去……"

　　"看不下去的事儿多了，但你还是先想想你自己吧。"黄蔚妮强挤出一丝笑来，"顺便再跟你透个底，这次项目做下来之后，公司的业务会发生很大变化，以前的总监将要派驻上海，销售部会由我来具体负责，并且还要补充新鲜血液——趁这个机会，我可以把你招进来……"

　　从前台变成销售，这可谓是一步登天。如果是在几天之前听到这个消息，颜小莉一定会感恩戴德得恨不得把自己的心肝儿都掏出来，热气腾腾地捧给黄蔚妮。但现在，她看着对面那张漂亮得像假人似的脸，却读出了另一种意味。黄蔚妮的笑容似乎是诚恳的，但同时又是胸有成竹的，她仿佛看穿了颜小莉：你想要的不就是这个吗？你装腔作势满嘴良知之类的大词儿，不就是等着我开出一个价码来吗？

　　颜小莉的嘴唇发抖："你收买我？"

　　"也可以这么理解。"黄蔚妮毫不避讳。

　　颜小莉脑袋发晕，一股饱受侮辱的悲愤涌了上来，转化成表情却是充满挑衅的鄙夷："黄蔚妮，我看不起你。"

　　也正是这句话，让黄蔚妮彻底丧失了冷静。她的整张脸都扭曲了，右手扬了起来，像风中干枯的树杈一样挥舞，仿佛随时会一巴掌抽在颜小莉脸上。

但她最终没有打下来，只是用手指指着颜小莉的鼻子说："看不起我？你有什么资格看不起我？别忘了，你的工作相当于是我给的，没有我，谁知道你在哪儿混着呢，没准儿都到燕莎桥底下站街去了！亏我还把你当朋友，你这时候倒跟我摆起谱儿来了！我算是看透了你们这种人了，就是蹬着鼻子上脸，要钱没钱要地位没地位还特迷恋于站在道德的制高点上俯视别人——颜小莉你装什么大尾巴狼啊你？你配吗你？"

黄蔚妮的话音清脆急促，在颜小莉听来，犹如成串儿的玻璃器皿噼里啪啦地坠落、碎裂。至此，她终于和她感激的、崇拜的、想要变成对方那种人的黄蔚妮翻了脸，恩断义绝。但颜小莉却并不为此痛心，她只是忽然发现了一个事实：在黄蔚妮的眼里，"我们这种人"和"你们这种人"从来都是分得很清楚的，就像北京的昆玉河与她们家那条饱受污染的臭水沟一样，永远不可能合流。那么黄蔚妮当初帮助自己，除了培养一个听话的小跟班之外，或许也是为了通过施舍来满足她那高高在上的优越感吧？

"我不配……但我知道人要为自己的行为负责。"颜小莉犟嘴似的回答。

"那你自己去负责吧，你高尚你伟大行了吧？"黄蔚妮甩下颜小莉，回身就走，走了两步突然又转过头来，"但别以为你的话就是有用的。尹珂东已经保证路上没有摄像头了，所以即使你把事情全都抖出来，我们也不会承认那天追过卡车更不会承认卡车撞到了人！徐耀斌家开的那个度假村会给我们做证，说我们那天上午去他们那儿烧烤了，动物保护中心的人也是尹珂东的朋友，他们不会告诉警察那车狗的信息是我们提供的——你想一个人跟我们所有人作对吗？先掂量掂量自己的斤两吧。"

敢情人家早就串通过了，而且做好了应付"最坏情况"的打算。另外，虽然黄蔚妮没说，颜小莉这份前台的工作恐怕也干不了几天了吧。到了月底，那个本来就得罪过的上司一定会趾高气扬地来通知她走人。颜小莉听着黄蔚妮的高跟鞋声咯噔咯噔地消失在天台尽头，惨然笑了一声。这可是你们逼我的，蔚妮姐，颜小莉想，你们把所有的路都堵死了，除了执行那个计划，我再也拿不出别的办法来了。

颜小莉又回忆起了女孩儿郁彩彩那张苍白的脸。她希望以此为激励，让自己把事情做得更绝一点儿，更理直气壮一点儿。

9

先看到那段视频的并不是黄蔚妮，而是她手下一个姓齐的销售代表。那人四十多岁，前两年刚在北京买了房，又被房贷压得透不过气来，头顶上的毛发都没剩几根了。人一旦压力过大，就会染上一些令人费解的癖好。老齐不抽烟不喝酒，专爱在网上看一些重口味的、暴力的内容，尤其以虐待动物的为主。什么"大皮鞋踩小白兔""微波炉烤猫""活剥水獭"，类似的东西塞满了老齐的网页收藏夹，只要手头没事，就会打开来偷偷看上两眼。

这种人当然遭受了以黄蔚妮为代表的动物保护主义者的集体排斥，但老齐却也振振有词："那些事儿又不是我干的，我就是批判地看看，这也不行吗？"而这天中午吃完饭，销售部的人都围在新任总监黄蔚妮的身边聊天，只有老齐偷偷溜到办公桌前，打开了电脑，点开了一个链接。嗷嗷乱叫的声音立刻传了出来。

"你再看这些玩意儿的时候别出声行不行？"一个女孩抗议道，"午饭都快吐出来了。"

老齐倚老卖老地哼了一声，不情愿地插上耳机。然而没过一会儿，他嘀咕了一声："怎么看着那么眼熟啊？"

因为戴了耳机，他的声音格外大。便有一个胆子大点儿的女孩儿好奇地凑了过来："你又看什么恶心东西呢？"

她在电脑前扫了一眼，立刻哇地大叫一声，然后转过头来："麦克黄……蔚妮姐，麦克黄！"

黄蔚妮跑到老齐的电脑前，脸色随即变得煞白。进而，她的两腿开始发抖，一屁股坐在了旁边的转椅上。

屏幕上是一只拉布拉多犬，浑身上下这儿一块儿那儿一块儿的污痕，只有脖子上的那条红项圈还算鲜亮。它的四条腿都被绑得结结实实，嘴上戴着专用的口罩，一只粗壮的、生满老茧的手从镜头外伸了进来，扯起一条狗腿，按在一张木板上，另一只手拿出一根又细又长的钉子，对准狗爪子。

所有人胆战心惊地屏住了呼吸。一个女孩儿说："别……别！"

当然没人听她的，几秒钟之后，一只锤子抡了下来。钉子穿透了狗爪子，钉进木板。

然后，又是第二根钉子，还是那只爪子。老齐也不知出于什么心态，这时突然拽下了耳机，于是麦克黄的哀鸣充满了整个儿办公室。黄蔚妮半张着嘴，急促地喘息起来。

屏幕上的酷刑仍在继续，开始钉另一只爪子了。看来那个没有露脸的、手臂粗壮的男人是想把它牢牢地钉在木板上，做成一只会叫会动，只是不会走的活标本。被钉了两根钉子的爪子果然紧贴着木板无法离开，脚趾缝里流出了殷红的血。

随着黄蔚妮一声抽泣，有人赶紧抓过鼠标关了视频。大家看见，这段视频名叫《令人发指！这样对待流浪狗惨无人道！》，仿佛加上一个义正词严的标题，网站就可以放心大胆地用这种内容博取点击率了。

那天下午，黄蔚妮声称身体不舒服，连一个重要会议都没开就请假回家了。隔了一天，她才脸色憔悴地出现在公司，而同事们虽然围过来嘘寒问暖，但都带着一副讳莫如深的表情。尤其是那个老齐，讪讪地躲着黄蔚妮的眼神，但又好像有什么话不得不说。

等到黄蔚妮打开电脑，就瞒也瞒不住了。新的一条虐狗视频登上了她常用的那个邮箱网站的首页，题目是《活拔狗牙，人性何在？》。

这段视频的主角还是麦克黄。它的四只爪子已经被钉死在了木板上，浑身的关节中只剩下脖子可以扭动。仍然是那双粗壮的、长满老茧的手，夹着它的脑袋，硬掰开它的嘴，把一只锈迹斑斑的老虎钳子伸了进去。一扭两扭，伴随着咔吧一声脆响，一颗弯钩状的犬牙便淌着鲜血，活生生地被拔出来了。

麦克黄的眼泪，从它那小姑娘一般纯良的大眼睛里滚了出来，黄蔚妮的咖啡杯随之落在了地上。

接着，她猛地弯下腰，对着废纸篓声势浩大地干呕了两声。当黄蔚妮抬起头来，精致的脸上已经挂满了眼泪以及其他别的什么汁液，她掏出手机，拨了个号码，当着办公室所有人吼叫起来：

"尹珂东吗？你他妈的一定要把那段视频的罪魁祸首找出来，我要把他千刀万剐！你再告诉徐耀斌，这件事儿你们俩谁办成了，我就陪谁睡觉！你们一天到晚死皮赖脸地跟我这儿起腻，为的不就是这个吗？"

然后身体像没了骨头，缓缓地顺着办公椅滑了下去，嘴里已经开始胡言乱语了："麦克黄，妈妈来救你了……妈妈又自私又没用，所以才会把你丢了落到坏人手里……"

见黄蔚妮简直要有精神失常的迹象，公司的人赶紧冲进她的办公室，掐人中的掐人中，灌凉水的灌凉水，又有人给大楼里的医务室打电话。直折腾了一个上午，连隔壁办公室的外国人也惊动了。本着人道主义精神和狗道主义精神，老板当场给黄蔚妮放了长假，允许她"什么时候解决了自己的问题，什么时候再来上班"。

这相当于刚升了职就自动"靠边站"了。围绕着黄蔚妮的那十几张殷殷关切的面孔底下，谁知道藏着多少庆幸以及蠢蠢欲动的心思。

而正是这一天，公司里还有一个不显眼的小人物提出了辞职，那就是颜小莉。

那两段令黄蔚妮魂飞魄散的虐狗视频当然和她有关，而且还是她和于刚两人亲手拍摄，再上传到一个重口味论坛上的。麦克黄的哀鸣至今还在她的耳边回荡呢。把辞职信递到上司办公桌上时，颜小莉紧张得像被人掐紧了脖子，连气都喘不上来了。她生怕别人看出自己那双死鱼一般的眼睛里流露出的心虚和恐惧。然而没人在意她。颜小莉和黄蔚妮闹僵了的事实，身边的人都看得一清二楚，没有了唯一的靠山，谁都知道她待不长。自己走还算识相的，要是等到被撵走，那就丢人丢大了。

要收拾的东西不多，凌乱地塞进一只帆布书包，就算把位置腾了出来。走出公司坐电梯下楼的一路上，也没人跟她打招呼，甚至没人多看她一眼。颜小莉站在玻璃外墙大厦的门口，远远地看着黄蔚妮被人护送上了一个同事的车，这才走向大街，隐没在公交站牌底下南来北往熙熙攘攘的人群中。

她没回大兴的住处，而是换了两趟车，过了中午才赶到山上的小院儿。进了门，颜小莉把专门在路上买的一包吃食放在地上，和女孩儿的妈妈聊了两句，便进屋来看郁彩彩。郁彩彩仍然下不了地，但前两天刚被于刚背到医院做了复查，腿上的石膏换了层新的。她静静地躺在床上，脸上浮现出与年龄不相称的忧愁神色。

颜小莉捧起床头的课本，本想尽一尽"老师"的义务，女孩却突然问："麦克黄还好吧？"

"还好……"颜小莉把脸藏在书里，"上次领它走的时候，不是告诉过你，已经找到它的主人了吗？"

"北京那么大，怎么找到的？"

"上网啊。丢了狗的人肯定着急，我们在网上把消息一发布，人家自己就联系过来了。"

"可惜它吃不上我妈烙的葱花饼了。"

"人家那种狗，都是吃进口罐头的。"颜小莉不自然地笑了笑，"放心吧，它的日子过得可滋润了。"

女孩儿果然欣慰地点了点头，突然又问："我的腿会瘸吧？"

"你别听人瞎说。"

"医生说的。检查的时候，我听见他在催我妈，说再不做手术就耽误了。"

"你妈妈说什么？"

"我妈妈什么也没说。"

颜小莉摸了摸孩子的脸："耽误不了。一个小手术，一点儿也不疼。"

小屋门外的天空里，大团流云正被南风催赶着，朝山的另一边涌去。

这天回城的路上，被颜小莉调到最大音量的手机终于响了一声。是于刚发来的短信。出于谨慎，自从开始执行那个"计划"，她就要求对方只用短信跟自己联系了。于刚待的地方人多眼杂，他又是个响亮的破锣嗓子，保不准哪句话就泄露了行踪。

第一条短信的内容：他们找上我了。

颜小莉回信：怎么说的？

随后这条就要详细一些：刚开始威胁要报警，我说那你们就等着给狗收尸吧；然后他们主动提出要把狗赎回去，问怎么联系我，还问要多少钱。

颜小莉回道：把我给你买的那个新手机的号码告诉他们，别在网上聊了。

公交车绕着四环路，开到大兴，才一进门，短信就又响了。仍然是于刚：打电话了。

你没被听出来吧？颜小莉回信问道。

没有，我捏着鼻子说话的。于刚说。

跟你说话的是那个女的吗？

是个男的，大粗嗓子。

果然是尹珂东。颜小莉的心沉了一沉：要是徐耀斌的话，或许更容易对付一点。但事到如今也顾不得许多了，她给于刚发短信：怎么说的？

没怎么说，就是谈价钱。我按照你交代的，要三万。他说贵，我说那就算了，我们杀狗。他说要再商量商量。

让他们商量去。颜小莉回道，他们肯定会答应。

发完这条短信，颜小莉出门买了份快餐，细嚼慢咽地吃了，等到室友把卫生间空出来，又进去仔细洗了个澡。一切忙活完，已经晚上九点多了。平常的这个点儿，她大都会歪在床上看看杂志，或者到客厅和大家一起追两期综艺节目。但今天，这些娱乐都无心进行了，她打开自己那台嗡嗡乱响的老款笔记本电脑，点开了最近一条虐狗的视频。

视频底下，已经跟了上千条留言，网民们的言辞何止是谴责，简直把做那种事的人的祖宗八代都骂遍了。还有人信誓旦旦地宣布，如果虐狗者被他们抓住，就要以其人之道还治其人之身，也施以钉手、拔牙等酷刑。进而又有人分析，这起虐狗事件的实施者一定是比前些日子虐猫、虐兔子的那几个女人更加心理阴暗而变态，因为他们甚至不敢在网上露出真面目，这说明其目的不是为了宣泄情绪，而是折磨公众的神经。

这就有点儿过度阐释了，颜小莉针对的并不是什么虚无缥缈的"公众"，仅仅是黄蔚妮一个人而已。至于不露面，也是因为根本没那个必要——黄蔚妮或者尹珂东只要在网上查找出最先发布那两段视频的论坛以及登录账号，就可以和守候在城市中某个网吧里的于刚取得联系。随后的事态进展，果然和她所料想的一样，威胁、谈判、互相试探，并将最终以颜小莉这一方一口咬定决不让步的那个价码成交。

手机上的时钟跳到了十一点，于刚又发来了短信：他们答应了，说明天就要见面，一手交钱，一手交狗。

颜小莉回他：让他们中午十二点到亮马桥东北角那幢写字楼的停车场地下三层。

那地方离于刚所在的位置不远。黄蔚妮大概绞尽脑汁也猜想不到，麦克黄就关在她公司斜对面那幢老旧住宅楼的地下室里。而颜小莉之所以这样安排，是为了避免于刚带着狗上街赶路，碰巧被看过那段视频的人认出来。

二十分钟后，于刚发来了最后一条短信：你确定要这么干？

颜小莉回他：开弓没有回头箭。

然后她和衣躺在床上，枕戈待旦。那个计划虽然早在脑海中有过一闪念，但真走到这一步，还是让颜小莉有了不可思议的感觉。她甚至觉得生活是神奇的、疯狂的——短短的几天之中，她经历了"速度与激情"式的飙车，拒绝了一个让人眼馋的职位，眼下又摇身一变成为了一个变态虐狗狂，一个勒索犯了——而且还是那种"有组织、有预谋"的犯罪分子。

这还得感谢麦克黄。如果不是它在恰好的时间出现在了恰好的地方，颜小莉实在不知道事情该怎么了局。假装什么都没发生过吗？她明白自己做不到。如果郁彩彩的腿就此残了，也许颜小莉一辈子剩下的时间都要伴随着噩梦度过。她还年轻，不想也不敢背负与一个孩子一生相关的心理包袱。那么豁出去了，向警察自首并举报那天救狗行动的所有参与者呢？假如那些人真像黄蔚妮所说的那样集体串供、矢口否认，那么在拖延和扯皮的过程中，背负责任的只剩下于刚这个身无分文的傻小子。把一个走投无路的人再往绝境里推一把，这种事儿颜小莉也做不出来。

但现在，颜小莉找到了一条在夹缝中突围的小径。虽然事情的面目变得邪恶而惨烈，并且闹到了满城风雨的地步，但她也只能走一步算一步。

那夜因为失眠，睡得很晚，第二天一睁眼，已经九点多钟了。颜小莉爬起来，草草吃了几口面包，在十一点之前到达了公司大楼。她进门之后拐进了安全出口，沿着逼仄、潮湿的楼梯连下三层，来到了那片处于大厦最底层的停车场。因为消防设施不达标，这里自打建成以来就没有投入过使用，而接近正午时分，头顶的两层也不会有什么人停车或者开车出去，地点和时间都有利于悄无声息地完成她的计划。

颜小莉到了一会儿，于刚才背着一只塑料绳编织而成的大号麻袋出现了。他得趁着大厦保安们去吃饭时绕过门岗，把麦克黄搬运进来。麻袋鼓胀胀的，不时耸动一下，可见是活物儿，但因为把嘴捆住了，叫不出声响来。麦克黄，你受委屈了。颜小莉无声地拍了拍它。

于刚从怀里掏出两只滑雪帽，分给颜小莉一只。两人戴上，看着对方蒙住了整张脸只露出两只眼睛的模样，扑哧笑了。

"怎么跟电影里的银行劫匪似的……"

"也像绑架分子。"颜小莉说，"干什么事儿就得有什么样。"

然后，两个有模有样的反面角色一起抬起麻袋，将它搬到停车场把角的一根水泥柱子后面。从那里，可以大致看清整个儿停车场的概貌，同时不容易被别处的人发现。然后他们背靠着柱子坐下来，谁也不再说话。

长得像一个星期似的一个小时慢慢流逝。还差几分钟就要到十二点的时候，脚步声在停车场里回荡起来。颜小莉侧头窥探一眼，看见一个高而胖的男人走在空空荡荡的水泥地上，一边走，一边掏出打火机点了支烟。火光照亮了尹珂东白白嫩嫩的脸，他的手上还拿着一只超市的购物塑料袋。

颜小莉捅捅于刚，后者从滑雪帽下发出深重的喘气声，霍地站了起来，从水泥柱后面绕了出去。

两个男人在阴暗的光线里逐渐接近，相隔不到两米时几乎一齐站住，相视而立。许多警匪片的结尾都是在这样俗套的环境俗套的氛围中上演的，但正因为是俗套，紧张的情绪才在各自的心中得到了加倍的渲染。尹珂东与于刚像头一次见面一样互相打量着，刺探着对方的眼神。

过了半晌，尹珂东才开口了："帽子这么厚，热不热啊？下次换丝袜吧。"

为了不暴露声音，于刚必须掐出一副假嗓子，这使他无法像对方一样通过废话来缓解情绪、增强气势："钱呢？"

尹珂东扬了扬手里的塑料袋："狗呢？"

"先看钱。"

尹珂东嗤笑一声，敞开袋口，露出方方正正的几叠百元大钞，复又紧紧攥住："把狗带过来吧。狗要是死了，你们一分钱也拿不到。"

于刚没再说话，转身走回水泥柱子后面。他朝颜小莉点了点头，单手拎起犹在无声耸动的麻袋，肩膀向右倾斜，颇为吃力地走回尹珂东所在的方位。

终于走到最后一步了。只要交接完成，即可万事大吉。

停车场里忽然响彻一声哀鸣，是狗叫，凄凉而悲惨。难道口罩绑得不够紧，被麦克黄挣脱了吗？

随即，一个女人尖厉的声音传了出来："麦克黄！"

伴随着一人一狗的两声惨叫，颜小莉听到了更加浩大的声音：奔跑声、咒骂声、棍棒与地面的摩擦声……几条黑影从停车场的楼梯间中蜂拥而出。领头的是徐耀斌，他挥舞着孱弱的瘦胳膊，在两名剃板寸吊金链子的壮硕男人的簇拥下勇猛无比，两眼放光地朝于刚扑过来。

颜小莉从水泥柱子后面跳出来，大喊："快跑！快跑！"

为时已晚。对方人多，又早早堵死了唯一一通向地面的出口，跑是跑不掉的。先引蛇出洞再一网打尽，这样的战术也是尹珂东与徐耀斌他们早就有所计划的吧？颜小莉不得不绝望地承认，自始至终，她都身处在一个实力不对等的游戏之中。虽然她自以为戳到了对方的痛点，但不论是在财力、智力、人力，还是意志力方面，她和于刚"这种人"都处于绝对的下风。

场面混乱但又毫无悬念，于刚慌里慌张地东逃西窜了几个来回，轻易地被按倒在地。紧接着就是一顿气势汹汹的、充满了正义性的群殴。徐耀斌等人把他的脑袋牢牢地按在水泥地上，胳膊反剪到背后，令其动弹不得，同时用拳头捣他的肋骨，用皮鞋踢他的大腿，还用木棍对他施以杖刑。一边打，一边像喊劳动号子一样宣誓：

"虐待动物，天理不容！"

"没有人性，不配做人！"

"打死偷狗贼，打死勒索犯！"

"狗狗是人类的好朋友，是人类的亲人！"

颜小莉闭上眼，不忍再看像沙袋一样闷声不响的于刚。然后，她只觉得肩头一紧，两脚悬空，就那么蜷缩着，被人像捉小鸡一样从角落里拎了出来。

再睁开眼时，四周都是人腿。她歪在地上，看着一双纤细的、踩着高跟鞋的女人的脚从远处缓缓而来，步履轻盈，姿态优雅。不管是女侠、女王还是女神，都要选择最恰当的时刻登场，从而保证她的光芒童叟无欺地照耀每一个人。

人们给黄蔚妮让开了路，她低着头，面无表情地盯着头戴滑雪帽的颜小莉。一侧的于刚又挨了两脚，终于吭吭叽叽地哭出声来。

"这时候装起可怜来了，你想过被你们虐待的狗有多可怜吗？"徐耀斌作势又要抬腿。

"别打了。"黄蔚妮说。

"我就是气不过……麦克黄都被他们折磨成什么样了。"

"打人也解决不了问题。"黄蔚妮似乎有点烦躁地呵斥道。她的冷静让其他的人叹服：以暴制暴，这不就把我们这些爱狗人士的档次降低到和虐狗的人一样了吗？这就是情怀，这就是素养，这就是境界。

"那这事儿怎么办？把他们送公安局？"徐耀斌问。

一直在旁边深沉地冷笑的尹珂东突然开了口："公安局当然是要送的。不过我想，在报警之前，我们还有一件事要做，就是用手机把这两个人的真面目拍下来，也上传到网上去。我们得让网民都知道，麦克黄被我们营救出来了，而且残害它的罪魁祸首也被绳之以法了……"

他的提议立刻得到了赞同，有几个人已经掏出了手机："对于这种人，就应该把他们曝光，让他们遗臭万年。"

于刚挣扎着扯住脸上的滑雪帽，哭得更响亮了。颜小莉却呆滞地昂着头，长久地与黄蔚妮对视着。她突然从黄蔚妮的眼里发现了某种极其复杂的、一言难尽的况味：愤怒、嘲讽、迷惑、伤感、心如死灰……

一只手抓住了她头上的滑雪帽，唰啦一声，真相大白。参加过第一次营救麦克黄的人全都愣住了。

黄蔚妮却丝毫没有惊讶的神色，她慢慢地蹲下来，一寸一寸地贴近颜小莉的脸，直到两人都可以清晰地看到对方眼珠中自己的投影，然后才说："我早就知道是你。"

颜小莉咬了咬牙，沉默不语。

黄蔚妮继续说："你辞职的时候我就猜到了。在公司楼下，你根本不敢看我的眼睛。也只有你才会挑选这样一个地方来让我们交钱。"

颜小莉仍不说话。

黄蔚妮的声音却突然嘶哑了，眼角几乎开裂，像要迸出血来。她一把攥住颜小莉的衣领，猛烈地摇晃着她叫道："你为什么要这么干？你只要直接告诉我麦克黄在你手上不就行了吗？不就是想要钱吗？我会给你的，要多少给多少！你干吗要虐待它？想通过这种事儿来折磨我吗？那我告诉你，颜小莉，你的目的达到了，现在你满意了吧！但麦克黄有什么错？它招谁惹谁了？它比你比我比所有的人都要善良得多，你不也标榜过善良标榜过爱心吗？现在瞧瞧你干的事儿，简直不是人，是魔鬼！"

黄蔚妮的表现把所有人都惊呆了，他们看着这个突然之间情绪失控不能自已的女人，居然比看到那两段虐狗录像的时候还要心惊胆战，手足无措。他们也不知道应该上来安慰她，还是和她一起同仇敌忾地指责颜小莉。然而颜小莉的表情却越来越平静，越来越安宁，嘴角甚至滑出一抹近似于笑的表情来。

"她他妈的还挺得意……"不知是尹珂东还是徐耀斌嘟囔了一句，因为声音太低，连粗嗓子和细嗓子都难以辨别了。

颜小莉握住了攥在她领口上的黄蔚妮的手，轻轻一拉，那双手就松开了。她慢慢地站了起来，动作优雅，仪态端庄，像极了当初毫无预料地走到她身边的黄蔚妮。颜小莉想，黄蔚妮说得没错，如果只是想要钱，那么只要发两幅麦克黄的普通照片给她就能实现，那两段骇人听闻的虐狗视频的确是多此一举。她为什么要那么做呢？黄蔚妮感到无法理喻，但在颜小莉这里却不难理解，那就是：她突然涌起了强烈的惩罚欲望。她想要惩罚黄蔚妮，她认为自己有资格惩罚黄蔚妮，她感到通过惩罚黄蔚妮，就能够对女孩儿郁彩彩做出钱以外的、某种道德意义上的补偿。

但她的预想实现了吗？现在的颜小莉却感到了茫然。或者说，她有什么权力决定该惩罚谁，该怎么惩罚？

好在事情已经接近收场了。

颜小莉走近刚才被于刚丢下的那只麻袋，蹲下来，有条不紊地解开了扎口的绳索。麻袋里的耸动更激烈了，像蛋里的新生命正要破壳而出，并伴随着一声比一声响亮的哀鸣。然后，绳索与麻袋一齐褪去，麦克黄露了出来。它陡然看见了光，仿佛有点不能适应，然后紧张地打量着围拢过来盯着它审视的那些认识的不认识的人。

最后，它看到了黄蔚妮，欢呼一声扑了上去，一头扎进她的怀里，摇头晃脑地嗅着她身上久别重逢的香味。

不仅是黄蔚妮，在场的所有人都看到，麦克黄毫发无损，全须全尾。

10

颜小莉沿着山路往下走。刚下过了一场小雨，但脚下的土路并不泥泞，身边的树木却被冲刷得格外嫩绿，有些矮树的枝头还开出了一团一团无名的花。到这山上来了几次，颜小莉才第一次有心情看景色。

刚过去的那件事还在她心头回荡。她想起上午去看望郁彩彩的时候，女孩儿还专门问起了麦克黄："它现在好吗？"

"很好，好得不能再好。"颜小莉说。

"它回家以后会想我吗？"

"当然会。你也是它的朋友嘛。"

"但我们也只能把它送回去，对不对？"郁彩彩似乎有点儿忧郁，又问，"它的主人见到它，是不是很高兴？"

"感动得都快哭了……人家还说谢谢你。"

郁彩彩欣慰地笑了。而此时的颜小莉想起黄蔚妮，竟不知是一种什么样的感触了。就像黄蔚妮在地下三层停车场看着颜小莉时，同样百感交集。

视频里那条狗当然是麦克黄，只不过它的爪子是被用双面胶粘在了木板上，钉子是从趾头缝之间钉进去的；从狗嘴里拔出来的当然也不是狗牙，而是颜小莉拆了自己的一串动物牙齿造型的塑料项链。这两个伎俩结合拍摄角度的变化，再搭配用番茄酱调成的鲜血，在电脑屏幕里就足以乱真了。而麦克黄的哀鸣也很配合——哪只狗被人摆弄来摆弄去，都会呜呜大叫。

其他人仍要把颜小莉他们扭送到公安局去。虐狗是假，勒索是真，一样罪责难逃。

颜小莉垂头看着脚下，一副听凭发落的样子。

但她却听见黄蔚妮低沉地说："算了。"

"干吗算了？对这种吃里爬外的人就不能同情！"尹珂东插嘴，"再说我们好不容易才……"

黄蔚妮像没听见他的聒噪，继续对颜小莉说："你走吧，以后咱们谁也不认识谁。"

于刚已经捂着肚子爬起来，趁机拽了颜小莉一把。旁边的人仿佛被黄蔚妮这反常的神色举止慑住了，也痴痴愣愣地让出一条路来。

颜小莉和于刚往外没走多远，背后的黄蔚妮忽然又说了一句："这个拿着。"

颜小莉回头，一只塑料袋抛了过来，里面装的是那三万块钱。

这些钱，她在看望郁彩彩的时候，偷偷塞在女孩儿床头的小书桌抽屉里了。

走到那天出事的拐弯处，于刚在那里等她。两人也没再唏嘘，径直往山下走去。一会儿到了国道旁，颜小莉才问："你去哪儿？"

"回内蒙古。亲戚又帮我在锡林郭勒找了个工作，说是当司机，还能送我去考驾照。"于刚说，"你呢？"

"还在北京。明天有个招聘会。"

两人互相点了点头，就此各奔东西。颜小莉横穿过国道，很快就拦到一辆出租车，上车后一回头，马路对面的于刚也不见了。车子轻快地行驶了几分钟，道路便拥堵了起来，再往前蹭一段，便发现是一辆卡车占据了内侧车道，开得又慢，挡住了后车。出租司机嘟囔了一句"怎么碰上这么一面瓜"，然后也像别人那样小心翼翼地并线，从卡车的一侧超过去。

颜小莉清楚地看到，那辆卡车的车斗也被改造成了铁笼，笼子里面装的都是狗。那是一些毫无品种可言的菜狗，一个个蔫头耷脑的，却也不声不响，仿佛对即将到来的命运毫无怨色。这种狗就算被送到狗肉馆里去，八成也不会有人来救它们吧。

颜小莉凝神与其中一只黄白相间的狗遥相对望，竟感到那狗有些许言语想对她说。

远处的雷声

杨少衡[①]

1

迟可东在前往省城的路上得知了那起车祸，消息来自秦健。

"出事地点在河源乡朝天岭，是一辆货车，一死一伤。"秦健在电话里报告，"货车驾驶员死了，一个女子受重伤，女子身份已经确认，是李金明的妻子。"

迟可东不禁一怔："消息确切吗？"

"确切。"秦健非常肯定。

据秦健了解，李金明的妻子伤势严重，濒临死亡，被急救车送到县医院时已经休克，目前还在抢救。医院方面已经知道伤者丈夫是城关镇镇长李金明。

秦健这个电话没有其他事情，专题报告李金明相关事项。秦健总能知道哪些情况必须在第一时间报告给迟可东，他也总能先人一步掌握必要信息。秦健此刻在省城，奉迟可东之命处理一项棘手事务，人不在县里，不可能恰巧亲自经过车祸现场或在医院偶遇急救车。李金明妻子车祸受伤与秦健毫不相干，相去甚远，可谓"风马牛不相及"，似乎不该由他来紧急报信，但是第一个打

---

① **杨少衡** 1953 年生于福建漳州，西北大学中文系毕业，现供职于福建省文联，1979年开始发表小说，已发表小说二百余万字，出版有长篇小说《相约金色年华》《金瓦砾》等。

来电话的还是他。

迟可东立刻挂电话找李金明。对方手机忙音，接不通，此时此刻可以理解。于是迟可东转挂方文翰，方文翰是县医院院长。这个电话一打就通。

方文翰证实了秦健所报情况。他说，他也是刚从本院外科主任那里得知的。

"伤员情况怎么样？"

方文翰报称情况很不好。伤员生命体征微弱，可能撑不住。

"请方院长亲自关心一下，不惜任何代价，全力抢救。"迟可东交代。

"明白。迟书记放心。"

"有什么情况马上告诉我。"

"明白。"

刚跟方文翰通完电话，李金明的电话到了。显然是看到手机上显示的未接电话记录，赶紧给迟可东打回来。

"我是李金明。迟书记有什么交代？"

他的嗓音略哑，未显出太大异常。他没提起自家刚遭遇的意外，可能以为迟可东打电话是要谈什么紧迫工作。

"你妻子怎么样？"迟可东直截了当地问。

李金明突然"哇"一下哭出声来。

"不行了，快不行了。她呀……"

迟可东即轻喝："别慌。沉住气。"

李金明立刻停嘴，听筒里还有抽泣声。

迟可东说，他已经交代县医院全力抢救，院方一定会想尽一切办法。此时此刻，李金明要把自己撑住，无论如何，冷静面对。

李金明哑着嗓子回了一句："谢谢书记。"语调很低沉。

迟可东收了电话。他心里有一丝异样感，出自李金明突然发出的那个哭声。迟可东没想到李金明会如此反应。以往只听说李金明内政有些负面，老婆个高人丑醋劲儿大，据传曾被李金明"家暴"过，影响不佳。待到飞来横祸，李金明这一哭很传神，听起来像是夫妻感情不错，不似外边传说那般又痛又痒。

赶到省城已近黄昏，轿车驶下高速公路出口时，陈治的电话来了。

"到哪里了？"他问。

迟可东报称已经下了高速，这个时段交通拥堵，进城还得花点儿时间。

"别急，等你。"陈治说，"我给你一条短信。"

　　此刻陈治已经在包厢里了，那里有个饭局。该饭局属私人聚会，非公款宴请，但是肯定不是陈治拿自己的工资埋单。

　　陈治是迟可东的老熟人兼老同事。迟可东被派到下边当县委书记前，在省发改委当处长，当时陈治也是处长，两人关系不错。迟可东调离后，彼此还经常来往，既因私谊，也有需要。时下基层报项目要经费，免不了要过发改委一关，这一关好比隘口，把守隘口前门的就是各处处长。一夫当关，万夫莫开，处长放行，接下来的事就顺当得多。陈治是资深处长，处事干练，为人活络，是眼看就要"继续前进"的那一类官员，值得基层官员们重视。身居上层，陈治当然免不了也有些事需要基层官员相帮，例如节假日带老婆孩子到乡下放松放松，钓钓鱼看看风景，得有下边管事的发个话帮助安排。这当然只算小事。这一次陈治找迟可东，肯定不是为了钓鱼，迟可东心里有点儿数，大致猜得出可能是什么。

　　迟可东家在省城，对他而言到省城开会也算回家。这一次省里会议只有半天，时间很紧，迟可东原本打算进城后直奔家门，探望父母妻女，而后再去会议宾馆报到。不料几小时前刚刚上路就接到陈治电话，抓他一聚。陈治知道迟可东要来开会，也知道他一向来去匆匆，因此特意把饭局安排在今晚，先逮住再说。迟可东不能不把陈治的邀请当回事，即在电话里应允。此刻迟可东刚下高速，陈治的电话就追到了，可见陈大处长盯得很紧。

　　陈治把当晚安排的地点用短信发了过来，是在省城东侧一个住宅小区。迟可东赶到该小区，这里有三幢崭新的高楼。按照陈治短信指点，迟可东进了其中一幢楼，坐电梯上到十六层，该层有两户，门口钉着房号，外装修与普通居民住宅无异，里边却是一家特色餐馆，提供野味和私房菜。饭局设在这里相当避人耳目。迟可东到达时，包厢里已经坐了七八个人，迟可东大多认识，都是这个厅那个厅的处长们，其中有一个人不是处长，却显然是当晚饭局的一大要角，迟可东估计会在这里碰上，果然不出所料。

　　陈治指着那个人，笑着问迟可东："知道他吧？"

　　迟可东笑笑："原来是石清标石老板召集开会呀。"

　　陈治笑道："人家当老板，比在座哪个处长都有钱。今晚咱们不替他省，尽管狠狠开会，把他吃个底朝天。"

　　石清标拱手道："谢谢迟书记给面子。"

　　迟可东起身说："石老板，咱们到外边说几句话。"

　　陈治让迟可东别急，一会儿上菜了，边吃边说。迟可东点头称那也行，却又抓着石清标的袖子，把他拉出包厢，坐到厅里的沙发上。

"有什么话尽管说。"迟可东直截了当。

石清标也直截了当。他告诉迟可东，他跟陈治早就相识，所以先请陈治出个面。如果不行，那么还有其他人。省里的领导，市里的周宏，迟可东需要请出谁才行？

迟可东说："哪一个都不需要。别那么费劲。"

"简单点儿当然更好。你到底要什么？"

"你很清楚的，别的都不需要，除了那两条水坝。"

"拿它们能干什么？难道养鱼？"

"用不上。炸掉。"

"真的吗？"

"我总说假话吗？"

"可你做得到吗？"

迟可东笑笑："做不到。"

石清标也笑："迟书记很清楚嘛。"

迟可东劝说："我清楚我们开出的条件已经不错了。石老板接受条件，那就是双赢，如果不接受，今晚这顿饭钱就是白白扔进水里。"

"我只有这两个饭钱吗？"

"石老板的饭钱多，能省还是省点儿好。"

"感觉你好像不想通融？"

"我们一直很有诚意的。"

石清标忽然转口："李金明老婆的事，迟书记听说了吧？"

迟可东心里一怔，脸上不动声色："石老板消息灵通啊。"

"眼看要死了。报应。"石清标说。

"不会是石老板干的吧？"

石清标称这种事情是两辆汽车自己干的，背后当然老天爷有分儿，虽然他也想干，却不能跟老天爷争功劳。李金明戴一副眼镜，号称镇长，其实就是个土匪，绑票派单，抢坝撕票，活该死老婆。

"居心不善。"迟可东说，"希望石老板真的相信报应。"

恰在这时陈治从包厢走出来招呼："上桌吧两位。边吃边说。"

迟可东把陈治拉到沙发上坐，指着石清标说："石老板先请进吧，我跟陈大处长还有点私事要谈。"

石清标起身离开。陈治问："没谈妥？"

迟可东说："已经谈妥，都清楚了。"

陈治松了口气："妈的，总算完成任务。"

"你怎么给他抓住了？"

"这家伙关系特别多，上层有人，你知道的。"

迟可东说："现在我最怕这种人。"

陈治笑："你未必真怕。防着点儿，别去招惹也对，特别是现在。"

所谓"特别是现在"有特殊内涵。陈治告诉迟可东，最近省里全面考核省直厅局班子和后备干部，眼看着要有一轮干部变动。对大家来说就是机会。

迟可东即打趣："陈治厅长指日可待了。"

陈治笑道："当初迟可东厅长眼看有了，不是你自己不要，跑去当什么县太爷吗？"

"我有那么牛过吗？"

"不说那时，说现在。"

陈治说，按照以往做法，省直班子弄完后，接下来就是考察地、市的干部。迟可东本来就在后备名单中，下去这么久了，这回应当有戏。值此重要时刻，千万不要招惹麻烦。

迟可东自嘲："我这些天高兴啊，走路光怕自己绊了脚。"

他告诉陈治，省里的情况他在下边也听说了。如果按资历，他应当有点儿戏。目前本市各县书记中，他的任职时间比较长，如果加上省发改委当处长的那几年，可算资历第一。政绩什么的也算比较突出。最近一段时间里，县里县外到处风传，说他要走了，高升提拔了，弄得成天有电话前来预祝。怎么回事儿他自己却很清楚，高升提拔那些事儿，心里想要，感觉应该，期待期待可以，却不能当真，因为他肯定没有戏，只能跟着看热闹，替陈治厅长操操心鼓鼓掌。

"没那回事儿。"陈治不同意。

"这个我有自知之明。"迟可东说。

他拿一个专业术语跟陈治调侃，问对方是否听说过"浮选法"？陈治很诧异，不知道迟可东为什么突然提起这个？迟可东称自己大学读冶金，毕业后在钢铁厂干过，半路出家当处长做县委书记，有时忍不住还爱摆弄一点儿本行术语。所谓"浮选法"是铁矿常用的一种选矿手段。铁矿石开采出来后，并不能直接拿去炼铁，必须经过选矿环节。该环节简单说就是用合适的药剂把精铁颗粒捕获并浮选出，让它们跟脉石等无用矿物颗粒分离。浮选法有"浮选""反浮选"之分，有一种"阳离子反浮选法"用脂肪酸类当捕收剂，它能把没用的脉石矿物颗粒捕捉住，粘在泡沫上供刮除淘汰。

"我就是那种一眨眼就让脂肪酸逮住，拖出来浮到泡沫上的颗粒，任怎么挣扎都没用，注定要被淘汰。"迟可东自嘲。

"为什么？"

"本人成分不好啊。"

陈治不同意："你舅舅那件事已经过去了。"

"陈治同志要是一步到位，坐进省委会议室说话拍板，那该多好。"迟可东感叹。

迟可东的舅舅许琪早几年曾任常务副省长，权倾一时，此刻却在监狱里服刑。许琪是因腐败案发被查处的，当时迟可东也受牵连被审查，后来终得解脱。该案的阴影始终笼罩着迟可东，其影响既在现实中存在，也无形地压在他心上。

陈治抓起迟可东的手腕，声称要给迟可东把一下脉。迟可东不吭声，伸长手臂配合。陈治看着迟可东的眼睛，不说话。

迟可东问："不要紧吧？陈医生？"

"是心里有病。挺麻烦。"

迟可东把手抽回来，笑笑："我自己还能对付，谢谢陈医生。"

他告诉陈治，眼下自己情况尚好，外面虽有风吹草动，心中相对平静，不再过多考虑人的问题，主要考虑鱼的问题。

"果然有病！"

迟可东道："我得先告罪，不能在这里吃饭了。"

他说自己必须赶紧回家，家中老小有点儿情况，等着他回去商量。当晚本来他应当直奔家门，接陈治电话后，他知道这边肯定有些好事，所以先赶过来，事情说完就不待了，赶紧走。日后找个机会再聚，好好吃个饭。

陈治问："难道怕跟石清标坐一起？"

"就像老鼠怕见猫。"

"骗不了我。"

陈治力劝迟可东留下，既然来了，总得吃点东西，不喝酒哪怕喝口汤也好。石清标的事能办则办，不能办也可以坐下来商量商量，没必要搞绝。迟可东不听其劝，坚决婉拒，匆匆离开了那里。

迟可东家住省城西北一个小区，离此地有二十分钟路程。在往家里赶的路上，迟可东给秦健打了一个电话。

"你们明天上午继续谈吗？"迟可东问。

"是的。书记有什么交代？"

"告诉他，我们现在提的那几条是最后条件，不接受就免谈。"

秦健声音顿显急促："这，可能会破裂。"

"告诉他，破裂责任在他，一切后果自负。"

"不留余地了？"

"不留余地。"

"这个，这个……"

"就这样办。"

"明白。"

"有什么情况及时告诉我。"

"好的。"秦健忽然问，"书记跟他见过了？"

"谁告诉你的？"

"他说会跟书记聚一聚。"

"别管他说什么。"

"明白。"

电话里讲的"他"就是石清标。此刻秦健与一位副县长奉迟可东之命，带着一帮人在省城，就是在与石清标协商谈判，内容是落水河电站的整治。这件事情很棘手，已经经过几轮商谈，接近最后摊牌了。

2

落水河虽名不见经传，却是本县的母亲河。这条河发源于邻县山地，从河源乡进入本县，流经下游三个乡镇，从县城南侧绕过，东行二十余公里注入桃江。落水河水量充沛，水利资源丰富，建于其干流上的落水河电站位于县城上游五公里处，是当年县里一个招商项目，被省城的水电开发商石清标以优惠条件获得，其中情况比较复杂。

石清标履历很特别，曾经是省城有名的一大公子，其父多年担任省委副书记，极具影响力。石清标本人长期从事公职，当过省水利厅的处长，手中控制着项目审批报批的若干环节。当年他利用显赫背景和职权之便，在审批项目过程中一手遮天，采取许诺、拖延、压制、鸡蛋里挑骨头等手段，迫使项目呈报单位听他安排，把工程交给他指定的关系企业，这些企业后边其实都罩着另一家企业的影子，就是他以妻弟名义办的一家工程公司，承揽水电工程业务。这种事情做多了自会露出马脚，免不了有人看不过，愤而举报，石被有关方面查处。当时石清标的父亲已因病过世数年，人虽不在，但留有不少上层关系，石清标拼命运作，破财免灾，最终勉强脱身，没被抓进牢里，但是从此再也无缘"石处"。他弃官从商，充当起自家公司的掌门人。石清标很会来事，依托父亲留下的旧关系和自己担任公职期间积累的大量专业资源与人脉，下海后他的公司从承揽工程转而发展到介入水电开发和经营，不断扩张发展，目前已经在全省各地拥有十几座水电站，本县落水河电站只是其中一座。

落水河电站的招商、建设与投产，都是迟可东到任之前的事情。迟可东到任后曾听到议论，说石清标空手套白狼，拿项目还拿优惠，都是靠关系和钱摆平，查下去肯定一屁股屎。虽议论犹存，但时过境迁，人们只是说说而已。

去年春天，落水河电站忽然被列入一份名单，引起各方关注。当时为了应对即将到来的台风季节，全省各地对水库、电站等水利设施做了一次突击检查，落水河电站大坝在检查中骤然出名，被发现存在多重严重隐患，包括坝身变形、坝体裂缝、坝基渗水、坝肩与山体接合部存在白蚁危害等。落水河大坝离县城仅五公里，其严重隐患直接危及县城，必须尽快解决。根据检查的情况，有关方面责成本县采取措施整改，县里迅速研究处理办法，由迟可东亲自负责。迟可东带着相关部门人员到现场察看，深入了解情况，这才清楚落水河电站大坝隐患看似突然发生，实则由来已久。该坝从建成使用时起，就不断有问题出现，严重时接近于吃黄牌，最终都悄然化解，大事化小，小事化了，问题被弱化以致被屏蔽，未曾传递到县领导层，没能引起注意。这是因为电站老板石清标"有本事"。凭借各种关系，石清标总能及时得到对自己不利的消息，及时在市、县两级水利部门把事情摆平，化解掉，没让问题成为问题。其中有两次情况比较严重，原本是过不了关的，石清标手眼通天，有办法让省水利厅一个领导出面给几条指示，让其"自行整改"，电站方装模作样搞点修补，事情就过去了。落水河电站大坝问题几经掩盖，不断积累，终有一朝暴露的时候。这一回省里的突击检查在组织方式和人员组成上有新变化，加之石清标当时出国旅游，一时顾及不暇，问题才得以暴露。

迟可东感慨道："我们居然这么'耳聪目明'！不知不觉让一颗炸弹睡在眼皮底下。这样下去还了得！"

他主持研究处理意见，决定命落水河电站即刻停产整顿，禁止蓄水发电。决定刚一做出就遭到石清标强烈反弹，石清标指称本次检查有失误，专家组中有人出于个人好恶，夸大落水河大坝的所谓"隐患"，将以往曾出现并已解决的个别枝节问题无限放大。石在质疑检查结果的同时，强调即使存在若干问题，也不影响大坝正常运行使用，不应强令停产。他迅速行动，从外边找来几位专家到现场察看，对检查发现的问题提出异议，并极力活动，通过一些上层关系软硬兼施，试图改变县里决定。迟可东不予理会，严命县里相关部门给电站一个强硬指令，限期自行停产，否则县里将强制执行。石清标在最后通牒时间将临之际不得不低头听命。而后又继续活动，试图如以往那样做点儿修补姿态进而重启。他通过各种渠道重点攻关迟可东，因为迟是县委书记，可以决定拍板。迟可东不为所动，紧抓不放，迅速安排专家进一步论证。专家们对该大坝情况颇多担忧，处理意见倾向严厉，一些专家提出修补整顿已经不能解决隐患，根本的解决办法是把现存大坝毁弃。落水河电站效益好，犹如石家一只金母鸡，迟可东摆出架势要杀这只金母鸡，石清标哪里能服，双方相争趋向激烈。

去年年底，迟可东派了县纪委书记秦健，连同一位分管水利的副县长出面，开出若干条件与石清标直接协商。该项业务不属于纪委部门工作范围，迟可东却以加强领导，强化监督为理由，安排秦健介入。这个安排对石清标有一定压力，因为石清标当年拿下落水河项目后议论不少，涉及若干负责官员，如果来一个秋后算账，对石清标也是麻烦。秦健本人比较好事，他愿意接这个任务。数月时间里秦健几上省城，带队开展工作，与石清标多轮接触，千方百计协商。石清标始终不承认大坝存在重大隐患，不在关键问题上松口。协商期间不断有来自高层的声音了解过问，对迟可东形成压力，事情越拖延越显得棘手，迟可东面临重大抉择。

迟可东在省城开了半天会，当日下午驱车返回县里，黄昏时分赶到。他没有去宿舍或办公楼，直接让司机把车开进县医院。到达重症监护室时，方文翰与李金明已经等候在门外了。李金明本人面容憔悴，一副眼镜在他脸上忽然显得宽大，眼镜后边眼神略显呆滞，这两天对他一定非常难熬。他似乎还撑得住，问候迟可东时嗓音嘶哑，却已经基本正常。

李妻还在抢救中。从前天李金明哭诉"快不行了"到现在，二三十个小时过去，李妻的情况似乎没有什么变化，说不上好转，也还撑着。这与医院和医生的全力抢救关系莫大，迟可东的关注起了作用。迟可东从省城开会回来，立刻到医院探望伤员，表明对该伤员格外重视，虽无直接疗效，对抢救却有重大影响。

迟可东看了伤员，这实际是他第一次见到李妻。李妻鼻孔里插着管子，人事不省躺在病床上，身上盖着医院的被子，看不出有多高大。让迟可东感觉意外的是，昏迷中的李妻脸容平静，看上去并不显得特别扎眼，不像外界所传"个高人丑"那般惊世骇俗。在病床前，方文翰扼要介绍了李妻的伤情和医院的抢救措施，迟可东听罢还是那句话："不惜任何代价，全力抢救。"

一行人悄悄退出病房。李金明、方文翰把迟可东送到轿车旁，迟可东跟李金明握手时问了一句："你还行吧？"

李金明哑着嗓子说："书记放心。"

"怎么会弄成这样？"

李金明苦笑，没回答。

迟可东用力握了一下李金明的手，而后放开，上车离去。

他在车上颇感慨。

李金明的妻子在河源乡境内遭遇车祸，其中有些缘故。河源是李金明夫妻的老地盘。李金明夫妇都是外县人，因李金明大学毕业到本县工作，一家人才定居本县。在担任城关镇镇长之前，李金明曾在河源乡工作多年，从乡农技站的食用菌技术员干到副乡长。李妻没有固定职业，携子随夫待在河源。李金明任副乡长后，李妻被河源农技站聘用，做食用菌技术员，接其夫之任。当时有人开玩笑，称河源乡蘑菇要么一副眼镜，要么个高样丑，讲的就是这一对夫妻档。李金明调到城关镇后，老婆孩子跟着搬到县城，城关镇不种蘑菇，李妻进了城关小学当临时工，打杂。他们夫妻俩与河源乡一直保持联系，特别是李妻，双休日、节假日经常搭车回河源"看蘑菇"。李妻出车祸当天是星期天，她所搭乘的便车是一辆货车，当天拉一车水泥到河源。货车行经河源乡朝天岭一个公路险段，闪避一辆轿车时意外倾覆，从路面摔到沟底，造成人员死伤。交警部门现场调查，认定责任在货车一方。该车已接近报废年限，机件磨损严重，却又违规严重超载，以致遇险时反应迟钝，遭遇飞来横祸。从已经掌握的情况看，这场车祸应当属于意外，或如石清标所言，是老天爷干的，与暗杀谋害无涉。

这场悲剧原本不会发生，此前李金明已经答应与妻子一同回河源，李要去河源乡政府联系一项公务，可以把李妻捎上。不料事情骤然生变，李金明带人处理急迫事务，几天几夜没有回家。星期六晚间，李金明给妻子打来电话，称事情忙不开,他没法脱身,星期天去不了河源,另找时间再说。李妻性子急,不愿意多等,决定自行前往,临时找人联系便车,一头扑进了车祸里。

这几天李金明处理的急迫事务是什么呢?落水河电站大坝。此刻有一个工程组住在该电站里,夜以继日地在大坝上穿梭,做现场勘察,研究设计一个工程方案。李金明带着城关镇若干工作人员,与工程组一起驻扎于电站,协同处理相关事务。该工程组将制订的工程方案包括大坝爆破以及清理残渣疏通河道两个主要部分,其内容听来相当震撼,具有若干吨 TNT 炸药爆炸当量,其实未必真能实施,更多的只属于备选范围,带威慑性质。这是秦健在省城与石清标协商背后的一项配套措施,意在施加压力,让石清标接受谈判条件。用迟可东的"反浮选"术语比喻,如果秦健是脂肪酸,要在协商中把石清标拉到协议上签字,李金明和工程组就是搅拌机和鼓风机,要形成足够的动荡和泡沫,迫使石清标跟着秦健一起浮上来。

该工程组来自省城一家大型工程公司,是迟可东亲自打电话请下来的。落水河电站属于私营企业,没有企业主的认可,类似工程组不可能进驻开展工作。在无法得到企业主认可的情况下,必须借助行政力量才行。落水河电站位于城关镇境内,李金明有属地管辖权,李金明是学农的,食用菌技术员出身,现在必须来管爆破。李金明与工程组进驻落水河电站后受到抵制,电站方面拒不合作。李金明态度强硬,立刻从镇里调来一批人,税务、工商、治安、安全人员一起上,宣布对该电站进行突击检查,综合整治,查坝同时查人,人有事就抓,坝有事就炸。李金明的强势迫使电站方有所收敛,不再强烈抵制,工作得以推进,也让石清标恨恨不休,把李金明骂为"土匪镇长"。由于受到干扰,工程组工作未能按原定日程完成,李金明坚持不离开现场,陪着专家组待在落水河电站,让老婆独自踏上前往河源的运货车,不幸意外重伤于车祸中。

迟可东原本并未要求李金明亲自协同工程组行动,只让他派一个镇领导跟着上去,李金明不吭气把自己安排上去,进驻电站后才向迟可东打电话报告。迟可东得知情况,问了一句:"李镇长干吗亲自出动?难道去电站种蘑菇?"

李金明回答:"我看还行,电站库房改造一下,可以弄几间蘑菇房。"

迟可东批评:"少打那种主意。"

迟可东似乎是在质疑李金明,其实心里非常满意。李金明几年镇长没有白当,早已经不是当年那个种蘑菇的。他知道孰轻孰重,该往上冲的时候他不会退缩,哪怕即将面对麻烦。

孰料此刻出师未捷,李金明已经先赔上夫人。出于这些情况,迟可东从省城回来，直接先去医院看伤员，也在情理之中。

3

市委书记周宏到本县视察，轻车简从，只带小张随行。小张的正式身份是市委办综合科长，人们习惯性称其"周秘"，也就是周宏书记的秘书。周宏来得比较突然，动身时才让小张给迟可东挂电话，交代要下来看看，具体看什么，怎么安排一概不说。迟可东也就以静待动，等着周宏光临。

周宏要看的却是落水河电站。他对迟可东说："不要闹出动静。悄悄看。"

迟可东说："这事惊动领导了。"

周宏没有提及被何方神仙惊动，只是含而不露，供迟可东同志猜想。前些时候在省城，石清标曾当面问迟可东需要请出谁才认，要省里领导还是周宏？显然石清标不全是虚张声势。与省领导相比，市委书记周宏官虽小一点儿，毕竟是现管，他出来干预对迟可东的影响更为直接，迟可东却比较放心，因为这件事周宏清楚。迟可东拟着手处理落水河大坝之前，曾专程到周宏办公室汇报过情况，当时周宏态度明确，说大坝安全第一，出了事可了不得。周宏的表态让迟可东感觉踏实。此刻周宏被惊动，专题前来"悄悄"视察，表明石清标反弹力度不轻，迟可东却没有太多担心，因为情况未变，大坝坝身及周边那些问题并没有忽然就消失不见了。这种事非同一般，事关生命财产安全，没有哪位负责领导敢于视而不见。

落水河电站已经停产整顿数月，此刻显得相当荒凉，除少数留守维护人员，其他人各自回家。迟可东命人找来一个负责人，让他向周宏介绍情况，领周宏看电站设施，特别是大坝坝身和周边发现问题地段的情况。

落水河电站是一座径流低水头河床式发电站，其大坝将河水拦腰阻断，在坝内宽阔河谷形成大片蓄水区域。此刻因停产整顿禁止蓄水，坝内水位很低。一行人在大坝上走了个来回，察看问题部位，了解具体情况。

周宏向电站负责人询问："你们老板不知道大坝这些问题吗？"

那人回答："石总说过，那不碍事。"

"裂缝、渗水都不要紧吗？"

该负责人声称那些问题都属轻微，没什么大不了，许多水坝都有的。问题早几年就曾发现，当时都做了处理。

"不是还有点变形？"

该负责人承认确有此事，是受到地下断层活动影响。不过他们一直注意监测，这几年没有发展，不会有问题。

"白蚂蚁呢？"

"已经治过几次。"

"消灭了？"

"没有。石总说可以再治，不碍事。"

该电站被责令停产后，石清标除声称该电站大坝没有大问题，还强调对下游县城并无威胁，因为水头落差、大坝高度和库容都不算特别大，哪怕大坝垮了影响也有限，不会如所传闻那样水淹县城。

"专家们怎么说？"周宏问迟可东。

迟可东告诉周宏，专家们不认同该说法。大坝通常不会在风和日丽时刻出事，而是遇到大雨大风灾害性天气，例如夏秋之际台风强降雨之际，下游已经一片大水，到处吃紧，这时如果大坝顶不住崩溃，那不是压垮骆驼的最后一根稻草，会是突然爆炸的一颗重磅炸弹，下游原有大水加上突如其来集中下泄的库区洪水，本县县城将难以幸免，不淹才怪。

"专家对大坝目前状况的看法一致吗？"周宏追问。

迟可东承认这方面确有不同意见。多数专家根据坝身状况和周边地质情况，认为当年大坝的设计施工存在问题，质量靠不住，有严重隐患。也有一些专家认为大坝问题的严重程度还可以进一步观察。

"当年这条坝是谁修的？"

"石清标自己的公司。"

当年县里决意发展水电，以廉价电力招引工业企业落户本县，却又苦于缺钱，因此只能将水电项目拿出来招商。石清标拿到落水河电站项目后，县有关部门只是帮助处理相关事项的报批等环节，整个建设过程由石自行安排。石清标本人当过水利厅处长，业务熟悉且行内外关系众多，他这个电站上得特别快，其设计、施工、发电包括所发电能卖给电网无不抢了先机，且基本是"肥水不流外人田"。石清标的公司是从承揽水电工程起家的，有大坝施工的资质和经验，所以落水河电站大坝由自家公司承建。自己给自己修坝，为什么还会有质量问题？据分析主要是资金压力。石清标拿到项目时，其公司实力尚弱，还陷于三角债中，他主要靠关系"空手套白狼"拿下落水河项目，而后靠地方优惠支持以及银行贷款把项目搞起来，这种情况下不免急于求成，一要尽快建成电站，发电回收资金，二要在设计施工中力求能省则省。落水河大坝一带地质情况比较复杂，地下有一条小断层，本应加强坝体，却因成本大增而未加考虑。大坝施工中一味赶进度，质量管理未加重视，石清标本人自命懂行，自认为不碍事，也是问题发生的一大原因。

"这条大坝有问题，上游那条也有吗？"周宏转而问。

迟可东回答："那条坝目前没有发现大的问题。"

"为什么你们要两条坝一起谈？"

"两条坝属于同一家电站，所以考虑一并处理。"

"理由不是太充分。"周宏批评。

落水河上目前有两条发电站坝，周宏视察的这一条大坝在下游，它也被称为"落水河二号坝"，上游还有一条"落水河一号坝"，两坝相距六公里，是落水河梯级发电的上下两梯。这两条大坝同属石清标的落水河电站。当年石先拿下二号坝项目，建成投产后又与县里签协议，在上游再筑一号坝。一号坝同样也是低水头河床式发电，那一带水量比较小，装机容量只达下游这里的一半。目前一号坝未发现质量问题，蓄水发电未受影响，但是县里与石清标协商处理方案时，把两条坝合在一起谈，这是迟可东决定的，理由是两坝同属一家，应当一并处理，以防日后一号坝再发生同样问题。

"我考虑与其留下一点儿不确定因素，不如眼下一揽子置换好。"迟可东解释。

"为什么一定要置换？不能由企业自行整改吗？"周宏追问。

落水河电站属于民营企业，其大坝发生问题，地方政府可以责令其停产整顿，却不应越俎代庖替企业做整改。因此研究该问题处置时，有人主张大坝隐患应当交由石清标自己处理，无论是修修补补除险加固或者推倒重来，都是企业自己的事情，地方政府只管最后检查验收，合格亮绿灯，不合格亮红灯，这就够了。迟可东不同意这样办，理由是企业主从利益考虑，一直否认大坝存有严重隐患，怎么可能去认真处理？不能再像以前那样让石清标糊弄过去。根据眼下情况，修修补补不能解决问题，大坝需要有一个根本解决办法，包括考虑毁弃。私营老板不可能自行毁弃它，迟可东提出用置换办法来解决，就是在城关镇工业开发园区内，划一片尚未开发的山地给石清标，让其按照园区产业发展规划投资开发，落水河电站则收归县水利部门，两条坝和其他设施全部移交。置换后该水电站不再归属石清标，县里就可以根据现状及未来发展决定处置。

"你们准备拿出地换人家的坏坝，再考虑把它毁弃掉？"周宏问。

迟可东承认该方案看起来是一种赔本买卖，但是目前只有这个办法比较可行。如果能够解决根本问题，那么付出一点儿代价也值得。就此而言，他认为给石清标的条件已经不错，但是石清标不合作，先是拒不承认大坝有问题，继而不同意置换，而后漫天要价，双方总是谈不到一块，以至协商无果。

"听说是你们给他上了一道菜：给个最后条件，不接受免谈？"周宏追问。

迟可东说："那是想逼他一下。问题症结还在他不合作。"

周宏一个接一个提问，迟可东多方解答，一来一往有如考官面试。这场面试在大坝现场进行，有两人旁听，一是周秘小张，一是电站负责人，私企老板石清标的雇员。就敏感程度而言，有些问题似乎不该当着对方人员的面交谈，周宏却不顾忌。迟可东心里有点儿感觉，周宏像是有意如此。其实周宏提的大部分问题，涉及该事项的来龙去脉，迟可东早就向他汇报过，他心里是清楚的，原本也持支持态度，但是此刻他一一发问，像是什么都不知道。周宏对双方协商无果内情显得相当了解，"不接受免谈"等远远超出迟可东汇报过的范围，显然他另有消息渠道，这里边一定有一个大嘴巴。周宏发问虽属了解情况，其问及内容和语气里却隐隐约约带有态度，对迟可东不乏质疑，似乎是有意做给对方人员看的。周宏肯定知道自己视察大坝的任何细节，都会在他离开的第一分钟就传递到石清标那里。

周宏走到大坝尽头，指了指对面山头的树说："水土保持看来还行。"

电站负责人跟着说："山上有树，河里有鱼。"

"鱼怎么样？大吗？"

"钓过三四斤的。"

"生态环境不错嘛。"

周宏视察了解完毕，摆摆手把电站负责人打发走，而后再问迟可东："你那个李金明在哪里？"

迟可东报告说，前些时候李金明带工程组在大坝这里工作，事情基本完成，已经撤回去了。李金明家里出了点儿情况，所以今天没通知他来。

"这个人是不是挺蛮横？"周宏问。

迟可东说，李金明和工程组进站受到抵制，李讲了硬话，态度鲜明，才使工作得到推进。石清标骂李金明是"土匪镇长"，所谓"绑票派单，抢坝撕票"，那都是泄愤之词。问题根源在石清标，李金明是在认真履行公务。如果有什么责任，县委书记是决策者，自然应当首先承担。

"听说搞了一个炸坝方案？"

"我考虑需要一个预案。"

周宏笑笑："你会不会太急了点儿？"

迟可东也笑："是想给石老板一点儿促进。"

"这条坝是不是眼看就要垮掉，非得马上炸毁？"

"还没到那个程度。"

落水河电站停产后，发电机停运，该打开的闸门都打开了，库内蓄水已经大大减少。加上今年逢旱，降雨量较以往少，客观上降低了风险。以此分析，在明年汛期到来之前，大坝应当不会有大问题。

"既然这样，你急什么？"周宏表态，"先停一停吧。"

迟可东说："我考虑不怕一万，只怕万一。既然有严重隐患，最好得抓紧处理，宜早不宜迟。至少手中要有一个预案。"

"这些都对。该处理当然要处理，只是时机要成熟，理由要充分，方式要稳妥。"

周宏明确表示意见，要求迟可东调整思路和做法。协调无果还可以重新再谈，立足于争取找到一个双方都能接受的方案，毕竟还有时间。

"周书记，这已经骑在虎背上了啊。"

"骑上去也得先下来。"周宏答得非常干脆，"你们这事热闹大了，赶紧降温。"

"现在停下来，只怕到时候更难处理。"

"时机成熟，自然会有办法。"

"一定得这样吗？"

"必须。"

迟可东无语。

"怎么了？"

迟可东不能没个态度。他苦笑："周书记，容我回头跟他们几位商量一下吧。"

"还要商量吗？"

"毕竟是大家一起研究决定的。"

"主要不是你的主意吗？"

"当然是我，我承担主要责任。这事弄到这种程度，还是让我们再商量一下吧。"

周宏不再逼问。他抬手一招，跟在身后的小张快步跑上前来。

"叫车，咱们走。"他下令。

迟可东即开口挽留："周书记，到县里用过晚饭再走吧？"

周宏不吭声，像没听见。几分钟后他的轿车从电站大楼那边开过来，停在大坝上，小张为周宏开门，周宏坐上车，即刻动身。迟可东站在轿车旁送行，领导本该礼节性招招手以示道别，周宏却不做表示，视而不见。

迟可东站在路边，看着周宏的车绝尘远去。

4

返回县城路上，迟可东一声不吭，脸朝窗外，面无表情。途中他的手机几度响铃，他连看都不看，不接，因为没有心情。

他没料到周宏今天的视察会用这种方式结束，周宏态度改变之大出乎他的意料。石清标能量真有这么了得吗？石清标的父亲早已过世，他本人还不是什么举足轻重的巨商，他对周宏不可能有太直接的影响。能够影响周宏，让周宏改变原有态度的，只可能是有分量的高层人物。显然石清标果真搬出某位重量级省领导了。高层人物过问落水河大坝，通常得讲究分寸，毕竟大坝不同于一堵无足轻重的土墙，一旦出事后果非常严重，领导为之出面也不能不有所顾忌，可以表示关注，可以要求稳妥处理，不要过多伤害各方利益，却不能直截了当命基层官员收手。此刻周宏大体上也是如此表态，他没有要求迟可东放弃，却下了暂停令，态度比迟可东可以料想的更明确、清晰，比起其态度转变，这更让迟可东感觉吃惊。

周宏已经表现出严重不满，迟可东发觉自己陷入困境，进退两难。如果按照原定设想继续对石清标施压，那就是直接违抗周宏。如果迟可东退一步，那就陷自己于弱势境地，石清标运作得逞，以后再别指望他接受条件。无论哪一种结果，迟可东都不愿意看到，但是二者必居其一，他别无选择。

回到县城，迟可东先去了办公室。下班时间已过，县委办公楼里的人差不多都回家吃饭了，竟还有一个人守在迟可东的办公室门外等候。这人是李金明。

迟可东把脸板了起来："李镇长闲着没事到这里站岗吗？"

李金明分辩："我给迟书记打了电话。"

迟可东这才想起路上那几个手机铃声。

"打什么电话。"迟可东继续批评，"不是让你在医院老实待着吗？"

"有件事得找迟书记说。坦白交代。"李金明解释。

迟可东心里一动，没再找碴儿发无名火。即推门走进办公室。

"先说你老婆，"迟可东问，"这两天怎么样了？"

"没有大的变化。"李金明回答。

由于医院的全力抢救，李妻已经脱离生命危险，恢复了意识，她从 ICU 出来，住进了普通病房。对李金明来说这是不幸中的万幸。但是也有万幸中的不幸：李妻虽然活了过来，却躺在床上无法动弹，不能说话，神情呆滞，下半身没有知觉，怀疑因脊椎损伤而高位截瘫，因脑损伤而造成意识障碍，日后有可能终生卧床。由于伤情较重，李妻身体虚弱，情况时有反复，还处于医生密切监护中。迟可东一直很关心李妻治疗，曾交代李金明暂时放下手中事情，待在医院照料其妻，帮助她渡过难关，没有重大事情不要乱动。李金明给迟可东打电话、上门等候自然不属于"乱动"范畴，迟可东板起脸发火，其实只是有气没处出，并不是真的不满。

"说吧。是什么事？"迟可东问李金明。

迟可东从省城返回那天，特意到医院探望李妻，离开前问李金明："怎么会搞成这样？"当时李金明苦笑无言。迟可东没再追问，李金明却一直未能释怀。想了几天，他决定上门解释，或称"坦白交代"。

原来李金明夫妻不时在县城与河源乡之间跑动，并非因为夫妻俩那般一往情深，热爱山区的土地和干部群众，只因为李家在那里有两座蘑菇房，其生产事务需要牵挂。两座蘑菇房有点来历：当年迟可东因许琪案受牵连，李金明也遇到麻烦，副乡长没了，回乡农技站当技术员。李金明曾打算辞职下海，靠本行搞食用菌谋生，因此以其妻名义，借钱出资与当地人合股种蘑菇。后来迟可东复出，李金明得到重用，调离时他曾打算把那两座蘑菇房卖掉，但是李妻舍不得，因为家庭经济还得靠它。乡镇干部工资不高，李妻作为临时雇用人员也拿不到几个钱，来钱的渠道少，用钱的地方多，家庭经济一直比较困难。李家的两座蘑菇房前期投入不少，已经开始收益，卖掉太可惜。商量半天，这两座蘑菇房就留了下来。

"当时也是一念之差。"李金明说。

"除了这两块自留地，还有其他的吗？"迟可东查问。

"没有了。"李金明答得十分肯定。

李金明坚称自己在河源再没有其他产业，当时只留下两座蘑菇房。他们夫妻离开河源后，蘑菇房交给当地合股方打理。他当镇长不方便，基本没管，蘑菇生产事务主要交给老婆。李妻隔三岔五跑到河源，就是看看蘑菇行情，处理相关技术事项。出车祸那天赶去，也是为这些事。

"那么是老婆的自留地，与李镇长关系不大。"迟可东揶揄。

"我也有责任。"

李金明承认不仅他老婆割舍不下，他本人也舍不得那两座蘑菇房。除了经济考虑，确实也想给自己留条后路。他这种个性的人，谁知道有没有当官的命，也不知道能干几天。说不定转眼不行了，有后路总比没有好。当时哪里料想这条后路竟把老婆给赔进去了，真是悔不当初。

"给自己留后路，是不是因为对迟书记很没信心？"迟可东追问。

李金明称主要是对自己信心不足，当然也怕其他。他曾经梦到迟可东忽然不见了，感觉自己跟着要大祸临头，然后就吓醒了。

"你真是乌鸦嘴。"迟可东骂。

"迟书记放心，怕归怕，干归干，在位一天，努力一天。"

李金明告诉迟可东，其妻出事后，他已经发话把河源乡的蘑菇房卖掉，因为显然已经顾不上了。从此再无后路。

迟可东调侃，说不知道李金明出手这么快，否则他会考虑筹资买下这两块自留地，然后跟李金明学种蘑菇。一旦乌鸦嘴成真，也好有条后路。种蘑菇想必比炼钢本钱小些，实现的可能性大，可以列为首选。

"书记别拿我开涮。"李金明苦笑。

李金明暂无其他问题，所要"坦白交代"的事项就是这两块自留地。虽然产业不大，却有留后路之嫌，李金明怕外头被人议论，让迟可东听了有看法，曾有几次想主动向迟可东报告，话到嘴边都没说出来。这一回老婆出事，迟可东追问究竟，他感觉自己不能再拖了，得赶紧说。

"说了我就没看法吗？"迟可东追问。

"不管怎么样，我不能对迟书记隐瞒。"李金明道，"迟书记最了解我，我就是那个种蘑菇的。"

"你还是个镇长嘛。干得好像也还可以。"

"勉强吧。"

"不勉强。这一次人家骂你土匪镇长，说明你挺称职。"

"称职不敢说，努力是应当的，不能对不起迟书记信任。"

"态度很正确嘛。"

李金明忽然问起一件事："迟书记不会马上走吧？"

"谁说我要走了？"

李金明听到外边不少议论，称迟可东眼看就要离开本县，可能到市直单位，也可能回省直去。类似议论已经不是第一次风传，近几年里，每有风吹草动，就有迟可东即将离任的传闻，最后又都被证实为谣言。这一次传得比较厉害，让李金明听来心里发毛，或许这回是真的？领导高升了，回家了是好事，李金明当然为领导高兴，同时也替自己担心，谁知道接下来会遇到什么？还有哪个领导能像迟可东一样信任自己？两座蘑菇房已经卖掉，如果小官也不好再当，他还能拿什么立足？

迟可东告诉李金明，迄今为止，他自己没有提出离开，上边也没有哪位领导就此征求过他的意见。这种事说不清楚，有时候传闻满天全是空气，有时候没有半点儿动静，忽然一张纸下来就走人了。所谓天要下雨，娘要嫁人，只能随他去。让李金明别管外头传些什么，不要多想，只管做好自己的事情。李金明任职这些年，已经表现出很强的工作能力，与当年那个食用菌技术员有天渊之别。有朝一日迟可东走人了，李金明依然可以凭自己的能力立足，继续做好工作。对此他应当有自信。

李金明说："我对自己挺怀疑，眼下只认准一条，把迟书记交办的任务完成好。"

他报告了落水河大坝爆破方案情况。工程组在落水河大坝现场工作期间，已经拿出一个初步设计方案。他们回省里后，又在初步设计基础上再做修订。李金明一直与他们保持联络以掌握进度。工程组长告诉李，正式方案很快就将完成。

"让他们抓紧，必须切实可行。"迟可东说，"咱们手中要有一个可以应急的东西。"

"真的要炸了它吗？"

"你觉得呢？"

李金明又提起他曾经拥有的蘑菇房，其中有一座一面墙砌得不好，有点儿歪。本想推倒再建，一算本钱不小。于是就搞了两根粗木头顶住墙体，也还结实可用。

"我知道蘑菇房跟大坝不能比，大坝出事可不得了。"他说，"迟书记要一个炸掉方案，肯定有迟书记的道理。我听迟书记的。"

迟可东感叹："眼看拿它没办法了。"

"怎么啦？"李金明惊讶，"发生什么了？"

迟可东把脸一板:"没看我烦?"

他摆摆手赶李金明离开,到医院站岗去。

当晚迟可东寸步不离,始终待在自己的办公室里。他的办公室里有方便面,有烧水壶,还有一张折叠床,可以简单过夜。除了几份需要签发的文件,当晚并没有什么大事需要他待在办公室里,他却在那里待了一夜。办完公事之后,他用了大量时间翻看照片。他办公室的书橱里有一大抽屉照片,多是在本县参加某个会议视察某个项目时拍的,相关工作人员把照片洗好送给他,他随手丢进抽屉,看都不看。这天晚间他却把那些照片都翻出来,分门别类排在桌上,摆扑克牌一般。抽屉底部还有一个旧相盒,里边装着他读大学时,以及毕业后在钢铁厂工作期间的照片。他看着那些照片出神,想了很多,设法让自己平静下来。

人在左右为难境地里,感觉真是很不好。

第二天一早,他召集了一个书记碰头会,与会者只有三人:他、县长与一位专职副书记。这个碰头会时间很短,迟可东传达周宏的意见,谈了自己看法,另两位表态同意,半小时了结。而后迟可东把秦健叫到办公室,命秦与石清标联系,准备重启协商。

秦健面露惊讶:"还谈吗?"

"周宏书记意见,必须再谈。"

秦健没有询问周宏是什么具体意见,只问:"咱们的条件变吗?"

"我说过要改变吗?"迟可东问。

秦健即回答:"明白。"

迟可东提到周宏的意见时,秦健没有任何反应,迟可东心里有数了。秦健应当就是那个大嘴巴。该同志本身就是落水河电站事项的第一手情况,如果周宏需要了解"不接受免谈"之类内情,无须挑选什么浮选药剂,问问秦健就可以了,这于秦健也是机会。秦健对此不吭声没什么奇怪,迟可东只能限于心里有数。周宏是本市最高领导,他有权越过迟可东了解情况,他的决定迟可东必须服从。这件事里,让迟可东感觉异样的主要是周宏的干预状态:落水河电站这件事不算特别大,哪怕高层有人找了周宏,周以市委书记之尊,似乎不需要直接跑到落水河现场视察,表态也不需要那么直接,他可以一个电话召见迟可东,略加点拨,暗示迟可东谨慎从事即可,以该领导的风格,通常会这样处置。但是这一次他显得不那么含蓄,比较急切,一定有其原因。

安排完秦健后,迟可东给周宏打了一个电话,报称已开过书记碰头会,落实了周的要求，决定着手主动重启协商，与石清标继续谈。

周宏问："你想通了吗？"

迟可东回答："周书记明确指示，我们必须执行。"

周宏缓下口气："这事只能这样，明白吗？"

迟可东坦率道："不是太明白。"

"以后你会明白。"周宏说。

半个多月后，迟可东明白了。

省里召集领导干部大会，通知省级官员、省直部门主要领导，各地市党政一把手等重要官员与会。这个会议时间很短，只开一个小时，内容是推荐中管后备干部。会上，中组部派来的干部考察组发放了几份表格，包括一份人选推荐表，与会人员以无记名方式在这些表格上打钩，交表后即可离会。隔日上午，考核组即着手对相关人员展开考核。动作节奏迅速快捷。

迟可东这个级别的官员差距尚远，此刻还没有被推荐到那个层次的资格，连去参加推荐也不够格。但是迟可东也在第一时间里听到了消息，类似情况在"各级领导干部"中总会得到最充分的关心与传播。

两天后，陈治给迟可东打来电话："你们那个周宏好像有戏。"

迟可东说："也该轮到他了。"

陈治告诉迟可东，这一次推荐大会之后所产生的人选在第二天即确定下来，只是尚未公开。外界流传有四五个版本，有的可能有些依据，有的则更像猜测。这些版本中，有两个版本把周宏列上了，只是排名都比较靠后。周宏下去当书记任职时间不算最长，但是此前当过省领导的秘书，在省委副秘书长任上下派，上层和省直的人脉比别人要强，得票比较有利，可能性很大。

迟可东点头："这就明白了。"

"明白什么？"

迟可东调侃，说看起来这一次用的不是脂肪酸，而是胺类捕收剂。这种捕收工艺属于"浮选"，也就是让精铁矿颗粒被泡沫吸附上浮入选，脉石渣则留在浮选槽底下。

陈治笑："你这种狗屁段子不通俗，没人听得懂。"

迟可东也笑："没关系，自娱自乐。"

他对陈治说，值此重要时刻，上至周宏这样的大领导，下至陈大处长、迟可东书记这样的小领导，大家都是矿石。矿石这么多，堆积如山，当然就要挑选，把精矿颗粒挑出来，把石渣淘汰掉。这就用得上"浮选法"和捕收剂。

"这么说就明白了，是不是？"他问。

事实上，他的"明白"与捕收剂无关，与石清标有涉。周宏在落水河大坝问题上为什么改变态度，且那般明确清晰？显然有关此事。周宏有渠道预知情况，早早就在为本次推荐的名单做准备。同一层次人员竞争者众，当事者谁都希望多现阳光少惹麻烦，恰此非常之际，周宏不能因为落水河大坝丢分，而应当通过它得分。

迟可东跟陈治讲了另一个段子，说的是有个老头住楼下，楼上住个年轻人，年轻人每晚上床睡觉要丢鞋子，一只丢完再丢一只，两声"咚咚"之后才安静。老头听习惯了。有天晚上年轻人丢了一只鞋子，忽然想到动静太大会影响楼下的人，于是就把另一只鞋子轻轻放下。楼下的老头躺在床上等那只鞋子落地的声响，整整等了一夜，始终睡不着觉。

陈治听了发笑："你是那个老头吗？"

迟可东也笑："我等着听鞋子声呢。"

陈治估计第一只鞋子很快就将落下。考核组必须到人选所在地方、部门开展考核，这种事通常速战速决。如果周宏被推荐上，列在名单中，考核组很快就会到达。考核完成后什么时候能走马上任就比较难说，这是第二只鞋子，它掉下来得有个过程，要走程序，有时耗时不短。

"你们在下边不也一样吗？"陈治说。

"那是。这种事成了才算数。"

陈治这个电话除了通报版本信息，也还另有内容。

"石老板让我转告一声，谢谢你高抬贵手。"他说。

迟可东道："早了点儿。事情还没完呢。"

"你还想揪着人家不放？"

迟可东笑："我能揪得住吗？"

两人哈哈，就此打住。

一星期后，考核组来到本市，周宏浮出。

这时候轮到迟可东这一层级的官员了。本市市直各大部门主要领导、所属各县党政一把手奉命前往市宾馆，与考核人员分别面谈，内容是周宏的各方面表现。这种时候说些什么有套路，于大家是轻车熟路。

考核人员问了迟可东一个问题："你认为周宏同志有什么缺点？"

这是一个常规问题，通常很难问出什么。这个场合人们多说好不说坏，如果被考核者是自己的顶头上司时尤其如此。哪怕意见巨大，只要没到苦大仇深，决意豁出去的程度，通常不会当场揭短，可以推说不了解，也可以轻描淡写说点儿不着边际的，例如"领导对我们严厉批评不够""领导工作太努力，不注意爱护身体"之类。即便是那些昨天还在写举报揭发匿名信到处寄的人，今天进了这个地方也常三缄其口，甚至对被他举报者表扬有加，因为这种谈话将有名有姓被记录在案。尽管自知问不出什么，考核人员还是必须向谈话对象提出该问题，这是规则要求。

迟可东的回答却有些不同音色："人都有缺点，没有谁完美无缺。"

考核者顿时注意："请具体谈谈。"

迟可东提了一条意见："周书记思路有时比较超前。"

"请举例说明一下。"

迟可东以落水河大坝为例，说大坝发现问题后，下边干部们就事论事，眼睛都看着那些裂缝。周宏亲自前去视察，除了看那些隐患，还提到了鱼。鱼跟大坝裂缝有啥牵连呢？周宏走后他一直想着这个，感觉不是很好破解。

"事情现在怎么样了？"考核人员了解。

迟可东回答说，他们还在深入领会周书记的讲话，考虑一个处理办法。

"思路超前"算个什么？与"严厉批评不够""不注意爱护身体"之类有什么区别？考核人员没兴趣接着再问下去，迟可东当然也就点到为止，自己打住。

他这些话却不是率性而言，随口说说。

5

一晃数个月过去，另一只鞋子始终没有落下。老天爷却不等人，眼前虽然还是艳阳高照，雨季却在一天天逼近，眼看着雨水就要哗啦啦下来了。

迟可东看了气象台的中期天气预测，心里挺不是滋味。恰在这时陈治来了个电话，询问迟可东什么时候回省城，想聚一聚。

"有人非跟你吃顿饭不可，我不好推托啊。"陈治说。

"谁这么看得起？石老板吗？"

陈治发笑："难道还有木头老板？"

迟可东说："我们派秦健去跟他谈了。"

"他不要你那个纪委书记，要跟你直接谈。有些事要告诉你。"

迟可东说："还是让他先跟秦健说吧。"

"那个人级别不够，不能听传达。"

"他给你传达了吗？"

陈治称石清标确实给他稍作传达，漏了点儿口风。石说落水河电站这件事马上就会定局，周宏从北京回市里后，要亲自督办，会给石清标一个满意的结果。石清标打算先跟迟可东交个底，商量商量，以免迟可东事到临头措手不及。所谓请吃饭主要是交这个底，到时候彼此心里有数。

迟可东说："有你这些传达就够了。替我谢谢他。"

"你如果没时间吃饭，可以给他打个电话问清楚。"

"那行。"

迟可东按兵不动，没有跟石清标打电话。他知道不需着急，对方很快就会把牌打出来。果然，只隔一天，秦健从省城传回消息：石清标提出了反条件，口子开得很大，出乎意料。石清标提了两条，一是落水河大坝没大事，要求本县在汛期到来前撤销责令停产整顿决定，让其恢复发电。二是县里不当行政行为给企业造成重大经济损失不能一笔勾销，需要有个补偿。石清标对本县提出的置换方案中城关工业园区那块地有兴趣，他愿意接受这块地作为补偿，把地给他，他就既往不咎。

不由得迟可东骂："这家伙好大胃口。"

"他说，这个……"

"说吧。"

石清标对秦健夸口，称上头他已经摆平了，结果很快就会有，到时候县里不听也得听，赔了夫人又折兵。迟可东不该招惹他。当年他们家石老头子在省里当领导时，许琪还在下边给人拎包呢。如今许琪已经给关在牢里了，迟可东还能算个什么？真以为头上那顶帽子永远姓迟吗？

迟可东自嘲："至少还不姓石。"

石清标宣布自己不会再跟秦健谈了，这件事到此打住，等周宏从北京回来再说。

"是他原话吗？"迟可东追问。

秦健确认。石清标当面说的，明确提到周宏，要等周宏从北京回来再说。

迟可东说："那行，等吧。"

"这件事迟书记是不是先跟周书记联系一下？"秦健建议。

"我考虑考虑。"

此时周宏在中央党校一个读书班学习，已经去了一个多月，预计两星期后返回。对落水河大坝问题，周宏曾在视察时明确表态，虽似有倾向，却也表面持正，强调稳妥处理，并未要求迟可东满足石清标要求。周宏顺利通过关键性推荐提名和考核之后，变动并未紧随而至。已经过去数月时间了，第二只鞋子尚未落下，情况还有变数，周宏依然需要争取各方支持，尽量不出麻烦，依然需要落水河大坝这件事增分，而不是相反。因此石清标所称"已经摆平"有可能是夸大口，也可能确有其事。以周宏已经表过的态度，以及眼下的特殊状况，迟可东觉得石清标未必是夸口，很可能石清标请出来的人物非常了得，或许处在某个关键位置上，或称管得着"选矿"，此刻对周宏特别重要，周宏出于各种考虑，已经对石清标明确承诺，答应命迟可东对石做出让步。周宏为什么不能从北京打个电话直接指示迟可东呢？可能因为这件事牵扯较多，不能简单行事，事情拖这么久了，也不急于一朝一夕，可以等从北京归来后再从容处置。情况是否如此？迟可东主动打一个电话到北京，问一问周宏有何指示，一切都清楚了。但是这个电话一打，如果周宏开口要迟可东让步，那就没有余地了，或者抗命，或者只能接受条件，如石清标所笑，赔了夫人又折兵。无论是什么结果，迟可东想做的事情再也做不了了。

这几个月时间里，迟可东遵周宏之命，让秦健与石清标协商，做出主动姿态，实际上却是以拖待变。迟可东心中最理想的状况，是周宏迅速上升，离开市委书记之任，那样的话，落水河大坝如何处置对周宏就没有太大意义，迟可东有望回头按既定方针办。问题是类似事情往往变幻莫测，经常风闻满天，却不见一张纸下来。周书记的另一只鞋子老是没有落地，而汛期将至，迟可东拥有的时间已经不多了。现在落水河处于枯水期，是处理大坝问题的有利时机。待到大雨落下，河水暴涨，已经采取的措施虽然足够保证落水河大坝安全，县城并无重大生命财产安全威胁，迟可东却也失去机会，想做什么都不可能了。

迟可东究竟想做什么？难道真像摆出的架势那样，打算把落水河电站大坝炸毁？

事实上这个念头早在他心里萦绕不去。他请来工程组，制订了一个炸坝预案，声称是要一个备选方案，以提供威慑迫使石清标接受条件，其实不仅如此。如果没有最后实施的打算与决心，他不会这样行事。以他的性情，早想把那条大坝炸个粉碎，因为该坝藏匿严重隐患，因为石清标有恃无恐张扬放肆令人痛恨，也因为一些特别考虑。但是迟可东清楚事情没那么简单，自己想干什么未必就能干成，只能走一步看一步。现在走到这一步，似乎已经走不下去了。即使周宏并没有如石清标所放风声那样下令，只要大雨一下，汛期到来，最佳施工期就彻底消失，落水河大坝不能动了，要动只能等待来年枯水季节，那个时候的情况谁知道呢？很大的可能是未曾天翻地覆，却已物是人非，迟可东自己已经不在县委书记位子上，不知被扫到哪个墙旮旯里去了。

此刻迟可东还能做何选择？

秦健带协商小组从省城撤回，即向迟可东报告情况。其实也没有更多情况，该报告的在电话里都说了。

"接下来我们怎么办？"秦健请示。

"先等一等，看看吧。"迟可东说。

谈完谈判事项，秦健汇报了另一项工作：省纪委林副处长一行明天到本县，相关工作需要本县做好配合。

"他们的工作任务是什么呢？"迟可东问。

"还不清楚。"

林副处长工作岗位在纠风办，正式职务为副调研员，所谓"副处长"是基层习惯尊称。林不是一个人下来，同行还有另一个人，虽然级别不高，却是来自另一重要部门：省委组织部干部监督室。如此搭配，估计是联合查核某一事项。市纪委特安排了一位室主任配合工作，明日一起到达本县。

秦健问："林副处长来后，书记要不要见见？"

迟可东说："应该见一见。"

作为东道主，迟可东理当会见、欢迎客人。按照以前的方式，通常要一起吃个饭。眼下却有不宜，人家是管纠正风气的，可能要来查些问题，请他吃饭彼此都有嫌疑。因此迟可东决定由秦健负责接待陪同，他暂定在林一行到达后去宾馆探望，聊一聊。如果需要进一步安排，到时候看情况再说。

秦健说："书记这样考虑好。"

"他们的任务一点儿都没说吗？"

"是的。"

秦健再次肯定，迟可东却觉得他声调有一丝异样。

他是不是知道一点儿什么呢？

迟可东不再追问。

第二天上午客人光临，迟可东亲往客人所住宾馆探望，"亲切会见"。迟可东与这位林副处长是初识，该同志戴眼镜，脸上表情不多，似乎还随和，对迟可东很客气，毕竟迟是本县一号人物。但是林对其工作任务三缄其口，不露风声，只说奉领导之命，下来了解核实一个情况，不多惊动书记，只要求相关部门配合就可以了。

"除了县纪委，可能还需要县委办支持一下。"他说。

迟可东当即给县委办主任打电话，命该主任配合林副处长一行，需要办什么就立刻办什么。由秦健具体协调。

主任说："明白。"

隔日，县委办主任找迟可东报告，称相关资料已经提交给林副处长一行。

迟可东问："他们要些什么？"

"他们没跟书记说吗？"

"你说就行了。"

原来林副处长一行到来与公务用车有关。他们要县委办提供所管理的小车班公务车辆使用记录，要求看原始记录，尽可能详尽。哪部车哪一天出车了，去哪里，干什么，需要有清楚记录。县委办小车班管了十几部车，县委、县政府两套班子领导用车一家统管，其用车记录都在电脑里，一条一条多了去，打出来得堆满一桌，还好人家不要全部，也不要全天候，只是书记、县长、专职副书记和常务副县长四位主要领导用车，只要去年第四季度至今的记录。就此范围，所提供的记录已经可以装一大袋。

"他们哪里看得完呢。"主任说。

"你真以为他们要一条条学习你那个东西？"迟可东摇头。

"那又不是上级文件。"主任笑，"有什么可学习的。"

他向迟可东保证，他对规章制度管理一直抓得很紧，如果林副处长一行的任务是检查县主要领导用车执行制度情况，本县经得起检查，不会有大纰漏。

迟可东说："行，那就好。"

他嘴上没说，心里却有数，林一行来意绝不会是这个。如果只是一般检查，他们不必三缄其口。他们目标肯定非常明确，是要查某一部车某一天到哪里去干什么了。他们扩大了范围，要了四部车和长达数月的资料，那只是努力避免让人提前看出是在查哪部车哪件事。四部车里肯定只有一部为查核对象，其记录需要认真学习，其他三部仅为陪读，它们的记录肯定不会给翻上一番。那么四部车里哪一部是目标车辆？看来不可能是别人，只会是迟可东这部车。如果是别人，他们不必把迟可东的车拉来陪读，毕竟迟是现任书记，第一把手，在本县涉及迟可东，无论是人还是车，都会相对敏感，如果不是必须，他们不会这样行事。他们当然也不会无缘无故想查谁就查谁，如果他们对迟可东的用车记录产生注意，那一定是有人向省纪委和省委组织部举报了这方面的问题，且其程度达到一定的严重性，否则不会有这样的动作。

迟可东感觉纳闷儿，不知道自己的车辆使用记录后边有何文章可做。公车使用问题早被列为纠正不正之风的一项重要内容，迟可东自认为在这方面相当检点，怎么可能忽然出现达到某种严重性的纰漏，被人发现并举报？迟可东到省城开会，有时也会顺便看看朋友办个事，例如到某个住宅小区特色餐馆跟陈治会面，较真起来，也许会被指为公车私用，但是这类小情况不太可能惊动这么大。林副处长出动并不是林自己能决定的，查核一位在任县委书记有关情况，肯定需要省纪委领导点头，能够惊动到那个层次，不会是芝麻大的事情。

迟可东无从知晓究竟，也无法主动打听，只能静待其自行明朗。他隐隐约约感觉不仅这件事有点儿不对劲儿，似乎另外还有哪个地方不对劲儿。还没来得及仔细琢磨一下这感觉怎么回事，那一天下午秦健进了迟可东的办公室，迟可东才忽然明白，原来在这里，该不对劲儿其实来源于该同志。

秦健总是先人一步，在第一时间报告迟可东感兴趣的事项。这一次他负责配合林副处长，有直接渠道得知相关消息，但是他落后了。

他向迟可东报告："他们查几部车子的情况。"

迟可东道："我已经听说了。"

"除了县小车班的车，他们也还要了解几个乡镇的情况。"

"是吗？"

"这个林副处长做事特别认真，也特别细。"

"网撒得很开，目标很深是吗？"迟可东问。

"我也挺纳闷儿。"

迟可东不跟他多谈这件事，只让秦健配合好。所谓时到花便开，到时候就清楚了。

隔日，迟可东吩咐办公室主任找李金明，让李给他来个电话。不料办公室主任竟找不到李金明，李手机关机，办公室电话无人接，家里电话也没有人接。县委办主任急了，赶紧找镇办主任查问究竟，小主任一问三不知，只说昨天晚上还见李镇长在办公室批文件，今天上午没见他到镇政府，以为他另有公务去了。以往另有公务时，李会有所交代，今天有些奇怪，他没露面，事前也没吭一声。

"马上给我找到他。"县委办主任下令，"有要紧事情。"

事实上那一天迟可东找李金明倒没有大事，只是想问一问其妻的病况，表达一点关心。却不料这一关心扯出个李镇长失联。

镇办公室没找到李金明，没有一个电话能打通。小主任无奈，只能向大主任报告，称他们会不停地打，直到找到人为止。

县委办主任问："为什么他家里没有人？他老婆瘫在床上不能接电话，身边总得有个人照顾吧？"

这一问才知道，李金明老婆本已办了出院，抬回家里继续治疗。不料又得了褥疮，感染到血液，情况比较严重，只能再送进医院住院。李金明老婆出事后，李金明把儿子送回老家，交给爷爷奶奶照顾，岳母则给他搬来照顾病人。李妻再度住院后，李的岳母跟到医院陪床，因此家中无人。

"这种情况，他怎么还敢跑得找不到人！"不由得县委办主任着急。

"也许，也许镇长遇到什么事了。"

县委办主任赶紧把情况报告给迟可东。迟可东听罢摆了下手："让他们别找了。"

"这个，不知道会不会……"

"别管，等他自己冒出来。"

迟可东知道，无须捕收剂，也无须泡沫，李金明总会在他身边冒出来的。

6

李金明冒出来了，时已傍晚。

他用一个陌生手机号码给迟可东打来电话："迟书记找我啊？"

迟可东没追查李金明跑到哪里去了，也没问他为什么关掉手机让人找不着，一接电话，张嘴就批："你是哑巴吗？你老婆又去住院，为什么不说一声？"

李金明回答："书记，她的事现在我还能对付，实在不行了才麻烦领导。"

"你对付什么呢？跑得不见人影？"

李金明称他临时有件急事不得不离开一下，走之前，昨晚他还在医院守了一整夜。不只是昨晚，他老婆入院这些天，晚上时他基本不叫别人帮，能自己看管就自己看管。白天他得上班，没办法照顾，只能尽量在晚上陪护。

"书记清楚。当初她把我盯得很紧。"李金明自我解嘲，"现在该我还给她了。"

"不说那个，赶紧去医院。"迟可东说，"你老婆要是再出事，我处分你。"

"谢谢书记。我明白。"

从头到尾，迟可东没有追查一句。李金明也不做明确解释，只含糊提及"临时有急事"。事情果真如此简单吗？

当晚十一点半，迟可东离开办公室，准备关门回宿舍，李金明突然出现。

"迟书记！是我。"

迟可东问："现在你该在哪里？"

李金明表示他会马上赶到医院去，但是还得先向迟可东报告一下情况。

迟可东让他进了办公室。

"说吧。"

这一说才知道，从今天清晨六点直至此刻，李金明马不停蹄，几乎跑了八百公里。他没用镇里的车，找人借了一部私家车，自驾游，走高速公路去了清涧。清涧位于本省北部山区，离本县近四百公里，属于另一个地区。

迟可东很诧异："跑到那里干什么？"

"我心里实在放不下。"

李金明为什么放不下？居然与林副处长一行有关。如秦健所报告，林一行在调看县委小车班相关记录后，又将范围延伸至城关镇。他们要了两位镇领导的用车记录，李金明为其中之一。镇办公室提供的资料里有一条李金明于某月某日去清涧的记录，这条记录引起了注意。林副处长要求具体核实这部车去清涧的准确时间与事由，包括其乘客的确切情况，是李金明本人吗？有没有其他人搭乘？镇办公室找李金明核实，李金明做了具体说明：那一次到清涧有一特殊事项：早几年城关镇引进推广优良枇杷品种，全镇种植面积达数千亩，长的果实偏酸，卖价不好。李金明的一位省农大老同学给他报了个信，称清涧县农技站有位技术员是枇杷专家，处理实际技术问题经验丰富。李金明本人是农业技术员出身，有一些旧关系，通过这些关系找上门去，把该技术专家请到本镇帮忙，解决了不少问题。那一次去就是专程接洽，没做其他事，时间就是记录中那个时间，是李金明本人亲自前去，除了驾驶员，没有其他人同行。

李金明做出情况说明之后，没有片刻耽搁，立刻向人借车，于今天清晨紧急动身赶往清涧。为了不让人知道究竟，他一声不吭，手机关机丢在家里没带上路，以防被确定位置，暴露行踪。行前他把妻子车祸前用的手机带上，以备应急。

"为什么呢？"迟可东追问，"难道你给林副处长提供的说明有问题？"

李金明所做说明是真实的，没有任何问题，无须他紧急赶去清涧与当事人见面统一口径。促使李金明急赴清涧的原因是他有所怀疑，心里放不下，决意要去摸一个究竟。林副处长一行注意清涧方向，这个地方与本县相距很远，瓜葛很少，怎么可能成为问题焦点？李金明感觉奇怪。一了解，知道林已经查过县小车班相关记录，迟可东的车子也在查核之列，李金明心里忽然有所感觉，于是才有今天的来回奔走。

"迟书记，他们是冲你来的。"李金明说。

"怎么说？"

李金明从口袋里取出一部手机，从里边找出一张照片，递给迟可东看。

这张照片照的是一个手机屏幕，屏幕里也是一张照片。可能因为两重翻拍，照片画面显得模糊，细节不甚清晰，但是提供的信息已经足够：画面上有个人正在走过一段通道，通道左侧有一片小树林，右侧是一面墙，墙的边界处是一个大门，门边挂着一块长形标牌，标牌上的文字已模糊难辨。

对迟可东而言，那面标牌上的文字能否看清无足轻重，他知道那是什么地方，他已经多次前往过。此刻照片上的人就是迟可东自己，照片下方叠印着拍照时间，很模糊，拉开放大，隐隐约约能看出几个数字，正是迟可东最近一次前去的时间，已经过去三个多月。

照片上的地点是清涧监狱。迟可东的舅舅许琪就在该处服刑。

本县与清涧相去甚远，几无瓜葛，很少有人知道该地与本县现任一号人物竟有这般牵扯，人们大都听说并关心过许琪的故事，至于许落马后住在哪座免费公馆，探究类似细节的人实在不多。李金明例外，他跟迟可东走得近，本身也曾被许琪案扯上过，因此他了解状况。李金明对关系迟可东的事情一向很敏感，林副处长一行对清涧的关注以及对迟可东用车的核查被他联系起来，感到其中有蹊跷，事情可能与清涧监狱有关。李金明恰有一条路直接通往该监狱：李金明在省农业大学的一个同班同学在清涧，已经当了县农技站长，李金明去清涧请枇杷种植专家到本镇指导，就是通过该同学。那一次老同学对李镇长非常热情，设家宴款待，把自己的亲弟弟也叫来作陪。这位小老弟人不错，到场的主要任务是替不会喝酒的大哥劝酒，他与李金明在饭桌拼上了，一杯又一杯，彼此酒量相当，喝得都爽快，很投缘，喝着喝着就成了"老哥老弟"。小老弟穿便衣，却是警务人员，供职于清涧监狱，是那里的一个副职领导。

李金明到清涧就是找这位小老弟，所需了解的情况电话里不便说，只能当面谈。小老弟恰在单位值班，突然见到李金明他很吃惊，李金明告诉他没大事，只是有一点小情况需要核实。李金明核实的问题属一般性动态，对小老弟并没有太大困难。

"几天前是不是有一位省纪委林副处长到过这里？"李金明打听。

"有啊。怎么了？"

"来看许琪吗？"

"不是。"

林副处长并非前来探监，不过他的到来与本狱服刑的犯人许琪有点儿关系，是了解来探望许琪的一个人。本监狱犯人探视方面的业务恰属小老弟分管，因而由他负责接洽。那一天除了林副处长，还有一位市里相关部门主任陪同配合林下来。林副处长没有说要查的那个人是谁，叫什么名字，只是查阅了相关探狱记录。许琪在本狱服刑人员中地位比较特殊，原有级别最高，入狱后来探视的人不少，有亲友有故旧，都留有名姓时间，资料很完备，张三李四查谁谁在。林副处长除了查阅资料，还取出他带来的一张照片给小老弟看，问认识照片上的这个人吗？小老弟没认出那是谁。林副处长也不做说明，只让小老弟判断照片真伪，亦问从照片角度推测，其拍照人是不是跟本监狱有关？小老弟确认该照片照的是本监狱外边场景，不会错。看起来应当是现场实照，不像电脑合成的伪造品。在征得林同意后，小老弟用手机随手翻拍了那张照片，而后与市里陪同林来的那位一起到监狱外拍照，细致比对，确定该照片拍摄地点在狱墙西南方位，那里有一个小休闲区，建有一个小亭子，旁边摆有几个露天活动器械，是数年前监狱管理部门创建精神文明单位时建设的。从取景画面看，照片应当是从亭子这个角度偷拍的。这个地点为公共场所，不是监狱内部区域，平时人流不大，来来往往多为探监者，以及附近乡民，本狱工作人员有时也到此闲逛，就此情况，很难断定偷拍者是不是本狱人员。小老弟向林副处长报告了情况，出示他从相同角度拍的手机照片，该照片除了没有当事人，其余场景、视角与林副处长那张照片完全相同。林点头表示认可。

"把照片删掉。"他要求。

小老弟当场删除照片。

林还问了一个问题："可以查出这个人坐哪部车到这里来的吗？"

这个要求完成起来很困难。小老弟立即命人调看停车场监控录像资料，因时过三个多月，记录已经销毁，无法提供这方面情况，林副处长只能作罢。

小老弟手机里删除掉的照片还可以找回恢复，只有清空垃圾箱才能永久删除。小老弟没太在意，未曾即刻处理，到李金明找上门才想起来。他从手机里恢复出照片给李金明看，果然如李金明所料，拍的是迟可东。

李金明问："林副处长说过查这个事的原因吗？"

　　小老弟说，该处长话不多，嘴很密，没有透露具体情况，只含糊提到"根据举报""领导很重视"等。

　　李金明提出用手机拍一下对方手机里那张照片。对方略有迟疑。

　　"你放心，我会很注意，保证不会有问题。"李金明说。

　　"你为什么了解这个？"

　　李金明说，照片里的这个人很好，眼下却让人恶意盯上，偷拍举报，玩阴险花招，太可恶。当事者本人目前还不知情，他的事李金明也管不了，只因为偶然注意到一点儿线索，李金明觉得自己应当查一下，这个人的事在李金明眼中比自己的任何事都重要，他无论如何不能置身事外，如果不千方百计帮助了解一点儿情况，他会寝食难安。

　　小老弟让李金明拍了手机屏幕，吩咐他一定要保管好，事后立即清除。李金明再次明确保证。

　　迟可东听完情况，下令："删除吧。"

　　李金明照办。

　　"你怎么能这么自作主张，草率行事？"迟可东严厉批评。

　　李金明没吭声。

　　"别以为手机一换就查不出你的行踪。要查的话，不费吹灰之力就可以把你拿下。知道吗？"迟可东训斥。

　　李金明说："我知道。不怕那个。"

　　迟可东顿时恼火："你怎么还像当年那个种蘑菇的？就不能多动动脑筋？你这么做不仅把你自己陷进去，也把所有有关的人都拖进去了，包括你那个小老弟。"

　　李金明不服："那不会。我一人做事一人担。"

　　迟可东大怒："还嘴硬！你有多大的肩膀？你担得了吗？"

　　李金明不吭声了。

　　迟可东要李金明从今以后记住一条：凡跟他迟可东有关的事情，李金明无论想做什么，都要先说一声，不要再擅自行事。所谓谁的孩子谁抱走，迟可东的事情迟可东自己有办法解决，不需要别人插一手。

　　"明白吗？"

　　李金明还是不吭声。看表情，似乎心里不服，还想争辩。迟可东不让他再待，指着大门下令："走吧。"

　　李金明起身，悻悻离开。

　　看着李金明的背影从办公室门消失的那一刻，迟可东就感觉后悔，觉得自己话说重了，李金明心里一定很委屈。所谓"热脸贴上冷屁股"，李金明主动行动，不顾可能给自己招致麻烦，来回驱车八百余公里，以极高效率掌握了一个对迟可东非常重要的情况，没有得到一句好话，反给迟可东骂了一顿，于情理上实在说不过去。迟可东批李金明并非故作姿态，他确实不赞成李金明这么干，因为并无必要，但是他完全可以也应该表达得和缓一些。

　　十几分钟后，迟可东给李金明挂了个电话。

　　"到医院了吗？"他问。

　　"到了。"

　　"她的情况怎么样？"

　　李妻情况依旧，没有大的变化。

　　"需要我给方院长说一句吗？"

　　"不必了。谢谢书记。"

　　"心里还有气？"迟可东突然问。

　　李金明没吭声。

　　迟可东叹了口气："我心情不好。别往心里去。"

　　李金明说："书记放心，我都明白。书记站得高，肯定有书记的道理。无论书记怎么批评，我都是当年那个种蘑菇的，书记在我心里永远是那个迟书记。"

　　"抓紧时间休息会儿吧。"迟可东放了电话。

　　当夜迟可东彻夜未眠，在办公室待了一夜。他没做更多事，只是仰头盯着天花板，反复思忖。

　　在李金明报告情况之后，事情已经基本明朗。确实如迟可东自己所怀疑，眼前的这一调查核实是针对他而来。事情怎么发生的？应当是起自某一封举报信。举报信作者显系匿名，身份不详，于事前悄悄安排了一次偷拍，而后把偷拍作品连同举报材料寄达省纪委和省委组织部。问题是所举报事项有何可查性？许琪是迟可东的亲舅舅，舅舅坐牢，外甥去探望算什么事？所谓"外甥打灯笼——照旧（舅）"，以前在家里照，如今得去牢里照，血缘关系并未因监狱而改变。如果单是"迟可东去清涧监狱看他舅舅"，那不是新闻，也不是合适的举报内容，哪怕举报到联合国也不会有人管。但是这件事如果加上一点儿佐料，那就不一样了。从林副处长核查的事项可以推断，举报者的文章是做在车辆使用上。举报信一定是把二者牵扯起来：迟可东跑到清涧监狱看他舅舅，使用公车前往。如此举报，肯定引起有关方面注意，一位县委书记坐着公务车辆到监狱探望他服刑的舅舅，这不是典型的公车私用是什么？较之坐公车去喝酒性质更为严重，四百余公里的使用距离也更凸显其严重性。上级接到如此举报，不查才怪。

这一点恰是迟可东早有防备的。许琪入狱后，迟可东每隔一段时间就会悄悄去探望一下，不仅因为外甥天生的需要去打灯笼，也因为有具体情况。许琪生了两个女儿，他喜欢男孩儿，迟可东从小被他当儿子看。许琪被审查时，他的两个女婿也就是迟可东的两个表姐夫都提前跑路了，因为他们都从商，与许琪贪腐多有牵连。许琪案虽已了结，两个女婿的问题却还挂着，他们感觉不安全，一直远远躲在境外不敢回来露面。眼下许、迟两家除了娘儿们，就剩迟可东一个男子汉，探监之旅虽不算千里迢迢，对娘儿们也是负担沉重，因此迟可东免不了要更多地承担。除了作为后辈之责，许琪喜欢迟可东来也是一个原因。在享用权力荣耀之后落入牢狱，许琪自有无尽感慨，他喜欢与迟可东交谈，因为迟可东也从政，共同感受多。许琪在狱中依然关心很多事，大至中美关系，小至乡镇编制职数，许琪对最新变化都了如指掌。他有一条：从不对迟可东提具体建议，尽管他非常了解迟可东眼下境遇如何，正在做些什么。他更多的是讲自己，曾经遇到过什么人什么事，当时他怎么处理，有何得失。许琪履历复杂，经验丰富，落马的教训和坐监也给他更深反思，与他交谈对迟可东不无益处，有启示也不乏警醒。由于自己与许琪的身份均特殊，迟可东探监非常小心，从不声张，也绝对不用公车。被偷拍的这一次，他是利用双休日回省城家中之机，让表姐公司里的司机开车送他到清涧。因此林副处长不可能在迟可东的车辆记录里查到丝毫问题。林或许觉得迟未用自己的车，有可能动用下属的车，李金明与迟关系深，最可能被调用，因此也查李的情况，结果反被李金明察觉异常。

如果有人举报迟可东公车探监，那肯定是有意诬告，其目的只在于引起注意。光讲探监不可能被理会，那么就加入违规用车内容，这才足以引发对迟可东的查核。举报者当然清楚调查结果将证明迟可东清白，如此举报有意义吗？显然有。所谓醉翁之意不在酒，这封举报信的要害不在于迟可东到底坐什么车去，而在于通过引发调查，最终强调探监本身，凸显迟可东不时去探望许琪这一事实。亲属探监不是件很正常的事吗？放在一般人身上当然是，于迟可东就可能有问题。迟可东是现任县委书记，许琪毕竟是个贪腐罪犯，与许频频接触的曝光只会给迟可东减分，尤其是在某些特殊时期，例如眼下。眼下有何特殊？恰当阶段性调整任用干部之际，所谓"大家都是矿石"，上级正在考虑相关官员的挑选，以及进退留转，这时的举报尤其具有杀伤力。一些开明点儿的领导可能不会把这当作问题，外甥打灯笼——照旧（舅），那是人家私事。却肯定另有一些人会产生疑问，觉得这是一个问题。具体而言，这一次查无公车，以前呢？每一次都自己走着去吗？问题还可以扩展开：外甥与舅舅之间谈些啥？光是监狱伙食怎么样吗？是不是还有其他什么？许琪案中，迟可东真的什么事都没有吗？这个迟可东可靠吗？可以重用吗？答案当然是一个个问号。

显然这是关键。以往迟可东之所以小心翼翼，悄悄行事，就是防着这个。结果软肋还是被人抓住并猛击一拳。迟可东于此绝对无力。他不能表现出自己知道怎么回事，只能等待。林副处长在调查无果的时候，可能会请他就相关事项做个说明，那么他可以做出解释。如果人家只是以查无实据上报，不需要他再来说明，迟可东连自我解释的机会都没有。无论是什么情况，其直接后果可以想见，套用迟可东自己的选矿术语玩笑，这一举报及其引发的查核有如某种脂肪酸，它能把迟可东逮住，粘在泡沫上浮起来，供选矿机刮除淘汰。

前些日子在省城，他曾经告诉陈治，他自知"成分不好"，对提拔重用什么的，心里想要，感觉应该，期待期待可以，却不能当真，不能抱希望。事实上那只是心态之一，在他内心深处，依然还有一丝念头：或许并不那么绝对，机会还是有的。凭工作与政绩，以及资历和人脉，他还是有可能的。既然走在从政这条道上，迟可东很难完全免俗。眼看着身边同僚各有行动，他也问自己是否应当有所动作，跟那些同僚相比，他并不缺乏能量与资源，不抓住机会努力一下，是不是太对不起观众，也太对不起自己了？

此刻他觉得应当更清醒一些，不需要再单相思暗恋般偷偷想念了。至少在眼下，许琪一案在他头顶和心间布下的那团阴影并没有消散，还有人在极力搅动这团阴影，让它尽量扩展。这一次的举报和查核的影响肯定不利，这种情况下再幻想重用提升显然不切实际，能否留任也是个问题。迟可东在这个位子上待的时间已经比别人都长，不可能让他一直这样待着。或许他得为自己何去何从多加考虑，提早谋划，争取主动，免得到时候措手不及，一不小心落到哪个墙旮旯里去。

尽管早就声称不抱期待，做明白豁达之状，到了发觉自己恐怕真的没戏之际，心头还是滋味不佳。人就是这样，没办法，绝对豁达确实很难。

迟可东也琢磨打在自己软肋上的这一拳。这是谁干的？很专业，很结实，有一定虚构想象力。会是石清标吗？值此博弈之际，采取任何手段打击迟可东，让迟可东承受压力，失去机会而后黯然出局，都符合石老板利益，是他想干而且也会干的。

7

石清标不失时机，于第二天上午给迟可东打来一个电话，在电话里做客气状，旧邀再提，问迟可东什么时候回省城，要请他吃饭。

迟可东问："石老板不是宣布免谈了？"

石清标声称，他决定不跟秦健再谈，但是愿意跟迟可东吃饭，这是两回事。

"迟可东算个什么呢？"

石清标笑："秦健真是会搬话。迟书记不要计较，到时候罚酒三杯可以吧？"

"打算拿三杯酒换多少东西？"

"迟书记放心，大家好说，我就不加码了。只要那块地当补偿。电站不必说，就那样吧。"

"恐怕还得有个说法吧？"

"这好办。"

石清标愿意给迟可东铺好台阶，他会派一堆人到落水河电站大坝叮当叮当敲打，像模像样折腾一番，这就是整改了。到时候还可以弄一些专家去走一走，出一张权威意见，而后电站重新生产有理由，工业园区拿地也有理由，外头没话说。迟可东支持的话，石老板还愿意在另外一些重要事情上投桃报李，大家皆大欢喜。

"迟书记在那个地方也待不了太久了，是不是？"石清标提示。

"我怎么不知道？"

石清标说情况明摆的。迟可东当县委书记时间够长了，哪怕他还想待，人家也不会让他再待下去，肯定要把他挪一挪。往哪儿挪呢？升上去当然最好，没升上去也得找个好位子，那都需要有人帮忙。石老板说不定能帮一点儿。迟可东只需按照周宏的意见办，在落水河这件事上表现诚意，大家可以不计前嫌，彼此好商量。

迟可东突然问："石老板手上好像有一张我的照片？"

电话那头顿了顿："照……什么照片？"

迟可东笑笑："石老板装傻。"

石清标也笑："我真不知道。"

迟可东说："没关系，咱们心里明白就行。"

石清标突然也冒出一句："迟书记想过不当书记该干啥吗？"

迟可东说："我准备去种蘑菇。"

这个电话让迟可东下了最后决心。

他把李金明叫到办公室。

"需要你去完成一个任务，有风险，弄不好会把你砸进去。愿意吗？"他问。

李金明说："书记，你了解我。"

"我考虑必须对落水河大坝采取措施。机会快没有了。"

"书记考虑肯定有书记的道理。"

迟可东说，这件事下决心不容易。他当县委书记这么些年，手上干过不少事情，有些事情未必是他真想干的，日后看也未必有价值有意义。而落水河这件事他早就想干，但是难下决心，受各种因素牵扯，包括个人考虑。现在到了这个份儿上，个人考虑可以放开了，那就会自由一些，敢于干自己想干的某些事情。从长远来看，或许他干的所有事情里，这件事情比其他的都重要，都正确。

"只是不忍心，你妻子还在住院，这件事可能会给你带来风险。"迟可东说。

"我无所谓。"李金明说，"书记，你可能会有很大压力。"

"我考虑过了。没什么大不了的。"

迟可东命李金明安排人帮助照料他妻子，自己先抽身办落水河这件事。现在需要李金明全力以赴，别人代替不了他。李金明让迟可东放心，家里的事、镇上的工作他都会预先安排好。

他提了个建议："书记，这件事要办成，还得迅雷不及掩耳。"

"不错。"迟可东说，"你做好准备，其他的我来考虑安排。"

李金明遵命，即迅速投入行动准备。李金明行事风格鲜明，该硬则硬，该软则软，细致把握温度湿度，类同于栽培蘑菇。他动手的前一晚，城关镇派出所突袭一个赌博窝点，当时一伙赌徒在里边赌得天昏地暗，被当场拿获，赌徒赌具赌资俱在。落水河电站负责人是当晚落网的赌徒之一。落水河电站停产后，留守人员不多，石清标指定一个亲信在此负责，此人无事好赌，在县城有一个窝点，情况早被李金明掌握，只是一直按兵不动，待到当晚才突袭，把这人控制起来。隔日，李金明从城关镇一条公路施工现场带走一支作业队伍，连同事先准备好的机械和材料一起拉到落水河电站。时值电站无头，剩下两名留守人员均是城关镇人，愿意与政府合作。李金明的队伍进驻电站后严密封锁现场，也封锁消息，不声不响，按照早已确定的工程方案紧张施工。

两天后，李金明从大坝现场打来电话，报称一切顺利，各项准备工作全部完成。

迟可东说："等我通知。"

那一天上午林副处长前来辞行，他们一行在本县的查核任务已经完成，需要返回省城复命。直到这个时候，林也未就此行来意透露半字。迟可东猜想他回去后将如何汇报："经查，未发现迟可东前往清涧监狱探监时使用了公务车辆？"

"林处长应该给我们一点儿指导意见。"迟可东客气道。

林说："我感觉迟书记执行有关规定还是很严格的。"

"感谢肯定，还要继续努力。"

送走林副处长，迟可东立刻把县长和专职副书记请到办公室，三人碰头研究了落水河大坝问题。处理落水河大坝的各项措施，包括最后的强硬措施已经多次在领导层讨论过，以往大家均无异议，因为责任毕竟主要由迟可东承担。此刻情况有新变化，石清标提出了反条件，胃口之大更让大家无法接受。迟可东提出这事不能再拖了，可以再努力争取一次，做到仁至义尽。那样还不行就得下决心动撒手锏。另两位没有异议，县长只是表示了一点儿担忧。

"迟书记，只怕你会有很大压力。"他说。

"我考虑过了，该承受就得承受。"迟可东说。

碰头会上，迟可东不谈石清标提到的周宏态度，因为那是石自己放风，而非周宏亲自来令，迟可东可以不必当真。

碰头会后，迟可东立刻召集县委、县政府两套班子领导联席会议再议，会议结果与书记碰头会一样，大家没有异议。或许有人暗自认为迟可东的"仁至义尽"还是在做威慑姿态，还想以"采取断然措施"方式恐吓石清标，逼他退步。采取断然措施说说容易，实施很难，这一服猛药只怕迟可东自己也承受不起。

迟可东强调："这件事目前严格保密。"

会后，秦健奉迟可东之命给石清标打了电话，表示石清标的条件县里不能接受。再次要求石清标坐下来重新协商。

石清标态度依旧蛮横强硬："开什么玩笑！我都跟迟可东说清楚了。真不听，等他自己见鬼去。"

"请石老板再考虑一下。"秦健争取。

石清标把电话放了。

秦健报告了电话交涉情况。这一结果早在预料之中。

"迟书记，咱们怎么办？"秦健问。

"把它炸了，怎么样？"

秦健立时支支吾吾："恐怕，恐怕……"

"或者再等一等，情况明朗一点儿再说？"迟可东再问。

"那样好！那样好！"

迟可东命秦健保密，对外暂时不说。怎么处置合适，他要考虑一下。

事实上，秦健一走，迟可东即给李金明打去电话，下令道："动手吧。"

半小时后，落水河电站大坝被彻底炸毁。

迟可东坐在办公室里，打开办公室的窗子倾听。他听到了远处的那个爆炸声，"轰隆"一声闷响，好比夏日里天边的雷声。县城与大坝有一段距离，爆炸声传到这里已经微乎其微，估计没有多少人注意到。迟可东感觉那个声响比期待中的要小很多。

他对自己说，有意义未必声音大。浮选止于此声，权且把这一声当作自己在此任上的告别礼吧。或许若干年后，人们记住的不是他在这里修的桥铺的路，而是算不上大且已经不存在的一条大坝，以及听起来很小的这一声。